옮긴이 **이규원**

한국외국어대학교에서 일본어를 전공했다. 문학, 인문, 역사, 과학 등 여러 분야의 책을 기획하고 번역했으며 현재 전문 번역가로 활동중이다. 옮긴 책으로 미야베 미유키의 『이유』, 다치바나 다카시의 『천황과 도쿄대』, 쓰네카와 고타로의 『야시』, 『천둥의 계절』, 사토 다카코의 『한순간 바람이 되어라』, 『슬로모션』, 슈카와 미나토의 『도시전설 세피아』, 『새빨간 사랑』, 마쓰모토 세이초의 『마쓰모토 세이초 걸작 단편 컬렉션』 등이 있다.

BONKURA
by MIYABE Miyuki
Copyright © 2000 MIYABE Miyuki
All right reserved.

Originally published in Japan by KODANSHA LTD., Tokyo.
Korean translation rights arranged with OSAWA OFFICE, Japan
through THE SAKAI AGENCY and SHINWON AGENCY.

이 책의 한국어판 저작권은 THE SAKAI AGENCY와 신원 에이전시를 통해
MIYABE Miyuki와의 독점계약으로 도서출판 북스피어에 있습니다.
저작권법에 의해 한국 내에서 보호를 받는 저작물이므로 무단전재와 무단복제를 금합니다.

＊ 이 도서의 국립중앙도서관 출판시도서목록(CIP)은 e-CIP 홈페이지(http://www.nl.go.kr/cip.php)에
 서 이용하실 수 있습니다.(제어번호: CIP2010001401)

차례

피한 | 007
노름꾼 | 041
통곡하는 지배인 | 077
논다니 | 107
절하는 남자 | 135
긴 그림자 | 161
유령 | 563

역자 후기 | 584

† **일러두기**
　본문의 모든 주는 옮긴이 주입니다.
　나가야에 대해 설명한 그림은 〈비바! 에도〉 홈페이지와 『하루 에도인』(신초문고, 1998)을 참고했습니다.

누가 달려오고 있다.

한길에서 골목으로 접어들어 급하게 달려온다. 어지간히 다급한지 발소리가 투닥닥닥 어지럽다.

무슨 일이 터졌나? 누가 위급한가? 잠자리에 있던 오토쿠는 얇은 이불 옷옷처럼 소매까지 달린 이불을 걷어치우며 윗몸을 일으켜 앉았다. 가만히 귀를 기울이니 자기 집 뒷문 앞을 지나가는 발소리가 들린다. 동트기 전이라 밖이 캄캄해서 문을 열고 내다본대도 장지 앞을 가로지르는 사람을 볼 수는 없겠지만, 발소리를 보면 몸이 아주 가벼운 사람 같다.

어쩌면 오쓰유네 집에 변고가 났는지도 모르겠다— 하는 생각에 오토쿠는 자리에서 얼른 일어섰다. 도미헤이 노인이 마침내 숨을 거둔 모양이다. 잠옷 위에 솜옷을 걸친 다음 맨발에 신발을 꿰신고는 뒷문을 열고 골목으로 나섰다. 그때 멀리 도미가오카하치만 신사의 종소리가 동트기 전 어둠 속에서 묵직하게 울리기 시작했다. 새벽 네시 종에도 시대에는 하루를 12등분 해서 두 시간마다 때를 알리는 종을 쳤다이다.

골목에 서서 둘러보니 왼쪽 끝 이층집 뒷문으로 불빛이 새어 나오고 있다. 이 뎃핀 나가야의 관리인집주인에게 고용되어 셋집을 관리하는 한편 마치의 자치를 담당하는 자 규베가 사는 집이다. 역시 무슨 일이 생긴 게 분명하다. 추위에 몸을 떨면서 오토쿠도 그쪽으로 잔달음을 쳤다.

규베 집 뒷문은 꼭 닫혀 있었지만 장지문을 비추는 등롱 불빛 속에 사람 그림자 두 개가 떠올라 있다. 나지막한 목소리도 흘러나온다.

"저기요, 어르신."

오토쿠도 나지막한 목소리로 불렀다.

그러자 바로 장지가 열렸다. 규베가 역시 잠옷 차림으로 그녀를 쏘아보는 듯한 무서운 표정을 하고 서 있었다.

"누구야―. 아, 오토쿠로군."

"죄송해요. 누가 이쪽으로 급하게 뛰어가는 소리가 들려서."

"이녁은 역시 귀가 밝군."

"혹시 도미헤이 노인 때문인가 해서."

규베는 오토쿠에게서 눈길을 거두고 장지 안쪽에 옹그리고 있는 또 다른 그림자 쪽으로 얼굴을 돌렸다. 오토쿠도 집 안으로 한 발 들어서며 그쪽을 들여다보았다.

짐작한 대로 오쓰유였다. 물이 거의 다 빠진 줄무늬 유카타를 잠옷 위에 걸치고 헝클어진 머리에 살쩍을 어지럽게 늘어뜨린 채 고개를 숙이고 있다. 여윈 턱을 쳐들고 오토쿠의 얼굴을 쳐다보는데 그

> **평민의 주거 지역 '마치'** : 에도는 18세기 초에 이미 인구 백만의 대도시였다. 에도 성, 무가 저택, 사찰, 신사 등이 전체 면적의 팔십육 퍼센트를 차지했으며 오륙십만 명에 이르는 평민들은 불과 십사 퍼센트의 면적에 모여 살았다. 평민들이 사는 동네를 '마치'라고 했는데, 원칙적으로는 주요 도로를 기준으로 육십 간(약 백십 미터) 정도를 하나의 마치로 구획했으나 실제로는 규모가 다양했다. 마치는 앞뒤 입구에 '기도'라는 출입문을 설치하고 문지기를 둔 다분히 폐쇄적인 공간이었다. 마치는 주택 소유자들로 구성되는 자치 조직이 이끌며, 막부는 평민을 직접 지배한 것이 아니라 마치 자치 조직을 통해 간접적으로 지배권을 행사했다. 덕분에 소수의 관리가 많은 인구를 다스릴 수 있었다. 19세기 중반, 에도에는 약 천칠백여 개의 마치가 있었다.

눈이 불안하게 흔들렸다.

"오토쿠 아줌마……."

안 그래도 창백하게 여윈 오쓰유지만 지금은 더 파리해져서 흡사 기담집 삽화에 나오는 귀신 같은 낯을 하고 있다. 오토쿠는 저도 모르게 흠칫하며 물러서고 말았다. 오 년 전 세상을 떠난 남편 가키치의 얼굴이 떠올랐다. 병마에 시달려 숨을 거두기 직전 바짝 말라 버린 얼굴.

그것은 불행의 얼굴, 변고를 고하는 얼굴이었다.

"오쓰유, 아버지가 위독하시니?"

오토쿠가 속삭이듯 물었다.

오쓰유의 입가가 덜덜 떨리며 움직였다. 하지만 목소리가 나오지 않았다. 오토쿠는 마음을 단단히 먹고 그녀에게 바짝 다가서서 어깨를 안아 주려고 하다가 문득 이상한 점을 알아챘다. 오쓰유의 얇은 유카타 여기저기에 검은 얼룩이 점점이 흩어져 있다. 흡사 빨래를 하다가 물방울이 튄 것처럼.

"오쓰유, 이거……."

입을 열려던 오토쿠가 문득 눈을 크게 떴다. 검은 얼룩은 유카타 소맷자락에도 묻어 있었다. 물방울이 튄 정도가 아니라 새카맣게 젖어 있다.

"무슨 일이니?"

오토쿠가 오쓰유의 소매를 잡으려고 하자 오쓰유는 얼른 팔을 거둬들였다. 하지만 오토쿠의 손가락에 물기의 감촉이 남았다. 차가울 뿐만 아니라 미끈미끈한 느낌도 있다. 코에 익은 독특한 냄새도 났다. 녹내처럼 비릿한…….

피다. 오쓰유는 유카타에 피를 묻히고 온 것이다.

규베는 은밀한 이야기라도 하듯 낮은 목소리로 말했다.

"죽은 건 도미헤이 씨가 아니라 다스케야."

"다스케가?"

다스케는 도미헤이의 아들이자 오쓰유의 오빠다. 도미헤이네는 3가구형 노변 나가야의 북쪽 집에서 살며 채소 가게를 하고 있다. 일 년 전쯤 도미헤이가 뇌졸중으로 쓰러져 자리보전을 하게 된 뒤로는 다스케와 오쓰유 남매가 가게를 꾸린다. 남매는 서로 열심히 도우며 일하고 아버지 병구완도 착실히 했지만 도미헤이는 전혀 차도가 없어 이제 황천행이 머지않았다는 소문이 돌았다. 그래서 오토쿠도 무슨 일이 일어났나 했을 때 바로 도미헤이를 떠올렸던 것이다.

그런데 도대체 왜—.

"다스케가 살해되었다는군."

규베가 말했다. 부엌 너머 다다미방의 등롱을 등지고 있어 얼굴이 새카맣게 보인다. 오토쿠가 숨을 삼키고 오쓰유의 얼굴을 들여다보니 그녀는 초점 잃은 눈길을 봉당 쪽으로 허위허위 던지며 꼭두각시처럼 천천히 고개를 끄덕였다.

"오빠가 살해당했어요."

"누구한테?"

"어떤 괴한이" 하고 오쓰유가 말했다. 누가 일러 준 대로 읊조리듯 억양 없는 말투였다.

"괴한이 와서 오빠를 죽였어요."

그러고는 후들후들 떨기 시작했다. 퀭하니 열린 눈에서 주룩주룩 떨어지는 눈물을 오토쿠는 아연실색하여 쳐다보고 있었다.

뎃핀 나가야는 오나기 운하와 오요코 운하가 만나는 신타카 다리 근처의 후카가와 기타마치에 있다. 기타마치는 남북으로 길게 자리 잡았는데, 뎃핀 나가야는 거기에서도 남쪽의 오나기 운하 가까이에 있다. 오요코 운하를 따라 뻗은 큰길 한쪽으로 폭이 두 간_{한 간은 약 1.8미터}쯤 되는 3가구형 이 층짜리 나가야 두 개 동이 서 있고 그 남쪽에, 그러니까 신타카 다리와 제일 가까운 자리에 사방등 모양으로 지은 이층집이 하나 있다. 이곳이 관리인이 사는 집이다. 골목 안에는 폭 한 간짜리 쪽방 나가야가 한 채. 이 쪽방 나가야는 바로 서쪽에 위치한, 이즈미 지역 지방관 도도의 커다란 저택을 등지고 서 있고 그 사이에 오나기 운하에서 끌어온 좁은 수로가 흐른다. 그 때문에 사시

사철 축축한 기운을 품은 바람이 분다. 반면에 오나기 운하를 오가는 장사치 배들이 이 수로까지 들어와 준다는 편리한 점도 있다.

뎃핀 나가야는 물론 정식 이름이 아니다. 이곳에 지금의 나가야가 지어진 것은 십 년쯤 전이다. 막 지었을 무렵에는 기타마치 나가야라 불렸는데, 골목 안 나가야의 공동 우물을 처음으로 보수할 때 어찌된 영문인지 그리 깊지도 않은 우물 바닥에서 빨갛게 녹슨 무쇠 주전자가 두 개나 나왔다. 이후 뎃핀鐵甁, 쇠 주전자 나가야라 불리게 되었다고 한다.

뎃핀 나가야의 소유주는 쓰키지도쿄 남쪽 바닷가를 매립해서 만든 지역으로, 대규모 어시장으로 유명하다에 사는 미나토 상회의 주인 소에몬이라는 사람이다. 미나토 상회는 건해삼, 건전복, 상어 지느러미 따위를 취급하는 도매상으로, 쓰키지에 점포를 가지고 있을 뿐 아니라 땅도 몇 군데 더 가지고 있고, 아카시초에 가쓰겐勝元이라는 위세 좋은 이름을 가진 요릿집도 운영하고 있다. 조상 대대로 내려온 재산은 아닌 듯한데 내력이 아무래도 분명치 않다. 실은 소에몬이 지금의 큰 재산을 모은 가장 결정적인 사업은 비밀 고리대라는 소문도 있다. 뎃핀 나가야도 그런 고리대를 썼던 사람한테 차압한 거라고 수군거리는 이들이 있는데, 듣고 보니 쓰키지에 사는 사람이 엉뚱하게 멀리 떨어진 후카가와에 땅을 가지고 있는 것도 뭔가 속사정이 있음 직하고, 뎃핀 나가야가 들어서기 전에 그 터에는 커다란 등롱집이 있었는데 언젠가 갑자기 가세가 기울어 집도 점포도 다 잃고 말았다는 이야기도 전해져서, 소문에 내심 고개를 끄덕이는 자가 많다.

하지만 하루 벌어 하루 먹고사는 뎃핀 나가야의 세입자들에게는 집주인이 누구고 무슨 속사정이 있든 전혀 상관할 바가 아니다. 그들에게는 나누시나 집주인보다 평소 가까이 접할 기회가 많은 관리인이 누구냐가 더 문제였다. 그리고 바로 그 관리인 규베는 뎃핀 나

주거 형태 '나가야' : 에도 시대, 많은 인구가 좁은 면적에서 살 수 있었던 것은 기본적인 주거 형태가 '나가야'라는 공동 주택이기 때문이다. 나가야는 일반적으로 큰길 쪽에 있는 노변 나가야와, 골목에 자리 잡은 쪽방 나가야로 나눌 수 있다. 노변 나가야는 주상복합형으로, 일층에 점포를 두고 점포 안쪽과 이층은 살림집으로 썼다. 넓고 임대료도 비싸서 살림이 넉넉한 상인이 거주하는 경우가 많았다. 쪽방 나가야는 여러 세대가 나란히 붙어 있는 공동 주택이다. 가구당 면적이 클 경우는 셋에서 다섯 호, 작은 경우는 십여 호가 한 동을 이룬다. 주로 단층이며 각 세대마다 골목으로 난 독립된 출입구가 있고, 보통 현관 겸 부엌과 살림방 하나로 구성된다. 쪽방 나가야에 사는 각 가구의 살림살이는 단출했고, 월세는 삯일꾼 하루이틀치 품삯 정도로 저렴했다. 뎃핀 나가야처럼 특정 이름이 붙는 나가야는 보통 노변 나가야와 쪽방 나가야로 구성되며, 노변 나가야 사이에 출입문을 두어 외부와 구획된 하나의 공동체를 이룬다. 담장 안에 공동 화장실과 공동 우물, 쓰레기장을 두고, 목욕은 요금이 저렴한 동네 공중탕을 이용했다.

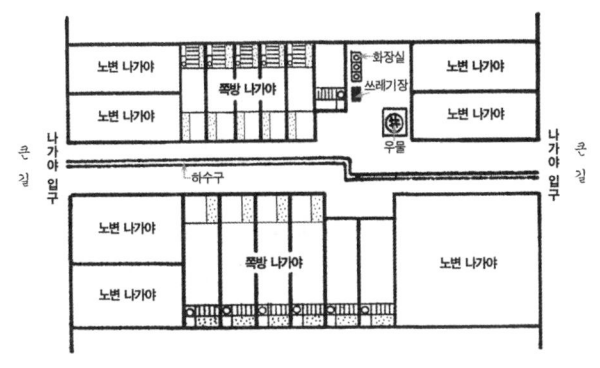

가야가 생기기 전에는 다름 아닌 가쓰겐에서 지배인으로 일하던 사람이다. 오랜 세월 요릿집에서 기숙하며 일해 온 그는 회계를 알고 접객도 능숙하며 일꾼도 잘 부려서 주인이 아끼던 인물이었다.

에도 평민들의 자치 조직에는 분명한 계급이 있다. 이는 도쇼신쿤東照神君, 도쿠가와 이에야스를 신격화한 이름 이에야스 공이 실권을 잡으면서 생긴 제도다. 맨 꼭대기가 '마치도시요리'인데 다루야, 나라야, 기타무라 세 집안이 세습하는 자리로 정해져 있다. 그들의 임무는 막부의 포고를 전달하거나 막부의 의뢰에 따라 다양한 조사를 하거나 새로운 토지를 개척하거나 그것을 분할하는 일, 지대나 공물 운임을 거두어 상납하는 일 등 시정의 핵심이라고 할 수 있는 중요한 일이었다. 특별히 봉급이 정해져 있지는 않았고, 주된 수입은 막부에서 하사한 부동산을 임대하여 올리는 수입이었다. 그런데 이것이 대단한 액수여서 세 가문은 어지간한 하타모토쇼군 직속 가신 중에서도 쇼군을 알현할 수 있는 신분의 상급 무사 따위는 발치에도 못 미칠 만큼 재산이 많았고, 성을 쓰는 것도 허용되었다에도 시대에는 무사만이 성씨를 쓸 수 있었으며, 평민이 성씨를 갖는 일은 극히 예외적이거나 한시적인 일이었다.

마치도시요리 세 집안 밑에 '나누시'가 있다. 이에야스가 집권할 당시끼지 기슬러 올라갈 만큼 전통 있는 가문을 자랑하는 소소 나누시, 그에 버금가는 내력을 가진 고초 나누시, 에도 지역이 개척되고 확대되어 가면서 등장한 탓에 연륜이 그리 길지 않은 히라 나누시 등 그 격에 위아래는 있지만 마치도시요리를 보좌하여 시정에 관여한다는 역할은 다르지 않다. 그러니까 처음에는 막부의 힘만으로 에도 지역을 다스리기가 힘에 부쳐 마치도시요리라는 자치 제도가 생겼고, 다시 마치도시요리만으로는 부족하여 나누시라는 자리가 생겨난 것이다. 원래는 마치도시요리가 추천하여 임명한 것이 아니라 각 마치에서 '이 사람이라면' 하는 인물이 자연스레 추대되었는데, 제도로 굳어진 뒤에는 마치도시요리와 마찬가지로 세습되었다.

나누시는 마치를 대표하지만, 그들이 통솔하는 대상은 마치의 지주나 집주인_{지주에게 땅을 빌려 건물을 지은 사람} 계층이다. 그 계층 밑에는 그들이 소유한 셋집이나 나가야에 사는 사람들, 즉 땅을 빌리거나 점포를 빌리거나 집을 세내서 사는 사람들이 있다. 지주나 집주인들이 그런 세입자들을 통솔하고 감독하여 나누시를 보좌하는데, 에도의 인구가 불어나고 지역 범위가 확대되자 지주나 집주인들만으로는 관리할 수 없는 일들이 많아졌다. 그래서 지주나 집주인들을 대신하여 임대료나 지대를 거두고 세입자들을 감독하는 사람이 등장했다. 그들이 관리인이다. 이에누시, 야모리, 오야 등 다른 이름으로 불리기도 했다.

그러므로 관리인은 집주인도 지주도 아니며, 그들에게 고용되어 일하는 사람이다. 지주나 집주인이 제도로 정해진 신분이 아닌 것처럼 그들도 제도로 정해진 것이 아니므로 세습되지 않는다. 사실 관리인이 하는 일은 세입자를 돕는 것에 그치지 않는다. 본래는 지주들로 조직되는 고닌구미_{五人組. 막부가 만든 주민 상호 감시 및 상호 부조, 연대 책임을 지는 제도}를 지주들을 대신하여 꾸리고 나누시를 보좌하여 시정을 운영하는 것이 중요했다. 말하자면 마치도시요리를 정점으로 하는 자치 제도 삼각형에서 제일 밑변에 있는 것이다. 실제로 관리인을 포함해서 지주와 집주인 계층에다 나누시까지를 하나로 싸잡아 '마치 자치 위원'이라 부른다.

    관리인들은 월번을 정해서 '지신반^{마치의 자치를 담당하는 사람들이 모이는 곳으로, 요즘 식으로 보자면 파출소, 동사무소, 마을 회관을 합친 듯한 역할을 했다}'이라 불리는 사무실을 지키고 그 지역에서 일어나는 다양한 사건에 대하여 서로 상의하며 대처해 나갔다. 관리인들은 연대 책임을 져야 했으므로 마냥 속 편한 자리는 아니지만, 집주인에게 살림집을 무상으로 제공받고 마치 자치 기금에서 정해진 액수를 보수로 받을 수 있었다. 뿐만 아니라 자기가 관리하는 부동산이나 나가야에서 나오는 대소변을 인근 농가에 뒷거름으로 팔 수 있는 권리도 있어서 수입이 짭짤한 자리이기도 했다. 세입자들에게는 얼굴도 본 적 없는 나누시나 집주인보다 자기들 바로 위에 군림하는 관리인이 더 높은 사람이고 의지가 되는 사람이며 또 어려운 존재였다. 관리인으로서는 이런 위치가 매우 만족스러웠을 것이다. 그런 자리인 만큼 관리인 지위를 돈으로 사고파는 것은 엄히 금지되어 있었다.

    그렇기 때문에 뎃핀 나가야를 지을 때 미나토 상회의 소에몬은 누구 적당한 관리인이 없을까 하고 고민을 많이 했다. 참으로 중요한 자리인 만큼 아둔한 자를 앉히면 곤란했기 때문이다. 그는 후카가와 나누시 조합과 상의하며 이리저리 알아보았다.

    기타마치뿐만 아니라 후카가와에는 그 지역에서 오랫동안 일해 온 관리인들이 있었다. 관리인은 한 집주인 밑에서만 일하기도 하지만 여러 집주인의 의뢰를 받고 관리를 대행하는 사람도 많으므로, 뎃핀 나가야 역시 근처 나가야를 관리하는 자에게 함께 관리해 달라고 맡겨 버리는 속 편한 방법을 쓸 수도 있었다. 그러나 소에몬은 그것이 내키지 않았다. 사람을 부리기는 해도 누구를 결코 믿어 본 적 없이 지금의 지위를 쌓아 올려 왔다. 그런 소에몬은 자기가 사정을 잘 모르는 지역에 있는 부동산을 자기보다 그 지역 사정에 더 정통한 자에게 일임한다는 게 너무나 위험하다고 느꼈다.

그렇게 고민에 고민을 거듭한 끝에 가쓰겐에서 일하던 규베를 택했다. 규베도 그즈음 벌써 예순이 가까워 가쓰겐의 바쁜 업무를 힘겹게 느끼던 참이었으므로 주인의 명령에 기꺼이 따랐다. 문제는 후카가와 나누시 조합이 규베를 받아들여 주느냐, 그리고 외부에서 들어온 규베를 다른 관리인들이 흔쾌히 동료로 받아들이느냐였다. 전자에게서는 깨끗하게 승낙을 얻어낼 수 있었고, 후자 역시 젊어서부터 고생을 해서 세상 물정에 훤한 규베의 인품을 알아봤는지 걱정할 일 없이 매끄럽게 통과시켜 주었다.관리인은 마치 자치 조직의 위원으로서 연대 책임을 져야 하므로 기존 위원의 발언권이 강할 수밖에 없었다.

그런 연유로 노변에 여섯 세대, 골목 안에 열 세대로 이루어진 뎃핀 나가야는 규베의 관리 아래 지금까지 아무 탈 없이 지내왔다.

그런데—.

나가야가 들어선 뒤로 지금까지 두세 차례 작은 화재만 있었을 뿐 심각한 사건이 없었던 뎃핀 나가야는 다스케의 횡사로 펄펄 끓는 솥을 뒤엎어 놓은 것처럼 한바탕 소동 속으로 휘말려 들어갔다.

사건 내용은 불티처럼 여기저기 날아가 순식간에 소문이 나 버렸지만, 정작 그 한복판에 있는 오쓰유는 규베에게 이끌려 지신반에 들어간 뒤로 통 나올 기색이 없었다. 마치부교쇼에도 시대 평민 지역의 치안을 책임지는 최고 기구로, 요즘으로 치면 시청과 경찰청과 지방 재판소를 합친 듯한 곳. 무사나 승려를 관리할 권한은 없었다. 수십 명 정도의 소수 인원으로 운영되었으므로 업무의 상당 부분은 민간인 마치 자치 조직에 의존했다에서 무사들이 달려오자 규베가 창백한 얼굴로 혼자 나왔다. 그는 감찰하러 나온 무사가 다스케의 시체를 조사하는 데 입회하거나 감찰 무사에게 나가야를 안내해 주곤 했지만, 사태가 일단 마무리되자 다시 무사들과 함께 지신반으로 들어가 버렸다. 나가야 주민들은 자세한 사정을 파악하지 못한 채 수군거리며 어깨를 으쓱하거나 얼굴을 찡그릴 뿐이었다.

오토쿠는 오래전부터 자리보전을 해 온 도미헤이 노인이 걱정되었다. 규베가 지신반에서 나왔을 때, 무사 나리들이 채소 가게를 조사하는 동안만이라도 도미헤이 씨를 간병해 줄까요, 하고 말해 보았다. 그러나 규베는 가라앉은 표정으로, 도미헤이 씨한테도 물어볼 게 많으니 그건 곤란할 거라며 고개를 저었다. 잠시 후 다스케의 시체가 널판 들것에 실려 밖으로 나왔다. 거적을 덮어 놓아 시체를 볼 수는 없었지만, 모여든 나가야 주민들도 이때는 다들 입을 다물고 그저 합장하는 수밖에 없었다. 다스케는 덩치가 크고 건강한 청년이었다. 그를 실은 널판 들것이 휘어진 것처럼 보였다.

오도쿠는 힌길 남쪽 3기구형 노변 나가야의 가운뎃집에서 간이 식당을 한다. 남편 가키치와 둘이서 꾸리던 가게인데, 남편이 죽은 뒤 혼자 운영하고 있지만 꽤 잘되는 편이다. 아침나절도 재료를 사들이느라 바쁘지만 제일 바쁜 시간은 역시 점심때부터 저녁때까지다. 후카가와의 이 근방에서 일하는 직공이나 인부, 뱃사람 들이 오토쿠가 자랑하는 곤약이나 채소 조림, 갓 지은 밥으로 만드는 나무 도시락이나 주먹밥을 사러 모여들기 때문이다. 저녁때가 되면 인근 부인들이 반찬으로 조림을 사러 온다. 오토쿠의 조림은 맛좋기로 유명해서 거의 매일 매진된다. 나가야에 흉사가 있다고 해서 장사를 소홀히 할 수는 없다. 하지만 역시 오늘은 마음이 차분해지지 않아 점심 도시락용으로 지은 밥이 평소보다 꼬들꼬들해지고 말았다.

오토쿠 가게의 북쪽 이웃은 생선 가게를 하는 미노키치 부부, 남쪽 이웃은 팥고물찰떡이 맛있기로 이름난 떡집을 하는 오시마라는 할머니로 딸과 함께 가게를 꾸리고 있다. 어느 가게 주인이나 오토쿠와 같은 심정인지 오늘은 장사에 흥이 나지 않는 모습이다. 오시마 할머니와 딸은 뜬소문 이야기에 열을 올리다가 손님이 오면 그 손님까지 끌어들여서 수다를 떨고 있다. 미노키치는 넘어지면 코 닿을 곳에서 피비린내 나는 일이 벌어졌는데 비린내 나는 물건을 만지고 있을 수 있느냐며 오늘은 가게 문을 닫고 말았다. 그 때문에 부부 싸움이 요란했다.

해가 꽤 높아졌을 무렵 오토쿠가 빨갛게 부르튼 양손으로 뜨거운 주먹밥을 쥐고 있는데 이즈쓰 나리가 불쑥 들렀다. 혼조 후카가와의 마치부교쇼에 속한 도신^{무사 계급 중 가장 낮은 지위. 그렇지만 무사이니만큼 마치의 평민들은 '나리'라는 존칭으로 불렀다}으로, 매일 한 번은 찾아와서 기타마치 지신반을 순회하는 사람이다. 그리고 오토쿠의 단골손님이기도 하다. 들를 때마다 오토쿠의 도시락이나 주먹밥으로 점심을 해결하기 때문이다. 그것은 오토쿠와 가키치가 이곳에 가게를 낸 직후부터 계속되어 온 습관으로, 상대가 무사인 만큼 오토쿠는 애초에 돈을 받을 생각이 없었지만 나리는 늘 정확하게 지불했다. 오히려 이쪽이 송구해서 돈은

됐습니다, 하고 사양한 적이 있는데 나리는 껄껄 웃으며, 등쳐 먹어도 부자 등을 칠 테니까 이녁은 신경 쓰지 마라, 하고 대꾸했다.

"아, 오토쿠. 내가 아직 끼니 전이다. 뭐 먹을 것 좀 줘."

옷자락을 여미고 토방에 늘어놓은 의자에 앉으며 나리는 평소와 다름없이 굵고 탁한 목소리로 소리쳤다. 나이는 사십 대 중반, 훤칠하게 큰 키에 턱이 야위고 눈이 가늘며 늘 깎다 만 수염이 남아 있는 탓에 얼핏 환자 같은 모습이어서 영 풍채가 없어 보인다. 그러나 대단한 미인을 부인으로 두었다는 소문은 들은 적이 있다.

나리 곁에는 늘 그렇듯이 마치부교쇼의 주겐무가에 고용되어 잡무에 종사하는 사람. 무사는 봉록을 받을 때 업무 수당에 상당하는 쌀을 따로 받는데, 이 수당을 받는 무사는 주겐을 의무적으로 고용해야 했다 고헤이지가 따르고 있다. 얼굴도 체구도 통통하고 아담하며, 늘 온화해 보이는 얼굴로 빙글빙글 웃는 남자다. 막대기처럼 생긴 이즈쓰 나리와 누름돌처럼 생긴 고헤이지의 조합은 멀리서도 금방 눈에 띈다. 고헤이지는 나리의 명령이라면 충견처럼 몸을 아끼지 않고 따른다. 이 사내라면 나리가 똥통에 들어가라고 해도 예, 하고 들어가서 반나절이라도 몸을 담그고 있을 거라는 평판을 듣고 있다.

"이거 난리가 났군."

오토쿠가 타 준 차를 맛나게 마시면서 나리가 한탄했다.

"내내 지신반에 계시다 오신 거예요, 나리?"

"응, 오쓰유의 진술을 들었다."

"그래, 어떻게 된 일이래요?"

고개를 숙이고 있던 오토쿠는 그만 눈을 위로 치뜨며 묻고 말았다.

"오쓰유가 뭐래요?"

나리는 작은 눈을 열심히 깜빡였다. 고헤이지는 무심한 표정으로 차를 마시고 있다. 그러고 보니 이 사내는 먼저 입을 열거나 남 이야기에 끼어든 적이 없다.

"오쓰유가 규베 집으로 달려갈 때 이녁이 옆에 있었다며?"

"네, 발소리가 들려서 나가 봤죠."

오토쿠는 전말을 죽 들려주었다. 오쓰유가 '괴한이 들어와 오빠를 죽였다'라고 말했다는 것도.

"괴한이라니, 누굴까요? 다스케를 죽인 자가 누구래요?"

나리는 턱을 가만히 쓰다듬었다.

"재작년이었나, 이 나가야에서 범죄 사건 기록부에 나올 법한 일이 있었던 걸 기억하나?"

"범죄 사건?"

"뭐, 그리 떠들썩한 사건은 아니었지만. 규베 집에 젊은 놈이 고함을 지르며 뛰어든 일이 있었을 텐데."

오토쿠가 짝, 하고 손뼉을 쳤다.

"아, 그놈. 이름이 뭐였더라?"

"마사지로라고 했던가. 가쓰겐 점원이었다고 하던데, 아마 주방에서 일했다고 했지."

규베가 전에 가쓰겐의 지배인이었다는 사실은 뎃핀 나가야의 세입자들도 알고 있다.

"마사지로인지 뭔지 하는 놈이 별로 성실하게 일하지 않는다고 관리인님이 가쓰겐 지배인한테 일러바쳐서 쫓겨난 거라고 했죠? 그 일로 원한을 품고 관리인님을 찾아내서 죽이겠다고—."

괴한 • 23

"식칼을 들고 쳐들어왔지. 뭐, 대단한 사건은 아니었어. 곤드레만드레 취해서 똑바로 서 있지도 못했으니까. 여기 주민들이 몰매를 주고 지신반으로 끌고 갔지, 아마."

그랬다, 그런 일이 있었다. 그때는 규베도 다치지 않았고 마사지로도 겨우 스무 살쯤 되는 애송이였다는 점도 있어서, 이즈쓰 나리가 단단히 혼을 내고 다시는 오지 말라며 큰 소리로 야단을 쳐서 돌려보냈다.

"그놈이 다시 와서 다스케를 죽였대. 오쓰유 말이 그렇더군."

오토쿠는 놀란 나머지 넋이 나간 표정을 지었다. 이야기를 금방 이해하지 못한 것이다.

"그런 원한을 품고 다스케를 죽여요?"

"그래, 야밤에 숨어들어 와서 다스케를 찔러 죽였대."

채소 가게에서 오쓰유는 자리보전중인 아버지 도미헤이와 이층의 여섯 첩 방에서 담요를 나란히 깔고 자고 다스케는 아래층 다다미방에서 자고 있었다. 오늘 동트기 전, 평소 아버지를 간병하느라 잠귀가 얕아진 오쓰유는 아래층에서 무슨 말소리와 함께 쿵쾅쿵쾅 다투는 듯한 소리가 들리자 계단을 통해 아래층으로 내려갔다. 그러다 오뻬기 지는 다다미방에서 뛰어나오던 한 남자와 하마터면 부딪힐 뻔했다. 언뜻 보니 사내는 오른손에 피 묻은 식칼을 꽉 움켜쥐고 있었다. 겁에 질려 우뚝 멈춘 오쓰유의 멱살을 쥐고 그자가 이렇게 말했다.

"꼴좋게 됐다. 다음은 규베 차례라고 전해."

오쓰유는 대체 무슨 원한이 있어서 이러느냐고 물었다. 그러자 남자는, 나는 가쓰겐에서 일하던 마사지로다, 라고 밝혔다고 한다.

"저번에 규베를 때려눕히려고 왔다가 그런 창피를 당했다. 절대로 잊지 못해. 이 나가야 놈들한테 본때를 보여 줄 테니 각오하고 있어라."

그 말만 내뱉고 사내는 뒷문으로 도망쳤다고 한다. 정신을 차린 오쓰유는 쓰러져 있는 다스케한테 달려갔지만 오빠는 몸을 수십 군데나 찔려서 이미 숨이 멎어 있었다. 오쓰유는 규베에게 알리려고 밖으로 뛰어나갔다—.

아, 그런 사정이 있었단 말인가. 무슨 말인 줄은 알겠지만 오토쿠는 고개를 끄덕일 수 없었다.

"하지만 왜 다스케를 죽이죠? 원한을 풀려면 먼저 관리인님한테 갔어야지."

"재작년 놈이 규베를 찾아왔을 때 제일 먼저 달려와서 놈을 때려눕힌 사람이 다스케였어. 그건 나도 기억해. 다스케가 제 입으로 자랑도 했으니까."

"아, 예……. 그런 거였어요?"

그것이 괴한의 정체였단 말인가.

"하지만 오밤중에 그놈이 어떻게 채소 가게에 숨어들었다는 거죠? 도모베 씨는 뭐래요?"

도모베는 신타카 다리 쪽에 있는 후카가와 기타마치의 기도_{마치, 다리 밑 등 사람들이 많이 출입하는 구역의 출입구에서 검문소 역할을 하는 곳. 기도를 담당하는 문지기는 통금 시간에 맞춰 출입문을 닫고 종을 치는 등 맡고 있는 구역을 책임졌다}를 지키는 문지기다. 부부가 기도반_{기도를 지키는 문지기가 사는 집}에서 생활하며 밤에는 마치를 야경 돈다.

"밤에도 정해진 시각에 야경을 돌았고 기도 문도 분명히 닫았대. 낯선 자가 통과한 적이 없다는 거야. 게다가 재작년 마사지로 사건 때는 자기도 달려가서 거들었으니까 그놈이라면 얼굴을 모를 리 없지. 만약 그놈이 왔다면 통과시키지 않았을 거라더군."

"그건 그래요. 도모베 씨는 정확한 사람이니까. 기쿠가와마치 쪽 기도도―."

후카가와 기타마치는 작은 마치여서 마치 남쪽에만 기도를 설치했다. 북쪽에 있는 기도는 기쿠가와마치 소속이다. 즉 기쿠가와마치와 후카가와 기타마치를 합쳐서 앞뒤에 하나씩 기도를 설치해 놓았다. 다만 기쿠가와마치는 3초메_{마치가 골목으로 구획되어 있을 경우 각 블록을 초메라 일컫는다}까지 있으므로 2초메와 3초메 사이에 주반이라는 간이 초소를 설치해 두었다.

이즈쓰 나리는 자기도 잘 안다는 듯 고개를 저었다.

"기쿠가와마치의 기도반도 주반도 수상한 자를 통과시킨 적이 없다고 하더군."

그 대목에서 차를 소리 나게 다 마시고는 혼잣말하듯 중얼거렸다.

"하지만 오쓰유는 괴한이 왔다고 했어. 오쓰유가 말이야."

오토쿠는 슬쩍 나리 얼굴을 살폈다. 나리가 무슨 생각을 하는지 금방 알 수 있었다. 자신이 짐작하고 있는 것을 나리도 생각하고 있구나 싶었다. 아니, 정신이 제대로 박힌 사람이라면 누구라도 마찬가지이리라.

"피가 튄 자국이."

나리가 불쑥 말했다. 오쓰유의 소매에 묻어 있던 피를 말하는 거다, 하고 오토쿠는 생각했다. 나리가 그것을 '피가 묻은'이라고 하지 않고 '피가 튄'이라고 표현했다.

"오쓰유가 그런 짓을 할 이유가 없어요. 의좋은 오누이였어요."

오토쿠는 저도 모르게 말을 해 버리고 말았다.

이즈쓰 나리는 의아한 표정을 지었다.

"그런 짓이라니, 무슨 소리지?"

"나리도 참……."

"어쨌거나 주먹밥이나 먹자. 그리고 또 부탁하고 싶은 게 있는데. 오쓰유는 잠시 지신반에서 지내야 하니까 도미헤이를 간병해 주겠나? 뒷간 출입도 힘들어서 기저귀를 찬다고 하던데. 끼니도 좀 챙겨 주고."

"예, 아무렴요, 해야지요."

"미안하이. 그리고 다스케를 죽이는 데 사용한 칼을 나가야 어디에 버렸을지도 몰라. 지금부터 하수구 덮개 밑이나 우물 바닥까지 샅샅이 찾아봐야겠다. 나가야 사람들에게 모이라고 말해 주겠나. 한 명이라도 많을수록 좋아. 이녁이 동네 여자들한테 두루 인정받고 있으니까 부탁하는 거야."

"그렇게 어르지 않으셔도 분부대로 할게요."

오토쿠는 그렇게 대꾸했지만 역시 가슴이 묵직해지는 기분이다. 다스케를 죽인 칼. 그것이 나온다면— 만약 나온다면—.

그것이 채소 가게에서 쓰던 칼이라면.

"저어, 나리."

"왜."

"관리인님은, 규베 어르신은 뭐라고 말씀하시던가요?"

나리는 볼이 미어지게 주먹밥을 씹으며 "뭐, 별로" 하고 무딘 발음으로 말했다.

그날은 뎃핀 나가야 사람들이 모두 나서서 날붙이를 찾느라 해가 저물었다. 뒷간 속까지 나무 들통으로 휘저으며—이때는 정말로 고헤이지가 나서서 해 주었다—모두들 녹초가 되도록 뒤졌지만 날붙이는 나오지 않았다.

규베는 일동을 지휘하며 부지런히 뛰어다녔다. 웃음기 없는, 그러나 심각한 얼굴은 아니었다. 왠지 지친 듯하기도 하고 아픈 듯하기도 한 얼굴에 말수도 적었다. 나가야 주민을 모을 수 있을 만큼 모아서 수색에 들어가기 전에 그가 주민들 앞에서 사과의 말을 꺼냈을 때, 오토쿠는 놀라고 말았다. 오쓰유가 나리에게 진술했다는 사건 내용을 그대로 반복하듯 들려주고, 다스케가 목숨을 잃은 일도 전부 내가 마사지로에게 원한을 산 탓이다, 다스케가 덤터기를 쓴 거라고 말했다.

관리인님, 정말로 그렇게 생각하는 거예요? 오토쿠는 속으로 그렇게 소리쳤다. 오토쿠가 보기에, 관리인 규베의 이야기를 듣는 나가야 주민들의 얼굴에도 그런 의문이 떠올라 있는 듯했다. 그러나 날붙이를 찾는 사람들 얼굴에는, 전혀 본 적이 없는 식칼, 이웃 누구네가 쓰던 게 아니라 척 보기에도 누가 사람을 찌르려고 들고 온 것처럼 보이는 날선 식칼이 어디서 불쑥 튀어나오지나 않을까 하는 기대감이 보이는 듯했다.

모두들 오쓰유의 말이 거짓임을 눈치 채고 있다. 마사지로라는 자에 대한 이야기는 아무리 생각해 봐도 허점투성이다.

하지만 오쓰유가 다스케를 죽일 까닭이 없다. 오빠와 동생은 누가 봐도 감탄할 만큼 서로를 챙기며 장사를 잘 꾸렸고 아버지 간병도 잘해 왔다. 그런 오쓰유가 오빠를 미워할 리 없다. 뭔가 커다란 착오가 있음이 틀림없다. 그게 아니라면 어지간한 사정이 있었거나—.

모두 그렇게 생각하고 있다는 것을 오토쿠는 느꼈다.

도미헤이를 간병하러 가 보니 자기에게 죽을 끓여 떠먹여 주고 기저귀를 갈아 주는 사람이 오쓰유가 아니라 오토쿠라는 사실조차 분간하지 못할 만큼 상태가 나쁘다는 것을 금방 알 수 있었다. 분재처럼 가만히 있을 뿐, 무슨 말을 건네도 대답 한마디 없고 아무 반응도 없다. 눈은 떴지만 아무것도 보고 있지 않다. 오늘 동트기 전 캄캄한 시간에 한 지붕 아래 사는 오빠와 누이동생 사이에 무슨 일이 있었는지를 알 수 있는 상태가 전혀 아니었다. 그나마 다행이지, 하고 오토쿠는 생각했다.

팔에 소름을 돋게 하는 이번 일을 곱씹다가 오토쿠는 문득 생각했다. 만약 죽은 사람이 다스케가 아니라 도미헤이였다면 오쓰유의 심정을 충분히 알 수 있었을 텐데, 하고.

오토쿠의 남편 가키치도 오랜 병치레 끝에 죽었다. 여기 가게를 연 지 이 년쯤 지나서 병에 걸리더니 일 년 넘게 고생하다가 죽었다. 의원의 진단도 확실하지 않아서, 아무래도 배 속에 생긴 안 좋은 무언가가 몸을 괴롭히고 있다는 것 정도를 겨우 알았을 뿐이다.

도미헤이와 달리 가키치는 마지막까지 의식이 또렷해서 병의 고통과 괴로움을 힘겨워했다. 그는 오토쿠에게 고생만 시켜서 미안하다는 자책감에 종종 "날 죽여 줘" 하고 말했다. 비쩍 마른 환자의 어디에 그런 힘이 숨어 있었나 싶을 만큼 오토쿠의 소매를 거세게 잡아채며 제발 자기를 죽여서 편안하게 해 달라고 말했다.

오토쿠는 종종 그 설득과 애원에 넘어갈 뻔했다.

그때 왜 남편의 애원을 들어주지 않았을까, 하고 가키치가 세상을 뜬 뒤 종종 생각했다. 두려워서? 슬퍼서? 물론 분명히 그랬다. 하지만 그보다는 역시 가키치는 일찍 죽는 게 낫다― 라는 이성적인 생각은, 설령 그것이 사실이라 해도 결국은 나 편하자는 핑계일 뿐임을 다른 누구보다 오토쿠 자신이 잘 알고 있었기 때문이다. 그런 논리에 따른다면 잠시 동안은 편해질지 몰라도 결국은 한평생 후회하며 살게 될 테니까. 그런 의미에서 오토쿠는 다시없는 겁쟁이였다. 가키치가 진정 죽음으로 편해지기를 원했다면 오토쿠는 소심함 때문에 남편에게 너무나 가혹한 짓을 한 셈이다.

그러므로 만약 오쓰유가 살아도 죽은 거나 다름없는 도미헤이를 불쌍히 여겨서 도미헤이의 숨통을 끊어 주었다고 해도 오토쿠라면 그 심정을 이해했으리라. 나가야의 다른 주민들도 마찬가지였을 테고. 하지만 현실을 보면 살해된 이는 다스케다. 마음 편하게 의지하던 하나밖에 없는 오빠였다.

그런 다스케를 오쓰유는 대체 왜 죽였을까. 그 이유를 모르기 때문에, 납득할 수 없기 때문에 오쓰유의 진술이 아무리 이상하고 앞뒤가 맞지 않아도, 있지도 않은 '살인범' 이야기를 모두들 믿는 척하는 것이다.

거기서 그치지 않는다. 앞에 나서서 오쓰유를 옹호하는 사람도 나타났다. 이즈쓰 나리가 혼잣말처럼 툭 뱉은 말이지만, 나가야 주민들에게 다스케가 죽은 미명 시간대에 대해서 물어보니 대답이 오쓰유의 진술을 들려주기 전과 후가 달라지더라는 것이다. 오쓰유의 '살인범' 이야기를 듣기 전까지만 해도 수상한 사람은 그림자도 본 적 없고 이상한 소리도 듣지 못했다, 글쎄, 짐작 가는 것이 전혀 없다, 하던 사람들이 오쓰유의 진술을 들은 뒤에는, 그러고 보니 나리, 그날 아침 하수구 덮개를 요란하게 밟으며 달려가는 소리를 들었습니다, 라고 한다든지, 이삼일 전에 인상이 별로 좋지 않은 젊은 남자가 나가야 출입문 근처를 어슬렁거리는 것을 본 기억이 나네요, 라고 한다든지 이런저런 말들을 하기 시작했다고 한다. 기도 문지기 도모베조차, 저도 나이 탓인지 요즘은 가끔 꾸벅꾸벅 조는데 그 틈에 누가 기도를 통과했는지도 모르지요— 하며 머리를 긁적이더라는 것이다.

"괴한이 정말로 찾아왔을지도 모르지."

이즈쓰 나리는 느릿한 말투로 말했다.

"오토쿠, 이녁은 뭐 본 거 없어?"

오토쿠는 잠자코 솥만 젓고 있었다.

그런 상황이라 사건은 해결될 기미가 없었지만, 오쓰유는 꼬박 이틀을 지신반에서 보낸 다음 무사히 채소 가게로 돌아왔다. 아버지를 간병해 주어서 고맙다는 인사를 하러 오토쿠의 가게에 들른 그녀는 지난 이틀 동안 더 수척해져서 피골이 상접해 보이는 모습이, 슬쩍 건드리기만 해도 넘어질 듯 기운이 전혀 없어 보였다.

"정신 바짝 차려, 오쓰유."

오토쿠가 말했다. 하지만 격려하는 말과는 달리 오쓰유의 눈을 똑바로 쳐다보지는 못했다. 손을 들어 등을 다독여 주지도 못했다.

채소 가게는 계속 문이 닫혀 있었고 오쓰유는 장사를 재개할 기미가 없어 보였다. 팔던 물건이 상할 테니 조림으로 할 만한 거라도 받아 주지 않겠느냐는 부탁을 받고 오토쿠는 채소 가게로 걸음을 옮겼다. 호박이나 우엉, 감자를 자루에 담으면서 오토쿠는 곁눈으로 가게 안을 힐끔힐끔 살폈다. 그러다 문득 칼을 보고 말았다. 다스케와 오쓰유가 무를 동강 내거나 여름에 수박을 가르거나 오이를 잘라 소금에 절일 때 쓰던 채소용 칼을.

"조림으로 만들어서 갖다 줄게."

고개를 숙이고 두 팔을 맥없이 늘어뜨린 채 우두커니 서 있는 오쓰유에게 오토쿠는 그렇게 말했다.

"너랑 네 아버지가 반찬으로 할 만한 것 말이야. 무엇보다 우선 잘 먹어야 해, 오쓰유."

오쓰유는 대답이 없었다.

그날 밤 오토쿠가 공중탕 끝물에 들어가 따뜻하게 데워진 몸을 제 팔로 감싸 안고 돌아올 때였다. 관리인 규베가 오토쿠네 뒷문 앞에서 양손을 겨드랑이에 끼고 서 있었다. 규베도 지난 며칠간의 소동에 맥이 탁 풀렸는지, 축 처진 모습이 꼭 유령 같아서 오토쿠는 흠칫 놀랐다.

"안으로 드셔서 차나 한잔하세요."

규베는 다다미방에 오르려 하지 않았다. 초입에 엉덩이를 걸치고 무슨 말을 꺼내려는지 고개를 숙이고 있다가 이윽고 얼굴을 들더니 조용히 입을 열었다.

"오토쿠, 이녁은 이 나가야에서 제일 인망이 좋아. 이녁이라면 어지간한 일도 잘 잡도리해 나갈 수 있을 거야."

"아닌 밤에 홍두깨라더니, 뜬금없이 뭔 말씀이세요, 어르신."

"뭐, 별일은 아니야. 그냥 이번에도 이녁이 여러 가지로 힘이 되어 주어서 하는 말이야."

"힘이 되어 드린 게 뭐 있다고 그래요."

"이녁은 틀림없는 사람이니까."

규베는 알뜰하게 정돈된 다다미방 내부를 휘이 둘러보더니 그렇게 중얼거렸다.

"어르신한테 칭찬을 받다니, 왠지 좀 무섭네요."

"그래? 무서워?"

규베는 희미한 웃음을 지었다. 그러다가 소리를 낮춰 말했다.

"이즈쓰 나리는 오쓰유를 잡아들이실 모양이야. 잡아들여서 자백을 받아 내실 심산이겠지."

오토쿠는 숨을 삼켰다. 아, 역시. 아무리 모두들 감싸 주려고 해도 오쓰유의 진술이 이상하다는 점은 다들 느끼고 있다. 게다가 뭐라고 진술해도 소매에 피가 튀었다는 사실이 남아 있다. 그렇구나, 나리는 역시 막부 무사로구나. 하지만 그것이 나리의 임무니까ㅡ.

오토쿠가 아무 말도 못하고 있는데 규베가 내처 말했다.

"다스케한테는 결혼을 약속한 여자가 있었는데, 알고 있나?"

금시초문이다. 물론 다스케는 벌써 스물두세 살이다. 그런 여자가 있어도 이상할 게 없지만 한 번도 생각해 본 적이 없는 일이었다.

"언젠가 한번은 나에게 상의를 한 적이 있어. 여자가 있는데 살림을 차릴까요, 하고 말이야. 차마 그렇게 하라고 권하지는 못했어. 아사쿠사 찻집에 있는 여자래. 참배하러 갔다가 만났는지도 모르지. 가끔씩 몰래 만나 온 모양이야."

"그 여자가 어쨌게요?"

"뭐, 아무것도 아니야. 그냥 그런 여자가 있었다는 거지."

규베는 어딘지 화가 난 것처럼 짤막하게 대답했다.

이야기는 더 이어지지 않았다. 규베는 뭔가 아쉬움이 남는 듯한 눈길로 오토쿠의 얼굴을 쳐다보고 돌아갔다.

이튿날 아침이 되어서야 오토쿠도 그 속내를 알게 되었다. 생선 장수 미노키치가 뛰어들어 거품이라도 물 기세로 이렇게 말했다.

"큰일 났어, 오토쿠 씨. 관리인이 도망쳤어."

"뭐라고요?"

"관리인이 야반도주를 했다고. 어디로 가 버렸다니까."

"어디로 가 버리다니―."

"몇 글자 써서 남겼대. 도모베 씨가 읽어 준다고 다들 모이래."

가쓰겐에서 지배인으로 일하며 단련된 만큼 규베의 글은 달필이었다. 너무 매끄럽게 흘려 써서 읽기도 어려운 쪽지를 기도 문지기 도모베가 떠듬떠듬 읽었다. 뎃핀 나가야 세입자들은 그 내용을 들으며 멍하니 입을 벌린 채 눈을 끔벅거리고 서 있었다.

― 내가 이대로 뎃핀 나가야에 있으면 마사지로가 또 쳐들어올 게

틀림없다. 다스케 사건만 해도 감당하기 힘든 죄를 지은 몸인데 여러분에게 또 폐를 끼칠 수는 없다. 나는 이곳을 떠난다. 이제 규베가 여기 없다는 것을 여러분도 잘 알고 세상에 널리 소문을 퍼뜨려서 마사지로가 다시 찾아오지 않게 하라.

규베는 그런 글을 남겼다. 몇 가지 일용품만 싸 들고 나갔는지 가재도구는 고스란히 남아 있었다.

오토쿠는 가슴이 울렁거리고 마음이 찢어질 듯 아팠다.

어젯밤 관리인 어르신은 나에게 작별을 고하러 오신 거였어. 그런 부탁을 전하며.

마사지로 이야기는 거짓인데. 살인범 따위는 있지도 않은데. 그건 오쓰유가 지어낸 이야기인데.

— 이즈쓰 나리는 오쓰유를 잡아들이실 모양이야.

그래서 떠났나? 오쓰유의 거짓말을 그럴싸하게 만들어서 오쓰유를 보호해 주려고?

왜 사람이 그렇게 좋기만 할까.

오토쿠는 넋이 나간 듯 주변을 두리번거리며 오쓰유를 찾았다. 모여든 사람들 중에 오쓰유는 없었다. 오토쿠는 채소 가게로 뛰어갔다.

문을 닫고 덧문도 전부 닫아서 캄캄한 집 안에 오쓰유는 오도카니 앉아 있었다. 오토쿠가 뒷문을 벌컥 열어젖히고 다다미방으로 뛰어 올라가 숨을 하악하악 거칠게 내쉬며 털썩 주저앉아도 그녀는 등을 돌리고 앉아 고개를 푹 숙인 채 꼼짝도 하지 않았다.

"관리인 어르신이 떠나셨어."

오토쿠는 말했다.

오쓰유는 아무 말이 없다. 뒷문으로 비껴든 햇빛 속에 눈을 꼭 감은 오쓰유의 얼굴이 보였다. 무릎 위에 올린 양손 손등에 해골처럼 뼈가 불거져 있다.

"어젯밤 관리인 어르신이 나한테 인사하러 오셨더라. 너한테도 오시지 않았니? 당신이 사라질 테니까 안심하고 그 거짓말로 계속 버티라고 하시지 않든?"

오쓰유는 눈을 크게 뜨고 끔벅거렸다.

"관리인 어르신이 여기 살고 있는데 아무리 시간이 지나도 마사지로가 다시 나타나지 않는다면 얘기가 이상해져 버리겠지. 그게 아니라도 네 말이 거짓이라는 것은 모두들 알고 있어. 다만 똑떨어지는 증거가 없을 뿐이지."

오토쿠는 누구한테 화를 내는지 스스로도 알지 못한 채 그저 마구 분노를 터뜨리고 싶은 심정이었다.

"왜 오빠를 죽였니."

오쓰유의 어깨가 움찔했다.

"맞지? 들으나 마나 뻔해. 실토하지 않아도 네가 오빠를 요절냈다는 건 다들 알고 있어. 그렇게밖에 생각할 수 없잖니. 하지만, 왜 그랬니. 그렇게 사이가 좋았는데 왜 오빠를 죽여야 했니. 제발 말 좀 해 봐. 안 그러면 나는, 다른 사람들은 어떤지 몰라도, 나는 널 지켜줄 수가 없어."

오쓰유의 고개가 떨어지고 어깨가 축 처졌다. 울기 시작하나 싶었지만 그녀의 눈은 말라 있었다.

마침내 갈라진 목소리로 이야기를 시작했다.

"아버지가 저 꼴인데…… 시집오겠다는 여자가 어디 있겠어요."

어둠 속에서 뒷문으로 비껴드는 햇빛이 칼날처럼 날카롭다. 그 햇살을 받으며 오쓰유는 결연히 앉아 있었다.

"제가 싫다고 했어요. 아버지가 드러누워 계신 집에 다른 여자가 들어오는 거."

"뭐? 다스케한테 여자가 있었다는 거니?"

오토쿠가 자세를 고쳐 앉았다.

"네."

"하지만 그래서— 옳지, 그래서 다스케가 집을 나가겠다고 하든? 그래서 너랑 다툰 거야?"

오쓰유는 가만히 고개를 저었다.

"집을 나가는 일은 없을 거라고 했어요."

혼잣말처럼 말한다.

"나를 혼자 두고 나갈 수는 없다고."

"그럼, 어째서—."

그렇게 말하던 오토쿠의 머리에 무언가가 번뜩 스치고 지나갔다. 한 대 후려 맞고 정신이 번쩍 드는 듯한 기분이었다. 도미헤이가 누워 있으면 아무도 시집을 오지 않는다. 그렇다고 누이동생 오쓰유를 버리고 나갈 수도 없다. 그렇다면—.

앙다문 이빨 사이로 마디마디 밀어내듯 오토쿠가 물었다.

"다스케가, 아버지를— 보내 드리자고 하든?"

오쓰유의 가녀린 등이 무엇에 콱 조인 양 흠칫 긴장했다. 그러고는 이내 머리를 덜컥 떨어뜨리고 울기 시작했다.

"그편이 아버지도 편할 거라고. 지금도 이미 돌아가신 거나 마찬가지라고. 하지만 저는—."

끅끅거리며 오쓰유는 내처 말했다.

"얼마나 이야기했는지 몰라요. 그럴 수는 없다고. 하지만 오빠는 듣지 않았어요. 이제 어쩔 수 없다, 아버지 때문에 네 처지도 딱하지 않느냐고 하면서. 아버지도 이해해 주실 거라고, 그렇게 해 주기를 바라실 거라고. 그건 뻔뻔한 핑계라고 아무리 얘기해도 소용이 없었어요."

그날 새벽에도 사건이 일어나기 직전까지 오누이가 그 일을 놓고 이야기를 했다고 한다. 그러나 오빠는 자기 뜻을 거두지 않았다. 잠을 이루지 못하던 오쓰유는 아래층으로 내려가 이불을 덮고 자는 오빠의 머리맡에 앉았다.

오빠는 그 여자가 시키는 대로 행동하고 있다. 오빠가 제 머리로 그런 마음을 먹었을 리 없다. 오빠가 무엇에 씌었다. 내가 이렇게 간절히 애원하는데 왜 알아듣지 못하는 거야. 왜 예전의 오빠 모습으로 돌아와 주질 않는 거야—.

"오빠가 아버지를 죽이게 놔둘 수는 없었어요."

오쓰유는 가만가만 말했다.

"그렇다면 내가 나서서 오빠를 말리면 됐을 텐데."

오토쿠는 두 손을 꼭 쥐고 가녀린 오쓰유의 등을, 목덜미를, 허물어져 내릴 듯한 어깨를 응시하고 있었다.

정말로 괴한이 찾아왔었구나, 하고 생각했다.

다만 그자는 다스케한테 찾아온 게 아니었다. 오쓰유한테 찾아왔던 것이다. 오쓰유의 얼굴, 오쓰유의 목소리, 오쓰유의 손을 빌려 칼을 움켜쥐고.

그 괴한은 예전에 오토쿠한테도 몇 번인가 찾아온 적이 있다. 고통받는 가키치의 머리맡에 앉아 있던 오토쿠의 어깨를 살짝 건드리곤 했다.

관리인 어르신은 알고 계셨다. 뻔히 짐작하셨겠지. 그래서 나한테도—.

이 아이를 나리께 고변할 수는 없다.

"칼은 어디다 감췄니?"

오토쿠가 작은 소리로 물었다.

"닦아서 부엌에."

"그래, 모르는 척하고 그대로 있어."

"오토쿠 아줌마……."

눈물로 젖은 얼굴을 쳐들고 오쓰유가 오토쿠를 바라보았다. 오토쿠는 오쓰유를 꼭 안아서 살짝 흔들어 주었다.

"알겠지, 넌 이 집에서 도망치면 안 돼. 방금 한 이야기는 다 잊어버려. 관리인 어르신도 그걸 바라셨던 거야. 기왕 시작한 거짓말이니까 죽어도 그걸로 버티는 거야. 알겠니?"

오쓰유는 흐느껴 울면서 몇 번이나 고개를 끄덕였다. 오토쿠는 어둠을 찌르고 들어오는 햇살, 그 안에 원수라도 숨어 있는 양 매섭게 노려보았다.

노름꾼

이즈쓰 헤이시로는 미신에 혹하는 사람이 아니다.

어릴 적부터 그랬다. 아무 생각 없이 문지방에 올라섰다가 어머니에게 야단을 맞은 적이 많았다. 문지방을 밟으면 그 집안 가장한테 재앙이 내린다는 미신이 있기 때문이다. 헤이시로의 아버지는 성미가 까다로운 사람인데, 그는 그런 아버지한테 귀여움을 받기보다 혼나는 일이 많았다. 어린 마음에도 그게 못마땅해서 열 살 때였던가, 그런 아버지는 죽어 버리면 좋겠다는 생각에 오히려 더 문지방을 밟고 심지어 팔짝팔짝 뛰어도 보았지만 그날도 그 이후에도 아버지의 넙데데한 얼굴에는 아무런 재앙도 내리지 않았다. 덕분에 어린 헤이시로는 미신 따위는 믿을 게 못 된다고 크게 원통해하며 깨달았던 것이다.

그 신념은 사십 대 중반을 넘은 지금도 변함이 없다. 아침에 집을 나서다 셋타_{대나무 껍질로 엮어 가죽 밑창을 댄 신발} 끈이 끊어져도, 한참 걷다가 끊어지는 것보다는 낫지, 하고 생각한다. 핫초보리의 도신촌마치부교쇼에서 일하는 중하급 무사들이 모여 살던 마을에서 고양이 이마처럼 좁은 마당에 동백나무를 심은 것도 헤이시로 혼자뿐이다. 그는 동백꽃을 좋아하고 벚꽃을 아주 싫어했다무사들은 동백꽃을 죽음을 암시하는 불길한 꽃으로 여긴다는 설이 있다. 꽃이 질 때 '툭' 소리를 내며 떨어지는데, 그것이 무사의 목이 떨어지는 것을 연상케 하기 때문이다.

본래 그런 사람이라서, 후카가와 기타마치 뎃핀 나가야의 출입문 위에 오늘로 사흘째 까마귀 한 마리가 앉아 있다는 사실에 특별히 주목하지는 않았다. 신경이 예민해져 있던 것도 아니다. 다만 장소가 장소인 만큼 저도 모르게 불쑥 그런 말이 튀어나왔다.

"저놈의 까마귀, 어제도 그제도 저 자리에 있었는데."

바로 뒤를 따라오던 고헤이지가 동그란 얼굴에 박힌 작은 눈을 조금 크게 떴다.

"오늘은 어쩐 일로 나리께서 그런 말씀을 다 하시네요."

"꼭 뭘 믿어서 하는 말은 아니다. 하지만 대낮부터 거리에 까마귀라니, 흔한 일은 아니잖느냐."

까마귀는 잡식성이고 머리도 제법 좋으니 인간이 모여 사는 마을에 먹이가 있다는 것쯤은 잘 알고 있을 것이다. 하지만 아무 죄 없는 까마귀한테 들씌워진 '불길하다'는 미신 때문에 인간에게 미움을 받고 돌팔매나 몽둥이질에 쫓겨나는 일도 많다. 오랜 세월이 흐르는 동안 이 죄 많은 새는 이유야 어찌되었든 인간들이 자기들을 싫어한다는 것을 이해했는지, 이른 아침이나 해질 무렵이 아니면 사람 눈에 잘 띄는 낮은 곳에서 날개를 쉬거나 먹이를 쪼거나 하지는 않게 되었다.

고헤이지도 뎃핀 나가야의 출입문 기둥을 올려다보았다. 쪽방 나가야로 들어가는 초입에 비스듬히 세운 작은 문인데, 그 윗부분에 주민들의 이름과 장사 품목을 적어 놓은 목판을 나란히 세워 두었다. 까마귀는 제일 가장자리에 세워 둔 '통장이 곤키치' 목판 위에 오도카니 앉아 있다.

"저는 못 봤는데, 어제도 그제도 저 자리에 있었나요?"

"응, 그래."

"같은 새였고요?"

"그래, 봐라. 오른쪽 날개에 새빨간 깃털이 딱 하나 섞여 있잖아. 제법 멋을 부리는 새로구나."

헤이시로는 손을 들어 까마귀를 가리켰다.

정말 그런 까마귀였다. 새카만 날개에 빨간 선 한 줄기가 눈에 띈다. 사람이 가리켜도 움직일 기미는 보이지 않고 까만 눈을 깜빡이다가 고개를 갸웃거리며 헤이시로와 고헤이지의 얼굴을 번갈아 쳐다보는 모습이 꽤 귀여웠다.

인간을 별로 경계하지 않는 까마귀로군, 하고 헤이시로는 생각했다. 그러나 고헤이지는 어두운 표정을 지었다.

"이즈쓰 나리, 저 새가 혹시 어제도 그제도 똑같은 목판 위에 앉아 있었나요?"

"글쎄, 그것까지는 기억하지 못하겠구나."

헤이시로는 투박한 손으로 목덜미를 벅벅 긁으며 웃는 낯으로 고헤이지를 내려다보았다.

"정 걱정되면 기왕 여기까지 왔으니 통장이 곤키치네나 들여다보고 오지 그러냐."

고헤이지는 웃지 않았다.

"그리 하겠습니다. 까마귀가 어슬렁거리니 영 기분이 언짢습니다. 곤키치가 꽤 오래전부터 등에 병을 앓아 왔는데, 이곳에는 들여다봐 줄 관리인도 없으니까요. 혹시 자리에 누워 있기라도 하면 딱한 일이죠."

"뭐, 무슨 일이 있으면 이웃이 거들어 주겠지."

녀석, 미신에 꼭 쥐여사는군— 하고 내심 쓴웃음을 지으면서도 헤이시로는 고개를 끄덕이고 하수구 덮개를 밟으며 나가야 안으로 걷기 시작했다.

고헤이지의 말대로 이 뎃핀 나가야에는 관리인이 없다. 나가야에 세입자가 없는 일은 있어도 관리인이 없는 경우는 없는 법인데, 뎃핀 나가야만은 공석이다. 물론 애초부터 없었던 것은 아니지만—.

"규베 씨가 사라지고 벌써 한 달이 지났습니다."

고개를 숙이고 하수구 덮개 위를 걸으며 고헤이지가 말했다. 규베는 얼마 전에 사라진 관리인의 이름이다. 그가 사라진 것은 매화가 피기 시작할 무렵. 지금은 날이 꽤 따뜻해졌다.

"사라신 사정이 사정인데 그 뒤에 아무도 보내질 않고 방치해 두다니, 미나토야는 대체 무슨 생각을 하는 걸까요."

미나토야_{야붙는 가게, 또는 그 가게의 주인을 가리키는 말이다. 즉 미나토야란 미나토 상회, 또는 상회의 주인을 가리키는 호칭. 상인들은 이 호칭을 성처럼 사용했기 때문에 상인의 집안 자체를 가리키는 호칭이 되기도 했다}란 뎃핀 나가야의 소유주인 소에몬을 말한다. 말하자면 나가야 관리인을 부리는 일은 집주인의 몫이니 고헤이지가 그를 비난하는 것도 무리는 아니다.

"일손이 모자라는 모양이지. 뭐, 하는 수 없잖아."

뎃핀 나가야는 꼼꼼한 관리인이 없는 곳치고는 언제 와 봐도 청소가 잘되어 있다. 노변에서 간이식당을 하는 오토쿠라는 과부가 세입자들을 잘 이끄는 덕분이다. 오토쿠는 활달하고 일손이 매운 과부로, 헤이시로는 그녀가 믿음직스러웠다. 오토쿠가 있으면 관리인이 공석이라도 뎃핀 나가야에 그리 어려운 일은 생기지 않을 것이다. 내친김에 오토쿠를 설득해서 여자 관리인으로 쓰는 방법도 있지 않을까 하는 생각도 든다. 하지만 그렇게 되면 오토쿠의 살림살이는 나아지겠지만 그녀가 만드는 맛있는 음식과 도시락을 맛볼 수 없게 되는데, 그것은 꽤 아쉽겠지.

규베가 사라진 직후 미나토 상회의 주인 소에몬이 보낸 심부름꾼이 헤이시로를 찾아와서 정중하게 인사를 했다. 이번에 일어난 불미스러운 일을 사죄하고, 빠른 시일 안에 후임을 찾아보려고 하는데 그때까지 모쪼록 잘 부탁드린다는 내용이었다. 헤이시로도 양해했다. 그런 인사도 기분 나쁘지 않고, 규베가 자취를 감춘 데는 드러낼 수 없는 속사정이 얽혀 있음을 알기 때문이다. 그래서 하루에 한 번 후카가와 기타마치의 지신반에 들르는 김에 뎃핀 나가야에도 얼굴을 비치고 주민들과 직접 이야기도 나누기로 했다. 어차피 오토쿠네 가게에 들르니 따로 수고가 더 들지도 않는다. 규베가 사라졌으니 다른 나가야나 셋집 관리인들의 월번_{관리인은 마치 자치 조직에 소속되어, 월 단위로 돌아가면서 지신반에서 자치 업무를 담당해야 했다} 부담이 한 사람 분만큼 늘어났다. 그것 때문에 뎃핀 나가야가 원성을 듣지 않도록 잘 알아듣게 이야기해 두었다. 고헤이지의 비난이 온당하기는 해도, 헤이시로가 보기에 지금으로서는 뎃핀 나가야에 관리인이 없어도 그리 큰 불편도 없고 불안도 느낄 수 없었다.

통장이 곤키치의 집은 나가야에서 제일 구석진 곳에 있다. 골목을 지나면서, 남편이 벌이하러 나가 있는 동안 그에 질세라 집 안에서 부업에 열을 올리는 부인들에게 일일이 인사를 들었다. 다들 바쁘게 일하는지 어느 부인의 이마에도 땀이 살짝 맺혀 있다. 아이들은 거의 반벌거숭이로 뛰어다니며 논다. 그러나 곤키치의 집 앞에 다다르니 밝은 분위기는 싹 가시고 왠지 이상하리만치 고요한 분위기가 감돈다.

"어이, 안에 있나? 곤키치?"

그렇게 부르며 장지를 여니 집 안이 바깥보다 어둑하다. 잡동사니가 어수선하게 늘어진 어두운 다다미방 구석에서 누군가 흠칫하며 얼굴을 들고 이쪽을 쳐다보았다.

"오리쓰로구나. 이런, 혼자 있니? 곤키치는 어딨어?"

헤이시로는 검은 사람 그림자를 향해 말했다.

오리쓰는 곤키치의 외동딸이다. 아버지 일을 돕고 있다고 한다. 네, 그냥 뭐, 하며 모호하게 대답하고 오리쓰는 문가로 다가왔다.

나무통을 만드는 일은 차분하게 수작업을 해야 하는 일인데, 곤키치처럼 혼자서 일하는 통장이는 별로 없다. 스스로 공방을 차려 직공을 고용하거나 다른 공방에 고용되는 사람이 대부분이다. 그래야 작업을 분담할 수 있어서 물건을 많이 팔기에도 유리하고 수입도 많기 때문이다. 곤키치도 십 년쯤 전까지는 그렇게 공방에 고용된 직공이었던 모양인데 공방 주인과 원활하게 지내지 못해 여러 공방을 전전하다 지금과 같은 상태로 자리를 잡은 듯하다. 예전에 인연을 맺었던 공방에서 일정 수량만큼 재료를 건네받고 완성품을 납품하는 식이다. 그것만으로는 도저히 부녀 두 사람이 먹고살기가 힘들어서 오리쓰가 어느 찻집에 기숙하며 일하고 있다고 오토쿠가 이야기해 주었다.

오리쓰는 가까이서 보기 전까지 상대가 누구인지 몰랐던 모양이다. 헤이시로라는 것을 알자 크게 놀라 몸을 조아리며 얼른 고개를 숙였다.

"이즈쓰 나리, 죄송합니다."

"그렇게 부리나케 사죄할 일은 아니구먼."

허허 웃으며 대답하고 어두운 방 안에서 나온 오리쓰의 얼굴을 본 순간 이번에는 헤이시로가 깜짝 놀랐다. 전에 오리쓰를 본 것이 거의 한 달쯤 전이었을까. 그때에 비하면 볼이 홀쭉해지고 눈썹은 희미해지고 머리카락도 성겨진 것 같았다. 아무리 찢어지게 가난한 살림이라도 젊은 아가씨라면 나름대로 예쁘게 마련이다. 특히 오리쓰는 후카가와 기타마치에서 제일 예쁘게 생겼다는 소리를 듣던 아가씨로, 헤이시로도 거기에는 이론이 없었다. 그 오리쓰가 무슨 까닭인지 해골처럼 변해 버렸다.

"특별히 볼일이 있어서 온 건 아니고, 여기 고헤이지가— 곤키치 등에 병이 있었는데 요즘은 어떻게 지내나 궁금하다고 해서 와 봤다."

헤이시로는 뒤에 있는 고헤이지를 힐끔 돌아보았다.

"그러세요. 감사합니다. 아버지는 건강하세요."

오리쓰는 다시 고개 숙여 인사했다.

"건강이 염려되는 건 오히려 너로구나. 무슨 병이라도 있는 거 아니냐?"

헤이시로는 숨김없이 말했다. 오리쓰는 눈에 띄게 당황했다.

"예, 그냥 감기입니다."

"거 안됐구나. 아직 깨끗하게 낫지 않은 모양이지. 너무 말랐다, 안쓰러울 정도구나."

오리쓰는 멈칫거리고 있었다.

"어려운 일이 있으면 오토쿠한테 얘기해라. 규베가 없는 동안 어지간한 일들은 오토쿠가 맡아서 하고 있으니까."

오리쓰는 조신하게 예, 하고 대답했다. 몸을 조아린 채 헤이시로의 눈을 쳐다보려고 하지도 않는다. 하는 수 없이, 그럼, 하며 발길을 돌리자 등 뒤에서 도망이라도 치듯이 장지가 닫혔다.

— 뭔가 있구나.

헤이시로는 그렇게 생각했지만 그냥 발길을 돌렸다. 오리쓰에게 캐묻기보다는 오토쿠에게 묻는 편이 빠르다. 걸음을 재촉해서 골목을 돌아 나오기 시작했다.

"거의 반송장처럼 수척해져 버렸네요."

고헤이지가 뒤를 돌아보며 혼잣말처럼 말했다.

"역시 까마귀는 흉조예요."

까마귀는 여전히 나가야 출입문 위에 앉아 있었다. 고헤이지가 쉭! 하는 소리를 내며 쫓는 몸짓을 하자 불평을 하듯이 까악, 하는 소리를 한번 뱉고는 가볍게 날아올랐다.

"노름이에요. 곤키치 씨가 얼마 전부터 노름에 미쳤어요."

오토쿠가 말했다.

헤이시로는 오토쿠네 가게 의자에 앉아 꼬치에 꿴 곤약을 먹고 있었다. 곤약을 씹으며 말했다.

"곤키치가 노름을 한다는 얘기는 첨 듣는걸. 예전에 어울리던 패거리하고 아직도 한단 말인가?"

곤약은 뜨거웠다.

오토쿠는 양손을 허리에 받쳤다.

"그건 옛날 얘기고 이번에는 다른 패 같아요."

"다른 패라면ㅡ."

헤이시로는 곤약을 다 삼켰다.

"맛있네. 맛은 좋은데 혀가 다 익겠다."

"너무 급히 드시니까 그렇죠. 보리차 드릴까? 고헤이지 씨도?"

고헤이지도 곤약을 먹으며 고개 숙여 인사를 차렸다. 이상하게도 고헤이지는 헤이시로와 단둘이 있을 때는 이야기를 곧잘 하는데, 헤이시로 앞에서는 마을 주민들과 이야기를 하려고 하지 않는다. 그는 헤이시로와 함께 다니는 주겐이다. 신분으로 보자면 마치부교쇼 소속이다. 위세를 부리고자 하면 못 부릴 것도 없을 텐데 그런 모습이 없다. 공연한 말은 일체 입에 담지 않는다. 무례하지 않고, 특히 오토쿠한테는 정중하게 대했다.

"다른 패라면 더 악질적인 놈들과 섞였다는 말인가? 아니면 비밀 도박장에라도 드나든다는 건가?"

"나리는 그렇게 대놓고 말씀하셔서 겁난다니까요."

오토쿠는 웃으며 보리차 잔을 내밀었다.

"네, 도박장에 드나듭니다, 하고 대답하면 곤키치 씨를 잡아들이실 건가요?"

"꼭 그렇지는 않아. 도박장이야 도처에 있으니까. 거기서 노름하는 자들이 어디 한둘인가. 우리야 아무것도 모르는 척하는 거지."

주사위 노름을 하는 비밀 도박장으로는 무가 저택의 행랑이 이용되는 일이 많다. 마치부교쇼의 손길이 미치지 않기 때문이다에도 시대는 철저한 신분 사회여서 하급 무사가 상급 무사를 단속·체포할 수 없었다. 마치부교쇼는 평민만을 관리한다.

"그럼 이런 건가? 곤키치는 내가 모르는 것으로 되어 있는 그런 곳에 드나들고 있는 거야?"

오토쿠는 앞치마에 손을 닦고 한숨을 내쉬며 자리에 앉았다.

"드나드는 정도가 아니라 푹 빠져 살죠."

"제법 따나 보지?"

"잘 따면 왜 그렇게 음침한 집에 살겠어요."

헤이시로는 보리차를 마시며 얼굴을 찡그렸다. 오리쓰의 수척한 얼굴이 띠올랐다.

"그래서 오리쓰가 힘들어하는 건가?"

"불쌍하게도 예쁘장하던 아이가 그 꼴이 되고 말았어요. 저도 곤키치 씨를 붙들고 입바른 소리를 하고 있지만."

"누가 얘기한다고 노름을 그만둘까."

"오토모 씨가 살아 있었다면 조금 달랐을 텐데."

오토모는 곤키치의 죽은 부인으로 세상을 뜬 지 삼 년쯤 됐다. 생전에 오토쿠와 사이가 좋았다.

"마누라가 있어도 노름은 못 끊어."

"그럼 어떻게 해야 끊죠? 뭐 좋은 방법 없나요?"

헤이시로는 고헤이지를 힐끔 쳐다보았다. 고헤이지가 하고 싶어 하는 말이 얼굴에 씌어 있다.

"묘안 같은 건 없어. 노름은 불치병이라고 생각하는 편이 나아."

"그럼 오리쓰는 어떻게 되는 거예요? 애비를 저버릴 수도 없을 거 아녀요. 정말 효심이 깊은 아이거든요."

아무리 자식이라지만 애비를 버리면 절대로 안 된다는 법은 없지 않을까, 하고 생각하며 헤이시로는 턱을 비틀었다. 어릴 적 아버지 머리를 박살내려고 문지방 위에서 발을 구르고 팔짝팔짝 뛰기도 했던 이 남자는 애초에 효심이라는 것이 영 의심쩍기만 하다. 효자라는 칭송을 듣는 사람 중에 진심으로 효행을 하는 사람이 과연 몇이나 될까 하고 헤이시로는 생각한다. 태반은 어쩌다 한번 듣게 된 효자라는 평판을 망가뜨릴 수 없어서 그런 시늉만 내고 있는 것은 아닐까.

그러나 오토쿠 앞에서 함부로 그따위 소리를 했다가는 후환이 두렵다. 불평 한마디 없이 사나운 시부모를 봉양하고 병으로 드러누운 남편을 돌보며 씩씩하게 일해 온 오토쿠는 세상은 자기 같은 사람만 사는 곳이 아니라는 것을 잘 모른다. 예를 들면 헤이시로 자신만 해도 십 년 전 아버지가 세상을 떴을 때 망자의 얼굴을 보면서, 그렇게 뇌물을 거두고 약자를 혹독하게 괴롭혀 온 아버지가 천수를 누리다

별 고통도 없이 죽다니, 이 세상에는 부처님도 없고 신령님도 없구나, 하고 생각했다. 그런 이야기를 털어놓는다면 오토쿠는 경악하고 낭패하며, 그건 다 거짓말이다, 누가 제 부모를 그렇게 생각하겠느냐, 거짓말이 틀림없다, 하고 당장 울음을 터뜨릴 듯한 얼굴을 하리라. 그래서 헤이시로가 "허허. 맞아, 거짓말이야" 하고 말할 때까지 따지고 들 것이 틀림없다.

헤이시로가 잠자코 있자 오토쿠가 일어나 조림 솥을 젓기 시작했다. 그러고는 못마땅하다는 듯이 말했다.

"규베 어르신이 계셨으면, 곤키치 씨를 잘 타일러서 노름에서 손을 떼게 해 주셨을 텐데."

그렇게 피골이 상접하도록 마른 딸을 눈앞에 보면서도 자제하지 못할 만큼 노름에 미쳤다면 설령 규베라도 손쓸 도리가 없지 않을까. 그러나 헤이시로는 아무 말도 하지 않았다. 오토쿠가 기분이 언짢은 지금은 무슨 말을 하기도 조심스럽다.

화제를 바꾸기로 했다.

"규베 얘기를 하니까 생각이 나는데— 후임 관리인과 관련해서 집주인한테 무슨 소식이 오지는 않았나?"

"별 소식은 없었지만."

오토쿠는 주변을 힐끔 살피고 나서 국자를 든 채 헤이시로 곁으로 다가와 목소리를 낮췄다.

"얼마 전 가쓰겐에서 젊은 점원이 와서 규베 어르신의 짐을 정리했어요."

"언제부터?"

"바로 이삼일 전부터요."

"오늘도 올까?"

"글쎄요, 그거야 알 수 없죠."

"잠깐 들여다보고 갈까?"

헤이시로는 자리에서 일어났다. 규베가 살던 이층집은 노변 나가야 바로 남쪽에 있다. 터벅터벅 걷는데 길 앞쪽에서 큰 수레 한 대가 와서 헤이시로가 가려는 집 앞에서 멈추었다. 큰 수레를 끄는 젊은이는 가쓰겐이란 글자가 찍힌 한텐작업복으로 입는 짧은 겉옷을 입고 있다.

걸음을 멈추고 그 젊은이가 하는 양을 지켜보는데, 젊은이는 수레에 싣고 온 고리짝과 이불 보따리를 내려 집 안으로 들이기 시작했다. 짐은 그리 많지 않다. 가구나 가재도구도 보이지 않는다.

가쓰겐은 집주인이 아카시초에서 운영하는 요릿집이다. 규베도 예전에 거기에서 일했다. 아무래도 새 관리인이 온 모양이군, 하고 헤이시로는 수염을 뽑으며 생각했다. 역시 가쓰겐에서 일하던 점원일까?

계속 지켜보자니 짐을 다 내린 수레가 왔던 길을 돌아간다. 헤이시로는 규베가 살던 집으로 다가갔다. 뒤에 고헤이지가 따라온다.

"새 관리인이 왔군요."

그가 말했다. 헤이시로가 응, 하고 대답하려는 순간 바로 머리 위에서 퍼덕퍼덕 하는 날갯짓 소리가 났다. 놀라서 올려다보니 까마귀가 까만 날개를 펼치고 머리 위를 날아서 지나가는 참이다. 그러고는 관리인 집 처마 끝에 살짝 내려앉았다.

"아까 그놈이군. 날개에 빨간 깃털이 섞여 있어요. 저놈이 아무래도 이 나가야를 저주하려는 모양입니다."

고헤이지가 화난 목소리로 말했다.

그는 헤이시로를 앞질러 달려가 까마귀를 쫓아 버리려고 머리 위로 주먹질을 했다. 그때 관리인 집에서 누가 불쑥 나왔다. 고헤이지는 그 인물에게 주먹질을 하는 꼴이 되었다.

"어쿠" 하고 상대방이 놀라는 소리를 냈다. 젊은 남자였다. 약식 기모노가 아니라 점원처럼 모모히키^{작업용으로 입는, 발목을 끈으로 묶는 남성용 바지}를 입고 있다. 위아래 모두 검은 옷에 키가 훤칠하니 크다. 그는 윗몸을 뒤로 살짝 젖히고 고헤이지를 내려다보는 자세를 취했다.

고헤이지도 놀라서 뒤로 펄쩍 뛰었다. 두 사람은 얼빠진 얼굴로 서로 마주 보았다. 젊은 사내는 곁으로 걸어오는 헤이시로를 발견하고 어? 하는 표정을 지었다.

볼썽사나운 자세를 취하고 있던 고헤이지가 먼저 입을 열었다.

"실은 까마귀를— 쫓으려고 하던 건데."

꼭 쥐었던 주먹을 풀고 처마 끝을 가리켰다.

젊은 사내는 처마 끝을 올려다보고 웃음을 지었다.

"이게 누구야, 간쿠로구나. 여기 있었니?"

"간쿠로?"

"네, 제가 기르는 까마귀입니다."

"기른다고?"

"예, 새끼 때부터 키워서 길이 잘 들었습니다."

정중한 말투로 고헤이지에게 그렇게 말하고 헤이시로를 향해 고개를 깊이 숙여 인사했다.

"이즈쓰 나리시군요."

"음. 가쓰겐 점원인가 보군. 수고가 많네. 집 안은 대충 정리가 끝났나?"

헤이시로는 가볍게 응했다.

"예, 덕분에."

"새 관리인이 오나 보군."

헤이시로는 활짝 열린 문으로 집 안을 힐끔 들여다보았다. 어수선한 모습도 없이 말끔하게 정리되어 있다.

"규베 짐은 가쓰겐에 맡겨 두었나?"

"예, 일단은 그리 했습니다. 자잘한 물건들은 그냥 사용하기로 했고요."

"그럼 새 관리인은 언제 오나?"

헤이시로가 묻자 젊은이는 다시 잠깐 멍한 표정을 지었다. 특별히 남자다운 모습은 없지만 뭐든 잘 볼 것 같은 맑고 단아한 눈을 가지고 있다.

"예, 그게 송구스럽게 되었습니다만."

"뭐가?"

"나리께 정식으로 인사를 올리기 전에 이렇게 먼저 뵙고 말아서요."

이번에는 헤이시로가 넋 나간 표정을 지었다. 고헤이지가 "에?" 하는 소리를 냈다.

"실은 제가 새 관리인입니다."

젊은이는 다시 고개를 깊이 숙였다.

"사키치라고 합니다. 앞으로 잘 부탁드립니다."

사키치는 스물일곱 살이라고 했다. 채 서른도 안 된 젊은이다. 그날 밤 집주인 소에몬이 보낸 사람이 급히 찾아와 인사를 했는데, 그 사람에게서 사키치에 대해 들을 수 있었다.

사키치는 미나토 상회 주인의 먼 친척이며 본래 정원사로 일했다고 한다. 여태 고이시카와 쪽에 살았으며 가족은 없다고 했다.

미나토 상회 사람이 상투적인 인사와 함께 내려놓은 과자 상자를 노려보며 헤이시로는 혼잣말을 했다.

"도대체 미나토야 소에몬은 어쩔 셈이지?"

사키치는 너무 젊다. 그렇게 새파란 관리인이 있다는 소리는 한 번도 들어 본 적이 없다. 후카가와 기타마치에서 월번을 서는 관리인은 여섯 명인데, 다들 오십 대 중반이나 환갑이 다 된 사람들뿐이다. 애초에 관리인이라는 자리는 연륜이 없으면 감당하기 힘들다.

소에몬의 말에는 일단 조리는 있었다. 달리 맡길 사람이 없다는 것이다. 이유는 선임 관리인 규베가 자취를 감춘 사정과 관계가 있다. 그는 누군가에게 원한을 샀고, 그 탓에 나가야 주민 다스케라는 젊은이가 애꿎은 죽임을 당하고 말았다. 자기가 이대로 여기에 살면 더 무서운 일들이 일어날지도 모른다고 생각한 규베는 자신과 뎃핀 나가야 주민들의 신변 안전을 위해 홀연히 종적을 감췄다. 그렇게 위험한 내력이 있는 나가야에 누가 기꺼이 관리인이 되려고 하겠는가. 먼 친척이지만, 그래도 친척이라는 정리로 설득해서 겨우 승낙을 받아 냈다. 다행히 후카가와 나누시들도 사정을 짐작하고 사키치를 고용하는 것을 용인해 주었다— 정말 다행이었습니다, 하고 그는 말했다.

 그러나, 역시 그러나였다. 바로 헤이시로가 고민하는 이유인데, 방금 말한 '사정'은 전부 사실이 아니라는 것이다. 다스케를 죽인 사람은 그의 누이동생 오쓰유고, 규베는 오쓰유를 보호하기 위해 이야기를 지어냈다. 헤이시로도 오토쿠도 알고 있다. 나가야 세입자 중에도 어렴풋이 짐작하는 자가 많다. 모두 알면서도 모르는 척하고 있다.

 그리고 오늘 이 시간까지 헤이시로는 소에몬도 속사정을 알고 있다고 믿었다. 규베가 그렇게 알렸을 게 틀림없다고 생각했다. 그는 성실한 점원 출신이며 소에몬에게 절대적으로 충실한 자였다. 세입자를 보호하기 위해서라고는 해도 주인에게 사실을 고하지 않은 채 행방을 감출 리는 없다.

 그러나 한편으로는 이런 상황도 생각해 볼 수 있다. 헤이시로는 미나토야 소에몬이라는 사람의 성격을 모른다. 어쩌면 규베에게 이야기를 듣는 순간, 어떤 이유든 살인을 저지른 아가씨를 보호하는 것은 결코 용납할 수 없다. 당장 오쓰유를 지신반에 출두시켜라, 하고 호통을 칠 사람인지도 모른다. 기필코 오쓰유를 지켜 주고 싶은 규베는 사실대로 말할 수 없었다. 따라서 소에몬은 규베가 지어낸 이야기를 믿었고, 정말로 새 관리인을 구하지 못해서 애를 태웠는지도 모른다— 그것도 아니라면 소에몬도 속사정은 알고 있지만 겉으로는 지어낸 이야기를 믿는 것처럼 처신하지 않을 수 없었고, 그래서 새 관리인을 구하지 못하여—.

"꽤 복잡해지는군."

헤이시로는 중얼거렸다.

혹시나 해서 과자 상자를 집어 들고 살살 흔들어 보았다. 고급 나무 상자 속에서 스삭스삭 하는 가벼운 소리가 났다. 포장을 보니 니혼바시에 있는 유명 과자점의 건과자다. 금화가 든 기미는 없다. 자기 세입자 일과 관련하여 '허물을 눈감아 주셔서 감사합니다' 하는 마음이 없는 것일까? 아니면 속사정을 전혀 모르기 때문에 고맙다는 마음을 품을 이유가 없었던 것인가? 그것도 아니라면 고맙게 생각은 하지만 그냥 인색해서 돈을 넣지 않은 것일까?

"에이, 그만두자."

헤이시로는 어이, 하고 손뼉을 쳐서 아내를 불렀다. 같이 건과자나 먹자고 생각한 것이다.

과자는 맛있었다. 그리 오묘한 맛은 아니었지만. 그저 연하게 단맛이 날 뿐이었다.

한편 뎃핀 나가야에서는.

난데없이 새파랗게 젊은 관리인이 왔으니 과연 어떤 소동이 벌어질까. 헤이시로는 그게 궁금했다. 볼일도 없으면서 매일 두세 번씩 오토쿠네 가게나 후카가와 기타마치 지신반에 들렀다.

기타마치 관리인들은 모두 경악했고, 경악이 진정되자 노발대발하는 눈치였다. 헤이시로는 내심 걱정이었다. 나이가 지긋한 사람들은 감정의 지나친 기복이 몸에 좋지 않기 때문이다.

"그런 애송이를 쓰느니 차라리 우리 아들놈이 낫겠다" 하고 씩씩거리는 사람도 있고 "세입자들한테 체면이 말이 아니야" 하고 못마땅해하는 관리인도 있다. 하지만 나누시들이 승인한 이상 그들이 아무리 반대해 봤자 사키치를 관리인 자리에서 몰아낼 수는 없는 노릇이다.

하지만 이들도 호락호락 넘어갈 사람들이 아니다. 사키치를 제외한 나머지 여섯 명의 관리인은 사키치가 아직 업무에 익숙지 않다는 핑계를 대고 당분간 월번에서 제외하기로 결정했다. 결정했다고 하지만 사키치는 일방적으로 통고만 받았을 뿐이라 반대하고 말고 할 처지가 아니었다.

"그래도 특별히 불만을 표하지도 않은 모양이에요."

오토쿠는 헤이시로에게 설명했다.

"참, 사키치란 사람도 별나지. 관리인이란 자리가 뭔지 지가 뭘 알겠어요. 온종일 빗자루를 들고 다니며 청소만 하더라고요."

뭐어? 하며 헤이시로는 턱을 만졌다.

"그렇군. 골목이 웬일로 깨끗하다 했더니."

오토쿠가 그를 따갑게 흘겨보았다.

"아니, 언제는 안 깨끗했나요? 게다가 청소는 애들이라도 할 수 있어요."

도대체 그 옷 좀 보세요, 가게 점원처럼 차려입고, 하며 불평을 늘어놓는다.

"하오리기모노 위에 덧입는 상의로, 격식을 차릴 때 입는다. 에도 시대에는 어느 정도 직책을 맡은 사람만이 입을 수 있었다 입고 어디 가야 할 일이 생기면 어쩌려고 그런대요?"

주민들의 싸움을 중재하거나 송사 절차를 거들어 줄 때 관리인이 하오리를 입는 것은 단순히 복장을 단정하게 갖춰 입는다는 의미에서 그치지 않는다. 자신이 공적 존재임을 보여 준다는 의미가 있다. 마치 자치 위원이라는 위치를 누가 보더라도 금방 알 수 있도록 보여 줘야 하는 것이다. 그걸 잘 알면서도 헤이시로는 짐짓 말꼬리를 잡았다.

"걱정도 팔자로구먼. 사키치도 하오리 정도는 갖고 있을 거야."

오토쿠는 홍, 하고 요란하게 콧방귀를 뀌었다. 헤이시로는 빙글빙글 웃었다.

"그리 골낼 것 없다. 사키치가 여기 온 것도 따지고 보면 오쓰유한테 잘된 일이야. 근데 그 아이는 어찌 지내누?"

오쓰유는 채소 가게를 닫고 병든 아비와 함께 뎃핀 나가야를 떠났다. 규베와 친했던 사루에초의 어느 관리인이 보증인도 되어 주고에도 시대의 평민은 기본적으로 거주 이전의 자유가 없었으며, 관리인의 신원 보증이 있어야 이사가 가능했다 지금도 돌봐 주고 있다. 먹고살기가 너무 빠듯해서 아무래도 오토쿠가 많이 보태 주고 있는 듯했다.

"오쓰유는 괜찮아요."

오토쿠의 말투가 조금 누그러졌다. 하지만 이내 다시 기세를 되찾은 듯 뿌루퉁한 말투로 빠르게 말했다.

"그러고 보니 오쓰유네 채소 가게가 나간 뒤로 빈집으로 남아 있네요. 사키치인지 뭔지 하는 사람은 그 집을 어쩔 셈이래요? 계속 빈집으로 놔두면 음침하니 안 좋을 텐데."

"자꾸 사키치인지 뭔지 하는 사람이라고 말하는데, 용케 혀를 깨물지 않는군그래."

"그런 어린애를 어떻게 관리인이라고 인정할 수 있겠어요. 규베 어르신께도 미안하고."

이런, 급기야 어린애라는 말까지. 사키치도 졸지에 봉변을 당한 셈이다.

헤이시로로서는 뎃핀 나가야의 주민들 일에 일일이 감 놔라 대추 놔라 간섭할 처지가 아니기 때문에, 사키치를 동정하긴 하지만 도와줄 만한 일이 전혀 없다. 다만 한 가지, 간쿠로 건에 대해서는 충고를 해 주었다.

"자네한테는 귀여운 까마귀인지 모르지만 까마귀란 새는 역시 흉조야. 언짢아하는 사람이 많으니까 어디 다른 데라도 맡겨 두는 게 어떤가."

그러나 사키치는 고개를 가로저었다.

"걱정해 주셔서 감사합니다만 그렇게 하자니 그 녀석이 가여워서요……."

안 그러면 네가 더 가여워질 텐데, 하고 헤이시로는 속으로 중얼거렸다. 뭐, 당장 무슨 일이 일어나기야 하겠냐만…….

그러나 안이한 생각이었다. 싸움이 벌어진 것이다.

사키치가 뎃핀 나가야에 온 지 보름쯤 지났을 때였다. 통장이 곤키치네 집에 건달 여러 명이 밀고 들어왔다. 대낮에 고함을 지르며 장지를 발로 걷어차는 행패를 부렸다. 용건은 다른 것이 아니었다. 노름빚을 받아 내겠다는 것이다.

지신반에서 사람이 달려와 소식을 전하자 이즈쓰 헤이시로는 서

둘러 뎃핀 나가야로 달려갔다. 도착했을 때는 이미 건달들이 물러간 뒤였다. 곤키치네 집 앞에는 깨진 찻잔이 산산이 흩어져 있고 물병이 쓰러져 땅바닥이 축축하게 젖어 있었다. 오리쓰는 거기 주저앉아 소매로 얼굴을 가리고 울고 있다. 곤키치는 토방에서 머리를 감싸 쥐고 웅크리고 있었다.

"열 냥이래요."

오리쓰 옆에 금강역사상 같은 얼굴로 버티고 서서 곤키치를 노려보던 오토쿠가 막 도착한 헤이시로에게 당장 물어뜯을 것 같은 기세로 말했다.

"빚이?"

"그래요. 그게 다 노름으로 잃은 돈이랍니다. 놈들이 증서를 들고 왔대요. 그렇지, 곤키치 씨?"

곤키치가 움찔하며 몸을 더 웅크렸다.

"진작부터 모진 빚 독촉을 당하고 있었대요. 열 냥이나 되는 돈은 죽었다 깨어나도 못 마련해요. 그래서 결국은 이 빌어먹을 애비라는 작자가 말이죠."

오토쿠는 곤키치를 손가락질하며 목청을 돋웠다.

"열 냥에 대한 담보로 딸을 팔겠다는 약속을 해 버렸다는 거예요. 그래서 그놈들이 쳐들어온 거예요. 오리쓰를 데려가려고."

알 만한 이야기였다.

"그런 놈들치고는 용케 순순히 물러갔군."

"제가 있었잖아요."

오토쿠는 오른손에 쥔 빗장나무를 쳐들어 보였다.

"이런 꼴을 어떻게 못 본 척해요. 정 데려가야겠다면 곤키치 씨나 끌고 가라고 했지요. 이 작자가 진 빚이니까."

그러나 곤키치의 얼굴에 아무리 분칠을 하고 빨간 격자문_{유곽에서는 기녀들을 빨간 격자문 안에 나란히 앉혀 놓고 손님을 끌었다} 안에 앉혀 놔도 손님 한 명 들 리 없다. 가루차도 제대로 빻지 못할걸, 하고 생각하며 헤이시로는 웃었다_{막부가 공인한 유곽 요시와라에서는 흔히 손님을 받지 못한 기녀에게 가루차 빻는 일을 시켰다고 한다}.

"나리, 뭐가 우스워요?"

"어, 내가 언제 웃었다고 그래."

헤이시로는 힐끔거리며 그녀의 눈치를 살폈다.

"사키치는 어디 있나?"

"낯짝 한번 못 봤어요. 간이 콩알만 해져서 어디 숨어 있겠죠."

오토쿠는 빗장나무를 붕붕 소리 나게 휘둘렀다.

"규베 어르신이라면 어떻게든 해 주셨을 텐데. 이거야 원, 이놈이고 저놈이고 당최 도움이 되질 않으니."

사키치의 모습이 정말로 보이지 않았다. 어차피 신참 관리인이 감당하기는 힘든 일이겠지, 하고 헤이시로는 한숨을 지었다.

"곤키치, 잠깐 지신반으로 가자. 네가 드나들던 도박장에 대해서 잠깐 들어 봐야겠다."

몸을 웅크리고 있는 그에게 턱짓을 하며 말했다.

고헤이지가 다가가 곤키치의 팔을 잡고 데리고 나갔다. 곤키치는 거부하는 몸짓을 보였지만 고헤이지의 동그랗고 통통한 팔에는 보기보다 야무진 힘이 숨어 있었다. 그는 곤키치 팔을 붙들더니 물웅덩이도 개의치 않고 지신반을 향해 걷기 시작했다.

그사이 오토쿠가 오리쓰를 위로하며 부축해 일으켰다. 모여 있던 나가야 주민들도, 이젠 괜찮아, 우리가 여기서 지키고 있을 테니까, 하며 저마다 달래 주었다.

지신반에 들어선 곤키치는 완전히 겁에 질려서 헤이시로가 묻는 말에 고분고분 대답했다. 그러나 헤이시로는 불쾌했다. 곤키치가 자신이 노름에 미친 이유는 누가 꾄 탓이라느니 누가 사기를 쳤다느니 하며 남 탓으로만 돌렸기 때문이다.

비밀 도박장으로 이용되는 상급 무사의 저택이 어디인지 알아낼 수도 있었지만 그래봐야 별 도움이 되지 않는다. 그자들이 한자리에만 틀어박혀 있을 리 없으니까. 곤키치의 노름빚도 제대로 된 대부업자한테 빌린 것이라 시비를 걸 여지가 없다. 쳐들어온 건달들은 스사키에 있는 오카자키라는 유곽에서 일하는 자들로, 곤키치 이야기로는 오리쓰를 일정 기간 하녀로 보내겠다는 약속을 하고 오카자키에서 이미 빚을 대신 갚아 주었다고 한다. 저쪽으로서도 돈을 지불했는데 아무리 기다려도 오리쓰가 오지 않으니 화가 나서 찾아온 것이다.

뾰족한 수가 없군— 이것이 헤이시로의 판단이었다.

"고야밀로 외통수에 빠졌구나, 곤키치."

잔뜩 인상을 쓰며 헤이시로가 말했다. 가까이서 본 곤키치의 손가락에 이미 장인의 굳은살이 사라진 것을 보니 맥이 탁 풀리는 심정이었다.

곤키치가 내내 잠자코 있는데 고헤이지가 오리쓰를 데리고 들어왔다. 그녀는 젖은 옷을 갈아입고 세수를 한 상태였다. 그래도 눈 가장자리가 붓고 입술이 까칠했다. 오토쿠가 곁을 따르며 격려하듯 어깨를 안아 주고 있었다.

"딱하구나, 오리쓰."

아가씨를 앞히고 헤이시로가 입을 열었다.

"대강 얘기를 듣고 보니 나로서는 해 줄 것이 전혀 없구나. 어떡하나."

"나리, 어찌 그런 매정한 말씀을. 도박장을 연 놈들을 당장 잡아들이셔야지."

오토쿠가 나섰다.

"당장은 힘들어. 설사 놈들을 잡아들여도 곤키치의 노름빚과 그것을 오카자키에서 대신 갚아 준 일은 전혀 별개의 건이니까."

"그럼 열 냥을 마련하지 못하면—."

오리쓰는 유곽에 가게 될 것이다.

"너무하는 거 아녜요?"

곤키치는 오토쿠한테 얻어맞을까 봐 겁이 나는지 슬금슬금 뒤로 물러났다. 그러나 오토쿠는 이미 곤키치 따위는 안중에도 없이 오리쓰의 등을 꼭 안아 주며 눈시울을 적시고 있었다.

오리쓰가 다시 눈물을 한 줄기 흘리며 작은 소리로 말했다.

"저, 오카자키에 갈래요."

"오리쓰!"

"괜찮아요, 아줌마."

"하지만 너는—."

"유곽에 가게 될 거라는 얘기는 아버지한테 벌써부터 듣고 있었어요. 하지만 차마 결심이 서질 않아서…….”

"그래서 얼굴이 그렇게 까칠해졌구나.”

"하지만 오늘 결심이 섰어요. 기한이 될 때까지 참을 테니까 저, 괜찮아요. 아버지를 저버릴 수는 없잖아요. 제가 약속을 지키지 않으면 아버지가 그 사람들한테 무슨 일을 당할지 모르고요.”

수척한 딸의 얼굴을 곤키치는 애써 외면하려고 한다. 오토쿠가 목청을 돋웠다.

"시끄러워, 오리쓰. 왜 네가 그런 델 가니!”

"아줌마도 혼자서 고생해 오셨잖아요.”

"나는 누가 강요해서 고생한 게 아니다! 네 애비란 작자처럼 자기 재미 보자고 딸을 팔아먹으려는 놈을 위해서 고생한 건 아니란 말이다!”

오토쿠는 굵은 팔을 휘두르며 곤키치에게 삿대질을 했다. 오리쓰는 눈물을 방울방울 흘렸다.

"하지만 아버지가 딱하잖아요.”

그때 다른 목소리가 끼어들었다.

"오리쓰 씨 말이 맞습니다. 그냥 가게 놔두는 게 어떻습니까?”

모두 뒤를 돌이보았다. 사키치가 서 있었다. 역시 오늘도 가게 점원처럼 검은 옷차림에 손에는 보퉁이 하나를 들고 있다. 가쓰겐이란 상호가 찍힌 보자기다.

"죄송합니다. 주인 나리의 부르심을 받고 잠깐 아카시초에 다녀왔습니다.”

사키치는 헤이시로에게 눈인사를 했다.

"얘기는 밖에서 대강 들었습니다."

"이제 와서 뭐 하는 거유! 당신은 아무짝에도 도움이 안 돼. 나가요!"

오토쿠가 비난했다.

"오토쿠."

헤이시로가 엄한 목소리로 말했다.

그러나 사키치는 전혀 주눅 든 표정이 아니다. 그의 시선은 오리쓰에게 고정되어 있었다.

"그런 곳에 갈 생각을 하니 괴로워서 우는 겁니까?"

그가 물었다.

"보기 좋은 모습은 아니군요. 눈물은 정말로 괴로워졌을 때 흘리는 겁니다."

"아니, 이 작자가!"

사키치에게 달려들어 후려치려고 하는 오토쿠를 헤이시로가 아슬아슬하게 붙들어 말렸다.

"오리쓰 씨."

사키치는 계속 아가씨에게 말했다.

"당신이 유곽에 가는 것이 싫고 꼭 가야 할 이유도 없다고 생각한다면 안 가면 그만입니다. 곤키치 씨야 그냥 내버려두면 됩니다. 아무리 아버지라도 해서 되는 일과 해서는 안 되는 일이 있어요. 딸이라고 해서 부모를 위해 뭐든지 해야 한다는 법은 없어요."

볼에 눈물 줄기를 남긴 채 오리쓰는 아연해서 사키치의 얼굴을 쳐다보았다.

"하지만 오리쓰 씨, 당신이 유곽에 가지 않았다가 먼 훗날까지 그 일을 후회하게 된다면 이야기는 또 달라집니다. 그렇다면 당신을 위해서라도 유곽에 가는 게 나아요. 그래야 자기 마음이 편해질 테니까요."

"나를…… 위해서?"

오리쓰가 멍한 표정으로 말했다.

"그래요. 자신을 위해서. 곤키치 씨는 문제가 아닙니다. 당신이 하고 싶은 대로 하면 됩니다. 지금 당신이 차마 아버지를 버릴 수 없어서 유곽에 가겠다고 말한 것도 그런 거잖아요? 아버지를 저버리면 속이 편치 않으니까, 그러니까 가겠다고 결심한 거잖아요? 그러면 가야죠. 저는 그렇게 생각합니다."

헤이시로에게 막혀 버둥거리던 오토쿠가 제 주먹이 고스란히 들어갈 만큼 입을 떡하니 벌렸다. 그러더니 냅다 고함을 질렀다.

"이놈아! 이 인간 같지도 않은 놈아! 네놈이 지금 무슨 소리를 지껄이는 거야!"

"오토쿠, 그만해!"

헤이시로가 오토쿠의 머리를 찍어 눌렀다.

겁을 집어먹은 듯 웅크리고 있던 곤키치가 허허허, 하고 웃기 시작했다. 오리쓰가 아버지를 돌아다보았다.

"그러냐, 오리쓰? 그런 거였냐?"

치켜뜬 눈길로 딸의 얼굴을 보며 그가 입을 열었다.

"사키치 씨 말이 맞니? 네가 그렇게 하고 싶어서 유곽에 간다는 거였어? 아버지가 저질러 놓은 일 때문이 아니었던 거냐? 그런 거야?"

 허허허, 하고 곤키치는 웃었다. 헤이시로와 오토쿠의 안색을 곁눈질로 슬슬 살피면서도 여전히 웃음을 참을 수 없다는 듯 빙글거리고 있다.

 오리쓰의 입술이 맥없이 벌어졌다. 아버지를 빤히 쳐다보는 눈에서 뭔가가 추락하듯 눈물방울이 떨어졌다.

 "그래요. 맞아요, 아버지."

 그녀는 말했다.

 "그래요."

 야윈 어깨를 더욱 맥없이 떨어뜨리고 돌아가는 오리쓰의 뒷모습과 그 오리쓰 앞을 휘적휘적 걸어가는 곤키치의 등을 쳐다보며 이즈쓰 헤이시로는 지신반을 나섰다. 오토쿠가 사키치를 죽이려고 덤비지 않을까 걱정스러워 그를 집까지 바래다주었다.

 헤이시로는 말이 없었다. 사키치도 입을 다물고 있다. 특별히 동요한 기색도 없었다. 헤이시로는, 자네 말이 맞다고 생각한다고 말하려다가 성급한 듯싶어서 입을 다물었다.

 그러길 잘했다. 이튿날 아침에 결과가 나왔기 때문이다. 오리쓰가 아버지를 남기고 집을 뛰쳐나간 것이다.

 "자네, 이렇게 될 줄 알고 어제 오리쓰에게 그렇게 말한 거지?"

 소식을 듣고 헤이시로는 바로 사키치를 찾아갔다. 그는 하수구 덮개 한 장이 쪼개진 것을 수리하느라 봉당으로 내려가 열심히 망치질을 하고 있었다.

"글쎄요……. 그냥 생각한 대로 말했을 뿐입니다."

사키치는 못을 입에 문 채 고개를 갸웃거린다.

어제 그 자리에서 곤키치는 사키치의 말을 듣고 허허 웃었다. 어깨를 짓누르는 짐을 내려놓은 듯, 아버지 탓이 아니구나, 너는 네가 원해서 유곽에 가는 거구나, 하고 말했다. 그 한마디가 효녀 오리쓰로 하여금 등에 얹힌 무거운 짐을 내던져 버리자고 작심하게 만든 것이다.

그녀는 실망했다. 낙담했다. 곤키치는 설령 거짓으로라도, 연극으로라도 딸에게 눈물로 사죄해야 했다. 그랬다면 오리쓰도 울면서 아버지의 손을 잡아 준 다음 기꺼이 유곽으로 갔을 것이다. 곤키치의 눈물이 오리쓰에게 기운을 북돋아 주었을 테니까.

그러나 곤키치는 실실 웃었다. 덕분에 오리쓰의 눈을 가리고 있던 꺼풀이 떨어져 나간 것이다.

헤이시로는 생각했다. 곤키치는 의심할 나위 없이 구제불능의 쓰레기 같은 인간이지만 그런 자의 말이 결과적으로 오리쓰를 구원했다. 눈물로 사죄하며 딸을 팔아넘기는 자보다는 차라리 나을지도 모른다.

헤이시로는 하수구 덮개를 땅땅 치고 있는 사키치를 내려다보았다. 슬며시 웃음이 떠올랐다.

"자네, 꽤 재미있는 친구야. 관리인에 딱 어울리는 사람인지도 몰라."

사키치는 전혀 웃지 않았다.

"글쎄, 어떨까요. 제가 또 세입자 한 사람을 쫓아냈잖습니까. 곤키치 씨도 여기에 그리 오래 살 수는 없겠지요."

"놈들도 눈독 들이던 아가씨가 사라졌으니 곤키치를 아무리 족쳐봐야 방법이 없겠지. 설마 곤키치를 데려다가 손님을 끌려고 하지는 않을 테고. 곤키치는 괜찮을 거야."

"노름빚은 어떻게 됩니까?"

"돈이 없다는 데 어쩌겠나."

우리가 나서서 다달이 얼마씩이라도 놈들에게 돈을 갚아야지, 일을 수습해 줘야 하지 않겠는가, 하고 헤이시로가 말했다. 사키치는 안심이 되는 듯 고개를 끄덕였지만 "오리쓰 씨는……" 하고 말꼬리를 흐렸다.

"이제는 본인 내키는 대로 하면 되지. 괜찮아, 유곽에서 심부름을 하든 접시를 나르든 기숙해서 하녀로 일하든 일할 데는 얼마든지 있어. 다만 그 아가씨 소식이 들리면 나한테도 즉시 알려 주게."

"알겠습니다."

사키치를 두고 집을 나선 헤이시로는 곤키치네 집으로 걸음을 옮겼다. 기름 먹인 장지가 활짝 열려 있고, 곤키치가 안에서 넋 놓고 앉아 부엌의 작은 툇마루에 걸린 오리쓰의 앞치마를 멍하니 쳐다보고 있다.

"그래, 어떤가, 곤키치."

헤이시로가 말을 건넸다.

곤키치는 멍하니 헤이시로를 쳐다보았다. 아무 말도 하지 않고 다시 멍한 얼굴로 돌아간다.

"사키치에게 고마워해라. 덕분에 딸을 팔아넘기지 않아도 되게 되었으니까."

"그 애송이, 그런 게 어디 관리인입니까."

곤키치는 툭 뱉듯이 말했다.

"그럴까. 그 젊은이는 의외로 좋은 관리인이 될지도 몰라."

그러자 웅크리고 있던 곤키치의 등이 펴졌다. 이내 그의 눈이 반짝인다.

"그럼 나리, 저랑 내기 하시럽니까?"

"뭘?"

"사키치가 여기 계속 붙어 있게 될지 어떨지, 일을 제대로 할지 어떨지를 놓고 말입니다."

헤이시로는 구미가 당겼다.

"얼마나 걸까?"

"그야 열 냥입죠."

헤이시로는 팔짱을 끼고 허공을 향해 웃었다.

"오, 좋아. 한번 해 보자. 나는 사키치가 계속 여기 있게 된다는 쪽에 걸지. 너는 금방 쫓겨날 거라는 쪽에 걸어라. 다만 한 가지 조건이 있어."

헤이시로는 곤키치를 손가락으로 콕 찔렀다.

"너, 내기에 이기려고 이상한 수작을 부려서 사키치를 몰아내려고 하면 내가 가만있지 않아. 어떻게든 구실을 붙여서 너를 감방에 넣어 버릴 테니까 그리 알아. 알겠나?"

헤이시로는 기분이 좋아져서 휘파람을 불며 골목을 돌아 나왔다.

나가야 출입문 위에 간쿠로가 앉아 있었다.

"오, 간쿠로, 네가 좀 나서서 곤키치 이마에 똥이나 싸 줘라."

헤이시로는 껄껄 웃었다. 까마귀가 고개를 갸웃거렸다.

이즈쓰 헤이시로는 아내는 있지만 자식이 없다. 결혼하고 이십 년이 지났지만 여직 아이가 생기지 않았다. 마흔 줄도 중반을 넘어서면서는 거의 체념하다시피 했다.

핏줄을 잇지 못한다는 아쉬움은 있지만 원래 아이를 좋아하는 남자는 아니다. 세상에는 나이를 먹을 만큼 먹은 아저씨라도 자식이 나무에 오르거나 나뭇가지를 휘두르며 칼싸움 놀이라도 하는 모습을 보면 저도 모르게 웃음을 터뜨리며 얼른 달려가 같이 어울려 주는 사람이 있지만, 헤이시로는 전혀 그런 쪽이 아니었다.

그런데 이상하게 아이들이 따른다. 아내의 말을 빌리면 그가 애 같아서 그런단다. 어디 헤이시로뿐인가. 세상에는 아이를 좋아하지 않는데도 아이들이 따르는 남자가 가끔 있는데, 이런 사람은 늘 하는 짓이 어린애라는 것이다. 아이들은 또래를 발견하면 스스럼없이 다가서게 마련이라고 한다.

내 어디가 어린애 같다는 거야, 하고 헤이시로는 입을 삐죽거리며 아내에게 따졌다. 그녀는 깔깔 웃으며 이것저것 늘어놓았다. 밥상에서 좋아하는 반찬만 골라 먹죠. 누가 뭘 주면 그 자리에서 냉큼 열어 보죠. 감이 열리면 주위 사람들이 "저건 떫은 감이니까 그냥 놔두세요" 하고 아무리 말려도 제 손으로 비틀어 따 보지 않으면 만족하지 않고요. 개나 고양이를 보면 꼭 희롱하질 않나, 단것을 밝혀서 찹쌀떡이나 과자를 여러 개 늘어놓으면 꼭 제일 큼지막한 놈을 집어 들잖아요.

"뭐야, 다 먹을 것에 얽힌 거잖아. 그거야 내가 식탐이 있으니까 그런 거지."

그러니까 어린애라는 거죠, 하고 아내는 재미있다는 듯이 웃는다.

"아, 참, 그리고 당신은 어딜 가도 고헤이지 씨가 없으면 못 가잖아요. 그것도 꼭 애들 같아요."

"실없는 소리. 고헤이지는 내 주겐이야. 그러니까 꼭 데리고 다녀야 하는 거라고."

"아침에 목욕탕에 갈 때도 데려가잖아요."

부인도 지지 않는다.

"꽃구경할 때 나를 그렇게 데리고 가 줬으면 얼마나 좋아."

"그럼 당신도 고헤이지만큼 눈치가 빨라 보라고."

오늘도 아침을 먹으며 그런 이야기를 나누고 일찌감치 집을 나섰다.

― 꽃구경이라.

봄 하늘은 파르스름하고 습기 먹은 바람은 미적지근하다. 올해도 벚꽃이 함부로 터지는 철이 돌아온 것이다.

그러나 그는 벚꽃이 싫다.

가지를 꺾어 들고 자세히 살펴보면 알 수 있지만 벚꽃은 반드시 아래를 향해 핀다. 얼마나 기백 없는 꽃이란 말인가, 하고 헤이시로는 생각한다.

게다가 성질도 그다지 좋지 않다. 백 년 전부터 지금까지— 아니, 백 년이 뭐야. 더 아득한 옛날부터 이 꽃은 쟁쟁한 문인 묵객들에게 늘 칭송만 받아왔다. 그런데도 여전히 아래를 향해서만 핀다. 겸손도 지나치면 교만이라 했거늘.

"나리는 정말 애 같다니까요."

안 그래도 커다란 눈을 흘긴 사람은 뎃핀 나가야의 오토쿠였다. 노변 나가야에서 그녀가 꾸리는 작은 간이식당은 헤이시로에게 또 다른 집이나 마찬가지여서, 순시를 돌며 매일 한 번 이상은 꼭 들르게 된다. 오늘 아침은 다른 날보다 일찍 들렀다. 아내와 입씨름을 하느라 조반을 부리나케 쓸어 넣는 바람에 목이 말랐던 탓이다.

정확한 나이를 물어본 적은 없지만 오토쿠는 헤이시로보다 연상으로, 소문난 일꾼답게 살집이 탄탄하고 팔뚝도 굵직하다. 그녀의 가게가 헤이시로의 또 다른 집 같다고 했지만, 오토쿠가 만드는 조림에 뭉크러진 데가 없고 국물에 채소 건더기가 떠 있지 않은 것과 마찬가지로 헤이시로의 마음에 야릇한 감정 따위는 눈곱만큼도 없다. 적어도 헤이시로는 그런 감정을 느끼지 않는다. 그래서 마음 놓고 아내 흉도 볼 수 있는 것이다.

그렇게 헤이시로가 한바탕 아내 흉을 늘어놓고 나자 오토쿠가 말했다. 나리는 정말 애 같다니까요.

"물릴 만큼 칭송을 받았으니 이제 적당히 위를 향해 필 만도 한데 그렇지 않는다고 벚꽃을 탓하는 사람이 이 세상에 나리 말고 또 누가 있겠어요. 듣자하니 정말 기가 막히네요, 나리."

"이녁은 기분 나쁜 꽃이라고 생각하지 않아?"

"전혀요. 그보다 저는 나리의 그 머리통 속이 걱정되네요."

오토쿠는 아내 저리 가라 할 만큼 거침없이 쏟아냈다. 그러나 헤이시로는 화를 내지 않았고, 그가 가는 곳이라면 어디든—오토쿠의 말을 빌리면 '똥통 속에라도'—함께하는 주겐 고헤이지도 식당 구석에 조용히 앉아 백탕을 마실 뿐 화내지도 웃지도 않았다.

오토쿠는 감자 껍질 벗기던 손을 멈추고 요란하게 한숨을 지었다.

"나리네 마님은 대단하세요. 이런 나리를 용케 낭군이라 내조하시고."

"그거야 내외가 마찬가지지. 나도 대단한 거라고."

헤이시로는 뒷머리를 벅벅 긁었다. 고헤이지가 시치미 뗀 얼굴로 바라보고 있다. 그에게도 처자식이 있고 알뜰하게 챙겨 주고 있다는 건 헤이시로도 짐작하고 있다. 이럴 때 이야기가 자기에게 돌아와도 고헤이지는 입을 열지 않으며, 자기 집안 이야기는 일절 꺼내지 않는다는 것 역시 잘 알고 있었다.

"하지만 나리가 여간 별나야죠."

오토쿠는 다스키_{일할 때 옷소매를 걷어 올려 고정시키기 위해 어깨에 묶는 끈}가 꽉 끼는지 두툼한 어깨를 으쓱거려 느슨하게 하면서 묘하게 감탄스럽다는 어조로 말했다.

"들리는 소문이 마님이 대단한 미인이시라고 하던데. 첫눈에 넋이 달아날 만큼 미인이시라면서요? 자랑하고 싶어 입이 근질거리지 않으세요?"

"그런 것도 자랑이 되나? 내가 미인인 것도 아니고."

"또 저렇게 말씀하신다……."

"게다가 내가 옆구리 찔러 데려온 색시도 아니야. 주위 사람들이 나이 찼으니 장가가라고 하면서 끌어다가 혼인시킨 거라고. 혼례를 올리기 전까지는 얼굴도 못 봤어."

"네? 정말요?"

오토쿠는 헤이시로가 아니라 고헤이지를 쳐다보며 물었다.

"고헤이지 씨는 나리가 젊을 때부터 알고 지냈죠? 마님이 정말 그렇게 시집오신 거 맞아요?"

"나리가 젊을 적엔 제가 아니라 제 아버지가 모셨기 때문에 전 모릅니다."

고헤이지는 동그란 얼굴에 진지한 표정을 짓고 또박또박 대답했다. 오토쿠는 뚱하니 토라졌다.

"아이고, 정말. 고헤이지 씨는 대답이 궁하면 꼭 저러더라."

헤이시로는 백탕을 다 마시자 잔을 내려놓고 칼을 잡고 일어섰다.

"오토쿠, 감자 껍질을 잘 벗기게. 한 바퀴 돌아보고 저녁 때 다시 올 테니까 잘 조려 놔."

"아무렴요. 봄나물도 절여서 잘 싸 놓을 테니까 마님께 갖다 드리세요."

가볍게 손을 들어 인사하고 헤이시로는 오토쿠네 가게를 나섰다.

그런데 문지방을 넘어선 순간 뭔가가 굉장한 속도로 달려와 부딪혔다. 작고 가늘고 잽싼 것이 헤이시로의 허리를 붙잡고 매달린다.

"어? 뭐야, 뭐야?"

비쩍 마른 아이였다. 사내아이다. 너덜너덜한 옷에 맨발, 얼굴은 땟국으로 거무튀튀하다. 무엇에 겁을 먹었는지 말도 제대로 못하고 매달린다.

"어이, 이놈아, 놔라."

고헤이지가 당황해서 아이를 떼어 내려고 달려들었다.

"누가 쫓아오기라도 하냐? 그렇다면 이제 괜찮으니까. 이놈아, 이렇게 매달리면 나리가 움직이실 수가 없잖아."

겨우 떼어 내서 얼굴을 자세히 들여다본다. 한 번도 본 적이 없는 아이였다. 헤이시로와 고헤이지는 뎃핀 나가야나 근처의 다른 나가야, 그리고 상가의 아이들이라면 얼굴을 거의 다 기억하는데—.

가게에서 나온 오토쿠도 고개를 갸웃한다.

"너 어디서 왔니? 이리 와, 세수 좀 하게."

오토쿠도 모른다고 하니 이 아이는 이곳과 아무 인연이 없는 외지인이다.

"너, 길을 잃었니? 미아 패찰도 차지 않았네. 이름은 뭐니? 어디서 왔어? 여기 뎃핀 나가야에 무슨 볼일이 있니?"

얼굴을 닦아 주고 옷을 고쳐 입혀 주면서 오토쿠가 활달한 목소리로 물었다. 소년은 오토쿠가 허리띠를 고쳐 매 줄 때는 오른쪽으로 비틀거리고 얼굴을 닦아 줄 때는 왼쪽으로 비틀거렸지만, 차분하지 못한 표정으로 눈만 껌뻑거리고 있을 뿐 아무 대답도 하지 않았다.

"이거야 원, 완전히 겁에 질린 모양이네."

헤이시로는 머리를 긁적였다. 오토쿠는 영락없이 엄마 얼굴이다.

"뭐 먹을 걸 좀 주랴? 배고프지?"

아이는 눈만 껌뻑거렸다.

일단 먹어, 하며 아이 손을 잡아끄는 오토쿠를 말리고 헤이시로가 말했다.

"잠깐, 이 아이는 일단 관리인한테 데려가야겠다."

오토쿠는 눈을 부라렸다.

"관리인요? 뎃핀 나가야에 관리인이 어디 있어요?"

"어허, 왜 없어. 잘 알면서 왜 그래. 엄연히 사키치가 있잖아."

헤이시로는 쓴웃음을 지었다.

"그런 애송이가 무슨 관리인이에요. 제 앞가림도 못하는데."

"그래도 지금은 그 사람이 여기 관리인이야. 집주인이 그렇게 정하고 나누시들도 허락했으니까."

"미나토 상회 주인도 그렇지, 도대체 무슨 생각들을 하는지 통 모르겠다니까."

오토쿠는 사정없이 말했다.

아닌 게 아니라 미나토야 소에몬은 이름만 유명하지 얼굴을 본 사람이 거의 없어 베일에 싸인 인물인데, 여하튼 마치 순시관 헤이시로도 인정하지 않을 수 없을 만큼 힘 있는 상인임은 틀림없다.

"사키치도 그렇게 형편없는 사람은 아니야. 머리가 좋아. 그 사람이 이 꼬마를 어떻게 처리하는지 지켜보는 것도 재미있지 않겠어?"

헤이시로가 고개를 끄덕여 신호를 보내자 고헤이지가 나서서 아이의 손을 잡았다. 오토쿠는 못마땅한 듯 두 손을 허리에 받쳤다.

"아무튼 미나토 상회 주인은 규베 어르신을 저버려도 우리는 어르신을 저버리지 않아요."

사키치가 사는 이층집으로 걸음을 옮기는 헤이시로를 오토쿠의 노한 목소리가 쫓아왔다.

"우리한테 여기 관리인은 규베 어르신 한 분뿐이에요!"

사키치는 집에 있었다.

양지바른 창가에 앉아 무슨 장부 같은 것을 펼쳐 놓고 골똘히 들여다보고 있다.

"어이, 학문 닦나?"

사키치는 헤이시로가 농담하는 소리에 얼굴을 들고 씽끗 웃었다.

"아, 나리—."

사실 관리인이 되기에는 너무 젊은 얼굴이다. 키는 훤칠하니 크고 얼굴이나 손발도 전체적으로 길쭉한 인상이라 그리 다부진 체격은 아니다.

사키치는 이곳 관리인으로 온 뒤에도 늘 점원 같은 옷차림을 하고 있다. 이 역시 '관록 없는' 모습이라고 오토쿠가 못마땅해하는 점인데, 전임 관리인 규베도 사시사철 하오리만 걸치진 않았으니 뭐 무방하지 않은가, 하고 헤이시로는 생각한다.

사키치는 그리 사내다운 인상이라고는 할 수 없지만 사람 좋은 얼굴을 가지고 있다. 고헤이지가 꾀죄죄한 사내아이의 손을 잡고 있는 것을 보자 그 얼굴에서 웃음기가 사라진다. 그는 얼른 일어섰다.

"미아인가요?"

"그런 것 같기도 하고 아닌 것 같기도 하고."

좁은 다다미방에 들어선 헤이시로가 방금 전 상황을 들려주었다. 사키치는 연신 고개를 끄덕이며 아이 모습을 살펴보고 있지만, 정작 사내아이는 입을 다문 채 눈만 껌뻑거리며 쭈뼛쭈뼛 손발을 꼼지락거릴 뿐이다.

"이런, 땟국이 굉장하구나."

사키치가 쪼그리고 앉아 아이의 몸을 대강 살펴보며 낯을 찡그렸다.

"길바닥에서 잤구나. 배고프지 않니?"

아이는 대답이 없다. 어지러이 날아다니는 날벌레를 눈으로 쫓듯 이리저리 바삐 움직이는 까만 눈동자는 앞에 있는 세 남자를 똑바로 쳐다보려고 하지 않았다. 이름을 묻고 나이를 물어도 말없이 주뼛거릴 뿐이다.

"나 원, 이렇게 벙어리 노릇만 하고 있으니, 얘는 역시 관리인이 맡는 게 제일 낫겠군."

사키치는 고개를 끄덕였다.

"일단 제가 데리고 있겠습니다."

그러고는 쓴웃음을 짓더니 헤이시로를 올려다보았다.

"오토쿠 씨, 화 많이 나셨죠?"

"그렇지, 뭐. 자네가 맘고생이 많겠군."

헤이시로도 웃었다.

사키치는 아이와 눈높이를 맞추고 가녀린 양 어깨에 두 손을 얹고

서 입을 열었다.

"나는 여기 관리인이야. 이름은 사키치. 네가 어디 살고 이름이 무엇인지는 아무래도 상관없다. 마음 내키면 나한테 말해 주면 돼. 아무튼 너는 오늘부터 이 집에서 지내는 거다. 알겠지? 이제 낯선 동네를 돌아다니거나 길바닥에서 잠자지 않아도 돼. 끼니도 거르지 않고 먹을 수 있어. 그러니 마음 푹 놓아라."

헤이시로는 안심했다. 오토쿠는 그렇게 말하지만 사키치는 이렇게 믿음직스러운 데가 있다.

이름 모를 소년은 사키치의 말도 건성으로 듣는 듯했지만, 우물가에 가서 씻고 와라. 갈아입을 옷을 준비해 놓을 테니까, 하고 일러 주자 순순히 밖으로 나갔다.

"여기저기 물 튀기지 않게 씻어라."

아이의 등에다 대고 사키치가 일렀다. 그러자 고헤이지가 말했다.

"괜찮을 겁니다. 아까 올 때 보니까 우물가에서 오엔 씨가 빨래를 하고 있었어요. 아마 알아서 씻겨 줄 겁니다."

오엔은 쪽방 나가야 맨 끝집에 사는 가마꾼의 아내다. 나이는 사키치와 엇비슷해도 자식을 넷이나 둔 어머니다. 그리고 이 점이 중요한데, 그녀는 사키치에게 호의적인 몇 안 되는 세입자 가운데 한 사람이다.

헤이시로와 고헤이지는 이름 모를 소년이 오엔에게 이끌려 알몸으로 돌아올 때까지 기다렸다. 오엔은 소년이 입고 있던 넝마 같은 옷을 깨끗이 빨아서 가지고 왔다. 사키치는 정중하게 인사하고 그 옷을 받아들었다.

"그래, 맡기기를 잘한 것 같군."

"저 아이가 빨리 입을 열어 줘야 할 텐데요."

그러나 이름 모를 소년은 입을 열지 않았다. 헤이시로는 매일 사키치의 집을 들여다보았지만 언제 봐도 소년은 다다미방 구석에서 무릎을 안은 채 웅크리고 앉아 멍하니 천장만 올려다보고 있을 뿐이다.

"밥은 먹였나?"

"예, 그런데……. 젓가락질을 제대로 못합니다. 손도 떨고."

사키치도 날이 갈수록 근심이 커지는 눈치다.

아무래도 저 아이는 혼자서는 몸 간수도 제대로 못하는 듯하다고 한다.

"어쩌면 무슨 어려운 병을 앓고 있는지도 모르지요."

사키치는 뎃핀 나가야에서 어떤 소년을 보호하고 있다는 사실을 여기저기 기도반이나 상점에 전하고, 아이 찾는 사람이 오면 알려달라고 부탁하며 돌아다녔다. 근처 미아석_{대형 화재나 축제 때문에 미아가 많이 발생했던 에도에서는 사람이 많이 모이는 신사나 절, 다리 초입 따위에 있는 돌에 미아를 찾는다는 내용의 종이를 붙였다}에도 종이에 써서 붙였다.

하지만 성과가 전혀 없었다. 열흘이 지나도록 소년은 여전히 무명으로 남아 있었고 찾으러 오는 부모나 친척도 없었다.

"버린 아이 아닐까?"

열하루째 되는 날 점심때, 헤이시로는 아이가 좋아함 직한 떡을 사 들고 사키치의 집에 들렀다. 아이는 반갑게 떡을 먹었지만 변함없이 말이 없었다. 게다가 사키치가 말한 대로 음식 먹는 모습이 과연 위태위태하다. 보기가 딱했다.

"부모가 버렸을 거라는 말씀이십니까?"

"음……."

"하지만 저 아이가 여기 왔을 때도 방금 집을 나선 모습은 아니었어요. 최소한 보름 정도는 혼자 여기저기 헤매고 돌아다닌 것 같지 않습니까?"

처음 아이를 보았을 때 사키치가 "길바닥에서 잤구나" 했던 것을 헤이시로도 기억하고 있다.

"그쪽으로 꽤 밝군그래."

거반 농담으로 그렇게 묻자 사키치는 뜻밖에도 냉큼 고개를 끄덕였다.

"예. 노숙이라면 많이 해 봤거든요. 무서운 부모가 싫어서 가출을 했습니다. 동네마다 있는 이나리 사당이나 신사 경내에 들어가서 잤어요. 날치기도 하고 새전함에 들어 있는 돈이나 공물도 훔쳤습니다. 집으로 끌려 돌아와서는 그것 때문에 또 혼나고."

그렇게 말하며 그는 웃었다.

"이런 소리 하다가 나리한테 오라를 받을지도 모르겠네요."

"한참 지난 얘기잖나. 마치부교쇼도 그렇게 한가하지 않아."

그러나 헤이시로는 내심 놀랐다. 사키치가 어릴 적에 어떻게 자랐는지에 대해서는 생각해 본 적이 없지만, 소에몬의 먼 친척이다 정원사 일을 했다고 해서 나름대로 무난한 가정에서 자랐으리라고 생각했기 때문이다.

"……자네도 꽤 힘들게 자랐군."

"아뇨, 흔한 얘기인걸요."

사키치가 소년을 곁에 두고 보살피려는 이유도 제 어린 시절이 떠올랐기 때문이었을 거라고 헤이시로는 생각했다.

여하튼 사키치는 제 몫을 해내고 있었다. 표나지 않게 사키치를 돕고 있는 오엔도 그가 대단한 사람이라고 칭찬한다.

"혼자 사는 총각이 어린애를 돌본다는 게 여간 어려운 일이 아니거든요."

사키치에 대한 칭찬을 한참 듣고 난 헤이시로는, 그렇게 장해 보이면 이녁만이라도 '사키치 씨' 말고 '관리인님'이라고 불러 주지그래, 하고 슬쩍 말해 보기도 했다.

"나리, 제가 뭘 모르고 하는 소리인지는 모르지만."

사키치가 부르는 소리에 헤이시로는 흠칫하며 다시 대화로 돌아왔다. 사키치가 말하기 거북해하는 표정이다.

"뭔가? 말해 봐."

"그 아이가 입고 있던 옷 말입니다."

오엔이 빨아 준 그 옷을 살펴보았다고 한다.

"여기저기 기웠는데, 기운 형겊 조각 중에 가게 이름이 있는 수건 조각이 있더군요. 아주 작은 조각입니다만."

그가 내민 넝마 같은 옷을 헤이시로도 살펴보았다. 과연 기운 형겊 조각 중에 가게 이름이 있는 조각이 보였다.

"우시고메 아랫거리에 있는 가자미 상회?"

먼 곳이군, 하고 생각했다.

"이 가자미 상회에 가 볼까 생각중입니다. 수건을 단서로 이 아이의 부모든 누구든 만날 수 있을지도 모릅니다."

고헤이지가 뭐라고 말하고 싶은 표정이다. 그 마음을 짐작하여 헤이시로가 말했다.

"내가 가 보지. 조사라면 우리가 제격이잖나. 뭔가 건질지도 모르겠군."

사키치의 인사를 받으며 헤이시로와 고헤이지가 밖으로 나서는데 소년이 문가에 쪼그리고 앉아 막대기로 땅바닥에 열심히 그림을 그리고 있다. 가만히 보니 아무래도 새를 그리는 모양이다.

"그런데 간쿠로는 잘 있나?"

간쿠로는 사키치가 키우는 까마귀다. 새끼 때부터 키워서 길이 아주 잘 들었다.

"이 근방을 마음대로 날아다닙니다."

사키치가 웃었다.

"그러고 보니 이 아이도 간쿠로만은 마음에 든 모양입니다. 가까이 앉아 있으면 손을 뻗어서 쓰다듬어 주려고 하더군요."

"아이를 쪼지는 않던가?"

"간쿠로는 그러지 않습니다."

나가야 출입문을 삐저나갈 때 마침 간쿠로가 높은 하늘에서 시원하게 날아 내려와 언제 봐도 감탄스러운 몸짓으로 출입문 바로 위에서 방향을 휙 바꾸더니 가뿐하게 내려앉았다. 헤이시로가 올려다보자 까악, 하고 짖는다.

그리 기대하지 않고 시작한 탐문이었지만 가자미 상회 수건은 뜻밖에 든든한 밧줄이 되어 이름 모를 소년의 신원으로 이끌어 주었다. 조사를 시작한 지 사흘째 되는 날, 우시고메 방면에 밝은 동료한테 부탁해서 파견한 일꾼이 소식을 알려 왔다. 우시고메 나가야의 관리인 우헤라는 사람이 세입자의 행방불명된 아들을 찾아다니고 있다고 했다.

우시고메는 헌 옷 가게가 많은 곳인데, 가자미 상회도 그 가운데 하나다. 삼 년 전 초봄에 불이 나서 가게 일부와 물건이 조금 탔다. 그때 가까운 헌 옷 가게 주인들한테 요긴하게 도움을 받았는데, 나중에 고마움을 표하기 위해 특별히 수건을 만들어서 돌렸다. 그 아이가 입은 낡아빠진 옷을 기운 데 쓰인 것도 그 수건이 틀림없다―이것이 단서였다.

파견된 일꾼은 우시고메의 헌 옷 가게들을 샅샅이 방문하다가, 마침내 헌 옷 가게 거리에 드나들며 헌 옷을 재가공하는 삯바느질 일을 하던 오코라는 여인을 알아내기에 이르렀다. 그녀는 일찍이 남편과 헤어져 혼자 어린 아들을 키웠는데, 반년쯤 전에 돌림병으로 죽고 말았다. 사고무친이 된 아이는 나가야 관리인이 맡게 되었지만 공교롭게도 소년까지 병에 걸려 고열을 앓다가 머리가 이상해지고 말았다고 한다.

그 소년이 열나흘인가 열닷새 전에 관리인 우헤 집에서 사라졌다. 혼자 멀리 갈 만한 아이가 아니어서 우헤는 아이가 혹시 물에 빠졌나 납치되었나 걱정하며 밤잠도 제대로 이루지 못하는 형편이라고 한다.

"그렇다면 틀림없이 그 아이로군."

헤이시로는 즉시 사키치에게 소식을 전했다. 그는 크게 기뻐하며 일단 아이를 오엔에게 맡겨 놓고 그날로 우시고메의 우헤를 찾아가서 만났다. 우헤도 기뻐하며 사키치와 함께 뎃핀 나가야로 오기로 했다.

헤이시로는 오토쿠네 가게에서 우헤가 오기를 기다렸다. 오토쿠는 여전히 사키치에 대한 불만을 늘어놓았지만, 적어도 소년에 대해서는 진심으로 걱정해 주었다. 그런 만큼 사키치가 소년을 위해 애쓴 것은 인정하지 않을 수 없었다. 그녀는 뚱한 얼굴로 조림 솥을 젓고 있었다.

날이 벌써 저물고 있다. 하루 일을 마치고 돌아오는 남정네와 여인네 들이 오토쿠 가게에 진을 치고 있는 헤이시로에게 인사를 하며 지나간다. 헤이시로가 나가야에 매일처럼 드나드는 사람인데다 인품도 소탈한 탓인지 개중에는 예의에 어긋나게 인사하는 자도 있어서 마침 기분이 별로였던 오토쿠한테 큰 소리로 호통을 듣기도 했다.

그중에 참으로 예의가 발라 어디 하나 흠잡을 데 없이 인사하는 사람이 딱 하나 있었다. 쪽방 나가야에 사는 젠지로라는 남자다. 도미가오카하치만 신사 앞 마을에 있는 일용잡화점 나루미 상회의 '통근 지배인'으로, 나이가 벌써 쉰을 넘었다.상회에 고용되어 일하는 점원은 기본적으로 그 상회에서 거처하는 것이 일반적이며, 외부에 따로 집을 가지고 출퇴근하는 것은 매우 드문 경우다.

"순시 도시느라 얼마나 노고가 많으십니까, 이즈쓰 나리."

헤이시로가 겸연쩍어질 만큼 정중하기 짝이 없는 인사를 한다.

"어, 고맙네. 오늘은 일찍 오는구먼."

젠지로가 해지기 전에 귀가하는 일은 좀처럼 없다고 오토쿠가 말해 준 적이 있다.

"워낙 부지런하게 일을 잘해서 주인도 대접해 주고 있대요."

젠지로는 열 살 때부터 일찌감치 나루미 상회에 견습으로 들어간 이후 성실함 하나로 살아왔다고 한다. 노력한 보람이 있어 지배인까지 올랐다. 나루미 상회는 꽤 번성하는 가게로, 관례대로라면 능력 있는 지배인을 가게에 기숙하게 해야겠지만 젠지로의 성실하기 그지없는 자세에 보답하기 위해 따로 집을 얻어 주고 살림을 차리게 하여 통근하게 했다. 그것이 불과 삼 년 전의 일이다. 부인의 이름은 오슌, 올해 두 살이 된 딸이 오미요. 이 두 사람은 현재 젠지로에게는 제 목숨보다 귀한 가족일 거라고 오토쿠는 말했다.

— 젠지로 씨가 오슌 씨와 오미요와 같이 있는 모습을 보면 보는 사람 마음까지 어느새 따뜻해진다니까요. 그 사람처럼 처자식을 애지중지하는 남자는 본 적이 없어요.

무사들 사이에서는 신분이 낮아 무시당하는 일이 많은 도신 헤이시로지만, 그래도 무사는 무사이므로 상인의 세계를 잘 모른다. 그러나 사십 년 넘게 상회를 위해 몸이 부서져라 일해서 겨우 허락을 받고 꾸릴 수 있었던 가정이다. 어찌 소중하지 않을까. 당연히 처자식이 어여쁘겠지. 게다가 오슌은 이제 겨우 스물대여섯 살로 젠지로에게 딸 같은 젊은 아내다. 그가 속없이 아끼고 사랑하는 것도 무리가 아니다.

헤이시로의 대꾸에 기뻐하며 젠지로는 마치 간지럼을 타듯 몸을 조아렸다. 나이도 들 만큼 든 애아버지가 이런 모습을 보이면 보통은 웃음거리가 되기 십상이지만, 어렵게 얻은 젠지로의 행복을 생각하면 누구도 차마 비웃을 수가 없다.

"오미요가 살짝 고뿔에 걸렸다니까 주인님께서 약탕을 들려 주시면서 얼른 집에 가 보라고 하셔서요."

"그래? 그거 걱정이군. 잘 보살피게."

그렇게 말했을 때 사키치가 급한 걸음으로 해질녘 모퉁이를 돌아서 걸어오는 모습이 보였다. 그 곁에 역시 종종걸음으로 오는 연상의 중년 남자가 보인다. 아마 우헤이리라. 하오리를 입고 버선을 신은 그는 젊은 사키치의 성큼 걸음에 처지지 않으려 안간힘을 쓰고 있다.

"오, 여기야, 여기."

헤이시로가 자리에서 일어나 소리쳤다. 사키치가 알아듣고 곁에 있는 우헤의 팔꿈치를 잡으며 뭐라고 이른다. 우헤는 즉시 관록 있는 관리인에 걸맞은 얼굴로 돌아가 허리를 살짝 굽혀 예의를 차리면서 헤이시로에게 다가왔다.

"사키치한테 들었겠지만 아이는 여기 나가야에 사는 여편네가 데리고 있네. 아이가 건강하고 기분도 좋은 듯하니—."

그렇게 말하던 헤이시로가 흠칫하며 말을 끊었다.

우헤는 세란형 얼굴에 덩치가 작은 노인으로, 머리칼이 거의 없어서 상투도 겨우 시늉만 내다시피 했다. 저녁나절 희미한 불빛 속에서도 반짝반짝 빛나는 그 넓은 이마에서 금세 핏기가 가시는 것을 분명히 알아볼 수 있었다. 분해서 이를 가는 것처럼 그의 얼굴이 험악해졌다.

왜 이러지? 하며 헤이시로가 눈을 동그랗게 떴다. 사키치도 놀란 기색이다. 하지만 그는 우헤가 아니라 다른 사람에게 눈길을 던지고 있었다. 헤이시로는 사키치의 시선 끝에 있는 사람을 바라보았다.

젠지로였다. 젠지로 역시 우헤 못지않게 파리한 안색으로 변해 있다.

"허, 너는—." 우헤가 입을 열었다. "옳지, 네가 여기 있었구나."

젠지로는 파랗게 질린 낯으로 한두 발 물러섰다. 그러더니 고개를 덜컥거리듯 끄덕이고 "저는— 저는 이만 실례하겠습니다" 하며 제 발치에 흘리듯이 중얼거리고는 몸을 홱 돌려 뛰기 시작했다.

"이봐, 기다려!"

사키치가 불렀지만 젠지로는 뒤를 돌아보지 않았다. 귀신이라도 만난 양 도망친다.

이즈쓰 헤이시로는 우헤를 돌아보았다. 우헤의 얼굴이 핏기를 되찾는가 싶더니 곧 삶은 문어마냥 벌겋게 달아올랐다.

"무슨 일인가?"

헤이시로가 물었다.

얼굴로 피가 잔뜩 쏠린 우헤는 관리인으로서 마치 순시관에게 예를 차려야 한다는 사실도 잊었는지 숨을 거칠게 내쉬며 차갑게 내뱉었다.

"무슨 일이긴요. 저자가 조스케의 애비 되는 자입니다. 왜 그, 말 한마디 못하고 땟국에 절어서 쫄쫄 굶으며 헤매다가 여기 분들한테 신세를 지고 있는 그 조스케란 녀석의 친애비랍니다."

우시고메에서 세상을 떠난 오코는 예전에 나루미 상회에 기숙하며 하녀로 일한 적이 있다고 한다.

"조스케가 올해 여덟 살이니까 적어도 구 년 전 일이 되나요."

사키치의 집에서 등롱을 옆에 켜 놓고 우헤가 말했다.

"젠지로는 오코와 친해지자 함께 살자고 약속했다고 합니다. 그런데 나루미 상회 주인이 그걸 허락하지 않았습니다. 점원 주제에 주인 눈을 속여서 하녀와 정을 통하다니 이 무슨 한심한 짓이냐, 하고 호통을 쳤답니다."

주인의 분노는 좀처럼 가라앉지 않았고 결국 오코는 상회를 떠나게 되었다.

"젠지로는 남았습니다. 나루미 상회 주인도 젠지로까지 내보내면 곤란했을 겁니다."

오코는 예전에 같이 일하던 동료들의 소개로 혼자 우시고메로 갔다. 거기에서 우헤는 그녀를 처음 만났다. 살 집과 삯일을 알선해 주다 보니 그녀의 지난 이야기도 듣게 되었고 동정심이 이는 것을 어쩔 수 없었다.

"그러다가 오코가 임신중이라는 것을 알게 되었습니다."

물론 젠지로의 씨앗이다.

"오코는 혼자 낳아서 키울 작정이라고 했지만 제 생각은 달랐습니다. 오코의 보증인으로서 나루미 상회에 찾아가 사정을 이야기했습니다. 애초에 큰 소리로 따지고 밝히려고 갔던 것은 아닙니다. 젠지로와 오코가 함께 살 수 있게 허락해 주었으면 좋겠다고 말하러 갔던 겁니다."

그러나 나루미 상회 주인은 단호하게 거절했다.

"젠지로가 미운 건지 아니면 오코가 미운 건지는 몰라도 아무튼 얘기가 통하질 않았습니다. 게다가 젠지로의 태도도 트릿했어요. 그저 나루미 상회 주인이 말하는 대로 따를 뿐 제 의견이라고는 단 한마디도 내놓지 않는 겁니다. 오코와 그렇게 정을 통한 자기가 잘못이다, 가게 일꾼과 눈이 맞아 살림을 차리다니, 그런 분수도 모르는 생각은 전혀 없다는 말뿐이었습니다."

상회의 점원이란 한없이 약한 존재다. 일상의 모든 면에서 주인이 생사여탈권을 쥐고, 아무리 절박한 이유가 있더라도 주인을 해치거나 죽이면 불문곡직 참수당하고 효수된다. 젠지로는 마침내 가정을 꾸렸지만 이는 오히려 예외이며, 세상에는 가게를 위해 평생을 바쳐 일하면서도 개인의 생활이나 행복은 전혀 없는 지배인이나 총지배인이 거치적거릴 만큼 흔하다.

그러나 그래서 그들은 행복한 것이다. 그들을 결정적으로 옭아매는 '상회의 은혜'라는 것은 그토록 강력하다.

"오코는 야무진 여자여서 울고불고하지는 않았습니다. 젠지로에 대해서는 주인의 허락을 받지 못했을 때부터 일찌감치 포기했던 모양입니다. 그 뒤로 제가 관리하는 우시고메 나가야에서 악착같이 살며 조스케를 열심히 키웠는데……."

한숨을 섞어 가며 우헤가 말했다.

그러나 그녀는 결국 병으로 죽고 말았다.

"조스케도 병 때문에 조금 아둔해지고 말았지요. 제가 그 아이를 맡아서 키울 생각이었습니다. 저도 처를 여의고 이 나이에 아이를 키운다는 게 쉬운 일은 아니지만 젠지로한테 기댈 생각은 눈곱만치도 없었습니다."

"그런 조스케가 집을 떠나 여기로 왔군요."

생각에 잠긴 듯 느릿한 말투로 사키치가 말했다.

"우연은 아닐 겁니다. 조스케는 친아버지가 여기 뎃핀 나가야에 산다는 것을 알고 있었겠지요. 그래서 그렇게 지치고 배를 곯으면서도 애써 여기까지 온 겁니다."

"오코가 이야기해 주었을까요?"

우헤가 낮은 목소리로 말했다.

등롱 불빛이 흔들리자 늙은 관리인의 얼굴 한쪽에 빛이 쏟아지고 다른 쪽으로는 어둠이 드리웠다.

"제가 젠지로 이야기를 꺼내면 늘 웃음으로 얼버무리며 다 끝난 일이라고 했습니다. 그 사람을 원망하지 않아요, 그 사람도 불쌍한 걸요, 하고 말했지요."

"그러나 조스케가 여기 왔다면 적어도 오코는 젠지로가 여기 산다는 것을 알고 있었던 거 아닌가?"

헤이시로가 그렇게 말하며 팔짱을 꼈다. 오코가 어떻게 그걸 알았을까? 나루미 상회에서 일하는 점원한테 알아냈을까? 무슨 심정으로 그걸 물었을까? 그걸 알고 나서 어떤 심정으로 살았을까?

뎃핀 나가야에서 젠지로는 혼자가 아니다. 오코 시절에는 그렇게 애원해도 들어주지 않더니 지금 젠지로는 나루미 상회 주인의 주선으로 아내를 얻고 자식도 얻었다.

그걸 알자 이미 접었던 젠지로에 대한 그리움— 아니, 한때 손에 쥐어도 보았던 행복에 대한 동경이 오코 내부에서 다시 고개를 쳐들었는지도 모른다. 그래서 오코는 아들에게— 조스케에게 일러 주었다. 네 아버지는 커다란 가게의 지배인이며 후카가와 기타마치의 뎃핀 나가야라는 곳에 살고 있단다.

처음 만났을 때 조스케는 헤이시로에게 함부로 마구 매달렸다. 조금 아둔한 그 아이의 머리로는 무사도 상인도 얼른 구별하지 못했을 테고, 눈에 들어온 것은 그저 아버지 모습밖에 없었던 게 아닐까.

"조스케가 보름 가까이나 사키치네 집에서 지냈는데도 젠지로는 그 아이가— 관리인이 맡아서 돌보는 미아가 제 자식이란 것을 몰랐던 게지."

헤이시로가 말하자 사키치가 고개를 끄덕였다.

"조스케도 젠지로의 얼굴을 알고 있었던 것은 아닙니다."

우혜가 넓은 이마를 가볍게 쓰다듬었다. 눈시울이 붉어진 듯하기도 했지만 분명치는 않다.

"어쨌거나 이제 조스케를 여기에 둘 수는 없겠지요. 제가 데려가겠습니다. 정말 폐가 많았습니다, 사키치 씨. 다시 인사드리러 찾아뵙겠지만, 아버님께 말씀 잘 전해 주십시오."

사키치가 눈썹을 번쩍 쳐들었다. 헤이시로도 우혜를 쳐다보았다. 우혜가 흠칫했다.

"사키치 씨 아버님이 뎃핀 나가야의 관리인 아닙니까?"

사키치는 웃음을 터뜨렸다. 헤이시로도 웃었다. 우혜만 놀란 얼굴을 하고 있다.

"제가 관리인입니다."

정색을 하고 사키치가 말했다.

"그래서 드리는 말씀입니다만, 우헤 씨. 만약 조스케만 싫다고 하지 않으면 그 아이를 저에게 맡겨 주시지 않겠습니까? 아까 말씀드렸지만 우헤 씨는 연세도 있고 하니 고단하시지 않겠습니까. 괜찮으시다면 저에게 조스케를 맡겨 주십시오."

우헤는 작은 눈을 깜빡거렸다.

"그거야 괜찮지만…… 젠지로가 좋아할 리 없을 텐데."

사키치는 어깨를 움츠리며 거침없이 말했다.

"그 사람들은 여기가 아니라도 셋집은 얼마든지 얻을 수 있을 겁니다."

우헤가 조스케를 만나러 가 보니 아이는 오엔 부부 집에서 잠들어 있었다. 오엔의 자식들과 머리를 맞대고 손발을 따뜻하게 하려는 것처럼 품에 오므린 모습이었다.

그걸 보자 우헤는 마음을 놓는 눈치였다. 오엔이 한 걸음 나서서 인사하고, 조스케는 참 착하고 얌전한 아이네요, 제 자식과 똑같이 돌봐 줄 거고 저도 사키치 씨를 도울 거예요, 하고 약속했다.

"어머, 겨우 이름을 알아냈더니 우리 큰애랑 이름이 똑같군요. 이걸 어째. 조스케도 사키치 씨를 잘 따르는 모양이에요. 게다가 간쿠로하고도 사이가 좋고."

"간쿠로?"

"까마귀입니다."

"까마귀라네."

사키치와 헤이시로가 입을 모아 말했다.

"조스케가 그림을 잘 그려요. 간쿠로 그림도 많이 그리더군요. 날개를 펴고 이렇게 휘이 나는 모습 말입니다."

우헤는 잠깐 의아한 표정을 지었다. 헤이시로는 그 표정을 보고 왜 그러냐고 물으려 했지만, 그가 말하기 전에 우헤가 눈길을 내리며 작은 소리로 말했다.

"저도 종종 들러서 살펴보겠습니다. 모쪼록 조스케를 잘 부탁드립니다."

며칠 동안 헤이시로와 사키치는 젠지로와 여러 차례 이야기를 나누었다. 젠지로는 몽둥이질을 당한 개처럼 풀이 죽어 연신 사죄했다. 그러나 조스케를 키우겠다는 말은 끝내 꺼내지 않았다. 뿐만 아니라 아내나 딸에게 얘기하지 말아 달라고 울상을 지으며 호소했다.

사키치는 비난하지 않았다. 그저 고개를 끄덕이며 젠지로의 이야기를 들었다. 가게에 한없이 커다란 은혜를 입었다— 어린 젠지로, 그대로 두면 아마 객사하고 말았을지도 모를 자기를 거두어 어엿한 상인으로 단련시켜 준 나루미 상회 주인이므로, 분부를 절대로 거스를 수 없다고 젠지로는 이야기했다.

"그러나 너는 결혼해서 살고 있지 않느냐. 왜 오코는 안 되고 지금의 부인은 괜찮다는 거지?"

나루미 상회 주인의 처사가 납득이 안 간다며 헤이시로가 화를 내려고 하자 사키치가 차분한 목소리로 말했다.

"젠지로 씨 부인이 나루미 상회 주인의 첩이었기 때문입니다."

젠지로의 얼굴이 별안간 막 씻어낸 배추 같은 빛깔로 변했다.

"내친김에 말하지만 딸도 나루미 상회 주인의 자식이죠. 안주인의 질투가 심해서 거두어 줄 수 없게 되자 결국 젠지로 씨가 배 속에 든 주인 자식과 함께 첩을 떠맡게 된 겁니다."

젠지로는 덜덜 떨기 시작했다. 무릎 위에 얹은 손도 후들후들 떨린다.

"그래도…… 저는…… 만족합니다."

"그렇다면 됐네. 아무도 뭐라고 하지 않아."

사흘쯤 지나서 젠지로네 가족은 뎃핀 나가야를 떠났다.

그러나 헤이시로는 궁금하기만 했다.

"자네, 그런 속사정을 어찌 그렇게 잘 아나?"

"그런 속사정이라니요?"

"젠지로의 아내가 나루미 상회 주인의 첩이었다는 거 말이야."

"아, 규베 씨가 알고 계셨어요. 그걸 글로 남겨 주셨더군요."

사키치는 미소를 지었다.

헤이시로는 조스케를 데리고 사키치의 집을 찾아갔을 때 그가 장부 같은 것을 열심히 들여다보고 있던 모습이 생각났다.

관리인이란 사람들, 참 대단하군.

"쏙 산첩 깊구먼. 방심할 수 없는 자들이야."

"그러게 말입니다, 규베 씨도 참 속을 모르겠어요."

"자네도 마찬가지야, 괘씸한 것."

조스케 건은 이렇게 일단락되었다. 그 아이가 뎃핀 나가야에서 편안히 지낼 수 있으면 그만인 것이다―. 헤이시로는 벚꽃 철을 맞아 경황이 없어서 그 일에 대해 이것저것 더 생각해 보지도 않았다.

딱 한 번, 정말 우연히 나루미 상회 앞을 지나갈 때까지는.

전에도 그 가게 앞을 지나친 적은 여러 번 있었다. 하지만 일용잡화점은 특별한 일이 없는 한 헤이시로의 주의를 끌 일이 없고, 눈여겨 본 적도 없었다. 이번에 눈여겨 본 이유도 조스케 건이 머릿속에 있었기 때문이다.

"여기가 그……."

고헤이지도 그런 생각을 했다.

나루미 상회 간판을 보니 상호 옆에 날개를 편 새 그림이 그려져 있다. 부리의 모양으로 미루어 아마 솔개 같다.

헤이시로는 건들건들 가게 안으로 들어섰다. 점원이 친절하게 맞이했다. 특별히 볼일이 있어서 들른 것은 아니고 그냥 한 가지 물어보자, 하며 간판에 솔개 그림이 있는 까닭을 물었다.

"선대 주인님이 황금빛 솔개 꿈을 꾸셨는데, 그걸 그림으로 그렸더니 그 뒤로 가게가 갑자기 번창하게 되었답니다. 그래서 그 행운을 지키기 위해서 간판에 그려 넣었답니다."

헤이시로는 겨드랑이에 양손을 찌른 채 한길로 나섰다. 그러고는 다시 한번 간판을 올려다보았다.

조스케가 열심히 그리던 새 그림은 간쿠로가 아니었다. 우헤가 의아한 표정을 지었던 까닭을 이제야 알았다.

알게 되었다고 뭐가 달라지는 것은 아니다.

"흠."

헤이시로는 그런 소리만 냈을 뿐이다.

그 이야기를 들려준 나루미 상회 점원이 무슨 생각을 했는지 몇 푼을 싸서 쥐여 주었다. 이 돈으로 조스케한테 떡이나 사다 주자. 그래, 그게 좋겠군.

"갈까."

고헤이지에게 이르자 그가 말했다.

"조메이지 벚꽃떡_{얇게 편 밀가루 반죽에 팥소를 넣고 말아서 찐 후, 소금에 절인 벚나무 이파리로 감싼 떡. 조메이지 앞에서 팔았으며, 스미다 강둑의 벚꽃 구경을 하면서 먹는 명물이다}을 살까요?"

헤이시로는 흠칫 놀랐다. 이놈도 눈치가 여간 아니군.

즉시 걸음을 옮기기 시작했다. 그 뒤를 고헤이지가 종종걸음으로 따라온다. 벚꽃이 흐드러지게 피었다.

이즈쓰 헤이시로는 벽창호도 목석도 아니지만 지금껏 돈으로 여자를 사 본 적이 없다.

오해할까 봐 분명히 말해 두지만, 생김새가 아주 남성적이라 여자들이 먼저 접근해 오는 덕분에 굳이 돈으로 살 필요도 없었다는 이야기가 아니다. 이즈쓰 헤이시로는 중노동에 지쳐 하품하는 말 같은 상을 하고 있다. 키는 훤칠해도 등이 고양이처럼 굽어서 언뜻 보면 마흔여섯이라는 나이보다 훨씬 늙어 보인다. 마치 순시관의 마키바오리_{하급 무사인 도신은 근무중 하오리를 입을 수 없었으며, 하오리를 입을 때는 밑단을 밑에서 위쪽으로 허리띠에 구겨 넣어서 짧게 입어야 했다. 이렇게 허리띠 속에 하오리 밑단을 구겨 넣은 것을 마키바오리라고 한다}는 세련되고 멋지다고 칭송받는 에도 풍물 가운데 하나라지만 그것도 사람 나름이지, 헤이시로의 마키바오리는 그 깡마른 체구 탓에 늘 양 옆구리에 깃발마냥 축 늘어져 있다.

무사들이 대개 그렇듯이 일찌감치 결혼한 덕분에 계집질에 돈 쓸 필요가 없었다— 뭐 이런 얘기하고도 조금 다르다. 색을 밝히는 사내는 마누라가 바가지를 긁든 자식이 울든 모친이 병으로 드러눕든 나 몰라라 하며 제가 좋아하는 그쪽으로 치닫는 법이다. 짓밟히고 걷어채도, 죽이네 마네 협박을 당해도 분 냄새 풍겨 오는 쪽으로 콧구멍을 벌름거리게 마련이다.

헤이시로는 생각한다. 결국 나는 게으름뱅이야. 여자의 환심을 사는 데도, 그 전에 여자와 어울리는 데도 돈뿐만 아니라 열의가 필요한 법인데, 그게 귀찮기만 하니.

어디 여자뿐인가. 스스로도 매사에 게으른 사람임을 자각하고 있다. 실제로 마치부교쇼 도신이라는 지금 자리도 귀찮기만 하다.

애초에 원해서 물려받은 당주 자리도 아니다. 도신이나 요리키_{중급무사. 부교쇼 소속으로 마치의 치안을 담당하며 도신을 지휘한다}라는 지위는 형식상으로는 당대로 끝나게 되어 있지만 실제로는 세습되고 있다. 헤이시로_{平四郞}는 이름이 말해 주듯이 이즈쓰 집안의 사남이자 막내였다. 순리대로 되었다면 헤이시로가 아버지를 이어서 도신이 될 가능성은 희박했다. 애초에 그는 그 점을 다행으로 알았다. 가난한 도신 집안에 자식들이 수북한 것은 사람들한테 비웃음거리였고, 아버지의 지위를 물려받는 자식 말고는 다 밥벌레가 될 수밖에 없다. 그러므로 집안 어른들도 나를 일찌감치 어디로든 보내서 입이라도 덜고 싶을 거라고 믿고 있었다. 빨리 집을 떠나 평민들 속에 섞여 살면서 그들에게 글이나 검술 같은 걸 가르치며 속 편하게 한세상 살자고 내심 준비하고 있던 터였다.

그런데 세 형들이 모두 병약하거나 일찍 세상을 뜨거나 다른 집에 양자로 들어가거나 해서 하나하나 탈락하더니 헤이시로한테 차례가 돌아올 것 같은 형세가 되고 말았다— 이것이 관례를 올리기 직전의 상황이었다.

다시 말하지만 헤이시로는 집안을 잇겠다는 욕심이 전혀 없었다. 도신이란 지위는 딱 질색이었다. 그는 어떻게든 다른 사람한테 떠넘길 수는 없을까 하고 궁리했다.

그러다가 한 가지 묘안을 떠올렸다. 헤이시로의 아버지는 엄청나게 색을 밝히는 사람이었다. 어디 다른 데 숨겨 둔 여자한테 자식이 없으란 법도 없다. 배다른 형제를 찾아내서 가독家督을 잇게 하자—.

헤이시로는 열심히 찾기 시작했다. 그러나 아직 상투도 틀지 않은 젊은 것이 제 아비가 주색잡기로 드나들던 분 냄새 나는 곳만 열심히 수소문하고 돌아다니니 금방 눈에 띄지 않을 수 없었다. 곧 아버지의 동료나 상사에게 알려지게 되었고, 헤이시로는 아버지한테 뒷덜미를 붙들려 혼쭐이 나고 말았다.

이때 아버지의 상사인 요리키 가운데 눈 밝은 이가 있었는데, 그가 아버지의 숨겨 둔 아들을 찾아보자는 헤이시로의 발상과 그 탐문 수법에서 '소질'을 간파하고 말았다. 도신에 딱 어울리는 소질 말이다. 이렇게 되니 더는 피할 길이 없어, 가독이라는 원치 않는 행운이 헤이시로에게 굴러들어 오고 말았다.

그런 사정 때문에 사실 헤이시로는 한때 그 요리키에게 앙심을 품고 기회만 되면 어떻게든 앙갚음을 해 주마 생각했다. 그러면서도 한편으로 그것 역시 다 귀찮다고 느끼며 세월을 보냈다. 그러다 보니 어느새 상대가 은퇴를 하더니 금방 세상을 하직하는 것이 아닌

가. 가독은 그의 장남이 이었다. 그 사람이 지금 부교쇼 상석에 앉아 있다. 이런 것이 바로 악연이라고 헤이시로는 고헤이지에게 투덜거렸다. 고헤이지는 헤이시로를 시중드는 주겐인데, 그러고 보니 그가 헤이시로를 위해 일한 첫 번째 과제가 아버지의 숨겨 둔 아들 찾기였다. 그러니 이쪽은 또 이쪽대로 인연이었던 셈이다.

이즈쓰 헤이시로는 소탈한 사람이라—그보다는 역시 거드름 피우기도 귀찮았을 뿐이지만—누가 신상에 관해 물으면 스스럼없이 들려준다. 그래서 넷째인 그가 가독을 잇게 된 전말을 본인한테 들어서 아는 사람이 꽤 많다. 뎃펀 나가야의 오토쿠도 그 가운데 한 사람이다.

오토쿠는 헤이시로보다 나이도 많고 그를 어려워하는 기미도 거의 없어 늘 그에게 거침없이 말하는 부인인데, 그 오토쿠가 무슨 생각을 했는지 타고난 거침없는 태도로 불쑥, 이봐요, 나리, 나리 아버님이 그렇게 여자를 밝혔다면서요? 나리도 한번쯤 몰래 첩이나 만들까 생각한 적 있죠? 하고 물었다.

이것이 사태의 발단이었다.

비가 머칠이나 내리던 어느 봄날이었다. 뎃펀 나가야 판자 지붕에 자라는 냉이들이 축 늘어지도록 비에 젖고, 가만히 귀 기울이면 쪽방 나가야 집집마다 마루며 다다미에 받쳐 놓은 밥공기나 주발에 지붕에서 새는 빗방울이 떨어지는 소리가 뽈깍뽈깍 들려온다.

이즈쓰 헤이시로는 오토쿠네 가게에 앉아 곤약 산적을 먹고 있었다. 단맛이 강한 된장을 듬뿍 얹은 이 산적은 그가 아주 좋아하는 것

가운데 하나로, 가는 빗방울이 종종 얼굴로 떨어지는데도 개의치 않고 무척이나 느긋한 모습으로 쉬고 있었다.

순시를 돌다가 하루 한 번 꼭 이 가게에 들러 뭐든 사 먹는 일은 그의 취미라 할 수 있다. 이것 때문에 순시 일을 하고 있다고 해도 좋다. 행복한 기분으로 따끈한 곤약을 후후 불어가며 먹었다. 그때 오토쿠가 여자가 있네 없네 하고 물었던 것이다.

헤이시로는 곤약의 더운 김을 토해 내며 웃음을 터뜨렸다. 그러고는 이렇게 대꾸했다.

"뭐야, 오토쿠. 이녁이 제법 신통한 걸 묻네. 은근슬쩍 떠보는 건 아니겠지? 독수공방이 쓸쓸해서 그런 거라면 미안하지만 다른 남정네를 알아봐."

물론 농으로 한 이야기였다. 남편을 여의고 오랫동안 과부로 살아온 오토쿠를 슬쩍 놀려 주었을 뿐이다.

헤이시로는 다시 산적 먹는 데 열중했다.

그러나 오토쿠가 난데없이 맹렬하게 화를 냈다.

"뭐가 어째요? 누가 나리 같은 남자를 상대나 한대요! 뭐예요, 사람을 놀리고, 할 말이 있고 못할 말이 있지!"

인상이 확 구겨져 있었다. 헤이시로는 크게 당황했지만 이미 엎질러진 물이다.

"뭘 그리 정색을 하고 화를 내누, 나는 그냥 농으로—."

변명을 해 봤지만 말을 마칠 틈도 없었다.

"나가세요! 나리 같은 사람은 질색이니까!"

오토쿠는 얼굴이 벌게져서 헤이시로와 주겐 고헤이지를 가게 밖으로 쫓아내려고 했다. 우물쭈물하다가는 팔려고 준비해 둔 뜨거운 조림 국물을 머리에 뒤집어쓸 판이다. 헤이시로는 허겁지겁 한길 건너편으로 피했다. 오토쿠는 가게 안쪽으로 들어가 버리고 조림 솥만 부글부글 김을 올리며 끓고 있다.

헤이시로는 산적 꼬치를 손에 든 채 멍하니 섰다.

"왜 저래?"

"글쎄, 왜 저럴까요."

마찬가지로 산적 꼬치를 들고 있던 고헤이지도 멍한 얼굴로 대답했다.

오토쿠네 가게는 세 가구가 나란히 붙은 노변 나가야의 중간 집으로 북쪽으로 미노키치 부부의 생선 가게, 남쪽으로 팥고물찰떡이 맛있기로 소문난 떡집이 이웃해 있다. 그 가게들에서도 깜짝 놀란 얼굴들이 튀어나와 헤이시로와 고헤이지와 함께 눈을 끔벅거리고 있었다.

"나리, 괜찮으세요?"

생선 가게 미노키치가 말을 건넨다. 헤이시로는 남은 곤약을 마저 씹었다.

"이거야 원, 뭐가 뭔지."

"오토쿠 씨가 왜 저렇게 화를 내는 겁니까?"

헤이시로는 대답을 하려고 입을 벌리다가, 이번 일은 딱히 뭐라고 설명하기도 어렵다는 생각을 했다. 오토쿠가 왜 그런 질문을 던졌는지, 그걸 모르는 이상 섣불리 떠벌려도 괜찮은 일이 아닐 성싶었다.

"글쎄, 나도 그걸 모르겠군."

미노키치는 입을 오물거리며 무슨 말을 하려다 말았다. 옆에서 그의 아내가, 너무 놀라서 족편 사발을 엎고 말았잖아, 졸지에 뭔 손해여, 하고 투덜거리고 있다. 원래 이 부부는 매사 원망이 많다. 요즘 매상이 시원치 않은 것도 그 탓이다. 툭하면 불평을 늘어놓는 생선 가게 주인은 툭하면 화를 내는 쌀가게 주인 못지않게 상대하기 거북한 자들이다.

'이게 뭐람.'

아무리 생각해도 오토쿠의 모습이 이상하다. 무슨 일이 있었나?

산적을 다 먹고 꼬치를 길가에 쿡 찌른 헤이시로가 고헤이지에게 턱짓을 했다.

"사키치나 만나 볼까? 무슨 일이 있었다면 그자가 알고 있을 테니까."

사키치는 집에 있었다. 조스케와 함께 다다미 위에 책상으로 삼는 나무 상자에 마주 앉아 글쓰기를 가르치는 중이었다.

"옳지, 기특하구나. 읽기 쓰기는 똑똑히 배워 둬야지."

헤이시로는 조스케의 머리를 한번 쓰다듬어 주고 사키치를 옆으로 불렀다. 뜻을 알아챈 그가 즉시 교습을 마치고 기도반에 가서 엿을 사 오라 이르며 조스케를 내보냈다.

헤이시로가 요점만 짧게 들려주자 사키치의 눈이 금세 반짝거렸다.

"오토쿠 씨가 그런 모습을……."

생각에 잠기는 표정으로 말했다.

"어떤가, 역시 오토쿠 신변에 무슨 일이 있었던 건가?"

헤이시로는, 허, 그것 참, 하며 목덜미를 쓸었다.

"그런 농담을 못 받아 주는 사람이 아니야. 그런데 왜 그렇게 노여워하는지, 간이 다 오그라들었네."

"예? 나리도 오토쿠 씨가 호통을 치면 간이 오그라드십니까?"

"나리도라니, 무슨 말이 그래."

"사실 제 입으로 말하기는 조금 힘든 얘기입니다만."

이번에는 사키치가 목덜미를 쓸며 말했다.

"오토쿠가 남부끄러워할 만한 이야기인가?"

"남부끄럽다고 해야 할지……."

"그렇다면 갑작스런 일인가 보군. 내가 매일 여기 얼굴을 내밀고 있잖나. 어제 이맘때도 오토쿠한테 이상한 기미 같은 게 없었는데. 그렇다면 오토쿠한테 남부끄러운 일이고 자네한테는 말하기 거북한 그 이야기는 오늘 해 뜨면서 생겨난 일인가?"

"말하자면 그렇습니다. 뭐, 오늘은 아침부터 비가 내려서 해는 못 봤습니다만."

"말꼬리 잡지 말고."

사키치는 아하히 웃으며, 죄송합니다, 하고 말했다. 그러더니 웃음을 지우고 목소리를 낮췄다.

"미나미스지 다리 건너면 고베 나가야라는 데가 있잖습니까."

"음, 알지. 저기 야나기하라 마치 3초메 말이군."

매일 이 지역 다음으로 순찰하는 곳이다. 관리인 이름이 고베라고 해서 그런 이름이 붙었다. 뎃핀 나가야보다 호수가 적은 아담한 나가야다.

"거기에서 여기로 이사하고 싶다는 사람이 있어서 오늘 아침 고베 씨와 함께 찾아왔습니다. 오쓰유 씨 집도 젠지로 씨 집도 내내 비어 있으니까요."

"어떤 사람인데?"

"그것이……."

사키치는 다시 목덜미를 쓸며 쓴웃음을 지었다.

"이런 말 하기는 뭣합니다만 고베 씨도 참 능구렁이더군요. 뎃핀 나가야 정도 되는 규모에서 두 가구나 비워 놓으면 곤란하지 않느냐고 친절하게 걱정해 주기에 처음에는 저도 흐뭇했습니다만."

처음 이곳에 왔을 때는 상황이 상황인지라 얼른 익숙해지지 않아서 무리도 아니었겠지만, 사키치는 최근 세입자 두 가구를 연달아 잃었고 세입자 중에서 가출하는 사람이 나오기도 했다. 집주인 미나토야한테 면목이 없을 것이 분명하다. 그러니 새 세입자가 온다는 소식은 반가워야 할 텐데.

"아하, 다 말하지 말게. 짐작이 가는군."

헤이시로는 고개를 끄덕였다.

"고베가 할 만한 짓이라면 알 만하네. 그러니까 그 늙은이가 자기 나가야에서 감당하기 힘든 세입자를 자네한테 떠넘기려는 거군."

"아마 그런 것 같습니다."

고베는 일흔을 넘긴 지 오래고 생김새는 완전히 막대기처럼 말랐지만 두뇌는 여전히 매끄럽게 돌아가는 모양이다.

"방심할 수 없는 늙은이지."

이사하려는 세입자는 서른쯤 되는 여자라고 한다. 이름은 오쿠메.

"고베 나가야의 오쿠메라."

헤이시로는 그렇게 중얼거리며 기억을 더듬었다.

"혹시 논다니 출신 아닌가? 왜, 여우처럼 눈꼬리가 째진 여자."

헤이시로가 두 손가락으로 눈꼬리를 밀어 올려 보이자 사키치는 손뼉을 쳤다.

"그렇습니다. 생긴 것은 참한데 분 냄새가 밴 것 같은 여자입니다."

"그런가……. 나는 이름은 모르네. 다만 그 얼굴은 한 번 보면 잊을 수 없는 상이니까."

"목소리도 그렇지요. 목소리가 꼭 머리 꼭대기에서 나오는 것 같더군요."

"음, 고베 나가야 세입자들이 다들 그 여자를 싫어하지. 무슨 벌레라도 보는 눈으로 쳐다보고."

"고베 씨에 따르면 그래도 월세는 잘 낸다고 하더군요."

"글쎄……."

헤이시로가 낯을 찡그렸다.

"월세를 꼬박꼬박 내면 아무리 골치 아픈 세입자라도 고베가 그렇게 선선히 내보낼 리가 없지. 그 늙은이 머릿속은 주판알로 가득 차 있어. 걸으면 차르륵차르륵 소리가 날 정도야. 게다가 고베 나가야 세입자들은 오쿠메를 미워하는 일이라면 철통처럼 단결하는 것 같더군. 나가야라는 데는 그런 점이 있어. 미운털 박힌 자가 하나쯤 있어야 나머지 사람들이 잘 뭉치지."

"그런가요? ……그럼 여기에서는 제가 미운털 박힌 자로군요."

헤이시로는 웃었다.

"왜 그래. 오늘은 꽤 기운이 없군."

"아뇨, 그런 건 아닙니다. 조금 맥이 빠지기는 했지만."

조스케가 습자하던 아직 먹이 채 마르지 않은 종이를 내려다보며 사키치가 말했다. 습자하는 종이에는 '조스케'라고 적혀 있다. 먼저 제 이름을 제대로 쓸 수 있게 가르치는 듯하다.

"자네는 잘하고 있어. 조만간 다들 자네와 마음을 트고 지내게 될 거다."

"그러면 좋겠습니다."

오쿠메는 처음부터 사키치를 사뭇 스스럼없이 대했다고 한다. 게다가, 어머, 후카가와에서 으뜸가는 미남 관리인이시네, 하고 소매를 살랑살랑 흔들며, 당장 내일이라도 뎃핀 나가야로 이사 올래요, 하고 크게 만족해했다.

"이상하군. 아까도 말했지만 고베는 닳고 닳은 늙은이야. 허튼 구석이 없거든. 오쿠메를 이사시키는 데는 뭔가 속사정이 있을 것 같은 생각이 드는구먼."

헤이시로가 낯을 찡그렸다.

"그 여자, 생업은 뭡니까?"

"제 말로는 히가시료고쿠에 있는, 가게 이름이 뭐라고 했더라, 찻집에서 일한다고 하던데."

"예, 자기도 그렇게 말했습니다만, 진짜 직업은 뭘까요?"

"찻집에서 설거지를 하네 여급으로 일하네 하는 것은 듣기 좋게 하는 말이고, 실은 은밀하게 몸을 파는 여자야."

규모의 차이는 있지만 찻집이나 요릿집에서 관청 몰래 몸 파는 여자를 두고 있는 일은 그리 드문 이야기도 아니다. 물론 적발되면 처벌을 면할 수 없는 떳떳치 못한 일이다.

"논다니 출신 아닌가. 그쪽 생리를 잘 알고 있겠지. 상당히 벌었을걸. 그렇지 않으면 고베가— 아니지, 그러고 보면 고베가 오쿠메를 내보내려고 한다는 게 더 이상하군. 하지만 그 얘기와 오토쿠가 그렇게 발끈한 것이 무슨 관계지?"

사키치는 끄응, 하는 신음 소리를 내며 천장을 올려다보았다. 그는 나이치고는 차분해서, 지금까지도 크게 동요하거나 불안해하는 모습을 보인 적이 없다. 그런데 오늘은 묘하게 곤혹스러워하는 눈치다. 헤이시로는 의아해했다.

"자네, 오쿠메 같은 여자를 대하는 게 질색인가?"

헤이시로는 자기가 그런 사람이라서 편한 마음으로 물었다. 그렇습니다, 하는 대답이 돌아올 줄 알았다.

그런데 사키치는 고개를 저었다.

"그런 건 아닙니다. 저는 오쿠메 씨가 그리 나쁜 여자는 아니라고 생각했습니다. 질색하는 게 아닙니다."

헤이시로도 놀랐지만 봉당 입구에서 얌전히 기다리던 고헤이지가 더욱 놀란 모습이었다. 커다란 목소리로 "우헤—!" 하는 소리를 냈다.

"차라리 파악하기 쉬운 사람이죠."

사키치가 내쳐 말하고는 살짝 웃는다.

"제 말이 그렇게 뜻밖인가요?"

고헤이지가 집 안이 아니라 바깥쪽을 쳐다보았다. 그러고는 또 "우헤—!" 하며 자리에서 일어나 "우헤 씨" 하고 이어서 말했다.

"어? 뭐야?"

고개를 틀어 문을 돌아다본 헤이시로에게 고헤이지는 이마를 훔치며 말했다.

"이번엔 놀라는 소리가 아닙니다요. 우시고메에서 우헤 씨가 왔어요."

그 말이 채 끝나기 전에 조스케의 손을 잡고 우헤가 얼굴을 들이밀었다. 그는 전에 우시고메에서 조스케와 고인이 된 어미를 돌봐주던 관리인이다. 조스케를 사키치가 맡아 키우기로 한 뒤에도 이렇게 가끔 들르곤 한다.

"실례합니다. 이 근방에 왔다가 조스케 얼굴이나 보려고 들렀습니다. 잠깐 실례해도 될지요— 오, 이즈쓰 나리 아닙니까. 변함없이 수고가 많으시지요."

우헤가 칼칼한 목소리로 말했다.

이렇게 되면 안 그래도 사키치가 말하기 거북해하는 오토쿠와 오쿠메 건에 대해서는 듣기가 더 어려워졌다 생각하고 헤이시로는 하는 수 없이 자리에서 일어났다. 오토쿠한테 물을 수도 없는 노릇이고—산적 꼬치에 눈알 찔리기 십상이다—해서 헤이시로는 미나미스지 다리 쪽으로 걸음을 옮겼다. 오쿠메한테 직접 들으면 되겠다고 생각한 것이다.

정말 내일 당장 이사할 생각이라면 지금쯤 이사 준비로 경황이 없으리라. 단출한 나가야 살림이라도 여자는 의외로 짐이 많게 마련이니까.

짐작이 맞았다. 고베 나가야의 하수구 덮개를 밟으며 들어가 보니 아래쪽을 나무판으로 댄 장지가 활짝 열려 있는 집이 보였다. 주인은 귀틀 가까이서 커다란 고리짝에 굵직한 새끼줄을 두르는 참이다.

"오쿠메, 이사 준비를 혼자서 하나?"

말을 건네자 여자는 작은 눈을 깜빡거리며 돌아보았다. 상대가 이즈쓰 헤이시로라는 것을 알자 새된 소리로 대답했다.

"어머. 예. 힘드네요. 어쩐 일이세요, 나리?"

헤이시로는 토방으로 들어서서 양손을 겨드랑이에 찌른 채 여자를 내려다보았다.

"네가 뎃핀 나가야로 이사한다는 얘기를 들었다. 여기서 거기라면 그리 먼 거리는 아니지만, 그래도 이사는 큰일이지."

"도와주시려고요? 어머, 자상도 하셔라."

고헤이지에게도 살짝 웃음을 던지고 몸을 꼬아 보였다.

"아이, 정말 고마우셔요."

오쿠메는 예쁜 용모는 아니다. 몸매도 뼈가 붉거졌다. 이렇게 가까이서 가만히 보니 머리칼도 가늘어지고 숱도 줄어드는지 쪽진 머리도 작은 편이다. 온전치 못한 생활이 그녀를 나이보다 늙게 만들고 있는지도 모른다.

그렇지만 그녀는 기운을 잃은 것도 아니고 어딜 다친 모습도 아니었다. 활달한 몸놀림으로 헤이시로와 고헤이지를 불러들여 꽤 고급스러운 다기로 차를 대접했다.

물을 끓일 때도 그녀는 자가용 풍로를 사용했다. 나가야에서는 보통 풍로를 공동으로 사용한다. 서로 끼니때만 잘 조정하면 열 가구 전후도 풍로 두 개면 충분하다. 그래서 대개 여러 집에서 돈을 모아 풍로 한 개를 구입해서 아껴 쓴다. 자가용 풍로는 오쿠메가 의외로 풍족하다는 표시였다.

"너 혹시 뎃핀 나가야에 사는 오토쿠하고 다툰 적이 있느냐?"

오, 제법 맛있는 차로군— 하고 내심 감탄하면서 헤이시로가 물었다.

"간이식당을 하는 오토쿠 말이다. 목청 큰 아줌마."

"아, 예예. 오늘 아침에 그냥 조금요."

오쿠메는 웃으며 고개를 끄덕였다. 웃음을 짓자 눈이 더욱 가늘게 째져서 여우를 꼭 닮았다.

"뭣 때문에 다퉜지? 관리인이 걱정하던데."

"사키치 씨가요? 미안하네요. 어떻게든 사과를 해야 할 텐데."

"오토쿠는 통이 큰 여자야. 조리 있게 얘기하면 잘 알아듣는 사람이라 좀처럼 누구랑 다투질 않지. 너, 무슨 짓을 한 거냐."

오쿠메는 새침한 표정을 짓는다.

"다툼 같은 건 없었어요. 다만, 아, 그리워라, 하고 한마디 했을 뿐인걸요."

"뭐가 그리워?"

"제가 오토쿠 씨의 남편 가키치 씨를 알고 지냈거든요. 좋은 손님이었어요. 그래서 예전에 제가 종종 모르는 척하며 음식을 사 먹으러 찾아가곤 했어요. 가키치 씨를 보려고."

오쿠메는 부끄러운지 소매를 물었다. 헤이시로는 마시던 차를 뿜어 낼 뻔했고 고헤이지는 이번에도 "우헤—!" 하고 놀랐다.

"그게 정말이냐?"

"정말이고말고요. 가키치 씨는 정말 좋은 아저씨였어요."

"그자가 너를— 그, 너희 가게에 간 적이 있었느냐?"

"예, 많죠. 매달 한 번꼴이었을 거예요. 병으로 드러눕기 전까지 아주 오랜 단골이었죠."

고헤이지가 "우헤—!" 하며 당혹스런 표정으로 덧붙였다.

"이번엔 정말로 기가 막힌다는 뜻입니다요, 나리."

헤이시로가 차를 꿀꺽, 소리 나게 마셨다.

"그럼 너, 오늘 아침 뎃핀 나가야에 갔을 때 오토쿠 앞에서 그런 얘기를 했느냐?"

오쿠메는 손을 살랑살랑 저었다.

"처음부터 그렇게 말한 건 아니었어요. 하지만 제가 '아, 그리워라' 하니까 오토쿠 씨가 '뭐가 그립다는 거유?' 하고 무서운 얼굴로 묻기에—."

"얘기했느냐?"

"예, 다 얘기했죠."

오쿠메는 주눅 드는 기미도 없다.

"뭐가 어때요, 가키치 씨가 세상을 떠난 지가 얼만데. 그 사람이 저한테 얼마나 잘해 주었다고요. '가게가 조금 더 커져서 벌이가 좋아지면 오쿠메를 들어앉히고 편히 살게 해 줄 수 있을 텐데' 하는 말도 했단 말예요."

"오토쿠한테 그런 얘기까지 했어?"

"그럼요."

그러니 오토쿠가 흥분할 수밖에.

그래서 아까 헤이시로에게, 가끔 마음이 싱숭생숭해지면 여자를 돈으로 사거나 어느 여자한테 홀딱 반해서 '첩으로 삼을까' 하고 생각해 본 적 없느냐고 물었던 것이다. 남자는 원래 그런 동물이냐고 말이다. 그런데 거기다 대고 헤이시로가 점잖지 못한 농담으로 대꾸를 했으니, 안 그래도 마음이 복잡하던 오토쿠가 발끈하고 폭발한 것이다.

오토쿠와 가키치는 금실이 좋아, 둘이 온갖 고생을 다해서 그 가게를 차리고 장사를 했다. 그러다 이제 겨우 편하게 살 만하다 했더니 가키치가 병으로 자리에 누웠다. 오토쿠는 자리보전하는 남편을 돌보며 가게를 꾸렸고, 그가 세상을 떠난 뒤에는 혼자 애를 써 왔다. 가키치의 병은 가혹한 것이어서 임종은 평온하지 못했다. 오토쿠는 그것을 전부 겪었다. 혼자 짊어져 왔다. 그럴 수 있었던 것도 가키치에 대한 정이 깊었기 때문이라고 믿었다.

그런데 가키치가 죽고 오 년이나 지난 지금—.

"제가 뭘 잘못한 건가요?"

오쿠메는 순진한 얼굴로 소매를 만지작거리며 중얼거렸다.

"잘못하거나 말거나— 너도 참 독한 년이구나. 그러니 동네에서 따돌림을 당하지."

오쿠메가 찾던 물건을 발견한 듯한 표정을 지었다.

"어머, 제가 따돌림을 당해요? 그래서 이사를 간다니까 다들 그렇게 친절해진 거였구나."

깔깔 웃는다. 헤이시로는 고헤이지와 얼굴을 마주 보았다.

"이봐, 오쿠메. 너, 이대로 뎃펜 나가야로 이사해 봤자 좋을 일이 없을 거다. 내가 고베한테 일러둘 테니까 그냥 여기 살면 어떠냐?"

오쿠메는 대강 정리된 실내를 둘러보더니 고개를 저었다. 목덜미 주름살이 눈에 띈다.

"나리, 저는 이제 여기서 지낼 수가 없답니다."

"어째서? 방세는 다 냈겠지? 고베가 그러더라고 사키치한테 들었다."

"어머, 세상에. 나리, 저는 방세 같은 거 낸 적 없어요."

이번에는 헤이시로나 고헤이지나 아무 대꾸도 못하고 그저 오쿠메의 얼굴만 빤히 들여다보았다.

"고베 씨는 저한테 방세를 받은 적이 없어요. 그 대신 저도 고베 씨한테 돈을 받지 않았거든요."

그녀는 계속 말했다.

"돈을 받지 않았거든요?"

헤이시로가 앵무새 시늉을 냈다.

"네, 한 번도."

"그러니까 고베가 너랑— 놀 때마다."

"예."

오쿠메는 쌩긋 웃었다. 이때 처음 알았지만 치열이 아주 곱다. 자그마한 이빨이 가지런히 자리 잡은 것이 꼭 어린아이 같다. 건실하지 못한 여자여서 하얀 이를 그대로 간직했겠지만에도 시대에 기혼 여성은 이

^{를 검게 염색했다} 그것이 보는 이에게 때 묻지 않은 듯한 인상을 준다는 데 헤이시로는 신선한 놀라움을 느꼈다.

"벌써 십 년 전부터 죽 그래 왔는걸요."

오쿠메의 새된 목소리에는 수치스러워하는 기색도 없다. 어디까지나 영업 이야기를 하고 있다는 말투다.

"그런데 한 일 년쯤 전부터 고베 씨가 전혀 고개를 들지 못해서요…… 그거 말예요. 그래서 영 거래를 할 수 없게 되었거든요. 얼마 동안 상태를 지켜봤지만 역시 더 이상은 힘들겠더라고요."

"저런."

고헤이지가 장단을 맞춘다.

"그렇게 되고 보니까 원칙대로 하자면 제가 이제부터는 월세를 내야 하잖아요? 하지만 전 그게 영 싫더란 말예요. 왠지…… 고베 씨한테 미안해서. 그 사람이 저한테 월세를 받는다면, 받을 때마다 왠지 스스로 한심할 테고 폭삭 늙어 버렸다고 느낄 거 아녜요? 자존심이 상하지 않겠어요? 그 사람한테도 아직 남자의 자존심이란 게 있을 텐데 저한테 월세 같은 걸 받고 싶겠어요?"

그래서 이사를 하고 싶다는 말을 꺼내 본 거라고 한다. 고베는 찬성했다.

"뎃핀 나가야가 좋겠다고 한 것도 고베 씨였어요. 왜 있잖아요, 관리인이 새파랗게 젊은. 저보다도 어려 보이지 않아요? 고베 씨가 정색을 하고 저한테 말하더라고요. 그 사키치라면 오래갈 거라고."

오쿠메는 쿡쿡 웃기 시작했다. 헤이시로도 하마터면 덩달아 웃을 뻔했다.

"고베 씨는 자기랑 연배가 비슷한 관리인이 있는 나가야에 저를 보내고 싶지 않은 거예요. 제가 거기 이사해서도 월세와 화대를 바꾸든 말든 고베 씨가 상관할 일은 아니지만, 그래도 역시 싫겠지요. 별별 생각이 다 들 테니까요. 하지만 관리인이 사키치 씨처럼 새파랗게 젊으면 속이 상하더라도 조금은 다르지 않겠어요? 마음을 정리하기가 쉽다고나 할까. 지금은 아무리 젊어도ㅡ."

"나이 들면 자기랑 똑같이 될 거라고 생각할 테니까 말이지?"

헤이시로가 그 말을 받았다.

"맞아요, 맞아, 그거죠."

두 사람은 소리 모아 웃었다. 고헤이지는 주겐의 도리라 생각하는지 애써 진지한 얼굴로 버티고 있다.

"그럼 네 생각은 뭐냐? 뎃핀 나가야에서도 여기서처럼 할 생각이냐? 월세와 너의 그ㅡ 삯을 맞바꾸련?"

"그건 제 맘대로 정할 수 있는 일이 아니겠지요? 게다가 사키치 씨는 융통성이라곤 하나도 없는 사람 같더라고요."

"그럴 거다."

헤이시로는, 하지만 사키치는 너를 나쁘게 생각하지는 않더구나, 하고 말하려다가 그만두었다. 그리고 나도 지금까지 너를 오해하고 있었나 보구나ㅡ 나도 조금은 네가 마음에 들 것 같기도 하다, 하고 말하려다가 역시 그만두었다.

"저, 이사해도 괜찮은 거죠?"

오쿠메는 비로소 살피는 듯한 표정으로 헤이시로를 쳐다보았다. 교태를 부리는 행동이 아니라, 제가 잘못하는 걸까요, 나리? 하고 진지하게 묻고 있다.

"뭐, 내가 참견할 일은 아니지."

헤이시로가 말했다.

"그렇다면 안심이네요. 이제 마음이 놓여요, 나리."

"그렇지만— 이런 상태로 이사하면 오토쿠가 딱하지 않으냐. 넌 모르겠지만 그이는 남편을 위해서 정말 온갖 정성을 다 바쳤다. 그런데 남편한테 배신당했다는 걸 알았으니……."

헤이시로는 눈썹을 늘어뜨렸다.

"무슨 말씀이세요, 나리, 저는 가키치 씨가 오토쿠 씨를 배신했다고 말한 적이 없는걸요. 그냥 가키치 씨가 저랑 논 적이 있었다고 말했을 뿐이죠."

오쿠메가 깜짝 놀랐다는 듯한 목소리로 말했다. 헤이시로는 탄식했다.

"그게 말이다, 오쿠메. 여자들은 그렇게 생각하지 않는단다."

"그래요? 하지만 여자는 저고 나리는 남자잖아요? 그런데 어째서 여자인 제 생각이 여자들 생각이 아니라는 거죠?"

"음……."

헤이시로는 잠시 고민했지만 마땅한 대답이 떠오르지 않자 하는 수 없이 적당히 대답하기로 했다.

"오쿠메. 너, 얼마 동안이나 논다니로 살았느냐?"

오쿠메는 얌전한 표정으로 고개를 갸웃한 채 생각했다.

"그럭저럭 이십 년이 되요. 열세 살 때부터니까."

그렇게 어릴 때부터!

"너도 참 힘들었겠구나."

"어머, 그렇게 따뜻한 말씀을 다 하시고."

오쿠메는 헤이시로의 가슴을 탁 쳤다. 고헤이지가 눈길을 돌렸다. 헤이시로는 헛기침을 했다.

"이십 년이라. 그렇게 오랫동안 정을 팔았으니 여자의 마음이란 게 남아났겠냐? 그러니 이제 여자들의 생각을 잘 모를 수밖에."

오쿠메는 감탄하는 표정을 지었다.

"어머, 말씀도 너무 잘하신다. 뭐, 좋아요. 알아듣기는 쉽네요."

그러고는 다시 깔깔 웃었다.

"그렇게 보면 오토쿠 씨는 여전히 온전한 여자겠네요, 나리?"

헤이시로는 오토쿠의 골난 얼굴을 떠올렸다. 어쩐지 사랑스러운 느낌도 든다.

"그렇지. 오토쿠는 천상 여자야. 그러니까 그 사람한테, 너랑 가키치에 대한 이야기는 다 거짓이다, 지어낸 얘기다, 라고 말해 주지 않겠니? 안 그러면 오토쿠는 버텨낼 수가 없을 게다."

오쿠메는 목을 살짝 움츠렸다.

"네, 좋아요. 하지만 다짜고짜 그거 다 거짓말이었어요, 미안해요, 하면 오토쿠 씨도 믿지 않을 거예요. 여자는 의심이 많으니까. 그게 거짓이라면 왜 그런 거짓말을 했는지 그럴듯한 이유를 대야 해요."

"그럼 어쩌면 좋을까."

"저한테 맡기세요, 나리."

오쿠메는 웃었다. 또 하얀 치열이 드러난다.

"맡겨 놓으시면 깨끗이 해결될 테니까요."

속은 알 수 없지만 자신만만한 오쿠메의 모습을 보니 헤이시로도 한번 맡겨 볼까 하는 생각이 들었다. 어깨를 누르던 짐을 부려 놓은 기분도 들었다. 사실 헤이시로처럼 게으른 사내에게 오토쿠와 다툰 사태는 제 힘으로 해결하기 너무 어려운 일이다.

고베 나가야 출입문에서 마침 고베와 마주쳤다.

"오, 나리. 무슨 일로 오셨습니까?"

당황한 얼굴로 걸음을 멈추고 공손하게 인사를 한 고베가 정중하게 물었다.

"아니, 별일 아니야. 자네한테 이야기할 것도 없는 일이네."

"그러십니까?"

무슨 마을 업무 때문에 외출했던 모양인지 그는 하오리를 걸치고 있었다. 작은 눈을 옴짝옴짝 끔벅이는 모습에서 돈 계산에 까다로운 기질이 드러나고 은근히 건방진 말투도 썩 마음에 들지 않았지만, 방금 전 오쿠메의 이야기를 떠올리자 헤이시로는 문득 이 노인에게 따뜻한 마음이 일었다.

— 그 사람한테도 아직 남자의 자존심이란 게 있을 텐데 저한테 월세 같은 걸 받고 싶겠어요?

— 그 사키치라면 오래갈 거다.

"고베" 하고 헤이시로가 불렀다.

"예, 무슨 일이신지요?"

"오래오래 살게."

헤이시로는 걸음을 옮기기 시작했다. 고헤이지가 당황해서 뒤를 따랐다. 뒤에 남은 고베는 여우한테— 아니, 오쿠메한테 홀린 듯한 표정을 하고 있었다.

결국 오쿠메가 뎃핀 나가야로 이사한 것은 그로부터 사흘이 지나서였다. 젠지로가 살던 집으로 이사했다.

헤이시로는 매일 뎃핀 나가야에 들렀지만 오토쿠네 가게는 피하곤 했다. 겨우 들여다보게 된 것은 순시차 들른 그를 보고 오쿠메가 달려와 소매를 끌면서 "그 얘기, 오토쿠 씨한테 그럴듯하게 말해 두었으니까 이젠 됐어요. 평소처럼 오토쿠 씨를 만나 보세요" 하고 말해 준 뒤였다.

오토쿠가 폭발한 그날로부터 꼬박 열흘이 지났다.

오토쿠는 식당 조리대에서 평소처럼 바삐 움직이고 있었다. 헤이시로의 얼굴을 보자 "아, 나리" 하며 부르고는 제법 쑥스러워하는 표정을 지었다.

"요전번에는 죄송했습니다."

"뭘, 맘에 두지 마."

헤이시로는 그제야 마음을 놓았지만, 그래도 왠지 예전과는 분위기가 다르게 느껴졌다. 오토쿠가 어딘지 부끄러워하는 듯한 기색을 보였기 때문이다.

그러고 보니 오쿠메의 "이젠 됐어요"라는 말이 마음에 걸린다. 가키치에 대한 이야기는 다 거짓이었다고 정정해 놓고, 그 대신 무슨 이야기를 지어내서 둘러댔을까?

오쿠메에게 묻자 그녀가 이렇게 대답했다.

"간단해요. 그러니까, 제가 나리에게 홀딱 반했다고 했거든요."

"뭣이?"

"이 몸이 오래전부터 이즈쓰 나리한테 홀딱 반했다고요. 하지만 나리는 저한테 눈길 한번 주지 않아요. 왜 그런가 했더니 나리가 오토쿠 씨를 마음에 두고 있기 때문이란 걸 알게 된 거죠."

"뭐가 어째?"

"그래서 너무 샘나고 심술이 나서 오토쿠 씨를 괴롭히기로 작정하고, 세상을 떠난 댁의 남편과 동침한 적이 있다고 거짓말을 했던 거다, 그렇게 말해 줬죠."

"뭐야?"

오쿠메는 의기양양한 표정으로 제 코 밑을 문질렀다. 여우처럼 째진 눈이 반짝거린다.

"어때요, 나리, 제가 여자 마음을 전혀 모르지는 않죠?"

고헤이지가 웃음을 터뜨렸다. 헤이시로가 그를 돌아보며 노려보았다.

"뭐라고?"

"땀 흘리시니까 귀엽네요."

"뭐야?"

이런 연유로 빈집 가운데 하나는 세입자를 맞이했지만, 뎃핀 나가야가 아무래도 새로운 골칫거리를 맞이한 것 같다는 예감을 지울 수 없었다.

· 절하는 남자 ·

이즈쓰 헤이시로는 신앙이 없는 사람이다. 뭘 믿기를 싫어하거나 신심이 깊지 않다는 것이 아니라 일말의 여지도 없이 신앙을 저버린 사람이라는 말이다.

왜 신앙이 없느냐고 누가 물으면 이 사람은 단칼로 쳐내듯 대답한다. 번거롭기만 하고 효험이 없어서라고. 그 대답에는 확고한 자신감이 깃들어 있다.

그런 걸 묻는 상대는 대개 신심이 깊거나 신앙에 우호적인 사람이므로 헤이시로의 대답에 못마땅한 표정을 짓는다. 신불을 떠받드는 것을 번거롭다고 하다니 그게 무슨 말버릇이냐는 것이다. 헤이시로도 그렇게 비난하는 상대방 마음은 잘 알고 있다.

하지만 실제로 번거롭기 그지없다. 왜 그래야 하는지는 몰라도 턱없이 일찍 일어나고 한겨울에 냉수를 뒤집어쓰고 에도를 벗어나 멀리까지 타박타박 순례를 하고 끼니를 끊고 하는 일이 어찌 번거롭지 않단 말인가. 그래서 신심이 없다고 누가 뭐라고 타박하면 사죄를 하거나 앞으로는 마음을 고쳐먹겠다고 말하기보다는 이렇게 말해 버린다. 나는 당신의(혹은 저는 귀하의) 신심을 방해할 생각은 손톱만큼도 없으니 당신도(귀하도) 나의(저의) 무관심을 그냥 내버려 두라(내버려둬 주시오).

그냥 변명하는 소리가 아니라 실제로 헤이시로는 타인의 신심을 우습게 여기거나 방해한 적이 없다. 헤이시로의 주겐 고헤이지라는 사람이 있는데, 그는 헤이시로와는 달리 참으로 신심이 깊다. 아내와 아직 어린 자식과 셋이서 핫초보리의 나가야에 살고 있는데, 이 나가야 바로 뒤에 어두컴컴한 이나리 사당이 있다. 고헤이지는 신불이라면 뭐든 떠받들고, 특히 정성으로 받드는 것이 이나리 사당이다. 매일 아침 청소와 참배를 거르지 않는다.

그런데 이 이나리 사당이 왜 어두컴컴한고 하니, 무슨 까닭인지 작은 사당을 감나무 대여섯 그루가 가지를 무성하게 벌리고 에워싼 탓이다. 이 감나무는 열매가 많이 달리지만 알이 굵지 않고 떫은 감만 열려서 신통치 않다. 이나리 사당 감나무니 아무도 열매를 따려고 하지 않는데다 떫은 맛이라는 게 알려져서 사람은 물론 새나 동물들조차 포기하고 상대해 주지 않는다. 그래서 가련한 감들은 가지에 매달린 채 곶감이 되어 버린다.

헤이시로는 종종 그 이나리 사당 옆을 지나가는데, 재작년 초가을 감이 빨갛게 익는 철에 고헤이지에게 이렇게 말한 적이 있다. 저렇게 감을 수북하게 매단 가지가 사방에서 흔들거리고 있으니 이나리 신이 오죽 성가시겠냐, 깨끗하게 따 주고 가지도 좀 쳐 주면 어떨까.

그러자 고헤이지는 진지한 얼굴로, 저건 이나리 신께 바친 공물이라 함부로 건드릴 수가 없습니다, 하고 항변했다. 그렇지만, 하며 헤이시로가 계속 주장했다. 저건 전부 떫은 감인데다 수확 때를 놓쳐서 썩도록 농익다가 땅바닥에 떨어지면 냄새가 얼마나 고약하냐. 이나리 신도 실은 귀찮아하고 계시지 않겠느냐.

그러자 고헤이지는 목덜미에 물수건을 댄 것처럼 흠칫하는 표정을 짓고, 듣고 보니 그건 그렇군요, 나리 말씀에도 일리가 있군요, 하며 순순히 고개를 끄덕였다.

헤이시로는 그것을 끝으로 감나무일랑 까맣게 잊었다. 그런데 열흘쯤 뒤 무슨 볼일이 있어 이나리 사당 앞을 지나가다가 감나무 가지가 깔끔하게 다듬어져 있는 것을 보고 놀랐다. 고헤이지에게 물으니, 그때 나가야 주민들과 상의했는데 다들 나리 말씀이 지당하다고 하므로 가지를 베어내고 감도 다 따 주었다는 것이다. 따낸 감은 부인들이 나누어서 곶감을 만들기 위해 깎아서 말리고 있다고 한다. 곶감이 되면 먼저 이나리 사당에 바치겠지만 일부를 거두어서 나리께도 드리겠습니다, 하며 역시 공손하게 말한다. 곶감을 좋아하는 헤이시로는 그 말이 반가웠다.

여기까지는 별것도 아닌 이야기다. 그런데 이듬해—다시 말하면 작년 초가을이다—이상한 일이 일어났다. 내내 떫은 감만 열리던 이나리 사당 감나무가 올해는 하나같이 단맛이 깊은 감을 맺었다는 것이다.

고헤이지는 자못 흥분해서, 이나리 신의 힘이라고 감동하며 신심이 더욱 깊어졌다. 감나무 가지를 쳐 줄 것을 제일 먼저 생각해 낸 나리에게도 틀림없이 좋은 일이 있을 겁니다, 하고 어린아이처럼 상기된 얼굴로 달려와 보고했다.

헤이시로는 수염이 함부로 자란 턱을 벅벅 긁으며 건성으로 대답했다. 그리고 속으로는 이런 생각을 했다. 신의 힘으로 떫은 감이 단감으로 변한 거라면 왜 좀 더 일찍 그렇게 하지 않았나. 별로 힘든 일도 아니겠거늘.

그러나 입 밖으로 말하지는 않았다. 이나리 사당 참배를 거르지 않는 고헤이지를 비아냥거린 적도 없고 지금도 역시 그러지 않는다. 게다가 원래 이나리 신은 섬기기도 쉬워서, 소원한 일을 소원대로 들어 주면 약속한 만큼 보답을 하면 된다고 하므로, 그 신이 정말로 영험이 있는지 어떤지는 젖혀 두고 이상한 교리가 없는 만큼 헤이시로도 흔쾌히 바라보고 있었다. 방방곡곡 없는 곳이 없는 사당이므로 절을 하는 데 큰 수고가 들지 않는다는 점도 마음에 든다.

가끔 헤이시로가 신앙이 없다는 사실과 그가 핫초보리의 도신이라는 사실을 양 손바닥에 올려놓고 들여다보며 짐짓 알겠다는 듯한 표정을 짓는 사람을 만날 때가 있다. 역시 이즈쓰 나리는 세상의 온갖 부정한 것, 죄 깊은 인간사를 코앞에 봐야 하는 자리에 있는지라 미침한 일들이 히다한 이 세상을 바라보면서 신이나 부처님이 어디 있느냐는 생각에 다다랐겠군, 알겠다, 알겠어, 하고 멋대로 고개를 끄덕이는 것이다.

헤이시로가 보자면 그건 오해다. 헤이시로는 그 정도로 대단한 직무를 맡고 있지 않다. 게다가 이런 말을 하는 자들은 어김없이 찢어지게 가난한 생활의 비참함을 모르는 자들이라, 솔직히 헤이시로는 이런 해석을 즐기는 자들이 싫다.

이런 생각을 하면서 핫초보리의 자택 툇마루에서 선물로 들어온 우구이스떡_{팥소가 들어 있고 겉에는 청대두 가루를 뿌린 떡. 녹색이라서 우구이스(휘파람새)라는 이름이 붙었다. 봄을 기념해서 만드는 떡}을 우물거리며 먹고 있었다. 그때 방금 떡을 가져온 하녀가 다시 와서 심부름꾼이 왔다고 고한다. 작은 소년이라고 한다.

괜찮으니 이리로 데려오라 이르자 하녀는 시킨 대로 뜰을 돌아 소년을 데리고 왔다. 눈에 익은 얼굴이다. 헤이시로가 누구지? 하는 표정을 짓자, 저는 뎃핀 나가야의 두부 장수네 아들 사부입니다, 하고 아뢴다. 그 말을 들으니 알 것 같았다.

후카가와에 있는 뎃핀 나가야의 노변 나가야는 3가구형이 두 동 나란히 있다. 남쪽 동의 세 가구는 오토쿠라는 부지런한 과부가 운영하는 간이식당을 사이에 두고, 주인이 불평불만을 달고 사는 생선 가게와 팥고물찰떡이 맛있기로 소문난 떡집이 나란히 장사를 하고 있다. 이 건물 뒤쪽에 쪽방 나가야가 있는데, 노변 나가야와 가까운 쪽에 음식을 파는 장사꾼들이 세 들어 산다. 그중에 두부 장수도 있다. 물론 쪽방 나가야 세입자이므로 점포를 두고 하는 장사가 아니라 행상을 하는데, 집에서 콩을 불리고 쪄내고 짓이기고 걸러서 만든 두부라 제법 먹을 만하다. 그 장사를 하는 부부는 내외가 모두 삼십 대 중반으로, 두 사람 다 헤이시로의 어깨에도 못 미칠 만큼 키가 작고, 더구나 가운데가 살짝 잘록한 콩알을 꼭 닮은 동그란 얼굴들이어서 나가야 세입자들은 다들 '콩 부부'라고 부른다.

그런데 이 콩 부부가 자식 부자다. 열세 살짜리를 시작으로 팔 남매를 두었다. 자식이 많다고 타박할 까닭은 없다. 하지만 두부 장수란 밤늦도록 일하고 꼭두새벽부터 움직여야 하며, 그렇게 하지 않으면 꾸려나갈 수가 없다.

두부 장수 내외는 자리에 눕기 무섭게 일어나네, 라는 풍자시도 있을 정도다. 그런 부부가 어떻게 해서 자식을 여덟이나 두었을까. 콩 부부인 만큼 자식들도 오순도순 한 깍지 속에 들어가 있다가 한 번에 셋씩 깠는지도 모른다. 아닌 게 아니라 자식들도 하나같이 콩알처럼 생겼다.

어쨌거나 사부는 콩 부부네 셋째다. 그래서 이름도 사부=다. 이 아이가 아마 열 살이 되었을 것이다.

"오, 무슨 일이냐."

헤이시로는 손짓을 해서 사부를 가까이 불렀다.

"자, 이리 와 앉아라. 후카가와에서 왔으니 목이 마르겠구나. 물 마실래? 여기 떡도 있다."

헤이시로가 툇마루 곁자리를 두드리자 사부는 순순히 다가와 앉았다. 눈길은 떡으로 쏠리고 있지만 버릇이 잘 든 아이라서 음식에 손을 뻗기 전에 용건부터 밝혔다. 얇은 옷 목깃 틈새로 손을 찔러 넣어 쪽지 하나를 꺼낸다.

"관리인님이 이걸 전해 드리라고 하셨어요. 나리께요."

습자용 종이를 접은 쪽지였다. 펼쳐보니 뎃핀 나가야 관리인 사키치의 글자로 뭐라고 적혀 있다. 읽기 전에 먼저 사부에게 떡 먹고 싶으면 먹어라, 하고 이르자 아이는 거침없이 우적우적 씹어 먹기 시작했다.

사키치가 핫초보리 집까지 인편을 보낸 일은 처음이다. 그도 그럴 것이 뎃핀 나가야라면 오늘도 순시하고 온 참이다. 쪽지의 주인 사키치도 만났다. 열심히 하수구를 치우고 있기에 몇 마디 나누기도 했다.

그런데 굳이 아이에게 쪽지를 들려 보냈다면 그 자리에서는 꺼내기 곤란한 이야기일 터였다. 뭘까? 헤이시로는 편지를 읽기 시작했다. 그러다가 김 조각을 붙여 놓은 듯한 눈썹을 번쩍 쳐들었다. 사부는 떡을 잔뜩 먹고 들큼한 냄새가 나는 트림을 연발하고 있다.

"이걸 어쩐다."
이즈쓰 헤이시로가 말했다.
"골치 아프게 생겼습니다."
사키치가 대답했다.

두 사람은 신타카 다리 근처 오나기 운하에 면한 경단 가게 의자에 나란히 앉아 있다. 이 근방에는 아주 커다란 절이 있어서 바람에 향내가 섞여 온다. 운하를 흐르는 짐배 뱃머리에 거침없이 갈라지는 물이 보기에도 시원하다.

헤이시로가 턱을 크게 놀리며 경단을 씹었다. 사키치는 한숨을 짓는다.

"이런 일은 무조건 그만두라고 할 수도 없습니다. 이치로 설득하려 해도 저에게는 그만한 지혜가 없고요."

헤이시로는 경단을 꿀꺽 삼켰다.

"그렇지 않아. 자네는 지혜가 있는 사람이야. 하지만 신앙에 빠진 자를 설득하기란 그리 쉽지 않지."

뎃핀 나가야의 쪽방 나가야에 하치스케라는 남자가 우물 가까운 방에서 살고 있다. 나이는 오십 대 중반이 지나 머리칼도 수염도 희끗희끗하고 얼굴은 곶감 뺨치게 자글자글 주름투성이다. 성실하고 부지런한 사람이지만 심약한 구석이 있어서 세상살이에 서툴렀나 보다. 그 나이에 아직도 자투리 일거리를 찾아 돌아다니는 품팔이 목수로 생계를 잇고 있다. 아내는 오슈라는 이름의 역시 조신한 부인으로, 슬하에 딸이 하나 있다. 이름은 오린이라고 하며 나이가 스물둘이다.

오슈와 오린 모녀는 이 집 저 집을 돌아다니며 식모로 일하고 있다. 전에 사키치가 들은 바로는 단골이 서른 집을 밑돌지 않는다고 한다. 홀아비나 맞벌이 하는 집과 약조를 해서 청소, 빨래, 반찬 준비를 해 주고 품삯을 조금씩 받는다. 한 집 한 집은 그리 큰 액수가 아니어도 다 합치면 무시 못할 액수가 된다.

이렇게 어른 셋이 열심히 일하니 살림도 그리 쪼들리지 않는다. 그래서 하치스케 일가는 뎃핀 나가야에서도 관리인 속을 썩이지 않는 괜찮은 세입자로 꼽힌다.

그런데 이 일가가 무슨 일인지 이상한 신앙에 폭 빠졌다고 한다.

"처음에는 하치스케 씨가 시작한 모양입니다. 한 달쯤 전입니다."

머리를 긁적이며 사키치가 이야기했다.

"어디서 항아리 하나를 안고 들어와서 그 앞에 절하기 시작했다는 겁니다. 처음 얼마 동안은 아침저녁으로 절을 했다고 하는데 점차 열을 올리더니 나중에는 일하러 나가지도 않게 되었답니다."

당연히 가족 간에 다툼이 일어났다. 그런데, 이래서 신앙이란 것을 강하다고 해야 할지 무섭다고 해야 할지는 몰라도, 몇 번을 다투다 보니 어느새 오슈와 오린도 함께 항아리 앞에 절을 하게 되었다는 것이다.

그래도 남의 집안일이라 사키치가 관여할 바가 아니었다. 세 식구가 모두 믿음에 빠진 뒤에는 먹고사는 일도 중요하다고 서로 반성하고 각자 다시 일을 열심히 나가게 되었으므로 더욱 그랬다. 항아리 신앙이 하치스케 일가 세 명의 일로만 끝났다면 지금도 여전히 사키치는 모르고 있었을지 모른다.

그런데 그렇게 되지 않는 것이 신앙이라는 것이다.

"잘 아시겠지만 두부 장수 콩 부부는 본래 하치스케 씨네와 사이가 좋습니다. 오슈 씨와 두부 장수 부인이 먼 친척뻘이기도 하고요."

사키치가 말했다.

한쪽은 세 식구 모두 돈벌이를 하는 집이고 한쪽은 먹성이 한창 좋은 자식이 여덟이나 딸린 살림이다. 콩 부부가 쪼들릴 때 하치스케네가 도와준 적도 여러 번이라고 한다.

"그러니 함께 항아리 앞에 절하자는 말을 매정하게 거절할 수 없었을 거라는 말인가?"

"그렇습니다."

콩 부부만이 아니다. 하치스케 가족은 드디어 뎃핀 나가야의 모든 집에 항아리 신앙을 선교하기로 작정했는지 매일 저녁 끼니때만 되면 미리 정해 둔 집을 찾아가 열심히 선교를 하는 모양이다. 그에 설득당해 신앙을 갖게 된 집도 두어 집 있다고 한다.

"나리가 순시하며 들르셨을 때 제가 섣불리 이 이야기를 꺼내면,

신앙에 관한 이야기니까 아무래도 고자질을 하는 것처럼 비칠 테고, 또 그들이 무슨 죄를 저지른 것도 아니지 않습니까. 관리인이 방해를 한다, 관청에서 참견을 한다는 식으로 받아들여져서 오히려 불에 기름을 끼얹는 격이 되기 쉽겠다 싶었습니다. 그래서 사부를 시켜 편지를 전한 겁니다."

"음, 잘했네. 이건 까다로운 일이야."

헤이시로는 팔짱을 끼고 강물로 눈길을 던졌다. 가마우지 몇 마리가 기분 좋은 듯 미끄러져 가다 갑자기 물속으로 쏙 들어간다. 물고기를 잡는 모양이다.

"콩 부부는 아직 그 항아리 믿음이란 것에 빠지지 않은 게로군?"
"예, 그런 이상한 신앙은 질색이라고 말하더군요."
"대체 항아리 신앙이 뭔가? 항아리가 무에 그리 고맙단 말이지?"

사키치는 다시 한숨을 지었다.

"저도 잘은 모릅니다만……."

콩 부부 이야기로는, 하치스케가 흥분해서 이야기한 내용에 따르면, 항아리에 사심을 가둔 다음 그것들을 이 세상에서 깨끗하게 없애 주십시오, 하고 비는 것이 그 신앙의 핵심이라고 한다. 사심을 가두려면 마음속에 있는 비뚤어진 소망을 종이에 써서 항아리 속에 넣어 두면 된다. 그리고 열흘간 정해진 주문을 외며 열심히 항아리에 절을 하면, 참 신기하기도 하지, 항아리 속에 흰 종이만 남고 애초에 적었던 글자는 깨끗이 사라진다. 이것을 사심이 사라졌다고 본다는 것이다.

"비뚤어진 마음이 사라지면 어떻게 되는데? 굽은 허리가 똑바로 펴지기라도 하나?"

"아뇨, 복이 들어온답니다. 좋은 일이 생긴대요. 복신은 마음이 깨끗한 사람한테만 찾아온다고 하니까요."

헤이시로가 짐짓 요란하게 얼굴을 찡그렸다.

"마음이 깨끗해서 복신한테 복을 받았다는 놈은 내 생전에 한 놈도 본 적이 없네. 대개는 그 반대더구먼."

"아, 예……. 하지만 종이에 있던 글자는 정말로 사라진다고 하던걸요."

"그런 속임수라면 어려울 것도 없지. 글자를 적은 종이를 항아리에 넣어 두었더니 백지만 남았다면 눈속임이 뻔하지 않은가. 료고쿠에 있는 가설극장에서 본 적이 있네. 하지만 그런 눈속임이라면 열흘도 걸리지 않지."

"그렇습니까?"

이번에는 사키치의 말투도 어딘지 묘하게 들린다.

"혹시 자네도 그 믿음에 빠진 거 아닌가? 아서라. 기왕에 빠질 거면 좀 더 그럴듯한 것에 빠지는 게 신상에 이로울 거야."

"당치 않습니다, 전 아무 데도 빠지지 않습니다."

사키치는 고개를 절레절레 저었다. 그러나 뭔가 생각에 잠긴 듯한 표정은 그대로다.

문득 무언가가 뇌리를 스쳤다. 헤이시로는 입을 열었다.

"혹시 조스케가—."

사키치는 헤이시로의 얼굴을 쳐다보았다가 한없이 지쳐 보이는 눈길을 밑으로 떨어뜨리며 고개를 끄덕였다.

"네, 아무래도 오린한테 배운 모양인데, 항아리 신앙에 빠졌습니다. 열심히 절하면 네 마음속에 나쁜 것들이 사라지니까 머리가 좋아지고 남들 못지않게 지혜가 생길 거라고 했답니다."

헤이시로는 화가 나서 저도 모르게 찻잔을 던져 버릴 뻔했다. 이런 이야기는 그가 가장 싫어하는 것이었다.

"그 나이도 어린 것을, 게다가 머리도 시원치 않은 아이를 속이다니 괘씸하구나."

조스케도 다른 아이들처럼 똑똑해지고 싶은 것이다. 그런 약한 부분을 물고 늘어지다니 얼마나 비겁한 짓이란 말인가.

"그래서 어떻게 되었느냐. 뻔한 수법이지만, 항아리 앞에 절하려면 보시를 해야 한다고 하더냐? 비뚤어진 마음 하나 지울 때마다 수수료는 얼마라고 하든?"

"그게…… 돈은 받지 않는 모양입니다."

이 말에는 헤이시로도 놀랐다.

"공짜라고?"

"예, 그래서 모두들 쉽게 넘어가는 겁니다."

하기야…… 생각해 보면 가난한 나가야에서 돈 드는 신앙이 퍼질 리 없다. 하지만 완전히 무료인 경우도 드문데.

"뭔가 다른 꿍꿍이가 있을지도 모르지."

사키치는 강물을 바라보며 입을 다물고 있다. 그가 이렇게 우울한 표정을 짓는 건 처음 본다.

"이럴 때…… 규베 씨라면 어떻게 했을까요."

사키치는 불쑥 중얼거렸다.

"어떡하긴. 무슨 뾰족한 수가 있겠나. 역시 속만 썩이다가 나한테 상의했겠지."

"그럴까요? 그분이라면 더 매끄럽게 처리하지 않았을까요? 아니, 애초에 규베 씨가 있었다면 이상한 항아리 신앙 따위는 파고들 여지도 없었겠지요."

헤이시로는 사키치의 얼굴을 빤히 들여다보았다.

"자네, 이번에는 이상하게 약하게 나오는군."

그러고는 일부러 살짝 웃어 보였다.

"아하하, 알았다. 자네, 이번 일로 오토쿠한테 야단을 맞은 게로군. 그걸 마음에 두고 있는 거야. 왜 안 그렇겠나. 그 여자한테 한소리 들으면 나라도 맥이 탁 풀릴 거야."

사키치는 같이 웃으려고 하지도 않고 고개를 저었다.

"아뇨, 오토쿠 씨는 항아리 신앙하고는 관계가 없습니다. 아무것도 모를 거예요. 요즘은 기운도 좀 없는 듯하더군요."

어울리지도 않게 헤이시로는 기가 꺾이는 눈치다.

"오쿠메 건 때문인가……."

오쿠메는 찻집에서 일한다는 여자로, 얼마 전 뎃핀 나가야로 이사했다. 오토쿠하고는 새와 벌레만큼이나 사는 방식이 다르다. 실은 이 두 여자를 두고 헤이시로는 얼마 전 꽤 난처한 일을 겪었다.

"오토쿠 씨는 누가 뭐래도 나리한테 마음을 두고 있어요."

사키치가 발치에 있는 냉이를 손끝으로 살짝 희롱하며 불쑥 말했다. 헤이시로는 의자에서 옆으로 넘어질 뻔했다.

"이자가 큰일 날 소리를 하네. 예끼, 꿈에 볼까 무섭다."

"하지만 사실인걸요. 나리도 짐작하셨잖습니까."

고백하자면 오토쿠가 자기를 나쁘지 않게 본다는 것 정도는 헤이시로도 오래전부터 느끼고 있었다. 하지만 느낀다고 뭐가 어떻게 되는 것도 아니고 뭘 어떻게 해 볼 생각도 없다. 적어도 헤이시로의 마음에서는.

"오토쿠도 외롭겠지. 재가할 자리를 찾아 주는 게 좋겠다. 역시 혼자 사는 건 좋지 않은 모양이야. 특히 오토쿠 같은 여자는."

웃으며 말해 보았다.

"저도 그렇게 생각합니다."

그렇게 말하고 사키치는 의자에서 일어섰다. 물가로 터벅터벅 걸어가더니 발치에 있던 작은 돌멩이를 주워 남자답지 않은 몸짓으로 툭 던진다.

돌멩이는 강물로 떨어져 파문을 일으켰다. 근처에서 헤엄치던 가마우지가 흠칫 놀라 방향을 바꾸어 얼른 피했다.

헤이시로도 의자에서 일어나 사키치 옆에 나란히 섰다. 강바람이 얼굴에 상쾌하다.

"뭐, 그렇게 고민할 것 없다. 항아리 신앙 건은 나한테 한번 맡겨 둬라."

가슴을 펴 보였다.

"수상쩍은 신앙이지만 눈속임을 쓰는 것이 제법 약은 구석도 있군. 아마 하치스케 혼자 생각해 낸 것은 아닐 게다. 누군가 하치스케를 끌어들였겠지. 그렇다면 항아리 신앙은 뎃핀 나가야만이 아니라 필시 다른 데서도 퍼지고 있을 거야. 그 점을 조사해 봐야겠다."

알겠습니다, 하고 사키치는 고개를 숙였다.
"그럼 잘 부탁드립니다."

어렵지 않은 일일 거라고 생각했다. 이렇게 비유하면 고헤이지가 싫은 소리를 하겠지만, 종교라는 것은 돌림병과 비슷해서 한자리에 머물러 있을 수가 없다. 물 위에 먹물 한 방울이 떨어진 것처럼 너울너울 번져가게 마련이다. 뎃핀 나가야의 하치스케는 번져가는 고리 위에 있는 자이며, 고리를 줄여가며 더듬으면 조만간 맨 처음 먹물 한 방울을 떨어뜨린 곳에 다다를 수 있다— 헤이시로는 그렇게 믿었고 어떤 의미에서는 쉽게 여기고 있었다.

하지만 무엇을 어떻게 조사해 봐도, 조사 범위를 후카가와뿐만 아니라 혼조 밖까지 확대해 봐도 보이지 않았다. 항아리 신앙의 출발점 말이다.

"하치스케가 꾸며냈다고 하기에는 너무 근사하지 않은가. 틀림없이 따로 출처가 있을 거야."

마치부교쇼에서도 다른 마치 순시관 도신들에게 물어보았지만 모두 그런 이야기는 처음 듣는다고 했다. 그리고 돈을 거두지 않는다는 점에 모두들 관심을 표했다.

"어쩌면 의외로 제대로 된 신앙인지도 모르겠군. 무엇보다 돈을 걸었다거나 사기를 당했다는 사람이 없는 만큼 관에서 참견할 여지가 없어. 가만히 지켜보는 게 좋겠군."

동료에게 그런 충고를 받자 헤이시로는 곤혹스러웠다. 그는 조스케가 속고 있다는 생각에 분노하고 있었고 그 아이를 불쌍히 여기는 마음이 있는 만큼 가만히 지켜볼 수가 없었다.

그러나 동료들은 거듭 이렇게 말했다.

"항아리 신앙 덕분에 어쩌면 그 조스케라는 아이가 정말로 똑똑해질지도 모르지. 신앙으로는 아무것도 좋지지 않는다고 단정하는 것도 좀 생각해 볼 일이야. 효과가 있는 사람도 있다고."

과연 그럴까. 그래서 정어리 대가리도 어쩌고저쩌고 하는 말도 있는 걸까.*'정어리 대가리도 믿기 나름'이란 속담으로, 아무리 하찮은 것이라도 그렇게 믿으면 존귀하게 느껴진다는 뜻?*

뎃핀 나가야로 순시를 나가도 척 보면 금방 이상을 알 수 있는 종류의 사건도 아니고—다행히 나가야 출입문 옆에 커다란 항아리를 놓고 모두 절을 하거나 하지는 않는다—사키치에게 큰소리를 친 만큼 다짜고짜 하치스케의 집으로 쳐들어가 항아리를 압수할 수도 없는 노릇이다.

"하치스케네 식구들이 없는 사이에 항아리를 살펴볼 수는 없을까?"

사키치에게 그렇게 말해 보았다. 그러나 그는 냉큼, 그건 힘들 겁니다, 하며 고개를 저었다.

"항아리 신앙을 시작한 뒤로 그 집 세 식구가 모두 집을 비우는 일은 없어졌거든요. 언제라도 한 사람은 남아서 항아리를 지키고 있습니다."

방법을 궁리하다 헤이시로는 오토쿠네 가게에 얼굴을 내밀어 보았다. 오토쿠는 과연— 아주 조금은 얌전해지고 기세도 얼마간 수그러든 것 같기도 하지만 그것은 요전번에 그런 소동을 일으킨 탓이고, 헤이시로를 대할 때도 조금 내외할 뿐 표나게 어색해하는 분위기는 아니고 해서 헤이시로는 그녀가 자랑하는 음식을 다시 사 먹게 되었다.

사키치의 추측과는 달리 오토쿠는 하치스케가 퍼뜨린 항아리 신앙에 대하여 상당히 자세하게 알고 있었다. 돈을 거두거나 싫다는 사람을 억지로 끌어들이지는 않으므로 추궁할 일은 아니라고 생각하는 듯했다.

"하지만 사키치는 관리인이야. 모르는 척하고 있을 순 없지. 실제로 두부 파는 콩 부부가 그자들 등쌀에 난처해하고 있고."

"하지만 강요를 하는 건 아니잖아요."

오토쿠가 짐작하기로 노변 나가야 여섯 가구, 쪽방 나가야 열 가구로 이루어진 이 뎃핀 나가야에서 항아리 신앙에 빠진 것은 하치스케 일가 외에 두 집이 더 있다고 한다. 모두들 부부에 자식이 있는 평범한 직공 가정이며, 지금까지 헤이시로의 그물에 한 번도 걸린 적이 없다. 다시 말하면 건실한 가족이라는 이야기다.

"한때는 두 집 정도가 더 있었다는데, 중간에 흥을 잃고 떨어져 나간 모양이에요."

"역시 오토쿠는 모르는 게 없군. 왜 흥을 잃었는지는 알고 있나?"

"글쎄요, 거기까지는 몰라요. 다만 비뚤어진 마음이 사라진다는 은혜만 가지고는 특별히 확 끌리지는 않잖아요?"

"조스케는 어떤가?"

"믿고 있는 것 같은데, 그래도 그 아이한테는 사키치가 있으니까 괜찮을 거예요."

헤이시로는 곁눈으로 오토쿠를 보았다. 저도 모르게 놀리는 말이 입 밖으로 나오고 말았다.

"사키치를 꽤 좋게 말하는군그래. 이녁도 사키치를 다시 보게 되었군?"

오토쿠는 흥, 하고 콧방귀를 뀌더니 조림 국물을 휘휘 저었다.

"그런 거 아녜요. 뎃핀 나가야의 관리인은 규베 어르신뿐이니까요. 다만 조스케를 보살펴 주는 것은 참 잘하는 짓이라고 생각할 뿐이죠."

정말 완고한 여자라니까, 하며 헤이시로는 웃었다.

그런데 그로부터 사흘도 지나지 않아서 웃고만 있을 수는 없는 일이 일어나고 말았다. 하치스케 일가와 그들에게 감화된 다른 두 가족— 항아리 신앙을 믿는 세 가족이 모두 뎃핀 나가야에서 사라지고 만 것이다.

야반도주는 아니었다. 밤이면 각 기도들이 모두 문을 닫고 기도 문지기가 야경을 도는 에도에서는 야반도주도 그리 쉬운 일이 아니다. 세 가족은 얼마 전부터 자잘한 가재도구들을 조금씩 실어내고 있었던 모양이다. 그리고 아침에 일하러 나가는 척하며 나가야를 나섰다가 밤이 되어도 돌아오지 않는 방식으로 사라진 것이다. 헤이시로가 들여다보니 각 집에는 살림이라고는 이불과 밥그릇 정도밖에 남아 있지 않았다.

"영문을 모르겠네……."

양손을 겨드랑이에 찌른 채 헤이시로가 중얼거렸다. 소식을 듣고 달려오며 제일 걱정된 사람은 조스케였다. 그러나 그 아이가 사키치 곁에 있는 것을 알고 가슴을 쓸어내렸다. 안도하기는 했지만 역시 여우한테 홀린 심정이었다.

항아리 신앙을 가진 자들은 이렇게 깨끗하게 물러나 대체 어디로 간 걸까?

"신앙에 관련된 사람들이니까 어쩌면 누케마이리 같은 것인지도 모르죠."

고헤이지가 말했다.

누케마이리란 상가의 점원이나 머슴 같은 사람들이 주인의 허락도 받지 않고 이세 신궁에 참배하러 떠나는 일이다. 허가 없이 하기 때문에 누케마이리抜け参り라고 하는데누케루(抜ける)에는 '몰래 빠져나가다'라는 뜻이 있다, 대개는 여럿이 무리를 지어서 등에 누케마이리 깃발을 꽂고 저마다 국자를 들고 있으므로 금방 알아볼 수 있다. 그 국자로 여행 도중에 보시를 얻어 노자를 삼는다. 누케마이리라는 것을 알면 처벌하거나 방해할 수 없다. 신이 이끄는 대로 먼 길을 마다 않고 참배하는 것이므로 인간의 타산에 따라 방해해서는 안 된다는 것이다.

그럴 수도 있지, 하고 헤이시로도 생각했다. 항아리 신이 있는 땅이 어디인지는 알 수 없지만, 모두들 그곳으로 갔단 말인가?

하치스케네 집에는 항아리가 보이지 않았다. 물론 그가 안고 갔으리라. 혼자 남은 조스케의 이야기를 들어 보니 어른이라면 한 손으로 들고 갈 수 있을 정도로 작은 항아리였다고 한다.

"넌 왜 같이 가지 않았니? 열심히 믿었다면서."

헤이시로가 쪼그리고 앉아 눈높이를 맞추고 묻자 조스케는 울상을 지었지만, 울지 않으려고 손으로 눈을 열심히 비비며 떠듬떠듬 말했다.

"무서우, 니까. 난 형아가, 없으면, 무서워."

조스케가 말하는 '형아'는 사키치를 가리킨다. 똑똑해지고는 싶지만 사키치와 헤어지면 외롭고 힘들 거라고 생각했으리라. 그 말을 듣고 사키치가 조스케의 머리를 끌어당겨 쓰다듬어 주자 조스케는 와앙, 하고 울음을 터뜨렸다.

제 의지로 떠난 자들이니 어쩔 수 없다. 사키치는 일단 세입자 세 가족이 사라진 사실을 집주인 미나토야에게 보고하러 갔다. 혼자 남게 된 조스케는 오토쿠가 맡아서 밥을 먹여 주었다. 그 참에 헤이시로도 곁다리로 신세를 지게 되었다.

헤이시로는 사키치가 미나토 상회에서 돌아오면 만나보고 돌아가려고 오토쿠네 가게에서 잡담을 나누며 오후를 보냈다. 실은 세입자를 또 잃었다고 심하게 질책을 당하고 돌아오지 않을까 걱정이 되었다. 너무 심하게 닦달을 당하면 중재해 줄 마음도 있었다.

아니나 다를까 대략 일 각_{약 두 시간} 만에 돌아온 사키치는 흠씬 얻어맞은 듯한 표정이었다.

"왜 그래? 밑씻개 같은 안색을 하고서. 뭘 그리 낙담하나. 세입자들을 밧줄로 묶어 둘 수도 없는데."

헤이시로가 짐짓 놀렸다.

사키치는 헤이시로를 보더니 사람을 잘못 보고 낯선 사람에게 말을 걸었을 때처럼 멍한 표정을 지었다. 그러고는 눈을 끔벅거리다가, 걱정스레 자기 얼굴을 올려다보는 조스케를 내려다보고는 그제야 웃음을 지어 보이며 이렇게 말했다.

"아주머니한테 고맙습니다 인사하고 집에 돌아가 있어라. 습자첩 꺼내서 어제 배운 거 연습하고 있어."

"오토쿠 아줌마, 고맙습니다."

조스케는 순순히 고개를 끄덕이고 인사했다.

"그래, 아무 때나 놀러와."

아이는 관리인 집으로 뛰어서 돌아갔다. 아이를 바라보던 사키치는 오토쿠에게 조스케를 맡아 줘서 고맙다며 정중하게 고개를 숙였다. 그 모습이 어딘지 어색해서 헤이시로도 오토쿠도 뭐라고 말하기가 어려웠다.

"왜 그래, 갑자기 얌전해져 가지고."

허허 웃는 헤이시로 옆에서 고헤이지도 눈을 동그랗게 뜨고 있다. 그럴 정도로 사키치의 모습은 딱딱하게 굳어 있었다.

"거기, 뭔 일 있었던 거여?"

오토쿠의 투박한 물음에—그러나 말투에서는 희미하게나마 동정과 걱정이 느껴졌다—사키치는 고개를 돌려 세 사람 얼굴을 보았다. 그러다가 왠지 견디기 힘들다는 듯 한숨을 토해내고 입을 열었다.

"하치스케 씨는 항아리 신앙인지 뭔지에 빠진 게 아닐 거라고 합니다."

헤이시로와 오토쿠와 고헤이지가 일제히 "뭐?" 하고 반문했다. 사키치가 고개를 가로저으며 그들의 놀라는 목소리를 밀쳐 내듯이 말을 이었다.

"주인 나리께 상황을 설명하고 머리를 조아리며 사죄드릴 생각이었는데, 나리는 웃으시면서 신경 쓸 것 없다고 하시고 전혀 꾸중을 하시지 않더군요."

"그럼 잘된 일 아니냐."

"잘된 일이 아닙니다."

사키치가 드물게 분노한 표정을 보였다.

"항아리 신앙이란 것은 하치스케네가 하는 말이고, 세입자들은 이사를 하고 싶으면 모나지 않게 옮기려고 그런 핑계를 만들어서 퍼뜨리게 마련이라고 하시더군요. 그러니 더 이상 항아리 신앙이 퍼질 염려가 없다는 겁니다. 떠난 세입자들도 그냥 놔두라고 하시고."

헤이시로는 흐음, 하는 소리를 냈다. 그런 쪽으로는 생각해 본 적도 없었다.

"하지만 만약 그런 거라면 오히려 더 문제죠. 하치스케 씨나 다른 사람들이 항아리 신앙이니 뭐니 하는 이야기를 만들어서까지 이사를 하고 싶었다면 그건 제가 관리인 노릇을 제대로 못한 탓일 테니까 일이 더 우습게 되지 않습니까. 그런데도 주인 나리는 신경 쓸 거 없다고만 하시니."

사키치가 내처 말했다.

"그거야 지네를 위로하려고 하는 말이겠지."

헤이시로가 중얼거렸다.

사키치는 손으로 머리를 감쌌다.

"이젠 모르겠어요. 주인 나리는 처음부터 저 같은 놈, 믿지도 않았던 게 아닐까요? 그렇다면 저는 여기서 대체 뭘 하는 걸까요? 저는 왜 여기 있는 걸까요?"

그러고는 조스케의 뒤를 쫓듯이 관리인 집 쪽으로 뛰어가 버렸다.
잠시 오토쿠네 가게에서는 조림이 보글보글 끓는 소리만 들렸다.
"나리…… 일이 어떻게 된 거죠?"
가까스로 오토쿠가 중얼거리듯 말했다.
헤이시로도 고개를 저을 뿐이다. 그제야 비로소 사키치가 뎃핀 나가야에 온 의미를—집주인 미나토야의 계산을—진지하게 생각해 본 적이 한 번도 없음을 깨달았다.

· 긴 그림자 ·

기억난다 하시니 잊고 계셨나요
기억하지 않아요 잊은 적 없으니
　　　　　　— 중세 가요의 일절

1

　　이즈쓰 헤이시로의 신분은 남부 마치부교쇼에 소속된 도신이다. 쌀 서른 섬_{무사는 연간 3회에 걸쳐 봉록을 받았는데, 당시 쌀값을 기준으로 셈하여 돈으로 받았다. 하급 무사는 고작 쌀 서른 섬 값으로 생활을 꾸리고 주변을 관리해야 했으므로 매우 곤궁해서 부인이 부업을 하는 경우가 많았다}에 이 인분 후치_{매월 지급되는 일종의 직무 수당. 한 사람의 하루 식비를 기준으로 한 달분을 지급한다. 이 인분 후치를 받을 경우 무사는 의무적으로 주겐 한 명을 고용해야 했다}를 받는 하급 무사지만 거리에서 힘깨나 쓸 수 있는 마치 담당 관리로 일하고 있다.
　　부교쇼 도신이라고 해도 다 같은 게 아니라서, 외근을 하는 도신만 해도 다양한 직책이 있다. 목재_{후카가와는 해운터미널 같은 역할을 하는 곳이어서, 에도에서 쓰이는 목재가 전국 각지에서 배로 운송되어 왔다}나 각종 상품들이 함부로 어지러이 쌓여 있지 않은지를 감시하는 적치 순시관, 화재 현장에 출동하는 소방 순시관, 시내의 교량_{하구를 간척한 땅 후카가와는 시내 곳곳이 운하로 연결되어 있는 '물의 고장'이어서 크고 작은 교량이 많았다}을 점검하며 다니는 교량 순시관, 고이시카와의 양생소_{막부가 빈민 구제의 일환으로 설치한 무료 의료 시설}를 담당하는 양생소 순시관, 에도 시내의 물가를 감시하는 물가 순시관, 그리고 현재 헤이시로가 속해 있는 신개척지 혼조 후카가와의 치안을 담당하는 혼조 후카가와 순시관 등등.

도신은 견습 시기에 모든 역할을 조금씩 체험하고, 일정 기간이 지나면 상사인 요리키의 지시 아래 특정한 임무를 맡는다. 헤이시로가 아버지를 이어 도신의 신분으로 처음 한 일은 목재상이나 상회들의 상품 관리 상태를 감시하는 적치 순시관으로, 시내 지리나 사람들의 이동, 상가의 영향력 등 에도 시내의 생생한 동향을 몸으로 배우는 데 가장 알맞은 자리였다. 신참 도신에게도 그리 어려운 일이 아니었을뿐더러 헤이시로의 털털한 인품도 보탬이 되었는지 시내 사람들도 호의적으로 대해 주어서 큰 실수 없이 육 년을 일했다. 아내를 맞이한 것도 그 시절이다.

적치 순시관은 아무래도 눈에 띄기 힘든 자리다. 하지만 헤이시로는 그 일이 좋았다. 하루 종일 시중에 나가 있는 것이 일이므로 업무는 나 몰라라 하고 낮잠을 자기에도 딱이어서, 이대로 계속 적치 순시관으로 있어도 좋겠다고 생각했을 정도다.

하지만 그런 근무 태도가 어느새 위에 알려졌는지 소방 순시관으로 이동하게 되었다. 화재 현장에 출동하는 자리라고는 해도 직접 불을 끄지는 않는다. 그것은 소방대원이 하는 일이다. 한데 이 소방대원이란 자들이 마치 기름 먹인 종이마냥 툭하면 불이 붙어서 종종 주먹다짐을 벌이고, 불구경하러 모여든 주민들도 쉽사리 흥분하게 마련이라 방심을 할 수가 없다. 때로는 화재 자체의 피해보다 소방대 패싸움에 불구경하던 주민들이 가세해서 일어나는 대규모 난투

극의 피해가 훨씬 더 심각할 때가 있다. 그걸 제압하거나 중재하거나 해산시키는 것이 소방 순시관의 일이므로 실은 매우 위험하고 힘든 자리다에도 각 지역별로 해당 지역 주민들이 소방대를 조직하는데, 화재를 진압한 소방대에 많은 포상이 주어지므로 화재 현장에 어느 소방대 깃발을 먼저 꽂느냐를 두고 소방대 간의 공명 다툼이 매우 심했다.

헤이시로는 일 년 만에 그만두겠다는 말을 꺼내고 말았다. 그 한 해 동안 두 번이나 화재 현장에서 혼절하여 문짝 들것에 실려 나왔던 일을 아는 탓에 상사인 요리키도 차마 말리지 못했다. 그때 상사는, 역시 사람에 따라 어울리는 일이 있고 안 어울리는 일이 있구나, 라고 말했다고 한다.

그 후 물가 순시관으로 배치되었다. 이 일은 먼젓번 임무보다는 훨씬 나았다. 물가를 감시한다고 하지만 어지간히 그악스런 가격 인상이 아닌 한 문제 삼지 않았고, 지역 주민들과 친하게 지내며 규모가 큰 상인들에게도 나름대로 좋은 대접을 받는 등 꽤 속 편한 자리였다.

산전수전 다 겪은 후다사시상급 무사를 대신하여 녹미 수령 작업을 대행해 주고 수수료를 받는 한편, 봉록을 담보로 잡고 상급 무사들에게 돈을 빌려 주는 업자나 대형 도매상을 상대해야 하는 쌀값 감시는 북부 마치부교쇼가 맡았다. 헤이시로가 속한 남부 마치부교쇼남부와 북부 마치부교쇼는 지역을 나누어 담당하는 게 아니라 월번을 정해서 한쪽이 업무를 보는 달에 다른 쪽이 쉬는 방식이었다는 그저 채소 같은 청과물과 해산물 가격만 감시하면 됐으므로 역시 속 편한 자리였다. 지금도 그 시절 터득한 세상 물정을 어슴푸레한 기억에 의지하여 들려주면 식당 주인 오토쿠가 종종 놀란다. 헤이시로는 먹는 것을 좋아하므로 음식에 관한 잡지식이 늘어날 수밖에 없는 그 업무가 실은 제일 반가웠는지도 모른다.

헤이시로는 그 일을 십오 년이나 했다. 대체로 물가 조사 분야는 오래 근무하는 도신이 많다. 물품의 유통이나 가격은 최소한 오 년은 지켜보지 않으면 제대로 판단할 수 없기 때문이다. 다만 그만큼 상인들과 유착되기가 쉬우므로 상사인 요리키는 자주 교체된다. 이 요리키가 어떤 사람이냐에 따라 물가 조사 업무가 얼마나 편해지느냐도 결정된다.

그렇게 지내던 헤이시로는 이제 곧 마흔이 되려는 참에 갑자기 임시 순시관이라는 자리를 명령받았다. 이 조치에는 솔직히 놀랐다. 이대로 물가 순시관으로 지낼 줄 알았기 때문이다.

임시 순시관은 에도 영역이 크게 확장되고 거주하는 주민들이 증가함에 따라 기존의 마치 순시관 인원만으로는 감당할 수 없게 되자 그 일을 보조하기 위해 만든 자리다. 즉 곁에서 돕는 보조 인력인 셈이다. 직명이 달라 격이 떨어지는 인상을 풍기고 실제로도 그러했지만, 하는 일은 마치 순시관과 다를 것이 거의 없었다.

마치 순시관은 외근하는 자리 중에서는 제일 짭짤한 자리였다. 반면에 소방 순시관과 마찬가지로 어울리는 사람이 있고 안 어울리는 사람이 있는 자리인데, 젊을 때부터 경험을 쌓지 않으면 좀처럼 감당하기 힘든 어려운 일이기도 하다. 그러므로 이것은 일종의 발탁이다. 헤이시로는 몹시 곤혹스러웠다.

게다가 이야기를 자세히 들어 보니 임시 순시관으로서 혼조 후카가와 마치 순시관을 보조하라는 분부였다. 에도에 편입된 지 수십 년밖에 되지 않은 혼조 후카가와 지역은 에도 성 경계선 안쪽하고는 매사 딴살림이며 소방대도 스스로 나서서 조직하여 유지하고 있을 정도다.지역별 소방대는 본래 막부의 명령에 의해 조직되었다. 새로 개발된 지역이므로 활기는 있지만 나누시나 집주인도 연륜이 일천하다. 하여 필연적으로 부교쇼의 혼조 후카가와 담당은 이 지역에서 일어나는 일들에 대해 커다란 힘을 가지게 되고 때로는 직책의 범위를 넘어 만능 일꾼처럼 모든 일을 처리하게 된다. 그래서 이 자리는 매우 바쁜 동시에 수입도 꽤 짭짤하다.

헤이시로에게 그런 자리로 가라는 것이다. 아무리 생각해도 너무 매력적인 분부였다.

당황한 헤이시로는, 어째서 또 접니까? 하고 상사를 찾아가 솔직하게 물어보았다.

— 자네처럼 세상 물정에 환하고 적당히 물렁한 사람이 하나쯤 있으면 해서지.

상사인 요리키가 대답했다.

— 하지만 임시라고는 해도 마치 순시관 일을 해내려면 수사 같은 업무에도 능해야 할 겁니다. 저한테는 도저히 무리입니다.

그러자 상사는 껄껄 웃었다.

— 정말로 수사가 필요한 일이라면 비밀 순시관이 있지 않느냐.

비밀 순시관이란 말 그대로 도신이라는 신분을 감추고 은밀히 조사 작업을 하는 관리를 말한다.

— 아뇨, 그렇게까지 심각한 사건이 아니라 일상적으로 해야 하는 조사 작업 말입니다. 저처럼 싱거운 자가 코털이나 뽑으며 지신반에 드나들면 민초들한테도 무시당해서 저도 모르게 중대한 일을 놓치기 십상일 겁니다.

긴 그림자 • 167

그러나 상사는 전혀 들은 척하지 않았다.

— 코털이나 뽑으며 지신반에 드나드는 자네 눈에도 중요한 일이라고 판단되는 일이 눈에 띈다면 그거야말로 정말로 심각한 일이겠지. 괜한 착각이 아닐 터이니 오히려 잘된 일 아니겠나. 아무래도 젊은 것들은 너무 성급해서 정신사납지 않으냐. 공연히 시끄럽기만 하지. 자네 정도가 딱 좋아.

그런 말까지 듣고 보니 헤이시로도 더 마다할 수 없었다. 아하하 웃고 나서 납죽 절하고 새 임무를 받아들였던 것이다.

— 뭐, 실상이 어떻든지 직함이 부담 없어서 좋네.

임시 순시관은 어디까지나 임시 순시관이다. 속 편한 자리라고 할 수도 있다.

다만 문제가 하나 더 있었다. 헤이시로가 전혀 헤엄을 칠 줄 모른다는 점이다. 혼조 후카가와는 해자나 수로가 많아 일상생활인 교통이나 물품 유통에 배가 중요한 위치를 차지한다. 따라서 물과 관련된 사건 사고가 끊이지 않는다. 혼조 후카가와를 담당하는 관리들과 마치 자치 위원들은 비상시에 쾌속선을 몰며 활약해야 한다. 헤엄에 젬병이라면 곤란하지 않을까.

그런데 혼조 후카가와 담당 관리들에게 물어보니, 천만에요. 나도 물이라면 딱 질색입니다, 라고 대답하는 사람이 있었다. 헤엄을 못 쳐도 아무 지장 없습니다. 혹시 홍수가 나거나 배가 뒤집히는 큰 사고가 일어나더라도 어차피 물장구 조금 칠 줄 아는 정도로는 아무 짝에도 쓸모가 없으니 걱정할 거 전혀 없습니다, 라고 말했다.

그래서 결국 헤이시로는 지금에 이르렀다. 직책이 뭐냐고 누가 혹시 물으면 "마치 순시관"이라고 짧게 대답할 수도 있고, 아마 고헤이지라도 그렇게 대답할 것이다. 그러나 조금 자세히 설명하자면 이렇다. 매일 혼조 후카가와 일대를 건들건들 돌아다니지만 별로 바쁠 것도 없고 특별히 고민해야 할 일도 없으며 오토쿠네 가게에 들러 맛난 것을 먹을 수 있는 직책이라고. 헤이시로처럼 번거로운 것을 싫어하는 사람에게는 반가운 자리다 보니, 자연스레 이런 모습으로 굳어지게 되었다.

이렇게 대략 육 년이 지났다.

여태까지 헤이시로는 중대한 범죄를 적발한 적도 없고 감춰진 범죄를 밝은 태양 아래로 끌어낸 적도 없다. 그래도 주눅 들지 않고 부끄럽게 여기지도 않는다. 헤이시로를 발탁한 상사 요리키도 여전히 건재하여 기분 좋게 기겐야쿠_{범죄 조사와 소송을 담당하는 관리로, 부교쇼에서도 핵심적인 직책. 주로 경험 많은 요리키가 맡는다}란 직책에 임하고 있다. 잔소리를 들은 적도 없다.

마치 순시관 도신들은 아무래도 상사가 시키는 대로 움직이며, 조금 자잘한 일에도 너무 빡빡하게 구는 경향이 있다. 의욕이 넘쳐 그리 하는지 모르지만 헤이시로가 보기에 자잘한 일에 그렇게 깊이 개입하다가는 몸뚱이가 배겨나지 못할 것 같았다. 그러지 말라고 소리쳐 주고 싶을 때가 많다.

사람은 모여 살지 않으면 안 되는 생물이라지만 한곳에 모이면 반드시 다툼이 일어나게 마련이다. 이상론을 말하자면 그런 다툼 하나하나를 세심하게 다루어 쌍방의 말에 귀를 기울이고 판단을 내리는 것이 바람직한 관리상이다.

그러나 과연 일 년 내내 단 한 번의 실수나 잘못도 없이 그렇게 일할 수 있을까, 하고 헤이시로는 생각한다. 쌍방의 주장을 들었다고 해서 언제나, 자, 오른쪽이 옳고 왼쪽은 그르다, 라고 판단할 수 있는 것은 아니다.

푸성귀 한 단 가격도 다리 이쪽 동네와 저쪽 동네가 다를 수 있다. 파는 이마다 나름대로 이유를 가지고 있다. 우리 동네 물건은 이파리가 많다. 아니, 우리 동네 물건을 봐라, 뿌리가 단단하지 않느냐 등등. 어느 쪽 주장이 옳은지 일일이 신경 쓰다가는 푸성귀를 데쳐서 나물 반찬 해 먹기 전에 허리가 꼬부라지고 말 것이다. 그만한 일이라면 주머니 사정에 맞는 물건을 사서 얼른 다리를 건너가는 편이 낫다.

관리인을 말단으로 하는 에도의 자치 조직이 자기 역할 중에서도 가장 무게를 두는 것이 그런 일상의 자잘한 분쟁이나 다툼을 중재하거나 다독이거나 처벌하는 일이다. 대부분의 사안은 마치 자치 위원들에게 맡겨 두면 원만하게 해결해 준다.

끝내 수습되지 않아 마치 자치 위원들이 마치 순시관 도신에게 의뢰할 때는 사안이 매우 중대한 경우, 또는 사안을 수습하는 데 관리인이나 집주인의 '권위'로는 부족하여 형식상이나마 관청의 권위가 필요한 경우다. 전자보다는 후자가 압도적으로 많다.

즉 마치 순시관 도신은 범죄 단서를 찾아내는 실제적이고 중대한 역할을 하기보다는, 마치 자치 위원이 하는 말에 순순히 따르라고 평민들에게 위엄 있게 눈알을 부라리는 감독관으로서 매일 에도 시내를 건들건들 돌아다니면 된다. 눈을 부라리는 것을 넘어서 몸소 해결해 주기 위해 일일이 개입하다가는 몸뚱이가 열 개라도 모자랄

판이다. 모자랄 뿐인가. 눈을 부라리기만 하면 상대방도 두려움에 눌려 바닥에 납작 엎드리며 끝날 일을 공연히 개입해서 당사자가 행방을 감춰 버리거나 칼부림이 나거나 양쪽이 서로 죽고 죽이는 사태로 몰고 가는 경우도 있다.

— 자네처럼 적당히 물렁한 사람.

상사의 그 말은 그냥 놀리는 말이 아니라 진실을 담고 있었던 것이 아닐까, 하고 헤이시로는 생각했다…….

아니, 그렇게 생각하고 있었다. 바로 얼마 전까지는 말이다.

요즘 헤이시로는 문득 뒷덜미에 누군가의 서늘한 숨결을 느낀 것 같아서 오싹할 때가 있다.

— 내가 뭔가 실수하고 있는 게 아닐까.

그를 그렇게 고민하게 만드는 것은 말할 필요도 없이 뎃핀 나가야에서 일어난 일련의 사건들이다.

항아리 신앙의 하치스케를 비롯한 세 가족이 뎃핀 나가야를 말도 없이 떠나고, 그 사실을 집주인 미나토야에게 보고하러 갔던 관리인 사키치가 금방이라도 목을 매달 것처럼 낙담해서 돌아왔다. 그리고 걱정하며 묻는 헤이시로에게 중얼거렸다.

— 이젠 모르겠어요. 저는 여기서 대체 뭘 하는 걸까요?

계기는 그것이었다.

이젠 모르겠어요— 이 말은, 지금까지는 잘 안다고 생각해 왔는데 하치스케 일가의 소동을 겪고 보니 뭐가 뭔지 모르게 되었다는 말이겠다. 세상 물정 알고 나름대로 관록도 있어야 하고, 냉혹함도 갖추지 않고서는 관리인이라는 자리를 감당하기 힘들다. 그렇다면 하치스케 일가의 항아리 신앙 소동이 일어나기 전, 아직 엉덩이에 푸른 반점도 가시지 않은 애송이 사키치는 자신이 뎃핀 나가야의 관리인으로 들어가는 의미를 무엇이라 '알고' 있었을까?

아니, 사키치는 제 의지가 아니라 집주인 미나토야 소에몬의 명을 받고 뎃핀 나가야의 관리인이 되었으므로, 미나토야 소에몬이 사키치에게 그 의미를 어떻게 주지시켰느냐 하는 것이 문제다.

물론 사키치를 보낼 당시 소에몬은 설명을 했다. 선임 관리인 규베가 종적을 감추게 된 사정이 사정인 만큼 후임자를 보내기가 곤란하다. 사키치는 자신의 먼 친척뻘인데 설득해서 관리인으로 보낸다고 말이다. 나누시들도 그 설명을 듣고 어쩔 수 없는 일이라고 납득했다.

부자연스러운 이야기는 아니다. 헤이시로도 그때는 그렇게 생각했다. 규베는 세입자들의 인망을 모으던 관리인이어서 누가 후임으로 오든 일하기가 고달플 거라 예상했고, 새로 온 사키치는 고생을 하면서도 꽤 성실한 관리인의 모습을 보여 주었다. 적어도 헤이시로는 그렇게 평가했다. 그러므로 소에몬이 무슨 생각으로 사키치를 관리인으로 보냈는지에 대해서 깊이 생각해 본 적은 없었다.

그냥 내버려두자. 내버려두면 어떻게든 해결될 거야. 그렇게 생각해 왔다. 세입자들도 이젠 자네를 받아들이는 듯하다고 사키치한테도 일러 주었다.

하지만 헤이시로 특유의 안이함을 잠시 젖혀 두고 냉정하게 생각해 본다면 역시 이 건은 처음부터 이상했던 것이 아닐까. 서른 줄에도 못 미친 정원사 출신 총각이 뎃핀 나가야의 관리인 자리를 감당할 수 있을 리가 없다. 세입자를 대하는 태도, 일을 처리하는 모습, 바지런하게 일하는 모습이야 물론 감탄하지 않을 수 없지만 결과적으로는 어떤가? 사키치는 지금까지 세입자 네 가구를 잃었고 뎃핀 나가야에는 빈집이 늘어났다.

— 여기서 대체 뭘 하는 걸까요?

하치스케네를 비롯한 세 가족이 감쪽같이 사라지고 며칠이 지나 사키치의 마음이 조금은 차분해진 기미가 보이자 헤이시로는 그 말의 의미를 사키치에게 물어보았다. 그러자 그는 조금 낭패한 듯이 눈을 끔벅이고 고개를 저으며 대답했다.

"제가 그런 말을 했습니까? 저는 기억이 나질 않습니다만."

"말했네. 그늘에서 유령을 본 것처럼 파랗게 질린 상판으로 말했지."

"재미난 말씀을 하시네요. 유령은 본래 해 나는 곳으로 나서지 않잖아요. 아니, 해가 떠 있을 때는 아예 안 나오는 거 아닌가요?"

사키치는 아하하, 하는 웃음으로 헤이시로의 눈길을 피했다. 헤이시로는 그 모습이 무엇보다도 강한 대답처럼 보여서 더 이상은 캐묻지 않았다.

사키치와 소에몬 사이에 어떤 이야기가 오갔을까?

애당초 소에몬은 무슨 생각으로 뎃핀 나가야에 사키치를 들여보낸 것일까?

— 내가 자잘한 일에는 신경 쓰지 않는다는 사실을 잘 아는 소에몬이 무슨 짓을 꾸민 게 아닐까?

나도 조금 더 까다롭고 빡빡한 마치 순시관이 되었어야 옳았을까? 말하자면 그런 반성 때문에 다음과 같은 일이 벌어지게 된다.

하치스케네가 사라지고 보름쯤 뒤, 핫초보리의 도신촌에 있는 이즈쓰 헤이시로의 집에 폐지 장수가 부름을 받고 달려왔다. 창고방을 뒤져 보니 낡은 종이가 산더미처럼 나와서 폐지 장수를 불러 치워야 할 판이라고 며칠 전부터 헤이시로가 동료들에게 이야기를 했었다.

폐지 장수는 먼지를 피하기 위해 수건으로 얼굴 전체를 둘둘 말아서 가리고 멜대 앞뒤에 커다란 자루를 매달고 나타났다. 헤이시로는, 마당으로 돌아서 들어와라, 짐은 거기 놔두고 이리 올라와라, 저런, 발을 닦지 않고 올라오면 내가 마누라한테 지청구 듣는다, 하고 연신 큰소리를 내고 있다. 집 담장 바깥을 청소하던 고헤이지는 옆집 하녀로 일하는 계집애가 빨래를 널다가 소매로 입을 가리고 웃는 모습을 보며 낭패해하면서도 덩달아 웃고 말았다.

헤이시로가 폐지 장수를 데리고 창고방으로 들어가서야 주위가 겨우 조용해졌다. 고헤이지가 청소를 마치고 부엌으로 통하는 뒷문에 쪼그리고 앉아 담배를 피우는 동안 멀리 들리던 창포 장수 목소리가 점점 가까워진다. 구름 한 점 없는 화창한 날이다.

헤이시로의 집에서 제일 북쪽에 있는 창고방은 대략 한 평 반쯤 되는데, 바닥에는 마루를 깔고 창문은 빛을 들이기 위한 작은 것 하나뿐이고 출입문도 창호지가 아니라 나무판을 대서 만들었다. 짧은 복도를 돌면 바로 측간이라, 차차 포근해지는 요즘 같은 철이면 아내나 고헤이지가 아무리 열심히 청소해도 썩 좋지 못한 냄새가 어느

새 풍겨나곤 한다.

 헤이시로와 폐지 장수는 그 창고방에 들어가 나무판을 댄 문을 닫고 작은 창으로 날카롭게 비껴드는 햇볕 아래서 서로 얼굴을 확인하고는 아무 스스럼없이 웃었다.

 "이게 몇 년 만입니까요."

 얼굴을 폭 감싸고 있던 수건을 풀고 먼지로 꾀죄죄한 얼굴을 드러낸 폐지 장수가 말했다.

 "육 년— 아니, 칠 년인가?"

 헤이시로는 손가락을 꼽으며 헤아렸다.

 "그렇지, 아사쿠사 관음당 옆에서 만난 것이 마지막이었어. 그때까지만 해도 내가 물가 순시관이었지."

 "그런가요?"

 폐지 장수는 환한 표정으로 웃었다. 지저분한 얼굴에 어울리지 않는다 싶을 만큼 두 눈이 밝게 빛난다.

 "그런데 몇 살이지?"

 "저 말입니까?"

 "자네도 그렇고 자네 애기들도."

 "저는 서른다섯이 되었습니다. 그리고 장남이 열두 살, 차남이 여덟 살, 막내딸이 다섯 살입니다."

 "딸? 셋째가 있는 줄은 몰랐는데. 그럼 안사람도 건강한 게로군."

 "예, 살이 조금 찌기는 했습니다만."

 폐지 장수는 얼굴에 둘렀던 수건으로 얼굴을 훔쳤다. 얼룩이 닦이고 말끔한 표정이 드러난다. 새삼 마룻바닥에 자세를 고쳐 앉더니

헤이시로에게 재회 인사를 차렸다.

"새삼스럽게 무슨 절을 하고. 내가 이런 거 질색하는 걸 알면서."

헤이시로가 당황해서 손을 내둘렀다.

"게다가 자넬 여기 오랫동안 붙잡아 둘 수도 없어. 얼른 이야기하자고."

폐지 장수는 얼굴을 쳐들고 고개를 끄덕였다. 그러고는 품에 손을 찔러 넣어 편지 한 장을 꺼낸다. 사흘쯤 전에 헤이시로가 쓴 것이다.

"잘 읽었습니다. 사정은 대강 이해하겠습니다."

폐지 장수는 그렇게 말하고 헤이시로에게 편지를 내밀었다.

"일단 돌려드리겠습니다."

헤이시로가 편지를 받았다.

"그래, 네 생각은 어떠냐?"

폐지 장수는 입술을 꾹 다물며 헤이시로를 날카롭게 쳐다보았다. 헤이시로는 긴장했다.

하지만 숨을 한 차례 고르기도 전에 폐지 장수가 미소를 지었다.

"우선 그리 신경 쓰실 일은 아닙니다. 나리께서 너무 예민하게 생각하시는 것 같습니다."

부드러운 말투다.

"그럴까."

"그럼요."

폐지 장수는 고개를 크게 끄덕였다.

"쓰키지의 미나토 상회도 아카시초의 가쓰겐도 지극히 정상적으로 영업을 하고 있습니다. 최근 몇 년간 저는 니혼바시 후다사시들만 조사해 와서 건어물점이나 요릿집에는 그리 밝지 못하지만, 편지를 받고 그쪽에 밝은 부하 두어 명에게 이야기를 들을 수 있었습니다. 들어 보니 미나토 상회에 뭐든 구린 구석이 있다면 주인 소에몬이 색을 밝힌다는 것 정도라고 하더군요."

"색을 밝힌다고?"

"예. 소에몬은 아마 헤이시로 나리보다 열 살은 많을 텐데요."

폐지 장수는 다시 쿡, 웃었다.

평소의 그답지 않게 진지한 표정으로 양손을 겨드랑이에 찌르고 있는 이즈쓰 헤이시로 앞에서 정좌하고 있는 이 폐지 장수는 물론 진짜 폐지 장수가 아니다. 이름은 쓰지 에이노스케. 헤이시로와 마찬가지로 엄연히 남부 마치부교쇼에 속한 도신이다.

에이노스케와 헤이시로는 열 살이 넘게 차이가 나지만 서로의 부친이 친구 사이라 어릴 때부터 형제처럼 자랐다. 에이노스케는 쓰지 집안의 적손이고 늦둥이여서 부모에게 애지중지 귀여움을 받았지만 타고난 개구쟁이라 일 년 내내 살갗이 새카맣게 그을어 있었다. 어릴 때는 체구가 작아서 헤이시로는 그를 까만콩이라 부르며 매우 귀여워했다.

헤이시로와 마찬가지로 아버지의 뒤를 이어 도신이 된 에이노스케英之介는 이름이 부끄럽지 않은 영명함과 배포를 인정받아 봉직한 지 몇 년 만에 비밀 순시관으로 임명되었다. 지금도 그 직에 있다.

비밀 순시관으로 일하는 도신은 핫초보리에 살지 않는다. 같은 도신이라도 다른 직책의 도신들에게 이름도 얼굴도 알리지 않는다. 헤이시로처럼 어릴 적 친구여서 어쩔 수 없이 알고 있는 경우도 있지만, 그런 경우라도 상대가 비밀 순시관으로 배치된 뒤에는 함부로 집에 찾아갈 수 없다. 그래서 그가 어떤 직업으로 위장하고 있으며 어떤 이름으로 살고 있는지 모를 때가 많다.

비밀 순시관은 제 가족한테조차 자기 거처나 위장용 직업, 가명 따위를 알리지 않고, 한번 집을 비우면 반년 동안이나 돌아오지 않는 경우도 있다. 또 집안사람들한테도 관청과 전혀 무관한 직업을 가지고 있는 듯 행동한다. 에이노스케의 위장용 직업은 아마 약장수 행상이었을 것이다.

미나토 상회와 사키치 건이 자꾸 마음에 걸리자 헤이시로는 곧 에이노스케의 힘을 빌리자고 생각했다. 누구보다 솔직하게 사정을 털어놓을 수 있는 '까만콩'이고, 비밀 순시관이라는 직책상 가장 적확한 정보로 헤이시로를 도울 수 있는 인물이기 때문이다.

그 에이노스케가 입가에 미소를 띠고 헤이시로가 괜한 걱정을 하고 있다고 말했다. 헤이시로는 대략 보름 만에 어깨를 짓누르던 짐을 겨우 부려 놓은 기분을 느꼈다.

"그래? ······내가 너무 과민한 건가."

뒷덜미를 북북 긁으며 그는 중얼거렸다.

"헤이시로 나리가 마치 순시관으로서 일을 그르치신 것은 결코 아니라고 봅니다."

에이노스케는 말했다.

"뎃핀 나가야 건만 해도 나리가 하셨듯이 세입자들을 달래고 젊은 관리인을 격려해서 상황이 안정되기를 기다리는 것이 가장 옳은 조치겠지요. 헤이시로 나리가 멍하니 손 놓고 있었기 때문에 뭔가 불온한 일이 눈앞에서 벌어지고 있다는 상황은 상상하기 힘들고 그렇게 느껴지지도 않습니다."

음, 하고 헤이시로는 팔짱을 낀 채 고개를 끄덕였다.

"헤이시로 나리가 그렇게 고민하시는 것은 사키치라는 젊은이가 미나토 상회에서 돌아왔을 때 너무 지치고 혼란스러워하는 것처럼 보였기 때문이 아닙니까?"

"그렇지……."

그때 사키치 모습은 예사롭지 않았다. 가령 세입자를 또 잃었다고 소에몬에게 호통을 들었다 해도 그렇게 혼란스러워하지는 않았으리라. 게다가 그의 말이 영 마음에 걸린다.

— 저는 왜 여기 있는 걸까요?

"문득 이런 생각이 들었네. 사키치가 소에몬에게 이용당해서 자기도 모르는 사이에 뭔가 좋지 못한 음모에 가담하게 된 것은 아닌가 하고 말이야."

"뎃핀 나가야를 무대로 하는 음모 말입니까?"

"그렇지."

"그 나가야를 무대로 어떤 음모가 가능할까요?"

헤이시로는 생각했다.

"하기야 어디서나 볼 수 있는 흔해 빠진 나가야니까."

식당을 하는 오토쿠나 자식이 많은 두부 장수, 맹한 오쿠메의 얼굴이 머릿속에 떠올랐다가 사라진다.

"뭐가 가능하겠습니까. 미나토 상회는 큰 가게입니다. 어지간한 거금이 얽히지 않는 한 괜한 짓을 하지는 않을 겁니다."

에이노스케가 말했다.

그런 정도는 나도 짐작했지만…… 하고 헤이시로는 생각했다. 그래도 극심한 혼란에 빠진 사키치의 모습이 영 마음에 걸린다. 그는 속고 있거나 이용당하고 있을지도 모르고 혹은 우리에게 뭔가 감추고 있을지도 모른다. 평범하고 욕심 없는 정원사 출신 청년이 먼 친척인 집주인의 간청에 마지못해 관리인이 되기로 하고 온갖 고초를 겪으며 제대로 된 관리인으로 커 가는 중이라는 식으로 이번 일들이 이해될 수 있을까?

과연 헤이시로의 의구심을 짐작한 듯 에이노스케가 말했다.

"물론 뭔가 속사정이 있는 것 같습니다."

헤이시로는 날카로운 표정으로 고개를 들었다.

"뭐야, 역시 그렇게 보나?"

"아뇨, 아뇨. 그렇게 크게 받아들이지는 마십시오."

에이노스케가 손사래를 쳤다.

"제가 말한 속사정이란 것도 미나토 상회의 영업이나 재산 자체에 영향을 줄 만큼 심각하지는 않다고 봅니다."

에이노스케는 그렇게 말하고 고개를 살짝 갸우뚱하며 뭔가 생각하는 표정을 지었다.

"뭔가가 있다…… 뭔가 사정이 있다. 다만 그것은 미나토 상회라는 가게보다는 미나토야의 집안 사정과 관련이 있지 않을까 하는 예감이 드는군요."

"집안 사정?"

"예, 애초에 사키치라는 그 청년이 소에몬의 먼 친척이라고 하지 않았습니까. 그가 누구에게 이용당하든 무엇을 숨기든 그것은 미나토야라는 '집안'에 얽혀 있겠지요. 손가락 하나로 백 명 천 명을 부릴 수 있는 소에몬이 굳이 먼 친척뻘을 끌어들였다는 점도 가만 생각해 보면 매우 이상합니다. 가령 사키치가 먼 친척이라는 게 거짓이었다 하더라도 그런 구실을 대면서까지 굳이 그를 데려왔다는 것이 말입니다. 음모라기보다는 차라리 무슨 속사정이나 까닭이 있어 보이지 않습니까?"

헤이시로는 천천히 고개를 끄덕였다. 에이노스케의 말에도 일리가 있다. 지금까지 그렇게 생각해 본 적은 없지만.

"앞으로도 나리의 이번 일을 돕겠습니다."

에이노스케는 말했다.

"사키치라는 젊은이의 신원이나 현재 미나토야 집안에서 뭔가 특이한 일이 일어나고 있지는 않은지 등 저도 조사해서 알아 두면 좋을 점들이 많습니다. 물론 조사 결과를 나리께 알려드리겠습니다."

"하지만 나는—."

헤이시로가 말을 꺼내려고 하자 에이노스케는 날카로운 눈빛으로 그의 말을 기다렸다. 상대가 새삼스레 자세를 가다듬자 헤이시로는 말을 잇기가 뭣해서 입을 다물고 말았다.

"말씀하시지요."

에이노스케가 채근했다. 헤이시로는 왠지 겸연쩍어 턱을 썩썩 문질렀다.

"자네도 알다시피 나는 이렇게 게으르고 무능한 사람이야. 사키치를 제대로 도와줄 수 있을지 모르겠군."

에이노스케는 싱긋 웃었다.

"해 보기 전에는 알 수 없지요."

"그거야 그렇지만 실패하면 어쩌지? 상대는 미나토야란 말이야."

"미나토야가 상대라고 정해진 것은 아닙니다. 어쩌면 사키치가 상대인지도 모르고요."

"허. 설마."

에이노스케는 재미있다는 듯이 웃었다.

"헤이시로 나리는 하나도 안 변하셨군요. 다행입니다."

"내가 하나도 안 변해?"

"예. 전혀요."

"하긴 무능하니 변할 것도 없겠지만."

"글쎄요, 과연 그럴까요. 하여간 속정 깊으신 것도 변함이 없으시군요."

에이노스케가 옆에 접어 두었던 수건을 집어 들어 얼굴에 쓰기 위해서 활짝 펼친다. 그러고는 다시 한번 날카로운 눈빛으로 헤이시로를 보았다.

"아시겠지요? 헤이시로 나리는 가만히 계셔야 합니다. 저를 수하로 삼아서 사키치라는 젊은이와 미나토야와의 관계나 뎃퓌 나가야의 장래 등 이것저것 조사하고 있다는 낌새를 티끌만큼이라도 보여서는 안 됩니다."

"내가 너를 설마 수하로 생각하겠냐, 까만콩. 아무리 나라도 그런 몹쓸 생각은 안 한다."

헤이시로가 당황하며 소리쳤다.

에이노스케는 싱긋 웃고 재빨리 얼굴에 수건을 둘렀다. 올 때처럼 금세 폐지 장수 모습으로 돌아간다.

"자, 이제 나가 봐야겠습니다."

그는 일어섰다.

그날 저녁 밥상에 첫물 가다랑어첫물 가다랑어는 에도 사람들에게 특별히 귀한 대접을 받았는데 '처자식을 전당포에 잡혀서라도 사 먹어라'라고 할 만큼 인기가 높아 터무니없이 비싼 값에 팔렸다가 올랐다. 그런데도 헤이시로는 젓가락질에 흥을 내지 않고, 아내가 놀라 자기 안색을 살피는 것도 알아차리지 못했다.

— 미나토야의…… 집안 사정이라.

— 해 보기 전에는 알 수 없다.

나 같은 자가 관여하기에는 너무 힘겨운 일이 아닐까.

— 그냥 내버려둬?

하지만 이번만큼은 그냥 내버려둘 수 없지.

"이봐요" 하고 아내가 부른다. "여보."

헤이시로가 눈을 끔뻑거렸다.

"응?"

"밥을 드는 둥 마는 둥 하시니 어디 아프기라도 한 거예요?"

헤이시로는 밥상을 보았다가 아내 얼굴을 쳐다보고 다시 밥상으로 눈길을 떨어뜨렸다.

"아니, 암것도 아니야."

그렇게 말하고 나서 새삼 아내 얼굴을 빤히 쳐다본다.

"당신도 용케 나처럼 게으르고 무능한 남자한테 시집을 왔구먼."

아내가 눈을 휘둥그레 떴다.

"뜬금없이 무슨 말이에요?"

문득 표정에 생기가 나는가 싶더니 무릎을 앞으로 들이밀며 다가앉는다.

"그렇게 날 위로하고 싶거들랑 새 기모노나 한 벌 맞춰 주실라우?"

헤이시로는 잠자코 밥을 먹었다. 아내도 잠자코 밥상 시중을 들었다. 밥을 다 먹고 나서 차를 마시는데 밥상을 내간 아내가 부엌에서 소리 죽여 웃는 소리가 들렸다.

헤이시로도 슬며시 웃었다. 아내는 헤이시로 들으라고 웃고 있는 것이다.

— 내일은 뎃핀 나가야에 들러 볼까.

헤이시로는 목울대를 울리며 차를 마셨다.

2

까만콩이 쓴 두꺼운 편지가 이즈쓰 헤이시로에게 도착한 것은 폐지 장수로 분장한 그와 대면하고 대략 스무 날쯤 지나서였다. 달이 바뀌고 철이 바뀌어 헤이시로가 사는 도신 나가야의 얇은 지붕을 가느다란 장맛비 방울이 사륵사륵 미끄러지듯이 적시고 있다.

편지를 가져온 것은 헤이시로의 아내였다. 도신 동료들 사이에서는 드문 일도 아니지만, 아내는 부업을 하고 있다. 사흘에 한 번 니혼바시 고아미초에 있는 오메이주쿠라는 꽤 격식 있는 명문 서당에 가서 아이들에게 글자를 가르친다. 오늘도 그 일을 나가는 날인데, 점심때가 지나 귀가해서 습자 교재나 지필묵 등을 쌌던 보자기를 풀어 보니 그 속에 편지 한 통이 숨겨져 있었다. 수신인이 헤이시로로 되어 있어 얼른 가져왔다.

이날 헤이시로는 방 안에 엎드려 있었다. 방 안에서 뒹굴고 있는 것을 에둘러 표현하는 말이 아니라 정말로 방 안에 엎드려 있다. 혼자서는 소변도 뜻대로 보지 못할 지경이다.

허리가 삐끗한 것이다.

"통증은 좀 가셨어요?"

베갯맡으로 다가온 아내도 조금 걱정스러운 표정이다. 아까도 오늘은 서당에 나가지 말까 봐요, 하는 것을 고헤이지가 있으니 괜찮다며 손사래를 쳐서 내보냈다. 끙끙거리며 내는 신음 소리가 부끄럽다는 생각도 조금은 있었다.

"지난밤보다는 많이 나아졌어."

아내 이야기를 듣고 편지를 건네받았다. 담요 위에 오른쪽 옆구리를 밑으로 해서 눕고 두 다리를 조금 구부리니 마치 갓난아기 같은 모습이다. 이 자세가 제일 편하다. 그 자세로 편지를 펼쳤다.

"오, 까만콩이 보낸 거로군."

헤이시로가 살짝 목소리를 높이자 아내는 어머, 하고 말했다.

"당신과 친했던 쓰지 씨 말예요?"

"그래."

"뭘 부탁한 거예요?"

아내도 까만콩 쓰지 에이노스케가 현재 비밀 순시관이라는 사실을 알고 있다.

"뭐, 별건 아니야."

"이 편지를 발견하고는 얼마나 놀랬다고요. 무슨 마술 같았다니까요. 내가 지필묵을 챙겨서 돌아올 때는 꾸러미 속에 편지 같은 것은 없었거든요."

"까만콩은 정말로 마술을 쓴다니까. 말 나온 김에 하는 말인데 이 친구는 약점이 거의 없는 사람이지. 다만 지금 보니 글씨만은 어릴 적의 그 형편없는 글씨체 그대로구먼."

헤이시로는 편지를 펼치며 말했다. 아내는 편지를 힐끗 들여다보았다.

"그리 형편없는 글씨는 아니네요. 글씨체가 조금 특이할 뿐이죠. 당신, 그런 자세로 읽으니까 글자도 비뚤어지게 보이는 거예요. 읽으켜 줄까요?"

천만에, 손도 대지 마! 하고 소리치고, 속이 출출하니 뭐 먹을 것 좀 달라며 아내를 부엌으로 쫓아냈다. 어제는 아무것도 먹고 싶은 생각이 없어서 그냥 누워 있는 것이 고작이었다. 식욕이 돌아온 것만도 다행이다.

편지의 서두는 간략하면서도 요령 있게 씌어 있었다. 말머리는 아주 짧았고 조사한 내용은 세 가지라고 했다.

첫 번째는 뎃핀 나가야의 사키치에 대해서다.

사키치가 소에몬의 먼 친척이라는 말은 아무래도 거짓이나 착오는 아닌 듯하다. 까만콩이 탐문한 바에 따르면 사키치는 미나토 상회 주인 소에몬의 형이 낳은 외동딸의 자식이라고 한다. 조카의 아들이다.

미나토 상회의 재산은 전부 소에몬이 쌓아 올렸다. 그의 출생과 성장에는 알려지지 않은 부분이 많다. 따라서 그의 형이라는 사람이 어디서 무얼 했는지, 미나토 상회의 발전에 기여를 했는지의 여부도 지금으로서는 알 수 없다고 까만콩은 쓰고 있다. 미나토 상회나 가쓰겐의 고참 점원 중에도 소에몬의 형을 직접 보았다는 자가 거의 없는 듯하다.

이 조카딸은 아오이라고 한다. 평범한 서민의 딸치고는 꽤 세련된 이름이다. 아오이가 소에몬 앞에 나타난 것은 대략 이십 년쯤 전이라고 한다. 그때 그녀는 사키치의 손을 잡고 있었다. 당시 사키치는 대여섯 살 정도였다.

이십 년 전이라면 미나토 상회가 어엿한 건어물상으로서 쓰키지에 현재의 점포를 마련할 무렵이다. 소에몬도 위세가 당당해져 있었다. 그렇기 때문에 아오이는 숙부에게 의지하기 위해 말 그대로 맨손으로 사키치를 데리고 찾아왔을 것이다.

아오이는 누구를 피해서 도망쳐 왔을까? 이거야 아무리 바보라도 짐작할 수 있다. 남편이다. 미나토 상회로 도망쳐 온 당시의 아오이나 사키치의 얼굴과 몸에는 얻어맞아서 생긴 걸로 보이는 상처가 많았다고 한다. 까만콩은 지난해 사망한 미나토 상회의 최고참 하녀한테 현재의 최고참 하녀가 직접 들은 이야기를 전해들었다고 구체적으로 밝혀 놓았다.

소에몬은 아오이와 사키치를 품 안에 거두어들이고 직계 가족처럼 대해 주었다고 한다. 그때는 소에몬도 오후지라는 아내를 맞이한 지 일 년이 채 안 되었고, 아오이 모자를 거두어들이고 나서 몇 개월 뒤에는 첫 아들이 태어났다. 고참 점원에 따르면 그때가 미나토야 집안이 가장 밝고 활기찼던 때라고 한다.

사키치는 미나토야 집안에서 건강하게 자랐다. 물론 그는 미나토야를 물려받을 적손이 아니다. 소에몬에게는 뒤를 이을 아들이 엄연히 있고 장남과 두 살 터울 진 차남도 태어났으므로 사키치가 끼어들 자리는 전혀 없었다. 그러나 소에몬은 사키치가 마음에 들었는지 마치 제 아들처럼 귀여워하고 상급 무사의 집이나 동료 도매상 집에 갈 때 데리고 가기도 했다. 때문에 주변에서는 사키치를 미나토야의 장남으로 오해하는 사람도 있었다고 한다.

종종 있음직한 일이지만, 소에몬이 사키치를 총애하면 할수록 그의 아내 오후지와 사키치의 어머니 아오이 사이에는 점차 험악한 바람이 불게 되었다.

오후지는 시집오기 전에는 고마치9세기경에 활약한 여류 시인 오노노 고마치. 대단한 미녀로 유명하다라 불렸을 만큼 용모가 출중하고, 부모는 격식 있는 요릿집을 운영했다. 실제로 그녀가 소에몬에게 시집온 덕분에 그가 아카시초에서 요릿집 가쓰겐을 시작할 수 있었다. 가쓰겐의 요리사는 오후지의 친정에서 키워낸 자였고 영업 요령도 전부 오후지의 친정에서 배웠다. 그런 집안의 딸이, 비록 자수성가했다고는 하나 어디서 굴러먹던 말 뼈다귀인 줄도 모르는 소에몬에게 시집온 것은, 물론 남자의 매력에 끌렸다는 점도 있겠지만 무엇보다 오후지의 아버지가 소에몬의 기량에 주목하고 이런 사내라면 됐다, 하고 낙점했기 때문이다. 이는 쓰키지 근방에서는 유명한 이야기라고 한다. 오후지의 아버지는 혼례 당시, 나는 딸을 시집보내는 것이 아니라 소에몬이라는 청년의 장래를 사들인 거라고 호언해 마지않았다 한다. 따라서 소에몬이 아직 작은 도매 상인으로 일할 때는 손 크게 힘을 보태 주고 보증도 서 주는 등 든든한 뒷배가 되어 준 모양이다.

말하자면 오후지는 아버지의 위광을 업고 소에몬에게 시집온 것이다. 그런 자긍심 강한 여인이 제 남편의 비호 아래 한가롭게 지내는 아오이와 마치 장남이나 다름없는 대우를 받는 사키치에게 좋은 감정을 품을 리 만무하다. 당연히 알력이 생길 수밖에 없다.

하지만 이런 험악한 분위기도 오랫동안 지속되지는 않았다. 소에몬의 집으로 들어온 지 꼭 사 년째가 되던 해, 그러니까 사키치가 열 살 나던 해 가을에 아오이가 갑자기 자취를 감춘다. 어디로 떠나 버린 것이다.

까만콩이 탐문한 바에 따르면 아오이는 소에몬에게 쪽지만 한 장 남겼을 뿐이라고 한다. 지금껏 베풀어 준 은혜에 감사를 표하고, 사키치를 두고 가니 부디 잘 부탁한다는 내용이었다. 아오이는 혼자 미나토 상회를 떠났다. 사키치는 그 집에서 어미에게 버림을 받은 셈이다.

미나토 상회 내부에서는 아오이의 가출이 오후지가 못살게 군 탓이라는 의견과 따로 남자가 생겨서 그자를 따라 나선 거라는 의견이 뒤섞여 있었다. 지금도 마찬가지라고 한다. 하지만 아오이에게 동정적인 전자는 형세가 불리했다. 오후지가 못살게 굴어서 버티기 힘들었다면 어린 아들을 두고 떠날 리가 없기 때문이다.

긴 두루마리 편지를 말면서 헤이시로는 흐음, 하는 신음 소리를 냈다. 사키치가 어릴 적부터 고생이 많았구나. 신음 소리를 내자 허리가 울려, 이번에는 아픈 허리 때문에 다시 끄응, 하고 신음 소리를 냈다.

부엌에서 뭔가 끓는 소리가 난다. 푸성귀라도 데치나? 고헤이지가 뭐라고 열심히 말하는 소리도 들린다.

미나토야 소에몬의 두 아들이라면 헤이시로도 알고 있다. 아버지 이름에서 한 자를 딴 소이치로, 소지로라는 이름의 장남과 차남이다. 두 젊은이 모두 미나토 상회의 아버지 밑에서 일하고 있다. 소이치로는 장차 아버지 뒤를 이을 테고 그때는 소에몬이란 이름도 승계할 거라고 한다. 하지만 항간의 소문으로는 두 아들 모두 아버지 기량에 한참 못 미치는 평범한 인물로, 꼽아 줄 만한 장점이라면 계집질이나 노름을 즐기지 않는 얌전한 인품밖에 없다고 들었다. 사실 헤이시로는 선대를 승계할 2세는 오히려 그런 안전한 인물이 더 낫다고 보기 때문에 남들이 그리 걱정할 일도 아니라고 생각한다.

사키치는 나이도 그들보다 많다. 형님뻘이다. 직계는 아니지만 소에몬과 피가 이어진 것도 사실이다. 일찍이 소에몬이 그렇게까지 사키치를 총애했으므로 그가 미나토 상회를 물려받더라도—물론 이런저런 분란이 일어나기는 하겠지만—전혀 납득 못할 일은 아니라는 말이다. 애초에 미나토 상회는 소에몬이 저 혼자 힘으로 이룩했으니 후계자는 그의 뜻대로 정해도 상관없지 않을까.

하지만 현실을 보면 사키치는 '소에몬의 먼 친척뻘 되는 청년'이라는 언질과 함께 뎃핀 나가야에 관리인으로 파견되고 미나토 상회의 후계는 소이치로라는 것으로 의견이 일치하고 있다.

― 역시 어미의 가출이 영향을 미쳤겠군.

헤이시로는 편지를 계속 읽어 나갔다. 까만콩의 독특한 글자들은 아직 한참 남아 있었다.

아오이가 미나토 상회를 떠난 지 얼마 지나지 않아서 사키치는 미나토 상회에 드나드는 정원사에게 견습으로 보내졌다. 그렇게 정한 사람은 오후지일 가능성이 크다. 어미라는 뒷배를 잃은 열 살배기 아이는 구워먹든 삶아먹든 마음대로였을 것이다. 이런 일에 관한 한 적어도 집 안에서는 여자의 권한이 세다. 소에몬은 반대했는지 모르지만 결국은 물러설 수밖에 없었으리라. 배은망덕한 조카의 자식과 우리 아들 중에 누가 더 귀하냐고 닦달이라도 당한다면 더 버틸 재간이 없을 테니까.

그것을 끝으로 사키치는 미나토 상회하고는 인연이 없는 인생을 보낸다. 그가 정원사 집안에 견습으로 들어간 지 이 년 뒤, 그러니까 열두 살이 되었을 때 미나토야에 셋째가 태어난다. 이번에는 딸로 미스즈라는 이름을 지었다. 처음 안아 보는 딸에 뛸 듯이 기뻤던 소에몬은 가쓰겐에서 성대한 잔치를 벌였지만 사키치는 그 축하연에도 초대받지 못했다.

올해 열다섯 살이 되는 미스즈라는 아가씨는 어머니인 오후지의 처녀 적보다 더 미녀라는 소문이다. 헤이시로는 예쁘다는 그 얼굴을 아직 본 적이 없지만, 고헤이지는 본 적이 있다면서 히나 인형^{화려한 기모노를 입혀서 집 안에 장식해 놓는 인형} 같았다고 눈을 반짝이며 호들갑을 떨었던 적이 있다. 오후지가 자랑하는 딸이니만큼 신부 수업을 위해 오오쿠_{에도 성 내 쇼군의 부인과 측실 및 궁녀들이 거주하는 곳으로 쇼군을 제외한 남자는 출입이 금지되는 구역}에 들어간다는 둥 어느 상급 영주의 신붓감으로 촉망받고 있다는 둥 이런저런 소문도 나돈다. 까만콩의 전갈에는 그런 사정까지 적혀 있지는 않았지만, 어머니의 엄한 훈도 아래 지극히 귀하게 자랐을 미스즈가 아버지나 오빠들과 사이가 나빠서 그들을 전혀 존경하지 않는 듯하다는 내용이 덧붙여져 있었다.

그것은 아버지와 오빠들 쪽에 존경받을 수 없을 만한 이유가 있기 때문이다. 까만콩은 미나토야 소에몬이 색을 밝힌다고 웃었지만 가족들에게는 웃고 넘길 수 있는 문제가 아니다. 잇달아 여자를 만드는 아버지와, 그 아버지에게 간언은커녕 말대꾸 한마디 변변히 못하는 소심한 오빠들에게 미스즈가 분개하는 것도 어쩔 수 없다.

집주인 미나토야 소에몬에 관한 무성한 소문은 사키치가 뎃펀 나가야에 오기 전부터 헤이시로의 귀에도 들어오고 있었다. 졸부한테서 흔히 볼 수 있는 모습인데, 그는 꼭 자기보다 신분이 낮은 여자를 구해서 즐긴다고 한다. 미나토 상회는 분명 부유한 가게지만, 아무리 그래도 요시와라_{에도 외곽에 막부의 공인 아래 설치된 유곽}에서 금화를 뿌리며 오이란_{요시와라에서 등급이 높은 기녀. 화대가 매우 높다}을 품고 밤새 놀다가는 가계가 금방 기울어 버릴 게 뻔하다. 하지만 아무리 그래도 소에몬이 논다는 상대가 언제나 고우타_{샤미센을 손으로 뜯으며 부르는 속요} 사범이나 메밀국숫집 과부, 혹은 나이가 들어 단골이 떨어져나가는 다쓰미 게이샤_{후카가와에서 일하던 서민적인 기녀. 하오리를 입은 것이 특징이었다} 같은 여자들뿐이라고 하니 대체 어찌 된 일일까. 사람들은 소문을 수군거리며 고개를 갸웃거렸다.

그는 그런 여자들을 잠깐 동안 노리개로 삼다가 버리지는 않았다.

때로는 한 번에 세 명까지 건사하며 돈을 주고 생계를 도왔던 적도 있었던 모양이다. 헤어질 때는 생계를 이을 수 있도록 반드시 제법 큰 재산, 혹은 가게나 집 따위를 넘겨주고 뒤탈이 없도록 손을 썼다. 소에몬의 여자로 그를 원망하다 죽은 사람은 한 명도 없는 듯하다.

 게다가 여자들이 임신을 하면 소에몬은 출산을 흔쾌히 허락했다고 한다. 다만 조카의 아들인 사키치 때조차 그렇게 야단이 난 것에 진저리를 쳤는지 새로 태어난 아기를 미나토야 집안에 들이는 일은 없었다. 또 그런 자식들이 장차 미나토 상회에 들어와 재산을 나눠 달라고 하는 일이 없도록 여자한테 각서를 받는다. 여자들도 소에몬한테 돈을 후하게 받고 있으므로 스스로 각서를 써 준다. 따라서 말썽은 일어나지 않았다. 하지만 자식들은 어머니에게 "너희 아버지는 미나토야 소에몬이다"라는 말을 들으며 자라고, 그것을 굳이 감추려 하지도 않았다. 미나토야의 소이치로 소지로 형제와 미스즈의 입장에서 보면, 이쪽은 얼굴도 이름도 모르지만 저쪽에서는 일방적으로 이쪽을 알고 있는 배다른 형제자매들이 에도 전역에 수두룩하게 있는 셈이니, 반가울 턱이 없다.

 까만콩은 미스즈가 올해 초봄 오지에 있는 나나 폭포를 보러 갔을 때 부동명왕을 본존으로 모신 사찰 앞에 있는 한 찻집에 들렀는데, 그곳에 있던 계집아이가 "언니"라고 부르자 너무 분노한 나머지 그 소녀의 뺨을 쳤다는 사건에 대해서도 써 놓았다. 그가 조사한 바로 이 소녀는 오미쓰라는 이름으로 열세 살이며 소에몬의 자식이 틀림없다고 한다. 어미는 스무 살 시절 아사쿠사의 찻집에서 일하다가 소에몬의 눈에 띄어 곧 그의 품에 안겼고, 그 결과 오미쓰를 낳았다.

하지만 그녀를 낳고 얼마 지나지 않아 세상을 뜨고 말았다. 오미쓰는 외삼촌 내외 밑에서 자라 지금은 큰 어려움 없이 살고 있는데, 그것도 소에몬의 도움이 있었기 때문이라고 한다.

헤이시로는 편지를 읽으면서 팔꿈치가 저려 오는 것을 느꼈다. 이제 겨우 편지의 절반을 넘긴 참이다. 참 길게도 썼다. 하지만 미나토야의 속사정도 참으로 흥미진진하다. 지금까지는 소문으로 막연하게 들어 왔던 것을 새삼 확인하고 보니 조금 부아가 치밀었다. 도대체 미나토야 소에몬은 어떻게 생겨먹은 작자란 말인가. 몸이 성할 때 들어도 기막히고 분통 터질 이야기인데 허리를 삐끗해서 거동하기도 힘든 몸으로 들으니 더욱 화가 난다.

두루마리를 둘둘 말아서 그다음을 읽는다. 두세 행을 읽던 헤이시로가 "어?" 하고 소리를 냈다. 까만콩이 오지의 찻집에 있다는 오미쓰를 만나러 가 보니 가게 앞에서 열심히 일하는 그녀 근처에서 까마귀 우는 소리가 시끄럽게 들리더란다. 올려다보니 까마귀가 상공을 빙빙 돌고 있었다. 그다지 기분 좋은 풍경이 아니라서 신경이 예민해져 있는데 이윽고 까마귀가 날아 내려와 찻집의 띠를 엮어 올린 지붕에 앉았다. 그러자 오미쓰가 반갑다는 듯이 달려가, 간쿠로, 하고 이름을 부르더라는 것이다.

— 까마귀를 기르는 계집아이라니, 참 재미있지 않습니까.

까만콩은 간단히 썼지만 헤이시로는 그냥 넘길 수 없었다.

전에 까만콩을 만났을 때 사키치의 됨됨이며 일하는 태도에 대해서는 이야기해 주었지만 그가 간쿠로라는 까마귀를 기른다는 이야기는 하지 않았다. 그리 중요한 사항이 아니라고 생각했기 때문에—

아니, 애초에 머리에 떠오르지도 않았기 때문이다. 그러므로 까만콩이 간쿠로에 대해서 알고 있었을 리가 없다. 그야말로 우연히 본 광경이다.

사람에게 익숙하고 간쿠로라는 이름을 가진 까마귀가 여러 마리 있을 리 없다. 오미쓰가 반긴 까마귀는 사키치가 기르는 그 간쿠로가 분명하다. 사키치는 미나토야 소에몬의 조카가 낳은 자식이고 오미쓰는 소에몬의 첩이 낳은 딸이다.

서로 아는 사이다. 그렇게밖에 생각할 수 없다. 간쿠로는 두 사람 사이를 오가고 있는 것이다. 터울이 많이 지는 오누이 같은 두 사람 사이를.

헤이시로는 전에 읽은 적이 있는 전쟁 소설에서 보았던 전서구라는 단어를 떠올렸다. 비둘기는 머리가 좋아서 멀리 데려가더라도 자기가 본래 있던 곳으로 틀림없이 돌아온다. 그 본성을 이용해서 전장에서는 비둘기 다리에 편지를 묶어 아군 진지나 성에 있는 상사에게 보낸다.

까마귀도 비둘기와 같은 일을 할 수 있을까? 간쿠로가 그냥 날아오거나 날아가기만 해서는 아무것도 전하지 못한다. 역시 편지라도 묶어 놓지 않으면 이야기가 통하지 않는다.

사키치와 오미쓰는 그렇게 편지를 주고받고 있었다. 그렇기 때문에 오미쓰는 간쿠로를 발견하자 반갑게 부르며 달려간 것이다. 어머니를 잃고 외롭게 지내는 소녀에게 일찍이 같은 처지를 겪은 친척 젊은이는 더없이 반가운 존재였겠지. 연애라고 하기에는 나이 차이가 너무 많지만 육친의 정에 가까운 감정이 작용하는 것은 너무나 당연한 일이다.

— 허, 그것참.

조금 놀랐다. 사키치와 소에몬의 가족 관계에 대해 파악한 것은 현재로서는 이 정도라며 까만콩은 첫 번째 조사 내용에 대한 얘기를 마쳤다. 이어서 두 번째 내용에 들어가기 전에 헤이시로는 점심부터 먹자고 생각했다. 나리, 나리, 하고 부르며 고헤이지가 다가오는 발소리가 들렸다.

이즈쓰 헤이시로는 왜 허리를 삐끗하게 되었을까?

고헤이지는 그 장면을 목격했다. 목격은 했으나 무사의 체면을 생각해서 잠자코 있을 뿐이다. 아니, 사실 헤이시로가 그답지 않게 아내에게 부끄럽고 면목 없다고 느끼는 까닭은 이 '허리를 삐끗하게 된 사정'이란 게 참으로 한심했기 때문이다.

바로 어제 오후였다. 평소처럼 순시를 돌며 뎃핀 나가야에 들른 헤이시로는 언제나처럼 오토쿠네 식당에서 노닥거리고 있었다. 지금 생각하면 그날 오토쿠는 처음부터 그다지 기운이 없었다. 노변 나가야의 오토쿠네 식당 이웃에서 떡집을 하던 가족이 모리시타초로 이사를 가 버렸는데, 오토쿠는 이 모든 일들이 새파란 애송이 사키치가 관리인으로서 믿음직스럽지 못해서 세입자들이 안심하고 살 수 없는 탓이라며 험담을 했다. 하지만 그 말투에도 평소의 기세는 없었다.

떡집이 이사한 것에 대해서는 헤이시로도 적이 안타까워하고 있었다. 그 집 팥고물찰떡이 맛있어서만은 아니다. 하치스케 일가의 항아리 신앙과 실종 소동 이후로 사키치가 크게 낭패해 있었기 때문이다. 지금은 표정도 차분해지고 겉으로는 아무렇지 않은 척 지내고 있지만, 속으로는 크게 동요하고 머릿속도 이런저런 고민으로 가득 차 있을 게 뻔했다.

— 저는 왜 여기 있는 걸까요.

나중에 물어보니 그런 말을 한 기억이 없다고 얼버무렸지만 헤이시로는 분명히 들었다. 사키치가 저도 모르게 뱉은 그 말은 그가 이례적으로 어린 나이에 뎃핀 나가야의 관리인이 된 뒷사정과 관계가 있음이 틀림없다.

헤이시로는 그 내용을 알아내고 싶었다. 하지만 그러다가 사키치를 괜히 다치게 하고 싶지는 않았다. 사키치마저 혹시 어떻게 되어서 뎃핀 나가야가 더 쓸쓸해지는 것은 바라는 바가 아니다. 그러던 차에 세입자들이 하나둘 빠져나가 버렸다. 사키치가 얼마나 기운이 빠졌겠는가.

그래서 오토쿠가 맥 빠진 모습으로 이쪽에 등을 돌리고 부뚜막 앞에 선 채로 솥 안에서 끓는 조림을 국자로 저으며 사키치를 험담할 때도, 그녀를 달래 가며 적당히 말상대가 되어 주고 있었다. 그런데 오토쿠가 타 준 싸구려 차에 입술을 대려는 순간 오토쿠의 손에서 국자가 맥없이 떨어졌다. 국자는 조림 위에 떨어져 감자며 유부며 버섯들 사이로 천천히 가라앉았다.

그러더니 갑자기 오토쿠가 옆으로 쿵 쓰러졌다.

그런 것을 두고 흔히 '막대기가 쓰러지듯'이라고 표현하지만 오토쿠는 살집이 좋으니 차라리 통나무가 쓰러지는 모습이라고 해야 옳겠다. 헤이시로가 벌떡 일어나면서 뛰어들어 쓰러지는 오토쿠가 토방에 머리를 찧기 직전에 받아 낼 수 있었다.

그러나 오토쿠는 너무 무거웠다. 헤이시로는 오토쿠를 받아 냈다기보다 오토쿠 밑에 깔리고 말았다. 뭐, 결과적으로는 오토쿠가 머리를 짓찧지 않도록 고여 준 셈이긴 하다.

고헤이지가 뛰어들어 얼른 오토쿠를 안아 일으켰다. 그녀의 눈은 흰자위만 보이고 있었다. 혼비백산한 고헤이지가 "복통이에요, 복통!" 하고 소리쳤지만 사람이 배가 아프다고 이렇게 되지는 않는다. 헤이시로는 여전히 절반쯤 오토쿠 밑에 깔린 채 누구든 사키치를 불러오라고 큰 소리로 외쳤다. 가게 앞을 지나가던 여자가 아이고, 하는 소리를 지르며 달려가는 모습이 보였다.

사키치가 달려오기 전에 헤이시로는 고헤이지의 손을 빌어 가까스로 오토쿠의 몸뚱이 밑에서 빠져나왔다. 그녀의 옷이 흐트러져 가슴이 절반쯤 드러나고 옷자락이 벌어져 장딴지가 드러나는 통에 헤이시로는 영 거북하기만 했다. 보통 이렇게 야단이 났을 때는 이런 생각이 들 리가 없지만 따지고 보면 이게 다 사키치 때문이다.

— 오토쿠 씨는 나리한테 반한 겁니다.

그 직자의 이런 말만 듣지 않았어도 아무렇지 않았을 것이다.

급히 달려온 사키치는 현장을 재빨리 둘러보고, 일단 오토쿠 씨를 방으로 옮깁시다, 하고 말했다. 세 사람이 힘을 모으면 쉽게 옮길 수 있을 겁니다.

헤이시로와 고헤이지는 알겠다고 대답하고 각자 오토쿠의 몸을 붙들었다. 그러고는 자, 이영차, 하며 힘을 모았다.

그 순간 헤이시로의 허리에서 우둑, 하는 소리가 났다.

너무 아파서 오토쿠의 몸을 잡고 있던 손을 저도 모르게 놓아 버렸다. 그 바람에 나머지 두 사람이 어쿠쿠, 하며 비틀거렸다. 오토쿠의 옷깃이 벌어져 한쪽 어깨가 다 드러나자 내의 사이로 뜻밖에 새하얗고 어여쁜 젖가슴이 드러났다. 본인은 혼절해서 아무것도 모르지만, 웃으려야 웃을 수도 없고 화를 내려야 화를 낼 수도 없고, 사과하자니 그것도 우습다. 게다가 헤이시로는 너무 아파서 숨도 제대로 쉬지 못하고 있었다.

결국 헤이시로는 그 자리에 주저앉아 버리고 사키치와 고헤이지 둘이서 끙끙거리며 오토쿠를 방 안으로 옮겼다. 고헤이지가 다카바시의 고안 선생을 부르러 달려갔다. 의관도 제대로 갖추지 못하고 급하게 달려온 선생은, 나리는 오토쿠를 살펴본 뒤에 봐 드릴 테니 그때까지 그대로 누워서 마음 놓고 신음 소리나 내시라며 호쾌하게 웃었다. 고헤이지까지 덩달아 웃었다. 동정하며 등을 쓸어 준 사람은 사키치뿐이다. 그러나 그것도 아주 잠깐 동안이었고, 곧 식당에 손님들이 찾아오자 사키치가 일어나 상대해야 했다. 헤이시로는 봉당 구석에 새우처럼 등을 구부린 채 반 시간가량이나 방치되는 신세가 되었다.

오토쿠가 쓰러진 이유는 쌓인 피로 탓이며 심각한 병은 아니라고 고안 선생은 말했다. 마침내 당사자가 깨어나서 선생이 물어보니 지난 한 달쯤 전부터 종종 눈앞이 어찔하거나 아침에 일어날 때 머리가 띵하고 몸 상태가 좋지 않을 때가 있었다고 한다. 나이가 있으니 무리하면 안 된다고 오토쿠보다 열 살은 많은 고안 선생이 짐짓 엄하게 일러두었다. 오토쿠는 얌전히 듣고만 있었다. 내복 자락을 그러모아 쥔 채 고개를 숙인 옆얼굴이 어딘지 소녀처럼 보이기도 했다고 고헤이지가 말해 주었다. 그때 헤이시로는 여전히 봉당의 맨바닥에서 새우등을 하고 쓰러져 있었기 때문에 자세한 상황은 모른다.

고안 선생이 헤이시로의 허리를 치료하기 시작할 즈음 누구한테 이야기를 들었는지 오쿠메가 보퉁이를 안고 달려왔다. 오토쿠 씨는 괜찮아요? 하고 심각한 얼굴로 사키치에게 묻는다. 의원은 불렀나요? 아, 벌써 치료했어요? 이럴 때는 남정네는 보탬이 안 되니까 내가 간병할게요. 이거요? 갈아입을 옷이에요, 자세를 편안하게 해 줘야 하거든요. 이봐요, 사키치 씨. 물 좀 끓여 줘요. 네? 출산이 아니라도 환자가 생기면 우선 물부터 끓이는 거예요. 뭘 모르시네. 오쿠메가 씩씩하게 이런저런 말을 하면서 봉당으로 들어서더니, 어머, 고안 선생님, 거기 쪼그리고 앉아서 뭘 하세요? 하고 말을 건넸다. 헤이시로는 눈을 감았다.

덕분에 오쿠메가 폭소하는 얼굴을 보지 않을 수 있었다. 그래도 목소리는 들렸지만.

― 오토쿠 씨, 어머, 눈을 뜨셨군요. 일어나지 않아도 돼요, 우선 옷부터 갈아입혀 드릴게요. 몸도 씻겨 드리고요. 예전에 나도 집 안에서 쓰러진 적이 있어요. 그때 식은땀을 흠뻑 흘려서 얼마나 불편했는지 몰라요. 틀어 올린 머리도 풀어야죠, 그래야 편해요. 그런데 오토쿠 씨는 참 복도 많으셔. 이즈쓰 나리가 오토쿠 씨를 도우려다가 허리를 삐끗하고 말았잖아요!

헤이시로는 지금까지 오쿠메를 뒷간 구더기처럼 알던 오토쿠가 그녀의 고운 마음 씀씀이를 겪고 이제 지금까지와는 다르게 대해 주었으면 좋겠다고 생각했다. 하지만 오쿠메의 스스럼없이 희롱하는 듯한 언사에 오토쿠가 귓불까지 새빨개지는 모습을 보는 것은 사양하고 싶다.

헤이시로는 부끄러웠다. 어릴 적 어머니보다 무섭게 알던 최고참 하녀가 대야 앞에 앉아 몸을 닦는 모습을 우연히 본 적이 있는데, 그 알몸이 너무나 풍만하고 아름다운 것이 늘 헤이시로한테 호통을 쳐 대는 그 하녀가 맞나 싶을 만큼 농염했다. 그래서 한동안 그 하녀의 얼굴을 똑바로 쳐다보지도 못했다— 그 기억이 되살아났다.

부끄러워서 아내한테도 허리를 삐끗하게 된 사정을 상세히 전할 수 없어 대강 얼버무리는 말투로, 뎃핀 나가야에 갔을 때 곁에 있던 어린 아이를 안아 올리다가 그만 허리가 삐끗하고 말았다, 재수가 없으려니까 별일도 다 있지, 아하하하— 하고 거짓말을 했다.

고헤이지가 이불 앞까지 밥상을 날라 주어 헤이시로는 늦은 점심을 들었다. 아픈 곳은 허리인데 아내는 마치 배탈이라도 난 것처럼 부드러운 음식만 만들어 주었다. 헤이시로는 조금 실망했다. 끼니만큼은 제대로 먹고 싶다. 하지만 누운 채 먹기 시작하고 보니, 이런 자세로는 음식을 제대로 씹을 수가 없어서 역시 부드러운 음식이 낫다는 사실을 깨달았다.

식사가 끝날 즈음 아내가 방으로 들어왔다. 헤이시로가 새우등을 하고 누워 있는 제 모습을 보여 주고 싶어 하지 않는다는 것을 뻔히 아는 듯하다.

"고안 선생 댁에 약 타러 다녀올게요. 고헤이지 씨가 있으니까 괜찮겠죠?"

그녀가 말했다.

보통은 고헤이지를 심부름 보내고 아내가 곁을 지킬 일이다. 하지만 지금은 이편이 낫다. 아내는 그 점까지 다 읽고 있다. 아내란 참 대단하고 무서운 존재라고 헤이시로는 생각했다.

"저번에 가져온 편지에 답장을 쓴 게 있으면……."

"아직 안 썼으니까 됐네. 답장은 고사하고 아직 다 읽지도 못했다고."

"어머, 그래요?"

아내는 방긋 웃었다.

"답장 쓰면 나한테 맡길 거죠? 지필묵과 함께 보자기에 싸서 서당에 가 있다 보면 어느새 없어져 있을지도 모르겠네요."

"까만콩이라면 충분히 그럴 만하지."

아내가 밖으로 나가자 고헤이지가 중얼거리듯이 말했다.

"혹시 마님은 고안 선생님에게 뭔가를 물어보실 생각은 아닐까요?"

정말로 어린아이를 안아 올리려다가 허리가 삐끗했는지를 물어볼까?

헤이시로는 옆으로 누운 채 고개를 저었다.

"아무것도 묻지 않을걸."

고헤이지는 잠자코 헤이시로의 허리를 주물렀다.

고헤이지는 부엌을 정리하고 헤이시로는 쓰지 에이노스케의 기나

긴 편지를 마저 읽기 시작했다.

뜻밖에 하치스케 가족이 심취했다는 항아리 신앙에 대해서도 적혀 있었다. 까만콩의 조사에 따르면 애초에 그 요상한 신앙이 시작된 곳은 놀랍게도 미나토 상회였다고 한다.

다만 미나토 상회의 누군가가 항아리 신앙의 교리를 고안해 낸 것은 아니다. 원래는 교토 근방에서 생겨난 신앙으로, 그쪽에서 이 년쯤 전에 유행했다고 한다. 그러다가 유통되는 상품들과 함께 에도에 들어와 미나토 상회라는 항구에서 닻을 내렸다. 다른 건어물 도매상이나 운송사들 사이에 한때 이 신앙이 빠르게 퍼져서 점원들 가운데 믿음에 빠진 자가 나오기 시작하고 그 때문에 어려움에 처한 가게도 있었다고 한다.

하치스케 일가가 뎃핀 나가야에서 사라진 뒤 소에몬을 만나고 돌아온 사키치는 흠씬 얻어맞기라도 한 듯 곤혹스런 표정으로 이렇게 말했다.

— 하치스케 씨는 항아리 신앙인지 뭔지에 빠진 게 아닐 거라고 합니다.

까만콩은, 지금은 미나토 상회에서도 가쓰겐에서도 항아리 신앙 이야기를 정확히 기억하는 사람을 찾기가 힘들다고 썼다. 신앙이라기보다는 일종의 도오리모노_{넋을 놓고 있는 사람에게 빙의하여 정신을 어지럽힌다는 요괴}처럼 문득 왔다가 어느새 떠나갔다고 한다. 그러나 미나토 상회에서 항아리 신앙이 퍼지고 있을 바로 그 무렵 날품팔이 목수 하치스케가 작은 공사를 맡아서 가게에 드나든 적이 있었던 모양이다. 그러므로 하치스케가 정말로 항아리 신앙에 빠졌든 빠진 척했든, 애초의 근원은 미나토 상회라고 생각해도 지장이 없다는 얘기다.

헤이시로는 옆으로 누운 채 메마른 턱을 북북 긁었다.

— 이게 대체 어떻게 된 거야.

소에몬은 사키치가 하치스케 건을 보고하러 가기 전에 이미 항아리 신앙을 알고 있었다. 더구나 하치스케네 일에 관해서는 자기 가게가 불씨일지도 모른다고 짐작할 만한 재료도 가지고 있었다.

— 그런데도 소에몬은 사키치에게, 그런 건 세입자가 지어낸 이야기니까 신경 쓰지 말라고 말했다지 않은가.

미나토 상회 내부를 도오리모노처럼 스쳐 지나간 항아리 신앙 소동을 주인 소에몬이 모를 리 없다. 그렇다면 왜 사키치에게 우리 가게에서도 예전에 그런 일이 있었다고 일러 주지 않았을까? 하치스케네 사정이 실제로 어떠했는지는 젖혀 두고라도, 있었던 사실을 일러 주는 것이 사키치에 대한 배려일 텐데.

— 이상하지 않은가.

헤이시로는 문득 부아가 치밀어 턱을 긁적였다.

하치스케 일가와, 함께 사라진 두 가족. 지금은 어디서 살고 있을까. 전에 살던 곳의 관리인이 써 주는 보증서가 없으면 이사하기가 힘들다. 누가 어디서 무슨 일을 하고 있고 누구와 어디에 살고 있는가. 막부에서는 다른 무엇보다 치안을 위하여 이 점을 분명히 파악하고 싶어 한다. 마치의 자치 제도도 그래서 만들었다.

하치스케 일가가 신앙에 빠져 뎃핀 나가야를 떠난 거라면 같은 신앙을 가진 자들을 찾아갔을 공산이 크다. 하지만 만약 신앙이 속임수였다면 정처도 없이 뎃핀 나가야를 떠나기란 쉽지 않다. 뭔가 보증을 받지 않고서는 그리 쉽게 움직이기 힘들다.

까만콩은 하치스케를 추적하고 있다고 썼다. 그를 찾아내기란 그리 어렵지 않을 것이다. 그에게 뭔가 이야기를 들을 수 있다면 항아리 신앙과 증발에 얽힌 수수께끼는 풀리겠지.

세 번째 조사 내용으로 접어들 때 헤이시로는 허리 통증도 잊고 저도 모르게 벌떡 일어나려고 했다. 아구구구, 하고 비명을 지르자 고헤이지가 쓰레받기를 든 채 뛰어왔다. 어디를 청소하고 있었는지 알 수 없지만 모처럼 쓸어 모은 쓰레기를 헤이시로의 머리 위에 뿌릴 판이라 호통을 쳐서 밖으로 쫓아냈다.

까만콩은 긴 글을 쓰면서도 지친 흔적이 없고 글씨체에도 흐트러짐이 없었다. 하지만 그걸 읽은 헤이시로의 마음은 크게 흐트러졌다.

오토쿠가 지금도 "그분이 뎃핀 나가야의 진짜 관리인이에요"라며 존경하는 전임 관리인 규베를 바로 보름쯤 전에, 그것도 뎃핀 나가야 근처에서 보았다는 사람이 있다고 씌어 있었기 때문이다.

규베는 채소 장수의 배 이물에 앉아 뎃핀 나가야 바로 뒤에 있는 운하를 천천히 지나갔다고 한다. 목격자는 규베와 인연이 오랜 다른 마치의 관리인인데, 그날은 비가 올 것 같은 날이라 그는 삿갓을 쓰고 있었고 작은 배 이물에 앉은 인물도 삿갓에 도롱이를 걸치고 있었다. 더구나 목격자는 운하 가장자리를 걸으며 스쳐 지났기 때문에 상대가 규베인지 아닌지 확신하지 못했고 공연히 주위를 시끄럽게 하기도 뭣해서 잠자코 있었던 모양이다.

― 그나저나 까만콩이란 녀석, 이런 얘기들을 다 어디서 주워 모

앉을까.

비밀 순시관이란 참 대단하군. 헤이시로는 새우등을 하고 모로 누운 채 천장을 비스듬히 올려다보며 자기를 제외한 모든 사람에게 감탄하는 기분에 젖고 말았다.

까만콩은 긴 편지 말미에서, 이 건은 더 조사해 볼 만한 가치가 있는 듯하니 때를 봐서 다시 편지로 보고하겠습니다, 헤이시로 나리는 당분간 사키치를 도와주는 것이 현재로서는 최선인 듯합니다, 하고 글을 맺었다.

헤이시로는 다 읽은 두루마리를 둘둘 되 말면서 한숨을 지었다. 모로 누워 긴 한숨을 내쉬는 일도 쉽지 않다.

그때 등을 돌리고 있는 창문 쪽에서 푸득푸득 새 날갯짓 같은 소리가 들렸다. 가깝다. 아주 가깝다. 뎃핀 나가야에 갔다가 출입구에서 사키치와 이야기할 때 하늘 높이 날던 간쿠로가 뱅글뱅글 돌면서 내려오더니 사키치의 어깨에 한 치도 어긋남 없이 내려앉는 모습을 보고 깜짝 놀란 적이 있다. 그때 들었던 날갯짓 소리와 꼭 닮았다.

헤이시로는 흠칫했다. 그러나 분하게도 몸을 돌려 그쪽을 쳐다보는 단순한 행동이 지금은 되질 않는다. 고헤이지를 부를까 싶었지만 큰 소리를 내면 새가 달아나 아무것도 알 수 없게 될지도 몰라 꾹 참았다.

어기적거리며 다리를 뻗대고 창을 등진 채 목만 간신히 틀어 말을 건넸다.

"너, 간쿠로냐? 간쿠로가 온 거야?"

다시 날갯짓 소리가 났다. 아까보다 더 가까운 것이 거의 귓전이다. 헤이시로는 새카만 날개가 몸 위로 날아 내려오는 것을 보았다.

간쿠로는 헤이시로 옆구리에 앉아 있었다. 연신 고개를 갸웃거리며 새카만 눈동자로 헤이시로를 내려다본다. 대롱 모양으로 만 작은 종이가 다리에 묶여 있었다.

3

간쿠로는 허공을 향해 "가악!" 하고 한 번 짖었다.

"그래, 그래."

헤이시로는 곱사등이처럼 모로 누운 채 눈동자만 움직여 허리께에 앉은 간쿠로에게 말을 건넸다.

"수고했다."

가까스로 손을 뻗어 까마귀 다리에 묶여 있는 작은 종이 대롱을 잡으려고 하지만 한 치를 남겨 놓고 손가락이 더는 나가질 않는다.

간쿠로는 다시 "가악!" 하고 짖었다.

"알겠다, 알겠어."

헤이시로는 까마귀를 달랬다.

"하지만 내가 지금 허리를 삐끗했단다. 그래서 제대로 움직이질 못해."

간쿠로는 까딱까딱 고개를 갸웃거리며 새카만 눈동자로 헤이시로를 쳐다보았다. 어딘지 우습게 보는 듯한 눈길이다. 아무리 새 중에서는 똑똑한 축에 들어도 까마귀에게는 애초에 허리라는 것이 없는 듯하니 이 고통을 모른다 해도 어쩔 수 없는 일이다. 화를 내서는 안 된다.

"애야, 쪼금만 더 이리로 와 줄래?"

헤이시로는 까마귀에게 손짓을 했다.

"얘, 내 머리로 와 봐라. 그러면 쉽겠다."

간쿠로는 조금 전과는 반대쪽으로 머리를 까딱까딱 갸웃거리며 차가운 눈빛으로 헤이시로를 쳐다보았다.

헤이시로는 비위를 맞추는 웃음을 그려 붙였다.

간쿠로는 "아호—'아호'는 바보라는 뜻"하고 한 번 짖더니 펄쩍 날아올랐다. 까마귀 발갈퀴에 채였을 뿐인데 몸이 순간적으로 움찔하고 오그라들 만큼 아파서 헤이시로는 비명조차 지르지 못했다. 간쿠로는 일단 천장까지 날아올랐다가 휙 방향을 바꾸어 헤이시로의 얼굴 옆에 내려앉았다.

그제야 헤이시로의 손이 편지에 닿았다. 짐을 부리자 간쿠로는 넌더리라도 내는 것처럼 목을 좌우로 흔들더니 창문을 통해 밖으로 날아올랐다. 까마귀가 시야를 벗어나 자취를 감춘 뒤 헤이시로는 놈이 사라진 방향을 향해 마음 놓고 눈매롱을 했다. 이러니 아내한테 어린애라는 소리를 듣는 것이다.

종이 대롱을 펼치자 신사에서 파는 제비뽑기 쪽지만 한 크기가 되었다. 아주 작은 글자들이 적혀 있다. 아무래도 사키치의 글씨 같다.

— 오캇피키 니헤이가 댁으로 찾아갈 겁니다.

겨우 그것뿐이다. 헤이시로는 그 글을 두 번이나 읽었지만 사키치가 한자를 쓸 줄 안다는 것과 남자치고는 선이 동글동글한 글씨체라는 두 가지 감상밖에 떠오르지 않았다.

― 니헤이라는 오캇피키가 누구지?

본래 헤이시로는 오캇피키를 싫어한다. 어떤 직책을 맡더라도 그자들과 어울리지 않으려고 애를 써 왔다. 주위 사람들도 그것은 잘 알고 있다.

오캇피키 중에 어두운 과거를 가진 자가 많다거나, 아무리 근사한 말로 포장해도 결국은 관에 한패를 팔아넘기고 관리의 하수인이 된 자들이라거나, 법 규정에 없는 존재라거나 하는 명확한 이유가 있어서가 아니다. 그저 번거롭기 때문에 싫은 것이다.

부교쇼에서 강제하여 어쩔 수 없이 데리고 다니는 주겐 고헤이지도 어떤 때는 귀찮게 느껴지는 헤이시로였다. 누구를 부린다는 것이 원래 어려운 일이고 신경도 써야 하고 비용도 든다. 솔직한 심정으로는 특별히 좋아서 그런 번거로운 조수를 고용한 것도 아니다. 마치 순시관으로 임명되어서도 한가롭게 지내기로 작정하고 수사 같은 업무와 거리를 두고 지내 온 덕에 오캇피키를 이용할 필요가 없었던 사정도 이런 태도를 조장했다.

동료들도 헤이시로가 오캇피키를 싫어한다는 사실을 잘 알고 있어서 여태껏 누구 하나 "이봐, 이즈쓰. 자네 수하를 시켜서 이것 좀 조사해 주지 않겠나?" 하는 부탁을 한 적이 없다. 덕분에 공연한 업무나 무료 봉사를 하지 않고도 잘 지내고 있다. 헤이시로가 동료들에게 빌려 줄 수 있는 인력은 고헤이지 한 명뿐이고 그것도 대개는 밥 짓기나 물 긷기나 애 보기 쪽이었다. 수사 업무를 싫어하기는 고헤이지가 헤이시로보다 더하다.

그래서 곤란한 적도 없었다. 게다가 무슨 일이 생기면, 나한테는 까만콩이 있으니까, 하고 속 편하게 생각해 왔다. 죽마고우란 참으로 요긴하다.

그런 연유로 오캇피키하고는 인연이 전혀 없었다. 그러니 니헤이란 자가 집으로 찾아올 거라는 언질만 가지고는 얼른 감이 오질 않는다. 기왕 알려주는 김에 니헤이란 자가 왜 찾아오는지도 적어 주었으면 좋으련만. 종이에는 하얀 여백도 충분하구먼.

짐작건대 이 니헤이라는 오캇피키가 무슨 용무인지는 몰라도 먼저 뎃펜 나가야에 찾아간 모양이다. 거기서 사키치와 만났을 테고, 이즈쓰 나리가 오늘 여기 오는지 묻자 사키치가, 아뇨, 나리는 몸이 안 좋으셔서 오늘은 오시지 않습니다, 라고 대답했겠지. 그렇다면 사정이 급하니 내가 나리 댁으로 찾아가야겠군— 이렇게 된 것이 아닐까. 그래서 사키치가, 니헤이가 집으로 찾아가고 있으니 조심하십시오, 하고 헤이시로에게 알려 준 것이다. 다른 때처럼 두부 장수네 아들한테 편지를 들려 보내지 않은 이유는 꼬마가 종종거리며 달려가는 것보다 간쿠로를 휙 날려 보내는 편이 빠르다고 판단했기 때문일 테고. 그 정도로 사키치는 헤이시로에게 얼른 알리고 싶었던 것이다. 오캇피키 니헤이가 그쪽으로 갑니다, 하고.

그런데 정작 전갈을 받은 쪽은 전혀 긴장감을 느끼지 못한다. 그냥 의아해할 뿐이다. 그래서 더욱 미안한 생각이 든다.

— 이건 뭘까.

헤이시로는 턱을 북북 긁었다.

— 곧 당사자가 도착하면 알 수 있겠지.

사키치의 노력에 부응할 수 없어서 미안하지만, 뭐 세상이 그런 것 아니겠는가. 헤이시로는 작은 쪽지를 접어서 품에 넣었다. 조금 졸리다. 니헤이라는 자가 온다는데 이러면 곤란하지. 하지만 역시 졸리네. 올 거면 좀 빨리 오든지— 하는 생각을 하다가 역시 꾸벅꾸벅 졸고 있는데, 고헤이지가 깨운다.

"나리, 손님이 오셨습니다."

어, 그래, 하며 헤이시로는 눈을 번쩍 떴다. 자랑은 아니지만 전혀 졸지 않은 것처럼 잠을 후딱 털어 내는 데는 명수다.

"누가 왔는지 맞혀 볼까? 오캇피키 니헤이 아니냐?"

등을 보이고 있어서 얼굴은 볼 수 없지만 고헤이지의 목소리가 대번에 높아졌다.

"어떻게 아셨습니까?"

"몰랐냐? 이 몸은 천리안이라니까."

고헤이지는 순진하게 우헤! 하며 놀랐다. 그는 평소 헤이시로를 얕잡아 보는 일도 없지만 그다지 존경하지도 않는다. 따라서 그렇게 조아리는 모습을 보니 기분이 좋다.

"이부자리 앞이지만 괜찮으니까 이리 들라고 해라."

헤이시로는 그렇게 이르고는 머리를 맑게 하려고 눈을 썩썩 비볐다.

체구가 작은 남자였다.

올려다봐야 할 만큼 커다란 남자가 올 거라고 예상했던 것은 아니다. 하지만 직전 상황이 그랬던 만큼 꽤 만만치 않게 생긴 자가 저벅

저벅 걸어올 줄 알았던 헤이시로로서는 솔직히 맥이 빠지는 기분이었다.

오캇피키 니헤이는 체구가 까만콩과 막상막하다. 뼈가 가늘고 마른 인상이며 더구나 고양이등을 하고 있어서 어떻게 보면 까만콩보다 작아 보인다. 나이는 헤이시로보다 한참 위 같다. 머리칼 속에는 빛을 받는 각도에 따라 은색으로 반짝이는 백발이 섞여 있다. 자그마한 얼굴은 눈코입이 대체로 가지런한 편이라 소싯적에 여자들한테 인기가 있었을지도 모르겠다. 찬찬히 살펴보지 않으면 눈에 띄지 않을 만큼 가는 줄무늬가 있는 옷은 갓 맞춰 입은 것이라 풀이 빳빳하게 먹여져 있다.

헤이시로가 권해도 니헤이는 다다미방에 오르려 하지 않았다. 실례합니다, 하고 공손하게 말하더니 뜰 테두리에 가지런히 놓인 돌에 무릎을 꿇으려고 했다. 헤이시로는 웃으며 말렸다.

"나도 이런 꼴로 누운 채 네 얘기를 들어야 할 판이다. 그렇게까지 어려워하면 내가 오히려 불편하다. 게다가 넌 애초에 내 수하도 뭣도 아니고 손님이지 않느냐. 최소한 툇마루에는 앉거라."

"정 그러시면 분부대로 합지요."

니헤이가 툇마루 끝에 궁둥이를 내려놓았디.

"그런데 나리, 어쩌다 그리 되셨는지요?"

"뭐, 한심한 일이지. 삐끗했네."

그러자 니헤이는 얇은 입술을 발랑발랑 놀리며, 그럴 땐 어디 고약이 잘 듣는다는 둥 아무개의 지압이 용하다는 둥, 허리가 삐끗하는 건 이래저래서 일어난다는 둥 참으로 잘도 주절거렸다. 다행히 중간에 차를 들고 온 고헤이지가 그 청산유수 같은 언변에 정신이 팔려 자리에 주저앉아 연신 맞장구를 쳐 주었으므로 헤이시로는 듣는 척만 하고 있으면 되었다.

오캇피키라는 이름은 도신이나 요리키의 업무를 곁에서 끌어 주며 돕는 자라는 데서 붙여진 이름이다. 그래서 이 '오카'는 의미를 보자면 '오카메하치모쿠_{남들이 두는 바둑을 옆에서 보면 여덟 수를 내다본다는 말로, 제삼자가 정세를 더 객관적으로 본다는 뜻}'나 '오카보레_{타인의 연인에게 반하는 것}'의 오카_{곁, 옆이라는 뜻}와 같은 뜻이다.

헤이시로가 아직 태어나지도 않은 옛날에는 그런 일을 하는 자들을 '메아카시'라고 했다. 한때 막부가 메아카시를 매우 엄하게 금지하던 시기가 있었다. 그러나 금지령은 오래 계속되지 않았다. 다만 '메아카시'라는 호칭만 사라지고 대신 '오캇피키'라는 호칭이 생겨났다. 이밖에 '데사키'니 '고모노'니 하는 호칭도 있는데, '고모노'라는 것은 오캇피키가 제 수하를 부를 때 쓰는 경우가 많다고 한다.

오랜 기간은 아니라도 막부에서 오캇피키를 금지한 이유는 역시 그들의 성분으로 인해 필연적으로 생겨나는 폐해가 크다고 보았기 때문이다. 개중에는 이를테면 헤이시로가 알기로도 후카가와의 대행수로 모든 이로부터 존경을 받고 부교쇼의 신임도 두터운 오캇피키, 예를 들면 에코인 모시치_{미야베 미유키의 에도 시대물 시리즈에 탐정역으로 등장하는 인물 모시치. 에도의 사찰 에코인 뒤에 살아 흔히 '에코인 모시치'라 불린다} 같은 훌륭한 품성을 갖춘 자도 있지만, 아무래도 그는 예외적인 존재다. 대개는 범죄자 출신이므로 '나는 막부를 위해 일한다'는 말을 내세워 약자를 괴롭히거나 공갈과 협박으로 갈취를 일삼는 괘씸한 자들이 나타날 수밖에 없다.

막부에서는 이를 보다 못해서, 에잇, 차라리 전부 없애 버려라— 해서 금지시켰던 것이다.

그러나 에도 남북을 합쳐서 수백 명에 불과한 요리키와 도신만으로 지키기에 에도는 지나치게 넓고 인구는 너무 많다. 마치 자치 제도가 있기는 하지만 체포나 수사 때마다 관리인이나 기도 문지기들을 불러 모을 수는 없는 노릇이다. 게다가 뱀 다니는 길은 뱀이 안다는 말도 있듯이, 어떻게 부리느냐에 따라 착하기만 한 자치 위원들보다는 왕년에 흉악범이던 오캇피키가 더 도움이 된다. 그래서 금지령은 유명무실해지고 실제로 메아카시의 실체도 사라지지 않았다. 그렇게 되자 막부도 결국은 금지령 자체를 거두어들이고 말았다. 멀리 헤매다 제자리로 돌아온 격이다.

헤이시로는 이런 전말을 아버지한테 들었다. 직접 들은 것은 아니다. 아버지가 집안을 이을 장남에게 들려주는 이야기를 곁에서 귀동냥했을 뿐이다. 아버지는 장남에게 누누이 훈계하곤 했다.

— 오캇피키 부리기가 여간 어려운 게 아니다. 놈들은 필시 너보다 눈치도 빠르고 거리 상황에 밝을 테니까 늘 경계하지 않으면 엉뚱한 순간에 발목을 잡힐 수 있다. 정말 믿을 수 있는 자는 아주 드물다는 사실을 명심해라. 오캇피키한테 함부로 마음을 터놓아서는 안 된다.

실은 아버지도 오캇피키를 싫어해서—아니, 정확하게 말하면 감당하지 못했겠지만—믿고 의지할 만한 오캇피키를 끝내 한 명도 얻지 못했다. 아버지 곁에서 평생 일해 준 이는 주겐 고헤이지의 아버지 정도였다.

장남은 몸이 허약해 스무 살이 되기도 전에 폐병을 앓다가 아버지보다 먼저 세상을 뜨고 말았다. 지금 생각하면 큰형이 아버지의 훈계를 얼마나 진지하게 들었는지 의심스럽다. 몸은 허약해도 머리가 좋은 사람이어서, 어쩌면 제 수명이 그리 길지 않으리라는 것도 각오하고 있었을지 모른다. 아버지의 심기를 건드리지 않게끔 처신했지만 실은 자기가 좋아하는 취미에 꽤 오랜 시간을 투자했다. 그 가운데 하나가 그림이었다.

큰형의 솜씨는 보통이 아니었다. 그가 세상을 떠나자 대나무, 참새, 에비스 신_{일본의 칠복신 중 하나로 어업의 신}이 도미를 낚는 그림, 죽림현자 등 생전에 그려놓은 작품을 기꺼이 받아가는 사람이 있었을 정도다. 헤이시로는 그림에 전혀 관심도 없고 감상안도 없지만, 큰형이 묵을 갈 때부터 일찌감치 흥분한다는 사실은 잘 알고 있었으므로 유작을 보면서 나름대로 아파도 하고 안타까워도 했다.

묵화의 소재는 대개 정해져 있으며, 너무 엉뚱한 것을 그려도 별로 환영받지 못한다. 그중에서도 큰형은 달마를 즐겨 그렸다. 눈이 부리부리한 달마부터 미소를 짓는 히메달마_{달마처럼 동글동글하게 생긴 부인상}까지 참으로 다양한 모습과 표정을 그렸다. 그림 속 달마의 얼굴도 이즈쓰 집안과 인연이 있는 누군가를 닮게 그리기도 하고, 지인 가운데 누구라고 꼭 집어 말할 수는 없으나 세상에는 이런 얼굴을 가진 사람이 정말 있지 싶은 표정을 그리기도 해서, 큰형의 재능을 보여주는 수작이 많았다.

그런데 세상을 뜨기 직전에 그린 달마는 매우 험악한 얼굴을 하고 있었다. 달마 한 분이 데굴데굴 굴러가는 모습을 그렸는지 아니면 여섯 분이 저마다 다른 쪽을 쳐다보거나 물구나무를 선 모습을 그렸는지 확실히 알 수 없었지만, 여섯 분의 눈초리가 모두 곱지 않았다.

당시 헤이시로는 형의 폐병이 붓을 통해 종이 위에 꼴을 드러낸 거라고 생각했다. 사람으로 보이지 않을 만큼 섬뜩한 얼굴을 한 달마였다.

그 달마도를 정면에서 바라보면 그림 속에 있는 달마도 보는 이를 마주 노려본다. 그렇게 눈싸움을 하다 보면 이내 마음이 거북해진다. 마주 노려보는 달마의 두 눈은 그냥 미끼일 뿐이고 제삼의 진짜배기 눈동자가 얼굴 어딘가에 숨겨져 있어서, 그림 앞에 있는 사람이 자기를 알아채지 못한 것을 이용하여 악의를 노골적으로 드러내며 차갑고 무섭게 노려보는 양 느껴져서 보는 이는 목덜미가 오싹해지는 심정에 빠지는 것이다.

삐긋한 허리를 부여안고 누워서 오캇피키 니헤이의 장광설을 흘려들으며, 왜 이럴 때 죽은 형이 그린 달마도가 생각날까, 하고 헤이시로는 스스로도 이상하게 여겼다. 두세 번 눈을 껌벅거리고, 내리는 비를 올려다보고, 다시 니헤이의 발랑발랑 잘도 움직이는 입술로 눈길을 돌렸을 때, 문득 눈을 가리던 티끌이 사라지듯 선명하게 깨달았다.

니헤이의 얼굴이 저 섬뜩한 달마도를 닮았던 것이다.

"아하, 그렇군."

헤이시로는 저도 모르게 그렇게 말하고 말았다.

"예, 그렇고말고요, 나리."

니헤이가 대답했다. 헤이시로의 속을 전혀 알지 못하는 니헤이는 헤이시로의 본의 아닌 탄성을 제 이야기에 대한 호응으로 알아들은 모양이다.

"그러니까 허리가 삐끗하는 증세는요, 안 겪는 사람은 평생을 가도 안 겪거든요. 하지만 일단 인연을 맺어 버리면 그땐 얘기가 다릅니다. 못생긴 계집일수록 징그럽게 붙는다는 말도 있지만 꼭 그 격이라, 두 번이고 세 번이고 자꾸 찾아온다니까요."

"저도 조심해야겠네요."

고헤이지가 정색을 하고 대꾸한다.

"아, 이런. 급한 용무로 오셨을 텐데 제가 괜히 방해를 하고 말았네요."

정확하게 따지자면 헤이시로의 주겐 고헤이지와, 헤이시로와 아무 관계 없는 니헤이 사이에는 위아래가 없으니 고헤이지가 고개를 숙일 필요도 없다. 하지만 남 앞에서 자신을 낮추는 버릇이 있는 고헤이지가 고개를 숙이고 공손한 태도를 보이자 니헤이가 기분이 사뭇 좋아진 모양이니, 뭐 그걸로 족하다고 해야 할까.

"그런데 나리."

니헤이가 무릎걸음으로 가까이 오며 엉덩이를 살짝 쳐들었다.

"불편하신데도 불구하고 이렇게 염치없이 댁까지 찾아뵌 까닭은 조금 급한 일이 있어서입니다요."

음, 뭔가, 하고 헤이시로가 심드렁하니 대꾸했다.

"다름이 아니라 후카가와 기타마치의 뎃핀 나가야에 관한 일입니다."

헤이시로가 귀를 후비려고 쳐들던 손을 딱 멈추었다.

긴 그림자 • 217

"뎃핀 나가야?"

"예, 나리도 잘 아실 겁니다. 어느 여자가 하는 간이식당에 자주 들르신다고 하던데요."

오토쿠 이야기다. 하지만 지금 니헤이의 말투는 헤이시로가 오토쿠네 가게에 매일처럼 들러서 감자조림이나 곤약을 맛나게 먹는 일 외에 또 다른 무엇에 빠져 있다는 것처럼 들린다. 고약한 놈.

"오토쿠 말인가? 그 가게 음식이 참 맛있지. 게다가 그 아줌마가 오지랖이 넓어서 뎃핀 나가야의 여자 관리인 같은 구석이 있거든."

헤이시로가 말했다. 자기도 잘 안다는 듯이 니헤이가 고개를 재게 끄덕였다.

"관리인 규베가 도망친 뒤로 벌써 네 달쯤 되었지요. 나중에 온 관리인은 아무짝에도 쓸모없는 애송이고요."

"사키치는 결코 무능한 사람이 아니야."

"허지만 관록이 모자라지요. 저도 방금 만나고 온 참인데, 뭐 사람은 괜찮은지 몰라도 도저히 관리인감은 아니더군요."

"네 구역에는 젊은 관리인이 없나?"

헤이시로는 코털을 뽑으며 물었다.

"전혀 없습죠. 암요, 하늘이 허락하지 않지요."

"그래? 네 구역이 어디지?"

"뭐, 제 구역이라고 하면 좀 주제 넘지만—."

전혀 주제 넘는다고 생각하지도 않으면서 입으로만 그렇게 말한다. 저 빈말은 니헤이 것이냐 니헤이 주둥이 것이냐.

"사가초에서부터 빙 돌아 내려가 쓰쿠다초 근방까지입죠. 하지만 막상 일을 할 때는 그 구역만 가지고는 일이 되지 않습니다. 후카가와 일대 제일 꼭대기에 모시치라는 큰형님이 계시는데, 연세가 많으셔서 하치만 신사 앞 동네는 도미조가 관리하고 있습죠. 저도 열심히 돕고요."

그쪽 사정에 어두운 헤이시로는, 흠, 수고가 많군, 하며 코털을 뽑았다.

"그래서 말씀인데, 후카가와 기타마치는 본래 제 구역 밖입니다만, 후카가와 오캇피키의 일원으로서 그냥 모른 척할 수가 없더군요."

"그 말은 곧 뎃핀 나가야에서 무슨 일이 벌어지고 있다는 것처럼 들리는구나?"

니헤이는 떨떠름하게 웃으며 곁눈으로 헤이시로를 쳐다보았다. 그러니까 더욱 형이 죽기 직전에 그린 달마를 닮았다.

"나리도 참 얄궂으시네요. 잘 아시면서."

"뭘?"

"머리빗 이빨 나가듯 세입자가 하나하나 없어지고 있지 않습니까. 그건 대체 무엇 때문일까요?"

헤이시로는 뭐야, 겨우 그거냐? 하며 웃으려고 했지만 입을 벌리다 하품을 하고 말았다. 웃음이든 하품이든 니헤이의 자못 심각해 보이는 말투에 찬물을 끼얹는 짓이기는 마찬가지이므로 개의치 않고 하품을 즐겼다.

"―무엇 때문이나 마나."

하품을 길게 끌면서 말했다.

"집집마다 사정이 있기는 하다만 다 별일은 아니다. 마침 연달아 빠져나가니까 조금 눈에 띄었을 뿐 그 나가야에는 아무 일 없다."

그리 볼 수는 없죠, 하고 니헤이가 마른 가지 부러뜨리듯 딱 잘라 말했다.

"저도 여러 가지로 조사를 해 봤거든요. 이래 봬도 제법 상세하게 알고 있습니다요."

그 말은 허풍이 아니었다. 규베가 도망쳐야 했던 사정을 시작으로 효심 깊은 오리쓰, 제 발로 찾아온 조스케와 지배인으로 통근하는 젠지로 일가의 관계, 항아리 신앙을 가진 하치스케 일가가 사라진 사건, 바로 얼마 전 오토쿠네 옆에서 떡집을 하던 가족이 이사를 가 버린 것까지 니헤이는 잘 알고 있었다. 아무짝에도 쓸데없는 일들을 용케 열심히 조사해 온 것이다.

"네 말대로 그런 자들이 나갔지."

"그렇지요?"

"하지만 오쿠메처럼 들어온 세입자도 있지 않느냐."

"그 논다니. 그런 계집은 인원수에 넣을 것도 없지요, 나리."

니헤이가 일갈했다.

헤이시로는 코털을 뽑다 재채기를 했다. 형이 그린 달마 그림을 어디다 두었더라? 꺼내서 한번 보고 싶구먼, 정말이지 꼭 닮았단 말이야, 하고 생각하면서.

니헤이는 툇마루에 모로 앉아 지겹다는 듯이 빗방울을 노려보았다.

"저는 영 마음에 걸립니다요."

"집주인이 따로 있는데 네가 왜 걱정이냐. 월세 수입이 조금 줄어들어도 너하고는 아무 상관 없는 일 아니냐."

니헤이는 눈가에 주름을 잡으며 헤이시로를 쳐다보았다.

"바로 그겁니다. 미나토야 소에몬의 꿍꿍이가 과연 뭐냐는 겁니다."

"꿍꿍이?"

"안 그렇습니까. 그렇게 머리에 피도 안 마른 애송이를 관리인이랍시고 앉혀 놓으면 세입자들이 넌더리를 내고 이사를 나가 버릴 것은 집주인이 더 잘 알고 있을 텐데요. 그러니까 나리, 놈은 처음부터 그걸 노린 겁니다."

놈이란 미나토야 소에몬을 두고 하는 말이렷다. 아무리 당사자가 이 자리에 없기로서니 참으로 괘씸한 말본새 아닌가.

"뭐가 꿍꿍이라는 거냐?"

"뎃핀 나가야에서 세입자를 쫓아내는 거 말입니다."

헤이시로는 방금 전 간쿠로가 앉아 있던 제 허리께를 쳐다보았다. 내가 아무래도 고약한 놈한테 희롱당하고 있는지도 모르겠군, 혹시 옆구리에 여우 귀신이라도 붙었나, 하고 생각했기 때문이다. 니헤이인 줄 알고 말을 주고받았는데, 알고 보니 상대가 돌로 만든 지장보살이었다거나.

"나리, 왜 그러십니까? 파리라도 있습니까?"

알뜰하게도 참견하는 니헤이에게 눈길을 돌리니 날랜 눈초리로 헤이시로를 따갑게 쳐다보고 있다. 역시 니헤이는 니헤이일 뿐 지장보살일 리가 없다. 하기야 이런 지장보살이 있다면 밧줄로 묶어 강

긴 그림자 · 221

물에 던져 버리고 싶겠지.

헤이시로는 허리를 문질렀다. 이 대목에서 몸을 일으켜 니헤이의 요상한 말을 제대로 반박해 주고 싶었지만, 암만해도 움직일 수가 없다.

"하지만 네 말이 황당하구나. 제 손으로 세입자를 몰아내는 주인이 어디 있느냐. 더구나 지금까지 있었던 세입자의 도주나 이사가 모두 소에몬이 꾸민 일이라니, 일을 너무 복잡하게 생각하는 거 아니냐."

그렇게 말하는 헤이시로의 머리 한쪽에 문득 스치는 생각이 있었다.

하치스케 일가의 항아리 신앙이 거짓 같다고 했겠다. 더구나 항아리 신앙이 시작된 곳이 바로 미나토 상회였다. 니헤이가 지금 한 말이 맞다면 하치스케 일가는 소에몬이나 미나토 상회 관계자한테 항아리 신앙에 미친 척하다가 뎃핀 나가야를 뜨라는 언질을 받았다는 말이 된다. 그럴 경우 하치스케가 시키는 대로 따르도록 미나토 상회 측에서 새집을 구해 줄 터이니 셋집 걱정도 할 필요가 없다.

아귀가 딱딱 맞지 않는가.

다른 세입자 건에도 같은 이야기를 적용할 수 있을까? 가련한 오리쓰와 빚을 잔뜩 짊어진 아버지 곤키치를 보자. 그를 노름판으로 끌어들인 자가 미나토 상회 쪽 사람이었다면—.

조스케에게 친부 젠지로가 뎃핀 나가야에서 산다고 일러 준 이가 미나토 상회 쪽 사람이라면—.

이번에 나간 떡집의 경우도 미나토 상회 쪽 사람에게 설득당해서 다음 셋집을 보장받고 이사를 나갔다면—.

그러나, 그래도 의문은 남는다. 니혼바시의 시라기 상회17세기 중반에 창립된 포목점으로, 현 도큐 백화점의 전신가 정월에 가게 앞에 장식하는 거울떡정월 기간에 거울처럼 둥글납작하게 생긴 찰떡에 각종 장식을 붙여서 가정이나 가게마다 장식하여 복을 비는 관습이 있다보다 커다란 의문이다.

그렇게까지 해서 세입자를 내보내면 소에몬에게 어떤 득이 있을까? 목적이 뭐냔 말이다.

아, 그것인가, 하고 헤이시로는 이마를 쳤다. 니헤이도 그걸 모르겠다고 말하나 보다. 다만, 이치상으로는 아귀가 딱딱 맞더라도 소에몬이 그렇게 목적이 분명치 않은 일을 벌일 리가 없다는 것이 헤이시로의 생각이라면, 니헤이는 소에몬이기 때문에 틀림없이 뭔가 꿍꿍이가 있으리라 생각하는 것이다.

"너, 미나토야가 어지간히 싫은 게로구나."

니헤이는 허를 찔렸는지 흠칫하며 눈을 크게 떴다.

"아뇨, 그게 아닙니다."

"무슨 원한이라도 있느냐?"

"처, 천만에요. 무슨 그런 말씀을."

"집주인이 세입자를 쫓아내고 싶을 만한 상황이 절대로 있을 수 없다고는 말하지 않겠다. 그런 일도 있을 수 있겠지. 그 땅에다 싸구려 나가야가 아니라 월세를 더 받을 수 있는 좋은 건물을 짓고 싶다든지 말이야."

"하지만 관청에서 지켜보고 있으니 함부로 쫓아낼 수도 없지요."

"그렇지. 그래서 일을 꾸몄다?"

"그런 게 아니겠습니까?"

헤이시로는 웃었다.

"미나토야는 대단한 부자다. 그런 짓을 꾸미느니 세입자들에게 돈을 쥐여 주고 이사 들어갈 집도 알선해서 얌전하게 끝내겠지."

"그 돈이 아깝다면요? 그래서 세입자들이 제 발로 걸어 나가도록 일을 꾸민 겁니다."

니헤이도 지지 않는다.

물론 그렇다면 헤이시로가 방금 머릿속에서 그려 본 그림이 망가지고 만다. 공공연하게 내쫓든 은밀한 음모를 꾸미든 하치스케 일가나 떡장수 일가의 이주를 설명하려면 역시 어느 정도는 돈이 들 테니까.

"미나토야가 그만한 돈을 아까워할까?"

"그럼 돈 문제가 아닌 게지요. 여하튼 세입자를 내보내고 있습니다요. 더구나 자기가 세입자를 내보내고 있다는 사실을 세상 사람들이 모르게끔 처리하고 싶은 겁니다. 그런 거예요, 나리, 틀림없습니다요."

니헤이는 침을 튀기며 말했다.

헤이시로는 니헤이를 빤히 쳐다보았다. 자세를 바꾸지 않고 내내 그를 상대하느라 조금 피곤해졌다.

"네가 생각을 너무 복잡하게 하는구나."

"하지만 나리—."

"미나토야는 그렇게 한가하지 않아. 너도 그리 한가한 처지는 아닐 텐데. 괜한 조사는 그만둬라."

마무리로, 아이고 허리야, 하고 신음 소리를 내자 니헤이는 마지못해 엉덩이를 쳐들었다.

"그렇다면 나리는 정말 아무것도 모르시는 거군요."

"모른다."

하지만 저는 그냥 보고 있을 수 없습니다요, 뭐든 알아내면 다시 찾아뵙겠습니다, 하고 니헤이가 마침내 물러갔다. 헤이시로는 잠시 넋을 놓고 있다가 고헤이지를 불렀다.

"무슨 일이신지요."

"돌아누워야겠으니 좀 도와다오."

예, 예, 하며 고헤이지가 다가왔다. 영차, 하고 돌아누우며 헤이시로가 물었다.

"고헤이지, 무슨 냄새 안 나냐?"

"예? 장마철이니 뒷간 냄새가 좀 나겠지요."

얼굴이 동그란 주겐은 개처럼 허공으로 턱을 쳐들고 콧구멍을 벌름거렸다.

"그렇지? 원망과 증오가 똥통에 쌓여서 썩으면 코를 찌르는 악취가 나겠지?"

"예?"

헤이시로는 머릿속으로 벌써 니헤이가 왜 소에몬에게 앙심을 품게 되었을까를 생각하고 있었다.

사흘 뒤 헤이시로는 가까스로 허리를 펴고 걸을 수 있게 되었다. 다만 고안 선생의 권유로 당분간은 지팡이를 짚고 다니기로 했다.

막상 지팡이를 짚으니 갑자기 늙어 버린 기분이 들어 남우세스러웠지만, 그래도 덕분에 안심하고 걸을 수 있을 듯했다. 다행히 장맛비 사이로 푸른 하늘이 드러난 날이라 우산도 필요 없었고 발 디딜 곳도 말라 있었다.

니헤이 건도 있고 해서 다른 곳보다 먼저 뎃펀 나가야에 가 보았다. 사키치는 나가야 주민을 이끌고 장맛비에 망가진 지붕을 수리하느라 경황이 없었다. 머리 위로 간쿠로가 날고 있다.

"나리, 허리는 좀 괜찮으신가요?"

"그래. 오토쿠는 좀 어떤가?"

"그 뒤로 가게 문을 열지 않고 있지만 몸은 많이 좋아진 모양입니다. 오쿠메 씨가 간병을 잘해 주고 있습니다."

"그거 기특하군. 하지만 계속 문을 닫고 있으면 어떻게 먹고살려고."

"오토쿠 씨라면 괜찮을 겁니다. 만일을 대비해서 꽤 모아 두었을 걸요."

헤이시로는 사키치의 집에서 기다리며 조스케가 제법 야무진 손놀림으로 끓여 준 차를 마시고, 고헤이지가 아이의 습자를 도와주는 모습을 곁눈으로 보고 있었다. 지붕 수리에는 일감을 찾지 못한 남정네들과 완력 좋은 아낙들이 모두 나선 듯하다. 의외로 사키치의 인망도 그리 나쁘지 않은 모양이라고 생각하니 마음도 흐뭇해졌다. 사실 수리를 한다 수선을 한다 할 때는 자리에 앉아 이래라저래라 손가락질하며 훈수만 두는 노인네보다 앞장서서 움직여 주는 젊은 관리인이 세입자들에게는 더 믿음직스럽겠지.

마침내 돌아온 사키치는 개운한 표정으로 땀을 흘리고 있었다. 최근의 우울한 인상도 오늘은 싹 가신 모습이다. 역시 모두들 힘을 모아 주니 기분이 좋은 모양이다.

헤이시로는 니헤이 건을 꺼냈다. 사키치는 먼저 사죄부터 했다.

"죄송합니다. 간쿠로 편에 그렇게 알쏭달쏭한 글을 보내서."

"참으로 용한 까마귀 아니냐."

"똑똑합니다. 하지만 보내고 나서 후회했습니다. 조금 성급했나 해서요. 아무리 니헤이 행수의 소문이 나쁘다 해도 나리 댁으로 찾아가는 이상 중요한 용건일지도 모르는데, 제가 주제넘게 나섰던 것 같습니다."

헤이시로는 놀랐다.

"니헤이의 소문이 나쁘다고?"

이번에는 사키치가 놀란다.

"모르셨습니까?"

"나는 오캇피키를 쓰지 않으니까. 하지만 그자의 소문이 나쁘다면 대강 짐작은 가는구나. 얼굴을 보니까 자기를 제외한 모든 사람들을 죄 덴마초^{대형 감옥이 있던 자리}에 처넣어야 직성이 풀리겠다는 눈매를 하고 있더군."

그렇습니다, 하고 사키치가 대답했다. 얼굴이 문득 어두워진다.

"그 행수는 소싯적에 이런저런 고생이 많았던 모양인데, 그런 분 답지 않게 이해심이 없고 턱없이 독하기만 하달까……. 조금만 이치에 어긋나는 일이나 장난 비슷한 사소한 잘못이라도 일단 눈에만 띄면 용서가 없답니다. 용서는 고사하고 먼지 털듯이 탈탈 털어서 중

죄인으로 만들어 낸다는 소문이 자자합니다."

"그자가 너한테 왜 찾아왔느냐?"

사키치는 어깨를 으쓱했다.

"잇달아 세입자를 놓치고 있는데 대체 무슨 까닭이냐고요."

"미나토야로부터 명을 받고 일부러 그러는 거냐고 묻더냐?"

그렇게 생각해서인지 사키치가 흠칫 긴장하는 듯 보였다. 대답이 얼른 돌아오지 않는다.

"나한테는 그렇게 말하던데. 미나토야한테 세입자를 쫓아내고 싶어 할 만한 속사정이 있을 거라고. 그게 뭔지 확실하게 밝혀 내겠다고 기세가 등등해서 돌아가더군."

마침 그때 조스케가 벼루에 소매가 걸려서 먹물을 엎고 말았다. 이런, 하며 고헤이지가 걸레를 가지러 갔다. 그 틈에 사키치는 헤이시로 곁을 떠났다. 헤이시로는 그가 방금 나누던 화제를 피하고 싶어 한다는 것을 느끼고 일단은 이야기를 그만두기로 했다.

"뭐, 너무 걱정하지 마라."

접이식 밥상을 닦고 있는 등을 향해 말하고 밖으로 나섰다. 오토쿠네 가게에 들러 보니 문이 닫혀 있다. 헤이시로의 기척을 듣고 나온 오쿠메기 오토쿠는 안에서 자고 있다고 일러 주었다. 그녀는 빨랫감을 한아름 안고 있었다.

"오토쿠 씨가 식은땀을 흘리면서 자요."

"그거 별로 좋지 않은걸."

"하지만 이제 밥을 먹게 되었어요. 한시름 놓았죠. 허리는 어떠세요, 나리?"

"이제 괜찮다."

"다행이네요. 남자는 허리를 다치면 세워야 할 때 못 세우잖아요."

"네년이 만날 그렇게 허튼소리나 하니까 오토쿠한테 미운털이 박혔지."

오쿠메는 주눅 드는 기색도 없이 깔깔 웃었다. 헤이시로가 나가야 출입구 쪽으로 걷기 시작하자 허리에 손을 받치고 잠깐 바라보다가 집 안으로 들어가더니 이내 뜀박질로 쫓아온다.

"저기요, 나리. 그 지팡이, 짧아서 못쓰겠네요."

아닌 게 아니라 조금 짧다 싶었다.

"이거 어때요? 더 낫지 않아요?"

그녀가 내민 몽둥이를 짚어 보니 과연 안성맞춤이다. 그러나 어디서 본 듯하다.

"이건 뭐냐?"

"오토쿠 씨네 문에 지르던 거예요."

덕분에 헤이시로는 이후로 들른 곳마다 의아해하는 시선을 받게 되었다.

"이즈쓰 나리, 봉술 훈련이라도 시작하셨습니까?"

고개를 갸웃거리며 물은 사람은 후카가와 대행수 오캇피키 모시치의 최고참 수하 마사고로였다. 모시치는 올해로 미수가 되었다. 머리는 여전히 팔팔하지만 아무래도 몸놀림이 둔해져서 십 년 전부터 모든 일은 마사고로가 모시치를 대리해 왔다.

헤이시로는 그를 잘 모르지만 상대는 핫초보리 나리를 자세히 알고 있었다. 헤이시로는 정중한 안내를 받았다. 나름대로 갖출 것은 다 갖춘 집으로, 뜰도 있었고 한길에 면한 일층에서는 메밀국숫집을 하고 있었다. 마사고로의 아내가 꾸리는 가게로, 고헤이지 말에 따르면 이 가게의 맛간장은 후카가와에서 제일 진한 국물로 만든다고 한다.

모시치가 거느린 수하도 열 명을 밑돌지 않을 것이다. 모두 이 집에서 생활하지는 않지만 그만한 인원이 출입하므로 늘 북적댄다.

가게 일이 바쁠 텐데도 마사고로의 아내는 다과를 들고 나와서 인사를 하고 잠시 환담을 하다가 나갔다. 마사고로는 마누라가 너무 수다스러워서 못쓰겠다고 하지만 헤이시로는 저만하면 나무랄 데 없는 부인 아니냐고 진심으로 부러워했다.

"그나저나 참 뜻밖입니다. 나리는 저희 같은 놈들하고는 인연을 맺지 않는 분인 줄 알았습니다. 무슨 일이 있습니까?"

마사고로가 입을 열었다. 헤이시로는 음, 하고 신음 소리를 냈다.

"자네 큰형님한테 묻고 싶은 게 있어서네."

"이걸 어쩝니까. 큰형님은 지난달 온천 치료차 하코네에 가셨습니다. 요즘 제대로 걷지를 못하셔서요."

제가 보탬이 돼 드릴 일은 없습니까? 하고 마사고로가 조심스레 물었다. 헤이시로는 잠시 고민했다.

모시치가 믿을 만한 사람이라는 데 딴죽 걸 사람은 부교쇼에 없다. 그가 긴자金座, 에도 막부가 금화를 주조하던 관청으로 현 일본 은행 터에 있었다의 천칭 저울보다 믿을 만한 사람이라는 평판은 내내 들어 왔다. 그 큰형님이 키운 큰아우라면 역시 신용해도 좋을 것이다. 헤이시로는 마음을 굳히고 밝히기로 했다.

"사가초의 오캇피키 니헤이와 쓰키지의 미나토야 소에몬 사이에 묵은 원한이 있는 건 아닐까 해서 말일세. 뭐 좀 아는 거 없나?"

아하, 하고 마사고로는 알아들었다는 소리를 냈다. 짝 하고 손뼉을 친다.

"나리, 그런 묵은 이야기라면 모르는 게 없는 자가 있습니다."

"지금 여기 있나?"

"예."

마사고로는 가뿐하게 일어나 당지 바른 장지를 열고 밖에다 소리쳤다.

"어이, 짱구야. 잠깐 이리 들어와라."

"짱구?"

마사고로는 다시 정좌를 하면서 웃었다.

"일단 먼저 만나 보시지요."

조금 있다가 찰싹찰싹 발소리가 다가왔다. 실례합니다, 하는 소리가 나더니 장지가 스르륵 열린다. 그러자 문밖에 정말로 이마가 툭 튀어나온 아이가 앉아 있었다.

나이는 열두 살이나 되었을까. 귀엽고 매끈한 얼굴을 가진 소년이다. 얼굴 생김도 몸매도 배우처럼 균형이 잘 잡혔다.

그런데 이마가 훤하다. 이상하리만치 넓다.

"이 아이가 짱구라는 아이입니다."

마사고로의 재촉에 소년이 꾸뻑 고개를 숙여 인사했다.

"잘 부탁드립니다."

헤이시로는 맥이 풀려서 입을 멍하니 벌렸다.

"부모가 지어 준 이름은 산타로三太郞입니다."

마사고로가 말한다.

"셋째 아들입니다."

소년이 받아서 말했다.

"짱구라고 해야 더 쉽겠구나."

"네."

소년은 웃는 얼굴로 고개를 끄덕였다.

"그런데 이 짱구가 무엇을 한다고?"

"저희 큰형님이 아무리 대단하셔도 신선은 아닙니다. 언젠가 천수를 다하시겠지요. 그래서 기억이 온전하실 때 훗날을 위해 남겨 두는 것이 좋은 이야기들이나 사람 이름, 이런저런 사건들을 전부 이 아이에게 기억시켜 두셨습니다."

"네, 그렇습니다. 저는 기억력이 좋습니다."

소년이 고개를 끄덕인다.

"짱구야, 나리께서 물으신다. 사가초의 니헤이와 쓰키지의 미나토야의 관계에 대하여 큰형님한테 무슨 말씀을 들어 둔 게 있느냐?"

"네, 있습니다."

"있어?"

헤이시로가 몸을 앞으로 내밀었다.

"예. 산더미처럼 많습니다."

이윽고 짱구의 이야기가 시작되었다.

4

이야기는 삼십 년 가까이나 거슬러 올라간다.

미나토야 소에몬은 한 재산을 이루기 전의 내력이 그리 분명하지 않은 사람이다. 그것은 헤이시로도 알고 있다. 그래도 사람 일이므로 먹으로 까맣게 덧칠해 버린 것처럼 아무것도 알 수 없는 것은 아니다. 본인이 제 입으로 말하거나 옛 지기가 말하거나 해서 조각조각이기는 해도 과거 모습을 조금은 확인할 수 있다.

이참에 말해 두지만 그의 이름이 처음부터 소에몬이었던 것은 아니다. 젊을 때는 그때그때 다른 이름을 가려 썼던 모양이다. 언젠가는 한몫 잡겠다고 여기저기 일자리를 찾아 떠도는 자들에게는 그리 드문 일도 아니다. 다만 그런 자들 중에서 정말로 소에몬처럼 한몫 단단히 잡는 자가 나오는 경우는 거의 없다. 실은 그가 범죄자였다거나 주인 일가를 몰살하고 재산을 가로채서 도망친 배은망덕한 점원 출신이라는 소문이, 잊을 만하면 생각난다는 듯이 종종 나도는 것도 그런 이유 때문이다.

젊은 시절 사용하던 이름은 소이치로總一朗라고 하는데, 이는 소에몬 본인도 인정했다. 總 자를 宗으로 바꾸면 장남 이름이 된다는 점을 봐도 이 말은 거짓이 아닌 듯하다. 짱구 산타로가 들려주는 내용은 소에몬이 소이치로였던 이십 대 중반 시절의 이야기다.

"그때 소이치로는 혼고 3초메 요로즈 상회라는 가게에서 일하고 있었더라."

짱구는 혀 짧은 소리지만 묘하게 애교가 있는 말투로 이야기를 시작했다.

"요로즈 상회 주인은 창업주의 아들이고, 이 가게는 본래 종이를 파는 가게인데, 아들 대에 가게를 절반으로 나눠 한쪽에서 차도 팔게 되었더라. 두 물건이 다 습기를 저어하니 낯설지 않게 다룰 수 있겠더라. 그는 수완이 좋아 차 장사에서도 금세 번창하니 요로즈 상회는 일손이 달릴 지경이 되었겠지. 하여 점원을 새로 들이는데 그 중에 소이치로가 있더라. 얼른 일손으로 들이려고 보증인도 필요없다 소개장도 번거롭다 하며 채용한 점원이었더라. 소이치로는 점원 노릇이 처음이 아닌지 젊은 사람치고 일손이 익었겠지. 게다가 가게 일도 한눈에 배우고 주판도 척척 놓고 손님 기분도 알뜰하게 맞춰 주니 뜻밖에 좋은 일꾼을 얻었다면서 2대 주인이 소이치로를 애지중지 받들더라. 하여 고용한 지 반년 만에 관리자로 지명하고 선대부터 일해 온 총지배인 곁에서 일하도록 승진시켰으니 주인이 그를 얼마나 사랑했는지 안 봐도 알 일이로다."

흐음, 흐음, 하며 헤이시로는 연신 고개를 끄덕였다. 흡사 군기물 낭독이라도 듣고 있는 사람 같다. 마침 그때 마사고로 부인이 차를 갈아 주어 더운 차를 마실 수 있었다. 이러니 더욱 소극장에 손님으로 앉아 있는 기분이 든다.

"요로즈 상회 주인은 선대부터 해 온 종이 장사보다 차 도매 쪽이 더 벌이가 좋을 만큼 크게 성공했더라. 그리 되자 고참 점원이 많은 지업소와 신참이 많은 차 도매 쪽이 아무래도 아웅다웅 다투게 되겠지. 허나 양쪽 지배인이 산전수전 다 겪은 점잖은 사람들이라 공연한 일로 철없이 으르렁거리지 않더라. 이럴 때 서로 멱살 쥐고 시끄럽게 악을 쓰는 것은 대체로 젊은 것들이게 마련이지."

드문 일도 아니다. 그런데 짱구 소년의 암송에는 가락이 붙어 있을 뿐 아니라 본인도 음정의 고저에 따라 몸을 위아래로 건들건들 흔든다. 듣고 있는 헤이시로 역시 저도 모르게 덩달아 몸을 흔들 것 같다.

마사고로는 어떤가 하고 보니 그는 이미 익숙한지 팔짱을 끼고 바위처럼 정좌해 있다. 상당한 관록이 엿보인다.

"사람들이 무리지어 다툼을 벌이려고 할 제는 쌍방에 반드시 우두머리 되는 자가 나서는 법."

짱구 산타로는 흥겨운 얼굴로 억양을 붙여가며 계속했다.

"다들 짐작하는 대로 차 도매 쪽 우두머리는 소이치로더라. 똑똑한 젊은이요 2대 주인의 신임도 두터우니 모두들 그를 내세우는 데 이견이 없더라. 한편 지업소 쪽에서 우두머리로 나선 자를 보니 소이치로보다 두 살 위에다 개구쟁이 때부터 요로즈 상회 밥을 먹었다는 왕고참 니헤이라는 중간 관리자더라."

"어이, 잠깐만. 그 오캇피키 니헤이 말이냐?"

헤이시로가 놀라서 말허리를 잘랐다.

낭송을 계속하려고 호흡을 가다듬던 짱구 산타로가 그만 입을 닫고 말았다. 대신 마사고로가 대답했다.

"그렇습니다, 나리. 지금은 잠시 참으시고 더 들어 보시기 바랍니다."

"추임새는 필요 없다는 말인가?"

"예, 송구하오나 그리 해 주시면 좋겠습니다."

마사고로는 머리를 한 번 꾸뻑 숙이고 나서 산타로에게 턱짓을 했다. 짱구는 호흡을 가다듬고 다시 거침없이 읊기 시작했다.

"헌데 이 소이치로와 니헤이를 견줘 보니 서로가 꼭 닮은 젊은이라, 둘 다 영특하고 물건도 잘 파니 누가 으뜸이고 누가 버금인지 가리기 힘든 인재로다. 다만 하나, 니헤이가 소이치로를 당하지 못하는 것이 딱 하나 있으니, 그것이 바로 인망이라는 것이다. 소이치로는 남자 여자 가릴 것 없이 두루 인망이 깊으니, 이 역시 영특함의 소치 아니겠는가. 필경 영특함을 드러내는 요령이 윗길이었더라. 그는 주인의 총애를 받아도 우쭐대지 않고, 빈둥대거나 몸을 사리지 않고 앞장서서 일하더라. 남을 위해 주고 살필 줄 아는 사람이더라. 대저 사람은 머리만으로는 아무것도 못하느니, 발이 까딱하지 않으면 앞으로 가지 못하고 손이 까딱하지 않으면 밥 한술 떠먹겠는가."

어디 미나토야 소에몬만 그럴까. 남 위에 서는 자, 남을 부리는 자는 다 마찬가지다. 헤이시로도 그 정도는 안다. 그렇기 때문에 그 번거롭기 짝이 없는 자리를 맡고 싶지 않아서, 위에서 강제로 할당한 고헤이지 한 명만 데리고 다니며 몸을 바짝 낮추고 건들건들 지내는 것이다.

"허니 니헤이가 이 이치를 모르더라."

산타로는 문득 목소리를 묵직하게 낮추었다.

"무슨 말인고 하니, 머리는 똑똑하되 그저 머리 똑똑한 거 하나밖에 없는 자들이 종종 범하는 잘못이 있으니, 니헤이란 자는 부하 점원들을 머리끝부터 발끝까지 무시하더라. 가게 안에서는 물론이요 온 나라에 자기보다 눈 밝은 자가 없고 자기보다 잘난 자가 없다고 생각하며 살았으니 상대가 누구든 항시 함부로 대하더라. 어디 그뿐인가, 머리는 좋되 인망 없는 자가 늘 그러하듯 누가 칭송을 들으면 미운 점을 들어 반박하고 배배 꼬인 이치로 타박하니 모두들 속으로 끔찍이 싫어하고 두려워하겠지. 니헤이가 지업소 점원들의 우두머리로 나선 것도 물론 그에게 그만한 깜냥이 있어서겠으나 실은 모두들 그를 저어하여 불평 한마디 못했기 때문이더라."

상황이 그러하니 처음 얼마 동안은 들개마냥 함부로 물어뜯기만 하던 지업소와 차 도매상의 대립도 점차 양상이 이상하게 변해 버렸다고 한다.

"다툼이 거듭될수록 이쪽과 저쪽은 사이가 점점 험악해지지만 뒤집어 보자면 그만큼 건너편 우두머리를 알 수 있는 기회도 늘어나기 마련, 지업소 점원들 사이에 소이치로의 상술과 인품에 끌리는 기미가 시나브로 생겨나더라."

요로즈 상회 주인은 이를 가게 내부의 알력을 단숨에 제거해 버릴 절호의 기회로 삼았다.

"놀랍게도 2대 주인은 지업소와 차 도매상의 우두머리를 뒤바꿔 버렸으니, 소이치로를 지업소로 보내고 니헤이를 차 도매상으로 보냈더라. 주인의 계산은 참으로 매끄럽게 들어맞았더라."

뒤바꾸고 두 달이 지나기 전에 지업소의 완고한 반 소이치로 파 점원들이 마침내 그에게 완전히 승복하면서 다툼이 잦아들고 말았다는 것이다. 그것으로 끝났다면 더없이 축하할 만한 일이지만, 상황은 그리 쉽게 끝나지 않았다.

"다른 불씨는 다 꺼졌지만 골치 아픈 불씨가 딱 하나 남았으니."

이제는 그저 눈엣가시로 추락해 버린 니헤이가 바로 그것이다.

"눈엣가시 같은 자가 공연히 미움받을 짓만 거듭하는 것은 마음이 외로운 탓. 원래 똑똑한 니헤이건만 그런 이치만은 아무래도 터득하지 못했으니, 이리 끼어들어 미움받고 저리 끼어들어 또 미움을 받는구나. 한편 소이치로도 제대로 하자면 이쯤에서 니헤이에 대한 점원들의 앙심을 풀어 주고 다독여 줘야 마땅하고, 똑똑한 사람이니 그 정도는 당연히 알고 있을 터. 헌데 아무 짓도 하지 않고 팔짱 끼고 구경만 하더라. 하기야 젊은 사람이니 그도 역시 니헤이한테 뒤틀린 구석이 있는지라 너 한번 당해 봐라 하는 심보도 있었겠지."

충분히 알 만하다. 꼭대기에 있는 자라도 밑에 있는 자들이 모두 제 편이 되었다면 얄미운 놈을 한번쯤 골탕 먹이고 싶어지는 것도 인지상정이다.

"애초에 점원이 쉰 명 백 명 되는 커다란 가게도 아니므로 두 편으로 갈라져서 다투는 형세보다 미운 놈 하나를 놓고 모두들 우르르 몰려들어 꼬집어 대는 형세가 주인 눈에는 훨씬 안전할 터이니 니헤이에게 요로즈 상회는 바늘방석이 되고 말았더라. 그렇지만 니헤이도 지고만 있지는 않아서 때를 노려 역습을 하더라. 그래서 다시 동료들의 앙심을 사서 험악한 관계가 생겨나고 말았으니—."

어느 날 소이치로는 제법 좋은 생각을 떠올렸다. 니헤이가 자부하는 명석한 두뇌를 역이용해서 호되게 혼을 내 주자는 것이다. 된통 당하면 천하의 니헤이도 기가 죽어서 스스로 가게를 떠날 거라고 생각했다.

"요로즈 상회 현금 출납은 2대 주인과 총지배인 단 두 사람이 담당하였으니 소이치로가 제 아무리 신임이 두터워도 들춰 볼 수 없는 부기 장부가 있었더라."

이제 니헤이는 소이치로보다 먼저 그 중요한 장부를 볼 수 있는 자리에 오르는 것을 목표로 삼고 있었다. 하지만 총지배인도 소이치로를 더 신임하고 있었기 때문에 그것은 애초에 가망 없는 야망이었다. 하지만 가망이 희박하기에 더 악착같이 매달리고 반드시 성공해 보이겠다고 버티는 것이 니헤이의— 아니, 인간의 어리석음 아니겠는가.

"소이치로는 제 수하들과 함께 새하얀 치부책을 하나 준비하고 그 안에 아무 내용도 쓰지 않은 채 겉표지에만 그럴듯하게 손때를 묻혀 마치 매일 만지는 치부책처럼 꾸며 놓더라. 그래 놓고 가라사대 가게의 '비밀 장부'요, 가라사대 총지배인님도 모르고 주인님밖에 모르는 중요한 장부라 하더라. 그것을 소이치로가 몰래 **빼내서** 가게 살림과 거래 상황을 낱낱이 조사하는 척하더라."

소이치로에 대한 앙심으로 똘똘 뭉쳐 있던 니헤이는 이 미끼를 덥석 물었다. 여럿이 하나를 속이는 것은 고약한 짓이지만 재미난 짓이기도 해서 점원들은 하나같이 참으로 능숙하게 연극을 했고, 딱한 니헤이는 꼼짝없이 걸려들고 만다.

"소이치로와 그 패거리들은 알맹이 없는 치부책이 니헤이 손에 들어가지 않도록 조심하되 다만 어디에 감추고 있는지만을 니헤이에게 슬쩍 흘려 주더라. 장부가 감춰진 자리를 확인한 니헤이, 기세가 등등하여 2대 주인에게 달려가 그 사실을 일러바치니—."

주인 입장에서도 가만있을 수는 없었다. 무슨 일이냐며 놀라는 소이치로를 꼼짝 못하게 해 놓고 문제의 장부를 끄집어내서 펼쳐 보았다.

"그런데 그냥 하얀 백지밖에 없지 않은가."

처음부터 백지였으니 당연한 일이다.

"낯이 새파랗게 질리는 니헤이. 가라사대 귀신이 곡할 노릇일세. 허나 소이치로 놈들이 그렇게 몰래 소곤거렸으니 내 의심이 근거가 없지만은 않다고 우기더라. 물론 그렇긴 하지. 그러나 소이치로는 영리한 자라 그런 물음에 대해서도 답변을 미리 준비해 놓았으니, 새하얀 장부에 몇 자를 끼적끼적 해 두었던 것이라. 그리고 아뢰기를, 이것은 우리 점원들에게 글을 가르쳤던 것이오, 다만 제가 누굴 가르치고 있네, 하고 잘난 척하고 싶지 않아서 은밀히 하고 있었소 하더라."

헤이시로는 으음, 하고 신음 소리를 냈다.

"요로즈 상회 2대 주인은 소이치로의 말을 믿더라. 주인은 니헤이를 야단치는 것으로 끝냈으나 니헤이는 열흘도 못돼 소이치로가 짐작한 대로 인사도 없이 사라지더라. 사람들의 웃음거리가 되었으니 더는 버티고 있기가 힘들었겠지. 딱하게 되었지만 절반은 자업자득이더라."

소이치로는 역시 영리하게도, 그 반년쯤 뒤에 요로즈 상회를 그만두었다.

"이제 요로즈 상회에서 배울 것은 다 배웠다. 더 큰 가게로 옮길 때다. 속으로는 이렇게 생각했겠지. 게다가 니헤이를 그렇게 골탕 먹여서 당장은 모두들 배꼽 잡고 웃었지만, 점원들도 본성부터 악한 자들은 아니므로 점차 뒷맛이 고약해지더라. 소이치로 인망에도 금이 가지 않은 것은 아니었으니, 이런 가게에는 오래 있지 않겠다고 생각했을 터. 참으로 현명하지 아니한가."

현명은 하다만 나는 별로 마음에 들지 않네, 하고 헤이시로는 생각했다. 생각을 그대로 입 밖에 내자 마사고로가 허허, 하고 웃었다.

"그렇습죠. 저도 세상살이에 조금쯤 서툰 사람이 마음에 둡니다."

"뭐, 처세에 빠른 놈이야 나처럼 쓸모없는 자가 저를 좋아하든 미워하든 신경도 쓰지 않을 테니 어쨌거나 마찬가지일 테지만."

"무슨 말씀을요."

마사고로는 꽤 재미있어하는 모습이다.

"이야기는 잘 들었다."

헤이시로는 짱구에게 웃음을 지어 보였다.

"하지만 꽤 오래전 이야기인데다가, 듣고 보니 생사가 걸린 일도 아니고 조금 도가 지나친 장난일 뿐이었는데 그걸 여전히 마음에 두고 있다니 니헤이도 징그럽게 집요한 놈이구나. 좀 오싹하구먼."

마사고로의 후덕하게 생긴 얼굴이 문득 어두워졌다.

"사실 나리 말씀이 맞습니다. 정상적인 인간이라면 그런 일로 잠시 좌절할 때 자신을 돌아보고 그것을 양분 삼아 똑바로 살아가려고 하겠지요. 그런데 공교롭게도 니헤이는 그런 인간이 아닙니다. 분에 겨워 그랬겠지만 요로즈 상회를 나온 뒤로 거칠게 살았던 점도 있어서 실패를 거듭했다고 합니다. 이것도 다 요로즈 상회를 때려치운 탓이다. 요로즈 상회에만 있었어도 내 인생이 달라졌을 텐데, 하는 식으로 계속 꿍하게 생각하고 있는 모양입니다."

헤이시로는 으음, 하고 신음 소리를 냈다.

"니헤이가 오캇피키가 된 것은 결국 죄인의 몸이 되었다가— 흔히 볼 수 있는 그런 과정을 밟은 건가?"

마사고로는 힘을 빼고 있던 등을 쭉 펴서 자세를 고치고 목소리를 낮추었다.

"예. 나리께서 저희 같은 놈들을 달가워하시지 않는다는 것은 큰 형님 말씀을 통해서도 알고 있습니다. 그러므로 니헤이가 오캇피키가 된 전말이나 그 이후 그자의 품행 따위에 대해서는 길게 말씀드리지 않겠습니다. 다만 니헤이라는 자는 막부를 돕는 자로서 과연 저래도 되나 싶은 짓들을 참 많이 저질렀습니다."

"이를테면 어떤 짓 말인가? 뇌물을 받는다든가—."

마사고로는 고개를 저었다.

"그렇게 자잘한 것까지 꼽자면 한이 없죠. 한마디로 간단히 말씀드리자면 약자를 괴롭힌다는 겁니다."

헤이시로는 낯을 찡그렸다. 완쾌된 허리가 다시 삐끗한 듯한 기분이다.

"저희가 하는 일은 부교쇼 나리들을 지원하는 것일 뿐 저희한테는 아무런 권한도 없지 않습니까. 죄인을 다스리는 것은 저희가 할 수 있는 일이 아니지요. 다스리기는 고사하고 방금 나리께서 말씀하셨듯이 저희 패에는 소싯적 죄인이었던 자들도 섞여 있으니까요. 나쁜 짓을 저지르는 자를 만나더라도 쉽게 말하면 동무를 만난 거나 다름없지요."

마사고로가 이렇게 건실하게 말하고 있지만 그의 과거에는 과연 어떤 일들이 있었을까, 하고 헤이시로는 문득 생각했다.

"물론 저희는 나리 같은 관리의 수하이므로 무슨 일에서나 나리들의 명령에 따릅니다. 다만 죄 지은 자가 너무 딱하거나 그런 죄를 저지를 만한 피치 못할 사정이 있을 때는 그 점을 나리들께 고해서 최대한 살살 다뤄 달라고 부탁드리기도 합니다. 항간에 넘치는 자잘하고 하찮은 일들에 대해서라면 나리들보다 저희가 더 잘 아는 경우도 있고요."

"그건 그렇지, 맞는 말이다."

돌이켜 보면 뎃핀 나가야 전임 관리인 규베가 나가야를 떠난 계기가 된 사건도 그랬다. 일단은 짐작이지만 누이가 오빠를 해쳤다는 이야기인데, 미워서 저지른 짓이 아니다. 충분히 납득할 만한 사정이 있었다. 물론 살인은 있어서는 안 되는 일이지만 부득이한 살인이 또 다른 살인을 부르도록 다루어서는 안 된다는 것 정도는 얼치기 관리 헤이시로도 알고 있다.

"니헤이는 그걸 모릅니다. 아니, 알고는 있겠지만, 죄를 저지른 몸이라는 것이 알려져 약자의 입장이 된 사람에게 온정을 베풀 수 없는 것이겠지요."

마사고로는 못난 식구에 대하여 말하는 듯한 말투로 깊이 한탄했다.

"그것이 약한 자를 괴롭히는 이유인가."

"그렇습니다. 정말이지 니헤이처럼 죄인에게 용서가 없는 오캇피키도 없습니다. 그자에게는 죄인을 찾아내고 잡아들이는 것이 못 견디게 즐거운 놀이가 아닐까요, 하고 제가 큰형님께 말씀드린 적도 있습니다. 그러자 큰형님은, 유감이지만 세상에는 그런 자도 있는 법이지, 하는 말씀만 하시고 말더군요."

 소싯적 동료들이 한통속으로 꾸민 속임수에 넘어가 상점에서 쫓겨나고, 그 탓에 인생이 꼬였다고 믿고 있다. 모욕당하고 웃음거리가 되었던 기억만 지금껏 또렷하게 남아 있는 것일까? 그래서 그 앙갚음으로 자기에게 대놓고 맞설 수 없는 약한 죄인을 윽박지르고 가혹한 짓을 일삼는 것일까?

 "그자는 죄인을 들들 볶고 학대함으로써 자기가 누구보다 똑똑하고 대단하다는 것을 확인하고 있는지도 모르겠습니다."

 "똑똑하면 뭐 좋은 거라도 있나?"

 헤이시로는 머릿속에 있던 생각을 불쑥 말했다.

 "예?"

 마사고로가 고개를 갸웃했다.

 "정말로 똑똑한 것과 남들한테 저 사람은 똑똑하다는 말을 듣는 것은, 생각해 보면 다르지 않은가?"

 "아, 그건 그렇지요."

 마사고로는 무릎을 쳤다.

 "아무리 똑똑해도 남들이 그걸 모르면 똑똑한 사람이 못 되겠지. 반대로 실은 머리가 아둔하더라도 똑똑한 것처럼 보일 수만 있다면 그 사람은 똑똑한 사람이 될 테고……. 그래도 아둔한 머리를 가지고 똑똑하다는 평을 듣는 것은, 그건 역시 똑똑한 자가 아니면 힘들겠지."

 "그거야 똑똑하지 않아도 가능합니다. 약으면 됩니다."

마사고로는 턱없이 진지하게 대답했다.

"나리께서 좋은 말씀을 하셨습니다."

"치우게. 내 입에서 나오는 말들이 죄 하찮은 것뿐이지."

헤이시로는 히죽 웃었다.

"자네처럼 관록 있는 오캇피키한테 칭찬을 받으니 영 거북하구먼. 그런데—."

웃음을 거두고 말을 잇는다.

"니헤이의 기질은 알겠네. 역시 골치 아픈 자로군. 하지만 그자가 어째서 미나토 상회 주인한테 재앙이 된다는 거지?"

마사고로는 입김에 심지 불이 꺼진 사방등처럼 어두운 표정을 지었다.

"니헤이는 묵은 원한을 잊지 않고 예전에 요로즈 상회에서 자기를 함정에 빠뜨린 자들을 지금까지 추적해 왔습니다. 그들 가운데 어느 운 나쁜 자가 조금이나마 빈틈을 보이면 즉시 낚아채서 거꾸러뜨렸지요."

지극히 평범한 사람이라면 모나지 않게 성실히 생활하더라도 평생에 한 번쯤은 작은 실수를 하게 마련이다. 이를테면 돈을 빌렸다가 갚지 못하거나 여색에 빠지거나 불끈해서 누굴 때리거나 방심하다 누굴 다치게 하거나. 니헤이는 상대가 그런 틈만 보이면 하나를 백으로 과장하며 요란스레 죄인 취급을 해서 잡아들였다는 것이다.

"요로즈 상회에서 소이치로 편에 붙어 니헤이를 함정에 빠뜨리고 웃음거리로 만든 중심 인물이 네 명이었습니다. 넷 중에 셋은 번듯한 상인이 되어 요로즈 상회를 떠나 제 힘으로 작은 가게를 하거나 다른 일을 하고 있었습니다. 나머지 한 사람은 요로즈 상회 2대 주인의 눈에 들어 사위가 되었습니다. 그러나 지금은 그 네 명 중에 제대로 살고 있는 사람이 한 명도 없습니다. 옥사한 사람도 있고 재산을 잃고 싸구려 나가야에서 밑바닥 생활을 하는 사람도 있고 자식을 여읜 사람도 있고 아내한테 버림받은 사람도 있습니다. 요로즈 상회도 사위 시절부터 기울기 시작하더니 지금은 흔적도 없이 사라졌습니다."

헤이시로는 눈을 부릅떴다.

"그게 다 니헤이 짓이라는 거냐?"

마사고로는 자세를 바로잡으며 고쳐 말했다.

"아니, 차라리 니헤이 솜씨라고 해야겠지요."

"어떻게 그런……."

"혼조 후카가와를 본거지로 삼은 저희 큰형님이 니헤이의 그런 소행을 알게 된 것도 실은 그자한테 당해서 신세를 망친 요로즈 상회의 네 번째 인물이 당시 아이오이초에 살고 있었기 때문입니다. 벌써 칠 년쯤 전입니다만, 그때 사정을 들으셨지요. 그 당시도 큰형님은 사건이 시끄러워지지 않게 하려고 애를 많이 쓰셨지만, 하필이면 술에 취해서 싸우다 상대를 다치게 한 사건이라서 아무래도 빼내 줄 방법이 없었습니다. 참 딱한 일이었다고 큰형님도 한동안 안타까워하셨습니다."

모시치의 쓸쓸해하는 표정이 눈앞에 보이는 듯했다.

"이제 주동자 하나만 남았습니다. 소이치로― 미나토 상회의 소에몬 한 명뿐이라는 말씀입니다."

"소에몬도 그걸 알고 있을까?"

"알고 있겠지요. 예전 동료들의 소식을 듣고 있었을 테니까요. 상대가 상대인 만큼 경계를 게을리하지 않았을 것이고, 따라서 어지간해서는 공격당할 빌미를 주지 않겠지요."

헤이시로는 오싹해져서 저도 모르게 양손을 겨드랑이에 찔렀다.

"여러 가지로 고맙네. 많은 참고가 되었어. 그런데 아이오이초에 있던 그 네 번째 인물의 이름이 뭐였나? 당시 사건에 대해서 아는 자가 아직 그 근방에 남아 있나?"

마사고로는 짱구 산타로의 얼굴을 쳐다보았다. 짱구는 다시 눈동자를 한가운데로 쏙 모으고 입안으로 뭐라고 중얼중얼 빠르게 읊조리기 시작했다. 아무래도 기억한 내용들을 뒤지고 있는 듯하다.

"허, 이 짱구라는 아이는 내용을 기억하는 게 아니라 들은 순서대로 고스란히 외고 있는 것이군."

헤이시로가 감탄했다. 마사고로가 고개를 숙였다.

"그렇습니다. 잠시 기다려 주십시오. 이제 곧 네 번째 인물이 겪은 사건에 다다를 테니까요."

마침내 산타로의 중얼거림이 멎고 두 눈동자가 제자리로 돌아가더니 귀여운 목소리가 흘러나왔다.

"아이오이초에서 담배 가게를 하던 세이스케라는 사람입니다. 싸우던 상대방을 때려서 섬에 유배당하는 처벌을 받았다가 이 년 만에 하치조지마에서 죽었습니다. 처와 두 자식이 있었는데 세이스케가 유배형을 받은 뒤 나가야를 떠나서 행방을 알 수 없습니다. 세이스케한테 얻어맞아 크게 다쳤다는 상대방도 얼마 후 이사를 해서 지금은 어디 사는지 모릅니다. 사실은 크게 다치지도 않았는데 니헤이가 시키는 대로 거짓말을 했다고 합니다. 그 때문에 주민들의 원성이 자자해져 나가야에서 살 수가 없게 되었던 모양입니다."

헤이시로는 한숨을 지었다.

"그렇다면 어쩔 수 없지. 뭐, 이제 와서 그 사람을 만나 본다고 무슨 수가 나는 것도 아닐 테고."

"물론 그건 그렇습니다만."

"한 가지만 더 물어보자. 니헤이는 누구의 지시를 받고 일하지?"

그를 부리는 도신이 누구냐는 물음이다. 그런데 마사고로가 뜻밖에도 고개를 저었다.

"모른다고?"

"아니요, 그런 나리가 없습니다."

"도신 없이 움직이는 오캇피키라고?"

"뭐, 형식상 어떤 나리의 지시를 받고 있는 것으로 해 두었겠지요. 하지만 니헤이는 늘 혼자 움직입니다. 특정한 도신을 충실하게 모시지는 않습니다. 그러다가 공을 세울 만한 흥미로운 일감이 눈에 띄면 그걸 반길 만한 도신에게 제안을 하죠. 놈은 그런 식으로 일합니다. 물론 아무 도신한테나 접근하는 것은 아니고, 어느 정도 연줄이 닿는 나리들이 있겠지요."

참으로 별난 놈이지만 지금까지 들은 행적을 감안하면 그리 이상한 이야기도 아니군, 하고 헤이시로는 생각했다. 니헤이는 누구의 수하가 되지도 못할 자다. 늘 자기가 주인이다.

헤이시로는 돌아가는 길에, 미나토야 소에몬은 늘 악몽에 시달리지 않을까, 하고 생각하며 자기도 모르게 목을 움츠리고 걸었다.

— 나에게 만약 니헤이 같은 집요한 적이 있다면 단 한 달도 속 편하게 지낼 수 없을 텐데.

그렇다면 미나토야 소에몬은 역시 거물이라고 봐야 한다. 헤이시로답게 감탄한 셈이다.

며칠 뒤.

잠자리에서 일어나니 허리 상태가 아주 좋아져 있었다. 이제 허리를 구부리거나 비틀어도 전혀 아프지 않다. 또 삐끗하면 어쩌나 하는 불안감도 없다. 그 덕분인지 머릿속이 이상할 만큼 또렷하고 맑아서 오늘은 한번 사키치와 정면으로 이야기를 해 볼까 하는 마음이 들었다.

그의 출신이나 어머니가 떠난 사정, 바로 얼마 전에 알게 된, 소에몬을 호시탐탐 노리는 니헤이 이야기— 혼자서 속에 품고 모르는 척하며 사키치와 대면해 나갈 수 있을 정도로 헤이시로의 낯가죽이 두껍지는 않다. 누구보다 자기 자신이 그것을 잘 안다. 말해 버리자, 말해 버리는 거다.

고헤이지를 데리고 뎃펀 나가야에 당도하자마자 제일 먼저 오토쿠네 가게에 들렀다. 놀랍게도 가게 문이 열려 있다. 들여다보니 부뚜막과 솥 앞에 서 있는 사람은 오쿠메였다.

"어머, 나리."

조리용 긴 젓가락을 휘저으며 오쿠메가 교성을 질렀다.

"요새 며칠 동안 통 뵐 수가 없데요? 그렇게 순시를 빼먹으면 안 되는 거 아녜요?"

"대신 고헤이지를 보냈잖느냐. 그런데 너, 거기서 뭘 하느냐?"

"보고도 모르세요? 가게 일을 하고 있죠."

과연 솥에서는 조림이 부글부글 소리 내며 끓고 있다. 오토쿠네 조림 특유의 고소한 냄새가 감돈다.

"오토쿠는 기운을 차렸느냐?"

안쪽 장지문은 닫혀 있다. 오토쿠가 닳도록 신던 신발도 보이지 않는다.

"고안 선생님 댁에 갔어요."

"그럼 일어날 수 있게 된 게로구나."

"일어나기야 한참 전에 일어났어요. 하지만 나리 만나는 게 부끄러우니까 피하고 있는 거죠."

오쿠메는 젓가락으로 헤이시로의 어깨를 톡 쳤다.

"나리도 참, 여자 맘을 몰라도 너무 모른다니까."

헤이시로는 턱을 긁적였다. 오토쿠가 쓰러질 때를 떠올리니 그도 영 거북하기만 하다.

"그래서 너한테 가게를 부탁한 거냐? 너에 대한 평가가 꽤 좋아진 게로구나."

"그렇지도 않아요. 나리도 한 말씀 거들어 주세요. 오토쿠 씨는 저 같은 걸 손톱만큼도 믿어 주질 않는다니까요."

오쿠메는 입을 삐죽였다.

"설마, 솥을 맡기지 않았느냐."

"재료 준비는 다 오토쿠 씨가 한걸요, 뭐. 저한테는 아무것도 시키지 않아요. 그냥 가게나 보고 있으면 된다고 목이 쉬도록 다짐을 놓네요. 나리, 이게 말이 돼요? 이 오쿠메 여사가 조림 솥이나 지키라는 말을 듣는다니까요."

"오토쿠가 안 된다고 하든?"

"분내 풍기는 근성이 썩어빠진 논다니한테는 가게 물건을 못 맡기겠다는 거죠."

오쿠메는 심한 말도 가볍게 뱉어냈다.

"하지만 그 아줌마, 아직은 재료 준비가 고작이고 솥이 팔팔 끓기 시작하면 몸이 휘청휘청해요. 그럴 거면 아예 가게 문을 열겠다고 나서지나 말든지. 그런데도 저한테는 못 맡기겠다는 거예요."

그러던 차에 사키치가 중재를 해 줘서 겨우 어제 합의를 봤다고 한다.

"흐음. 사키치와 너는 오토쿠가 제일 싫어하는 사람인데, 너희 두 사람 설득에 넘어갔다고?"

헤이시로는 빙긋 웃었다.

젓가락을 조림 속에 꽂아 넣고 감자를 둘둘 굴리던 오쿠메가 다시 입을 삐죽거렸다.

"넘어가기는요. 사키치 씨나 저 같은 것을 무슨 똥덩어리 보듯이 하는걸요. 도대체 좋게 봐 줄 구석이 없다니까요."

"허, 그러지 마라. 그나저나 너도 참 대단하구나. 오토쿠한테 화도 나지 않느냐?"

오쿠메는 여전히 감자를 둘둘 젓고 있다. 저러다 뭉개지지 않을까 하고 헤이시로는 걱정이 되었다. 뭉개지면 국물이 탁해지는데. 그러면 오토쿠가 또 화를 낼 게 뻔하다. 헤이시로는 오쿠메의 손에서 젓가락을 낚아챘다.

"듣기 좋은 소리는 아니지만, 하지만 뭐 제가 몸 팔던 년이란 것도 사실이잖아요. 거짓말은 아니니까요."

오쿠메는 다스키로 잡도리한 소매를 살랑살랑 흔들며 앵돌아진 아가씨 시늉을 했다.

"글쎄, 뭐……."

"오토쿠 씨는요, 제가 몸을 팔지 않고도 제대로 먹고살 수 있었을 거라고 했어요. 이렇게 반찬을 만들어 팔거나 삯바느질을 하거나 채소 행상 같은 일을 할 수도 있지 않느냐는 거죠. 그런데도 몸을 판 것은 제가 게으른 년이기 때문이라고."

깔깔깔, 하는 소리를 내며 오쿠메가 거침없이 웃었다.

"하긴 그래요. 저처럼 몸 파는 것들은 게으른 년들이에요. 제 입으로 하는 말이니까 틀림없어요. 하지만 저는 무거운 걸 들거나 잠도 못 자고 일하는 게 너무 싫었어요."

"그럼 이제 오토쿠 밑에서 근성을 뜯어고칠 생각이냐?"

오쿠메는 마치 다른 사람 이야기라도 하는 양 고개를 갸웃거리다가 "모르겠어요" 하고 가볍게 말했다.

"하지만 나리, 제가 오랫동안 그런 장사를 해 봐서 이런 감 하나는 정확한데요, 오토쿠 씨는 제가 없어져 버리면 외로워할 게 틀림없어요. 그래서 저도 아침에 일어나기 무섭게 여기로 달려오는 거예요. 오토쿠 씨가 제 얼굴을 보고 악을 쓰면 왠지 마음이 놓이더라고요."

"듣고 보니 나도 왠지 마음이 놓이는구나. 세상 사람들이 다 너

같으면 관아도 필요 없을 텐데."

헤이시로가 말했다.

오쿠메는 요란하게 웃더니 두 손으로 헤이시로를 쳤다.

"나리도 엉큼하시긴. 세상 사람이 다 저 같은 년이면 아무 일도 안 돼요. 쇼군님 계시는 성도 무너져 버릴걸요. 저 같은 건 드물게 있으니까 좋은 거죠. 뭘 모르신다, 나리."

오쿠메 한 사람으로는 걱정스러워 고헤이지를 가게에 있으라 이르고 헤이시로 혼자 사키치네 집으로 향했다. 문이 열려 있어서 안을 들여다보며 부르니 사키치는 등을 동그랗게 구부리고 뭔가 열심히 쓰고 있었다.

헤이시로는 안으로 들어서서 문을 닫았다. 조스케의 얼굴이 보이지 않아서 물어보니 두부 장수네 아이들과 나갔다고 한다.

"기이 나리 댁 판자 울타리를 철거한다고 해서 땔나무를 얻으러 갔습니다."

"목욕탕 집에서 가져다 쓰겠다고 하지 않았겠느냐?"

"그 목욕탕 집에 나무를 날라 주고 삯으로 조금 얻는 거죠."

사키치는 장부 같은 걸 적고 있었는데, 뭘 하느냐고 물으니 나가야에서 다달이 지출하는 돈이 얼마나 되는지 죽 조사해 보고 있다고 한다.

"자잘한 수리가 그칠 새가 없어서요. 여름이 오기 전에 우물도 한 번 치워야 하고요."

"꽤 꼼꼼하구나."

"저는 임시 관리인입니다. 뒤에 올 사람을 위해서라도 제대로 정리해 둬야죠."

뒤에 올 관리인— 그런 생각을 하고 있단 말인가. 헤이시로는 저도 모르게 그의 얼굴을 들여다보았다. 사키치가 조금 놀랐는지 고개를 살짝 숙인다.

"왜 그러십니까?"

"아니, 오늘은 너한테 할 얘기가 있어서 왔다."

하지만 뭘 캐물을 생각은 아니다. 사키치의 마음이 요즘 어떤지 물어보고 싶기는 하지만, 실은 모른 척하고 가만있어도 무방한 일이다.

"미안하지만 너에 대해서 조금 조사를 해 봤다."

헤이시로는 지금까지 알아낸 일들과 그것에 대하여 자기가 생각하는 바를 사키치에게 허심탄회하게 말했다. 원래 헤이시로가 사키치의 생각에 의구심을 품게 된 계기는 하치스케 일가의 항아리 신앙 소동 당시 그가 문득 흘렸던 말—저는 왜 여기 있는 걸까요—이었다는 것부터 그의 출생과 지금의 처지, 오캇피키 니헤이가 소에몬을 호시탐탐 노리는 이유에 이르기까지. 이야기가 다 끝날 즈음에는 목이 말랐다.

사키지는 내내 잠자코 듣있다. 헤이시로기 목말라 하는 것을 눈치채고 잔에 백탕을 따라서 내민다. 동작이라고는 그게 다였다. 그는 내내 목덜미에 바위라도 얹어 놓은 양 고개를 숙이고 있었다.

백탕을 홀짝거리던 헤이시로는 문득 쑥스러워져서 슬쩍 웃으며 말했다.

"너랑 이렇게 심각한 얼굴을 하고 앉아 있기도 처음인 것 같구나.

뭐, 너한테는 지금까지 심각한 일이 산더미처럼 많았을 테지만 나야 모르지 않느냐. 하지만 사키치."

사키치가 얼굴을 조금 쳐들었다. 그렇게 봐서 그런지는 몰라도 사키치가 조금 안도한 듯한 눈빛을 하고 있는 것을 보니 헤이시로도 마음이 놓였다.

"너에 대해서 특별히 뭘 걱정하는 것은 아니다. 다시 말하면 너 때문에 내가 심각해질 일은 하나도 없다는 거다. 다만 니헤이가 마음에 걸려서 그런다. 놈이 노리는 미나토야가 네 외종조부라고 하니까 더욱 그렇다."

"그리 마음을 써 주시니 감사합니다."

사키치는 머리를 깊이 숙였다.

"실은 제가 간쿠로를 날려서 나리께 니헤이 행수에 대해 알려 드린 이유도 관리인으로 이곳에 오기로 정할 당시부터 주인 나리께 니헤이라는 오캇피키를 조심하라는 말을 귀에 못이 박히게 들었기 때문입니다."

사키치는 이런저런 고약한 소문이 끊이지 않는 니헤이를 헤이시로가 당연히 알고 있으리라 생각했다. 그래서 편지가 그렇게 요령부득한 내용이었던 것이다.

"그러냐. 미나토야 소에몬은 니헤이가 얼마나 위험한 자인지 알고 있구나."

"예, 요로즈 상회에서 같이 일하던 점원들이 모두 그자에게 당했다는 것도 잘 알고 계십니다."

"알고 계십니다?"

헤이시로는 팔짱을 꼈다.

"아까는 또 주인 나리라고 했지? 어째 서먹서먹한 사이처럼 들리는구나. 네 외종조부 아니냐. 어릴 적엔 한 지붕 아래 같이 지내면서 여간 친밀하지 않았을 텐데. 거의 아버지나 다름없는 사람 아니냐."

사키치는 냉큼 고개를 가로저었다.

"옛날은 옛날이고 지금은 지금입니다."

"꽤 냉정하구나."

"그렇게 잘해 주신 나리를 어머니가 배반했습니다. 용서 못할 일입니다."

사키치의 눈빛이 바둑돌처럼 변했다.

"네가 책임질 일은 아니지 않느냐. 어머니도 소에몬을 믿었으니까 너를 맡기고 떠날 수 있었다고 볼 수도 있을 테고 말이다."

사키치는 푹, 웃음을 터뜨렸다.

"나리답군요."

"그럴까."

"그렇습니다. 나리는 화 안 나십니까? 화낼 줄 모르시는 건가요? 곤경에 빠진 조카를 거두어서 보살펴 주었는데 새끼를 떠맡기고 뒤통수를 친 겁니다."

"뒤통수를 치다니."

"나리께서 조사하신 내용은 아직 부족하군요. 그만큼 미나토 상회 내부의 입단속이 잘되고 있나 봅니다."

"부족하다니, 뭐가 말이냐?"

"제 어머니는 미나토 상회를 뛰쳐나갈 때 돈을 훔쳤습니다. 더구나 혼자 나간 게 아닙니다. 주인 나리가 장래성을 보고 키우던 젊은 간부 점원과 눈이 맞아서 같이 도망친 겁니다."

헤이시로는 멍하니 입을 벌렸다.

"그게 정말이냐?"

"이런 수치스러운 일을 두고 거짓말을 하겠습니까. 사실입니다. 제 어머니는 배은망덕한 색정광이었습니다."

사키치로서는 다 까발려 놓은 셈이다. 헤이시로는 잠자코 백탕을 마셨다.

"그러므로 당시 제가 미나토 상회에서 쫓겨났다고 해도 할 말이 없었을 겁니다. 실제로 마님은 그럴 작정이었다고 하고―."

"소에몬의 처 오후지 말이군."

"예. 저를 참 모질게 대하셨지만 당연한 일이었지요. 그 일이 아니라도 어머니나 저나 주인 나리의 후의를 믿고 너무 염치없이 기대고 있었으니까요."

결국 소에몬이 오후지를 달래서 어린 사키치를 평소 교류하던 정원사에게 맡기게 되었다. 사키치는 감사했다고 한다.

"저를 제대로 된 정원사로 키워 주셔서 제 밥은 제 손으로 벌어먹을 수 있게 되었으니까요. 다 주인 나리 덕분이지요. 그래서 나리가 저에게 사람을 보내 뎃핀 나가야의 사정을 전해 주시면서, 소동이 진정되고 관리인을 찾을 때까지 나가야를 관리해 주지 않겠느냐고 부탁하셨을 때 두말없이 따랐습니다. 조금이나마 은혜를 갚으려고요."

그런 마음으로 왔는데 세입자들을 잇달아 놓쳐 버렸다. 나는 아무래도 쓸모없는 놈인가— 그렇게 생각하면 견디기 힘들다면서 고개를 떨어뜨린다.

헤이시로는 조심스레 입을 열었다.

"하지만 사키치, 하치스케네 항아리 신앙 소동은 미나토야가 꾸민 일처럼 보이기도 하는구나."

헤이시로는 사정을 이야기했다.

사키치는 그다지 놀라는 표정도 짓지 않고 듣다가, 나리 생각이 지나치십니다, 하고 일축했다.

"무엇보다 우선 주인 나리께서 여기 세입자들을 쫓아내고 싶어 할 이유가 없습니다. 백 보 양보해서 혹시 사정이 있다손 쳐도 그렇게 복잡한 방법을 쓸 필요가 없지 않습니까."

지당한 말이고, 헤이시로도 그렇게 생각하고 있었다. 그렇기 때문에 알 수가 없다는 것이다.

"저로서는 세입자가 더 떠나지 않도록 최대한 노력할 뿐입니다. 니헤이란 자에게 빈틈을 보이지 않도록 조심할 겁니다. 지금은 특히 중요한 때니까요."

소에몬의 외동딸 미스즈의 혼담이 성공적으로 마무리되려는 참이리고 한다. 상대는 상인이 아니다. 서쪽 지방의 내실 탄탄한 영주의 후손이다.

"미스즈 아씨를 훌륭한 내력을 가진 하타모토 집안의 양녀로 들여보내고 그 하타모토 집안에서 시집을 보내는 형식을 취하는데, 그렇다고 해도 미나토야로서는 영예로운 일이지요."

"저쪽은 미나토야의 재산에 눈독을 들이는 게 아니냐? 요즘 영주 가문 중에 돈이 남아도는 곳은 거의 없으니까."

사키치는 어깨를 으쓱하며 웃고, 그렇더라도 대단한 출세지요, 하고 대답했다.

"주인 나리는 크게 기뻐하십니다. 아, 이 얘기는 당분간 비밀로 해 주셨으면 합니다."

"걱정 마라. 내가 그 소문을 퍼뜨릴 만한 데도 없으니까."

할 이야기는 거의 다 했지만, 헤이시로는 미스즈의 배다른 동생 오미쓰라는 아가씨에 관해서는 사키치에게 아직 묻지 않았다. 두 사람은 간쿠로를 이용해서 편지를 주고받는 듯하다. 하지만.

— 괜한 참견일까.

그거야말로 개인적인 이야기 아닌가. 당면한 문제인 니헤이의 행동과 별 관계가 있을 것 같지도 않다.

헤이시로는 화제를 바꾸어 오토쿠와 오쿠메에 대하여 물었다. 사키치는 웃으면서 두 사람 사이에서 고초를 겪은 이야기를 털어놓았다.

헤이시로는 마음껏 웃었다. 사키치의 출신을 알았다 한들, 또 오캇피키 니헤이의 노림수가 심상치 않다는 것을 알았다고 한들 그게 무슨 대수냐, 하는 듯한 낙관적인 기분이 되었다. 돌아갈 때는 비가 추적추적 내렸지만 그것도 그리 싫지 않았다.

5

이즈쓰 헤이시로의 처는 미인으로 이름이 났다.

그런데 헤이시로는 '저 사람도 소싯적엔 미인이었는데 요즘은 많이 삭았지' 하고 생각하고 있다.

그녀도 도신의 딸로 태어나 핫초보리 도신촌에서 자랐다. 양가 가장끼리는 나름대로 교류가 있었던 모양이지만 저쪽은 북부 부교쇼, 이쪽은 남부 부교쇼여서 가족들이 서로 알고 지내지는 않았다. 그래서 헤이시로는 혼례가 성사될 때까지 아내의 얼굴을 본 적이 없었다. 미인이란 소문은 들었던 터라 나쁜 기분은 아니었고 기대도 품고 있던데다 실제로 맞이하고 보니 역시 미인이어서 기분이 더욱 좋기는 했지만 그것도 다 소싯적 얘기다.

아내는 셋째 딸이다. 위로 언니 둘도 다 미인이다. 아니, 미인이었다. 맏딸은 아버지 자리를 이어받을 데릴사위의 아내가 되고 둘째는 상인 집안으로 시집갔다. 따라서 헤이시로에게는 같은 핫초보리 도신 가운데 동서가 한 명 있는 셈인데, 여전히 이쪽은 남부, 저쪽은 북부인데다 직책이 달라 평소 얼굴을 볼 기회가 거의 없다. 아무래도 그 동서는 회계에 강한지 오로지 관청에 틀어박혀 장부 더미에 코를 박고 산다는 이야기를 듣고 있다. 그렇게 해서 악질 고리대금업자를 혼내거나 영주를 상대로 돈놀이를 해서 떼돈을 버는 대규모 상회의 목덜미에 종종 찬물을 끼얹어 규율을 바로잡는 등 수완이 대단한 사람인 듯하다. 칼은 쇠퇴해도 주판은 쇠퇴할 일이 없는 것이 세상 이치니 앞으로는 의외로 그쪽 분야의 관리가 더 큰 공명을 세

울지 모른다고 헤이시로는 코털을 뽑으며 감탄할 뿐이다.

그러고 보니 헤이시로는 주판이라면 어두운 기억밖에 없다. 어릴 적 주판 두 개 위에 올라서서 썰매 타듯이 집 안 복도를 씽씽 달리다가 아버지한테 들켜서, 호되게 경을 치겠구나 했더니 갑자기 귓불을 잡혀 창고 안으로 내동댕이쳐진 경험이 있다. 그 뒤로는 주판을 가까이하려고 해 본 적이 없다. 주판알이 톡톡 움직이는 소리만 들어도 귓불이 아프다.

둘째 언니가 시집간 곳은 사가초의 가와이야라는 쪽염료상으로 남편이 무척 엄격한 사람이라고 한다. 자식이 다섯이나 있어서 언니가 아이들을 건사하느라 경황 없이 산다는 얘기는 헤이시로도 아내한테 들은 기억이 있다. 하지만 그것도 사오 년 전 이야기다. 세월이 흐르면 아이들은 내버려둬도 알아서 크게 마련이므로 지금쯤은 자식들이 오히려 가게 일이나 집안일을 도와주는 덕분에 편하게 지내는지도 모른다. 그렇다면 참으로 부러운 이야기다.

헤이시로와 아내 슬하에는 자식이 없다. 그래서 이즈쓰 집안은 어떻게 대를 이을 것인가 하는 이야기만 나오면 친족들 분위기가 썩 좋지 못하다. 아내도 시집와서 오 년 정도는 그 문제 때문에 몹시 힘들었던 듯하다. 본래 요리키와 도신은 관직을 세습할 수 없게 되어 있으므로 대를 이을 걱정을 하는 것은 주제넘은 짓일 테지만, 헤이시로가 그런 이야기로 친족들의 압박을 피하려 해도 그들은 못마땅한 눈길로 흘겨볼 뿐이다. 핫초보리는 사실 구두 약속과 관습으로 꾸려지는 곳이므로 헤이시로의 변명이 통할 리 없다.

그리 멀지 않은 장래에 헤이시로와 아내는 양자를 들여야 한다.

헤이시로가 호호 할아버지가 되기 전에 대책을 세워야 한다. 세습제가 아닌 관직이라도 관례적으로 세습되게 마련이지만 가장이 죽기 직전이나 죽은 직후에 급하게 양자를 들여서 관직을 물려 주는 것은 법이 금하고 있다. 그러므로 이즈쓰 가가 양자 들이기를 미루다가는 자칫 골치 아픈 사태가 벌어질 수도 있다. 그런 연유로 헤이시로가 사십 대에 접어들 무렵부터 툭하면 그 이야기가 튀어나오게 되었다. 일가친척들이 틈만 나면 그런 이야기를 꺼내는 것이다. 양자만은 일가친척 바깥에서 마음에 드는 아이를 찾아서 들일 수 없다. 혈연 중에서 고르게 된다.

헤이시로의 두 형들은 오래전에 본가를 떠나 가정을 이루었고, 아들뿐만 아니라 손자까지 본 형도 있다. 어느 집이나 대를 이을 아들은 한 명이면 족하므로 형들은 아들이 남아돈다. 남아돌 정도로 낳을 필요야 없겠지만, 일곱 살 전에는 머릿수를 세지 말라는 말이 있을 만큼 어린아이는 쉽게 죽는다. 감기로 죽고 홍역으로 죽고 마마로 죽고 설사로 죽는다. 대물림이 필수인 무가에서는 한시도 방심해서는 안 된다. 대책을 단단히 세워 두어야 한다. 저승사자에게 끌려갈 때는 끌려가게 마련이므로 예비로 많이 낳아 두는 것이다. 아들들이 모두 탈 없이 자라면 이번에는 남아돌게 마련이다. 이렇게 말하면 뭣하지만, 사실 헤이시로부터가 그렇게 탈 없이 커서 남아돌았던 처지였으므로 남 얘기도 아니요 바로 자기 처지를 말하고 있을 뿐이다.

형들은 남아도는 자기 아들이나 손자로 이즈쓰 집안의 대를 물려받게 하면 어떨까 하고 생각하는 듯하다. 무슨 꿍꿍이가 있어서 그러는 것은 아니다. 하지만 조카들이 상당히 처진다. 대체로 조금이라도 기량이 있거나 재능이 있는 아들이나 손자라면 자기 자리가 없음을 깨달았을 때부터 스스로 장래를 놓고 고민하게 마련이다. 팔다 남은 무에 바람 들어 있더라는 것이 세상 이치다.

그러나 이 대목에서 헤이시로는 다시 자기 처지를 생각했다. 자기도 바람이 심하게 들어 있던 무였다. 그래도 그럭저럭 관리로 일하고 있다. 이 말은 곧 형들 집안에 남아도는 무라도 자기처럼 그럭저럭 관리로 일할 수 있다는 뜻이다. 그렇다면 뭐, 예전과 똑같은 일을 반복하는 셈이니 누굴 양자로 들이든 큰 탈은 없지 않겠는가, 하는 결론이 나온다.

그런데 아내는 생각이 다른 듯하다. 이 대목에서 이야기는 한 바퀴 돌아서 다시 그녀가 소싯적에 미인이었다는 대목으로 돌아가게 된다.

아내 손위 언니의 다섯 번째 아들이 유미노스케라고 올해 열두 살이 된다.

무슨 관리 같은 이름이지만, 여기에는 그만한 내력이 있다. 어머니가 꿈을 꾸었는데, 나스노 요이치 12세기 말에 활약했다는 무장으로 활쏘기와 관련된 전설 같은 일화가 많다 같은 명궁수가 동트는 해를 향해 가볍게 활을 쏘자 화살이 태양에 빨려 들어가나 싶더니 이내 눈부신 금빛에 싸여 떨어졌다. 하얗고 깨끗한 안개가 자욱하게 낀 강변에 부들이 무리지어 자라고 있는데, 떨어진 화살을 찾아서 부들 사이를 살펴보니 배내옷에 싸인 갓난아기가 있었다. 어머나, 어쩜 이렇게 귀여운 아기가— 하고 안아든 순간 잠에서 깨어났다. 그리고 별안간 산통이 와서 아기를 낳았는데 이 아기가 바로 유미노스케^{弓之助}다.

꼭 꾸며낸 이야기 같은 태몽을 가지고 태어난 아이는 참으로 예쁘장하게 생긴 미소년이 되었다.

그리고 헤이시로의 아내는 이 소년을 양자로 들이고 싶어 했다. 언니 쪽에서도 반대하지는 않는 듯하다.

앞서 말했듯이 헤이시로는 누가 양자로 들어와도 상관없다고 생각하고 있다. 결혼해서 삼 년이 지나도록 손이 없으면 소박을 맞는다는 둥 자신을 아프게 했던 이즈쓰의 일가친척 중에서 양자를 들이기보다는 그리운 친정 쪽에서 들이고 싶다는 아내의 심정을 모르는 바도 아니다. 처가에도 핫초보리의 피가 흐르고 있으니 그쪽에서 양자를 들여 도신 집안을 잇게 하는 것이 못마땅할 리도 없다. 반대할 마음은 털끝만큼도 없다.

다만 아내가 유미노스케를 간절히 원하는 이유가 조금 별나다.

"얼굴이 인형처럼 예쁘게 생겼잖아요. 그런 아이는 안 좋은 길로 너무나 쉽게 빠지고 말아요. 특히 사내아이라서 더 위험해요. 대책 없이 저잣거리에 놔두기보다는 관리로 만들고 엄한 임무를 맡겨서 핫초보리에 든든하게 뿌리 내리게 하는 편이 나아요."

그녀는 시름에 잠긴 얼굴로 말했다. 언니도 같은 생각이에요, 하고 평소 유순하던 아내답지 않게 확고한 말투로 말한다. 헤이시로는 아내의 그런 모습이 재미있었다.

"하긴 미남상은 여난 겪을 상이라는 말도 있지. 당신 말에도 일리가 있어."

그러나 번잡한 거리에서 일하는 관리는 직책에 따라서는 꽤 노가 나는 자리다. 거기에다 눈부실 정도로 잘생긴 남자라면 샛길로 빠지기가 더 쉽지 않겠는가.

"그러니까 당신과 내가 단단히 가르쳐야 한다는 거예요."

"나는 그만한 사람이 못 돼."

"그래도 당신은 어디 가서 못된 짓을 저지르고 다니지는 않잖아요."

아내는 핫초보리 밖으로 나가 본 적이 없다. 대신 하급 무사의 단점과 장점을 두루 꿰고 있다. 그런 그녀가 '당신은 못된 짓을 저지른 적이 없다'고 단언하자 헤이시로는 귀가 간지러웠다.

"가와이 상회에서 장사를 배우는 게 낫지 않을까?"

아내는 단호히 고개를 가로저었다.

"그 사람은 안 돼요."

작은 언니 남편의 목이 단칼에 떨어진다.

"견실한 상인이잖아?"

"계집이라면 사족을 못 써요."

헤이시로는 하마터면 턱이 툭 떨어질 뻔했다. 동서인 가와이 상회 주인에게 그런 버릇이 있는 줄은 몰랐다.

"세간의 평판은 믿을 게 못 돼요. 언니가 해 준 말이니까 이보다 더 정확한 말은 없어요."

아내는 분해 죽겠다는 표정이다.

"그렇게 품행이 고약한 애비 밑에 두었다간 유미노스케도 제대로 된 어른이 되지 못할 게 뻔해요. 유시마 근처에 있다는 가게마 찻집 _{남색을 파는 업소} 같은 데라도 드나들게 되면 끝장이에요."

헤이시로는 이번에야말로 턱이 툭 떨어졌다. 아내 입에서 가게마_{남색을 파는 소년}니 뭐니 하는 말이 튀어나올 줄은 상상도 못했다.

"그게 아니더라도 미끈하게 생긴 것은 결코 인생에 보탬이 안 돼요. 나나 언니들이나 그걸 아주 잘 알고 있기 때문에 유미노스케의 장래가 걱정되는 거예요. 다른 조카들은 언니들을 닮지 않아 고만고만하게 생겨서 안심이 돼요. 하지만 유미노스케는 심상치 않게 생겼잖아요. 그 얼굴 말예요."

아내는 심각하게 호소한다. 이건 숫제 험담을 하는 말투처럼 들린다.

오랜 세월을 함께해 온 아내의 얼굴을 헤이시로는 새삼 찬찬히 뜯어보았다. 여전히 조금 묵어 보이기는 해도 공주 인형 같은 분위기가 남아 있다.

외모가 뛰어난 자는 그것을 자랑과 긍지로 삼을지언정 마다하거나 슬퍼할 리가 없다. 하물며 그 외모가 제 인생에 보탬이 안 된다고 여기는 사람이 있으리라고는 지금까지 한 번도 생각해 본 적이 없었다. 아내가 얼굴 덕분에 즐거운 일이 있었을지언정 손해 본 적이 있을 리 없다. 적어도 헤이시로가 알기로는.

"당신이 무슨 말을 하고 싶이 하는지는 알아요."

아내는 앞질러 말했다.

"언니들이나 나 소싯적엔 핫초보리 고마치라고 소문이 자자했어요. 부끄러운 이야기지만."

헤이시로는 턱을 긁었다.

"나도 핫초보리 고마치를 색시로 맞았다는 게 자랑이었지."

아내가 빙긋이 웃었다.

"바로 그거예요."

헤이시로는 조금 흠칫했다.

"뭐가?"

"나는 당신에 대해서 아무것도 모르고 시집왔어요. 물론 이즈쓰 집안과 당신이라는 사람이 있다는 사실은 알고 있었어요. 집이 같은 동네에 있었으니까. 하지만 사람 됨됨이에 대해서는 하나도 몰랐어요. 당신도 그건 마찬가지겠죠. 내 기질이나 성격 같은 것은 전혀 몰랐을 거예요."

헤이시로는 응, 하고 대답했다. 물론 그랬다. 하지만 무가에서 며느리를 들일 때는 어디나 다 그렇다. 두 집안의 균형과 나이 정도만 보고 결정한다.

"그래도 당신은 나를 색시로 삼은 걸 자랑스러워했어요. 무엇보다 내 얼굴이 예뻤으니까. 그렇죠?"

아내는 입을 삐죽거리며 가늘게 뜬 눈으로 헤이시로를 쏘아보았다. 지근덕지근덕 닦달당하는 기분이다.

"뭐, 그렇지."

"내 마음씨가 고와서 자랑스러웠던 건 아니죠. 살림을 착실하게 한다고 자랑스러웠던 것도 아니고, 성품이 고와서 자랑스러웠던 것도 아니고요."

아내는 한숨을 짓는다.

"하지만 당신……."

"그래도 그때는 나도 자랑스러웠어요."

아내는 분하다는 듯이 차갑게 말했다.

"당신이 나를 자랑스럽게 여긴다는 것을 느끼고 나도 자랑스럽게 생각했어요. 기고만장했어요."

"당신이?"

"그럼요. 남편이 나를 자랑스러워한다는 것이 내 자랑이었던 거예요. 기껏해야 얼굴이 예쁘다는 것뿐인데 말예요. 당신이 나를 아내로서 진심으로 인정해 주고 있던 것도 아닌데. 그저 외모가 좋다는 점 하나만 자랑거리가 되었을 뿐인데."

"하지만 그거야 인지상정인데."

헤이시로는 저도 모르게 말했다.

"그러니까 안 된다는 거예요."

아내가 정색을 했다.

"아무 노력도 하지 않고, 무엇 하나 잘하는 것 없이도 그저 예쁘다는 이유만으로 사람들이 떠받들어 주죠. 그게 좋은 일일 수가 없잖아요? 게다가 당신, 이런 얘기를 뒤집어 보면 나나 언니들은 딸로서 아내로서 아무리 성실하게 노력해도 그 노력만큼 보답 받기가 힘들다는 거 알아요? 주변 사람들은 다들 예쁜 얼굴에만 정신이 팔려서 실가죽 속을 보려고 하지 않아요. 그런 상황이 계속되면 우리도 마음이 울적해져요. 차라리 잘생긴 얼굴 팔아서 한세상 편하게 살아볼까 하는 몹쓸 생각도 들고요."

그런가? 하고 헤이시로는 생각했지만 반론을 펴면 번거로워질 것 같아서 잠자코 있었다.

"여자도 이 모양인데 남자는 오죽하겠어요."

"허."

헤이시로는 감탄하고 말았다.

"유미노스케가 건실한 어른이 되기를 바란다면 저잣거리에 풀어 놓으면 안 돼요. 당신, 그 아이를 이즈쓰 가의 양자로 들여 주세요. 나뿐만 아니라 언니들도 그걸 바라고 있어요—."

그런 대화가 오간 그다음 날.

장맛비도 겨우 그쳤다. 동은 더 빨리 트고 햇살은 따갑다. 헤이시로는 눈부신 햇살에 낯을 찡그리며 먼지가 피어오르는 길을 걸어서 뎃핀 나가야로 가고 있었다. 갈증이 몹시 심해서 사키치네 집에 들러 차나 한잔 얻어 마실까 하고 오나기 운하를 따라 터벅터벅 걸었다. 다리를 거의 다 건널 즈음 머리 위 높은 허공에서 간쿠로로 짐작되는 새가 가악가악 짖었다. 돌아보니 출입구 앞 방화용 망루 꼭대기에서 반종이 햇빛을 받아 반짝 하고 빛난다. 본격적인 여름이 시작된 것이다.

축축한 비가 물러가자 간이식당의 오토쿠는 완전히 기운을 차렸다. 장사도 원래대로 잘되고 있다. 그녀는 나리께 너무 폐만 끼치고 말았다면서 여전히 조신한 표정을 짓는다. 오히려 헤이시로가 거북해져서 예전처럼 그 식당에 스스럼없이 들어설 수가 없다. 그로서는 참으로 안타까운 일이다.

그래도 오토쿠는 외로움을 많이 타지는 않을 터였다. 곁에 오쿠메가 있기 때문이다. 같이 장사를 하고 있다.

오토쿠는 자리를 털고 일어나 앞치마를 꽉 조이고는 오쿠메를 곁으로 불러 이렇게 단단히 일렀다고 한다.

— 자네한테는 정말 큰 신세를 졌어.

사실 아무짝에도 쓸모없는 논다니라고 욕을 했지만 언짢은 기색도 없이 병구완을 해 준 오쿠메가 아니었다면 자기가 어떻게 되었을지 알 수 없다.

— 하지만 나는 자네 같은 여편네는 역시 싫어. 싫으니까 자네한테 빚을 지고 살 수가 없어.

관리인 사키치를 비롯해서 뎃핀 나가야 주민들은 오토쿠가 독한 말을, 그것도 큰 소리로 거침없이 떠들어대는 것을 들으며 가슴을 졸였다고 한다. 아무리 오쿠메가 사람이 좋기로서니 이런 말은 너무하지 않은가.

— 오쿠메 씨, 자네도 언제까지 몸 팔아 살 수는 없잖아. 나이 들어 늙으면 끝장이야. 자네가 할망구가 되면 설사 공짜로 준대도 남자들이 비싸다고 할 거거든.

오토쿠가 이렇게 몰아세우자 오쿠메는 고개를 숙이고 있었다고 한다.

— 그래서 말인데, 나도 자네한테 신세를 졌으니 그 보답으로 오늘부터 먹는장시 히는 요령을 가르쳐 줄 거야. 뎃핀 나가야의 오쿠만 아는 비법을 말이야. 우리 집 조림은 에이타이 다리 너머에도 단골이 있다는 명물이야. 그 비법을 가르쳐 주겠다는 거야, 고마운 줄이나 알아.

이리하여 오토쿠가 오쿠메를 가르치기 시작했던 것이다.

— 오토쿠 씨가 전보다 더 자주 야단을 치시네요.

저번에 순시하다가 들여다보았을 때 사키치가 쓴웃음을 지으며 말했다.

— 오쿠메 씨는 뭐라고 타박해도 네, 네, 하며 얌전히 듣더군요. 그러면서도 두 사람이 꽤 능숙하게 꾸려나가고 있어요.

오쿠메도 저 나름대로 자기 장래에 대해서 생각해 보았으리라. 몸 파는 일은 오래 하기 힘들다는 거야 누가 일러주지 않아도 오쿠메 자신이 잘 알고 있을 테니까. 게다가 그녀는 눈치가 빠른 축이니, 그렇게 훈계 같은 투로밖에 고마움을 표현할 줄 모르는 오토쿠의 성실하고 우직한 마음씨를 제대로 이해하고 있을 터였다.

— 오쿠메는 머리가 둔하지만 모자란 사람은 아니야.

헤이시로는 그녀를 꽤 높이 평가하고 있다.

— 하지만 이거 낭패로군.

오쿠메가 식당을 운영하는 요령을 의외로 빨리 익혀서 쓸 만한 일꾼이 되어 버리면 그다음에는 독립해서 가게를 차리려고 할 것이다. 그러면 뎃핀 나가야에 있을 수 없게 된다. 스승격인 오토쿠와 나란히 가게를 할 수는 없기 때문이다.

이는 오쿠메가 머지않아 이사하게 된다는 뜻이며, 곧 사키치가 세입자를 또 잃게 된다는 말이다.

— 그러나 이번만은 어쩔 수가 없군.

머리빗 이빨이 하나둘 빠지듯 뎃핀 나가야가 점차 비어 간다. 사키치도 그런 사태를 피하겠다고 바로 얼마 전에 심기일전한 참이 아닌가. 이럴 때는 떠나려는 세입자를 붙들 고민을 하느니 차라리 생각을 조금 바꿔서 새로운 세입자를 데려올 궁리를 하는 편이 나을지도 모르겠군…… 하고 생각하며 노변 나가야 맨 구석, 사키치가 사는 아담한 이층집으로 눈길을 던지다가―, 걸음을 멈추었다.

사키치네 집 앞에 사람들이 모여 있다. 얼른 봐도 열 명 가까이 돼 보인다. 모두들 현관 앞에 몰려들어 등을 구부리고 있으니 참으로 이상한 풍경이다. 집 안을 엿보려는 건가, 아니, 엿들으려는 걸까?

멍하니 뒤를 따르던 고헤이지가 헤이시로의 등에 부딪히는 바람에 우헤! 하고 소리를 지르며 멈추었다. 그 소리에 그들 가운데 제일 뒤쪽에 있던 남자가 뒤를 돌아보았다. 두부 장수네 콩알처럼 생긴 남편이다. 그의 머리가 물러나자 모여 있던 사람들 중에 오토쿠와 오쿠메의 뒤통수도 섞여 있는 것이 보였다.

헤이시로는 옷자락을 감아 들고 얼른 그들에게 다가섰다. 두부 장수네 남편이 몸을 움츠린다.

"무슨 일이야?"

헤이시로가 작은 소리로 묻자 문가에 모여 있던 자들이 일제히 뒤를 돌아보며 입술 앞에 손가락을 세웠다.

"쉿!"

헤이시로도 덩달아 손가락을 입술 앞에 세웠다. 그걸 보고 오토쿠가 제정신을 차린 듯 눈을 끔뻑거렸다.

"뭐야, 나리시잖아."

"뭐야가 인사인가? 대체 뭐 하는 거야? 사키치에게 무슨 일이라도 생겼나?"

헤이시로는 일동과 눈높이를 맞추며 쪼그리고 앉았다.

"손님이 와 있어요."

오토쿠가 속삭인다. 그녀 옆에 있는 오쿠메가 살짝 열린 장지 틈새에 눈을 바짝 대면서 말했다.

"사키치 씨 집에 손님이 와 있어요."

"어떤 손님인데?"

"그게요—."

오토쿠가 입을 여는 순간 장지가 드르륵 열렸다. 일동은 어, 하는 소리를 내며 우르르 자빠졌다. 흙먼지가 와락 피어오른다. 제일 뒤에 있던 헤이시로와 고헤이지가 자빠진 나가야 주민들을 내려다보며 쓰윽 일어났다. 장지를 열고 나온 인물과 정면으로 마주 선 형세가 되었다.

"소란하네요. 그렇게 구경하고 싶으면 안으로 들어오면 될 텐데."

그 '손님'이 말했다.

나이는 얼추 열너덧 살에 인형처럼 단정한 얼굴을 가진 아가씨다. 갓 쪄낸 떡처럼 새하얗고 고운 피부, 비단실을 엮어 올린 듯한 머리칼. 윤기가 흐르는 까만 목깃을 댄 호사스런 유젠^{화초와 동물 등을 화려하게 수놓은 옷감}은 시원한 물빛을 보이는 부채 무늬다. 맑고 커다란 눈동자가 문득 움직여 헤이시로를 위에서 아래까지 살펴본다.

"어머, 핫초보리 나리예요."

누구한테 일러 주는 듯한 말투다. 실제로 그녀는 집 안에다 대고 소리쳤다.

"사키치, 핫초보리 나리가 오셨어요. 어서 나와 봐요."

아가씨가 옆으로 살짝 물러나자 지도리 매듭^{기모노에 착용하는 폭이 매우 넓은 허리띠를 등 뒤에서 묶어 장식하는 여러 방식 가운데 하나}으로 묶은 오비 너머로 사키치가 황

긴 그림자 • 273

급히 일어서는 모습이 보였다. 그가 크게 당황해서 문가로 뛰어온다. 짙은 눈썹은 놀랐다기보다는 곤혹스럽거나 부끄럽다는 듯 여덟팔 자로 쳐져 있다.

어린 아가씨는 입가를 코바늘마냥 휘어지게 만들고 발치에서 버둥거리고 있는 나가야 주민을 쓰윽 휘둘러보고 나서 깔깔 웃었다.

"제가 누구인지 궁금하신 거라면 가르쳐 드릴게요."

왼쪽 볼에 볼우물이 팬다.

"저는 미스즈, 미나토야의 딸이에요."

헤이시로 뒤에서 고헤이지가 또 "우헤!" 하는 소리를 냈다. 이자는 감탄사가 이것밖에 없다.

미스즈를 가까이서 본 헤이시로는, 대단한 미인이구나, 하고 감탄했다. 항간에 도는 소문으로나 까만콩한테 들은 이야기로나 미나토야 소에몬의 외동딸이 고마치처럼 예쁘다는 것은 듣고 있었지만 실물은 풍문 이상으로 아름다웠다. 헤이시로는 잠깐 아내가 젊었던 시절을 힐끔 떠올리고, 그런 기억을 떠올렸다는 사실에 살짝 낯을 붉혔다.

미스즈는 홍조를 띤 헤이시로의 얼굴을 보고 볼우물을 더욱 깊게 팠다.

"남부 마치부교쇼의 이즈쓰 나리시죠?"

어린 아가씨답지 않게 요염한 눈초리다. 눈동자가 촉촉하다.

"어, 그렇다. 그런데 젊은 처자는 여기 혼자 왔나?"

헤이시로는 정신을 가다듬고 애써 딱딱하게 대답했다.

미스즈 뒤에서는 사키치가 그답지 않게 몹시 당황한 얼굴로 팔짱을 끼고 있을 뿐, 함께 왔음 직한 하녀나 하인은 보이지 않는다.

"네, 그렇습니다."

미스즈는 보기 좋게 생긴 콧날을 앙증맞게 치켜들었다. 자세를 가다듬은 모양이다. 이런 규수가 거리를 혼자 돌아다닌다니 터무니없이 경박한 짓이다. 필시 질책을 당할 판이다. 그래서 그런지, 큰 소리로 야단을 치려면 한번 쳐 봐라, 라는 듯한 표정이다.

헤이시로를 에워싸고 땅바닥에 늘어져 있던 나가야 주민들도 기대 섞인 눈초리로 헤이시로와 미스즈의 얼굴을 번갈아 쳐다보고 있다. 그러나 헤이시로는 야단을 칠 생각이 없었다.

"내가 안으로 들어가도 될까?"

미스즈는 헛다리 짚었다는 표정을 숨기려 하지도 않았다. 뎃핀 나가야 주민들의 긴장도 이내 무너졌다.

"그냥 사키치한테 물이나 한잔 얻어 마시려고 그래. 목이 너무 말라서 말이야. 아가씨를 방해할 생각은 없으니까 물만 마시면 바로 나갈 거야."

"저희는 물러갑니다요. 아가씨, 폐가 많았습니다요."

오토쿠가 맥 빠진 얼굴로 일어서며 기모노 자락을 탁탁 턴다. 오쿠메가 덩달아 일어나 그제야 제정신을 차린 듯 "아이고, 감자 다 뭉그러졌겠네!" 하고 허둥댔다. 그것을 신호로 뎃핀 나가야 주민들은 금세 흩어졌다.

"사람들이 참 소심하기도 하지."

미스즈는 툭 뱉듯이 그렇게 말하고 다시 헤이시로를 향해 볼우물을 팠다.

긴 그림자 • 275

"자, 나리, 어서 안으로 드시지요."

헤이시로는 여전히 곤혹스런 표정을 풀지 못하는 사키치를 곁눈으로 보면서 고헤이지를 데리고 유유히 미스즈 옆을 지나 안으로 들어섰다. 워낙 작은 집이라 금방 다다미방으로 올라서는 귀틀에 올라선다. 거기에 꿍, 하며 앉자 고헤이지가 제집처럼 익숙한 그 집 부엌으로 물을 뜨러 갔다.

사키치는 헤이시로에게 등을 보이며 더없이 정중하게 장지를 닫았다. 미스즈는 그와 헤이시로 중간쯤에 버티고 서서 소매를 살랑살랑 흔들며 사키치의 등을 쳐다보고 있다.

"그래, 아가씨, 사키치한테 무슨 볼일이 있어서 왔지?"

헤이시로는 에두르지 않고 곧장 물었다.

사키치는 이미 꼭 닫힌 장지 앞에 여전히 붙어 있다. 미스즈는 그를 곁눈으로 슬쩍 보고 나서 순진한 표정으로 웃으며 헤이시로에게 대답했다.

"그냥 만나러 온 거예요, 나리. 한번 만나 보고 싶었거든요."

그제야 사키치가 돌아 앉아 의미심장한 눈길로 헤이시로를 쳐다보았다. 헤이시로는 맹한 표정으로 웃음을 지어 보였다.

"그렇다면 사키치에게 행운이로군그래."

고헤이지가 물을 따른 잔을 받쳐 들고 돌아왔다. 헤이시로가 물을 벌컥벌컥 들이켰다. 미스즈는 잠자코 그를 보고 있었다.

사키치는 팔짱을 끼고 심히 낭패라는 듯 숨을 길게 토해 내더니 헤이시로에게 말했다.

"나리, 아씨가 저를 골려 주려고 오신 모양입니다."

"어머, 무슨 말이야. 그럴 생각 전혀 없어요."

미스즈가 말괄량이 같은 목소리를 냈다.

"또 그런 말씀을 하십니까. 아씨, 사람을 속이는 데도 정도가 있습니다."

보기 드물게 사키치가 엄한 표정을 지었다.

"아이 참, 속이긴 뭘 속인다고 그래요."

미스즈는 몸을 휙 돌려 냉큼 헤이시로 옆으로 왔다— 아니, 오려고 했던 모양인데 갑자기 발이 걸려 앞으로 고꾸라지나 싶더니 요란한 기세로 귀틀에 부딪혔다. 기모노 자락이 뒤집혀 올라가고 신발 한쪽이 공중을 날고 새하얀 장딴지 두 개가 헤이시로 코앞에서 버둥거리며 눈에 각인되었다.

숨이 멎을 것 같은 광경이었다. 헤이시로는 어안이 벙벙해서 물그릇을 든 채 몸이 굳어 버렸다. 고헤이지 역시 토방에 무릎을 꿇은 채 얼어붙었다. 사키치는 장지를 등지고 한 손으로 얼굴을 가렸다.

"아, 아파—."

미스즈는 토방에 주저앉은 채 어린아이처럼 비명을 질렀다. 실제로 아직 소녀이므로 본모습이 드러났다고 해야 할지도 모른다.

"아아, 이게 무슨 꼴이람."

털퍼덕 주저앉아 버린 미스즈에게 사키치가 뒤늦게 다가가 소녀를 일으켜 주고 귀틀에 앉은 헤이시로 옆에 앉혔다. 미스즈는 이마를 문지르고 있다. 그 자리를 찧은 모양이다.

"그렇군. 이봐, 아가씨. 근시 맞지?"

수수께끼가 풀리는 것 같았다. 눈동자가 그렇게 촉촉이 젖은 듯 보이는 것도 그 탓이다.

"모처럼 얌전한 척해 보았는데, 다 망쳐 버렸네. 나리, 뭘 그렇게 웃으세요?"

소녀는 볼을 뚱하니 부풀려 보였다.

실제로 헤이시로는 폭소를 터뜨렸다. 고헤이지도 웃고 있다. 미즈 역시 기분을 망친 기미는 없고, 잠시 이마를 문지르더니 결국 덩달아 아하하하, 하고 신나게 웃어 댔다.

사키치만 못마땅한 표정이다.

"이러니까 혼자 돌아다니시면 위험하다는 겁니다. 만에 하나 아씨가 어딜 다치기라도 하면 저는 주인 나리께 용서받을 방법이 없단 말입니다."

"사키치가 아버지한테 사죄할 일은 없어요. 내가 멋대로 온 거니까요."

미스즈는 나머지 한쪽 신발마저 벗어 버리고 편안하게 발을 건들거리고 있다.

"사키치, 이 아가씨가 근시라는 걸 알고 있었냐?"

헤이시로의 물음에 미스즈 본인이 앞질러 대답했다.

"알고 있었죠. 미나토 상회나 가쓰겐이나 가게 안에 있는 사람들은 다 알고 있으니까요. 그렇죠, 사키치?"

사키치는 그녀의 신발을 주워 가지런히 놓으며 "예" 하고 말했다.

"사키치는 저를 알지만 저는 사키치에 대해서 거의 몰라요. 그래서 여기 온 거지만."

미스즈는 그렇게 말하고 기모노 품 안에 손을 찔러 넣었다.

"역시 이게 없으면 안 돼. 나리, 실례할게요."

품에서 끄집어낸 것은 멋진 원을 그리는 코안경이다. 미스즈는 그것을 얼굴에 대고 사키치, 헤이시로, 고헤이지 순서로 찬찬히 관찰했다.

잠깐 동안 아무도 말 한마디 못했다. 미스즈의 관찰이 끝나고 그녀의 시선이 다시 사키치에게 돌아가자 헤이시로가 그제야 입을 열었다.

"아가씨는 평소에도 그게 없으면 상대방 얼굴도 분간하기 힘들겠지?"

"예, 그래요."

미스즈는 안경을 걸친 채 헤이시로를 향해 고개를 끄덕였다.

"하지만 이걸 쓰는 순간 여자다운 모습이 사라져 버려요. 그래서 쓰지 않고 지내야 해요. 어릴 적부터 그렇게 듣고 자랐어요."

"그렇다면 근시는 어릴 적부터 있었나?"

"네, 여덟 살 때 처음으로 안경을 마련했거든요. 그것 때문에 나가사키까지 갔었어요."

고헤이지가 또 "우헤!" 하고 감탄하기 전에 헤이시로가 먼저 "우헤!" 하고 장단을 넣었다. 할 말을 빼앗긴 고헤이지는 그저 입만 벌리고 있다.

"바느질 같은 거 할 때는 너무 힘들어서요."

미스즈가 바느질하는 시늉을 하며 말을 이었다.

"이 안경은 너무 무거워서 금방 피곤해져요. 하지만 수금을 배우기 시작했을 때가 제일 힘들었어요. 어머니가 이렇게 볼썽사나운 것을 쓰고 수금을 타면 안 된다고 하셔서 안경도 없이 맨눈으로 배워야 했거든요."

"거참 힘들었겠구나."

"네, 그치만 지금은 다 배웠어요."

조금은 의기양양한 모습이다.

"나리, 그렇게 감탄하고 계실 때가 아닙니다. 지금쯤 미나토 상회에서는 다들 사색이 돼서 아씨의 행방을 찾고 있을 겁니다. 빨리 모셔다 드리지 않으면ㅡ."

사키치가 끼어들었다.

"어머, 아직 괜찮아요. 오몽은 내가 무용 강습을 받는 줄 알고 있으니까."

미스즈는 천연덕스러운 얼굴로 설명했다. 오늘은 닷새에 한 번 있는 무용 강습일이라 에추 다리맡에 있는 연습장을 향해 점심때를 지나서 출발했다고 한다. 이때 함께한 몸종이 오몽이다. 미스즈는 무용뿐만 아니라 무엇을 배우러 갈 때는 꼭 몸종을 대동하며 짧은 길이라도 가마를 탄다. 물론 심상치 않은 근시 때문에 넘어져서 귀한 얼굴에 흉터라도 지면 큰일이라고 미나토 상회 주인 내외가 걱정한 탓이다.

다만 미스즈를 강습장에 데려다 주면 오몽은 강습이 끝날 때까지 다른 볼일을 보러 그곳을 뜬다. 가마만 강습장 바깥에 대기하고 있다. 그런데 오늘은 오몽이 자리를 뜨자 미스즈는 강습장에 들어가는 대신 얼른 가마로 되돌아가 가마꾼 두 명에게 푼돈을 쥐여 주고 사정을 설명한 다음 뎃핀 나가야로 달려왔다는 것이다.

"그럼 무용 선생도 이상하게 여기고 있을 거 아닙니까. 어서 돌아가는 게 상책입니다."

사키치는 책망해 마지않았다. 헤이시로는 무릎을 탁 쳤다.

"그래, 좋다, 이렇게 하자. 고헤이지, 너는 당장 미나토 상회로 달려가. 가서 사정을 설명하고 와라."

고지식한 고헤이지는 곤혹스러워했다.

"하지만 나리, 뭐라고 설명을 합니까?"

"뭐라고 하든 상관없다. 적당히 지어내. 아씨가 무용 강습을 빼먹었지만 무사하다. 그러니 귀가가 조금 늦어지더라도, 지금 어디 있는지 알 수 없더라도 걱정할 필요 없다고만 전하면 된다."

참으로 대책 없는 이야기다. 미스즈가 또 깔깔 웃으며 말했다.

"뎃펜 나가야에 있다는 것을 집에서 안다고 해도 저는 정말 괜찮아요. 그러니까 사실대로 말해 주세요."

"아씨."

사키치가 노한 목소리로 말했다.

"뭐가 어때서."

미스즈가 몸을 휙 돌리고 입술을 삐죽이며 사키치를 쳐다본다. 묘하게 허물없는 모습이라고나 할까.

— 귀염을 떨기는.

헤이시로는 조금 재미있어졌다. 근시인 이 예쁜 아가씨가 마음에 들 것 같은 기분이 든다.

여하튼 고헤이지를 심부름 보내자 때마침 운하변 길에서 감주 장수 목소리가 들려왔다. 이런 일을 두고 천우신조라고 하던가.

긴 그림자 • 281

"사키치, 감주다! 감주가 마시고 싶구나. 아가씨도 마시고 싶지?"
 헤이시로는 환한 얼굴로 말했다. 미스즈도 예, 하고 반색한다.
"하지만 나리—."
"괜찮으니까 사 와라. 더울 때는 그저 감주가 최고지. 내가 살 테니 나가야 사람들한테도 한 대접씩 돌려라."
 지갑에서 돈을 꺼내 사키치에게 쥐여 주고 어서 가라고 쫓아냈다. 사키치는 하늘을 우러르는 시늉을 했지만 바짝 채근하는 헤이시로에게 져서 하는 수 없이 밖으로 나갔다.
 감주 장수 목소리가 끊기고, 아이구, 고맙습니다요, 몇 잔이라구요? 하며 흥정이 시작되는 소리를 귀를 바짝 세워 확인한 연후에 헤이시로는 미스즈를 향해 고쳐 앉았다.
"그런데 아가씨, 잠깐 물어보자. 여긴 뭐 하러 온 거지?"
 미스즈는 안경 너머로 헤이시로를 쳐다보았다. 맨눈일 때는 촉촉하게 젖어 요염하게 보이는 미소녀의 눈동자가 우윳빛 안경 렌즈를 사이에 두고 보니 명석한 인상을 풍기며 생생하게 빛난다. 묘한 인상이로군, 하고 헤이시로는 놀라움을 감추지 않았다.
"아까 말씀드린 대로예요. 정말 사키치를 만나러 온 거예요. 아버지나 어머니나 집에서는 늘 사키치 이야기를 하거든요."
 미스즈는 밝은 목소리로 대답했다.
 미나토야 부부가 늘 사키치를 화제로 삼고 있다— 헤이시로로서는 흘려버릴 수 없는 이야기였다.
"그게 여기 선임 관리인 규베가 사라지고 사키치가 후임으로 온 이후의 이야기인가?"

"그래요. 하지만 그 이전에도 종종 사키치 이야기를 하셨어요."

미스즈는 뭔가를 기억해 내려는 듯 먼 데를 보는 표정을 지었다.

"그래서 사키치가 저랑 먼 친척뻘이라는 사실은 오래전부터 알았어요. 예전에 미나토 상회에 같이 살았던 적도 있다고 해요."

"아, 그래. 아가씨의 아버지 소에몬 씨는 사키치에게 외종조부인 셈이지."

"사키치의 어머니가 저희 아버지의 조카예요. 이름이 아오이 씨라고 했고요."

"음, 그럼 아가씨는 아오이 씨와 사키치가 미나토 상회에 왔다가 다시 나가게 된 사정을 알고 있나?"

미스즈는 잠깐 입을 꼭 다물었다. 웃을 때뿐만 아니라 이런 표정을 지을 때도 볼우물이 생긴다. 아주 귀여운 모습이다.

그대로 고개를 살랑살랑 젓는다.

"자세히는 몰라요. 다만 아오이 씨와 우리 어머니가 사이가 나빠서 결국 어머니가 아오이 씨를 쫓아낸 거나 다름없다고—."

"호. 그건 누구한테 들었지?"

"아버지한테요. 다만 직접 들은 건 아녜요. 예전에 이야기가 가끔 나올 때 들었던 것들을 모아 보니 그렇더라고요."

과연. 그렇다면 미나토야 소에몬은 평소 집 안에서 아내와 이야기할 때도 어디까지나 아오이를 옹호하려고 했다는 말이 된다. 실은 아오이가 미나토 상회의 젊은 점원과 눈이 맞아 도망친 것이지만.

— 아니, 아니야.

헤이시로는 내심 고개를 갸웃했다.

아오이는 정말 점원과 눈이 맞아서 도망쳤을까? 이렇게 되고 보니 그 이야기를 액면 그대로 믿는 것도 위험하지 않은가 싶은 생각이 든다.

만약 그게 사실이라면—더구나 돈까지 훔쳤다고 했다—아무리 소에몬이 아오이를 마음에 두었다 하더라도 평소 잡담에서까지 그녀의 행동을 감싸려고 했을까? 남자와 눈이 맞아 돈을 훔쳐 도망간 일은 사실로 인정한 다음, 아오이가 그런 짓을 저지른 데는 미나토 상회에도 잘못이 있다는 식으로 말하는 것이 고작일 터— 아니, 그게 상식적인 선이 아닐까 하고 헤이시로는 생각했다. 제 발로 도망쳐 나간 것과 사이가 좋지 않던 숙모에게 쫓겨난 것은 천양지차가 아닌가.

애초에 남자와 눈이 맞아 도망쳤다는 이야기를 한 사람은 지금으로서는 사키치뿐이다. 까만콩의 조사에서는 그 이야기가 없었다.

과연 사키치는 제 어미가 그렇게 음탕하고 배은망덕한 짓을 저질렀다고 믿고 있을까. 그 말을 하던 모습에 거짓은 없어 보였다. 하지만 사건이 일어날 당시 그는 겨우 열 살 안팎의 어린아이였다. 따라서 사키치의 생각은 제 머리에 남아 있는 기억이 아니라 당시 주위 어른들한테 주위들은 이야기로 만들어 냈다고 생각하는 편이 타당하다.

아오이는 남자와 눈이 맞아 가출한 게 아닐지도 모른다. 하지만 뭔가 곡절이 있어서 사키치한테는 그렇게 설명해야 했을 테지.

아오이가 사키치를 놔두고 미나토 상회를 떠나게 된 사정은 '소에몬의 아내 오후지와 사이가 나빴기 때문이다'라는 설이 더 사실에 가깝지 않을까? 이것이 진실이기 때문에 미나토야 부부는 여지껏 단편적이기는 하지만 딸 미스즈도 짐작할 수 있을 만큼 설득력 있는 내용으로 이야기를 하고 있는 것이다.

— 아무래도 이야기가 복잡해지는군.

헤이시로는 팔짱을 꼈다.

그때 미스즈가 묘하게 단호한 목소리로, 그러나 떼쓰는 아이처럼 입을 삐쭉 내밀고 말했다.

"저는 아버지나 어머니나 둘 다 너무 싫어요."

헤이시로는 머릿속의 복잡한 생각에서 벗어나 상대방 이야기로 관심을 돌렸다.

"뭐? 그게 무슨 말이야, 아가씨?"

"아버지나 어머니나 다 싫다고요."

미스즈는 그 말을 다시 하며 허공을 매섭게 노려보았다.

"아버지는 저를 남에게 선물해서 환심을 사는 예쁜 인형처럼 생각해요. 어머니는 제가 아오이 씨를 닮았다고 미워하고요."

헤이시로는 크게 놀라 저도 모르게 귀틀에서 굴러 떨어질 뻔했다.

"아가씨가 아오이 씨를 닮아?"

미스즈는 고개를 까딱했다.

"아버지도 그렇게 말씀하시고 규베 씨도 그랬어요."

"규베라면 전에 있는 관리인?"

"네, 그래요."

규베는 예전에 가쓰겐에서 일했고 관리인이 된 뒤에도 미나토 상회에 자주 출입했다. 미스즈가 알고 있는 것도 당연하다. 그러나 미스즈가 아오이를 닮았다는 것은—.

혼란이 깊어지는 헤이시로를 아랑곳하지 않고 미스즈는 경쾌한 말투로 계속했다.

"부모와 자식이 서로 미워한다는 건 정말 서글픈 일이지만, 우리 집은 그래요. 아버지와 어머니 사이도 얼음장처럼 차갑고. 더 이상 미나토 상회에서 지내기가 싫어요."

"하지만 아가씨는 조만간 시집을 간다며?"

헤이시로가 기억을 해 냈다.

"사키치한테 들었지. 서쪽 지방의 대단한 영주 집안으로 시집간다고 하던데—."

미스즈는 코끝에 잔뜩 주름을 모으고 미소녀에 어울리지 않는 못난 표정을 지었다.

"아버지가 정한 거예요. 전 싫어요."

"그렇지만."

"어머니도 당신 편한 대로만 말해요. 이게 다 너를 위한 거라고요. 저한테 매일 버럭버럭 화만 내고, 제가 원하는 일은 하나도 허락하지 않고, 제 마음을 전혀 알아주질 않아요. 정말 싫어요."

미스즈의 눈동자 빛깔이 진해졌다.

"그 두 사람 입에서 곡소리 나게 만들어 줄 거예요. 그래서 사키치를 만나러 온 거예요. 사키치가 어떤 사람인지 확인하고 싶어서요."

"확인해서 어쩌려고?"

헤이시로는 대답을 짐작하면서도 짐짓 물었다.

미스즈는 헤이시로가 시험하고 있음을 눈치 챈 기색이다. 간만에 방긋 웃자 볼우물이 깊숙이 패인다.

"확인해서 마음에 들면 여기로 시집올까 해서요. 사키치한테 저를 색시로 맞아 달라고 하려고요."

                                6

결국 미스즈는 초여름 긴 오후를 뎃핀 나가야의 사키치네 집에서 보냈다. 마침내 고헤이지에게 거의 등을 떠밀리다시피 하며 돌아갈 때도 아쉽다는 표정을 지었다.

미나토 상회에 아가씨의 일탈을 해명하러 갔던 고헤이지에 따르면 그녀가 몸종을 따돌리고 어디로 사라진 일은 처음이 아니라고 한다. 미나토 상회 측에서는 그리 당황하는 모습을 보이지도 않은 모양이다. 고헤이지를 맞은 지배인도―나이는 마흔이 될까 말까 하고 매서운 인상을 풍기는 호남형이라고 하는데―아씨가 장난기가 심해서 저희도 죽을 노릇입니다, 또 연극 구경입니까? 아니면 가게라도 둘러보시나요? 하고 한숨을 섞어 물었을 뿐 고헤이지에게 매달려 당장 아씨가 있는 데로 안내해 달라고 채근하지는 않았다. 채근은커녕, 아씨가 마음대로 저잣거리를 놀러 다닐 수 있는 시간도 얼마 남지 않았으니 너무 박하게 굴고 싶지는 않다는 식으로 말했다. 고헤이지가 어안이 벙벙해서, 예? 그게 무슨 말입니까? 하고 묻자 호남형 지배인은 으스대듯 가슴을 펴면서, 아주 훌륭한 혼담이 거의 성

사된 참입니다, 하고 대답하더란다.

혼담 성사가 아직 모호한 단계라면 고헤이지 같은 외부 사람에게 굳이 이야기했을 리가 없다. 즉 당사자 미스즈가 아무리 싫다고 해도 그녀가 뼈대 있는 명문가에 시집가는 것은 이미 정해진 수순이나 마찬가지인 듯하다.

신변의 자잘한 일부터 현재 배우고 있는 이런저런 강습들, 연극이나 배우에 대한 호불호, 음식 이야기 등 미스즈가 떠드는 솔직한 이야기를 들으며 헤이시로는 매우 즐겁게 반나절을 보냈다. 덕분에 점심 지나서부터는 다른 지역을 순시하지 못했지만 어차피 매일 빠짐없이 순시를 도는 것도 아니므로 개의치 않았다. 그래도 미스즈가 자기 이야기를 들어 주며 뎃핀 나가야에서 노닥거리는 헤이시로를 걱정해 주자 이렇게 말해서 안심시켰다— 내가 순시를 돌다 싸움판을 만난다 해도 나 혼자 쉽게 해결할 수 있는 싸움이라면 내가 없더라도 누군가 수습할 수 있을 테고, 그 자리에 있던 어느 누구도 수습하지 못할 만큼 커다란 싸움판이라면 애초에 내가 그 자리에 있어도 수습할 수 없을 것이다, 그러니 나란 사람은 있으나 없으나 매한가지다. 그러자 미스즈는 목을 울리며 깔깔 웃더니, 이즈쓰 나리도 참 재밌는 분이시네요, 히고 매우 즐거워했다.

"역시 오늘 마음먹고 여기 오길 잘했네요. 이즈쓰 나리가 사키치에게 아주 잘해 주신다는 얘기를 아버지한테 들어서 알고 있었어요. 만나 봬서 다행이에요."

돌아갈 때 미스즈는 근시 안경을 벗더니 촉촉하게 젖은 눈동자로 사키치를 빤히 쳐다보며 "나, 또 올 거예요. 사키치가 정말로 좋아진 것 같아요"라는 말까지 했다.

그녀가 돌아가자 사키치의 수수한 집 안이 이내 쓸쓸해졌다. 마치 아름다운 깃털을 가진 남국의 새가 멋진 소리로 한참을 지저귀다가 훌쩍 날아가 버린 듯한 분위기였다.

"그런데 너는 어쩔 셈이냐?"

헤이시로는 사키치에게 물었다. 사키치는 미스즈가 방 안에 있는 동안 내내 거북한 표정으로 안절부절못하고 있었다. 그녀가 돌아간 지금도 역시 제자리를 찾지 못한 듯 안절부절못하는 눈치다.

"뭘 말입니까?"

"그 아가씨를 색시로 삼을 거냐?"

"나리, 놀리시면 곤란합니다."

사키치는 거의 원망하는 듯한 눈초리였다.

"왜 어때서. 그 아가씨는 그럴 마음이라고 하더구만. 네가 마음에 꼭 드는 눈치더라."

"혼담이 성사되었다지 않습니까."

"그 혼담이 싫어서 너랑 어디로든 도망치고 싶은 거겠지. 내가 보기엔 나쁜 이야기도 아닌데. 그 아이, 괜찮은 아가씨야."

"나리와 아무 상관 없는 일이라고 그렇게 허황된 말씀을 척척 하시는군요."

"관리라는 게 원래 그런 놈들 아니냐."

헤이시로는 아무렇지도 않게 말했다. 사키치는 잠시 헤이시로의 얼굴을 쳐다보았지만 곧 긴장이 무너진 듯 쿡쿡, 하고 웃었다.

"아씨는 제게 주인님의 따님이나 똑같은 분입니다."

"그렇게까지 거리를 둘 건 뭐냐. 너도 미나토 상회 주인과 핏줄이 닿는 몸인데."

사키치는 말없이 고개를 저었다.

"미나토 상회 주인 내외가 평소 네 얘기를 자주 한다고 하더라."

헤이시로는 그렇게 말하고 긴 턱을 쓰다듬었다.

"제 부모가 그렇게 마음에 들어 하는 사키치라는 남자가 도대체 어떤 사람인지 한번 만나서 확인해 보자 하고 마음먹을 만큼 자주 화제로 삼았다는 거야."

"주인 나리는 제가 아니라 여기 뎃핀 나가야를 걱정하신 거겠지요. 아니면 저 같은 놈한테 맡겨 두다가는 뎃핀 나가야도 머지않아 망가지고 말겠다, 역시 그놈을 관리인으로 보낸 것이 잘못이었구나, 하고 생각하실지도 모르고요."

사키치는 맥 빠진 목소리로 대답했다.

헤이시로는 미간을 찡그렸다.

"이봐. 그건 또 무슨 말이냐? 네가 집세를 싸들고 도망치기라도 한다더냐?"

"제가 그런 짓을 한다고 해도 이상할 게 없지 않습니까? 핏줄이란 말이 나왔으니 말이지만 그런 어미 밑에서 자란 놈이니까요."

"마침 얼마 전부터 정말 이상하다고 여겼는데, 이봐, 사키치, 그 이야기는 대체 누가 귀띔해 준 거냐?"

"귀띔해 주다뇨? 말씀이 좀 묘하시군요."

사키치의 눈초리가 날카로워졌다.

"그래? 왜냐하면 내가 미나토 상회 주변을 조사한 바로는 그런 이야기가 전혀 나오지 않았거든. 참고로 말해 두지만 조사를 한 사람은 내가 아니다. 내가 조사했다면 바로 코앞에 있는 것도 못 보고 지나치기 십상이었겠지. 실은 비밀 순시관에게 연줄을 놔서 조사하게 했다."

그 말에는 사키치도 적이 놀란 기색이다.

"비밀 순시관—."

"그래. 그 사람들은 일단 조사를 시작하면 뒷간에서 쓰는 밑씻개 종이의 가격까지 알아내지. 하지만 아오이가 점원과 눈이 맞아 도망쳤다는 이야기는 없었다. 돈을 훔쳤다는 이야기도. 다만 네가 열 살 나던 해 가을에 아오이가 편지를 남기고 미나토 상회에서 사라졌다는 이야기만 있었을 뿐이다."

"그러니까 미나토 상회의 내부 입단속이 그만큼 철저하다는 뜻입니다. 남녀가 눈이 맞아 도망쳤다는 소문이 나서 좋을 일이 뭐가 있겠습니까."

"요전번에도 네가 그렇게 말했지. 물론 그렇게 생각할 수도 있다. 하지만 사키치, 내가 조사를 부탁했던 비밀 순시관은 이런 말도 하더구나. 아오이가 사라질 당시 미나토 상회에 두 가지 소문이 돌았다는 거다. 하나는 아오이가 소에몬의 부인 오후지한테 괴롭힘을 당했다는 소문이고, 또 하나는 아오이한테 남자가 생겨서 너를 미나토 상회에 남겨 두고 그 남자한테 가 버렸다는 소문이다. 자, 어떻게 생각하느냐? 아오이가 떠난 전말에 관해서 미나토 상회의 입단속이 정말로 엄격했다면 이런 소문도 나돌 리가 없지 않느냐? 이 역시 소문이 나서 좋을 리 없는 이야기들이고."

사키치는 고집스런 표정으로 입을 꾹 다물고 있다가 억양 없는 목소리로 말했다.

"하지만 그 두 가지 소문도 점원과 눈이 맞아 도망쳤다는 것보다는 그나마 나은 편이군요. 어머니가 가출한 사실까지 가게 사람들한테 숨길 수는 없으니까 전부 감추려고 하기보다는 그런 소문을 만들어서 점원들에게 퍼뜨린 게 아닐까요? 더 교묘한 방법이지요."

"그럼 미스즈가 한 말은 뭐냐? 너도 들었지? 그 아가씨도 제 어머니와 아오이 사이가 나빴다고 말하지 않느냐. 그것도 지어낸 이야기일까."

"그냥 주워들은 이야기겠지요. 애초에 믿을 만한 이야기가 못 됩니다."

헤이시로는 더욱 재미있어졌다. 약간 흥분이 될 정도다. 전혀 어리석지 않은 사람이 왜 이 일에서만큼은 이렇게 제 생각만 고집할까?

"내가 한마디 하자면, 사키치. 너는 중요한 점을 놓치고 있다."

사키치는 살짝 발끈하는 모습이다.

"예? 제가 무엇을요?"

"만약 네 어머니가 정말로 가게 점원과 눈이 맞은 거라면 다른 점원들이 그걸 모르고 있었을 리가 없다. 왜냐하면 바로 어제까지 같이 있던 점원이 오늘 자취를 감춘 거 아니냐. 도저히 달리 설명할 길이 없었겠지. 당시 너는 열 살 정도밖에 안 된 꼬마여서 가게가 어떻게 돌아가고 있는지도 잘 몰랐을 테니 얼마든지 속일 수 있겠지. 하지만 점원들을 상대로는 쉽게 속일 수 없었을 게다."

사키치는 물러서지 않았다.

"마침 그때 휴가를 냈다고 하면 되겠지요."

"아오이가 가출한 바로 그날에 휴가를?"

"점원의 휴가는 이미 결정되어 있었다. 어머니의 가출은 갑작스러운 일이다. 우연의 일치였다고 설명하면 점원들도 납득하겠지요."

"그건 무리야. 아오이와 그 점원이 눈이 맞을 정도로 각별한 사이였다면 가게 점원들 가운데 누군가는 이미 그 사실을 알고 있었을 거다. 당연히 눈치 채고 있었겠지. 그자들을 구워삶기란 쉬운 일이 아니야."

헤이시로가 다그친다.

"점원들로서는 주인이 하는 말은 다 옳은 겁니다."

허, 그러냐, 하는 말로 대답해 두고 헤이시로는 이야기를 그만두었다. 이런 식으로 이야기해 봐야 한이 없다.

대신 이렇게 물었다.

"사키치, 그 점원의 이름이 뭐라고 하든?"

사키치는 불시에 옆구리를 얻어맞은 양 움찔했다.

"설마 모른다고 하지는 않겠지?"

"물론 알고 있습니다……."

"이름이 뭐냐? 어떤 자였지?"

"마쓰타로라는…… 당시 스물다섯 살에……."

"좋아. 한번 조사해 봐야겠구나."

헤이시로는 손바닥으로 무릎을 쳤다. 사키치는 더 이상 못 버티겠다는 듯 약한 표정을 드러냈다.

"나리, 이제 그만하시지요. 이런 일을 두고 나리와 제가 이런 이야기를 하고 있다는 것도 이상하고, 이십 년 가까이나 지난 일인데 아무렴 어떻습니까."

"나는 아무렴 어떠냐는 식으로 생각하지 않아. 과거의 일이라도 제대로 해 두지 않으면 지금 생활에 좋지 않은 영향을 미칠 수가 있거든. 실제로 그렇게 되고 있지 않느냐. 너는 이제 어른이다. 머리도 좋고 품성도 올곧지. 그런데 네 어미 일에서는 우물쭈물 아둔해져서 앞을 똑바로 바라보려고 하질 않는구나. 너도 알겠지만 미나토야 소에몬의 두 아들은 평판이 그리 좋지 않아. 두 아들 모두 아버지를 이을 그릇이 아니라는 소문이다. 그렇다면 네가 미스즈와 부부가 되어 미나토 상회를 물려받아도 좋지 않겠느냐. 잊고 있었는지 모르지만 어릴 적에 너는 소에몬에게 맏아들 같은 대접을 받았었다."

"그런 꿈 같은 이야기를—."

"꿈이 아니야. 미스즈란 아가씨도 미나토 상회 남자들에게 정나미가 떨어졌기 때문에 일부러 너를 만나러 온 거 아니냐. 그 점을 잘 생각해 보거라."

"하지만 저는!"

사키치는 갑자기 큰소리를 냈다. 그 목소리에 정작 본인이 놀라 버린 듯하다. 이내 낯이 창백해졌다.

"죄송합니다……. 나리 앞에서 목청을 높이다니."

"마음 쓰지 마라. 나는 위아래 따지지 않고 어울리는 사람 아니냐. 알고 있겠지만."

헤이시로는 웃었다.

사키치는 맥없이 웃음을 짓고 손으로 이마를 눌렀다.

"하지만 저는, 어머니에 대하여 언제나…… 언제나 지독하게…… 배은망덕한 사람이라는 말만 들었습니다. 저는 어머니처럼 돼먹지 못한 사람은 되지 않겠다고, 은혜를 원수로 갚는 사람은 되지 않겠다고, 그렇게 다짐하며 살아왔습니다. 그래서……."

이제 와서 새삼 그 전제를 의심해 보라고 해도 냉큼 그리 되질 않는다. 그것은 헤이시로도 잘 안다.

— 그렇기 때문에 더욱 그 언짢은 이야기를 의심해 봐야 하지 않겠느냐.

헤이시로는 내심 그렇게 말했다.

누군지 몰라도 사키치에게 생모 아오이의 과거를 귀띔해 준 사람은, 그런 귀띔으로 사키치가 지금과 같이 살아가도록— 소에몬에게 죄책감을 품고 미나토 상회 주인의 지시에 전적으로 복종하며 고분고분 살아가는 인생을 감수하도록 키워 왔을 것이다. 아니, 오히려 그게 주된 목적이었는지도 모른다.

부모의 사악한 처사나 행적 때문에 고통받는 자식이라면 세상에 얼마든지 있다. 그렇다고 자식들이 열이면 열 전부 못쓰게 되는 것은 아니다. 부모의 옳지 못한 삶에 모두들 죄책감에 시달리며 자라지도 않는다. 설사 아오이가 정말로 배은망덕한데다 탐욕스럽고 음란해서 도저히 어찌할 수 없는 여자였다고 해도, 사키치 역시 일찌감치 미나토 상회와 연을 끊어서 종종 과거를 떠올려야만 하는 생활에서 벗어났다면 마음가짐도 조금은 달라졌으리라.

— 나라고 이런 이야기가 좋아서 하는 건 아니다.

그로서는 드문 일이지만, 헤이시로의 분노는 쉬 가시지 않았다. 미나토 상회에서 돌아온 고헤이지를 데리고 마침내 뎃핀 나가야를 떠나려고 할 때 기다렸다는 듯이 소나기가 쏟아졌다. 분노로 달아오른 머리에 빗방울이 떨어지자, 헤이시로는 이러다 더운 김을 푹푹 뿜겠다 생각하며 저벅저벅 걸었다.

이튿날.
미스즈와 이야기하는 데 정신이 팔려서 순시를 거른 지역을 착실히 돌아보고 나서 짐짓 점잖은 얼굴로 마치부교쇼에 얼굴을 내미니, 그것만으로도 벌써 녹초가 되고 말았다. 날이 너무 더웠다. 해는 징그럽게 이글거리고 길은 먼지로 뽀얗고 물은 미지근하고 땀은 줄줄 흐른다. 얼른 목욕이나 할까 싶어서 핫초보리 집으로 돌아오니 부엌쪽에서 웃음소리가 들려온다. 헤이시로가, 나 왔소 하고 소리를 질러도 요란한 웃음소리에 막혔는지 아무도 나와 보지 않는다. 고헤이지가 발을 씻어 주는 동안 헤이시로는 귀를 부채마냥 활짝 펴고 안쪽에서 오가는 이야기를 들어 보려고 했다. ―어린아이의 목소리다. "이모님, 이모님" 하는 소리가 연신 들려온다.
헤이시로의 머리에 스치는 생각이 있었다. 저 아이가 혹시 유미노스케라는 꼬마가 아닐까?
잘생겨도 보통 잘생긴 아이가 아니라고 아내가 말했었다. 안쪽에서 들려오는 자못 신나는 웃음소리 속에는 허드렛일을 돕는 하녀의 교성도 섞여 있는 듯하다. 더욱 궁금해진다.
헤이시로가 쿵쿵 발소리를 내며 다다미방으로 들어가자 그제야 알아챘는지 아내가 당황한 모습으로 부엌에서 복도로 나왔다. 어머, 오셨어요, 하는 얼굴에 여전히 웃음이 남아 있다.

"누가 왔소?"

아내의 얼굴이 더욱 환해졌다.

"예, 사가초에서 유미노스케가 심부름을 왔어요. 미꾸라지를 들고 왔네요. 날이 갑자기 더워져서 당신이 더위라도 먹을까 봐 언니가 들려 보낸 거예요. 오늘 저녁은 추어탕이 되겠네요. 당신도 좋아하죠?"

묘하게 말이 많다. 최근 몇 년 동안 아내가 무슨 음식을 하면서 헤이시로에게 그걸 좋아하냐는 둥 신나게 말하는 것을 본 적이 없다.

아내의 둘째 언니가 시집간 사가초의 가와이 상회는 워낙 부잣집이라 이렇게 철마다 보양식을 이것저것 챙겨 주는 일이 잦지만 가와이 상회의 아들이 직접 심부름을 온 것은 이번이 처음이다. 이런 일이 거듭되면 익숙해질 테고, 그러다 보면 볼일이 없어도 출입하게 되리라. 대체로 무엇에 구애받지 않는 헤이시로이므로 그러다 보면 결국, 아, 유미노스케 말인가? 그 아이라면 우리 집에서 생활해도 나쁘지 않지, 하는 식으로 될 게 뻔하다. 헤이시로가 뎃핀 나가야 쪽에 정신이 팔려 있는 동안 이즈쓰 집안에 양자를 들이는 문제는 아내에 의해 조용하지만 심도 있게 진행되고 있는 듯하다.

부엌에서 또 웃음소리가 터졌다. 헤이시로는 곁눈으로 아내를 쳐다보았다. 그녀는 방긋 웃으며 남편의 눈길을 받아넘긴다.

"왜 저렇게들 웃지?"

"유미노스케가 하는 말이 다 재미있거든요."

긴 그림자 • 297

"사내 녀석이 수다스러운 모양이군."

"어머, 그건 아녜요. 지금 당장 데려다가 인사시킬게요."

아내는 날아갈 듯 가벼운 발놀림으로 방을 나가더니 곧 환하게 웃으며 돌아왔다. 그러더니 장지 앞에 반듯이 무릎을 꿇고 앉아 바로 뒤에 앉아 있는 작은 그림자에게 부드럽게 이른다.

"자, 이모부께도 인사드리렴."

"가와이 상회의 유미노스케입니다."

작은 그림자가 마룻바닥에 귀여운 손을 짚고 머리를 숙이며 말했다.

"오늘 날이 이렇게 더운데 바깥을 순시하시느라 얼마나 노고가 많으셨습니까. 가와이 상회에서 소소하나마 보양식을 가져왔으니 모쪼록 맛나게 드십시오."

의젓하게 인사를 마치고는 다시 넙죽 절을 한다. 헤이시로는 입을 다문 채 콧소리로 흠, 하고 말했다. 아내가 살짝 흘겨본다.

"아니, 여보. 흠이 뭐예요, 흠이."

"인사도 참 똑 부러지게 잘하는구나. 몇 살이냐?"

날이 더워서 윗도리 앞섶을 풀어 헤쳐 놓고 부채질을 하면서 헤이시로가 물었다.

"그렇게 납작 엎드려 있지 않아도 되니 이리 가까이 오너라."

"예, 감사합니다."

유미노스케는 얼굴을 들었다. 헤이시로는 부채질하던 손을 뚝 멈췄다. 아내가 두근거리는 듯한 표정으로 두 사람을 번갈아 본다.

과연 가지런하고 잘생긴 얼굴이다. 아내의 말이 허풍은 아니었다.

또렷하고 동그란 눈동자, 매끈하게 흐르는 이마. 실을 댕겨 놓은 듯 곧게 뻗은 콧대. 마치 상인 집안의 아들입니다, 라고 말하려는 듯한 말쑥한 옷차림에 앞머리도 경단을 얹어 놓은 마냥 아담하고 귀엽게 상투를 틀었지만, 그래도 이목을 끌 만큼 광채가 있는 아이다.

이게 뭐였더라— 헤이시로는 잠시 생각하다가 무언가를 떠올렸다. 그래, 고급 생과자 같구나. 먹으면 감칠맛이 날 듯한 생과자.

"네가 유미노스케구나."

헤이시로가 손가락으로 가리켰다.

"예, 다섯 살 때 단오절 이후로 이모부님을 처음 뵙습니다. 그 뒤로 칠 년이 지났으니 열두 살이 되었습니다."

소년은 씩씩하게 대답했다.

"그래?"

헤이시로는 턱을 긁적였다. 깎아 놓은 듯 단정한 얼굴들은 어딘가 상통하는 구석이 있는지, 미스즈의 얼굴이 유미노스케의 얼굴 위로 떠올랐다.

"너, 근시냐?"

저도 모르게 물었다.

"예? 저는 눈이 좋습니다."

"당신, 갑자기 무슨 말이에요?"

"너 혹시 몸속에 단팥소가 들어 있을 것 같다는 소리 들어 본 적 없느냐?"

헤이시로는 또 물었다.

유미노스케는 동그란 눈동자를 또르르 굴렸다. 놀란 모양이다. 아내가 웃음을 터뜨렸다.

"당신도 참, 왜 엉뚱한 말을 하고 그래요."

"하지만 내 눈에는 유미노스케의 몸속에 하얀 단팥이 들어 있는 것처럼 보이는걸."

"하얀 단팥이요? 아뇨, 그런 말은 못 들어 봤습니다."

유미노스케는 빛나는 얼굴로 말했다.

"한입 깨물면 꽤 맛있을 것 같구먼."

"하긴 당신은 단것을 밝히니까. 좋아하는 것은 다 비슷해 보이나 보죠?"

아내의 이 말은 대화를 부드럽게 끌고 가려는 유도신문이다.

"핫초보리에 모여 사는 관리라는 자들은 다들 입이 걸어. 공식적으로는 직책을 상속할 수도 없게 되어 있고, 고케닌쇼군 휘하 무사 중에서 신분이 낮은 층으로 주로 요리카나 도신으로 일함 중에서 신분이 가장 낮다. 후치도 쥐꼬리만큼 나오고. 세상에 섞여 살아가자니 자연히 볼품없는 사람이 되는 거지."

"아, 예."

유미노스케는 고개를 끄덕인다.

"그러니까 네가 이즈쓰 집안에 양자로 들어와 내 뒤를 이어 관리가 되면 말이다, 제일 먼저 별명을 얻게 될 거다. 앙코스케양코는 팥소라든지 이즈쓰야의 시로앙하얀 팥소이라든지. 너, 그런 거 싫지?"

"당신, 지금 그런 소리를 해서—."

아내가 끼어들려고 했지만 헤이시로는 턱을 쑥 내밀고 유미노스케의 얼굴만 쳐다보았다. 소년은 눈동자를 오른쪽으로 돌린 채 잠시 생각에 잠겨 있다가 마침내 느릿한 말투로 대답했다.

"그런 것도 그리 싫지는 않습니다. 게다가 별명이라면 지금도 가지고 있거든요."

"호, 그게 뭐지?"

"고래입니다."

"뭐? 고래? 그러니까 바다에 사는 그 고래 말이냐?"

"아뇨, 그게 아니라 경척鯨尺. 피륙을 측정하는 자로, 고래 수염으로 만들었다입니다. 경척 같다고 해서 고래라고 부르는 겁니다."

헤이시로는 아내의 얼굴을 보았다. 아내는 입가를 품위 있게 누르며 웃음을 참고 있다.

"유미노스케는 뭐든지 재는 버릇이 있대요. 저도 오늘 처음 알았는데, 꽤 묵은 버릇이라고 하네요. 언니한테 늘 핀잔을 듣는대요."

그녀는 작은 소리로 쿡쿡 웃었다.

"뭐든지 잰다─."

헤이시로가 말을 꺼내자 유미노스케는 뭐가 그리 즐거운지 노래하는 듯한 말투로 대답했다.

"이모부님 눈썹과 눈썹 사이는 꼭 오 분길이의 단위. 한 치의 십 분의 일로 약 0.3센티미터이군요. 오른쪽 눈썹은 팔 분에다 머리카락 한 올 정도 남지만 왼쪽 눈썹은 꼭 구 분입니다. 오른쪽 눈꺼풀에서 세 치 이 분 되는 자리에 사마귀가 있고 그 사마귀는 직경이 일 분이 채 안 됩니다."

헤이시로가 눈을 부릅떴지만 소년은 빠른 말투로 계속했다.

"이모부님 눈동자의 직경은 칠 분 정도로 보이네요."

아내가 참지 못하고 허리를 숙이며 웃기 시작했다.

"재미있죠? 우리도 아까부터 이것 때문에 신나게 웃었던 거예요."

저녁밥을 같이 먹은 뒤, 걸어 다니는 경척 유미노스케는 자기 말을 재미있어하는 헤이시로를 따라 집 안을 돌아다니며 재미삼아 이것저것을 측정해 보였다. 옷장의 폭, 들보의 길이, 문지방의 높이, 고헤이지의 키, 발 크기, 아내의 보폭. 헤이시로는 경척과 곱자를 들고 따라다니며 아이가 말하는 수치를 실제로 검증해 보았다. 놀랍게도 소년이 말하는 수치는 하나같이 정확했다.

"저는 꼭 일 척 이 촌의 보폭으로 걷습니다. 이것이 측량의 기본입니다."

유미노스케는 작은 발을 들어 보이며 설명했다.

"처음 얼마 동안은 어려웠지만 선생님께 배워서 지금은 어디서나 똑같은 보폭으로 걸을 수 있게 되었습니다. 기준이 되도록 신발 앞과 뒤에 못을 박아 두었습니다. 그렇게 해 두고 걸으면 어디에서나 측량을 할 수 있거든요."

신발을 뒤집어 바닥을 살펴보니 정말 그랬다.

"선생님이라니, 서당 선생님 말이냐?"

"아뇨, 사사키 미치자부로 선생님입니다."

사가초 나가야에 사는 낭인이라고 한다. 나이는 헤이시로 또래고 서쪽 지방에서 흘러 다니다 에도에 들어와 처자식도 없이 혼자 산다. 끼니도 잇기 힘든 생활이지만 하루 세 끼 밥보다 측량을 좋아한다고 하니 아주 괴상한 자인 모양이다.

"측량이라…… 땅 넓이를 재서 뭘 하려고?"

"평면도나 상세도나 지도 같은 것을 만듭니다, 이모부."

일찌감치 헤이시로에게 친숙해진 유미노스케는 '님' 자를 떼어 버렸다.

도시 상세도나 각종 지도는 아무나 제작할 수 있는 것이 아니다. 막부에는 보청방과 측량방이라는 관청이 그 일을 위해 따로 설치되어 있다. 학자가 연구를 위해 제작할 경우라도 막부의 감독 아래가 아니면 허가되지 않으며, 완성된 지도나 상세도를 함부로 유포해서도 안 된다. 판목을 파서 인쇄하는 일도 막부가 허락한 판원에서밖에 할 수 없다. 즉 사사키 미치자부로라는 낭인은 그런 것을 전부 무시하고 몰래 제작하고 있는 셈이다. 더구나 어린아이에게 가르치기까지 하다니, 참으로 세상 물정 모르는 사람이다.

"개인적으로 학문을 위해 하는 일이므로 거리낄 구석이 전혀 없습니다."

"하지만 막부에 알려지면 큰일 난다."

"평범하게 생활하시니까 알려질 일도 없습니다."

"너도 상세도나 지도를 만드는 일을 돕고 있느냐?"

헤이시로는 자기 집 울타리 안인데도 목소리를 낮췄다.

"예."

유미노스케는 전혀 주눅 들지 않는다.

"그게 어디에 도움이 되는지 아느냐?"

"그건 모르겠는데요."

순순히 인정한다.

"하지만 이모부, 세상을 측량하는 일은 정말 재미있습니다. 측정해 보면 이것과 저것의 거리를 알 수 있어요."

"거리를 알아서…… 뭐 하게?"

"만물의 생김새를 알 수 있죠."

대답하고 나서 유미노스케는 조금 쑥스러워했다.

"사사키 선생님이 그렇게 말씀하셨습니다. 어쨌든 세상에는 사람이 측정 못할 것은 없다, 측정을 해야 이 막연한 세상을 정확히 이해할 수 있고 자기가 알고 있는 주변의 작은 지역뿐만 아니라 천하의 모양까지도 상상할 수 있게 되는 거라고요."

헤이시로는 그 말을 얼른 이해하지는 못했다. 하지만 유미노스케가 양자로 들어와 관례를 치른 뒤 줄무늬 기모노에 하오리를 걸치고 에도 거리를 활보하면서 일 척 이 촌의 보폭으로 여기저기를 측량하며 돌아다니는 모습을 상상하자니 조금 우스워졌다.

"너도 참 별난 녀석이구나."

"예, 지금은 그렇죠."

유미노스케는 마음 상하거나 주눅 드는 기색도 없이 냉큼 대답했다.

"지금 우리는 아주 별난 놈들일 뿐이라고 사사키 선생님도 말씀하셨거든요."

무엇에 몰두할수록 시간이 빠른 법이라 어느새 해가 저물고 완전히 밤이 되어 있었다. 가와이 상회에서도 걱정하고 있으리라 여기고 고헤이지를 시켜 유미노스케를 데려다 주게 했다. 집 안에 아내와 단둘이 남게 되자 헤이시로가 말했다.

"그 별난 녀석이 아직도 우리 집 양자로 어울린다고 생각하나?"

아내는 조금 당혹스러워하는 눈치다. 뭐든 측량하고 보는 별난 아이일 뿐이라면 몰라도 자칫 막부로부터 처벌을 받게 될지도 모르는 지도나 지역 상세도 제작까지 배운다고 하니 상황이 간단치 않다. 전처럼 양자로 들이고 싶다는 말을 거리낌 없이 외고 있을 수도 없을 것이다.

"가와이 상회 언니도 이 사실을 알고 있을까요?"

"아이들이 많으니 세심하게 살펴보지 못했겠지."

"유미노스케가 그렇게 미소년이라 여난을 겪고 비뚤게 나가는 것만 걱정했는데, 아무래도 오늘부터 걱정거리가 하나 더 늘어난 것 같네요."

"나는 그 아이가 마음에 드는군. 종종 놀러 오라고 해."

"어머, 참……. 당신도 정말 별난 사람이에요."

아내는 한숨을 흘렸다.

헤이시로가 자기 방으로 돌아가 보니 닫혀 있어야 할 툇마루 쪽 장지가 살짝 열려 있다. 오늘 밤은 달이 홀쭉하다. 사방등을 켜 놓지 않은 실내에는 거뭇한 어둠이 가득 찼다. 그리고 평소 사용할 일이 거의 없어 지필묵 말고는 아무것도 올려 두지 않는 헤이시로의 앉은뱅이책상 위에서, 작고 기다란 무언가가 장지 틈으로 비껴들어 오는 희미한 달빛에 희뿌연하게 빛나고 있었다.

가까이 가서 집어 들고 살펴보니 편지다. 이렇게 편지가 등장했다면 보나마나 까만콩이 다녀간 것이다.

— 녀석, 어디로 들어왔누?

잠시 전부터 집 안에 들어와 동정을 살피고 있었음이 틀림없다.

편지 앞쪽에는 아무것도 적혀 있지 않았지만 뒤집어 보니 급히 흘려 쓴 듯 보이는 글씨체로 글귀가 부기되어 있다.

— 염료 가게에서 파는 쪽보다 더 파란 인재인 줄 아뢰오.'청출어람'이란 성어를 내비치며 유미노스케를 칭찬하고 있다.

헤이시로는 웃으면서 편지를 펼쳤다.

까만콩은 항아리 신앙의 하치스케 일가를 마침내 찾아냈다고 한다.

놀랍게도 그들은 에도를 떠나 가와사키에 있는 변재천 신을 모신 신사 경내의 상점가에서 일가가 단란하게 찻집을 하고 있었다. 하치스케는 날품팔이 목수 일도 계속하고 있는 모양인데, 뎃핀 나가야에 있을 때보다 살림이 훨씬 핀 것처럼 보인다고 했다. 까만콩이 그들을 찾아낸 데는 하치스케가 전에 같이 일하던 동료에게 보낸 편지가 단서가 되었다. 하치스케는 글을 모르므로 대필하는 사람에게 부탁했을 것이다. 야반도주나 마찬가지로 뎃핀 나가야를 떠나고 보니 지인들이 걱정하고 있을 것을 염려하여 제 딴엔 소심하게나마 예의를 차리려고 한 모양이다.

그 편지에서 하치스케는 살아온 날보다 살아갈 날이 훨씬 짧은 자기가 왜 갑자기 거처를 바꾸고 장사를 시작했는지, 어떻게 넉넉한 살림을 얻게 되었는지를 거의 거리끼는 기색도 없이 밝혀 놓았다.

역시 열쇠는 미나토 상회에 있었다. 헤이시로가 막연히 추측하던 대로, 하치스케에게 항아리 신앙에 빠진 척하라고 권하고 그것을 구실로 뎃핀 나가야를 떠나도록 손을 쓴 쪽은 역시 미나토 상회였다.

하치스케가 자랑한 내용에 따르면 어느 날 미나토 상회 사람이라고 밝힌 젊은 남자가 하치스케가 일하는 곳에 찾아와 그 자리에서 금 두 냥을 주며 오늘 저녁 여덟시 종이 칠 때 우에노 시노바즈 연못 근처에 있는 '미노와'라는 찻집에 가면 인생을 바꿔 줄 행운이 기다리고 있을 거라고 귀띔해 주었다는 것이다.

하치스케는 그리 똑똑한 축은 아니지만 이렇게 달콤한 이야기에는 뭔가 꿍꿍이가 있을지 모른다고 경계했다. 그래서 일단 집으로 돌아가 아내 오슈와 딸 오린과 상의한 끝에 결국 세 사람이 함께 시노바즈 연못으로 가기로 했다. 거기에는 미나토 상회 사람이라고 하는 풍채가 당당한 사십 대 남자가 기다리고 있었다. 그는 가족이 다 왔으니 이야기하기도 편하다는 듯이 항아리 신앙 이야기를 꺼냈다고 한다.

풍채 좋은 사십 대 남자, 미나토 상회 사람. 어제 고헤이지가 미나토 상회에서 만났다는 매섭게 생겼다는 호남형 지배인이 아닐까, 하고 헤이시로는 생각했다.

하치스케 가족은 항아리 신앙에 빠진 척하고 나가야를 뜨기만 하면 되며, 이후 생활은 전부 미나토 상회에서 돌봐 주겠다는 말을 들었다. 오슈와 오린 모녀는 작더라도 저희 손으로 찻집을 꾸리고 싶다는 꿈을 가지고 있었다. 그 이야기를 내비치자 에도 안에서는 곤란하지만 에도 밖에서라면 가능하다는 대답이 돌아왔다고 한다.

결과적으로 하치스케는 자기 식구뿐만 아니라 다른 두 가족까지 데리고 뎃핀 나가야를 떠나게 되었는데, 그 두 가족은 하치스케 일가의 신앙 생활에 감화되어 진짜로 항아리 신앙에 빠져 버렸다. 곤흑스러워진 하치스케가 미나토 상회 사람에게 문의하자 그 두 가족도 뎃핀 나가야를 떠나 주면 오히려 좋으니 문제 없다고 했다. 하치스케는 안심하고 끝까지 항아리 신앙에 빠진 척하다가 야반도주 신호를 내렸다. 하치스케의 말에 따르면 아마 두 가족은 교토 쪽으로 흘러간 모양이다. 자기들만큼은 아니지만 어쨌든 미나토 상회에서 돈을 받고 그럭저럭 괜찮은 생활을 하고 있을 거라고 한다.

미나토 상회가 왜 그렇게 친절하고도 멀리 우회하는 방식을 취하면서까지 뎃핀 나가야의 세입자들을 내보내고 싶어 할까? 당연한 일이지만 하치스케도 거기에 의문을 품었다. 그러자 미나토 상회 사람은 아씨의 결혼과 관련된 일이어서 자세히는 말해 줄 수는 없지만 뎃핀 나가야 터를 다른 용도로 계획하고 있어서 가능하면 세입자들을 탈 없이 하루빨리 내보내고 싶은 거라고 설명하더란다.

― 미스즈의 결혼과 관련된 일.

종잡을 수 없는 설명이다. 묻는다고 냉큼 사실대로 대답했다고 생각할 수는 없으므로 무난한 핑계라고 볼 수도 있겠다. 어쨌거나 미나토 상회 측이 뎃핀 나가야의 세입자들을 내보내고 싶어 한다는 것, 더구나 세입자를 내보내고 있다는 사실이 드러나지 않는 방식으로 실행하고 싶어 한다는 것, 이 두 가지는 분명한 듯하다.

― 품과 돈을 써서라도.

헤이시로는 양손을 겨드랑이에 찌른 채 생각했다. 규베는 이런 일들을 알고 있었을까? 물론 알고 있었을 것이다. 그는 미나토 상회의 최고참 직원이고, 관리인으로서 뎃핀 나가야 세입자에게 깊은 신뢰를 받았다. 그를 끌어들이지 않고서는 결코 이 계략을 실행할 수 없다. 그렇다면 그가 가출하여 자취를 감춘 것부터가 애초에 계획되었던 일이 아닐까?

규베가 나가야를 떠난다. 그곳에 사키치를 들여보낸다. 오토쿠처럼 나가야 생활에 단단히 뿌리를 내린 세입자들이 모든 점에서 '관리인' 기준에 미치지 못하는 사키치를 반길 리 없고, 뎃핀 나가야는 동요한다. 흔들리는 나가야에 진저리가 난 세입자들 사이에 이사 가 버릴까 하는 분위기가 모락모락 피어오르기 시작한다—.

전부 계획된 일이다.

— 그렇다면 사키치는 꼼짝없이 꼭두각시 아닌가.

그가 초췌한 얼굴로 '저는 여기서 대체 뭘 하는 걸까요' 하고 저도 모르게 한탄할 만하지 않은가. 소에몬은, 규베가 그런 일로 사라졌는데 마땅한 후임자가 없어서 곤란하다며 사키치에게 관리자로 가 달라고 부탁했을 것이다. 사키치가 소에몬에게 면목 없어 한다는 점을 알고 있으므로 거절할 수 없을 거라고 확신했으리라.

하지만 그에게 맡겨진 몫은 애초부터 '실패한 관리인'이었다. 그와 세입자 사이가 삐거덕거리고 혼란에 빠져서 뎃핀 나가야에 빈집이 늘어가는 것이야말로 미나토 상회 주인이 바라던 바이기 때문이다. 역으로 보자면, 지금처럼 사키치가 그렇게 노력해서 두부 장수 부부 같은 얌전한 세입자들과 오쿠메 같은 신입한테 신뢰를 얻고 최근에는 오토쿠도 그를 인정하기 시작한 상황은, 미나토 상회 주인으로서는 계획이 엉뚱하게 어그러진 것이 되는 셈이다.

— 규베가 참 괘씸하군.

헤이시로는 희뿌연 달빛 아래 서서 낯을 찡그렸다.

규베가 가출하게 된 계기였던 채소 가게 다스케의 살해. 누이동생 오쓰유가 병으로 누워 지내는 아버지 도미헤이를 해치려고 하는 오빠를 본의 아니게 해친 사건이다. 아니, 그런 사건이었다고 판단해왔다.

하지만 이렇게 명백해진 미나토 상회 측의 의도를 감안한다면 그 사건 역시 지나치게 매끄럽게 진행되지 않았나?

규베가 뎃핀 나가야를 떠나는 구실로서는 아주 잘 짜여진 사건이다. 게다가 다스케는 물론 죽었지만 덕분에 도미헤이는 목숨을 건졌고, 규베가 모든 일은 내가 원한을 산 탓이라 고백하고 사라진 덕분에, 실은 자신이 오빠를 죽였다고 오토쿠에게 매달려 울었다는 오쓰유는 아무 처벌도 받지 않고 지금도 아버지 병구완을 하고 있다. 두 사람은 규베의 지인이 관리인으로 있는 사루에초의 나가야로 이사하였고, 최근 소문으로는 도미헤이의 상태도 조금씩 좋아지고 있다고 한다.

결국 병든 아버지를 죽이겠다는 몹쓸 생각을 했던 다스케 말고는 아무도 피해를 보지 않은 셈이다.

— 규베는 최근 뎃핀 나가야 주위에 출몰하고 있다.

앞서 까만콩의 편지에, 뎃핀 나가야 옆 수로에서 규베를 보았다는 증언이 적혀 있지 않았던가.

어떻게든 그자를 붙잡을 수는 없을까? 그리고 모든 일의 발단이었던 채소 가게 다스케 살해 사건부터 말끔하게 재정리해 볼 필요가 있지 않을까? 헤이시로는 목덜미에 어느새 소름이 돋는 것을 느끼고 저도 모르게 손으로 뒷목을 썩썩 문지르고 말았다.

까만콩의 편지는 아직 끝나지 않았다. 계속 읽어 나간다. 이것이 뎃핀 나가야의 세입자 내쫓기와 관련이 있는 사항인지 아닌지는 알 수 없지만, 하는 말머리에 이어서, 미나토 상회 안주인 오후지와 외동딸 미스즈가 요즘 사이가 매우 나쁘다는 내용이 적혀 있다.

― 저는 아버지나 어머니나 둘 다 너무 싫어요.

그렇다, 그 아가씨가 제 입으로 그렇게 말했다.

까만콩이 알아낸 바에 따르면 모녀가 원래부터 사이가 나쁘지는 않았다고 한다. 미스즈가 열 살 전후가 될 때까지만 해도 오후지는 소녀가 아끼는 인형을 꼭 껴안듯이 미스즈를 사랑하고 귀여워했는데, 예를 들면 남편 소에몬하고는 오래전부터 각방을 쓰면서도 미스즈하고는 늘 같이 잤을 정도라고 한다.

그러다가 최근 몇 년 사이에 찹쌀떡이 갈라지듯 점차 사이가 벌어졌다. 이는 미나토 상회 점원들에게도 의아하기 짝이 없고 동시에 매우 곤혹스러운 일이었던 듯하다. 모녀가 늘 사소한 일 가지고도 충돌을 하므로 점원들도 자연히 오후지 쪽과 미스즈 쪽으로 갈라지지 않을 수 없고, 그래서 가게 전체가 불안해졌다는 것이다. 마치 대궐 궁녀들의 권력 다툼 같다.

고참 점원들 중에는, 미스즈가 성장해서 소녀티를 벗을수록 아오이의 모습을 빼다 박아 놓은 뛰어난 미녀가 되어가는 모습이 오후지에게는 아무래도 견디기 힘든 일인 모양이라고 해석하는 사람도 있다고 한다. 아마도 옳은 해석일 것이다. 실제로 미스즈 본인도 그렇게 말했다. 제가 아오이 씨를 닮은 탓에 어머니가 저를 그렇게 미워하는 거예요, 라고.

더욱 흥미로운 점은 오후지와 미스즈의 대립이 한층 격화한 시점이 미스즈의 혼담이 진행되면서부터라는 것이다.

헤이시로는 신음 소리를 냈다. 여기에도 미스즈의 혼담이 얽혀 있다. 하치스케에게 사정을 설명했다는 미나토 상회 사람도 뎃핀 나가야의 세입자를 내보내려고 하는 데는 아씨의 혼담이 관련되어 있다고 하지 않았던가. 까만콩은 신중하게도 이 두 가지 사항이 관련되어 있는지 아닌지는 알 수 없다고 애써 경계하고 있지만, 헤이시로는 뭔가가 있는 것 같다는 생각을 금할 수 없었다.

여기서 까만콩은 섬뜩한 내용을 적어 놓고 있다. 오후지는 자기편에 선 점원들에게 종종, 미스즈 같은 아이는 평생 이 집에 가둬 두고 늙어 죽을 때까지 끼니나 넣어 주면 좋겠다는 말을 흘린다고 한다.

— 아무리 생각해도 자기 배 아파 낳은 딸에게 어미가 할 소리는 아닙니다.

까만콩 말이 옳다. 혹시 오후지의 마음에 병이 생겨서 얄미운 아오이와 그녀를 꼭 닮은 친딸을 분간하지 못하는 게 아닐까, 하고 헤이시로는 짐작했다.

— 미나토 상회에 때 아닌 꽃샘추위가 매섭게 몰아쳐서 점원들의 노심초사가 인근에까지 널리 알려지기에 이르렀습니다.

당대 일류의 미녀 두 사람이니 말 그대로 꽃샘추위라고 할 만하다. 그러나 헤이시로는 서늘한 기운에 등줄기가 오싹해지지 않을 수 없었다.

오후지는 왜 지금까지도 그토록 그악스럽고 집요하게 아오이에게 연연하며 그녀를 미워하는 걸까?

어허야 어리얼싸
근심 수심에 애간장이 녹는데
간쿠로야 너는 왜 가악가악 짖느뇨

7

이즈쓰 헤이시로는 기억력이 형편없다. 사람 얼굴이나 이름을 기억하는 것이 그렇게 서툴 수 없다. 하지만 그보다 더 곤란한 것은 복잡한 사건의 전개 과정을 기억하는 데도 젬병이라는 점이다. 이 역시 마치 순시관한테는 어울리지 않는다. 그래도 직책이 직책이므로 어디에 적어 둔다거나 고헤이지에게 찬찬히 들려주어서 기억하게 하는 등 이런저런 궁리를 하면 그럭저럭 버틸 수는 있다. 실제로 그렇게 해 왔다. 지금까지 헤이시로가 직접 다룬 복잡한 사건이라고 해 봐야 그 건수가 뻔하다는 점이 그나마 다행이었다.

그런데 묵은 원한이나 괴로움 혹은 증오를 몇 년 정도가 아니라 수십 년 동안이나 가슴에 품고 있다니. 헤이시로처럼 기억력이 형편없는 사람의 눈에는 일종의 별난 재주처럼도 비친다. 어중간한 근성 가지고는 도저히 할 수 없는 일이다.

미나토 상회 안주인 오후지는 무려 십칠 년 전, 그녀의 집을 나간 뒤 소식이 없는 아오이라는 여자를 지금도 예전처럼 생생한 감정으로 증오하는 듯하다. 오후지가 어쩌다 그 지경까지 되었는지 생각하면 의아하기도 하고 감탄스럽기도 했다. 오후지의 근성도 참 대단해, 안 그러냐?

헤이시로는 다다미방에서 시원한 자리를 찾아 뒹굴면서 유미노스케에게 그런 이야기를 들려주고 있었다.

소년은 이즈쓰의 집에 무시로 드나들고 있다. 물론 친모의 부추김과 헤이시로 아내의 의향이 작용한 결과다. 처음 얼마 동안은 이 집에 찾아와 헤이시로 방에 얼굴을 디밀고 인사를 하고는 그대로 그 방에 우두커니 앉아만 있었다. 축축 늘어지는 여름날 헤이시로가 꾸벅꾸벅 졸고 있어도 소년은 얌전히 앉아 있었다. 심심하지 않니, 하고 물어보니 집 안 곳곳을 눈으로 측량하느라 지루한 줄 모르겠다고 했다. 다음부터는 곱자나 경척을 가지고 와도 좋으냐고 묻기에 너 좋을 대로 하라고 했더니 다음 방문 때는 정말로 신이 난 얼굴로 경척을 들고 왔다.

헤이시로가 조금 기가 막힌다는 표정으로, 저런 아이를 나한테 맡겨서 뭘 하라는 거냐고 아내에게 물었다. 아내는 그게 무슨 말이냐는 듯 입을 삐죽거리며, 논어라도 읽어 주면 되잖아요, 라고 한 말씀 하신다. 아내의 말에 헤이시로는 흠칫 놀랐다. 자기도 핫초보리에서 태어난 여자면서 아직까지도 아내는 핫초보리 도신이라는 자들을 크게 착각하고 있는 모양이다.

— 검도 도장이나 찾아 주는 게 그나마 낫겠다.

그래서 오지랖 넓은 동료에게 부탁해서 평민한테도 제대로 가르쳐 준다고 호평을 얻고 있는 지키신카게류直心影流 에도 후기에 전국에서 가장 유행한 검술 유파로서, 죽도와 방구 착용을 가장 먼저 도입했다 도장에 유미노스케를 보내기로 했다. 월사금은 헤이시로가 부담하기로 했다. 유미노스케의 생가 가와이 상회는 부유한 상인 집안이므로 월사금 정도는 그쪽에서 부담해도 될 거라고 헤이시로는 생각했다. 그러나 아내가 장차 이즈쓰 집안의 대를 이을 유미노스케를 가르치는 비용이므로 이즈쓰 집안에서 부담해야 한다고 주장했다. 여기에는 유미노스케의 친모인 언니에 대한 아내의 자존심이랄까 고집 같은 것이 얽혀 있는 듯했다. 평소 그렇게 사이좋은 자매인데도 말이다. 여자의 감정이란 참으로 미묘하고 요상한 모양이다.

검술 도장에 보내면 사흘도 못 버티고 도망쳐 나오지 않을까 염려했지만 유미노스케는 뜻밖에 즐겁게 배우고 있었다. 도장에서도 이것저것 측량을 해 보여서 동료들을 깜짝 놀라게 하는 모양이지만 검술 재주도 나쁘지 않다고 하니 놀라웠다. 도장은 하루 걸러 다니므로 쉬는 날이면 이즈쓰 집에 얼굴을 내민다. 기특하게도 이 소년은, 월사금을 내주시니 청소며 물 긷기 정도는 제가 하겠습니다, 하고 바지런을 떨려고 했다.

하지만 아내가 말렸다. 고헤이지도 얼굴이 벌게져서 말렸다. 도련님이 그런 일을 하면 이 고헤이지가 할 일이 없어집니다요, 라고 했던 것이다.

"하지만 고헤이지 씨의 일은 헤이시로 이모부를 시중드는 거잖아요?"

영리한 소년이 그렇게 되묻자 고헤이지는 얼굴이 더욱 벌게졌다.

긴 그림자 · 315

"이 댁 허드렛일도 제 몫입니다. 게다가 도련님, 나중에 이즈쓰 가문의 대를 이을 분이라면 복도를 걸레질하거나 마당을 쓸거나 하시면 안 됩니다."

이런 연유로 유미노스케는 다시 할 일이 없어졌다. 그는 서당에서 읽기와 쓰기, 주판 정도는 대강 배웠으므로 헤이시로로서는 가르칠 것이 없다. 하는 수 없이 일단 쓰기 연습이라도 해 보라고 책상 앞에 앉히고 붓을 쥐어 주자 놀랍게도 어른 뺨칠 정도로 멋지게 쓴다. 악필로 유명한 헤이시로는 감히 엄두도 못 낼 만큼 글씨가 좋다.

― 이런 아이를 마다할 이유가 없지.

그래서 헤이시로는 평소 순시를 하다가 겪은 일들 가운데 기억해 둘 만한 일들을 유미노스케에게 이틀에 한 번씩 받아 적게 하기로 했다. 관아에 제출할 문서 중 기한이 한참 지나서 서기한테 부탁하기 곤란한 것도 유미노스케에게 쓰도록 했다. 이것이 다 공부이므로 일석이조라는 흡족한 기분도 든다. 자식이란 괜히 수고롭고 번거로운 줄만 알았더니 유미노스케는 그 반대다. 양자로 들이는 것을 진지하게 고려해도 좋지 않을까 하는 생각도 든다.

그리고 오늘 아침. 어제보다 더 찌는 여름날, 헤이시로는 문득 이런 생각을 했다. 지금까지의 과정과 현재 자신이 추론한 바 따위를 정리해서 까만콩에게 답장을 써 볼까. 고백하자면 아침나절부터 햇볕이 그악스레 내리쬐는 통에 당최 꼼지락거릴 엄두가 나질 않은 탓이다. 오늘은 순시를 하지 말았으면, 적어도 해가 기울어 견딜 만해지거나 소나기가 지나가 시원한 바람이 일 때까지는 밖에 나가고 싶지 않은데 집 안에서 할 만한 일은 없을까, 하고 헤이시로 나름대로 꾀를 짜냈던 것이다.

유미노스케를 시켜 까만콩에게 답장을 쓰기 위해 헤이시로는 먼저 문안을 궁리하고 그것을 소리 내어 말해야 했다. 그는 일단 끝까지 죽 이야기를 들려주었다. 그러다 보니 가만가만 붓을 놀리는 유미노스케에게 감상이 어떠냐고 물어보고 싶어졌다. 채소 가게 사건부터 다시 짚어 봐야 할지도 모른다거나 미나토 상회 측의 기이한 동향 뒤에는 안주인 오후지의 아오이에 대한 집요한 증오심이 숨어 있지 않을까 하는 것은 헤이시로의 의견이다. 조금 별종이기는 하지만 머리 회전이 빠른 이 아이에게 자기 의견이 어떻게 받아들여지는지 문득 궁금해졌다. 그래서 짐짓, 누군가를 수십 년 동안이나 내내 증오하다니 보통 근성이 아니다, 너는 그걸 어떻게 생각하느냐? 하고 물어본 것이다.

"가와이 상회의 어머니는—."

붓을 든 채 동그랗고 까만 눈동자를 헤이시로 쪽으로 또르륵 굴리며 유미노스케가 말했다.

"아버지가 혼례 사흘 뒤 잠결에 어느 여자 이름을 불렀다고 지금도 얼마나 노여워하시는지 모릅니다."

"우헤!"

헤이시로는 고헤이지의 말버릇을 흉내 냈다.

"저런, 벌집을 쑤셔도 끔찍하게 커다란 벌집을 쑤셨구나. 헌데 네가 어떻게 그런 사실까지 아누?"

"두 분이 큰 소리로 다투셨거든요."

헤이시로는 가와이 상회 안주인인 처형의 단아하고 새침한 얼굴을 떠올렸다. 어허, 그런 부인이.

"큰 지배인은 두 분이 말다툼을 시작하면 하이고, 용과 사자가 한 판 붙었구나, 하고 내빼 버려요."

헤이시로는 다다미방에서 뒹굴며 천장을 향해 요란하게 웃어젖혔다. 그러다가 몸을 빙글 돌려 턱을 받치고 유미노스케를 쳐다보았다. 소년도 빙글빙글 웃고 있다.

"그러고 보니 가와이 상회 주인이 사자상이로구나. 콧방울도 이렇게 펑퍼짐하고."

"예, 펑퍼짐하죠."

"너는 어머니를 닮았구나."

"아무래도 그런가 봅니다."

유미노스케는 얌전한 손놀림으로 붓을 벼룻집 속에 넣고 미간을 살짝 찡그렸다.

"그래서 어머니가 걱정이세요. 상인으로는 안 어울리는 상이라고."

"콧방울이랑 상인 기질이랑 뭔 관계가 있다고?"

"상인은 이렇게 콧방울이 펑퍼짐한 게 좋답니다. 가와이 상회의 주인은 대대로 얼굴이 사자상이었대요. 다행히 큰형 코도 작은형 코도 그래요."

"펑퍼짐하단 말이지? 안됐구나. 아마 형들도 너를 시샘하고 있을 게다."

"이모부 말씀이 맞다면 형들이나 저나 건강할 동안은 계속 그런 마음을 품고 살겠지요."

유미노스케는 아무렇지도 않게 말했다. 헤이시로도 별 생각 없이 들었지만 곧 그것이 아까 질문에 대한 대답임을 깨달았다.

"얄밉거나 부럽거나 하는 마음은 세월이 흐른다고 가시는 게 아니라고 생각한다는 말이냐?"

"그런 것 같습니다."

"흐음."

헤이시로는 콧마루를 쓱쓱 문질렀다. 어젯밤 아무 대비도 없이 자다가 모기에게 코 옆을 물렸나 보다. 모기장에 구멍이 났는지도 모르지.

"뭐, 그래도 매일 얼굴을 마주하고 살면서 미워하는 거라면 나도 이해할 수 있겠다. 하지만 오후지는 그게 아니야. 아오이라는 여자는 벌써 오래전에 미나토 상회에서 자취를 감췄거든. 십칠 년 전이야. 십칠 년이라면 갓난아기가 자라서 시집갈 처녀로 자라는 세월이다. 그렇지? 나로서는 십칠 년 동안이나 한 여자의 얼굴을 기억하고 있다는 것부터가 신기할 따름이야."

유미노스케는 고개를 갸웃했다. 그러고는 가볍게 말을 받았다.

"정말로…… 아오이란 사람이 자취를 감춘 걸까요?"

"뭐?"

헤이시로는 고개를 쳐들었다. 유미노스케 위치에서는 내려다보게 되는 그의 표정이 꽤 우스꽝스러웠는지 소년은 아하하 하고 웃었다.

"아뇨, 실제로 아오이 씨는 벌써 십칠 년 전에 미나토 상회에서 사라지긴 했지요. 그래도 아오이 씨를 떠올리게 하는 무언가가 아직도 미나토 상회에 남아 있기 때문이 아닐까요?"

헤이시로는 생각했다.

"나이가 들수록 미스즈가 젊은 시절의 아오이를 쏙 빼닮아 간다든가……."

"그렇죠. 게다가 뎃핀 나가야에는 사키치 씨가 있고요."

아오이가 두고 나간 아들이다.

"미스즈 씨 말로는 미나토 상회 주인 내외가 늘 사키치 씨를 화제에 올린다고 했어요. 오후지 씨는 그때마다 어쩔 수 없이 아오이 씨를 떠올리겠죠. 애초에 뎃핀 나가야의 관리인이 사라지고 후임자를 찾지 못해서 애를 태울 때 소에몬 씨가 사키치 씨를 불러들였다는 것부터가 오후지 씨에게는 달갑지 않은 일 아니었을까요? 천하의 미나토 상회잖아요. 사정이 사정인 만큼 당장은 규베 씨 후임을 정하지 못하더라도 잘 찾으면 사람은 얼마든지 있었을 거예요. 꼭 사키치 씨가 아니라도 좋았을 겁니다. 그런데도 굳이 그 사람을 선택했다는 것은 어딘지 부자연스러운 느낌이 들어요."

오후지와 아오이는 사이가 좋지 않았다. 그러므로 아오이가 사라졌을 때 주위 사람들은 아오이가 오후지에게 닦달당하다 쫓겨난 거라고 수군댔다. 소에몬은 전부 알고 있었을 것이다. 알면서도 십칠 년이 지난 지금 굳이 사키치를 곁으로 불러들였다—.

"아오이가 미나토 상회에 있을 때 소에몬은 그녀의 아들 사키치를 후계자 대하듯 했다고 하더군."

"마음에 들었던 거죠."

"그때는 그랬나 보지. 그런데 지금은 어떨까. 규베가 그런 일로 사라지고 관리가 쉽지 않은 뎃핀 나가야에 굳이 사키치를 들여보냈다. 더구나 사키치를 관리인으로 삼아 놓고도 은밀하게 손을 써서 세입자들을 내보내려고 하고 있지. 지금도 사키치를 아들처럼 생각하며 품성을 신뢰하고, 나이가 나이니만큼 제대로 된 관리인으로 키워 주자고 생각한다면 그런 얄궂은 짓을 할 리가 없지 않느냐. 내가 너처럼 뭘 측량하는 재주는 없다만 거기에서부터 재 보자면, 내가 보기엔 소에몬이 사키치를 따뜻하게 대해 주는 것 같지가 않아. 하지만 사키치를 불러들인 것이 오후지에게 달갑지 않은 조치였다면 ―뭐, 실제로 그랬겠지, 부부가 늘 다투고 있다고 하니까―자, 소에몬은 대체 무슨 생각을 하고 있을까? 무엇을 노리는 걸까?"

헤이시로가 입을 다물자 기다렸다는 듯이 매미들이 일제히 울기 시작했다. 다다미방으로 매미 소리가 소나기처럼 쏟아져 들어왔다.

유미노스케는 매미 소리에 귀를 기울이는 양 잠시 고개를 갸웃거리고 있었다. 그러고는 "이상하네요" 하고 작은 소리로 말했다.

"이상하고말고."

헤이시로가 응했다. 매미 소리는 거세게 쏟아지는 소나기마냥 이모부와 조카의 대화를 덮었다.

유미노스케는 붓을 집어 들고 뭔가 쓰려는 듯 종이를 향했다. 붓 끝을 허공에 딱 멈추고 종이를 가만히 응시하던 아이가 마침내 탁 소리를 내며 붓을 벼룻집으로 돌려놓는다.

그 소리에 매미가 울음을 뚝 그쳤다.

"이모부, 측정 기점이 잘못되었을지도 몰라요."

유미노스케가 말했다.

"무슨 말이냐?"

"오후지 씨가 아오이 씨를 왜 그렇게 미워하는지, 사키치 씨는 미나토야 소에몬에게 어떤 존재인지, 왜 사키치 씨가 뎃핀 나가야의 관리인으로 정해졌는지, 소에몬은 왜 뎃핀 나가야의 세입자들을 은밀히 내보내려고 하는지, 왜 오후지 씨는 지금까지 애지중지해 온 미스즈 씨와 최근 몇 년 동안 갈등을 빚게 되었는지. 미스즈 씨가 아오이 씨를 쏙 빼닮았기 때문인지, 아니면 다른 이유가 있는지."

유미노스케는 쉬지도 않고 한달음에 말하고 나서 눈을 반짝였다.

헤이시로는 저도 모르게 일어나 앉았다. 뭔지는 잘 모르지만 유미노스케의 모습에서 당장 일어나 앉지 않으면 안 될 듯한 무언가를 느낀 탓이다.

"그런 것들은, 전부 다른 기점에서 측정해야 하는지도 모릅니다."

유미노스케는 씽긋 웃고 헤이시로에게 말했다.

"전부 별개의 사안이라는 말이냐?"

"아뇨, 틀림없이 뿌리는 하나겠죠. 하지만 측정을 시작할 기점은 다 다를지도 모른다는 겁니다."

헤이시로는 머리를 북북 긁었다. 장지 바깥에서 아내 목소리가 들렸다. 다라락 장지가 열린다.

"어머, 열심히 공부하고 있구나, 유미노스케. 모르는 게 있으면 이모부한테 다 물어보렴."

기분이 한껏 좋은 얼굴이다.

"시원한 시라타마_{찹쌀 경단에 각종 과실이나 채소, 꿀 따위를 곁들여서 시원하게 먹는 간식}를 만들어 봤어요. 너도 많이 먹어. 당신도 시라타마 좋아하죠?"

그날 돌아갈 때 유미노스케는 수수께끼 같은 말을 한마디 더 했다. 도박꾼들에게 딸 오리쓰를 넘기려고 했던 통장이 곤키치 건도 다시 조사해 보는 편이 낫지 않을까요, 라고 했던 것이다.

"곤키치를 노름판으로 끌어들인 이가 누구인지, 그걸 아는 게 중요할 것 같아요."

"그 건도 미나토 상회에서 꾸몄을지 모른다는 말이냐?"

곤키치가 노름에 미쳐 오리쓰까지 저당 잡히게 해서 뎃핀 나가야에 살 수 없게 만든다―.

헤이시로는 끄응, 하는 신음 소리를 냈다.

"나도 그런 생각을 한 적이 있다. 분명히 곤키치는 노름을 밝혀서 누가 꼬드기면 금세 넘어갈 위인이야. 하지만 그런 자를 몰아내려고 딸 오리쓰를 빚쟁이한테 넘기게 만들다니 아무리 그래도 너무 잔인한 짓 같구나. 하치스케네의 항아리 신앙하고는 분위기가 달라도 너무 다르지 않느냐."

유미노스케는 웃었다.

"하지만 오리쓰 씨가 유곽에서 온 남자들에게 끌려갔다고 해도 그 후에 어떻게 되었을지는 모르는 일이지요. 나가야를 떠나면 미나토 상회 사람이라는 매섭게 생긴 지배인이 달려와, 오리쓰 씨 당신에게는 미안하게 됐다, 실은 당신들을 은밀히 내보내야 할 사정이 생겨서 이렇게 거친 연극을 꾸몄다, 곤키치의 노름빚에 대해서는 걱정하지 않아도 된다, 새 집도 일자리도 찾아 주겠다, 당신을 팔아넘긴 이상 아버지도 오토쿠나 다른 사람들이 무서워서 더는 그곳에 살 수 없을 테니 조만간 뎃핀 나가야를 떠나게 될 거다, 이제 곧 아버지와 같이 살 수 있다—."

 헤이시로는 눈을 부릅떴다. 과연 그럴듯하다. 그런 각본도 있을 수 있다.

 "결과적으로는 사키치 씨의 말을 듣고 오리쓰 씨가 마음을 바꾸는 바람에 오리쓰 씨만 뎃핀 나가야를 떠나게 되었잖아요. 곤키치 씨는 지금도 나가야에 남아 있겠죠?"

 "음, 그래."

 "그렇다면 미나토 상회 측은 뜻을 이루지 못한 셈이군요. 이모부, 아버지를 버리고 뎃핀 나가야를 떠난 오리쓰 씨는 어디서 어떻게 살고 있을까요? 미나토 상회의 무섭게 생겼다는 지배인이 그녀를 만나러 다녀가지는 않았을까요? 오리쓰 씨는 아버지를 걱정하고 있지 않을까요?"

 헤이시로는 잠시 유미노스케의 어여쁜 얼굴을 쳐다보았다. 정말이지 얼굴도 아주 정교하게 만든 인형 같지만 머릿속은 더 대단한 것 같다.

 "곤키치를 감시해 볼까."

 이럴 때 불편한 점은 헤이시로에게 부하가 고헤이지 말고는 없다는 것이다. 당연한 말이지만 헤이시로가 몸소 뎃핀 나가야를 감시할 수는 없는 일이다. 사키치의 눈에 띄어, 나리, 그런 데서 뭘 하고 계세요? 라는 말을 듣기 십상이다. 고헤이지도 마찬가지다. 잠깐이면 되니까 시궁창 치우는 거나 거드슈, 하고 오토쿠한테 붙들려 잡일이나 하다가 돌아오겠지.

그렇다고 뎃핀 나가야의 세입자 가운데 누구한테 부탁할 수도 없다. 다른 건이라면 몰라도 이런 경우에는 곤란하다. 나가야 주민들한테는 아무것도 알리지 않고 처리하고 싶다.

잠깐 고민하고 나서 결국 헤이시로는 다시 혼조 후카가와의 대행수 모시치의 집으로 향했다. 잔뜩 쉰 목소리를 내는 노구는 온천치료를 마치고 돌아와 있었지만, 그를 만날 필요도 없이 마사고로에게 이야기하는 것으로 용건을 끝낼 수 있었다. 그에게 시시콜콜 설명한 것도 아니다. 다만 곤키치가 도박에 미쳤던 일과 딸이 가출한 사실 뒤에는 누군가 조종하는 자가 있지 않을까 의심된다는 말을 했을 뿐이다. 그래도 대행수의 심복은 냉큼 알아들었다.

"잘 알겠습니다. 일단은 닷새쯤 지켜보면서 곤키치라는 통장이가 가는 곳과 만나는 자의 얼굴과 이름을 조사해 보지요."

"미안하네만 혹시 곤키치가 딸 오리쓰를 만나고 있다면, 나선 김에 딸이 지금 어디서 무엇을 하며 사는지도 알아봐 주었으면 하네."

헤이시로는 조심스레 그렇게 보탰다.

"곤키치는 나이도 들 만큼 들었으니 자기 재량껏 이것저것 하기가 힘들 게야. 노름과 딸의 가출에 정말 배후가 있다면 배후 인물이 시키는 대로 아버지를 움직이고 있는 사람은 오리쓰겠지."

"잘 알겠습니다."

마사고로는 그렇게 말하고 우락부락한 얼굴을 우그러뜨리며 웃었다.

"그나저나 나리께서 저희를 상대해 주시니 기분이 좋습니다. 주저하실 필요는 전혀 없습니다. 나리만 괜찮으시다면 앞으로도 종종 저희를 써 주십시오."

헤이시로는 웃었다.

"내가 주저하는 것처럼 보이나?"

지금까지 오토쿠한테 들은 바로는, 오리쓰가 가출한 뒤 곤키치는 겉으로는 아무렇지도 않은 척하지만 역시 눈에 띄게 맥이 없고 노름도 하지 않으며 술도 삼가는 모양이라고 했다.

"그자는 따끔한 맛을 좀 봐야 한다고 생각해서 우리도 진짜 곡소리 내기 전까지는 모르는 척하고 있기로 했어요."

오토쿠는 말했다.

실제로 지금까지 헤이시로가 가끔 관찰한 바로도 곤키치의 얼굴은 어두웠다. 나무통 제작은 연륜이 필요한 일인데 곤키치는 오랜 방탕한 생활로 손끝이 무뎌져 일감이 줄어든 듯하다. 하루 벌어 하루 사는 직공에게 일감이 없다는 것은 곧 생활비가 없다는 말이다. 천하의 곤키치도 빈 주머니에는 애가 닳아 일감을 얻으러 여기저기 돌아다니는 듯한데, 한번 떨어진 신용과 평판은 그리 쉽게 회복되지 않는다. 따라서 곤키치의 살림은 매우 고달플 터였다.

매사 빈틈없는 마사고로는 헤이시로가 의뢰한 그 이튿날 저녁, 마침 여섯시 종이 딩— 하고 울리는 소리가 들릴 때 사람을 보내 첫 보고서를 전했다. 아니, 찾아온 사람은 짱구였으므로 보고 내용을 적은 편지를 들고 왔다기보다 머릿속에 담아 왔다고 해야겠지만, 어쨌거나 소년이 전하는 이야기에 헤이시로는 깜짝 놀랐다.

첫날부터 큰 수확이 있었다. 곤키치는 뎃핀 나가야를 나서자 곧장 에이타이 다리를 건너 니혼바시를 북쪽으로 빠져나가 우치칸다 세토모노초로 갔다고 한다. 어느 길을 갈까 망설이거나 길을 묻는 모습은 전혀 없었다. 필시 많이 다녀서 익숙한 길인 듯 보였다.

곤키치가 마침내 당도한 곳은 아주 최근에 화재라도 났는지 출입구와 건물에 수리한 티가 역력한 열 간짜리 나가야였다. 아주머니들과 인사를 나누는 것이 꽤 익숙한 모습이다. 뎃핀 나가야에 있을 때보다 훨씬 살뜰하다. 곤키치는 아무런 망설임 없이 나가야 중간쯤에 있는 집의 장지를 열고 안으로 사라졌다. 이웃 부인들에게 물어보니 그 집에는 곤키치와 오리쓰라는 아가씨가 단둘이 살고 있으며, 곤키치는 어디로 일을 다니느라 대낮에는 집에 있고 저녁에만 나간다고 한다. 딸은 가까운 골목을 돌아가면 보이는 그릇 가게에서 하녀로 일한다는 사실도 가르쳐 주었다.

부녀는 봄부터 그 나가야에 살기 시작한 모양이다. 오리쓰가 뎃핀 나가야를 떠난 것이 바로 그즈음이다. 앞뒤가 척척 맞는다.

"저녁때 돌아온 딸은 대체로 이렇게 생겼습니다."

짱구가 자세히 설명했다. 헤이시로는 들으면 들을수록 확신이 섰다. 오리쓰가 틀림없다.

"고맙다, 마사고로 행수에게 안부나 전해 줘라."

그러고 나서 헤이시로는 잠깐 생각한 후 말했다.

"얘, 짱구야. 내가 오캇피키를 써 본 적이 없어서 통 모르겠구나. 이럴 때는 얼마를 받는지, 내가 얼마를 줘야 하는지 알고 있느냐?"

짱구는 "예" 하고 고개를 끄덕였다.

"나리께서 틀림없이 그렇게 말씀하실 거라고 하시면서 그럴 때는 얼마를 받아 와라 하고 말씀하셨습니다."

"마사고로가 참 빈틈이 없는 사람이구나."

"이건 큰형님께서 일러 주신 겁니다, 나리."

짱구는 "감사합니다" 하고 고개를 조아리고 돌아갔다. 헤이시로는 그 소년에게도 심부름 삯을 쥐여 주었지만 기특하게도, 이런 돈도 일단 형님들께 고하기 전에는 맘대로 쓸 수 없답니다, 하고 품에 소중히 넣어 두었다.

짱구가 방에서 나가자 헤이시로는 장지 뒤에다 대고 말했다.

"어이, 다 적었니?"

"예, 빠짐없이 적었습니다."

책장을 물리고 유미노스케가 나왔다.

"이모부, 정말 대단하네요."

"앞이마가 희한하게 생겼지?"

"아뇨, 이마도 이상하지만 어쩜 그렇게 기억력이 좋을까요."

"그 정도 가지고 놀라면 안 되지. 짱구란 녀석은 대행수한테 이십 년 삼십 년 전 일들을 자세히 듣고 그걸 다 기억하고 있단다. 하지만 이야기 도중에 누가 말허리를 자르면 다시 맨 처음부터 시작하지 않으면 기억을 하지 못한다고 하더라. 재미있으니까 너도 다음에 한번 말허리를 잘라 봐라."

"이모부는 이번 조사 건이 즐거우신가 봐요."

유미노스케는 눈을 크게 떴다.

"뭐, 그렇지."

헤이시로는 턱을 긁적였다.

이튿날 헤이시로는 유미노스케에게 검술 도장을 쉬게 하고 밖으로 데리고 나갔다. 고헤이지는 뒤에 남아 집을 지키는 정도가 아니라, 오늘은 네가 나 대신 순시를 돌고 와라, 라는 부당한 명을 듣고 잔뜩 뿌루퉁해졌다.

유미노스케는 만듦새는 고급스럽지만 기장이 조금 짤막한 둥근 소매 기모노에 신발을 꿰신고 헤이시로는 제복이나 다름없는 하오리를 벗은 약식 기모노 차림이라 두 사람의 조합은 역시 어딘지 이상했다. 게다가 스쳐 지나는 행인들이 모두들 눈을 휘둥그레 뜨고 헤이시로 일행을 돌아보았다. 말할 필요도 없이 유미노스케의 미모에 놀란 것이다. 개중에는 지나치다가 '우로 돌아' 하듯이 방향을 틀어 오십 미터쯤 뒤따라온 어린 아가씨도 있었다. 헤이시로가 고개를 들어 모로 째려보자 흠칫 놀라 소매로 얼굴을 가리고 도망치는 모습이 애교스러웠다.

헤이시로가 찾아간 곳은 물론 세토모노초이다. 오리쓰가 일하는 그릇 가게는 꽤 번창해서 가게 앞 매대에 상품들이 예쁘장하게 진열됐고 청소도 구석구석 잘되어 있다. 가게 앞을 오가며 동정을 살피는데 마침 머리에 수건을 쓰고 다스키로 옷자락을 정리한 젊은 하녀가 총채를 들고 나왔다. 단정하게 포개진 접시, 주발, 사발 따위를 탈탈 털기 시작한다. 그 옆모습이 틀림없는 오리쓰다. 헤이시로는 겨드랑이에 양손을 찌른 채 건들건들 가게로 다가섰다.

"어이, 점원."

헤이시로가 굵은 목소리로 부르자 오리쓰는 예, 하고 상냥하게 대답하며 얼굴을 들다가 그대로 인형처럼 굳어 버렸다.

"어린 것이 밤에 오줌을 지려서 그러는데, 요강 하나 골라 주지 않겠나? 가능하면 남천 무늬가 그려진 게 좋겠구먼."

"이모부."

유미노스케는 얼굴이 빨개져서 곁눈으로 헤이시로를 노려보았다. 그러고는 다시 오리쓰에게 시선을 돌린다.

"올봄까지 뎃핀 나가야에 살던 통장이 곤키치 씨의 따님 오리쓰 씨 맞죠? 잠깐 물어보고 싶은 게 있어서 왔어요. 가게 주인에게는 따로 양해를 구해 놓을 테니 잠깐 얘기 좀 할 수 있을까요?"

"음, 그래서 왔다."

헤이시로가 덧붙였다. 유미노스케를 대동하니 이 게으른 모습도 제법 그럴듯하게 보이는걸, 하고 생각했다.

얼이 빠져서 그런지, 오리쓰는 완전히 체념하고 헤이시로와 유미노스케의 물음에 순순히 대답했다. 그녀가 밝힌 이야기를 듣고—거반 예상하던 내용이긴 했지만—다시 놀랐다. 그 내용이 앞서 유미노스케의 짐작과 거의 일치했기 때문이다.

"노름판 패거리한테 딸을 넘기려고 해 놓고도 말짱하기만 한 아버지 얼굴이 갑자기 미워져서…… 가출한 것까지는 제가 스스로 생각한 거예요."

아무리 헤이시로라도 엄연히 무사이므로 그릇 가게 주인은 안쪽 다다미방을 비워 주는 예우를 보여 주었다. 세 사람은 그 방에 앉아 오리쓰가 내온 차를 마시며 이야기를 하고 있다. 다스키를 풀어 기모노 소매를 제대로 늘어뜨리고 머리에 썼던 수건을 풀고 보니 잠깐 사이에 얼굴도 몸가짐도 별안간 어른스럽게 보인다. 아가씨라기보다 성숙한 여인 같았다. 비록 잠시였다 해도 한때 아비를 모질게 저버리려던 결심이 오히려 오리쓰를 한층 성숙하게 만들었다면, 부모 자식이란 얼마나 우스꽝스러운 희극을 감춘 관계란 말인가.

"집을 떠나는 거야 이 몸 하나 사라지면 그만이지만 그때까지 일해 온 찻집에는 작별 인사를 해야겠기에 이튿날 바로 찻집에 갔습니다. 여러 가지로 신세를 진 곳이었어요. 그렇게 좋은 일자리를 그만둔다는 게 아쉬울 따름이었지만 아버지 곁을 떠나기 위해서는 어쩔 수 없었습니다."

그런데 찻집에 미나토 상회에서 일한다는 사람이 먼저 와서 기다리고 있었다.

"마흔 줄로 보이는 매섭게 생긴 남자겠지?"

헤이시로의 물음에 무슨 일인지 오리쓰가 살짝 귓불을 붉혔다.

"지배인이라고 하지만 가게 일만 하는 게 아니라 미나토 상회 주인의 이런저런 심부름까지 받드는 것이 소임이라고 했습니다."

"이름은 알고 있느냐?"

"아뇨. 모릅니다."

오리쓰는 단호하게 고개를 가로저었다.

거짓말, 하고 헤이시로는 짐작했다. 근거는 없지만 이건 필시 거짓말이다.

그 지배인은 유미노스케가 짐작한 대로 '실은 여차저차해서' 하며 오리쓰에게 사정을 들려주었다. 미나토 상회는 뎃펀 나가야 세입자들을 내보내되 외부에서 그 사실을 눈치 채지 못하게끔 처리하고 싶다, 곤키치 건도 그래서 꾸민 일이다—.

"지배인은 저 같은 것한테도 정중하게 사과하고……. 그리고 지금 사는 집과 일자리를 알선해 주었어요. 아버지를 저버린 까닭이 까닭이니만큼 당장 모시고 살고 싶은 마음은 없을 거다, 혼자 살면 된다, 곤키치는 미나토 상회에서 살펴보다가 사는 게 너무 힘들다 싶으면 따로 챙겨 줄 테니까, 하면서요."

오리쓰는 그 말을 믿고 달이 두 번 찰 동안 혼자 살았다. 하지만 신변이 안정되자 아무래도 아버지가 염려되어 견딜 수 없었다.

"더 견디지 못하고 지배인한테 상의하니, 그럼 네가 이 집에서 잘 살고 있고 아버지를 많이 걱정하고 있다고 내가 네 아버지한테 전해 주마, 그리고 네 아버지만 좋다고 하면 여기로 한번 데리고 와 보마, 라고 했습니다."

세토모노초 나가야에 찾아온 곤키치는 딸을 보자마자 목놓아 울면서 사죄했다고 한다.

"다시는 노름판에 얼쩡거리지 않겠다고 약속하셨고 저도 더는 아버지를 못 본 척할 수 없었어요. 마음 같아서는 당장이라도 아버지를 이 집에서 모시고 싶었지만……."

"미나토 상회에서 말리든?"

오리쓰가 고개를 끄덕였다.

"초가을이 될 때까지 조금 더 기다리는 게 어떠냐고 해서요. 지금 아버지를 불러들이면 애초에 너를 가출하게 만든 그 소동은 다 무엇이었나 하고 의심하는 사람이 나올지 모른다고요. 아버지에게도 저에 대하여 아무한테도 말하지 말라고 입막음을 해 두었습니다."

헤이시로는 흐음, 하고 말했다. 유미노스케는 그랬군요, 하고 장단을 맞추었다.

"그럼 오리쓰."

헤이시로가 불쑥 물었다.

"네, 나리."

"미나토 상회에게 얼마를 받았느냐?"

오리쓰는 이번에는 얼굴을 온통 붉혔다. 그것만으로 충분한 대답이 되었으므로 헤이시로는 "아니, 됐다" 하고 말했다.

"미나토 상회 지배인은 오리쓰 씨가 여기 정착한 뒤에도 종종 찾아왔나요?"

유미노스케가 물었다. 오리쓰는 곤혹스런 얼굴로 헤이시로를 쳐다보았다.

"그랬겠지."

헤이시로가 대신 대답했다.

"그것보다 오리쓰, 왜 세입자들을 내보내려고 하는지 까닭을 들어본 적이 있느냐?"

오리쓰는 조금도 망설이지 않고 대답했다.

"그 터에 새 건물을 지을 거래요."

"어떤 건물?"

"미나토 상회 주인이 쓸 집이라고 하니까 아마 큰 살림집이 아닐는지요."

헤이시로는 유미노스케와 얼굴을 마주 보았다. 처음 듣는 이야기였다. 수확이라면 수확이다.

오리쓰는 의아한 듯 두 사람을 번갈아 쳐다보았다.

"갑부들은 대개 큰 저택에 사니까 그렇게 이상한 일은 아니지 않나요?"

"뭐, 미나토 상회 주인쯤 되면 어디든 마음에 드는 터에 저택을 짓고 살 수 있겠지."

하지만 고작 그런 이유로 굳이 후카가와 기타마치 같은 변두리로 올 필요가 있을까. 더구나 지금 살고 있는 세입자들을 은밀히 쫓아내면서까지.

"혹시 미나토 상회 내부에 미신에 빠진 사람이 있다는 이야기를 들어 보셨나요?"

유미노스케가 가만히 나섰다.

오리쓰와 헤이시로 두 사람 모두에게 던진 질문이었다. 두 사람은 저마다 고개를 저었다.

"어머, 그런가요?"

"왜 그런 걸 묻지?"

"아뇨, 엉뚱한 동네에 살림집을 지으려고 한다면 혹시 풍수 때문인지도 모르겠다 싶어서요."

오호, 하고 헤이시로가 고개를 끄덕였다. 자기 머리에서는 나오지 않을 발상이다. 하긴 그런 쪽으로는 아무것도 믿지 않기로 정평이 나 있으니까.

헤이시로는 오리쓰에게, 여기서 했던 이야기는 비밀로 할 것, 오리쓰와 곤키치가 무슨 흉악한 음모에 휘말린 것은 아니니까 그냥 이대로 지내도 아무 문제 없다는 것, 다만 헤이시로가 찾아온 일과, 소에몬이 뎃핀 나가야의 세입자들을 몰래 내보내고 있다는 사실을 이쪽에서 벌써 알더라는 것을 미나토 상회의 날카롭게 생긴 지배인에게 절대로 말하지 말 것 등을 집요하다 싶을 만큼 다짐을 놓고 나서 그릇 가게를 나섰다.

볕이 한창 뜨거운 길로 나서서 강 하류를 향해 걷기 시작하는데 유미노스케가 입을 열었다.

"아마 발설하겠죠?"

"그럴 거다."

헤이시로도 말했다. 품에서 끄집어낸 수건으로 땀을 닦는다.

"하지만 그래도 괜찮아. 우리가 눈치 채고 있다는 사실을 알게 된 미나토 상회 측이 앞으로 어떻게 나오는지 지켜보는 것도 나쁘지 않겠지."

"어떻게 되든 위험한 일이 일어날 것 같지는 않아요."

헤이시로는 키가 커서 일부러 고개를 숙이지 않으면 나란히 걷는 유미노스케 얼굴을 볼 수 없다. 잠깐 걸음을 멈추고 들여다보자 소년이 흠칫하며 멈춰 섰다.

"너, 열두 살 맞지?"

"예, 이모부."

"나이치곤 예리하네."

헤이시로는 다시 걸음을 뗐다. 역시 덥다. 멈추면 이글이글 끓어오르고 걸으면 땀이 줄줄 흐른다.

"무슨 말씀이세요?"

"왜 오리쓰가 미나토 상회 지배인에게 우리가 찾아왔다는 사실을 알릴 거라고 생각했지?"

"거야 그 아가씨가 미나토 상회의 친절하고 듬직한 지배인을 좋아하기 때문이죠."

유미노스케는 대수롭지 않다는 표정으로 말했다.

"그러게 네가 그걸 어떻게 알았느냔 말이다."

"오리쓰 씨가 제 얼굴을 보고도 전혀 놀라지 않더라고요."

유미노스케는 즐거운 표정으로 말했다.

"제 얼굴을 처음 본 여자들은 대개 넋을 놓고 쳐다보거든요. 하지만 가끔 그렇지 않은 여자가 있어요. 그런 여자한테는 따로 좋아하는 남자가 있는 거예요. 마음속에 사랑하는 사람 얼굴만 떠올리고 있으니 다른 사람이 눈에 들어오지 않는 거죠."

바람도 한 점 없고 푹푹 찌는 무더위가 더욱 기승을 부리는 오후였지만 헤이시로는 시원하게 껄껄 웃었다. 마침 지나가는 풍경 행상이 매달고 가던 풍경들이 그 웃음소리에 일제히 띠링띠링 울렸다.

"와, 소리가 정말 곱네."

유미노스케의 얼굴이 환해졌다.

"암만해도 네가 내 마음에 쏙 든 모양이니 이참에 저거 하나 사 주마."

"정말이세요? 와, 고맙습니다, 이모부. 저는 저 금붕어 모양이 좋아요."

풍경 행상이 반색하는 품으로 보아 아마도 제일 값나가는 물건인 모양이다. 유미노스케는 그런 눈썰미도 보통이 아닌 듯하다.

― 방심할 수 없는 꼬마구먼.

생각하면서도 헤이시로는 유쾌했다. 이런 게 자식 키우는 재미라면 진작 하나 낳았으면 좋았지 싶다.

유미노스케는 사심 없는 얼굴로 금붕어 풍경을 들고 걷다가 종종 눈앞으로 쳐들고 요리조리 살펴본다.

— 만만치 않은 녀석이지만 천생 개구쟁이로군.

뎃펜 나가야 건은 아직 알 수 없는 대목이 더 많다. 그러나 무엇을 알지 못하는지, 무엇을 찾아야 하는지는 서서히 분명해지고 있다. 지금까지는 무슨 놀이인지도 모르고 얼떨결에 거들어 왔지만 이제는 이 놀이가 술래잡기라는 건 알겠다.

헤이시로는 눈가리개를 하고 이리저리 끌려 다니고 있다. 손뼉 소리가 들리는 쪽을 향해 아무것도 모르는 채 더듬어가다 보면, 함정에 빠지는 정도까지는 아니더라도 손뼉을 치며 움직이는 상대가 결코 보여 주고 싶어 하지 않는 것에서는 금세 멀어지고 만다.

— 술래잡기라면 아이들이 잘하는 놀이지.

유미노스케가 힘이 되는 것도 알고 보면 당연한 일인지도 모른다. 먼지 폴폴 날리는 여름 길을 유미노스케의 손을 잡고 걸으며 헤이시로는 흥흥, 하고 콧소리로 웃었다. 우연히 누가 보았다면 이 남자치고는 꽤 대담한 표정을 짓는 듯 비쳤을지도 모르고 혹은 그저 눈이 부셔서 찡그린 것처럼 보였을지도 모른다.

8

 이즈쓰 헤이시로는 더위를 타지 않는 체질이라 여름을 제일 좋아한다. 무엇보다 날이 화창해서 좋다. 맑을 때는 한없이 맑고 소나기를 뿌리더라도 좍좍 퍼붓다 금세 그친다. 귀찮은 일을 질색하는 이 남자는 이렇게 확실한 것을 마음에 들어 한다.
 그런데 세상에는 여름을 생지옥으로 알 만큼 더위를 싫어하는 사람이 있다. 헤이시로의 둘째 형도 그런 사람인데, 어릴 적에는 한여름만 되면 산송장처럼 축 늘어지는 그를 보고 동정도 하고 재미있어 하기도 했다. 잠도 깊이 못 자고 식욕을 잃고 물만 들이켜고 소리쳐 불러도 늘 한 박자 늦게 대답한다. 똑같은 태양 아래 똑같이 땀을 흘리는데도 그 형만 유난히 괴로워하는 모습을 보면서 어쩐지 득을 본 것 같기도 하고 자신이 요령이라도 피우는 것 같기도 한 어중간한 기분을 느끼기도 했다.
 뎃핀 나가야의 오토쿠가 꾸리는 간이식당은 오뉴월에도 물론 화덕에 불을 꺼뜨리지 않고 장사를 한다. 그러나 오랜 세월 단련된 오토쿠는 숯불이 이글거리는 화덕 앞에서도 시원한 얼굴을 하고 있다. 더위를 이기는 무슨 요령 같은 게 있냐고 헤이시로가 묻자, 다른 건 몰라도 여기엔 요령 같은 거 없어요, 익숙해지는 수밖에! 하고 톡 쏘아 주듯 말했다. 바쁘게 동동거리다 보면 몸뚱이가 따라오게 마련이에요!
 그러나 안타깝게도 세상 여자들이 다 오토쿠처럼 건강하지는 않다. 실제로 장마 무렵부터 그녀 밑에서 장사를 배우기 시작한 오쿠메는 이번 여름에 꽤 수척해졌다. 그날 오후 헤이시로는 그늘을 골라가며 뎃핀 나가야 쪽으로 걸어가다가 볼이 조금 홀쭉해진 탓에 턱이 뾰족해진 오쿠메와 마주쳤다. 목덜미에 하얀 습포를 대고 유령처럼 휘적휘적 걸어가고 있다.

"뭐냐, 피로가 쌓여서 결국 여름 감기에라도 걸린 게냐?"

헤이시로가 말을 건네자 오쿠메는 귀찮다는 듯이 뒤를 돌아보았다. 그녀 특유의 나긋나긋한 몸놀림은 깨끗이 자취를 감췄다.

"어머, 나리" 하고 대답하며 그녀는 부끄러운 듯 목덜미 습포를 문질렀다.

"여름 감기는 아녜요. 이건 땀띠예요. 땀띠 때문에 이래요. 한심하죠."

헤이시로는 큰 소리로 웃고는 티끌 없이 맑은 파란 하늘을 올려다보았다. 박정한 그를 대신하여 고헤이지가 걱정스런 표정으로 오쿠메의 목덜미를 들여다보았다. 그녀는 기모노 소매를 걷어 올리랴 목깃을 끌어내리랴 하며 습포 붙인 자리들을 여기저기 보여 주었다.

"조메이지 앞에 땀띠에 잘 듣는 습포를 파는 의원이 있다는 소리를 듣고 거길 다니고 있어요. 정말 소문대로 잘 듣기는 하는데 이게 여간 비싸야죠. 식당 꾸리는 것도 보통 일이 아니네요, 나리."

"네가 왕년에 하던 장사도 백분 화장독을 감수해야 하지 않았느냐. 먹고살자면 어느 일에나 다 걱정거리가 있는 법이다."

헤이시로가 달래 줄 요량으로 쾌활하게 말했지만 오쿠메는 정말 괴로운 눈치였다.

"빈둥거리니까 땀띠한테 당하는 거 아니냐고 오토쿠 씨한테 한소리 들었어요."

서글픈 듯 고개를 떨어뜨린다.

"뭐, 그렇게 기죽을 거 없다. 그것보다 여기서 용케 널 만났구나. 의원에 다녀오는 길이라면 잠깐 다른 데 들렀다 들어가도 오토쿠가 모를 거다. 우무라도 사 줄까."

"어머, 좋아요."

두 사람 모두 가던 길을 벗어나 수로 옆에 장의자를 내놓은 찻집에 들렀다. 고헤이지가 수로 옆에 쪼그리고 앉아 담뱃대를 꺼낸다. 이 턱없이 성실한 주겐은 묘하게도 여름만 되면 담뱃대 대통에 채워 넣는 각연 양이 늘어나는 듯하다. 게다가 고헤이지는 여름에도 땀을 거의 흘리지 않는다. 그가 흘리는 땀이라고는 쩔쩔맬 때 비치는 식은땀뿐인데, 이것은 철이 따로 없다.

헤이시로는 오쿠메에게 최근 오토쿠가 예전 채소 가게의 오쓰유와 어떻게 연락하며 지내는지 물었다. 올 초봄에 채소 가게에서 끔찍한 살인 사건이 일어나고 뒤처리가 끝나 오쓰유가 환자인 아버지와 함께 뎃핀 나가야를 떠나자, 오토쿠는 한동안 오쓰유가 새로 이사한 집에 자주 찾아가 이것저것 도와주었다. 지금도 그렇게 친하게 지내는지, 아니면 오쓰유 부녀의 살림이 안정된 뒤로는 그다지 긴밀하게 교류하지는 않는지. 지금 오토쿠와 가장 가까이 지내는 오쿠메라면 뭔가 알고 있으리라 생각해서다.

헤이시로는 모든 일의 시발점인 채소 가게 살인 사건부터 되짚어 볼 심산이다. 이제 곧 오쓰유도 만나 볼 작정인데, 상당히 신중을 기해야 할 일이다. 오토쿠와 오쓰유의 관계라면 물론 오토쿠한테 직접 물어보는 것이 가장 확실하겠지만, 자칫하다가 오토쿠가 눈치라도 채면, 나리, 이제 와서 새삼스럽게 오쓰유한테 뭘 캐내려고 그러슈, 하고 신문을 당하기 십상이다. 가능하면 오토쿠를 피해 가는 편이 좋다.

"채소 가게 일이라면……. 저는 그때 뎃핀 나가야에 없었잖아요. 그 일은 띄엄띄엄 들어서 조금밖에 알지 못해요."

오쿠메는 반가운 얼굴로 우무에 젓가락질을 하면서 중얼거렸다.

헤이시로는 현재 겉으로 드러난 채소 가게 사건을, 오토쿠를 비롯하여 그 사건에 관련된 사람들이 믿고 있는 '진상' 대로 대강 설명해 주었다. 오쿠메는 피곤한 표정이었지만 시종 고개를 끄덕이며 듣고 있다.

"오토쿠가 자세히 얘기해 주지 않더냐?"

전혀요— 하고 오쿠메는 말했다.

"규베 씨는 뭔가 속사정이 있어서 나가 버린 거라고, 그 얘기만 들었어요. 오토쿠 씨는 공연한 얘기는 하질 않거든요."

우무를 후룩후룩 빨아먹으며 입술 한쪽으로 말한다.

"그 아줌마, 입은 걸어도 당사자가 없는 자리에서는 절대 험담을 하지 않고 남 뒷소문도 좋아하지 않아요. 그러니까, 나리한테 도움이 못 돼 드려서 죄송하지만 저하고는 아무 관계도 없는 오쓰유라는 아가씨 얘기는 꺼낸 적이 없어요. 그러니 제가 오쓰유 씨에 대해서 아무것도 모를 수밖에요."

"오토쿠가 혼자 어디로 나간 적은 없었나?"

"제가 식당에서 일하게 된 뒤로는 없어요."

긴 그림자 • 341

오쿠메는 그렇게 말하고 살짝 웃었다.

"하지만 나리, 혹시 오쓰유 씨랑 오토쿠 씨가 지금도 친하게 지낸다면 전에 오토쿠 씨가 쓰러졌을 때 무슨 얘기가 나오지 않았겠어요? 내가 이렇게 쓰러져서 당분간 오쓰유를 만나러 갈 수 없으니까 걱정하지 말고 있으라고 전해 달라고 저한테 부탁한다든가, 오쓰유 씨가 요즘 오토쿠 씨가 전혀 오지 않는데 무슨 일 때문인지 상황을 살피러 찾아온다든가 말예요."

"그렇구먼. 너, 제법 똑똑하구나."

헤이시로도 우무를 후루룩거리며 고개를 끄덕였다.

"내친김에 얼마나 똑똑한지 더 보여 드릴까요?"

오쿠메는 득의양양하게 웃었다. 얼굴에 생기가 조금 되살아나는 듯하다.

"제가 오토쿠 씨라도, 오쓰유 씨네 살림이 안정되고 나면 더 이상 만나고 싶지 않을 거예요. 살인 사건이 일어나고 반년 이상 지났잖아요? 그만큼 지났으면 이제는 관여하고 싶지 않겠죠."

"어째서?"

"오토쿠 씨도 사실은 오쓰유라는 아가씨가 오빠를 죽였다는 것을 알면서도 그 아가씨에게 이제 그 사건은 없었던 셈 치고 다 잊어버리라고 말해 주었다고 했죠? 그 사건을 잊는 가장 빠른 길은 뎃핀나가야를 뜨는 거예요. 다시 말하면 오토쿠 씨 곁을 떠나는 거죠. 그런데 오토쿠 씨가 계속 찾아와 친절하게 보살펴 주면 오쓰유 씨는 그때마다 무서운 기억을 떠올려야 하잖아요?"

이번에도 역시 오쿠메의 말이 지당하게 들렸다.

"오토쿠 씨도 바보가 아닌 다음에야 그걸 잘 알고 있겠죠. 그러니까 오쓰유라는 아가씨하고는 아마 만나지 않고 있을걸요?"

"너도 똑똑하지만 오토쿠도 현명하구나. 내가 제일 생각이 모자라."

"그거야 나리가 남정네라 그렇죠. 여자 똑똑한 거하고 남정네 똑똑한 거는 성질이 다르니까요."

오쿠메는 우무 그릇을 쟁반에 돌려놓고 차가운 보리차로 손을 뻗었다. 식초가 목에 걸렸는지 잠깐 기침을 한다.

찻집 장의자에는 다른 손님이 없다. '우무'라고 쓴 하얀 세로 깃발이 머리 위에서 펄럭이고 있었다. 지나가는 사람들은 모두들 바쁜지 흙먼지를 일으키며 걸어가고, 이마나 목덜미에 연신 땀을 훔치고 있다. 오쿠메는 그걸 확인하듯 주변을 살짝 둘러보고 눈이 부신 듯한 표정으로 헤이시로를 쳐다보았다.

"전에 관리인으로 있던 규베라는 분이 오토쿠 씨랑 사이가 좋았나 보죠?"

"음, 그래서 오토쿠가 지금도 뎃핀 나가야의 관리인은 규베뿐이라고 말하고 있지 않느냐."

"음……."

오쿠메는 생각에 잠긴 듯한 모습으로 목덜미 습포를 문질렀다.

"쓸데없는 얘기를 통 하지 않는 오토쿠 씨가 얼마 전에는 무슨 일인지 저한테 규베 씨 이야기를 한 적이 있어요."

헤이시로는 그래? 하며 맞장구를 쳐 주었다. 오쿠메는 입술을 살짝 삐죽거렸다.

"방금 규베 씨가 사라졌을 때의 상황을 들으니까 생각이 나네요. 음, 나리, 규베 씨가요, 뎃핀 나가야를 떠나기 전부터 종종 오토쿠 씨에게 불평을 했다고 했어요."

— 자네한테만 하는 얘기지만, 미나토 상회 주인은 내 후임 관리인으로 먼 친척인 사키치라는 젊은이를 앉히려 하고 있어.

헤이시로는 눈을 크게 떴다. 입가에 담뱃대를 매달고 졸린 표정을 짓고 있던 고헤이지가 그 얼굴을 보고 놀랐는지 엉덩이를 쳐들었다.

"그러니까 그게 채소 가게 살인 사건이 일어나기 전이겠지?"

"예, 그렇죠."

"그렇다면 아직 아무 일도 일어나지 않았는데 왜 규베가 오토쿠한테 그런 말을 했지? 규베가 어떻게 사키치를 알고 있었을까?"

"제가 알 턱이 없죠, 나리."

오쿠메는 고개를 저었다.

"무슨 얘기를 하다가 그런 얘기가 나왔지? 혹시 사키치 흉을 보던 중이었나?"

오토쿠는 지금도 사키치를 냉랭하게 대한다. 그것은 헤이시로도 잘 안다. 다른 사람한테는 살뜰하지만 어찌된 일인지 사키치한테만은 유난히 심술궂고 차갑다. 요즘 들어 분위기가 조금 누그러지고는 있지만 그래도 역시 냉랭하다.

"바로 그저께였는데요, 생선 가게 미노키치 씨 집에서 부부 싸움이 있었어요. 뭐, 별일은 아니었던 모양인데 아줌마가 집을 나가 버리겠다고 했거든요. 아저씨도 잔뜩 약이 올라, 그래 좋다, 나갈 테면 나가라, 라고 했죠. 그때 사키치 씨가 와서 열심히 달래면서 그럭저럭 원만하게 수습했어요. 그게 아주 용하더라구요. 대단하네요, 사키치 씨. 장가도 안 간 사람이, 하고 저도 칭찬을 했어요. 칭찬하기 무섭게 아뿔싸 했죠. 오토쿠 씨가 사키치 씨를 싫어한다는 생각이 스쳐서요. 그런데 오토쿠 씨가 화를 내지 않더군요. 떫은 감이라도 씹는 얼굴로 입을 꾹 다물고 있다가 잠시 후에 말하더라고요."

— 자네 말이 맞아. 사키치 씨, 일 잘하고 있어.

"깜짝 놀랐어요. 별일도 다 있네. 오토쿠 씨가 사키치 씨 칭찬을 다 하고. 내가 그렇게 말했죠. 그랬더니 오토쿠 씨가 정색을 하고, 사실 사키치 씨는 열심히 하고 있잖아. 너무 나쁘게만 말하고 싶지 않아. 하지만 규베 어르신이 한탄을 하신 적이 있거든, 하면서 아까 그 이야기를 들려준 거예요."

오토쿠는 말했다고 한다.

— 규베 어르신은 이런저런 사정이 있어서 뎃핀 나가야를 떠나셨지만 그 일이 있기 전부터 당신도 나이를 먹을 만큼 먹었으니 당신 뒤에 뎃핀 나가야 관리인이 될 사람에 대해서 내내 걱정을 해 왔다고 하셨어. 그런데 미나토 상회 주인이 한 핏줄이지만 사정이 있어서 미나토 상회를 물려줄 수 없는 정원사 사키치란 자를 여기 관리인으로 보내려고 한다는 거야. 하지만 규베 어르신은 절대로 반대하신다고 나한테 가끔 말했지. 너무 어리다는 것부터가 문제인데다 그 사키치란 자는 인품이 좋지 않기 때문이라면서. 관리인이란 자리는 분뇨 파는 돈이 고스란히 주머니로 들어오는 등 꽤 짭짤한 자리거든. 반면에 게으르게 지내자면 한없이 게으를 수도 있는 자리지. 결국은 일하는 사람의 됨됨이에 달렸어. 규베 어르신은 아무리 주인

나리의 먼 친척이라도 나리가 추천하는 사키치란 자는 뎃핀 나가야에 들이고 싶지 않다, 그자는 정말 변변치 못한 자라고 나한테 몇 번이나 말씀하셨어…….

헤이시로로서는 금시초문이다. 너무 놀라서 얼떨결에 우무를 추가로 주문하고 말았다.

"규베라는 분은 평소 불평불만을 말하는 사람이 아니었다면서요?"

"응? 어, 그렇지. 애초에 말수가 적은 사람이니까."

"그런 사람이 자기한테 그런 이야기를 털어놓을 정도니 규베 씨 근심이 보통 컸던 게 아닌 모양이라고 오토쿠 씨는 생각한 거예요. 그런 일이 있었기 때문에……."

— 규베 어르신 후임으로 사키치 씨가 왔을 때, 오, 바로 이놈이구나! 하는 생각에 처음부터 그렇게 얄미웠던 거야.

— 하지만 이렇게 사키치 씨를 지켜보니까 그리 형편없는 놈은 아니잖아? 나도 요샌 뭐가 뭔지 잘 모르겠어. 사키치 씨는 일을 잘하고 있어. 나름대로 훌륭한 관리인이 되어 가고 있어. 하지만 나는 인정하고 싶지 않은 거야. 왜냐면 규베 어르신한테 미안하잖아.

"슬픈 얼굴이더군요. 얼마나 안타까웠으면 오토쿠 씨가 저한테 그런 이야기까지 했겠어요."

오쿠메는 가라앉은 목소리로 말했다.

헤이시로는 우무가 나오기를 기다리며 젓가락을 쥔 채 망연히 있었다. 오쿠메는 습포를 만지던 손끝을 코에 살짝 대 보고는, 아유, 냄새, 하고 투덜거렸다.

"그랬단 말인가."

헤이시로는 신음 소리를 냈다.

"그런 일이 있었기 때문에 오토쿠가 처음부터 사키치를 야박하게 대했던 거군. 그 태도를 바꾸기가 아직은 힘겨운 거야."

"네, 그런가 봐요."

지쳤는지 맥없는 목소리로 오쿠메가 대답하고 나서 덧붙였다.

"왠지 딱해요."

"어느 쪽이? 사키치가? 오토쿠가?"

"양쪽 다요. 오토쿠 씨는 사람 보는 눈이 있으니까 그런 일이 없었다면 벌써 사키치 씨를 거드는 편에 섰을 거예요. 나리도 그렇게 생각하시죠? 그런데 규베 씨한테 그런 이야기를 들었으니 인정상 그러지도 못하고. 규베 씨한테 의리가 있으니까요."

하지만 사키치 씨는 괜찮은 관리인이에요, 하고 오쿠메는 작은 소리로 말했다.

"나리, 저 먼저 갈게요. 나리랑 나란히 뎃핀 나가야로 돌아가면 좀 그렇잖아요. 잘 먹었습니다."

그녀는 끙 하는 소리를 내며 일어섰다.

"나리께서 하신 말씀은 물론 아무한테도 말하지 않을게요."

"음, 그렇게 해 다오. 나도 너한테 들은 얘기는 나 혼자만 알고 있으마."

"네."

오쿠메는 고개를 까딱하고 눈부신 해를 올려다본 다음 수척한 어깨를 움츠렸다.

"근데 두부 장수네가 이사를 하는 모양이에요. 아침부터 짐을 싸고 있던걸요."

우무가 새로 나왔지만 헤이시로는 젓가락을 대지 않고 다시 망연자실했다.

"몰랐군. 왜 이사를 한다지?"

"그 내외가 예전에 주인으로 모셨던 두부 장수가 병으로 드러누워 가게를 계속할 수 없게 되었대요. 그래서 도와주러 드나들었는데, 아예 가게를 이어받기로 했대요."

"그 가게가 어디 있는지 들어 봤나?"

"혼조 후카가와는 아닌 모양이에요. 그 집 아이들 말로는 멀리 간다고 하던걸요."

오쿠메는 아까 만났을 때처럼 맥없이 터벅거리는 걸음으로 돌아갔다. 그녀의 얄팍해진 등판과 두부를 바라보며 헤이시로는 새로 나온 우무를 먹었다. 시큼하기만 하고 감칠맛이 없다.

두부 장수네가 이사하는 이유라는 것도 아마 하치스케나 오리쓰 부녀처럼 지어낸 이야기이리라. 미나토 상회가 뒤에서 조종하고 있겠지. 물론 돈도 쥐여 주었을 테고. 사태는 여전히 본 줄거리를 전혀 바꾸지 않은 채 진행중인 셈이다. 어쩌면 헤이시로와 유미노스케의 예측이 어긋나, 오리쓰가 미나토 상회의 날카롭게 생긴 지배인에게 헤이시로 일행이 이미 냄새를 맡고 있다는 사실을 고하지 않은 게 아닐까?

— 그렇더라도 유쾌하진 않군.

오쿠메가 전해 준 오토쿠가 털어놓았다는 그 이야기. 헤이시로가 파악한 전후 사정과 함께 살펴보면 아무래도 그것 역시 꾸며낸 이야기라고밖에 생각할 수 없다.

규베는 미나토 상회 최고참 직원이다. 헤이시로가 아는 한 그는 주인을 험담한 적이 한 번도 없다. 주인 소에몬의 판단에 이의를 제기한 적도 없다. 그가 어떤 식으로든 부정적인 말을 했다는 이야기를 오토쿠를 비롯한 나가야 사람들한테 들어 보지도 못했다. 다시 말하면 그런 적이 전혀 없다는 이야기다. 규베에게 미나토야 소에몬은 그야말로 살아 있는 신이다.

오토쿠가 규베의 그러한 평소 모습을 잘 알고 있기에 어쩌다 튀어나온 '친척뻘 사키치'에 대한 신랄한 말이 오토쿠의 내부에 단단히 새겨진 것이다. 미나토 상회라는 뒷배만 믿고 규베 어르신을 이렇게 근심케 하고 불안케 하고 곤란하게 하는 사키치라는 젊은 놈. 용서할 수 없다, 내가 그냥 넘어갈 줄 알고. 오토쿠의 기질이라면 그렇게 작심하고도 남았으리라.

채소 가게 다스케의 죽음으로 시작하여 규베의 증발, 사키치의 등장, 젊은 관리인의 분투에도 불구하고 빗살이 빠지듯 하나하나 이사를 나가는 세입자들— 일련의 일들은 미나토 상회 측이 어떤 의도를 가지고 추진하고 있으며, 규베 역시 한몫 거들고 있음이 틀림없다. 그도 그럴 것이, 규베는 미나토 상회에서 크게 신임하는 사람이다. 이는 곧 규베가 앞으로 무슨 일이 일어날지 다 알고 있어서, 다스케가 죽고 불쾌한 소문이 돌고 결과적으로 자기가 증발하며 그 뒤에 사키치가 들어오게 된다는 사실까지 다 알고서, 실제로는 아무 근거도 없는 사키치에 대한 불평과 불만과 의혹을 오토쿠에게 흘림으로

써 그녀를 조종했다는 말이 된다. 사키치가 관리인으로 일하기 힘들게 말이다.

세입자들이 뎃핀 나가야에 정을 떼고 쉽게 이사를 나가도록— 아니, '저마다의 사정'으로 세입자들이 빠져나가는 사태가 외부에서 보더라도, 이를테면 근처 주민들이 바라보더라도 부자연스럽다고 느껴지지 않도록. 그래, 하는 수 없지, 뎃핀 나가야의 관리인으로 생뚱맞게 새파란 애송이가 왔잖아, 터줏대감 오토쿠하고 도저히 맞을 수가 없지, 나가야에 빈방이 늘어나는 것도 어쩔 수 없는 일이야.

단순하지만 교묘한 방법이다. 간단하지만 주도면밀하다. 오토쿠의 기질을 잘 알고서 꾸민 일이다. 그러나 규베는 짐작이나 했을까? 예상했을까? 사키치가 뎃핀 나가야에 들어와 성실하고 진지하게 일해서 나름대로 세입자들의 신뢰를 얻기 시작하면 오토쿠가 규베에 대한 의리와 사키치의 성실한 모습 사이에서 괴로워하리라는 것을. 그녀의 기질이라면 충분히 있을 수 있는 일이다.

— 규베.

헤이시로는 혼잣말을 했다.

— 제가 속한 가게에 그렇게 충성하는 규베 같은 점원을 나는 죽었다 깨어나도 이해하지 못하겠군.

서둘러 순시를 마치자 헤이시로는 다시 후카가와의 대행수 모시치네 집으로 갔다. 집에 있던 마사고로가 저번처럼 정중하게 맞아 주었다.

애초에 헤이시로는 마사고로에게 상세한 전말은 설명하지 않은 채 의뢰하고 싶은 사항만 일러 줄 작정이었다. 그러나 막상 그렇게 의뢰하기란 쉽지 않을뿐더러, 애초에 매사 깊이 사고하고 치밀하게 구성하는 데 서툰 헤이시로에게는 더더욱 어려운 일이다. 게다가 헤이시로는 분노하고 있었다. 이 사람에게는 보기 드문 일이지만 속이 많이 상해 있다. 그럴 때는 말이 많아지게 마련이다. 자네한테만 하는 이야기네만, 이라는 말머리가 나온다면 대개는 화자가 흥분해 있는 것이다.

상황이 이렇다 보니 헤이시로가 문득 정신을 차렸을 때는 이미 마사고로에게 현재 뎃핀 나가야에서 벌어지고 있는 독특한 음모와 그에 대한 자신의 생각을 낱낱이 털어놓는 중이었다.

마사고로는 편하게 들어 주었다. 딱 한 번 헤이시로가 숨을 고르느라 이야기를 잠깐 쉴 때 슬쩍 자리를 떴다가 금세 돌아와 시원한 보리차 잔을 내밀었다. 그 틈을 잡는 모습이 참으로 절묘했다.

헤이시로가 마침내 이야기를 마치고 한숨을 돌리자 그가 손뼉을 쳐서 사람을 불렀다. 곧 뜨끈한 엽차와 양갱이 나왔다. 대령한 사람은 짱구였다. 소년은 다과를 내려놓고 마사고로 옆에 얌전히 앉았다가 마사고로가 신호를 보내자 술술 읊기 시작했다. 방금 전까지 헤이시로가 들려준 사태의 전말이다.

헤이시로는 물양갱_{일반 양갱보다 물기를 더 많게 해서 촉촉하게 만든 여름용 양갱}을 먹으며 소년의 이야기를 들었다. 다 듣고 나서는 감탄하고 말았다.

"어긋난 데가 없구나. 용케 다 기억했어. 언제부터 듣고 있었지?"

마사고로는 먼저 황송해하는 몸짓을 보였다.

"나리가 여기 오셨을 때부터 장지 뒤에 앉혀 두었습니다."

나리를 뵈니 오늘은 저번보다 상세한 말씀이 있을 것 같아서요—라고 마사고로는 설명했다.

"자넨 참 빈틈이 없는 사람이군. 내 편이어서 다행이야."

"부끄럽습니다. 그럼 저희는 그 오쓰유라는 아가씨를 지켜보면 되겠군요."

이야기를 매끄럽게 본제로 돌린다.

"그렇지. 다만 요전번 오리쓰보다는 까다로운 상대일 거야."

헤이시로는 설명했다.

"오쓰유라는 아이는 자기가 사건의 한복판에 있다는 사실을 알고 있을 거야. 실제로 오빠 다스케가 죽는 자리에도 있었을 테니까."

마사고로의 온화한 눈이 번쩍 빛났다.

"그리 말씀하시는 걸 보니 나리는 벌써 다스케를 죽인 자는 오쓰유가 아니라고 생각하시는군요?"

헤이시로는 입을 꾹 다문 채 고개를 끄덕였다.

"괴한이 들어와 오빠를 죽였다는 오쓰유의 진술은 어떻게 됩니까?"

"그 말을 들은 사람은 오토쿠야. 나도 오토쿠한테 들었네."

헤이시로는 조용히 말했다.

"더 정확히 말씀드리자면 오쓰유한테 들은 '괴한'의 정체에 대하여 오토쿠 씨가 추측한 내용을 전해 들었다는 말씀이군요?"

"그렇지."

"그럼 나리는 이 사건에서도 오토쿠 씨가 조종을 당하고 있다고 보시는군요."

헤이시로는 냉큼 고개를 끄덕이지는 않았다. 오토쿠가 너무 가련하다는 생각이 들었기 때문이다.

"오토쿠는 뎃핀 나가야의 터줏대감 같은 사람이고 나가야의 심장 같은 여자다. 분명히 말하지만 나가야의 머리가 아니야. 어디까지나 심장이지. 뭘 이론적으로 계산하는 여자가 아니거든."

"여자들이 다 그렇습죠. 그래서 어여쁜 게 아닙니까."

마사고로가 부드럽게 응했다.

헤이시로는 저도 모르게 웃었다. 마사고로도 웃었다. 이 집에 앉아 있으니 나도 관록에서 완전히 쳐지는군, 하고 헤이시로는 생각했다.

헤이시로는 하오리를 벗고 책상다리를 한 자세로 편하게 앉았다. 마사고로와 짱구는 무릎을 꿇는 정좌를 하고 있었지만 두 사람 다 전혀 더워 보이지는 않았다. 모시치 대행수의 집은 은밀한 이야기를 나눌 일이 많다는 점을 고려했는지 칸막이 없이 탁 터놓지 않고 맹장지나 장지를 칸칸이 세워 두었다. 그래도 통풍은 좋은 편이라 마치 사당 안에 들어와 있는 것처럼 시원하다.

"규베의 증발이라는 연극은 사실 각본치고는 상당히 어려운 각본이야."

헤이시로는 잠시 생각하다가 설명을 시작했다.

"가쓰겐에서 일할 때 규베와 마사지로라는 자 사이에 알력이 있었다는 이야기는 사실이겠지. 하지만 마사지로가 지금도 그 일을 두고 규베를 원망하고 있는지 어떤지는 알 수 없다. 무엇보다 우선 마사지로의 소식을 아는 자가 아무도 없고 말이야. 그러니까 있지도 않은 자를 범인으로 세우고, 그자의 난동에 모두가 피해를 입으면 곤란하다며 규베가 종적을 감춘다— 이런 각본은 논리로서는 괜찮을지 몰라도 분위기로 보자면 영 모양새가 안 좋지 않나? 애초에 어딘지 지어낸 이야기 같은 냄새가 나고 나가야 주민들도 그렇게 생각할 거야."

그렇다면 그 각본만 가지고 밀고 나갈 수는 없다. 또 다른 대책이 필요해진다. 바로 다스케를 죽인 사람은 오쓰유고 그 살인은 부득이한 사정이 있었는데, 규베는 진상을 알지만 오쓰유를 보호하기 위해 감히 '마사지로의 원한'이라는 이야기를 지어 놓고 뎃핀 나가야를 떠난다— 이것이 두 번째 각본이다.

"더구나 이 각본을 오쓰유나 규베한테 들은 사람이, 아니 넌지시 암시를 받았다고 해야겠지만—."

"오토쿠 씨였군요. 뎃핀 나가야의 심장."

마사고로가 앞질렀다. 헤이시로가 고개를 크게 끄덕인다.

"그렇지. 심장만 잡아 두면 나머지는 알아서 해결된다. 오토쿠가 솔선해서 이 잘 짜인 듯하면서도 엉성한 이중 각본을 퍼뜨려 줄 테니까. 실은 말일세, 마사고로. 지금 생각하니 부끄럽지만, 나도 꼼짝없이 넘어간 사람일세. 규베가 뎃핀 나가야에서 사라지기 직전까지는 오쓰유를 잡다가 채소 가게에서 실제로 무슨 일이 있었는지 확실하게 알아낼 작정이었네. 그런데 규베는 사라졌지 오쓰유는 눈물만 흘리지 오토쿠는 이런저런 이야기를 하지, 해서 결국 주저앉고 말았지. 아무것도 못해 보고 오쓰유를 풀어 주고 말았어."

마사고로는 빙글빙글 웃었다.

"그런 따뜻한 모습이 나리다운 점이지요. 전혀 부끄러워하실 일이 아닌 줄 압니다, 제가 보기에는요."

헤이시로는 차를 꿀꺽 소리 나게 마셨다. 물양갱 접시는 이미 비어 있다.

"오토쿠는 병으로 드러누운 남편을 일 년 이상이나 착실하게 간병했던 사람이야."

헤이시로가 물잔을 든 채 작은 소리로 말하자 마사고로는 "예" 하고 응했다.

"그런 오토쿠였으니 오쓰유가 지어낸 이야기가 금방 효력을 발휘했겠지. 병으로 누워 지내는 아버지를 오빠가 해치려고 했다, 그냥 보고 있을 수 없었다—."

헤이시로는 낮은 소리로 말했다.

"오토쿠가 딱하군."

그러나 마사고로는 의연히 대꾸했다.

"아닙니다, 나리. 저는 오토쿠 씨가 딱하다고 생각하지는 않습니다. 딱하기로 치자면 거짓말을 하고 있는 게 분명한 오쓰유 쪽이겠지요."

"오토쿠를 속일 수밖에 없었으니까?"

"그 점도 있고요."

마사고로는 그렇게 말하며 미간을 살짝 찡그렸다.

"오쓰유 말이 거짓이었다 해도 오빠 다스케는 실제로 살해되었습니다. 그렇다면 나리, 다스케는 살해당할 만한 이유가 달리 있었다는 게 아닙니까."

헤이시로는 마사고로가 하는 말을 곱씹었다. 의미를 이해하고는 자세를 고쳐 앉았다.

"그렇지……. 자네 말이 옳아."

"미나토 상회 주인은 본심이 무엇이든 간에 세입자를 은밀히 내보내느라 많은 돈을 쓰기는 하지만 결코 난폭한 방식을 취하지는 않고 있습니다. 오리쓰 건은 노름빚이라는 그럴 듯한 연극이므로 건달들을 쓰지 않을 수 없었겠지만 그것도 겉으로만 그랬을 뿐 실제로 오리쓰는 전혀 위험한 처지에 몰리지 않았습니다. 그런데도 다스케만은 목숨을 잃었으니 방식이 너무 다르다고 보시지는 않습니까?"

그렇다. 속이거나 배후에서 일을 꾸미는 식으로 다른 세입자들을 내보낸 것에 비하면 다스케에게만은 유별나게 가혹했다고 봐야 한다.

"거기에는 반드시 그만한 이유가 있었을 겁니다. 그리고 그 이유는 미나토야가 뎃핀 나가야를 어떻게든 빈집으로 만들고 싶어 하는 이유와 어딘가에서 얽혀 있지 않겠습니까? 다스케가 전혀 관계가 없는 사람이었다면 목숨까지 빼앗길 일은 없었을 거라는 생각이 듭니다만."

마사고로는 그렇게 말하고 짱구를 힐끔 내려다보았다. 헤이시로도 비로소 눈치 챘다. 짱구는 이 자리에서 오가는 대화를 따라 입술을 달싹거리며 기억하고 있는 듯했다.

"어쨌든 저희는 오쓰유를 지켜보겠습니다."

마사고로는 말했다.

"어떻게 사는지, 누구를 만나는지, 돈벌이는 어떻고 살림살이는 어떤지 자세히 조사해서 나리께 알려드리겠습니다. 이번 건은 저희들 일처리 솜씨를 믿으시고 안심하고 맡겨 주십시오. 나리만 괜찮으시면 이번 건이 말끔히 정리될 때까지는 지난번 오리쓰 건처럼 건당으로 지불하지 마시고 나리의 수하처럼 부려 주셔도 좋습니다. 아니, 오히려 그렇게 부려 달라고 부탁드리고 싶습니다."

헤이시로서는 마다할 까닭이 없다.

"하지만 나를 돕는다고 너희에게 무슨 득이 있는 것도 아닌데, 그래도 좋으냐?"

마사고로는 품속 깊숙이 여며 둔 치밀한 솔기를 슬쩍 뒤집어 내비치듯 어딘지 섬뜩해 뵈는 웃음을 지었다.

"미나토 상회에는 니헤이란 자도 얽혀 있지 않습니까."

뎃펜 나가야의 세입자들이 줄어드는 이유를 끈질기게 추적해 온 오캇피키. 미나토야 소에몬에게 질긴 원한을 품고 살아온 사람이다.

"니헤이가 같은 오캇피키로서도 그냥 두고 보기 힘든 놈이라는 것은 전에도 나리께 말씀드렸습니다. 저희로서는—."

이번 건이 만약 니헤이의 발목까지 단숨에 잡아챌 수 있게 연결된다면 더없이 반가운 일이라는 말이다. 다 듣기도 전에 헤이시로가 웃었다.

"그렇군. 그럼 잘 부탁하네."

그날 밤 헤이시로는 이상한 꿈을 꾸었다.

장소는 오토쿠네 간이식당. 가게 안에 솥이 부글부글 김을 올리며 끓고 있다. 헤이시로가 좋아하는 감자와 곤약에 맛국물과 간장이 잘

배어서 참으로 맛나게 보인다.

그러나 꿈에서 헤이시로는 그걸 집어먹지 않는다. 그러고 있을 상황이 아닌 것처럼 보인다. 꿈속에서 그러고 있는 자신을 헤이시로는 어딘지 높은 곳에서 굽어보고 있다. 그렇다면 이건 꿈이 분명한데, 틀림없이 오토쿠네 조림 냄새가 나고 뜨거운 김까지 느껴진다.

가게 안에는 오토쿠가 없다. 오쿠메도 안 보인다. 묘하게 쥐 죽은 듯 조용하다.

헤이시로는 안쪽 작은 다다미방으로 이어지는 장지를 연다. 드르륵 소리가 난다.

거기 오토쿠의 죽은 남편이 가만히 앉아 있다. 이름이 뭐였지— 그래, 가키치였지, 가키치였어.

가키치는 무척 수척하다. 하도 여러 번 빨아서 빛이 바랜 유카타를 입었는데, 목깃이 벌어져 바짝 메마른 가슴팍이 훤히 들여다보인다. 갈비뼈를 헤아릴 수 있을 정도다. 그는 바닥에 깔아 둔 얇은 이불 위에 무릎을 꿇고 앉아서 무슨 까닭인지 헤이시로에게 연신 고개를 조아린다.

— 어이, 가키치, 일어나면 안 돼, 누워 있어야지. 너는 환자야, 오토쿠한테 핀잔 들을라.

꿈속에서 그렇게 타이르면서도 그 꿈을 꾸고 있는 헤이시로 자신은, 나는 가키치를 만나 본 적이 없는데, 가키치 얼굴도 모르는데, 하는 생각을 하고 있다.

그러다 문득 정신을 차리니 가키치가 사라지고 없다. 다다미방은 피투성이였고 한복판에 다스케 시체가 뒹굴고 있다. 벌렁 누운 시체의 가슴팍과 목에 칼자국이 다 드러나 있다.

— 왜 오토쿠네 가게에 다스케가 죽어 있지? 이상한 일이군.

꿈이니까 그런가 보다 생각하면서도 헤이시로는 다스케 시체를 수습하려고 한다. 이대로 두면 오토쿠가 장사를 못한다. 신발을 벗고 방으로 올라서서 거스러미 까슬한 다다미 위에 내던져진 다스케의 팔을 잡고 쳐든다.

그러자 별안간 다스케가 제 힘으로 일어났다. 두 손으로 헤이시로를 움켜쥔다. 다스케의 시선은 엉뚱한 쪽으로 향하고 입은 맥없이 벌어져 혀가 나와 있다.

악, 비명을 지르며 헤이시로가 도망친다. 다스케의 팔이 붙들려고 다가온다. 몸서리치며 그 팔을 뿌리친다. 뿌리치고 뿌리쳐도 차갑고 물컹물컹한 시체의 손가락이 헤이시로의 팔과 어깨를 붙잡고 완강하게 매달리려고 한다.

— 너는 오래전에 죽었어, 이렇게 움직이면 안 되는 거야!

그렇게 소리치며 벌떡 일어났다. 그러자 곁에서 누군가 으악, 하고 비명을 지르면서 쿵 소리를 내며 넘어진다. 헤이시로는 담요 위에서 윗몸을 일으키고 앉아 숨을 헐떡이며 주위를 둘러보았다.

이부자리 건너편에 유미노스케가 엎어져 있다.

"너 거기서 뭐 하니?"

유미노스케는 엎드린 채 "으으" 하는 소리를 냈다.

"아, 아파, 아파요."

아이는 신음하며 간신히 일어나 머리를 문질렀다.

"뭘 하냐고요? 너무하시네요."

"뭐가 너무해?"

헤이시로는 팔뚝으로 이마의 땀을 훔쳤다. 밖은 벌써 동이 터서 장지에 햇살이 따갑게 들고 있다. 작은 뜰에서는 이미 새소리도 들리지 않는다. 엉뚱하게 늦잠을 잔 모양이다.

"이모부가 가위눌리신 모양이라고 해서 제가 깨워 드리려고 온 거예요."

"가위에 눌려? 내가?"

"예, 곰처럼 꿍꿍대시기도 하고, 귀신처럼 히히거리시기도 하고."

유미노스케는 원망스럽다는 듯 입을 샐쭉하니 다물었다.

"그러다 난데없이 내동댕이쳐졌단 말예요. 이모부, 대체 무슨 꿈을 꾸신 거예요?"

마침내 땀이 식고 호흡도 차분해졌다. 마음이 가라앉자 이상한 것이 눈에 들어와 헤이시로는 배를 안고 웃었다.

"뭐가 그렇게 우스우세요?"

헤이시로가 손가락으로 가리켰다.

"네 얼굴. 다다미 자국이 찍혔어. 그리고 눈두덩의 시퍼런 멍, 모질게도 부딪혔구나."

유미노스케는 손으로 얼굴을 쓰다듬어 자국을 확인했다.

"어쩐지 따끔따끔하더라니, 까졌네요."

"그런데 너도 참 싱겁구나. 내가 잠꼬대 좀 하다 슬쩍 집어 던졌다고 그렇게 멍이 들다니. 넌 낙법이란 것도 모르느냐?"

유미노스케는 더욱 샐쭉한 표정이 되었다.

"이 멍은 지금 생긴 게 아녜요. 오늘 아침 도장에서 생긴 거란 말예요."

"검술 강습 받다가 얼굴을 얻어맞았니? 찌르기를 제대로 당했나 보구나."

유미노스케가 뭐라고 대꾸하려다가 그냥 꿀꺽 삼키듯 그만두고 만다.

"제 얼굴이야 아무렴 상관없어요. 소식이 있어서 왔어요."

헤이시로는 꿈지럭꿈지럭 잠자리에서 빠져나왔다.

"뭔데?"

"세토모노초 나가야에서 오리쓰 씨가 자취를 감추었어요."

놀란 헤이시로가 뭐라고 말하기도 전에 유미노스케는 내쳐 말했다.

"오리쓰 씨가 세토모노초에서 또 어디로 사라질 수도 있다는 생각이 들어서 어제 살피러 가 보았거든요. 아니나 다를까 그렇더군요."

"언제 도망쳤느냐?"

"그제요."

"곤키치는 알고 있느냐? 내가 어제 저녁에 들여다볼 때만 해도 뎃핀 나가야에 있었는데."

"그렇다면 오리쓰 씨는 이번에야말로 칠칠치 못한 애비를 버리고 도망친 셈이네요. 곤키치 씨가 야단을 떨지 않는 것은 뭔가 그럴듯한 핑계를 이미 들었기 때문이겠지요. 혹은 미나토 상회에서 또 조종하고 있는지도 모릅니다. 아무튼 오리쓰 씨가 어디로 갔는지는 알 수 없어요. 물론 그릇 가게도 그만두었고요."

헤이시로는 잠옷 자락으로 얼굴을 문질러 닦았다.

"미나토 상회가 빼돌렸을 거라는 말이냐?"

"그럴지도 모르죠."

"뭐, 좋다. 어제 마사고로 패와 손잡기로 결정했다."

헤이시로가 대강 설명했다.

"오리쓰의 행방도 마사고로에게 부탁하자. 그자들이라면 찾아내겠지."

유미노스케는 다시 제 얼굴을 만져 보았다. 다다미 자국이 아직 남아 있다.

"이모부, 오늘도 뎃핀 나가야 쪽으로 순시를 하시나요?"

"음, 그래. 어제 두부 장수네가 이사를 나갔다. 사키치가 낙담해 있을 거야. 얼른 상황을 살펴봐야겠다. 그런데 왜 그러냐?"

"저도 데려가 주세요. 방해가 되지는 않겠어요. 고헤이지 씨가 불편해할 것 같으면 몰래 따라갈게요. 하지만 이모부가 도와주지 않으면 측정할 수 없는 것이 있어서요."

유미노스케가 고개를 꾸뻑 숙였다.

"측정하다니, 뭘?"

유미노스케는 눈동자를 또르륵 굴리고는 짐짓 계획이 있다는 듯한 표정으로 대답했다.

"오토쿠 씨의 귀가 얼마나 밝은지, 그리고 채소 가게에서 관리인 집까지 거리가 얼마나 되는지."

인형 같은 얼굴로 씽긋 웃는다.

"오쓰유 씨 또래에다 체격도 비슷한 아가씨도 구해 주시면 좋을 텐데요."

헤이시로는 턱수염을 썩썩 문질렀다.

"그럼 뭐냐, 오쓰유 닮은 아가씨를 뜀박질하게 해서 그 발소리가 오토쿠 귀에 들리는지 어떤지 측정해 보겠다는 거냐?"

유미노스케는 앉은 채 폴짝 뛰었다.

"바로 그거예요!"

"하지만 뭐 하러 그런 짓을 하려는 거냐? 오쓰유의 발소리야 분명히 들렸을 텐데. 그렇지 않고서야 오토쿠가 잠에서 깨어날 리가 없지."

총명한 유미노스케도 더위에 지쳐 머리가 둔해졌는지도 모른다. 헤이시로는 크게 하품하면서 베갯맡에 던져둔 부채를 집어 들어 아이의 얼굴에 부쳐 주었다.

"여러 번 말하지만 오토쿠는 뎃핀 나가야의 맥이다. 나가야를 움직이려면 오토쿠를 끌어들이지 않고는 방법이 없어. 그러니까 규베도 오쓰유도—내심 미안해했는지 모르고, 나도 그들이 미안해했기를 바라지만—그런 연극을 했겠지. 하지만 나는 도저히 그러지 못하겠다."

유미노스케는 고개를 끄덕였다.

"그 마음은 알겠습니다. 저도 마사고로 씨와 이모부의 생각이 맞다고 봅니다. 하지만 이모부, 그렇다면 오토쿠 씨는 그날 밤 발소리를 듣고 일어나지 않았더라도 어차피 그 연극에 말려들게 되어 있었잖아요?"

"뭐, 그렇겠지."

그들의 각본상으로는 규베가 오토쿠를 찾아가 채소 가게에서 불행한 일이 일어났다고 알리게 되어 있지 않았을까. 오토쿠가 잠귀가 밝은 덕분에 실제로는 그 순서가 생략된 셈인데, 그것은 어디까지나 우연이었으리라.

"그겁니다, 이모부."

유미노스케는 눈썹을 추켜올렸다.

"오토쿠 씨는 우연히 발소리를 듣고 잠에서 깨어났어요. 오쓰유 씨가 오토쿠 씨를 끌어들이려고 일부러 발을 쾅쾅 구르며 오토쿠 씨 집 앞을 달려간 것은 아닙니다."

"그건 그렇겠지. 그렇게 했다면 다른 사람들도 깨어났을지 모르니까."

유미노스케는 무릎걸음으로 앞으로 나섰다.

"그렇다면, 오토쿠 씨를 깨운 발소리의 주인은 오쓰유 씨가 아닐지도 모른다고 생각할 수도 있지 않을까요?"

헤이시로는 부채질하던 손을 멈추고 입을 멍하니 벌렸다. 그러고는 한참 뒤에서야 "그럼 누구라는 거냐?" 하고 겨우 말했다.

"글쎄, 누굴까요."

유미노스케가 방글방글 웃는다.

"오토쿠 씨가 일어나 규베 씨 집으로 달려갔을 때 규베 씨와 오쓰유 씨는 이미 거기 있었어요."

"그래, 오쓰유는 규베네 집으로 달려갔다고 했다."

"병을 앓는 도미헤이 씨는 채소 가게에 있었고요."

"달리 달려갈 사람이 없어."

"다스케 씨도 채소 가게에서 죽어 있었고요."

"뛰어다닐 처지가 아니지."

유미노스케가 다시 무릎걸음으로 나선다.

"다시 말하지만 채소 가게의 다스케 씨 살인도 미나토 상회가 나가야 세입자들을 내보내기 위한 각본 속에서 일어난 일입니다."

"그래."

"모든 일이 미나토 상회 측의 뜻대로 움직이고 있었다면 다스케 씨를 죽인 자는 오쓰유 씨가 아니라 미나토 상회 쪽 사람, 즉 제삼의 인물이라는 가정도 충분히 생각해 볼 수 있어요."

헤이시로는 다시 부채질을 시작했다.

"그러니까— 저는 오토쿠 씨를 깨운 발소리의 주인이 제삼의 인물이 아닐까 하고 생각하는 거죠."

유미노스케가 내처 말했다.

"채소 가게에서 도망치는 중이었다?"

"예."

한 박자 뜸을 두었다가 헤이시로가 저도 모르게 물었다.

"어디로?"

유미노스케는 정색을 하고 고개를 갸웃했다.

"오토쿠 씨는 발소리를 듣고 규베 씨 집으로 향한다 생각했고, 나가야 밖으로 도망치기에는 시간이 없었겠지요. 게다가 오토쿠 씨가 들은 발소리는 규베 씨 집 쪽으로 움직이고 있었고—."

헤이시로는 턱을 당기고 유미노스케를 쳐다보았다.

"규베가 범인을 집 안에 숨겨 주고 있었다는 얘기냐?"

"예."

유미노스케는 분명하게 고개를 끄덕였다.

"그리 길지는 않았겠죠. 날이 새기 전에 밖으로 도망쳤을 테니까요. 숨겨 주었다는 말이 좀 요란스레 들린다면 그 제삼의 인물은 규베 씨 집에서 옷을 갈아입거나 손을 씻었을 뿐인지도 모릅니다."

유미노스케 말이 맞을지 모른다. 제삼의 인물―.

"그 점을 확인하기 위해서 오토쿠 귀에 발소리가 어떻게 들리는지를 분명하게 확인하고 싶다는 거냐?"

"네, 어쩌면 발소리로 오토쿠 씨를 깨운 사람의 몸무게나 보폭도 추측할 수 있을지 몰라요. 그리고 키도―."

"아서라, 나는 싫다. 그런 측량은 그만둬."

헤이시로는 즉각 물리쳤다. 유미노스케는 눈동자를 또르륵 굴렸다.

"이모부?"

"그런 걸 측정해서 확인하지 않아도 네가 하는 말은 충분히 그럴듯하다. 다스케를 죽인 자는 오쓰유가 아니야. 그 아가씨 옷에 피가 묻어 있었던 이유도 각본을 그럴듯하게 꾸미기 위해서겠지. 그게 아니라면 죽은 오빠 몸에 매달릴 때 묻었는지도 모르고. 어쨌거나 다스케가 살해되었을 때 오쓰유는 같은 지붕 아래 있었으니까."

"예……."

"네 말대로 제삼의 인물이 그 집에 있다가 다스케를 해쳤을 게다. 나는 반드시 그자를 잡아야 해. 하지만 그자의 키니 몸무게니 보폭이니 하는 것은 알아내 봐야 별 도움이 안 돼. 온 에도 남자들의 키나 보폭을 재고 다닐 틈은 없으니까."

"에도 남자들을 다 재면서 다닐 필요는 없어요. 미나토 상회 점원들 중에 있을 테니까요."

유미노스케는 거침없이 말했지만 헤이시로가 지긋이 노려보자 문득 목소리가 작아졌다.

"그 날카롭게 생긴 지배인이라는 사람도―."

헤이시로는 부채를 던졌다. 끙, 소리를 내며 일어선다.

"이모부?"

"옷이나 갈아입자. 거들어라."

"이모부, 안색이 어두우시네요."

소년의 말대로 왠지 갑자기 풀이 죽고 말았다. 울적해지고 말았다. 왜 또 뎃핀 나가야에서 이런 일이 일어났을까. 살인범을 체포하겠다느니 뭘 폭로하겠다느니 하는 것은 헤이시로한테 어울리는 일이 아니다. 모르는 일은 모르는 대로 못 들은 일은 못 들은 대로 이해 못하는 일은 이해 못하는 대로 놔두는 편이 헤이시로는 좋다. 진짜 살인범이 어디 사는 누구인지를 놓고 유미노스케 같은 어린아이와 이야기하고 싶지 않은 것이다.

게다가 이런 이야기가 오토쿠의 귀에 들어가기를 바라지 않는다. 유미노스케 말대로 하자면 오토쿠한테도 사정을 말해야 한다. 오토쿠의 마음에 오쓰유나 규베에 대한 의구심을 불어넣고 싶지는 않다. 가능하면 오토쿠한테는 아무것도 알리지 않았으면 좋겠다. 설령 그녀가 그자들에게 속아서 저도 모르는 사이에 이 연극에 일역을 맡고 있다 하더라도, 그로 인하여 오토쿠가 큰 해를 입는 일만 없다면 그냥 내버려두고 싶다.

"저야 이모부를 돕고 싶지만 어쩌면 공연한 짓인지도 모르겠네요. 약삭빠른 소리만 하고 있는지도 모르겠어요."

유미노스케는 중얼거렸다.

"그렇지 않아. 너는 똑똑해. 눈이 밝아. 그래서 보이는 대로 생각나는 대로 말하고 있을 뿐이지."

"하지만……."

"신경 쓰지 마라. 내가 잠자리가 사나워서 그렇다. 이상한 꿈을 꾸었거든."

헤이시로는 유미노스케를 내려다보며 씽긋 웃었다.

"뎃핀 나가야에는 데리고 가 주마. 고헤이지한테는 다른 데를 돌아보라고 하자. 마침 잘됐다. 널 사키치에게 소개하고 싶었는데."

유미노스케는 다다미에 양손을 짚고 절을 했다.

"감사합니다."

"뭘 그렇게 깍듯이 절까지 하누. 그보다 얼른 세수를 해야 하니까 네 이모를 불러다오."

유미노스케는 고개를 숙인 채 움직이지 않는다. 헤이시로는 문득 걱정이 되었다. 똑똑하다고 해도 역시 어린아이다. 헤이시로한테 꾸중을 들었다고 생각하고 기가 죽었나?

"유미노스케?"

들여다보니 유미노스케는 재채기하고 난 도깨비 같은 표정을 하고 있었다.

"이모부ㅡ."

"뭐냐, 왜 그래?"

유미노스케는 얼굴이 새빨개졌다.
"이모부, 다리가 너무 저려요."
그러고는 옆으로 데굴 굴렀다.

고헤이지가 제법 저항을 하고 나섰다. 왜 도련님에게 나리를 모시게 하고 저는 다른 곳을 순시하라고 하십니까? 나리는 이제 제가 필요 없으세요? 요즘은 그렇게 멀리하시던 오캇피키까지 쓰시고, 나리 생각을 알 수가 없네요!
"우헤!"
헤이시로는 상대방 말버릇을 흉내 내어 미안함을 표했다.
"그렇게 삐칠 것 없다. 유미노스케를 사키치에게 소개하려고 그러는 것뿐이니까. 뭐 어떠냐, 넌 우리 집 식구 같은 사람이야. 내 뒤를 이을지도 모르는 아이니까 그렇게 섭섭한 쪽으로만 생각지 마라. 게다가 마사고로는 대단한 사람이야. 그렇게 마다할 이유가 없다."
나름대로 마음을 써서 다독인다고 다독였지만 고헤이지는 여전히 살집 좋은 둥근 어깨를 곧추세워 잔뜩 골난 티를 내면서 밖으로 나갔다. 유미노스케도 그 모습에 기가 막힌 모양이다.
"혹시 제가 이즈쓰 집안을 이으면 고헤이지 씨의 아들이 제 주겐이 되는 건가요?"
"고헤이지한테는 아들이 없어. 딸뿐이다."
"아, 다행이다."
"하지만 데릴사위를 들이겠지. 어쨌든 저놈하고는 잘 지내는 편이 좋아. 그러려니 해라."

설설 끓는 태양 아래 땀을 줄줄 흘리며 뎃핀 나가야에 도착하니 두부 장수네가 이사 나간 집을 열심히 치우고 있는 사키치가 보인다. 먼지를 막으려고 수건으로 얼굴 절반을 가렸는데, 그 밑으로 보이는 두 눈은 태양과는 딴판으로 어둡게만 보였다.

출입구 장지를 떼어 내고 문 종이도 깨끗하게 찢어 내고 문살 구석구석까지 물로 닦고 있다. 물기가 마르면 새 종이를 바를 모양이다. 다다미 역시 한 장도 남김없이 걷어내 양달에 늘어놓아 말리고 있다.

"이거 말 걸기가 딱하군. 나중에 다시 올까."

열심히 일하는 사키치를 관찰하는 유미노스케는 대답이 없다.

"어때, 오토쿠네 가게에나 가볼까?"

유미노스케는 여전히 사키치를 쳐다보고 있다.

"그 가게에는 오쿠메도 있다. 네가 얼굴을 들이밀면 아마 야단이 날 거다. 어머머, 너무 예쁘다 하면서 말이야."

유미노스케가 눈도 깜빡이지 않고 사키치를 쳐다본다. 헤이시로는 유미노스케의 머리를 톡 때렸다.

"어이, 사키치의 체중이나 키라면 내가 나중에 알아다 주마. 눈으로 측정할 거 없다."

유미노스케는 헤이시로가 건드린 자리를 문질렀다.

"아셨어요?"

"나도 너한테 익숙해졌다."

"그렇다고 사키치 씨를 의심하는 건 아녜요. 저 사람한테는 미나토 상회의 주인을 위해 다스케 씨를 어떻게 해야만 할 의무는 없으니까."

"그렇고말고."

유미노스케는 입속말로 뭐라고 중얼거렸다. 헤이시로의 귀가 제대로 들은 거라면, 다스케 씨는 왜 살해되었을까, 하고 중얼거리는 듯했다.

짐작한 대로 유미노스케는—정확하게는 유미노스케의 가지런한 얼굴은—오토쿠와 오쿠메를 깜짝 놀라게 했다. 오쿠메는 뛸 듯이 반가워하고 오토쿠는 잠시 헤이시로와 유미노스케의 얼굴을 번갈아 보다가 요란하게 웃었다.

간이식당 안은 후텁지근하다. 오쿠메는 여전히 땀띠로 고생하는 모양이고 수척해진 인상도 여전하다. 습포 냄새도 난다. 하지만 유미노스케는 그런 것들에 신경 쓰는 기색도 없이 반듯하게 인사를 하며 얌전하고 착한 소년의 모습을 보여서 두 여자를 기쁘게 했다. 헤이시로는 뜨거운 곤약과 차가운 보리차를 대접받으며 여자들의 한바탕 질문 공세에 유미노스케가 쾌활한 얼굴로 성실하게 답하는 모습을 흥미롭게 지켜보았다.

"어머, 쪽 염료상 가와이 상회의 도련님이셨군요. 나리께 그렇게 위세 좋은 친척이 계신 줄은 몰랐네요."

"처형이 그 집안에 시집갔을 뿐이야. 나하고는 관계없어."

"저희 모친이 소싯적에 대단한 말괄량이여서 도신의 아내가 되기는 애초에 틀렸다고 상인 집안으로 시집보낸 거라고 들었습니다."

"저희 모친이라니, 소싯적이라니. 오토쿠 씨, 나이 어린 사람이 이렇게 말하는 거, 난 생전 처음 봐요."

"요란 떨기는. 솥 좀 잘 봐, 눌어 붙잖아!"

"도련님, 가와이 상회에 료타로라는 사람이 지금도 일하고 있나요? 왜 그 키 크고 콧날이 좀 가늘고 턱이 길고 살갗이 하얀 남자인데. 그 사람이 제 단골이라—."

"도련님, 덥죠? 아마 물장수가 온 것 같으니 시원한 바람도 쐴 겸 밖에 나가서 좀 불러 주시려우? 미안해요, 고마워요."

오토쿠는 웃는 낯으로 끼어들어 유미노스케에게 이야기하면서 오쿠메의 발을 걷어찼다.

유미노스케는 알아들었다는 표정으로 밖으로 나갔다. 오쿠메는 입을 삐죽거렸다.

"너무하시네, 왜 난데없이 발길질이우."

"도련님 앞에서 옛날 단골손님 얘기는 왜 하누, 칠푼이 같으니."

"좋은 남자였어요, 료타로 씨는. 속정이 짭짤한 사람이었어요."

"이봐, 이제는 식당에 있는 몸이니까 짭짤하고 싱겁고는 양념 얘기 할 때나 해."

"솥이나 젓고 있자니 인생이 너무 시시하네요, 안 그래요, 나리?"

"난 모른다. 뭘 알아야 누구 편을 들지."

유미노스케가 물장수를 데리고 돌아왔다. 오토쿠가 물장수를 상대하는 동안 헤이시로는 오쿠메에게 슬쩍 물었다.

"혹시 두부 장수네가 살던 방에 다른 세입자가 들어온다는 이야기는 없나?"

오쿠메는 고개를 가로저었다.

"아직까지 그런 얘기는 없던걸요."

"사키치가 열심히 청소하고 있더구먼."

"안됐어요. 일은 참 열심히 하는데. 요새는 나가야 밖에서도 이런저런 말들이 나돌고 있어요. 살인 사건이 나고 규베 씨는 사라지고 해서 자꾸 흠집이 나니 뎃펜 나가야도 이제 살아남기 힘든 거 아니냐고요."

오쿠메가 후우 한숨을 짓는다.

"살아남기 힘들다니, 나가야가 무슨 사람이라도 되느냐? 죽고 살고 하게."

"아녜요. 죽기도 하고 살기도 해요, 나리."

젖은 손을 앞치마에 닦으며 오토쿠가 돌아왔다. 유미노스케는 가게 앞에서 개와 놀고 있다. 꼬리가 동그랗게 말린 강아지는 요즘 뎃펜 나가야 주변에 어슬렁거리는 떠돌이 개인데 얼굴이 꽤 귀엽게 생겨서 주민들한테 잔반을 얻어먹으며 제법 편하게 지내는 듯하다.

"나가야라면 제가 여러 군데를 겪어 봤어요. 지금보다 훨씬 없이 살던 젊을 때는 쪽방 나가야의 측간 옆에 붙은 방에서 살았던 적도 있으니까. 정말 여러 나가야를 겪어 봤죠."

멍멍 짖는 강아지와 뛰어다니며 노는 유미노스케를 바라보면서 오토쿠는 말했다.

가게 안쪽에서 오쿠메가 간장 통을 들고 나와 누가 부탁한 것도 아닌데 익숙한 몸짓으로 오토쿠 뒤에다 내려놓는다. 오토쿠는 거기 앉았다. 영업시간에 엉덩이를 붙이다니 오토쿠 인생에 한 번도 없던 일이다. 헤이시로는 흠칫 놀랐지만 한편으로는 왠지 마음이 놓였다. 오토쿠와 오쿠메, 뜻밖에 잘 맞는 짝이 아닌가.

"건물의 수명하고는 달라요. 가게든 나가야든 셋집이든 나름대로 다 수명 같은 게 있다니까요. 사람이 모여 사는 곳 아녜요? 운이 다할 때가 있다는 거죠. 야반도주가 이어져서 세입자가 줄어드는 경우도 있고 불이 나서 다 타 죽는 경우도 있어요. 돌림병으로 세입자들이 몽땅 쓰러져서 그 후 아무도 이사 오지 않는 경우도 있어요. 이게 처음이 아니라니까요. 몇 번이나 겪은 일이에요."

오토쿠는 굵은 팔로 제 몸을 껴안듯이 하고서 헤이시로에게 조금 지친 듯한 웃음을 지어 보였다.

"규베 어르신이 사라지면서 뎃핀 나가야도 맥이 탁 풀렸어요. 갑자기 수명이 끝나가고 있는 거죠. 여기도 이제 끝났어요. 두부 장수네만이 아녜요. 생선 가게 미노 씨도 떠날 모양이에요."

헤이시로는 눈썹을 들어 올렸다.

"미노키치가 어디 갈 데가 있다고 하더냐?"

또 미나토 상회의 손길이 스쳤구나 생각한 것이다. 그러나 오토쿠는 분명하게 고개를 가로저었다.

"그런 건 아녜요. 다만 이사를 해야 하나 하고 상의하고 있을 뿐이죠. 저도 고민중이에요, 나리. 다만 새 집을 찾았다고 해도 사키치 — 사키치 씨한테 보증인이 되어 달라고 할 수도 없으니 달리 부탁할 만한 사람을 찾아 봐야겠죠."

"제가 전에 살던 나가야의 관리인이 도와줄지도 몰라요."

오쿠메가 스스럼없이 말하며 솥을 저었다.

"무슨 말인지 알아듣겠네. 나도 이 동네 저 동네 건성으로 돌아다니는 것은 아니니까 찾아보면 틀림없이 무슨 사정으로 비게 된 집이나 나가야가 있을 거야."

헤이시로는 그렇게 말하고 오토쿠의 얼굴을 보았다.

"하지만 뎃핀 나가야는 불이 나지도 않았고 돌림병이 돌지도 않았어. 야반도주를 해야 할 만큼 딱한 세입자도 전혀 없었고. 무엇보다 이 나가야는 지어진 지 이제 겨우 십 년 정도밖에 안 됐지. 수명을 말하기에는 너무 이르지 않느냐."

오토쿠는 쓰러지기 전보다 많이 얄팍해진 어깨를 으쓱했다.

"글쎄요, 용케 십 년이나 버텼다고 해야 좋을지도 모르죠. 원래 터가 센 자리인지도 모르고."

"이녁답지 않은 말을 하는군."

오토쿠는 이를 드러내며 웃었다. 즐거워서 웃는 모습은 아니다.

"원래 여기에는 꽤 큰 등롱집이 있었대요. 장사도 나름대로 잘되고 집도 훌륭했다고 해요. 살림집 외에 작업장도 딸려 있고 기숙하며 일하는 직공도 있었다나 봐요. 그런데 등롱집 주인한테 안 좋은 일이 생겨서 금방 가세가 기울었대요."

그 이야기라면 헤이시로도 알고 있다. 등롱집이 기울어 빚이 쌓이자 집과 땅을 내놓게 되었고 미나토 상회가 그것을 사들여 뎃핀 나가야를 지었다. 십 년 전 일이다.

"애초에 그렇게 안 좋은 일이 얽혀 있던 터란 말예요. 우리가 마음 놓고 살아도 좋을 터는 아니라는 거죠, 나리."

헤이시로는 얼굴을 찡그렸다. 오쿠메를 쳐다보니 그녀도 곤혹스러운 듯 눈을 재우 깜빡이며 오토쿠를 쳐다보고 있다. 유미노스케는 강아지를 가운데 놓고 이웃 꼬마와 이야기를 나누는 중이다. 귀여운 계집아이다. 저 녀석, 제법 수완이 좋군.

"오토쿠 씨가 요즘 마음이 좋지 않아요."

오쿠메가 해명하듯이 말했다. 그러고는 오토쿠의 안색을 살폈다.

"나리께는 말씀드려도 괜찮죠, 오토쿠 씨?"

오토쿠는 잠자코 앞치마로 얼굴을 훔쳤다.

"뭔데?"

헤이시로가 오쿠메에게 묻는다. 그녀는 목소리를 조금 낮췄다.

"열흘쯤 전부터 죽은 다스케 씨가 꿈에 나타난대요."

"채소 가게의 다스케가?"

"또 누가 있나요? 그래요, 그 피투성이로 죽은 다스케 말예요."

오토쿠가 조금 시비조로 말했다.

"뭘 그리 역정을 내나. 근데 다스케가 이녁한테 뭐라고 했는데?"

"딱히 무슨 말을 한 건 아녜요. 그냥 원망스런 얼굴로 쳐다보기만 하데요. 내가 손이 발이 되도록 빌었어요. 이제 구천은 그만 떠돌고 부디 극락으로 가라고, 당신한테는 안됐지만 오쓰유도 어쩔 수 없었다고―."

말을 하다가 오토쿠는 흠칫하며 입을 다물었다. 다스케는 예전에 가쓰겐 주방에서 일하던 마사지로라는 자에게 살해된 것으로 되어 있다. 공식적으로는 그자가 '괴한'이라고 일단 결론이 나 있다.

"저도 이젠 이 나가야에 살고 싶지 않아요. 미노 씨네도 요새 매일 그런 이야기를 하고 있어요. 오엔 씨네도 이사를 나가고 싶다고 하고요. 이렇게 머리빗 이빨 빠지듯 사람들이 하나하나 빠져나가는 나가야에는 살고 싶지 않네요."

오토쿠는 앞치마 자락을 꼬깃꼬깃 움켜쥐고 말했다.

헤이시로는 오늘 아침에 꾼 꿈을 떠올렸다. 그리고, 오토쿠의 꿈에 다스케가 원망스러운 얼굴로 나타난 것은 무슨 까닭일까. 오토쿠는 실은 아무것도 모르고 있지만 나름대로는 다스케의 죽음에 이상한 점이 있다고 느끼는 걸까? 아니면 다스케를 죽인 사람은 오쓰유가 분명하다고 믿기 때문에 다스케에 대한 연민에 겨워 악몽을 꾸게 된 걸까, 하고 생각했다.

"사키치 씨는 일을 잘하고 있어요. 그래서 우리가 더 안타깝지만, 그래도 나리, 사키치 씨도 여기서 아무런 보람 없이 고생하는 것보다 어디 다른 데로 가서 일하는 게 훨씬 나을지도 몰라요."

오쿠메가 부드러운 목소리로 말한다.

마치 그 이야기를 듣고 있었던 것처럼 바깥의 허공 어디에서 간쿠로가 한번 짖었다. 그러자 오토쿠가 고개를 숙인 채 침이라도 뱉듯이 쏘아붙였다.

"까마귀 같은 짐승을 데리고 오니까 재수가 없지!"

인사를 나누고 오토쿠네와 헤어지자 유미노스케가 묘하게 안절부절못하는 눈치다. 헤이시로는 기분이 울적한 탓에 그걸 금방 눈치채지 못하고 있다가 뒤늦게 알아차렸다.

"왜 그래, 오줌 마렵니?"

"아뇨, 이모부."

유미노스케는 뭔가 켕기는 듯 목을 움츠렸다.

"이모부가 우울하시다는 건 아는데요. 그래도 저는 기왕 오늘 나선 김에 뎃핀 나가야에서 일어나고 있는 일들을 밝혀내지 않으면 성에 차지 않아—."

"안다. 그래, 뭘 원하니?"

"오쓰유 씨가 살던 집을 보여 주실 수 없나요? 물론 사키치 씨한테는 알리지 않고요."

빈집은 어디나 청소가 잘되어 있지만 애초에 자물쇠 같은 것이 없는 허술한 집들이다. 출입이 자유롭다. 주위에 사키치도 보이지 않으니 신경 쓸 것도 없다.

"그거야 쉽지. 허나 잠깐만이다."

"예, 좋아요. 잠깐이면 돼요. 우선은."

오쓰유네 세 식구가 살 때는 비록 가난할지언정 가구도 있고 이불도 있었다. 벽에 달력을 걸고 선반에는 꽃, 매대에는 물론 장사하던 제철 채소들을 진열하는 등 온기로 가득 차 있던 집이었지만 지금은 휑뎅그렁하다. 그런데도 햇볕만 쨍쨍 내리쬐어 후텁지근한 것이 자못 신경을 날카롭게 만들었다.

유미노스케는 일층 다다미방이나 부엌, 봉당 따위를 어슬렁거리며 발치만 응시하고 있다. 양손을 허리에 받치고 으음, 하고 신음 소리를 내더니 헤이시로에게 물었다.

"이모부, 뎃핀 나가야를 짓기 전에 여기 살던 등롱집 주인에 대해서 아세요?"

"자세히는 모른다."

"꽤 커다란 집이었겠죠?"

"그래. 듣기로는 살림집만이 아니라 작업장도 딸려 있었다고 하니까. 마당도 있었겠지. 게다가 등롱이란 것을 만들려면 꽤 넓은 자리가 필요할 거다."

유미노스케는 예, 예, 하고 고개를 끄덕인다.

"제가 측량을 배우는 사사키 선생님에 대해서 이모부께도 말씀드린 적이 있죠?"

"들었다. 아무한테도 말하지는 않았다만."

함부로 측량하고 지도를 제작하는 것은 자칫하면 옥살이를 부르는 불법 행위다.

"선생님께 여기 등롱집이 있던 시절의 이 지역 상세도가 있을지도 몰라요. 그 집을 지은 목수를 찾아내면 등롱집 배치도도 얻을 수 있겠죠."

"너, 뭘 생각하는 거냐?"

유미노스케는 물음에는 대답하지 않고 빈집 안인데도 목소리를 낮췄다.

"등롱집 주인은 미나토 상회의 친인척이 아니었을까요?"

"뭐?"

"혹은 안주인 오후지의 친정과 관계가 깊은 사람인지도 몰라요. 어쨌든 누군가와 어떤 관계가 있었을 겁니다. 생판 타인은 아니었을 거예요."

"너—."

더위를 먹었나 하고 헤이시로는 생각했다. 빈집의 더운 열기가 머리를 지끈거리게 한다.

유미노스케는 천장을 올려다보며 계속 말했다.

"채소 가게 도미헤이 씨도…… 어쩌면 미나토 상회와 연고가 있는 사람일 거예요. 어떻게 조사해 볼 수는 없을까요?"

"조사를 해 보다니―."

헤이시로는 당황했다. 아무래도 유미노스케는 멀쩡한 정신으로 말하고 있는 듯하다.

"만약 도미헤이가 미나토 상회와 관계가 있었다면 굳이 조사해 볼 필요도 없다. 오토쿠가 알고 있을 테니까. 그 사람은 처음부터 뎃핀 나가야에 살았으니까."

"글쎄요, 그래도 좋을는지요."

유미노스케는 살짝 건방진 눈빛으로 손가락을 세워 살살 가로저었다. 연기라도 하는 양 일부러 과장스럽게 손짓하는, 다분히 의식적인 몸짓이다.

"오토쿠 씨도 신은 아닙니다. 누가 작정하고 숨기면 간파할 수 없을 테고 거짓말을 하면 속을 사람이죠. 정말 좋은 아줌마예요. 속정 깊고 남도 잘 살펴주고. 하지만 바로 그렇기 때문에 헌옷 뒤집어 엉터리로 기운 곳을 찾아내는 데는 능해도 사람 마음을 뒤집어 터진 곳을 찾아내는 데는 서툴 거라고 봅니다."

"너, 도가 튼 사람처럼 말하는구나."

"죄송합니다. 하지만 천성인걸요."

그거야 내가 잘 알지.

"본인한테 물으면 안 되는 거냐? 도미헤이한테 말이다. 몸이 조금 나아진 듯하니 아마 말도 할 수 있을 텐데―."

유미노스케는 두 손을 내리고 헤이시로를 바라보았다.

"이모부, 탐문이란 본인한테 물으면 다 허사가 되니 은밀히 해야 하는 것 아닌가요?"

"본인한테 물어도 사실대로 말하리라는 보장도 없고 말이지?"

"그렇죠."

헤이시로는 주인 없는 집에서 햇볕에 갈변한 장지로 눈길을 돌렸다. 색 바랜 모습이 왠지 쓸쓸하다. 집은 역시 사람 손을 타야 하나 보다.

"조사해 보는 거야 가능하지."

헤이시로는 목덜미를 긁적이며 대답했다. 어쩐지 좋지 않은 짓에 가담하는 것처럼 찜찜한 느낌이 든다.

"어려울 거 없다."

까만콩한테 부탁하면 된다.

"감사합니다."

유미노스케가 머리를 깊숙이 숙였다. 그러고는 금세 어린 얼굴로 돌아가 헤이시로의 소매를 잡아당겼다.

"빨리 나가요, 더워요. 목이 너무 말라요."

빈집을 나설 때 유미노스케는 묘하게 당황하고 있었다. 그러면서도 애처로운 것이라도 보는 양 안타까워하는 표정으로 집 안을 돌아본 다음 두 손으로 장지문을 탕 닫았다. 그때 나무아미타불 하는 소리가 들린 듯했다. 역시 오토쿠의 꿈에 나타났다는 다스케를 의식하는 모양이라고 헤이시로는 짐작했다.

찾아가 보니 사키치는 집에 있었다. 혼자도 아니고 조스케와 둘이 있는 것도 아니다. 미스즈가 와 있다.

그뿐만 아니라 그녀가 두꺼운 코안경을 걸치고 화사한 자수가 놓인 기모노 소매를 다스키로 다잡고 부엌에 서 있었다. 푸성귀를 데치는 듯한 냄새가 난다. 계란 껍질 서너 개가 버려져 있다. 뚜껑 밑으로 조릿대 잎이 들여다뵈는 작은 나무통이 통풍이 좋은 응달에 놓여 있다. 생선회인가?

사키치와 조스케는 벽장에라도 처박힌 양 서로 몸을 바짝 붙이고 멀찍이 서서 미스즈를 지켜보고 있다. 그녀는 꽤 신이 난 듯하지만 사키치는 한없이 곤혹스런 얼굴이다.

"이런, 이런. 이 집에 언제부터 안주인이 있었나?"

헤이시로가 농을 건네자 미스즈가 낯을 붉혔다.

"어머, 무슨 말씀을. 놀리지 마세요, 나리."

말투까지 갑자기 여성스럽지 않은가. 뒤에서 사키치가 제 머리를 감싸 안는 것도 무리가 아니다.

헤이시로는 빙글빙글 웃으며 세 사람에게 유미노스케를 소개했다. 사키치는 당황하며 앞으로 나서서 정중하게 머리 숙여 인사하려고 했다. 헤이시로가 말리기 전에 유미노스케가 먼저 나섰다.

"저는 이모부님의 조카이긴 하지만 가와이 상회라는 보잘것없는 상인 집안의 자식일 뿐입니다. 그렇게 깍듯이 인사하시면 아니 됩니다."

사키치는 어안이 벙벙한 표정을 짓다가 그만 웃음을 터뜨렸다.

"지나치게 겸손하시네요, 도련님. 저는 여기 관리인입니다. 변변찮은 집안 출신이라면 저도 마찬가지입니다."

"그럼 비긴 걸로 하죠."

잠시 적당히 잡담을 나누는데 유미노스케가 슬쩍 팔을 걷어붙이고 미스즈를 돕겠다고 나섰다. 헤이시로는 다다미방으로 올라가, 두리번거리는 조스케 머리를 쓰다듬어 주고 사키치가 내준 차를 마시며 땀을 식혔다.

"아가씨는 혼자 왔나?"

사키치가 맥없이 고개를 가로저었다.

"오늘은 하녀가 데려다 주었습니다. 해질녘에 데리러 온다고 합니다. 그때까지 저녁밥을 지어 놓겠다고 저렇게."

"뭐 어떠냐. 놔둬. 조스케도 저 누나는 무섭지 않지?"

조스케는 사키치를 올려다보고 슬쩍 웃었다.

"그런데 여기 온다는 걸 알면서도 미나토 상회 주인이 용케 딸을 내보냈구나."

"아씨 말씀으로는 말리면 가게 안에서 소동을 피우겠다고 으름장을 놓았다고 합니다."

"옳거니. 머지않아 영주 가문에 시집갈 아가씨가 지배인에게 속치마 펄럭이며 발길질을 해 대는 꼴을 말 많은 이웃들이 구경한다면 더 골치 아픈 사태가 벌어지겠지."

"나리도 참 태평하게 말씀하시네요."

"아, 미안. 나도 결국은 구경꾼이거든."

헤이시로는 히죽거리며 말했지만 물론 진심은 아니다. 오토쿠도 걱정이지만 사키치의 심정도 걱정된다. 미나토 상회 측의 목적이 무엇이건 간에 필경 사키치도 속아서 저들 뜻대로 움직이고 있는 처지인 것이다.

사키치는 그래도 헤이시로가 곁에 있어 마음이 눅었는지 헤이시로가 묻는 대로 두부 장수네가 이사 나간 이후의 상황이나 기타마치 관리인 모임에서도 뎃핀 나가야에 빈방이 느는 것 때문에 핀잔을 들은 것, 주인 미나토야도 그 일로 크게 낭패한 듯 총지배인이 일부러 찾아와 상황을 묻고 갔다는 것 따위를 띄엄띄엄 들려 주었다.

"총지배인 말로는 주인 나리는 아무래도 뎃핀 나가야에 마가 낀 모양이니 차라리 이참에 세입자를 다 내보내고 새로 건물을 지어서 숙소로 이용할까 하고 말씀하신다고 합니다."

사키치는 주눅이 들었는지 고양이처럼 등을 구부리고 말했다.

이는 헤이시로에게 듣기 민망한 정도가 아니라 속에서 천불이 나는 이야기였다. 그래도 아무것도 모르는 사키치에게 시치미 뗀 얼굴로 용케 말할 수 있었다.

"네가 이렇게 고생하며 열심히 일하고 있는데 주인이 너무 쉽게 말하는구나."

사키치의 등이 더욱 동그래졌다.

"나리께서 저를 생각해 주시는 것은 감사합니다만 저는—."

"안다. 소에몬 쪽으로는 편하게 발 뻗고 잘 수도 없는 처지겠지? 그래서 멸사봉공하겠사옵니다, 이러는 거 아니냐."

사키치는 입을 다물고 말았다. 부엌에서는 미스즈와 유미노스케가 웃고 떠돌고 있다.

"만약에— 만약에 말이다. 소에몬의 생각대로 이 나가야가 없어진다면 너는 어떻게 되지?"

"어떻게 되다니요, 당연히 정원사로 돌아가야지요."

"먹고살 수 있겠느냐?"

"예전 주인님이 기꺼이 써 주실 겁니다. 그러니 먹고살 걱정은 없습니다."

헤이시로는 미스즈의 뒷모습을 향해 턱짓을 했다.

"그렇다면 뭘 꾸물거리냐. 지금이라도 당장 저 아가씨를 색시로 꿰차고 정원사로 돌아가."

"나리―."

사키치는 도움을 청하듯 조스케의 얼굴을 보았다. 공교롭게도 아이는 열심히 다과를 먹는 중이다.

미스즈는 계란이 어쩌니 저쩌니 신나게 떠들고 있다.

"좋은 아가씨야. 반찬을 얼마나 맛나게 만드는지는 모르지만 저 아가씨는 정말로 너한테 반했어."

"저는 그런 거 모르겠습니다."

"너도 알 거다. 저기 유미노스케, 너구리가 둔갑한 것처럼 얼굴이 예쁘장하지? 도저히 사람이 빚어낸 물건이 아니야."

"나리 말씀이 재미있군요― 하긴 저 눈두덩 멍을 보고 놀랐습니다만, 검술을 배우고 있다면서요?"

헤이시로는 유미노스케의 지론을 빌려 사키치에게 설명했다. 즉, 그 아이 얼굴을 보고도 넋을 놓지 않는 여자는 달리 좋아하는 남자가 있다는 것이다.

"미스즈도 저 아이를 보고도 전혀 넋을 놓지 않았지. 머릿속이 온통 너로 가득 찬 게야."

사키치는 입술이 일그러지도록 꾹 다물고 눈길을 내렸다. 헤이시로는 불쑥 아주 소박한 질문을 떠올렸다.

"너, 따로 약속한 여자가 있느냐?"

그때 부엌에서 무엇이 깨지는 소리가 났다. 유미노스케가 비명을 지르고 미스즈가 큰 소리로 말했다.

"아, 미안!"

유미노스케의 하얀 얼굴에 노란 계란이 질펀하니 묻어 있다. 아침에 얻은 멍 탓에 하얀 얼굴이 얼룩덜룩하다.

"너무 급하게 익힌 탓에 뚜껑을 여는 순간 터져 버렸어요!"

사키치가 유미노스케를 안고 우물가로 뛰어갔다. 조스케는 다시 눈을 동그랗게 뜨고 있다. 아이의 머리를 쓰다듬어 주면서 헤이시로는 생각했다. 허, 좀 아깝네. 그 계란. 계란말이 했으면 맛있었을 텐데.

그날 저녁 유미노스케는 헤이시로의 집에서 저녁을 먹었다. 다행히 얼굴에 화상을 입지는 않아서 헤이시로의 아내 앞에서는 시치미 떼고 앉아, 이모부, 순시라는 게 아주 재밌네요, 하는 말들을 하고 있다.

저녁을 먹는 동안 부엌의 한 단 낮은 자리에서 젓가락을 들고 있는 고헤이지가 뭐가 그리 재미있는지 종종 입을 가리고 쿡쿡 웃곤 하는 모습이 헤이시로의 마음에 걸렸다. 아무래도 곁눈으로 유미노스케의 얼굴을 살피며 웃고 있는 듯하다.

식사를 마치고 헤이시로는 유미노스케를 방 안으로 불렀다. 고헤이지가 혹시 너를 보고 웃은 적은 없느냐, 하고 물어볼 생각이었는데, 그보다 먼저 유미노스케가 입을 열었다.

"우물가에서 얼굴을 씻을 때 미스즈 씨한테 재미난 이야기를 들었어요."

뎃핀 나가야라는 특이한 이름의 유래에 대한 이야기라고 한다.

"그거라면 나도 안다. 우물을 치우는데 새빨갛게 녹슨 무쇠 주전자가 두 개나 나왔다는 거 아니냐."

유미노스케는 진지하기 짝이 없는 표정으로 고개를 끄덕였다.

"그 무쇠 주전자는 미나토 상회 주인이 가쓰겐에서 쓰던 거라고 합니다."

이건 금시초문이다.

"정말이냐?"

"예, 가쓰겐 상호가 새겨져 있었다고 하니까요. 미스즈 님은 그 얘기를 가쓰겐의 고참 하녀한테 들었다더군요."

물론 재미있는 이야기지만 그래서 뭐가 대수냐, 하고 받아들일 수도 있는 이야기다. 하지만 유미노스케의 눈이 반짝반짝 빛나고 있다.

"이건 역시 이번 사건과 관계가 있다고 봅니다."

유미노스케는 힘주어 단언했다.

시간이 늦었으니 자고 가라고 헤이시로 부부가 권했지만 유미노스케는 돌아가겠다며 말을 듣지 않았다. 실제로 때를 맞춘 것처럼 가와이 상회에서 데려갈 사람이 찾아왔다.

"잠자리가 바뀌면 잠을 못 자는지도 모르죠."

아내는 그렇게 말했지만, 고헤이지가 유미노스케를 보내면서 이를 악물고 웃음을 참느라 기를 쓴 것을 알고 있던 헤이시로가 그를 조용히 불러서 물었다. 어이, 무슨 일이냐?

 고헤이지는 폭소와 함께 입을 열었다.

 "도련님은 다른 집에서는 못 잡니다! 이불에 쉬를 하거든요!"

 헤이시로의 명으로 마지못해 순시를 돌다가 유미노스케가 평소 어떻게 생활하는지 궁금해서 잠시 가와이 상회에 들러 보니 집 뒤란에 오줌 자국이 선명한 담요가 널려 있었다는 것이다.

 "그게 유미노스케가 쓰는 담요인 줄 어떻게 아느냐."

 "저도 그냥 멍하니 나리를 따라다니는 건 아닙니다요. 빨래하는 하녀에게 확인을 했다니까요. 도련님은 분명히 밤에 오줌을 지리는 버릇이 있다고 합니다. 밤중에 한 번 깨워서 뒷간에 보내지 않으면 어김없이 담요에 실례를 한답니다."

 초목도 잠드는 새벽 축삼시丑三時, 새벽 세시에서 세시 반 사이쯤 허겁지겁 뒷간으로 뛰어가는 유미노스케의 발소리가 가와이 상회의 복도를 울리지 않는 날이면 이튿날 아침에 어김없이 오줌 지린 담요를 볕에 너는 행사가 있다고 한다.

 "그렇더라도 고헤이지, 그 아이를 너무 이기려고 들지 마라."

 헤이시로는 웃었다.

 깊은 밤 베개를 베고 누웠지만 찌는 듯한 무더위에 잠을 이루지 못한 채, 헤이시로는 생각하고 있었다. 아무리 머리가 명석해도 아직 애는 애로구먼. 쯧쯧…….

 모깃불 냄새를 맡으며 깜빡깜빡 존다. 이러다 꿈을 꾸면 싫은데,

하고 생각하니 오히려 더 쉽게 꿈을 꾸고 말았다.

캄캄한 밤중에 발소리가 들려온다. 다스케의 목숨을 앗아간 괴한이 어둠 속을 달리는 발소리다. 괴한은 얼굴이 없다. 눈을 비비며 아무리 똑똑히 보려고 해도 얼굴 앞쪽에는 밋밋한 어둠만 있을 뿐이다. 꿈인데도 팔에 소름이 돋는 것을 느낀다. 그 바람에 지난밤에 꾼 꿈도 덩달아 되살아나 다스케의 피투성이 시체가 어둠 저편에서 울고 있다. 괴한의 발소리는 그런 다스케를 남겨둔 채 헤이시로를 향해 거침없이 다가온다— 다급한 발소리가 이쪽으로— 복도를 달려서—.

그때.

"이모부, 뒷간이 어디죠?"

유미노스케의 다급한 목소리가 들리더니 얼굴이 나타나서, 헤이시로는 흠칫 놀라며 눈을 떴다.

꿈이었다. 모기장 속에서 헤이시로는 배를 흔들며 웃었다. 그러고는 아침까지 푹 잤다. 역시 유미노스케는 아직 애야, 하고 생각하면서.

9

이즈쓰 헤이시로는 까만콩에게 다시 편지를 썼다.

이번에는 꽤 장문이다. 뎃펀 나가야 사건에 대하여 알아낸 것과 아직 모르는 것, 예전에 뎃펀 나가야 터에 있던 등롱집과 채소 가게 도미헤이의 이력을 알고 싶다는 내용, 그걸 궁금해하는 사람이 유미노스케라는 사실, 유미노스케와 나눈 대화 따위를 주욱 써 나가다 보니 두루마리 종이 이쪽에서 저쪽 끝까지 글자를 빼곡히 채우고 말았다.

저번처럼 서당에 가르치러 나가는 아내에게 편지를 맡기고 한동안 책상에 턱을 괸 채 코털을 뽑으며 빈둥거렸다. 기승을 부리던 더위가 한풀 꺾였는지 아니면 잠시 쉬어 가는 건지는 몰라도 오늘은 아침부터 사뭇 쾌적하다. 고양이 이마만 한 뜰을 건너오는 바람을 쐬면서 멍하니 앉아 있었다.

사실이 무엇인지는 조사를 해 보기 전에는 알 수 없다. 하지만 유미노스케가 '등롱집도 채소 가게 도미헤이도 아마 소에몬이나 안주인 오후지의 친척일 것'이라고 말했을 때 헤이시로의 머리에도 과연 퍼뜩 스치는 바가 있었다. 떠오른 생각을 미나토 상회 주변 상황과 뎃핀 나가야에서 일어난 사건에 맞춰 보니 매끈하게 목을 넘어가는 우무처럼 척척 납득이 되었다.

어쩌면 이게 진상인지도 모른다— 적어도 진상의 일부이기는 한 것 같다는 생각이 들었다.

헤이시로는 이내 낙담하고 말았다.

번거로운 일은 딱 질색이다. 누가 울고불고 하는 모습을 보는 것도 달갑지 않다. 직책상 하는 수 없이 죄인을 훈계하는 처지에 설 때도 있지만 그걸 달가워한 적은 한 번도 없었다. 그럴 때면 이런저런 훈계를 하지만 이미 저질러진 일이니 어쩔 수 없다, 그런 짓을 저지른 데는 그만한 이유가 있을 거라는 식으로 생각해 버리고 만다.

전에 까만콩이 헤이시로 나리는 그래도 돼요, 하고 웃으며 말한 적이 있었다.

— 나리는 지금까지 이 사건만큼은 '이미 저질러진 일이니 어쩔 수 없다'는 말로 넘길 수 없을 만한 범죄를 겪어 본 적이 없으시죠.

그것도 복입니다. 그 복을 애써 차 버릴 필요는 없지요, 라는 말도 했다.

헤이시로는 고개를 갸웃한다. 그런가? 내가 복을 타고 났나? 그 말은 '맹하다'라는 말과 상당 부분 뜻이 겹치는 듯하다. 이런 거야 별로 개의치 않는다. 뭐든 다 훤하게 보이는 것보다 눈앞이 살짝 희뿌연한 편이 세상을 사는 데는 훨씬 편하다.

헤이시로가 사건을 맡으며 '이미 저질러진 일이니 어쩔 수 없지' 하고 생각하는 까닭은 죄인의 조서를 읽거나 사태의 전말을 명확하게 파악하게 되면 대개는 '나라도 그런 처지였다면 똑같은 짓을 벌였겠다'라고 생각해 버리기 때문이다. 천성은 게으른데 돈이 아쉬울 때 재빨리 벌려면 남을 해치는 경우도 있을 것이다. 가혹하게 학대당하고 고통을 받다가 마침내 더 참을 수 없어서 반항할 때는 저도 모르게 힘이 과하게 들어가 버리는 수도 있다. 평소 마음이 맞지 않는 것을 꾹 참고 같이 일하다가 무슨 일을 계기로 마침내 폭발해서 싸움이 벌어지면 평범한 사람이라도 얼마든지 본의 아니게 살인을 저지를 수 있다.

그런 식으로 보자면 '뎃핀 나가야에서 일어나고 있다고 짐작되는 사태'의 뿌리에 있는 '미나토 상회가 감추는 무엇'도 헤이시로에게는 충분히 이해할 수 있는 일이었다. 이는 물론 어디까지나 그의 상상이 맞는 경우의 이야기지만, 헤이시로는 모든 일들의 출발점이 되는 사건을 일으킨 소에몬의 심정도 충분히 이해할 수 있을 것 같은 기분이 들었다.

— 뭐, 그럴 수도 있지 하는 정도겠지.

헤이시로는 코털을 뽑는다.

— 다만 채소 가게 다스케만은 운이 사나웠어.

사실 그것도 그가 어떤 역할을 맡은 자였느냐에 따라 이야기는 달라질 수 있을 터였다.

"이모부, 잠깐 들어가도 되겠습니까."

복도에서 유미노스케가 부르는 소리가 들렸다. 헤이시로는 그쪽에 등을 향한 채 말했다.

"어, 유미노스케. 살아도 세상에 보탬이 안 되는 사람과 차라리 죽는 게 보탬이 되는 사람 중에 어느 쪽이 더 많을 것 같으냐?"

"이 세상에 행복한 사람과 불행한 사람 중에 어느 쪽이 더 많으냐 하는 질문만큼이나 어렵군요."

유미노스케는 장지를 다라락 열고는 거침없이 대답했다.

"그렇구나."

헤이시로는 마당 쪽을 바라보고 웃었다.

"고헤이지 씨가 그러던데, 이모는 외출하셨다고요?"

"서당 꼬마들한테 글 가르치러 갔다."

헤이시로는 노닥거리기로 작정했는지 여전히 책상에 늘어져 있었다.

"이모부, 고헤이지 씨가 갑자기 저한테 잘해 주네요."

유미노스케가 목소리를 조금 낮추었다.

"뭐? 그거 좋은 일이구나."

"이모부께서 뭐라고 하셨어요?"

"아니, 난 아무 소리 안 했다."

"하지만……."

"고헤이지가 너한테 너그러워졌다면 아마 놈이 네 약점을 잡았나 보다. 사람이 대저 그렇거든. 하지만,"

헤이시로는 그렇게 말해 놓고 잠시 생각하는 모습이다.

"그렇게 보자면 뭐랄까, 누구한테나 상냥한 사람은 결코 방심할 수 없는 무서운 사람이게 마련이지. 그렇게 생각하지 않니?"

그러나 유미노스케는 머릿속에 딴 생각이 가득한 눈치다.

"제 약점이—."

작게 중얼거린다.

"너, 혹시 이불에 오줌 지리지 않니?"

헤이시로는 툭 뱉듯이 말했다.

잠시 아무 소리가 없다. 한 박자 뜸을 들이다 유미노스케가 딱딱한 말투로 말했다.

"이런 것은 기억하지 않아도 돼요, 짱구 씨."

헤이시로가 돌아보았다. 유미노스케 옆에 짱구가 가만히 앉아 있다.

유미노스케는 얼굴이 빨개졌다. 게다가 오늘은 반대쪽 눈두덩에 푸른 멍이 근사하게 들어 있다.

"마사고로 씨의 심부름을 왔다고 합니다."

긴 그림자 • 393

짱구는 다다미에 두 손을 짚었다.

"별고 없으셨습니까."

"마사고로 씨는 채소 가게 오쓰유 씨가 뜻밖의 사람을 만나고 있다는 사실을 알아냈다고 합니다."

유미노스케는 상기된 표정 그대로 정색을 하고 말했다.

"어디, 내가 한번 맞혀 볼까. 내가 맞히면 너희 둘이 한길까지 얼른 뛰어가서 우무를 사오는 거다. 물론 돈도 너희가 내고."

헤이시로는 두 소년에게 말했다.

마침 밖에서 "매끈매끈하게 넘어가는 시원한 우무요!" 하고 외치는 우무 장수 소리가 들려왔다. 소년들이 얼굴을 마주 보았다.

"대신 내가 못 맞히면 길모퉁이 미요시 상회로 가서 거기 아줌마가 교토에서 배워 왔다는 맛있기로 소문난 칡묵^{칡가루를 반죽하고 익혀서 우동 가락처럼 자른 후, 시럽이나 꿀에 찍어 먹는 간식}을 한턱내마. 어떠냐?"

"좋습니다. 오쓰유 씨가 누구를 만나고 있었다고 보세요?"

유미노스케는 여전히 정색을 하고 있다.

헤이시로가 즉시 답을 내놓았다.

"미나토 상회의 매섭게 생겼다는 지배인이지."

"아뇨, 예전 관리인 규베 씨입니다."

전혀 웃지도 않고 유미노스케가 말했다.

"와아, 칡묵이다!" 하고 짱구가 반색했다.

오쓰유는 지금까지 규베를 두 번이나 만났던 모양이다. 첫 번째는 사흘 전, 두 번째는 바로 어제 오후였다.

"오쓰유 씨는 이사 이후 근처 홀아비 집이나 장사하느라 바쁜 집을 여러 군데 맡아서 집안일을 해 주며 생계를 잇고 있습니다. 그 사람은 일손이 야무져서 서툰 하녀 따위보다 더 나은 삯을 받는다고 합니다."

칡묵을 깨끗이 비우고 그릇 바닥에 묻은 꿀까지 싹싹 핥은 뒤 짱구가 이야기를 시작했다.

"도미헤이 노인은 한때 많이 호전되었지만 실은 마지막 안간힘이었는지도 모른다고 합니다. 게다가 날씨도 무더워 올여름에 다시 많이 악화되었습니다. 오쓰유 씨도 눈을 뗄 수 없는 모양입니다."

세 사람은 한길에 등을 향한 채 수로 옆에 놓은 장의자에 나란히 앉아 있었다. 헤이시로는 약식 기모노 차림 그대로다. 오가는 행인들 눈에는 세 사람이 무슨 관계인지 도저히 파악되지 않겠지만, 여하튼 아이들을 데리고 나온 일없는 사람처럼 비칠 건 뻔하다.

"많이 악화되었다니, 목숨이 위태롭다는 거냐?"

"같은 나가야 주민들 말로는 오늘내일 한답니다."

오쓰유는 의원이 처방한 약을 지으러 대개 이틀에 한 번꼴로 니혼바시 옆 약종상까지 간다. 아마도 그 길에 규베를 만나는 듯하다. 두 번 모두 꼭 지금 헤이시로가 애들을 데리고 앉아 있는 것처럼 주전부리 가게 앞에 나란히 앉아 차를 마시며 간단한 이야기를 나누고는 서둘러 도미헤이가 기다리는 사루에초 나가야로 돌아갔다. 규베는 바쿠로초 쪽으로 걸어갔다고 한다.

"규베는 여장 차림이었나?"

바쿠로초는 행상들을 위한 작은 여인숙이나 싸구려 숙소가 많은 곳이다.

짱구는 고개를 살랑살랑 저었다.

"차분한 줄무늬 홑옷에 셋타를 신었다고 합니다."

"숙소에서 옷을 갈아입고 왔는지도 모르죠. 규베 씨가 계속 에도에 있었다고 생각하기는 힘드니까요. 언제 누구랑 마주칠지 알 수 없잖아요."

유미노스케가 끼어들었다.

실제로 전에 배를 타고 뎃펀 나가야 근처 수로를 지나가는 모습을 보았다는 말도 있었다. 그날은 비가 내려서 삿갓으로 얼굴을 가리고 도롱이를 걸쳤지만, 그래도 아는 사람의 눈은 피하지 못했다.

"근방에 숨어 있을지도 모르지. 어쨌거나 옷도 제대로 갖춰 입었다고 하니 돈에 쪼들리지는 않는 모양이군."

"오쓰유 씨한테 무슨 꾸러미를 건네주었다고 합니다."

"두 번 모두?"

"예. 하지만 두 번째로 건네준 꾸러미는 더 컸대요."

"처음 꾸러미는 돈이고 두 번째는 무슨 음식이나 옷 같은 물건이었을 겁니다. 필시 규베 씨도 도미헤이 노인과 오쓰유 씨의 생활을 걱정하고 있는 거겠죠."

유미노스케는 거침없이 말했다.

"관리인은 백골이 되어도 관리인이구나."

헤이시로가 창을 읊듯이 말했다.

"이모부, 규베 씨는 건강했다고 하니 백골이 아니라 '골수까지'가 낫겠군요."

그렇게 말한 유미노스케가 헤이시로를 올려다보며 물었다.

"규베 씨가 나타났다고 하는데도 이모부는 별로 놀라지 않으시네요."

"놀라지 않기는 너도 마찬가지 아니냐."

짱구는 조금 불안한 기색이다. 눈동자 두 개를 모두 위로 쳐들고 있다. 아무래도 '되감기'를 하고 있는 듯하다. 헤이시로와 유미노스케는 그 모습을 흥미롭게 지켜보며 기다렸다.

짱구의 눈동자가 제자리로 돌아왔다.

"마사고로 형님이 아시는 사람 중에 쓰키지 쪽에서 움직이는 오캇피키가 있는데, 이십 년쯤 전에 쓰키지의 미나토 상회에서 지배인으로 일하던 규베 씨를 만난 적이 있다고 합니다."

그 오캇피키는 젊은 시절에 값비싼 건어물만 노리는 절도범 일당을 추적하다가 탐문차 미나토 상회에 들렀다고 한다.

"규베가 미나토 상회에 있었다? 가쓰겐이 아니고?"

헤이시로는 덥수룩한 눈썹을 치켜 올렸다.

"그 시절이라면 오후지가 소에몬한테 시집을 와서 막 일 년쯤 지나—."

유미노스케가 끼어들었다.

"그렇구나, 가쓰겐이 아직 생기기 전이라 규베 씨도 미나토 상회 본점에서 일하고 있었던 거군요."

"아오이가 여섯 살배기 사키치의 손을 잡고 소에몬을 찾아와 얹혀 살기 시작한 때기도 하지."

"예."

짱구가 고개를 끄떡했다.

"말이 나온 김에 덧붙이자면 가쓰겐이 생긴 것은 그로부터 이 년 뒤입니다. 규베 씨는 미나토 상회 주인 소에몬의 명령으로 가쓰겐의 지배인이 되었습니다."

헤이시로는 뺄셈을 했다.

"그곳에 팔 년쯤 있다가 등롱집이 망한 뒤에 지어진 뎃핀 나가야의 관리인이 되었고, 그것도 십 년 전이란 얘기군."

"그러고 보니 규베 씨 이력에 대해서 생각해 본 적이 없었네요."

유미노스케가 주제넘게도 팔짱을 척 끼며 중얼거렸다. 밖에서 보니 눈두덩 멍이 한층 뚜렷하다.

"그때라면 미나토 상회가 쓰키지에 지금의 점포를 막 마련했을 때죠? 그 이전에 규베 씨는 어디 있었을까요?"

"당시 들은 이야기로는 역시 쓰키지에 있던 해상 운송 중개소에서 일하고 있었다고 합니다. 그 가게가 망해 버리자 일자리를 잃은 규베 씨는 당시 나이가 벌써 쉰에 가까워 앞이 캄캄했는데, 미나토 상회 주인이 고용해 주었습니다. 그래서 미나토 상회 주인 소에몬에게 깊이 고마워하고 있다고 합니다."

"규베는 결혼한 적이 없었나?"

"없습니다."

주인집에 기숙하며 점원으로 평생을 사는 경우라면 드물지 않다. 그들에게는 가게가 곧 가정이고 가족이다. 헤이시로는 문득 주인이 물려준 여자와 가정을 꾸린 나루미 상회 젠지로의 얼굴을 떠올렸다.

"마사고로가 안다는 그 사람이 당시 아오이나 오후지를 만난 적이 있다고 하던가?"

짱구는 면목 없다는 듯 커다란 이마를 숙였다.

"만나 본 적이 없다고 합니다."

"뭐, 하는 수 없지. 도적을 쫓는다면서 남의 집 안방까지 조사할 수는 없었을 테니까."

"예. 미나토 상회가 도적한테 무슨 피해를 입은 것도 아니었으니까요. 어디까지나 탐문차 들렀던 터라……."

그래도 늘 진지한 규베는 마사고로가 안다는 오캇피키에게 도둑을 막으려면 무엇을 조심해야 하는지, 수상한 자를 보거나 의심쩍은 이야기를 들으면 어디에 신고해야 하는지 등을 열심히 물었다. 그러다 보니 두 사람은 이런저런 이야기를 나누게 되었다고 한다.

"흐음, 하긴 오캇피키들은 온갖 것들을 알고 있지."

헤이시로는 턱을 쓰다듬었다. 꿀이 묻었는지 조금 끈적끈적하다.

"에도를 에워싼 '오캇피키 망' 말씀이시군요."

유미노스케가 진지한 표정으로 덧붙였다.

"앞으로 어떻게 할까요, 하고 마사고로 형님이 여쭤보라고 하셨습니다. 규베 씨를 추적해서 지금 어디서 지내는지 알아볼까요?"

짱구가 고개를 살짝 숙였다.

헤이시로는 오래 생각하지도 않고 대답했다.

"글쎄, 그럴 필요가 있을까. 그냥 놔둬도 그자는 오쓰유를 만나러 자주 나타나지 않겠느냐? 오쓰유가 그자의 거처를 알고 있을 수도 있고."

그것보다, 하며 짱구의 얼굴을 쳐다보았다. 큰 눈을 깜빡거리는 모습이 이제 곧 듣게 될 이야기를 암기할 준비를 하는 듯했다.

헤이시로는 따로 연줄을 놓아 그 등롱집과 채소 가게 주인의 내력을 조사하는 중이라고 간단히 설명했다.

"그러므로 마사고로는 등롱집에 대한 평판이나 도미헤이네가 어떻게 지내는지, 그자들이 예전에 무슨 사건에 관련된 적은 없었는지 따위를 조사하면 될 거다. 자잘하고 사소해 보이는 일이라도 괜찮다. 그렇게 전해라."

짱구는 절을 했다.

"알겠습니다. 그렇게 전하겠습니다."

헤이시로가 일어섰다. 유미노스케가 의자에서 얼른 내려선다.

"이모부, 어디 가세요?"

"글쎄, 뎃핀 나가야에나 들러 볼까."

건들건들 걷기 시작하고 나서야 하늘이 한껏 높아져 있음을 깨달았다. 바야흐로 여름 해님 뒤로 가을이 얼굴을 내밀고 있다. 비로 쓸어 놓은 듯한 구름 모양을 올려다보며 헤이시로는 여느 때보다 상쾌한 기분이 되었다.

그런데 유미노스케가 영 빠릿빠릿하지가 않다. 평소라면 헤이시로를 바짝 따라오는데 오늘은 무슨 일인지 자꾸 뒤로 처진다. 아무래도 다리가 아픈 모양이다.

"어디 다쳤니? 아까 칡묵 먹으러 갈 때는 괜찮아 보이더니."

유미노스케는 부끄러워하는 표정이다.

"오래 걸으면 저려서요. 죄송합니다."

"검술 선생한테 기합 받아서 그러냐?"

"훈련하다 맞았어요. 이것도 다 단련이죠."

사정은 모르지만 아이들을 때리는 것은 헤이시로가 싫어하는 짓이다.

"어이, 업어 주랴?"

유미노스케는 뒤로 폴짝 뛰듯이 물러섰다.

"천만에요! 어떻게 그렇게 무례한 짓을 하겠어요."

헤이시로는 턱을 살짝 비틀며 명분을 궁리했다.

"네가 그렇게 다리를 끌면서 나를 따라와 봐라. 사람들은 필시 아하, 무슨 못된 짓을 저지른 아이가 이즈쓰 나리한테 잡혀가는구나, 하고 생각할 거다. 그리고 나리한테 잡혀갈 만큼 못된 짓을 저지른 아이는 대체 어떻게 생겼누, 하고 이리저리 뜯어보겠지. 그런데 이렇게 잘난 이목구비에 개미 한 마리 죽이지 못할 것 같은 인상에 더구나 눈두덩에는 근사한 멍 자국까지 있으니 사람들이 대번에 너를 불쌍하게 여길 거야. 쯧쯧, 세상에, 이즈쓰 나리가 보기보다 야박하구나, 무슨 짓을 했는지 몰라도 세상 물정이라고는 전혀 모를 것 같은 어린애를 저렇게 마구 때리면서까지 끌고 가다니, 앞으로 저 나리는 상대하고 싶지도 않아. 다들 요렇게 생각할 테니 결국 나만 피해를 보게 생겼구나."

유미노스케는 한숨을 지었다.

"예, 업히는 게 더 나을 것 같네요."

아이는 뜻밖에 가뿐했다. 그 또래 아이를 업어 본 적이 전혀 없어서 그다지 객관적인 느낌이라고는 할 수 없겠지만.

"나가야 못 미쳐서 내려 주세요. 오토쿠 씨가 걱정할 거예요."

"오토쿠네 가게를 피해 가면 되지. 어차피 나도 오늘은 검은 하오리도 입지 않았고 공무를 보는 것도 아니지 않느냐. 그냥 산책이지."

"누굴 만나시게요?"

"뭐, 그냥 오쓰유가 살던 빈집에나 가 볼까 한다."

유미노스케가 조금 긴장하는 기색이 등으로 느껴졌다.

"왜요?"

"네가 낸 수수께끼에 대해서 나도 좀 생각한 게 있으니까. 대낮이니까 유령이 출몰하지도 않을 테고."

헤이시로는 아하하, 하고 웃었다.

"그래도 무서워요."

유미노스케는 작은 소리로 말했다.

"죽은 사람은 산 사람에게 결코 해를 끼치지 않는다."

수로 옆을 지나 곧장 나가야 우물가로 들어서니 통장이 곤키치가 혼자 우물가에 앉아 빨래를 하고 있다. 빨래통에는 제 겉옷과 샅가리개밖에 없는 듯하다.

나가야에는 생활하는 데 있어서 엄격한 규칙이 없지만 '상호부조'라는 불문율은 있다. 곤키치는 딸 오리쓰가 가출하는 바람에 홀아비 살림을 하고 있는데 보통은 이럴 경우 나가야 아주머니들이 몰려들어 서로 돕겠다고 야단을 피우곤 한다. 그러나 오리쓰에 대한 그의 처사가 나가야 여자들의 깊은 분노를 샀다. 아무래도 그 분노는 여전한 모양이다. 그렇지 않고서야 그가 제 샅가리개 따위를 빨고 있을 리 없다.

"허, 잔뜩 쌓아 두었던 모양이군."

헤이시로가 말을 건네자 곤키치는 흠칫 놀라 엉거주춤 일어섰다. 헤이시로 등에 업힌 유미노스케를 보고는 더욱 놀라는 눈치다.

"나리…… 순시중이시군요. 이 도련님은?"

"내 조카다. 처음 보는 얼굴이겠군. 나무통 짜는 곤키치다. 오리쓰의 애비지."

유미노스케는 헤이시로 머리 옆으로 얼굴을 내밀고, 제 처지에서 보자면 새삼스럽다고 느끼면서도 얌전히 인사했다.

곤키치는 옷 앞섶을 물로 축축하게 적신 채 두 손을 축 늘어뜨리고 멀뚱히 서 있었다. 어느새 두 눈에 눈물이 흘러넘친다.

그러더니 갑자기 울기 시작했다.

"나리……."

"이런, 왜 그래, 곤키치."

눈물을 뚝뚝 흘리며 곤키치는 허공을 올려다보았다.

"나리, 저도 아들을 바랐습니다요오."

"유미노스케는 내 아들이 아냐."

곤키치는 그의 설명을 듣지도 않았다. 딸년은 아무짝에도 쓸모가 없더라구요오, 하고 꺼이꺼이 울며 원망을 늘어놓기 시작했다.

"오리쓰란 년, 제 애비를 이렇게 내동댕이치고 어디로 내빼 버렸습니다. 벌써 닷새나 지났는데 멋대로 나간 뒤로 소식이 감감입니다요. 절 버리고 도망간 겁니다, 나리. 딸년이란 게 그렇게 박정해요, 사내를 알면 눈에 뵈는 게 없어진다니까요. 효도 같은 거는 아예 바라지도 말아야 합니다요오."

"구경거리 생겼구나."

헤이시로는 어깨 너머로 유미노스케에게 귀엣말을 했다.

유미노스케는 화가 났다.

"저게 노름빚 때문에 딸을 팔아넘기려고 했던 자가 할 수 있는 말입니까?"

"넌 사내라 다행이다. 만에 하나 가와이 상회가 망하더라도 유곽에 팔려갈 염려는 없지 않니."

"이모부!"

헤이시로는 한 손으로 곤키치의 목덜미를 쥐고 그의 집으로 데려갔다.

쓰레기장처럼 변한 집 안에서 헤이시로는 끅끅 흐느껴 우는 곤키치를 한동안 상대해 주었다. 유미노스케는 처음부터 대놓고 코를 쥐며 괴롭다는 표정을 짓고 있다.

아무래도 오리쓰는 세토모노초를 도망친 뒤 곤키치와 연락을 끊고 있는 듯하다. 마음씨 고운 아가씨인 만큼 정말로 아버지를 저버렸을 리는 없다. 아마 지금도 그녀를 돕고 있을 미나토 상회의 날카롭게 생긴 지배인에게 잠시 아버지를 만나지 말라는 지시를 받았으리라. 물론 헤이시로의 움직임을 경계한 조치일 것이다.

울면서 신세 한탄을 하는 자의 이야기는 만취한 자가 같은 얘기만 되풀이하는 것과 매한가지라, 어느 대목에서 뱅뱅 맴돌기 시작한다. 곤키치가 쳇바퀴 돌듯 똑같은 한탄을 반복하기 시작할 즈음 헤이시로가 말허리를 끊고 들어갔다.

"그런데 말이다, 곤키치. 너, 오리쓰한테 남자가 있다고 했는데 그게 정말이냐?"

"정말입죠, 나리. 그년이 제 입으로 그렇게 말하면서 저한테 인사까지 시켰거든요."

곤키치는 콧물을 훌쩍이며 고개를 끄덕였다.

"호, 어디서?"

"세토모노초에 있는 오리쓰 집에서요. 그쪽에 일자리를 찾았다면서요."

헤이시로는 빙글빙글 웃으며 유미노스케의 얼굴을 보았다. 곤키치는 속상하고 화가 난 나머지, 오리쓰가 가출해서 아비 곁으로 돌아오지 않을 뿐만 아니라 소식도 끊겼다고 되어 있다는 것을 깜빡 잊어버렸다. 감추어 둬야 할 비밀을 줄줄이 떠벌리고 있다는 사실조차 의식하지 못하고 있다.

불쾌해진 유미노스케는 거스러미가 일어난 다다미를 노려보고 있다.

"이모부, 벌레가 방 안을 기어 다니고 있어요."

"저기 그늘을 뒤져 봐라. 버섯이 팼는지도 모르지."

헤이시로는 그렇게 말하고 품에서 휴지를 꺼내 곤키치에게 내밀었다.

"옛다, 코 풀어라. 오리쓰의 남자는 어떤 자냐?"

"가게 점원이랍니다."

곤키치는 귀에 거슬리는 소리를 내며 코를 풀었다. 유미노스케가 몸을 뒤로 물렸다.

"형편은 좋다고 하더냐?"

"돈은 좀 있는 모양입니다."

"어느 가게에서 일하고?"

"글쎄요……."

곤키치는 제법 머리를 써서 기억해 내려고 애쓰는 표정을 지었다. 하지만 이내 도리질을 한다.

"모르겠습니다요. 그런 건 들어 보지 못했네요."

"딸이 돈 많은 사위 잡아서 자기를 도와주기만 하면 상대가 어떤 남자라도 상관없다는 건가요?"

유미노스케가 약이 오르는지 입술을 삐죽거렸다.

"뭐, 그렇게 화낼 것 없다."

곤키치가 그제야 눈물이 마른 눈으로 유미노스케를 보았다.

"도련님은 왜 화가 나셨습니까요?"

헤이시로는 그 화제를 막으려는 듯 몸을 앞으로 내밀었다.

"그 남자가 오리쓰에게 잘해 주는 모양이지?"

곤키치는 턱 밑을 잔뜩 일그러뜨렸다.

"그야 잘해 주겠지요. 그러니까 오리쓰란 년이 완전히 빠져가지고 애비 따위는 안중에도 없지 않습니까요."

"그래 봐야 겨우 닷새 아니냐. 오리쓰도 바쁘니까 어쩔 수 없이 그러는 거겠지. 아직은 널 버렸다고 단정할 수 없다."

"흥, 과연 그럴까요. 계집이란 애초에 믿을 게 못됩니다요."

유미노스케가 사시사철 깔려 있던 이불을 들췄다가 그 밑에 정말로 버섯이 팬 것을 발견하고는 눈을 동그랗게 떴다. 헤이시로가 다시 말했다.

"곤키치, 너는 대체 누구 꾐에 넘어가 노름에 빠진 거냐?"

곤키치는 갑자기 몸을 조아렸다.

"이제 와서 왜 또 그 말씀을 꺼내십니까요, 나리."

"왜긴, 너를 노름판에 꼬여 들인 놈들이 처음부터 오리쓰에게 눈독을 들이고 너를 함정에 빠뜨린 것 같아서다. 네 딸이 워낙 인물이 좋지 않느냐."

"그럴까요? 오리쓰가 그렇게 괜찮은 아이입니까?"

곤키치는 자세를 고쳐 앉았다.

"아무렴."

"그렇다면 좀 더 일찍 좋은 데로 시집이나 보낼 것을. 딸이 재산이 되는 것도 어릴 때 잠깐뿐이니까요, 나리."

곤키치는 정말로 후회하는 모습이다. 유미노스케가 출입문 빗장이라도 들고 와서 휘두를까 봐 헤이시로가 한 손으로 유미노스케의 옷자락을 붙잡고 지그시 눌렀다. 유미노스케는 개처럼 으르렁거렸다.

"정신 사납다, 씩씩거리지 마."

헤이시로는 작은 소리로 꾸짖고 나서 다시 곤키치에게 고개를 돌렸다.

"그래, 어떠냐, 곤키치. 누가 노름판으로 꼬였는지 기억나지 않느냐?"

곤키치는 잠시 뭐라고 혼자 중얼거리다가, 품 파는 떠돌이 사내였나, 메밀국숫집에서 옆자리에 앉았던 험악하게 생긴 자였나, 하고 고개를 갸웃하는 것이 고작이었다.

뭐, 그렇다면 하는 수 없지, 하고 헤이시로도 체념했다. 끌어들인 자가 미나토 상회의 아무개라고 얼굴과 이름을 금방 떠올릴 만큼 일이 쉽게 풀릴 리가 없다. 저들도 음모를 꾸미는 바에야 그에 걸맞은 자를 시켰을 테니까.

"너는 소싯적부터 노름을 좋아하지 않았느냐. 네 처도 그것 때문에 고생이 막심했겠구나."

여전히 씩씩거리는 유미노스케를 생각해서 훈계 비슷한 말도 조금 섞어 두지 않으면 곤란하다. 헤이시로는 그럴 생각으로 적당히 말해 두었다.

곤키치는 주눅이 들기는커녕 오히려 에헤헤헤, 하고 웃으며 자세를 흐트러뜨렸다.

"그래도요, 나리. 일단 땄다 하면 목돈이거든요. 마누라도 혹시나 하고 기대했을 겁니다요. 이놈도 소싯적엔 건장해서 하치오지 근방까지 노름하러 건너가기도 했습죠. 여관비를 제하고도 푼돈 정도가 아니라 큰돈이 남는 적도 많았다니까요."

하치오지에는 비밀 도박장이 많다. 유람하거나 신불에 참배하려고 에도에서 사람이 몰려드는 지역인데다 뭐니 뭐니 해도 부교쇼 관할 밖이라 단속이나 추적도 관할 내보다는 훨씬 느슨하기 때문이다.

"그러고 보니—."

그 시절이 그립다는 눈빛을 하고 있던 곤키치가 짝, 하고 손뼉을 쳤다.

"나리, 왜 그 관리인한테 원한을 품었느니 뭐니 해서 채소 가게 다스케를 죽인 놈— 그놈 이름이 뭐였더라."

"예전에 가쓰겐 주방에서 일하던 마사지로라는 자 말이냐?"

"아, 맞습니다. 그 마사지로란 놈을 제가 하치오지 노름판에서 본 적이 있습니다요."

"뭐라고?"

헤이시로도 놀랐지만 유미노스케는 더 크게 놀라는 눈치다. 씩씩거리는 소리도 뚝 그쳤다.

"그게 언제냐?"

"그러니까 얼마 전이죠. 제가 노름빚에 몰려서 오리쓰를—."

"뭐야, 하치오지까지 건너가서 노름을 했다는 것이 젊은 시절 얘기만이 아니었단 말이냐?"

곤키치는 목을 움츠렸다.

"왜냐하면 그쪽이 본고장이거든요. 게다가 아까 말씀드렸다시피 왕년에 제가 잘 따던 도박장이 있어요, 청춘을 돌려다오, 하는 심정이었습죠."

"뭐, 좋다. 그래서?"

"그래서라뇨, 그냥 보았다는 것뿐입니다요."

"그쪽이 어떻게 마사지로의 얼굴을 알아요?"

유미노스케가 다그치듯이 묻자 곤키치는 눈을 휘둥그레 떴다.

"왜 이래요, 이 도련님은?"

"신경 쓸 것 없다. 그런데 나도 궁금하구나. 네가 어떻게 마사지로의 얼굴을 알고 있지?"

곤키치는 으스대듯 고개를 끄덕였다.

"왜 모릅니까요. 거 왜, 재작년에 그놈이 규베 씨한테 앙갚음을 하겠다고 쳐들어 왔잖습니까요. 다스케가 도와주러 달려가고— 어허 참, 나리, 이놈은 흰소리 안합니다요."

"암, 잘 알지. 아, 그렇군. 사건 당시 너도 마사지로의 얼굴을 보았느냐?"

"보다 뿐입니까. 이 몸도 그때, 뭐 늙은이가 노망부린 것은 아니지만, 다스케에 가세해서 싸웠는걸요."

"그렇다면 마사지로 역시 그쪽 얼굴을 보았다고 해도 이상할 게 없겠네요. 노름판에서 서로 얼굴을 보았을 때 아는 체하지는 않았나요?"

유미노스케가 말했다. 곤키치는 고개를 저었다.

"그놈은 저 같은 건 잊었나 봐요."

다스케를 도와서 싸웠다는 곤키치의 말은 과장이고 실제로는 가까이서 구경이나 했을 게 뻔하다. 때문에 곤키치는 마사지로의 얼굴을 기억했지만 마사지로는 곤키치가 뎃핀 나가야의 주민이라는 사실을 전혀 알아차리지 못했던 것이다.

"마사지로는 어떻게 지내더냐?"

"말끔하던걸요. 노름판에 끼기는 했지만 손이 작았어요. 젊은 놈이 쩨쩨하더라고요. 잠깐 재미로 하는 모양이던뎁쇼."

헤이시로는 낯을 찡그렸다.

"그게 무슨 말이냐. 마사지로가 신세를 망친 것처럼 보이지 않았다는 말이냐?"

"하치오지의 어느 가게에서 일하나 봅니다요. 밥집이나 요릿집 아니겠습니까. 같이 일하는 사람들하고 같이 왔으니까요."

"이모부, 이 사람은 이렇게 중대한 얘기를 왜 좀 더 일찍 말하지 않은 거죠?"

유미노스케가 아연한 얼굴로 헤이시로의 소맷자락을 끌었다.

"중대한 이야기라는 걸 몰랐겠지."

"뭐가 중요한 겁니까, 나리?"

헤이시로는 곤키치의 얼굴을 보고는 말했다.

"헌데 너, 나랑 내기 했던 걸 기억하느냐?"

"나리와 내기를요?"

"그래. 사키치가 관리인으로 제대로 자리 잡을지 어떨지 내기를 하지 않았느냐?"

곤키치의 얼굴이 환해졌다.

"그랬습니다! 그랬습죠!"

"내가 졌다. 세입자가 계속 빠져나가서 이제 여기저기 빈방이 생겼으니까."

곤키치는 두 손을 싹싹 비볐다.

"생선 장수 미노키치네도 어제 이사를 나갔습니다요."

"역시 그랬군. 오토쿠한테 듣긴 했지만."

"오토쿠 씨도 언제까지 있을지 모른답니다요, 나리."

헤이시로는 품에서 지갑을 꺼내 금화 한 개를 꺼냈다.

"내 비상금을 헐어야겠구나."

에헤헤헤, 하고 곤키치가 웃었다.

"너랑 그때 열 냥을 걸었지만 한꺼번에 줄 수가 없구나. 그래서 오늘은 우선 한 냥만—."

"감사합니다요."

곤키치는 손을 내밀었다. 헤이시로는 그 손을 못 본 척 일어섰다.

"이 한 냥은 오토쿠한테 맡겨 두마. 그 대신 너희 집을 들여다보고 집안일을 해 주라고 일러두마. 너도 그게 낫겠지? 그렇게 하면 이런 쓰레기 속에서 자거나 손수 빨래를 하지 않아도 되지 않느냐."

"너무하십니다요."

애걸하는 곤키치를 놔두고 헤이시로는 밖으로 나갔다.

유미노스케가 몸이 가렵다고 했다. 헤이시로도 가려웠다. 두 사람은 부리나케 핫초보리로 돌아가 목욕탕으로 직행했다. 시원하게 씻고 나니 그제야 살 것 같았다. 도신촌에 있는 집으로 돌아가 다다미방으로 들어서자 유미노스케가 기다렸다는 듯이 입을 열었다.

"재작년에 마사지로가 규베 씨를 습격했다는 사건도 다시 봐야겠어요."

부채질을 하며 헤이시로도 고개를 끄덕였다.

"암만해도 은밀한 관계가 있는 것처럼 보이는구나."

마사지로는 왜 규베에게 원한을 품었을까? 재작년 그 사건이 일어날 당시에는 분명······.

"규베는 가쓰겐에 드나들기는 해도 뎃핀 나가야의 관리인으로 자리 잡고 있었기 때문에 가쓰겐하고는 엄연히 분리되어 있었지. 그런데 미나토 상회 주인의 두터운 신뢰를 믿고 가쓰겐 주방 사람들의 근무 태도까지 트집을 잡아 지배인에게 일러바쳤다. 그 결과 마사지로가 해고되었다. 그래서 그자가 규베에게 원한을 품었다. 이야기가 이렇게 되겠군."

"앞뒤가 맞네요. 자기 관할도 아닌데 중뿔나게 나서서 고자질이나 하는 늙은이 같으니, 하고 앙심을 품었다는 거죠."

"그래서 칼을 품고 가서 규베를 공격했다."

그 사건은 정식으로 조사하지는 않았고, 다만 헤이시로가 마사지로를 호되게 야단쳐서 다시는 규베 곁에 접근하지 말라고 경고한 후에 쫓아 보냈다.

"그런데 반년 전에 놈은 다시 뎃핀 나가야에 찾아와 이번에는 다스케를 해쳤다─."

"그렇게 되는 거죠. 알려진 바로는."

유미노스케는 말했다.

헤이시로는 부채를 툭 내던졌다.

"그런데 다스케를 죽이고 다음으로 규베를 노리고 있어야 할 마사지로가 하치오지에서 꽤 말쑥한 차림으로 잘 지내고 있다, 이 말이렷다."

"그렇다면 다스케를 죽인 자가 정말로 마사지로였느냐 하는 의문이 생겨나네요. 뭐, 그거야 벌써부터 의문이었지만요."

유미노스케는 머리를 긁적였다.

"봐라, 유미노스케. 사람은 누구나 실수를 할 수 있지?"

헤이시로는 던져둔 부채를 쳐다보며 중얼거리듯 말했다.

"예?"

"계획대로 잘되지 않을 때도 있다는 말이다."

유미노스케는 허리를 펴서 정좌하고 고개를 갸웃했다.

"무슨 말씀이세요?"

"재작년 마사지로가 규베를 해쳤던 사건 말이야."

"예."

"그것도 교묘하게 위장한 사건이 아닐까."

헤이시로는 팔짱을 꼈다. 유미노스케도 똑같은 자세를 취했다.

"그러니까 말이다, 지금 뎃핀 나가야에서 벌어지는 일들이 실은 재작년에도 한 번 시도되었던 게 아니냐 하는 거다."

유미노스케는 눈을 휘둥그레 떴다.

"아아, 예!"

"그런데 재작년에는 실패했던 거야."

헤이시로는 얼굴을 들고 유미노스케를 쳐다보았다.

"미나토 상회 쪽 놈들은 다 한통속이야. 물론 마사지로도 그자들이 시키는 대로 했을 뿐이지. 놈들은 머리를 맞대고 계획을 세워서 마사지로에게 규베를 덮치게 했어. 즉 규베가 겁에 질려서 더 이상 뎃핀 나가야에 살 수 없다, 떠나고 싶다는 말을 꺼내도 이상하지 않은 조건을 만들어 준 거야."

"그러자면 마사지로는 규베를 덮쳐서 적당히 부상을 입히고 자연스럽게 도망쳐야 했다―. 하지만 막상 일을 벌이고 보니 뜻밖에 다스케라는 훼방꾼이 끼어들어서 마사지로가 붙들리고 말았다."

유미노스케가 뒤를 받았다.

"그렇지. 거기다 나까지 나서서 마사지로를 단단히 혼내서 쫓아냈다. 그래서 규베는 더 이상 이 나가야에서 못 살겠다고 말할 수가 없게 되고 말았다."

그래요, 바로 그거예요, 하며 유미노스케가 눈을 반짝였다.

"그래서 이모부가 실패였다고 말씀하셨군요. 만약 계획대로 되었다면 규베 씨는 벌써 재작년에 떠나고 후임 관리인을 구하지 못하겠다는 핑계로 사키치 씨를 들여보내고—."

"그런 애송이는 못 믿겠다는 세입자들의 불만이 쌓여 가는 게 다음 순서겠지."

"항아리 신앙이니 노름빚이니— 건마다 절차야 다 달랐겠지만, 이런저런 잔꾀를 부려서."

"뎃핀 나가야에 자꾸 빈방이 늘어갔어야 했던 거지."

헤이시로는 머릿속에서 그림을 떠올렸다— 미나토 상회가 드리운 기다란 그림자 위에 뎃핀 나가야와 그 세입자들이 있다. 그 그림자는 터무니없이 길고 폭도 매우 넓어서 수많은 사람이 더러는 의식하고 더러는 의식하지 못한 채 그림자를 밟으며 지내고 있다.

유미노스케는 헤이시로가 던져 놓은 부채를 주워 들고 파닥파닥 소리를 내며 얼굴에 부쳤다.

"이렇게 되면 마사지로가 채소 가게 다스케 씨를 죽였다는 이야기는 더 믿을 수 없게 되었네요."

"아무것도 모르는 세입자들을 빼면 미나토 상회에 관련된 자들 전부가 한통속이라고 생각해도 좋을지 모르지."

"사키치 씨도요?"

헤이시로가 입을 열다 말았다. 그건 아니겠지……. 사키치까지 우리 앞에서 연극을 하고 있다니, 믿기 힘든 일이다.

"너는 어떻게 생각하니?"

유미노스케는 고개를 저었다.

"그 사람은 아무것도 모를 거예요. 적어도 제가 그리는 그림 속에서는."

"나도 그렇게 생각한다."

헤이시로는 고개를 크게 끄덕였다.

"여기까지 왔으니 등롱집과 채소 가게 도미헤이의 이력을 빨리 알고 싶군."

그때 복도에서, 저 왔어요, 하는 아내 목소리가 들렸다.

"여보, 또 편지 가져왔어요."

헤이시로는 눈을 끔뻑거렸다. 까만콩이 보낸 게 틀림없지만 아무리 그래도 헤이시로의 편지에 대한 답장이라고 하기에는 너무 빠르다. 필시 까만콩이 독자적으로 뭔가를 알아내서 보고하려고 보냈으리라.

"조만간 너한테도 소개해 줄 내 오랜 지기한테서 온 편지다."

헤이시로는 유미노스케에게 웃음을 지어 보였다.

"조사에 능한 사람인데, 마사고로 쪽하고는 또 다르지."

편지는 역시 까만콩이 보낸 것이었다. 거기에는 놀라움의 연속이었던 오늘에 덤을 얹어 주듯 또 한 가지 뜻밖의 사실이 적혀 있었다.

10

 그리 길지는 않지만 여느 때처럼 까만콩 특유의 특징적인 글자가 빼곡히 적힌 편지였다. 헤이시로가 읽으며 "허!"라든지 "오호" 하는 소리를 연발하자 유미노스케는 들여다보고 싶은 마음을 꾹 참으며 엉덩이를 들썩거렸다.

 "뭐라고 적혀 있어요?"

 목을 빼고 묻는다. 헤이시로는 대답은 않고 두루마리 편지를 말아가며 끝까지 읽고 나서야 의미심장한 웃음을 지었다.

 "뭐 새로운 정보가 적혀 있나요?"

 유미노스케가 침을 꼴깍 삼킨다. 여전히 웃고 있는 헤이시로가 대롱처럼 만 두루마리 편지를 한 손에 들고 유미노스케의 이마를 통쳤다.

 "미나토 상회의 오후지는—."

 유미노스케가 몸을 앞으로 내민다.

 "안주인 오후지는요?"

 "한때 미신에 푹 빠졌다고 하는구나."

 "네? 역시나요?"

 유미노스케는 눈을 동그랗게 떴다.

 "부처나 온갖 신을 떠받드는 것은 물론이고 평판이 자자한 점쟁이나 무당이 있다는 소문이 들리면 닥치는 대로 집 안으로 불러들이던 때가 있었다고 한다."

 유미노스케는 고개를 끄덕이고 눈두덩의 멍을 문질렀다.

"그게 언제였대요?"

"오륙 년 전에 시작되었다는구나. 중국에서 건너온 산목으로 점을 치는 점쟁이를 불러들여서 온갖 점을 쳤다는 거야. 그 점쟁이는 한 이 년 동안이나 손님 대접을 받으며 미나토 상회에서 산 모양이다."

"오륙 년 전이면……. 역시…… 그런 건가요?"

유미노스케가 중얼거렸다.

"음. 하지만 곧 오후지와 점쟁이의 사이가 틀어져서―아마 점쟁이가 미나토 상회 하녀를 건드렸다가 탈이 났지 싶은데―쫓아냈다는데. 애초에 소에몬은 근본을 알 수 없는 점쟁이를 집 안으로 끌어들인 것에 반대해서 부부가 많이 다툰 모양이다. 오후지도 진저리가 났는지 그 뒤 얼마간 액막이에 영험이 있다고 알려진 신사를 여기저기 찾아다녔다고 하고. 그 정도라면 집 안으로 골칫거리를 끌어들일 염려는 없으니까 소에몬도 그냥 못 본 척했겠지."

그런데 이 년 전 오후지는 다시 신통력이 대단하다는 무녀를 만나고 만다.

"우연히 만났는지 어쨌는지는 모르지만, 오후지가 그런 자들에게 봉으로 비쳤을 테니까 자연히 접근하는 자가 있었겠지."

"이모부는 신심이 없는 분이라고 이모한테 들었는데요. 신이나 부처를 인정하시지 않는 건가요? 아니면 신이나 부처를 믿는 사람들을 안 믿으시는 건가요?"

유미노스케는 새삼스레 물었다.

"묘하게 까다로운 걸 묻는구나."

헤이시로는 대답을 생각할 시간을 벌려고 인중을 길게 늘이고 쓱

쓱 문질렀다.

"어느 쪽인지는 나도 모르겠다. 그러는 너는 어떠냐?"

"저는 신불을 믿습니다."

유미노스케는 냉큼 대답했다.

"그래, 네 아버지도 어머니도 신심이 깊지. 뭐, 상인이 다 그렇지 않느냐."

"이모부는 상인들이 왜 신심이 깊다고 생각하세요?"

"왜라니……. 대흑천 신을 떠받들지 않느냐. 사업의 흥망을 주관하는 신 말이다."

이는 방금 질문에 대한 대답이 되지 못한다. 헤이시로는 유미노스케의 얼굴을 들여다보았다.

"나도 잘 모르겠다."

"가와이 상회에 할아버지 대부터 일해 온 큰 지배인이 있습니다. 이건 그 큰 지배인이 들려준 말이지 제 생각은 아닙니다만."

유미노스케가 말했다.

"괜찮으니까 그냥 말하렴. 너는 네 의견과 같지 않은 이야기는 꺼내지 않잖니."

유미노스케는 문득 얼굴을 붉혔다.

"그 말씀은 혹시— 제가 오만하다는 말씀인가요?"

헤이시로는 에둘러 빈정댈 의도가 결코 아니었으므로 그만 웃고 말았다.

"흠, 너는 머리가 좋은 탓에 너무 복잡하게 생각하는 구석이 있어. 얘야, 난 네가 오만하다고 생각한 적 없다. 특이한 아이라고 생각한 적은 있지만. 그래, 들어 보자, 큰 지배인이 뭐라고 하든?"

그는 상인이 신불을 받들고 그 힘에 기대는 이유는 장사를 하자면 인력으로는 도저히 어찌할 수 없는 일들이 있기 때문이라고 말했다고 한다.

"인력으로는 어찌할 수 없는……."

헤이시로는 고개를 갸웃했다.

"그러나 장사는 사람이 하는 일이다. 그러니까 눈치 빠른 자나 상재 있는 자가 큰돈을 벌고 출세도 하는 거지. 신령이나 부처가 무슨 상관이냐, 안 그래?"

유미노스케는 싱긋 웃었다.

"하지만 작물이나 건어물 가격은 그해 날씨나 바다 사정에 따라 크게 달라집니다. 화재나 홍수 때문에 개보수 공사가 늘어서 돈을 버는 목재상도 있고 똑같은 화재나 홍수로 가게가 불타거나 뗏목을 잃어서 큰 손해를 보는 목재상도 있습니다. 돈을 벌고 못 벌고를 정하는 것은 역시 운이죠. 운이란 인력으로는 도저히 어찌할 수 없고 오로지 신불이 관장하고요. 그래서 상인은 신불을 깍듯이 모신다는 거지요."

"절하고 기도하는 정성들이 신불한테 진짜 통할 때나 가능한 얘기지. 하지만 아무리 신이나 부처라 해도 모든 사람들의 소원을 다 들어줄 수는 없지 않느냐. 가와이 상회가 성공하는데 고노에 상회까지 성공할 수는 없을 테니까."

자기가 전혀 경건하지 않다는 것을 보여 주는 증거로 그는 코털을 뽑으며 말했다.

"그렇죠. 하지만 그래도 상관없는 거예요."

"열심히 떠받들면서, 그런 정성이 통하지 않아도 상관없다니?"

"예. 마음의 의지처가 되면 되는 거죠. 좋은 결과가 나오면 신불 덕분으로 알고 안 좋은 결과가 나오면 정성이 모자란 탓이라고 봅니다. 그렇게 생각하면 인간이 도저히 어찌할 수 없는 행복과 불행, 행운과 불운을 어떻게 감당해야 하는지 알게 된다는 거죠."

"그래서 세상 살기가 편해진다는 거냐?"

유미노스케는 예, 하고 고개를 끄덕였다.

"미나토 상회는 배를 가지고 있는 고급 건어물 도매상이니 틀림없이 곤비라 신해상 교통의 수호신으로 알려진 신을 받들고 있겠지요. 장사하는 사람들 모두가 신심이 깊다고 해도 전혀 이상할 게 없습니다. 다만 문제는 오후지가 그런 점쟁이나 무당을 집 안으로 불러들여서 대체 무엇을 빌고 무엇을 물리치려고 했느냐는 겁니다."

그렇지, 그런데 애초에 왜 이런 이야기가 나왔지? 까만콩의 편지로 눈길을 던지며 헤이시로는 생각했다.

"여기에 이렇게 적혀 있다— '그 점에 대해서는 상세히 알아내지 못했지만 딸 미스즈와 관계가 있는 듯합니다.'"

유미노스케의 눈동자가 환해졌다.

"오, 역시 그런 건가요? 역시."

"아까부터 혼자 납득하는 척하는구나. 나는 모르겠다. 미스즈가 큰 병을 앓거나 허약해지기라도 했나?"

유미노스케는 다시 눈두덩의 멍을 문지르며 "이모부, 얼굴입니다, 얼굴" 하고 영문 모를 소리를 했다.

긴 그림자 • 421

"미스즈 씨가 누구를 닮았다고―."

이번에는 헤이시로가 눈을 끔벅거릴 차례였다. 까만콩에게 편지를 쓰면서 생각했던 일들을 떠올리고, 미스즈의 가지런한 얼굴을 떠올리고, 방금 유미노스케의 이야기와 연결하고 보니 과연 어떤 그림이 떠오른다. 신불을 믿지 않고 애초에 신심 자체가 결여된 헤이시로가 혼자 생각해서는 백 년이 지나도 완성할 수 없을 법한 그림이었다.

까만콩은 그 점까지 꼼꼼하게 고려해서 이 편지를 썼겠지, 하고 헤이시로는 생각했다. 유미노스케한테는 말하지 않았지만 편지 앞머리에, 이즈쓰 집안을 이을지도 모르는 꼬마 도령은 잘 있느냐고 굳이 적어 놓았던 것이다.

헤이시로는 다시 한번 편지로 눈길을 던졌다.

"까만콩은 오후지가 한때 떠받들던 무녀 가운데 하나를 찾아냈다고 하는구나."

후부키(눈보라)라는 별난 이름을 가진 그 무녀는 지금 고덴마초 여자 감옥에 갇혀 있다. 액막이를 해 주러 들어간 집에서 돈을 훔치다가 현장에서 체포됐다고 한다. 이 절도 사건뿐만 아니라, 터는 사람이 숨이 턱턱 막힐 만큼 먼지가 수북이 나오는 여자인 모양이다.

"이렇게 짐작만 하고 앉아 있을 게 아니라 그 무녀를 만나면 되겠다. 그럼 오후지가 무슨 부탁을 했는지 자세히 알 수 있을 거다."

"고덴마초로 만나러 가시게요?"

"물론 가야지. 사전 교섭만 끝나면 바로."

"힘드시겠어요."

"남 얘기 하듯 말하는구나. 너도 같이 갈 거다. 죄 지은 게 없으면 두려워할 거 하나도 없으니까 안심해라."

조금 당황하는 유미노스케에게 헤이시로는 웃음을 지어 보였다.

"편지 말미에 재미난 내용이 적혀 있구나. 까만콩도 이게 중요하다고 여기지는 않았을 테고 나도 그렇게 열심히 조사할 만한 일은 아니라고 보지만."

그렇게 말하자 유미노스케는 오히려 더 흥미가 끌리는 눈치다.

"뭔데요?"

헤이시로는 사키치가 간쿠로를 이용하여 오지 찻집에 있는 오미쓰라는 소녀와 편지를 주고받고, 오미쓰 역시 미나토야 소에몬이 집 바깥에서 낳은 딸들 가운데 하나라는 이야기를 들려주었다.

"오미쓰의 생모는 세상을 뜬 지 오래고, 찻집은 오미쓰의 외삼촌 내외가 하는 거란다."

"외삼촌이 맡아서 키우는 거군요."

"그렇지. 그런데 외삼촌 내외한테 딸이 하나 있다는구나. 오미쓰한테는 사촌이지. 이름이 오케이라고 하고 올해로 꼭 스무 살인데, 열다섯 살 때부터 에도의 상급 무사 저택에 하녀로 들어간 모양이다. 신부 수업 삼아 삼 년 기한을 약속했는데, 안주인이 오케이를 너무 예뻐하더란다. 그래서 연장하고 계속 일했는데, 이번에 휴가를 얻은 것도 다음에 다시 연장해 주기로 약속하고서 허락받을 수 있었다는구나."

이 오케이와 사키치를 결혼시키려는 이야기가 한창 추진중이라는 것이다.

"까만콩이 이 이야기를 어디에서 들었는지 모르겠구나. 하기야 뒷조사로 먹고사는 사람이니 갖은 수단을 다 썼겠지. 이 혼담은 소에몬도 적극 찬성한다는구나. 실제로 보름쯤 전에 소에몬이 몸소 오지 찻집에 찾아와 사전 준비를 의논했다고 하니 분명한 사실 같다."

"당사자들 마음은 어떨까요? 그리고 미스즈 씨는 어떻게 되는 건지……."

유미노스케가 걱정스러운 듯이 작은 소리로 말했다.

"소에몬으로서는 미스즈가 사키치에게 품은 생각을 없애기 위해서라도 사키치를 얼른 결혼시키고 싶겠지."

팔짱을 끼고 어두운 표정을 한 헤이시로가 치뜬 눈으로 유미노스케의 얼굴을 쳐다보았다.

"게다가…… 만약 우리 생각이 맞다면……. 뭐, 틀릴 리가 있겠냐마는……. 사키치와 미스즈를 맺어 주는 것이 오히려 너무하는 거 아니냐?"

유미노스케가 흠칫거렸다.

"이모부, 그렇게 무서운 얼굴은 하지 말아 주세요. 이따가 잠도 안 오겠어요."

"그럼 담요에 오줌을 지리지 않을 테니 잘된 일이네."

헤이시로가 위협하는 듯한 목소리를 내고 더욱 무서운 표정을 지었다.

유미노스케는 몸을 뒤로 젖히며 더듬거렸다.

"사, 사, 사키치 씨의, 행복도 생각해 줘야 하는 거 아닌가요, 미나토야 소에몬은? 그럼 이모부, 저는 내일 다시 찾아뵐게요!"

쿵쿵거리며 내빼는 유미노스케의 발소리를 들으며 헤이시로는 낄낄 웃었다. 웃음소리에 고헤이지가 무슨 일인가 하는 표정으로 들어오자 그는 조금 과장해서 유미노스케가 겁을 집어먹은 모습을 묘사해서 들려주고 둘이서 다시 한바탕 웃었다. 가끔은 이렇게 고헤이지를 우쭐하게 만들어 주지 않으면 유미노스케가 여러 가지로 힘들어지겠지— 하는 생각을 하다가, 문득 자기가 이미 그 아이를 양자로 들이기로 마음을 먹었다는 사실을 깨달았다.

"이봐, 고헤이지."

"예, 말씀하십쇼."

"자식을 기른다는 거, 좋은 일이지?"

"좋은 일이고말고요."

고헤이지는 환한 얼굴로 고개를 끄덕였다.

"많으면 힘들 테고."

"예, 힘들겠지만 그래도 좋은 일이죠."

"마누라랑 자식이랑 어느 쪽이 더 귀하냐?"

고헤이지는 동그란 얼굴을 쓰윽 쓰다듬고는 이내 쩔쩔매는 기색이다. "우헤!" 하고 예의 그 말버릇이 나온다.

"나리 물음은 늘 어렵다니까요."

헤이시로는 웃으며, 됐다, 내가 괜한 걸 물었다, 하고 손을 내저어 그를 물러가게 했다. 그래도 잠시 동안 아내와 딸을 천칭 저울에 올려놓은 미나토야 소에몬의 떠름한 얼굴 따위를 그려 보며 벽을 쳐다보고 있었다.

고덴마초 구치소는 남북 부교쇼 어느 한쪽에 속한 시설이 아니다. 신사나 사찰에서도 수인들을 보내고 가토아라타메_{방화, 강도, 도박 등 중범죄를 담당하는 임시 기구}에서도 보낸다. 구치소 담당 부교는 대대로 이시데 다테와키 집안이 세습하는 자리이며 다른 자가 그 자리를 맡는 일은 없다. 일종의 별세계나 마찬가지다. 고덴마초 구치소는 일부 금고형을 받는 경우를 제외하면 수인들이 징역살이를 하는 곳이 아니다. 조사 중이거나 조서 작성을 마치고 심판을 기다리는 자들을 구속하는 역할을 한다.

헤이시로는 구치소 내 조사에 입회한 적이 몇 번 있었다. 다행히 혹심한 고문을 목격한 적은 한 번도 없다. 헤이시로가 만난 죄인들 중에 고문이 필요할 만큼 흉포한 자들이 섞여 있지 않았다는 점도 있고, 조사 담당관이 대개 그 방면의 달인이어서 그렇게까지 하지 않더라도 조서를 받아 냈기 때문이다. 살벌한 소문이나 풍문처럼 돌 누르기_{모로 된 각목을 죽 늘어놓은 바닥에 무릎을 꿇게 하고 허벅지 위에 무거운 돌을 쌓아 올려 가는 고문으로, 경우에 따라서는 매질까지 한다}나 물고문 따위가 그렇게 자주 벌어지지는 않는다는 말이다.

그래도 솔직히 말하면 구치소 같은 곳에는 별로 가고 싶지 않다. 아까는 그렇게 말해서 유미노스케를 떨게 했지만 그거야 어디까지나 농담이다. 어린아이가 구경할 만한 곳도 아니고 헤이시로도 콧노래를 부르며 대수롭지 않게 들어설 만한 곳이 못 된다.

왜냐하면 끔찍하게 비위생적이기 때문이다. 많은 사람을 한자리에 몰아서 가둬 두고 햇빛도 들지 않다시피 하는데다 통풍도 나쁘고 습기도 많다. 질병의 온상 같은 곳이다. 생각 없는 자들 중에는 여자 구치소라고 하면 침을 흘리는 자도 있지만 헤이시로는 아무리 굶주리더라도 구치소 안에 있는 여자를 건드리고 싶지는 않다— 일단 그런 생각 자체가 없다— 아마 그런 생각을 하지 않을 거다— 뭐, 굶주린 처지가 된다면 모르지만, 아마 구 할은 그런 생각을 하지 않을 거다— 굶주릴 대로 굶주린다면 이야기는 또 달라지겠지만— 여하튼 그런 생각은 없다고 해 두자.

— 내가 지금 무슨 생각을 하고 있는 건가, 쯧쯧.

후부키라는 무녀는 절도 혐의로 체포되었다고 한다. 여죄가 있더라도 그와 비슷한 고만고만한 절도 건들일 테고, 특별히 중한 죄를 숨긴 경우가 아니라면 조사는 벌써 끝났을 가능성이 높다. 그녀를 끌어내려면 다른 방법이 필요하다. 담당자들에게 잠깐 고개를 숙이며 부탁하거나 후부키를 조사한 담당관의 비위를 맞추거나 평소에는 거의 쓰지 않는 미소 작전이라도 써야 한다. 번거롭군.

게다가 더 절실한 문제는 자칫 위험할 수 있다는 점이다. 저 니헤이 때문이다. 오캇피키들은 헤이시로처럼 외근을 하는 평범한 도신 따위보다 구치소 내부 사정에 정통하게 마련이라 이쪽에서 조금만 움직여도 금방 냄새를 맡는다. 그자는 헤이시로의 집에 한 번 찾아왔다가 상대가 별 도움이 안 되는 나리임을 간파하자 곧바로 발을 끊었다. 그러나 보이지 않는 곳에서는 미나토 상회 주변을 끈질기게 더듬고 있을 테고, 그렇게 본다면 헤이시로 역시 그의 시야 속에 들어 있음은 의심할 바가 없다. 자칫 어설픈 잔꾀로 후부키를 불러냈다가는, 이것 봐라, 저 어벙한 나리가 무슨 생각을 하는 거지? 하고 오히려 촉각을 곤두세울 게 뻔하다.

그런 까닭에 헤이시로는 계책을 궁리하며 이삼일을 빈둥거렸다. 유미노스케는 언제 구치소에 갈 거냐고 딱 한 번 물었지만 헤이시로가 또 무서운 표정을 지어 보이자, 사사키 선생님이 보자고 하셔서 오늘은 이만, 하고 허겁지겁 내뺐다. 다리 아픈 것은 나은 듯한데 눈두덩에 또 다른 멍이 생겼다. 아무래도 검술 선생이 매우 엄한 모양이다.

헤이시로가 근래에 보기 드물게 궁리를 거듭하고 있자니 고헤이지가 걱정스레 이것저것 말을 걸어 온다. 별 기대도 없이 이런저런 이야기를 들려주자 고헤이지가, 아이고, 좀 더 일찍 말씀을 해 주시지, 하고 나선다. 들자 하니 구치소 잡부 중에 고헤이지의 어릴 적 친구가 있다고 한다. 사쿠지라는 자인데 지금도 가끔 만나 술을 마신다고 해서 헤이시로를 놀라게 했다.

"세상이 참 묘하게 엮여 있구나."

헤이시로는 감탄하고 말았다. 고헤이지가 얼굴에 잔뜩 주름을 잡으며 웃는다.

"그보담 나리, 우리 사는 이 세상이 그만큼 좁은 거죠."

어지간한 일은 그 좁은 세상이란 틀 안에서 다 해결할 수 있게 마련입죠, 그렇지 않다면 나리와 제가 에도에서 대대로 관리와 주겐으로 일하는 의미가 없지 않겠습니까. 함축적인 말이라 헤이시로는 저도 모르게 고헤이지의 얼굴을 다시 쳐다보았다. 혹시 다른 사람이 들어앉아 있나 싶었던 것이다.

고헤이지는 곧 사쿠지에게 이야기를 전해 주었다. 하루 만에 대답이 왔다. 여기에는 분명히 후부키라는, 자신이 무녀라고 주장하는 절도범이 심판을 기다리고 있는데, 어찌나 대가 세고 심성이 괴팍한지 여자 구치소에서도 따돌림을 당하고 해코지를 당해서 상처가 아물 날이 없는 듯하다고 한다. 헤이시로는 조금 맥이 빠졌다.

"뿐만 아니라, 수인들이야 달리 할 일도 없으니 그럴 수밖에 없겠지만, 서로 뒷조사를 하는 데 능해서 누구 신상에 조금이라도 특별한 일이 일어나면 금방 냄새를 맡고 소란을 피운다고 합니다."

"그러니까 나처럼 후부키가 저지른 절도 사건하고는 전혀 관계없는 도신이 일삼아 불러냈다가는 나중에 후부키가 그것 때문에 또 곤욕을 치를지 모른다는 말이냐?"

고헤이지가 정색을 하고 고개를 끄덕였다.

"예. 특히 여자 수인들은 시기와 질투가 강해서 누가 혹시 특별 대우를 받는 것은 아닌지 의심만 들어도 혹독하게 괴롭힌다고 합니다. 나리께서 원하는 이야기를 후부키가 사실대로 고해 주면 나중에 그 무녀가 판결을 받을 때 혜택이 있도록 어떻게든 손을 써 주실 생각이시죠?"

"나한테 그럴 생각이 없어도 저쪽에서 그렇게 기대하겠지. 그렇지 않고서야 입을 열 까닭이 없을 테고."

"지당하신 말씀입니다. 전에도 비슷한 일은 얼마든지 있었습니다. 그래서 다른 여자 수인들이 그걸 눈치 채면 시샘을 하는 거죠."

"후부키는 지금도 심하게 당하고 있겠지? 자칫하면 죽을 수도 있겠구나."

헤이시로는 곤혹스러웠다.

"차라리 후부키에게 언도가 있을 때까지 기다려 볼까? 아마 곤장에 에도 추방령 정도를 받겠지. 그 뒤에 이야기를 들어도—."

고헤이지가 눈을 치뜨고 헤이시로를 쳐다보았다.

"진심이세요? 그런 여자 잡범한테 언제 언도가 있을지 아무도 모릅니다요. 이 년이 걸릴지 삼 년이 걸릴지 누가 압니까."

"그렇구먼……."

"사쿠지도 이런저런 궁리를 해 보았지만 이런 경우는 따로 면회하고 싶은 수인이 병에 걸렸다고 속이고 대기실로 옮겼다가 나중에 은밀히 만나는 것이 제일 낫지 않겠느냐고 하더군요."

대기실이란 구치소 내 환자를 수용하는 병감을 말한다. 수인의 태반은 많게든 적게든 건강을 잃은 자들이므로 구실을 붙이기는 어렵지 않다. 실제로 후부키는 상처투성이라고 하므로 구치소 의원에게 부탁하면 어떻게든 손을 써 줄 거라고 사쿠지가 말했다고 한다.

"그렇구나……. 그 수밖에 없겠다."

그럼 사쿠지에게 그렇게 손을 써 달라고 전해라, 하고 이르자 다시 하루 만에 대답이 왔는데, 그 대답이 또 헤이시로를 곤혹스럽게 만들었다.

"사쿠지가 묻기를 이즈쓰 나리께서 니헤이라는 오캇피키를 아시느냡니다."

고헤이지가 곤혹스런 얼굴로 말한다.

"왜 그런 걸 묻느냐고 하니까 요 몇 년 새 니헤이란 자가 구치소 도신 나리와 바짝 붙어다니며 구치소를 제 집 안방처럼 드나든다고 합니다. 이제 그놈은 구치소에서도 두루 통하게 되었답니다."

헤이시로는 놀랐지만 가만 생각해 보니 니헤이라면 그러고도 남겠구나 싶었다. 구치소란 다른 데서는 좀처럼 얻기 힘든 온갖 정보들이 모이는 곳이다. 잘 이용하면 큰 도움이 된다. 특히 니헤이처럼 죄인을 만들어 내는 것을 낙으로 아는 오캇피키로서는 구치소에서 고문당하는 수인들한테 얻은 정보들은 설사 그것이 중상모략이든 사실에 따른 고발이든 아니면 그저 풍문이든 다 귀중할 것이다.

"구치소에서는 늙은 의원과 젊은 의원이 갈마들며 일하는데, 늙은 의원은 완전히 니헤이 수중에 들어간 모양입니다. 수인들이 니헤이에게 얼마쯤 찔러 주거나 쓸 만한 밀고를 하면 병이 없어도 니헤이가 그 의원을 통해 대기실로 옮겨 주고 흰쌀밥을 먹을 수 있게 해 주는 등 이득이 많다고 알고 있습니다."

헤이시로의 입안에 쓴맛이 번졌다. 저쪽 툇마루에 앉아 있던 니헤이의 모습—흰자위가 두드러진 작은 눈이나 남을 무시하는 듯 모로 올린 입술, 노인처럼 굽은 등, 가래가 걸린 듯한 웃음소리—을 하나하나 떠올리자니 살갗이 근지러운 느낌이다.

"그자의 덩굴이 생각 이상으로 칭칭 감겨 있구먼."

"정말 보통 놈이 아닙니다."

고헤이지는 마치 칭송하듯이 말하지만 얼굴은 정나미가 떨어진다는 표정이다.

"그래서 사쿠지도 만약 이즈쓰 나리가 니헤이와 친한 사이라면 일이 아주 쉬울 거라고 말한 거죠……. 그야 당연히 그렇겠지만."

"안 돼, 오히려 일이 어렵게 된다."

헤이시로는 고개를 저었다.

"아, 예."

고헤이지도 실망하는 모습이다.

까만콩이 모처럼 캐내서 일러 준 귀중한 정보인데 아무래도 활용하기는 어려울 것 같군…… 하고 생각하며 헤이시로는 책상에 양 팔꿈치를 괴고 작은 뜰을 내다보았다. 더위는 나날이 조금씩 눅어 들고 햇살도 이제 오뉴월의 그악스러움을 잃고 있다. 헤이시로가 좋아하는 감과 밤이 영그는 가을이 바로 저기까지 와 있다. 뎃핀 나가야에서 소동이 시작된 뒤 꽤 오랜 시간이 흐르고 말았다.

"구치소 의원 중에 우리가 기댈 사람은 젊은 쪽뿐이란 말인가."

헤이시로가 혼잣말처럼 말하자 고헤이지가, 예, 그렇습죠, 하고 대답했다.

"젊은 의원은 품성이 곧고 점잖은 사람이라고 합니다. 어떻게든 도움을 받을 수 있으면 좋을 텐데요."

"그러게 말이다. 어차피 내가 직접 구치소에 찾아가기는 틀린 모양이니까."

니헤이의 집념은 미나토야 소에몬을 파멸로 떨어뜨리기 전에는 가시지 않을 것이다. 어쩌면 그는 구치소에 드나들며 관리들에게 뇌물을 먹이고 그럴 듯한 말로 늙은 의원을 조종하고 수인들을 학대 갈취하고 말세로 떨어진 세상의 뒷간 통통 같은 저 불결하고 어두운 감옥을 들여다보면서 소에몬을 그곳에 가두는 꿈을 꾸고 있는지도 모른다. 아니, 틀림없이 그렇겠지.

헤이시로는 미나토야 소에몬에게 무슨 빚을 진 것도 아니고 옹호해야 할 이유가 있는 것도 아니다. 뎃핀 나가야 사건의 뿌리가 되는 사건— 지금 헤이시로가 추측하는 그런 사건에서 소에몬이 어떤 역할을 했는지는 알 수 없지만, 어느 쪽으로 결론이 나든 결코 선행일 리는 없다. 그러므로 소에몬에게는 그에 걸맞은 벌이 따를 것이다.

하지만 헤이시로가 생각하기에 그 벌은 뱀 같은 저 니헤이의 머릿속에서 부글부글 끓고 있는 그런 종류와는 전혀 다르다. 자칫 실수를 해서 소에몬이 니헤이의 손아귀로 떨어지게 하고 싶지는 않다. 그런 짓을 한다면 남은 인생 내내 밥맛이 없을 것 같았다.

뜰에 있는 나무에서 참새가 짹짹 운다. 저 미물들도 열매가 영그는 가을이 반가운가 하다가 문득 뭔가가 머릿속에서 번쩍했다.

"그렇지!"

헤이시로는 저도 모르게 소리 내어 말했다.

"간쿠로의 힘을 빌리는 방법이 있지 않은가."

사키치를 속이기란 쉬운 일이 아니다. 안 그래도 헤이시로는 거짓말이 서툴다. 얼굴에 금방 드러난다.

"구치소 수인에게 편지를 전달한다고요?"

사키치는 노골적으로 의아해하는 표정을 지었다. 왜 안 그렇겠는가.

"내 힘으로는 구치소 문턱이 조금 높구나. 네가 힘을 좀 빌려 주면 좋겠다. 아니, 이런 경우엔 날개를 빌려 달라고 해야 하나?"

말씀은 청산유수시면서 공무 보실 때는 안 그러신가 보죠? 하고 말하더니 사키치는 결국 승낙했다. 하지만 간쿠로는 사람과 달라서 행선지를 일러 주고 '자, 다녀와라' 하며 심부름을 보낼 수는 없다고 한다.

"제가 간쿠로를 데리고 가서 장소를 가르쳐 주어야 합니다. 게다가 한 번도 가 본 적이 없는 곳일 경우 여러 번 가서 가르치지 않으면 기억하지 못하기 때문에 조금 인내가 필요합니다."

사쿠지를 통하는 방법도 진행중이라 며칠 안에 구치소 젊은 의원에게 이야기가 전해졌고, 대기실 창문이 어디에 있고 어디에다 편지를 전하면 좋은지 기별이 왔다. 헤이시로는 그것을 사키치에게 고했다.

"자세하게 말할 수는 없지만 구치소는 오캇피키 니헤이의 눈이 두루 미치고 있다. 간쿠로를 훈련시키려면 놈에게 들키지 않게끔 밤이 이슥해진 뒤에 가는 편이 낫겠지. 밤에 돌아다니는 이유라면 내가 얼마든지 만들어 줄 테니까_{에도에서는 기본적으로 야간 통행이 금지되어 있었다.}"

그러자 사키치는 재미있다는 듯이 웃었다.

"나리, 간쿠로는 새입니다. 새눈이라 밤에는 날지 못해요. 아침 일찍 데려가겠습니다."

사키치가 오래간만에 보여 주는 환한 웃음이지만 니헤이라는 이름이 나온 탓인지 그 뒤로는 말이 없었다. 아마도 헤이시로가 지금 하려는 일이 미나토 상회와 관계가 있을지도 모른다는 짐작을 하고 있으리라.

중간에 비가 내려 결국 준비를 마치는 데 열흘쯤 걸렸다. 사키치가 간쿠로를 훈련시키는 동안 헤이시로는 유미노스케를 불러 구치소의 젊은 의원에게 전할 편지를 작성했다.

젊은 의원이 후부키를 대기실로 옮겨 놓고 있다가 간쿠로가 전하는 헤이시로의 편지를 보고 그녀를 상대로 필요한 정보를 얻어낸다.

그 내용을 구치소에 근무하는 동안 편지로 써 둔다. 간쿠로는 젊은 의원이 숙직을 마치고 집으로 돌아갈 때, 즉 이튿날 아침에 다시 고덴마초로 날아간다. 젊은 의원은 간쿠로 다리에 편지를 묶어서 날려 보내고 아무 일도 없었던 것처럼 집으로 돌아간다— 순서는 그렇게 짜 놓았다.

젊은 의원의 역할은 매우 중요하다. 헤이시로는 그를 만난 적이 없으므로 과연 이런 일에 끌어들여도 좋은 사람인지 어떤지 불안했지만 사쿠지가 아무 일 없을 거라고 장담하고, 은밀히 심부름을 다녀온 고헤이지도 그 젊은 의원이라면 믿을 수 있다고 하므로 과감하게 맡겨 보기로 했다. 듣고 보니 젊은 의원은 구치소의 부패와 니헤이의 전횡에 내심 분개하고 있다고 한다.

마침내 간쿠로를 날려 보낼 날 아침이 왔다. 음력 구월 초하루. 날짜가 무슨 상관인데 하는 의구심도 들지만, 어쩐지 운이 트일 것 같잖아, 하고 헤이시로는 생각했다. 후부키가 아는 사실을 다 털어놓아만 준다면 헤이시로로서는 이 건에 대하여 더 조사할 필요가 없어진다.

그 뒤에 할 일은— 땀을 조금 흘리며 확인하고 다니는 일뿐이다.

헤이시로는 나름대로 긴장했지만 사실 그가 할 일이라고는 사키치가 간쿠로를 허공에 날려 보내는 모습을 지켜보는 것뿐이었다. 잘 부탁한다, 하고 소리질러 보지만 간쿠로가 가악, 하고 짖어서 대답해 준 것도 아니다. 왠지 우스꽝스런 짓을 했다는 느낌에 뒷목을 긁적이며 사키치에게 말을 건넸다. 그는 간쿠로가 사라진 쪽을 말없이 올려다보고 있다.

"요즘 간쿠로에 신경 쓰느라 제대로 이야기도 못했는데, 나가야는 어떠냐?"

사키치는 눈길을 내리며 어깨까지 툭 떨어뜨렸다.

"또 두 집이나 이사를 나갔습니다."

"네 탓이 아니야."

"이렇게 자꾸 빈방이 늘어나면 다른 사람들도 살기가 힘들어집니다. 이웃이 많아야 쌀이며 된장이며 풍로 같은 것도 빌리고 빌려 주고 하지 않겠습니까. 처지를 바꿔 생각하면 저라도—."

"오토쿠랑 오쿠메는 어떻게 지내나? 오래간만에 들러서 곤약이라도 먹어 볼까?"

"오토쿠 씨는 건강하지만 오쿠메 씨가 땀띠로 힘든 모양입니다."

"아직도? 조석으로 꽤 선선해졌는데."

"더친 모양입니다. 부스럼처럼 되었대요. 의원이 처방한 고약이 냄새가 고약하고 값도 비싸고 붙이고 떼기도 쉽지 않은데 효과는 전혀 없다고 불평하더군요. 잠깐 들르시게요?"

"그래, 잠깐 들여다볼까. 어차피 내일 아침까지는 마냥 기다려야 하니까."

간이식당에서는 오늘도 커다란 솥이 김을 올리며 애쓰고 있다. 오토쿠가 국자를 번쩍 쳐들며, 어머, 마침 잘 오셨네요, 나리, 하고 큰 소리로 말했다.

"양념 잘 밴 곤약이 맛있어 보이네."

"오늘은 이걸 드셔 보세요."

솥 안에 젓가락을 넣어 계란 같은 것을 집어낸다. 감자조림 같기도 한데, 젓가락 사이에 물린 모양을 보니 말랑말랑해 보였다.

"뭐야, 이건?"

"다진 생선살을 이겨서 만든 거예요. 잘 붙으라고 계란까지 넣었으니까 아주 호사스럽죠."

국물을 조심하며 작은 접시에 얹어 준다. 헤이시로는 손으로 집어 먹으려다가 너무 뜨거워 집지 못하고 후후 입김을 불어 식혔다.

"또 이사를 나갔다며?"

오토쿠는 곁눈으로 헤이시로를 힐끔 보았다.

"사키치 씨를 만나셨군요?"

"이녁이 웬일로 사키치한테 씨 자까지 붙이는구먼. 그자가 출세했나 보네."

뜨거운 조림은 맛이 좋았다.

"이거 괜찮네. 손님이 많이들 찾겠어."

오토쿠가 흡족한 표정을 지었다.

"오쿠메 씨가 생각해 낸 거예요. 저처럼 찢어지게 가난한 집에서 자란 것들은 이렇게 호사스런 음식은 생각도 못해요. 오쿠메 씨가 잘나갈 때 꽤 호사를 했나 봐요."

그 오쿠메의 모습이 보이지 않는다.

"어디 갔나?"

"또 의원에 갔어요. 저어, 나리, 땀띠란 게 그렇게 힘든가요?"

오토쿠는 솥에서 헤이시로 쪽으로 몸을 돌리고 아가씨처럼 골똘히 생각에 잠긴 눈빛을 했다.

"글쎄…… 나는 땀띠로 고생한 적이 없어서. 의원은 뭐라고 한다던가?"

"그런 변두리 의원이 별수 있겠어요. 저희 같은 가난한 것들이 오면 눈감고 대충 만져 보는 척하다가 적당히 처방해 주는 거죠. 두 눈을 똑바로 뜨는 건 환자 머릿수 헤아릴 때뿐일걸요."

"말이 너무 심하네."

하지만 지난 번 만났을 때 앞에 놓인 우무를 먹던 오쿠메는 분명 매우 약해진 모습이었다. 지금은 그때보다 더 심해진 걸까?

"나리― 이건 제 생각인데요."

오토쿠는 꺼내기 힘든 말인지 입안에서 뭐라고 우물거리다가 마침내 입을 열었다.

"그거 정말 땀띠일까요? 그 사람, 뭔가 다른 몹쓸 병에 걸린 건 아닐까요?"

"몹쓸 병이라니, 뭐?"

오토쿠는 답답하다는 듯 발을 동동거렸다. 솥 안에서 조림 국물이 보글거리고 있다.

"왜 있잖아요, 아랫도리 병. 화류병 말예요."

몸을 팔다 손님한테 옮은 것은 아닐까 하는 말이다.

"그거야…… 내가 알 도리가 없지."

"제가 예전에 본 적이 있거든요. 몸 팔다 그만둔 여자가 같은 나가야에 살았어요. 그 여자도 온몸에 부스럼 같은 것이 많이 나더니 날이 갈수록 몸이 말라가더군요. 죽기 직전에는 병이 머릿속까지 올라갔는지 아무도 없는 토담 앞에서 혼자 중얼거리기도 했어요."

오토쿠는 단숨에 그렇게 말하고 듬직한 몸통을 굵직한 팔뚝으로 안고 몸서리를 쳤다.

"하지만 오쿠메는 올 여름까지만 해도 멀쩡했잖느냐."

"모르세요? 정말 아무것도 모르시나 보네. 그런 병은 몇 년 지난 뒤에야 불쑥 불거지는 거예요. 그때까지 몸속에서 얌전히 잠자고 있대요. 그래서 남들 눈에 병이 띨 정도가 되면 이미 늦은 거래요."

달리 대답할 말이 없어서 헤이시로는 빈 접시를 오토쿠에게 내밀었다. 오토쿠는 그걸 받아 들어 뒤에 있는 받침대에 올려놓고 한숨을 지었다.

"오쿠메가 그렇게 심한가?"

"다리 같은 곳은 부스럼이 짓무르고 살갗이 벗겨져서 저러다 뼈까지 보이겠다 싶을 정도라고요."

헤이시로도 흠칫 놀랐다.

"제가 보니까 죽은 우리 남편이 앓던 욕창이 생각날 정도예요. 그건 땀띠가 아녜요. 저, 나리, 어떡하죠? 어떡하면 좋아요?"

그렇게 애원하듯 말한들 헤이시로에게 별 뾰족한 수가 있을 리 없다. 그래도 근심으로 일그러진 오토쿠의 얼굴이 기특해 보였다.

"오쿠메가 꽤 마음에 드나 보네."

저도 모르게 그렇게 말하고 말았다. 오토쿠는 갑자기 뚱한 표정을 짓더니 얼굴을 붉히고 다시 동동 발을 굴렀다.

"참 오지랖도 넓으시지! 제가 그런 여자를 걱정해서 이러는 거 같아요? 저는 장사가 걱정이라고요. 그 여자 병이 정말로 아랫도리 병이라면 가게에 놓을 수가 없잖아요."

정말 당치도 않은 말씀이시네요, 하며 툴툴거리는 시늉을 하고 있다. 헤이시로는 잠시 쓴웃음을 짓다가, 부교쇼에 그런 병에 밝은 사람이 있으니 내 알아보마, 하고 말했다. 뭐라고 다독여 주지 않으면 오토쿠가 진정될 것 같지 않았다.

"정말이세요? 그럼 부탁해요, 나리."

오토쿠의 배웅을 받으며 가게를 나서서 뎃핀 나가야 출입문을 지나자, 귀얄로 쓸어 놓은 듯 고운 구름이 떠 있는 새파란 하늘을 배경으로 그림이 되기에는 애초에 그른 고헤이지가 역시 그림이 되기에는 애초에 그른 자세로 뛰어오는 것이 보였다.

"나리, 나리, 큰일났습니다."

뛰어오면서 고헤이지가 헤이시로에게 소리쳤다.

"무, 무, 물에."

달려오다가 제힘에 겨워 옆을 지나치려는 고헤이지의 뒷덜미를 헤이시로가 콱 붙들었다.

"무, 물에, 빠져 죽은 시체가 떠올랐습니다!"

드문 일도 아니다. 그게 뭐 어쨌다는 거냐는 헤이시로의 표정에 고헤이지가 침을 튀기며 설명했다.

"마사지로의 시체랍니다! 누가 대발로 감아서 운하에 던진 모양인데, 대발을 풀어 보니 온몸이 심한 화상에 구타당한 멍자국투성이까지—."

마사지로. 헤이시로의 머릿속에서 이름과 그 이름의 의미가 연결되기까지는 손뼉 한 번 칠 만한 뜸이 있었다. 전 관리인 규베를 공격하고 채소 가게의 다스케를 죽였다고 하는 가쓰겐 점원이었던 사내다.

"나리, 그쪽이 아닙니다요. 히토쓰메 다리 쪽입니다!"

헤이시로가 뛰기 시작하자 고헤이지의 목소리가 뒤따랐다.

시체는 히토쓰메 다리 근처에 운구되어 멍석에 덮여 있었다. 구경꾼이 멀찍이 에워싸고 뭐라고들 수군거리고 있다. 멍석 옆에 마사고로가 서 있다가 헤이시로의 얼굴을 보고 허리를 꺾어 인사했다. 대행수 모시치의 집에서 만날 때는 오캇피키라기보다 수완 좋은 상인 같은 인상을 풍기던 마사고로였지만, 지금은 옷자락을 걷어지르고 소매를 걷어 올린 것이 자못 공무를 보러 나온 모습이다.

"가쓰겐에서 일하던 마사지로라고?"

숨을 헐떡이며 헤이시로가 물었다. 마사고로는 잠자코 고개를 끄덕이며 멍석 자락을 들춰 주었다.

거무죽죽한 수박 같은 것이 보였다. 헤이시로는 그것이 시체의 얼굴이라는 것을 얼른 알아보지 못했다. 물에 잠겨 있던 탓도 있겠지만 영글다 만 동과처럼 비뚤하게 부풀었고 눈코입도 분명치 않다.

"끔찍하군······."

"가슴과 배에 물이 찼습니다."

마사고로는 시체 갈비뼈 위에 손바닥을 얹어 보며 말했다.

"물속에 빠져 물을 잔뜩 마신 겁니다. 대발에 감겨 물에 던져질 때까지는 빈사 상태였는지 몰라도 완전히 죽지는 않았습니다."

"더욱 끔찍하군. 그런데 이게 마사지로라는 걸 자네는 어떻게 알았나?"

"시체 샅가리개가 예전에 가쓰겐에서 쓰던 이름 박힌 수건을 덧대서 만든 것이더군요. 그리고 등에 문신이 있습니다. 보시기가 좀 거북하시겠지만—."

마사고로가 시체 왼쪽 어깨를 쳐들었다.

"요기에 천녀 문신이 있습니다. 가쓰겐에 사람을 보내 알아보니 모두들 마사지로가 맞다고 했습니다. 주방장이나 조리사 중에는 문신을 좋아하는 자들이 많거든요. 서로 자랑하고 비교했기 때문에 분명히 기억하고 있었던 겁니다. 키도 비슷하다고 하니 일단은 틀림없다고 봅니다."

"마사지로에 대해서라면 최근 알아낸 사실이 있는데— 응? 저게 누구야?"

헤이시로는 통장이 곤키치와 하치오지 비밀 도박장에 대해서 이야기하려다가 저도 모르게 소리쳤다. 물가의 축축한 땅을 밟으며 유미노스케가 이쪽으로 걸어오고 있었다. 바로 뒤에 짱구가 따르는데 유미노스케가 뭐라고 열심히 짱구에게 말하고 있다.

"조카님이군요. 그리고 저희 짱구입니다."

마사고로는 진지한 얼굴로 말했다.

"그거야 알지."

헤이시로는 두 사람 쪽으로 뛰어갔다.

"어이, 이런 데서 뭐 하나?"

유미노스케는 헤이시로를 보자 환한 표정이 되었다.

"아, 이모부. 이제야 오셨군요."

"이제야 오나마나, 네가 왜 여기 있지?"

"마사고로 씨네 사람이 핫초보리로 연락하러 뛰어왔을 때 마침 제가 이모부 댁에 있었거든요. 그래서 곧장 이리로 왔습니다."

마사지로라는 이름을 듣고 도저히 가만히 있을 수 없었다고 변명하듯이 덧붙인다.

"주제넘은 짓이었나요……?"

"그게 아니라, 너, 무섭지도 않냐?"

"뭐가요?"

"저런— 시체를 보는 게 말이다."

유미노스케는 짱구를 힐끔 돌아보았다. 두 소년은 나란히 눈을 깜빡였다.

"저희는 시체는 보지 않았어요. 계속 이 근방을 조사하고 있었을 뿐입니다."

호오, 하고 헤이시로는 숨을 토했다.

"이모가 용케 가 보라고 허락했구나."

"잘해 보라고 말씀해 주셨는걸요."

아내는 이미 유미노스케를 양자로 대하는 듯하다.

"그래, 뭐 알아낸 거라도 있니?"

유미노스케는 고개를 저었다.

"마사지로 씨는 여기 운하 변에서 던져진 게 아닌 듯합니다."

"어째서?"

"그럴 만한 발자국이 남아 있질 않아요. 아무리 대발에 감았다 해도 덩치가 작은 사람도 아니고 힘센 장정이므로 꽤 꿈틀거렸겠지요. 그걸 옮기려면 두 명, 아니 어쩌면 세 명이 필요했을지도 모릅니다. 평소처럼 걸어간 것이 아닐 테니까 발자국도 어지럽게 찍혀 있어야 합니다. 하지만 그런 흔적이 보이지 않아요."

"꽤 상류 쪽에서 던져져서 하룻밤 지나 여기까지 떠내려 왔는지도 모르지."

"마사고로 씨는 시체 상태로 볼 때 물속에 하룻밤이나 잠겨 있지는 않았을 거라고 했어요. 아마 오늘 아침에 던져졌을 거라고."

헤이시로는 콧잔등을 손가락으로 삭삭 긁었다. 그러고는 가만히 물었다.

"그럼 누가 죽였다고 보느냐?"

두 소년은 두 쌍의 눈을 동그랗게 뜨고 헤이시로를 올려다보았다.

"뭐, 그냥 물어보는 거다. 너희 하는 양을 보니 누구 짓인지도 알고 있을 것 같아서 말이다."

헤이시로는 헛기침을 했다.

"이 경우는 '누가'보다 '무엇 때문에'가 더 중요한 거 아닌가요?"

"어째서?"

되묻고 나서 헤이시로는 얼른 말했다.

"질문은 내가 하고 있지 않니."

뒤에 있던 구경꾼들이 잠깐 웃었다. 헤이시로는 못 들은 척했다. 유미노스케도 못 들은 척하고 있다.

"마사지로 씨는 심하게 맞은 상태였죠?"

"음, 혹독하게 당했다."

"그런 짓을 한 인물이라면 마사지로 씨를 고문해서 뭔가 자백을 받아 내고 싶었던 거죠."

헤이시로는 팔짱을 끼고 잠시 유미노스케의 얼굴을 지긋이 쳐다보다가, 이윽고 종이에 쓴 글을 읽는 투로 말했다.

"마사지로는 무엇을 알고 있었을까."

유미노스케는 고개를 끄덕였다.

"채소 가게 오쓰유 씨랑 도미헤이 씨, 규베 씨는 무사할까요?"

헤이시로는 마사고로가 있는 자리로 급히 돌아왔다. 빠르게 상의를 마치고 즉시 인원 배치가 결정되자, 처음 보는 낯선 젊은 수하들이 다리를 뛰어 건너서 사라졌다. 아까부터 마사고로의 지휘를 받아 움직이던 젊은이들이다.

"채소 가게 식구들한테는 얼마 전부터 감시를 붙여 놓았으니까 별다른 일은 일어나지 않겠지만, 그래도 조심하는 게 상책이지요."

마사고로는 말했다.

"곤키치는 몰라도 오리쓰는 어떨까."

"미나토 상회의 매섭게 생긴 지배인이 살펴 주고 있으니까 염려할 필요는 없을 겁니다."

시체는 가까운 지신반으로 옮기기로 했다. 고헤이지가 부교쇼를 발 빠르게 왕복해서 헤이시로가 검시를 맡게 되었으므로 일동은 시체를 얹은 문짝 들것을 앞뒤로 에워싸고 줄줄이 이동했다. 히토쓰메 다리 근방의 자치 위원들은 유미노스케와 짱구의 얼굴을 번갈아 바라보고는 의아한 듯 미간을 모았지만 헤이시로는 아무 설명도 하지 않았고 아이들도 얌전히 입을 다물고 있었다.

지신반에서는 시체를 다시 한번 꼼꼼하게 조사했다. 구경꾼들이 없는 곳에서 멍석을 걷어치우고 시체를 완전히 드러냈다. 헤이시로와 마사고로가 이것저것 말하는 내용을 서기 노인이 받아 적는다.

그 옆에서 짱구가 눈알을 굴리는 모습을 보니 그 역시 여느 때처럼 머릿속에 적어나가는 모양이다.

유미노스케는 시체를 보고 낯이 파리하게 질렸다. 마사고로가 침착하게 왼손 새끼손가락 손톱이 벗겨져 있다는 둥 손톱 끝이 숯불에 익어 있다는 둥 일러줄 때마다 낯이 조금씩 하얗게 변한다.

마사고로는 익숙한 손놀림으로 시체의 턱을 벌리고 입속을 들여다보았다.

"이빨은 빠지지 않았군요……. 고스란히 있어요."

"이빨 고문도 있나?"

"노름판에 드나드는 놈들 사이에서는 드물지도 않지요."

"살벌하군."

"―러워요."

유미노스케가 뭐라고 말했다. 목소리가 떨려 처음에는 무슨 소리인지 알아들을 수 없었다.

"뭐라고?"

"이빨 말예요."

"이빨이 어쨌다고? 제대로 말해 봐."

유미노스케는 침을 꿀꺽 삼키고 나서 다시 말했다.

"이빨이 아주 지저분하다고요."

마사고로가 맑은 눈으로 유미노스케의 얼굴을 보았다.

"익사하면 더러운 물을 잔뜩 마시니까요."

"그렇게 되는 거란다."

헤이시로가 말을 끝맺었다.

유미노스케는 시체 쪽으로 한 발 나서서 쪼그리고 앉았다. 그러고는 마사지로의 입술 사이로 들여다보이는 이빨을 손가락으로 가리켰다.

"하지만 이건 무슨 때나 진흙 같지는 않아요. 피가 엉긴 게 아닐까요?"

헤이시로와 마사고로는 시체 입안을 다시 찬찬히 살폈다. 입을 벌리자 악취가 심해서 헤이시로는 숨을 멈추고 있었지만 마사고로는 아무렇지도 않은 듯했다. 대단하구나, 하고 내심 감탄한다.

"익사하는 도중에 너무 괴로워 혀를 깨물었을지도 모르지."

헤이시로는 누구에게랄 것도 없이 중얼거렸지만 마사고로도 유미노스케도 잠자코 있었다. 마사고로는 미간을 살짝 찡그리고 있다.

유미노스케는 문득 서기 노인을 돌아다보았다.

"미안하지만 한 가지 묻고 싶은데요. 이 근처에 튀김 파는 사람이 사나요? 경단 장수든 우동 장수든 상관없어요."

모두 놀라서 다들 눈을 휘둥그레 떴다. 당황한 서기 노인이 쥔 붓 끝에서 먹물이 한 방울 똑 떨어졌다. 짱구의 암기도 중단되고 눈동자가 한가운데로 돌아왔다.

"왜, 출출하냐? 별로 식욕이 있어 보이는 얼굴은 아닌데."

헤이시로가 웃었다.

"구하고 싶은 게 있어서요. 있나요?"

유미노스케는 진지하게 말했다.

서기 노인은 가까운 나가야에 경단 장수도 우동 장수도 다 살고 있다고 하면서 장소를 알려 주었다. 유미노스케는 "잠깐 실례합니다" 하고 지신반을 뛰어나갔다. 뒤에 남은 사람들은 멍한 표정을 짓고 있다.

서기 노인이 차를 타 주자 모두들 자리에 앉아서 잠깐 쉬기로 했다.

"다들 여우에 홀린 낯이구먼. 여우한테도 차를 대접해 주지그러나."

헤이시로가 웃었다.

유미노스케가 뛰어서 돌아왔다. 헤이시로는 튀김이냐? 경단이냐? 하고 놀렸지만 그가 가지고 돌아온 것은 하얀 떡 같은 반죽 덩어리였다. 손안에서 그것을 반죽하고 있다.

"그게 뭐냐?"

"우동 뽑을 반죽입니다."

유미노스케는 송구한 듯 어깨를 움츠렸다.

"사람 먹는 음식을 이렇게 쓰는 게 마음에 걸립니다만."

그렇게 말하며 시체에 다가가 하얀 반죽을 마사지로 입안에 밀어 넣는다. 처음에는 상악, 다음은 하악을 눌러 치형본을 꼼꼼하게 찍어 낸다.

"오호. 과연."

마사고로는 감탄했다. 헤이시로는 뭐가 어떻다는 것인지 통 알 수가 없어서 그냥 입을 벌리고 있었다.

"무슨 주술 같은 건가?"

유미노스케는 씽긋 웃었다.

"모르겠습니다. 도움이 될지 어떨지도 모르겠어요. 아무튼 이제 됐어요."

유미노스케는 반죽 덩어리를 종이에 조심스레 싸서 망가지지 않도록 가만히 품 안에 넣었다. 헤이시로는 절반쯤 농담 삼아 그러나 나머지 절반은 진심으로 말했다.

"그렇게 시체를 만질 수 있을 만큼 담력이 좋고 두뇌도 뛰어난데 어째서 오줌 지리는 버릇은 고치지 못하누."

짱구가 흰자위를 드러내며 암기하다가 멈칫하며 곤혹스러운 듯 턱을 당기고 유미노스케를 쳐다보았다. 마사고로는 웃음을 참으려고 고개를 숙였다. 서기 노인의 붓끝에서 또 먹물이 떨어졌다.

"도마뱀 꼬리 태운 재가 잘 듣습니다. 달여서 마시면 오줌 지리는 건 금방 낫습죠. 우리 손자도 그걸로 고쳤거든요."

노인이 말했다.

"고맙습니다" 하고 대답하고 유미노스케는 헤이시로를 향해 입을 삐죽거렸다.

이튿날, 아내가 깨우는 바람에 헤이시로는 동이 트기도 전에 일어났다. 까만콩의 편지가 와 있다고 한다.

"부뚜막 옆에 있었어요. 한시라도 빨리 열어 보는 편이 좋을 것 같아서."

하치오지에 있는 마사지로의 집과 일터, 그가 드나들던 노름판은 마사고로의 부하들에게 조사를 맡기기로 했다. 어제 저녁에 그와 관련하여 수배를 하고 그 뒤 마사고로의 권유로 모시치의 집에서 저녁을 대접받았다. 그들과 먹고 마시면서 지금까지 뎃핀 나가야를 둘러

싼 일들의 전말이나 헤이시로가 생각하는 바, 향후 계획 따위를 차분하게 이야기했다. 덕분에 마음은 후련해졌지만 숙취로 머리가 지끈지끈하다. 하지만 아내가 무정하게도 덧문을 활짝 열어 놓고 나가 버렸으니 다시 잠들기도 틀렸다.

이번 편지는 짧았으나 오늘 아침 헤이시로의 따끔거리는 눈에는 까만콩의 달필이 부담스러워서, 의미를 파악하는 데 시간이 좀 걸렸다.

뎃핀 나가야 터에 있었던 등롱집의 주인은 이름이 도타로라고 한다. 오후지보다 세 살 연상이며 놀랍게도 외사촌에 해당하는 사이다. 오후지는 외동딸이라 어릴 적에는 도타로와 절친하여 사촌지간이지만 장차 가시버시가 되지 않을까 하는 이야기가 나온 적도 있었다고 한다.

십 년 전 등롱집이 망한 것은 도타로가 병을 앓다가 갑자기 눈이 나빠져 정교한 작업이나 직인들 지휘가 힘들어졌기 때문이다. 또 도타로는 성미가 까다로워 제자들을 엄하게 대했는데, 그가 눈병을 앓자 그때까지 얌전했던 제자들이 그를 무시하며 그간 당했던 것을 앙갚음하고 단골 거래처를 가로채 스스로 공방을 차리거나 대금을 가로채는 불상사가 이어졌다. 그야말로 설상가상이었다.

도타로에게는 오랫동안 함께한 아내 오렌이 있고 자식은 젖먹이 때 죽은 뒤로 더 생기지 않았다. 지금도 가족은 부부뿐이며, 오후지의 친정 요릿집에 기숙하며 친척 대우를 받으면서도 결국은 점원이나 다름없는 생활을 하고 있다고 한다.

헤이시로는 머리를 벅벅 긁으며 편지를 읽고, 어제 저녁 마사고로가 했던 말을 떠올렸다. 벌써 십오 년이나 지난 일이지만 오후지의 친정 요릿집이 이웃에서 옮겨 붙은 화재로 타 버린 적이 있는데, 그때 도타로 등롱집에서 잠자리를 잃은 점원들을 잠시 재워 주었다고 한다. 그 화재가 방화로 의심되어 마사고로가 수하들을 시켜 철저히 조사한 탓에 분명히 기억하고 있다고 했다.

— 친척에 소꿉동무라.

헤이시로는 눈을 비비고 하품을 했다.

— 그렇다면 의지할 만한 사람일 수 있겠군.

한편 도미헤이 쪽을 보면 미나토 상회하고도 소에몬하고도 오후지하고도 직접적인 관련이 보이지 않는다고 한다. 이 점에서는 짐작이 어긋난 셈이다.

— 뭐, 이거야 당사자한테 물어보면 되겠지. 이 정도까지 알아냈으면 충분하다.

어제 마사지로가 살해됨으로써 이제 얌전히 기다리고 있을 때는 지났다고 헤이시로는 생각했다. 애초에 의심스러운 사건이지만, 아주 오래전에 끝나 버린 일을 조사하는 것과 조사하는 도중에 새로 시체가 나온 것을 견준다면 후자가 사뭇 무겁다. 지금으로서는 누가 무엇 때문에 마사지로를 고문하다 죽였는지가 문제인데, 온갖 추측이 가능한 만큼 결말이 나지 않겠지만, 여하튼 조사를 서두르지 않으면 안 되겠다는 대목에 이르러서는 헤이시로와 마사고로의 의견이 일치했다.

편지 말미에 까만콩은 미나토야 소에몬은 규슈 지역의 몇몇 영주 가문과 은밀히 교류하는 자로—요컨대 돈을 빌려 주고 있다는 말인데—그 영주 가문들이 하나같이 도자마 가문에도 막부 성립의 결정적 고비였던 세키가하라 전투 이후에야 집권자 도쿠가와 가문에 복속한 영주 가문으로, 내내 충성심을 의심받으며 차별을 받았다이라고 하므로 실은 '위'에서 그의 자금 흐름을 주의 깊게 감시하고 있음을 이 대목에서 불쑥 밝히고 있다. 여기서 '위'란 까만콩을 거느린 상부 기관 가운데 하나이리라. 그러므로 그는 미스즈 혼담에 대해서도 잘 알고 있어서, 미나토 상회 쪽에 어지간한 불상사나 치부만 없다면 이대로 무난하게 성사될 혼담이라고 덧붙였다.

— 흐음, 그렇게 되어 있었군.

까만콩은 헤이시로가 이런 자잘한 조사 작업을 의뢰하기 전부터 이미 자기 업무 때문에 미나토 상회와 소에몬의 주변을 조사하고 있었다. 다만 그동안은 헤이시로가 미나토 상회와 관련하여 무엇을 알아봐야 하는지조차 확실하지 않다고 하므로 손에 쥔 패를 먼저 보여 줄 수 없었던 것이다.

어떤 자리 어떤 업무에나 나름대로 근심거리가 있게 마련이다. 맨 처음 헤이시로의 입에서 '미나토야 소에몬'이라는 이름이 나왔을 때 까만콩이란 녀석, 어? 무슨 일이지? 하고 속으로 흠칫했을지도 모른다.

그러나 이제 와서 이 내용을 굳이 알리는 걸 보니, 까만콩이란 녀석, 헤이시로가 조사하는 건이 마무리에 가까워지고 있다고 판단했음이 틀림없다. 정말이지 어떻게 머리가 그렇게 잘 돌아갈까. 헤이시로는 늘어지게 하품을 했다. 아침 해가 눈부셔 눈알이 시큰시큰하다.

거침없이 기지개를 켜고 일어서자 기다렸다는 듯이 뜰에서 퍼덕

퍼덕 날갯짓 소리가 났다. 헤이시로는 얼른 장지를 열었다. 제일 가까운 동백나무 가지에 간쿠로가 고개를 갸웃거리며 오도카니 앉아 있다.

"오, 잘 잤냐? 수고가 많구나."

헤이시로가 말을 건넸다.

"다음부터는 까만콩한테 기별을 보낼 때도 도와주겠니?"

11

구치소의 젊은 의원이 쓴 글씨는 참으로 반듯했다. 첫머리에 의례적인 인사말을 적어 놓고, 후부키가 글을 전혀 모르므로 젊은 의원이 그녀한테 들은 이야기를 최대한 그녀의 말투를 그대로 살려서 옮기겠다고 적었다. 그렇게 두루마리 편지를 읽기 시작하기 무섭게 젊은 의원의 훌륭한 해서체로 '그 빌어먹을 할망구'라고 적혀 있는 구절과 맞닥뜨리게 되었다. 후부키가 미나토 상회의 안주인 오후지를 가리켜 그렇게 욕했다는 것이다.

액땜을 위해 부름을 받은 무녀라는 것들은 대체로 절반이 가짜다. 액땜을 구실로 이 집 저 집 드나들며 술자리에서 시중을 들고 몸을 판다. 에도는 본래 여자가 귀한 지역이라 당연히 홀아비살림을 하는 집이 많다. 남자들만 열 명 넘게 생활하는 상가에 여자라고는 달랑 밥 짓는 칠순 노파 하나뿐인 곳도 허다하다. 그래서 그네들의 몸 파는 장사가 잘 굴러가는 것이다.

긴 그림자 · 453

사이비 무녀들은 대개 배움이 모자라며 일자무식도 드물지 않다. 무녀 행세를 위해 늘어놓는 언변이나 주문 따위는 선배 동업자한테 구전이나 어깨너머로 익힌 것이니 학문 따위는 필요 없다. 무녀라는 탈을 벗어던지고 몸 파는 여자라는 본업을 드러낼 때의 그네들 모습은, 설사 얼굴은 제법 반반하다고 해도 그래서 오히려 더욱 천박하고 비열한 수준으로 떨어진다. 말본새가 고약하더라도 애초에 본바탕이 그쪽이니 놀랄 것도 없다.

하지만 그렇다고 해도 다짜고짜 '빌어먹을 할망구'라니, 너무 사납지 않은가.

구치소 잡부 사쿠지에 따르면 후부키는 여자 구치소 안에서 자기가 무녀로 한창 잘나가던 시절 이야기를 자랑스럽게 떠벌이다 수인들한테 미운털이 박히고 말았다고 한다. 사쿠지나 고헤이지는 어차피 그런 자랑은 허풍이라고 여기는 모양이지만 헤이시로는 그렇게 생각하지 않았다. 실제로 후부키는 한때 뛰어난 무녀였음이 틀림없다. 도벽을 버리지 못해 젊은 몸을 나락으로 떨어뜨렸지만, 그 허물만 없다면 구치소에 갇힐 일도 없었으리라. 썩어도 준치라고, 가짜이기는 해도 그녀를 무녀로 알고 초빙한 사람들한테 감사하다, 고맙다는 말을 듣고 행하를 듬뿍 받고 맛난 음식을 대접받으며 재미지게 살던 시절도 있었을 것이다. 실제로 미나토 상회의 안주인이 그녀에 대한 소문을 듣고 초빙했을 정도니 말이다.

그런데 초빙을 받은 사람이 안주인 오후지를 '빌어먹을 할망구'라고 욕한다?

헤이시로는 간쿠로 다리에 묶어 의원에게 보낸 편지에 에누리 없이 간결한 질문을 몇 가지 적어 놓았다. 미나토 상회의 오후지는 왜 무녀를 불렀는지, 무슨 치성을 드리고 싶어 했는지, 무슨 액땜을 원했는지, 거기에 얼마를 지불했는지, 오후지를 모두 몇 번이나 만났는지, 오후지를 만나지 않게 된 것은 이제 오지 말라는 통고를 받았기 때문인지 아니면 다른 사정이 있었는지— 젊은 의원이 쓴 답장에 따르면 후부키는 그런 질문에 틈틈이 욕설을 섞기는 했지만 조리 있게 대답했다고 한다. 미나토 상회의 오후지라면 잔뜩 앙심을 품어온 터라 똑똑히 기억한다고 했다.

  지금으로부터 이 년 하고도 육 개월 전쯤, 후부키는 처음으로 부름을 받고 오후지를 찾아갔다. 오후지는 후부키에게 이 집에 들러붙어 못된 짓을 하고 있는 사악한 여자 귀신을 물리쳐 달라고 부탁했다. 이에 후부키가, 마님은 어디서 제 이야기를 들으셨습니까, 하고 물으니 니혼바시 거리 1초메에 있는 옷가게의 안주인 이름을 대며, 열두 살에 마마로 죽은 그 집 손자 귀신이 집 안에 머무는 것을 네가 잘 달래서 보내 주었다고 들었다는 대답이 돌아왔다.

  실제로 후부키는 구천을 떠도는 귀신을 위로해서 극락으로 보내는 데 능하다고 한다. 그래서 사람들에게 후한 대접을 받았다. 이 대목에서 젊은 의원의 해석이 개입하여, 후부키가 지금은 볼품없는 몰골을 하고 있으나 머리가 좋고 임기응변도 있으며 성격이 시원시원하고 쾌활한데다 얼굴도 귀여운 아가씨라고 써 놓았다. 애초에 길을 잘못 들지 않았다면 구치소에 들어올 일도 없었을 것이라고도 했다. 어쩌면 젊은 의원이 후부키한테 반했는지도 모르겠군. 헤이시로는 공연한 걱정을 하며 턱을 쥐었다.

후부키는 오후지가 있는 안방에만 드나들어 미나토 상회의 다른 곳은 모르지만, 구천을 떠도는 귀신이 있을 때 느끼는 발끝이 오싹하게 시려오는 느낌이 전혀 없어서 여자 귀신이 들러붙어 있다는 말이 얼른 납득되지 않았다고 한다. 그래서 이것저것 사정을 캐 보려 했지만 오후지는 그런 이야기를 달가워하지 않고, 무조건 귀신을 달래서 사라지게 해 주면 된다고 고압적으로 말하더란다. 못하겠으면 돌아가라, 당신이 할 일은 그것뿐이다, 라고 했다는 것이다.

그러나 후부키도 그 장사에 이골이 난 사람이다. 구천을 떠도는 귀신을 불러내려면 여러 가지 준비가 필요하다는 구실로 미나토 상회에 두세 번 드나들었다. 그러면서 오후지를 살살 달래서 토막토막 끊어진 내용이기는 해도 무엇이 그녀를 심란하게 하는지 알아낼 수 있었다. 사악한 여자란 아무래도 미나토 상회 주인 소에몬의 정부 같다는 것, 그녀가 불행하게 죽은 듯하다는 것, 다만 꽤 오래된 이야기이며 어제오늘 일은 아닌 듯하다는 것. 또 그 여자의 귀신이 미나토 상회에 해코지를 한다는 것도 오후지가 제풀에 우겨 대는 주장일 뿐, 그와 비슷한 집안을 허다하게 드나든 후부키가 '해코지'라는 말을 듣고 금방 떠올릴 만한 피해, 이를테면 질병이라든지 변사하는 사람이 잇따른다든지 가세가 기운다든지 하는 일이 생긴 적은 없었다는 것. 특히 마지막으로 꼽은 점이 후부키로서는 납득하기 어려웠다고 한다.

그러나 네 번째 방문했을 때 사소한 우연 덕분에 그 수수께끼가 풀렸다. 무녀가 집 안에 드나든다는 말을 듣고 호기심이 생긴 오후지의 딸 미스즈가 후부키가 찾아와 있을 때 안방에 슬쩍 얼굴을 비친 것이다.

그 순간 혼비백산하던 오후지의 표정은 마치 미스즈가 죽었다가 관에서 벌떡 일어나기라도 한 듯했다고 한다. 네가 여길 왜 왔니! 내 옆에 얼씬도 말라고 몇 번을 말해야 알아들어! 하고 비명 같은 목소리로 외치고 딸을 안방에서 쫓아내며 장지가 부서져라 요란하게 닫는 것이 소금이라도 뿌릴 기세였다. 아니, 그 자리에 후부키만 없었으면 정말로 소금을 뿌렸을지도 모른다.

미스즈가 쫓겨나고 오후지가 파랗게 질린 낯으로 주저앉자 후부키는 바로 이때다 싶어 그녀를 다독이기 시작했다. 겁에 질린 오후지는 그때까지 입을 굳게 닫고 있던 비밀을 후련하게 털어놓았다. 죽은 여자가 귀신이 되어 딸에게 붙었다, 딸의 몸을 빌려 나를 해코지하려 한다. 봐라, 미스즈 얼굴이 해가 갈수록 그년을 쏙 빼닮아 가고 있지 않느냐―.

그제야 오후지가 고집스레 역설하던 해코지가 무엇인지 후부키도 알게 되었다. 다른 집에서 비슷한 사례를 들은 적도 있었다고 한다.

후부키는 한 발 더 들어가 '그 여자'가 누구냐고 물었다. 그러나 이는 조급함이 부른 실수였다. 오후지는 바로 대답하려고 하다가 후부키의 열띤 표정을 의식하고 문득 제정신을 차리더니, 그 여자 이름이 액땜에 꼭 필요하냐고 오히려 역정을 내더란다.

물론 액땜을 하려면 이름이 필요합니다, 다른 점쟁이나 무녀를 불러 보신 적이 있으시면 그때도 그랬을 거예요, 하고 후부키가 설득했다. 그러나 오후지는 더 이상 후부키의 말에 귀를 열지 않았다. 제 불찰로 해서는 안 될 말을 흘리고 말았다고 후회를 하는지, 마치 이라도 가는 듯 정말로 어금니를 꽉 물고, 냉큼 돌아가, 돌아가, 돌아가니까, 하고 소리를 지르기 시작했다. 돈이라면 얼마든지 주마, 너처럼 더러운 년은 이 집에 다시는 들여놓지 않겠어, 하며 매우 험악했다고 한다.

실제로 오후지는 돈궤를 열고 후부키에게 엽전을 집어 던졌다. 그 가운데 하나가 후부키의 얼굴에 맞았는데, 하필 오른쪽 눈썹과 눈 사이의 말랑말랑한 자리라 살갗이 찢어져 피가 방울방울 떨어졌다. 그러자 오후지가 실성한 것처럼 때리고 할퀴며 날뛰어서 후부키는 허둥지둥 도망쳐 나왔다.

이 대목에서 다시 젊은 의원의 주석이 끼어들어, 후부키 얼굴에 난 흉터는 지금도 알아볼 수 있을 만큼 선명하다고 적혀 있었다. 밥벌이의 중요한 수단인 얼굴에 흉이 졌으니 후부키가 오후지에게 앙심을 품은 것도 이해가 간다.

후부키처럼 돈을 버는 여자가 다 그렇듯이 그녀도 혼자가 아니라 뒤에 기둥서방 같은 무서운 사내가 있었다. 후부키는 그 사내에 대해서는 자세히 말하지 않았지만(젊은 의원 앞이라 그랬을 거라고 헤이시로는 짐작했다), 여느 때 같으면 사내에게 눈물을 흘리며 고하고 사내가 미나토 상회로 쳐들어가는 것이 정해진 순서다. 후부키는 너무나 분해서 그 방법도 생각해 봤다. 상대는 평범한 소상인이 아니다. 미나토 상회다. 잘 요리하면 돈을 얼마든지 뜯어낼 수 있을지도 모른다.

하지만 후부키는 그러지 않았다. 무엇보다 두려웠다고 한다. 미나토 상회에서 두둑하게 뜯어내면 기분이야 좋겠지만, 그러다 사내를 떨쳐 낼 수 없게 될까 봐 두려웠다. 손을 잡으면 처음에야 좋겠지만 너무 가까워지면 사내가 곧 본성을 드러낼 것이다. 후부키가 벌어 온 돈을 갈취하고 말대꾸라도 하면 주먹을 날리고 저는 노름과 술에 빠져 손가락 하나 까딱하지 않을 터였다. 못된 기둥서방의 조건을 두루 갖춘 사내였다고 한다.

이 역시 흔한 이야기지만 그런 사내한테는 그런 부류의 패거리가 수두룩하게 마련이라, 섣불리 미나토 상회 이야기를 했다가 사태가 심각해지는 것도 후부키로서는 두려웠다. 그녀는 그때도 이미 절도 혐의로 두세 번 관에 잡혀갔던 적이 있지만 매번 가벼운 벌로 끝났고 정말로 '좋지 않은 일'에는 손을 댄 적이 없었다. 그런 짓을 할 만한 기질은 아니라고 본다고, 이 대목에서도 젊은 의원은 친절하게 주석을 달아 놓았다.

게다가 후부키는 딱 한 번 잠깐 동안 보았을 뿐이지만 미스즈라는 미나토 상회의 딸이 너무 가여웠다고 한다. 누군지도 모르는, 예전에 소에몬과 정을 통했다는 여자와 자기 얼굴이 닮았다는 이유로 어미가 마치 귀신이나 되는 양 쳐다보다니. 후부키는 제 어미 얼굴을 모르지만 어미란 자식에게 한없이 따뜻한 사람이니 필시 내 어머니도 자상했을 게 틀림없다고 생각한다며, 그래서 오후지가 미스즈를 대하는 모습에 마음이 아팠다고 했다.

후부키는 이렇게 말했다.

'그 빌어먹을 년은 보나마나 미나토 상회 주인의 정부였다는 여자를 죽였을 거예요. 제 손으로 죽였으니까 이제 와서 해코지 당하고 앙갚음 당할까 봐 겁에 질려 있고요. 하지만 제가 저지른 짓을 똑바

로 쳐다볼 배짱이 없으니까 액땜조차 제대로 받을 수 없는 거죠. 그런 못된 년은 어서 죽어야 하는데.'

후부키를 대기실로 옮기는 일은 매끄럽게 진행되었고 다른 여수들도 사쿠지가 그럴듯하게 달래 놓았으므로 안전에 대해서는 걱정이 없다. 이 글을 정리하고 있을 때 오캇피키 니헤이가 구치소로 찾아왔지만 간수를 상대로 잡담을 나누다 돌아갔으니 아무것도 알아채지 못했을 것이다— 젊은 의원은 편지를 그렇게 마무리했다.

두루마리 편지를 되감으며 헤이시로는 코로 숨을 길게 들이마셨다가 콧김을 섞어 토해냈다.

이 정도까지 확인했으니 이제 조금도 의심할 여지가 없다.

— 사악한 여자의 망령이라.

아오이를 두고 하는 말이렷다. 오후지는 아오이를 가리켜 그렇게 불렀다. 아오이는 죽었다. 어린 사키치를 남기고 떠나지도, 다른 사내와 눈이 맞아 도피행각을 벌이지도 않았다. 오후지에게 살해되고 시체는 은닉된 것이다.

헤이시로는 뒷목을 문지르고 눈을 감았다. 긴 글을 읽은 탓인지 자리에서 일어나려는데 목덜미가 결리는 느낌이 들었다. 그는 문득 웃음을 터뜨렸다. 앞으로 해야 할 일을 생각하니, 어깨나 목이 결리는 정도로 끝나지 않을 텐데, 하는 생각이 들었던 것이다.

아침 해가 내리쬐는 가을 마당에 참새 몇 마리가 날아 내려온다.

— 우선 십칠 년이나 지하에서 깊이 잠들어 있는 여인을 파내야겠지.

짹짹, 하고 참새들이 지저귄다. 한 마리가 툇마루 턱에 앉아 뭔가 이상한지 목을 갸웃거리며 헤이시로를 쳐다본다.
헤이시로는 손뼉을 쳐서 아내를 불렀다.

헤이시로는 유미노스케가 오기를 기다렸다가 소년을 데리고 마사고로네 집으로 갔다.
헤이시로가 평소와 달리 뚱한 얼굴을 하고 있자 영리한 유미노스케는 짐작되는 바가 있는지 길 가는 동안 내내 입을 다물고 있었다. 그러나 새파란 하늘 저쪽으로 규모는 커도 구조는 소박한 대행수 모시치 집의 띠 지붕이 보이는 곳에 다다르자 끝내 참지 못하겠는지 입을 열었다.
"구치소에서 답장이 왔나요?"
헤이시로는 음, 하고 대답했다. 대답을 했다기보다는 대답처럼 들리는 목소리를 냈을 뿐이다. 이제 와 새삼스레 왜 그러느냐는 소리를 들을 법하지만, 유미노스케를 더 이상 이 건에 관여시키고 싶지 않다.
이 별난 아이는 사건의 실체를 충분히 짐작하고 있음이 틀림없다. 안 된다고 해도 따라올 게 뻔하다. 그러므로 괜한 걱정을 하느니 묻혀 있던 사건을 파헤친다는 도신 직무의 한 가지 맛을—늘 좋은 맛이라고는 할 수 없지만—일찌감치 경험하게 해 주는 것도 좋을지 모른다.
하지만 머리로 이리저리 추측하는 것과 결과를 눈으로 보고 냄새를 맡는 것 사이에는 깊디깊은 강이 가로놓여 있다. 적어도 헤이시로는 그렇게 생각한다. 그 강은 마음의 거죽이 딱딱해지는 나이가 되기 전까지는 건너지 말아야 하는지도 모른다. 유미노스케에게는 모든 것이 마무리된 뒤, 네가 짐작하던 대로였단다, 하고 일러 주면 족하지 않을까.

대행수 모시치의 집 뒤란의 낮은 산울타리 안쪽에서는 짱구가 바가지를 들고 물을 뿌리고 있었다. 낙엽이 날리는 철이 되기에는 조금 이른데도 아담한 마당 구석에 모닥불을 피우고 있다. 가만 보니 태우는 것은 장작뿐이다. 무엇이 눋는 듯한, 그러나 기분 좋은 향이 연보랏빛 연기를 타고 헤이시로가 있는 길까지 풍겨 왔다.

짱구는 헤이시로에게 인사를 하고 얼른 집 안으로 안내했다. 마사고로 형님은 열흘에 한 번 있는 장부 점검을 하고 계십니다, 나리께서 오셨다고 전하면 금방 나오실 테니 잠시만 기다려 주십시오, 하고 송구스러워하며 차를 내주었다.

"낙엽 태울 철도 아닌데, 뭘 태우지? 장부 점검에서 무슨 야릇한 책이라도 나왔니?"

헤이시로가 놀리자 짱구는 정색한 얼굴로 꾸뻑 고개를 숙이고 방금 뒷간 치는 이가 다녀가서 냄새를 없애느라 향목을 태웁니다, 하고 말했다. 헤이시로는 호오 하고 감탄했다.

"거참 운치 있네. 이참에 나한테도 그 향목인지 뭔지를 좀 가르쳐 다오. 핫초보리에서도 뒷간을 치우고 나면 한동안 냄새 때문에 고초를 겪으니까."

예, 하고 시원하게 대답하고 짱구는 물러갔다.

여기 모시치의 집에 평소 얼마나 되는 인원이 뒷간을 이용하는지는 모르지만 대행수의 힘을 생각하면 수하들도 상당수에 이른다고 짐작할 수 있다. 열흘에 한 번 뒷간을 치운다면 그 수입도 상당액이다. 마사고로가 거기에 맞춰 장부를 검사한다는 것도 납득이 된다.

일반적으로 나가야나 셋집에서는 분뇨를 판 돈은 관리인 몫이다. 집주인한테는 한 푼도 주지 않아도 무방하다. 오랜 세월을 내려오면서 어느새 관습으로 굳어졌다. 세입자가 많으면 당연히 분뇨 값도 많아질 테니 그런 관습이 관리인에게 격려가 된다는 점도 한몫했으리라.

사키치는 뎃핀 나가야에 와서 결과적으로는 좋은 일이 없었다. 지금은 오토쿠의 신뢰도 얻은 듯하고 다른 세입자들도 친밀감을 느끼게 되었다. 그러나 뎃핀 나가야에는 갈수록 빈방이 늘어가고 있다. 이제는 오토쿠, 오쿠메, 그리고 오리쓰에게 버림받은 곤키치까지 겨우 세 집만 남았다. 그를 나가야에 들여보낸 자의 의도가 그것이었다면 사키치가 아무리 애써도 결론이 애초에 나 있으니 어쩔 수 없는 일이다.

사정을 모르는 사키치는 기가 죽어 있다. 얼굴만 봐도 금방 알 수 있다. 그럴 수밖에 없다. 노력이 물거품이 되면 누구라도 낙담하게 마련이다.

그래도 사키치 품에는 돈이 남아 있다. 계산상으로는 그렇다. 분뇨 값이 들어오기 때문이다. 그 돈을 어떻게 할지 물어본 적은 없지만, 가령 미나토 상회에 상납하려고 들고 갔다고 해도 그 돈은 관리인 몫이라고 마다한다면 달리 방법이 없다. 품행이 단정한 사람이니 필시 모으고 있을 터이다.

이제 곧 뎃핀 나가야에는 관리인이 필요 없게 되고 사키치는 다시 정원사로 돌아갈 것이다. 그때는 모아 둔 돈이 새로운 생활에 보탬이 되겠지. 액수가 제법 될 것이다. 언젠가 오케이라는 아가씨와 살림을 차릴 때 요긴하게 쓰일 돈이다.

사키치에게 이 역할을 맡긴 자는 그런 것까지 다 계산에 넣지 않았을까? 분뇨 값을 시작으로 마침내 거기까지 생각이 미쳤다. 그게 틀림없다는 확신도 들었다. 사키치를 장기판의 말처럼 부린 자는 그에게 얼마간의 돈을 쥐여 주고 싶었을 테고, 그렇게 생각할 만큼 책임감도 느꼈겠지만, 그렇다고 앞에 나서서 그러지는 못하니 궁여지책으로 분뇨 값을 떠올렸겠지—.

"나리, 기다리시게 해서 송구합니다."

마사고로의 말에 헤이시로는 생각에서 벗어났다. 옆에 유미노스케가 얌전하게 앉아 있다. 마사고로는 맛있어 보이는 밤과자를 손수 들고 들어와 내려놓고 옷자락을 익숙한 손놀림으로 여미면서 자리에 앉았다.

"뎃핀 나가야 밑을 파헤쳐서 아오이의 유골을 찾아내야겠네."

헤이시로가 말했다.

마사고로는 아주 잠깐 뜸을 들이고, 더구나 그 틈에 무슨 까닭인지 유미노스케를 향해 살짝 웃어 보이고 나서 듬직해 보이는 턱을 끄덕였다.

"역시 그렇게 되었던 것이군요."

헤이시로가 이야기를 시작하자 소리도 없이 장지가 열리더니 짱구가 들어왔다. 그러고는 눈동자를 위로 올리더니 예의 제 할 일을 하기 시작한다.

"이십일 년 전 쓰키지에 큰 가게를 가진 소에몬에게 의지하러 그의 조카 아오이가 찾아왔다. 이 몹쓸 운명은 그렇게 시작되었다."

당시 대여섯 살이던 사키치의 손을 잡고 찾아온 아오이. 모자는 소에몬의 사랑을 받게 되었다. 소에몬은 조카를 사랑하고 조카의 외동아들을 사랑했다. 사키치는 마치 미나토 상회 주인의 맏이처럼 대접받았다.

만약— 이것은 헛된 가정이지만, 만약 소에몬이 그때 홀아비였다면 사태가 복잡해지는 일은 없지 않았을까? 숙부와 질녀의 결혼은 혈통을 중시하는 귀족이나 무사 가문에서는 그리 드문 일도 아니다. 특히 이 경우, 어릴 적에 부모 곁을 떠난 소에몬은 친형제와 인연이 끊긴 지 오래이므로 아오이가 형의 딸이라는 사실을 알기는 해도 자기와 피를 나눈 조카라고 느끼기는 힘들었을 것이다. 소에몬이 아오이를 어릴 적부터 봐 온 것도 아닌데다, 그녀는 완전히 어른이 되어 눈앞에 불쑥 나타났다. 아름답고 거기에 걸맞은 색기가 있으며 귀여운 아들까지 데리고 왔다. 성숙한 여인이었다. 아오이가 혹을 달고 있다는 사실— 처녀가 아니라는 사실이 오히려 불행을 불렀는지도 모른다.

처지를 바꿔 아오이 편에서 생각해 보더라도 똑같은 말을 할 수 있다. 그녀도 처음에는 소에몬을 숙부로 알고 몸을 의탁했을 것이다. 그다음부터는 어심수심— 즉 물고기가 움직이니 물도 따라 움직인다고나 할까. 자수성가한 소에몬은 그녀에게도 대단히 매력적인 남자로 비쳤을 가능성이 크다. 게다가 그의 아내가 될 수 있다면 그

때까지 지지리 복도 없던 자기 모자의 인생을 만회하고도 남는 행복을 거머쥘 수 있다고 여겼으리라.

그러나 소에몬은 임자가 있는 몸이었다. 일 년쯤 전에 시집온 오후지라는 본처가 있었다. 소에몬은 상인으로서 자기보다 격이 더 높았던— 당시만 해도 격이 더 높았던 오후지의 아버지에게서 딸을 하사받은 거나 마찬가지였다. 오후지도 그 점을 잘 알고 있었다. 그녀는 유복한 상인 집안에서 애지중지 자란 콧대 높은 아가씨였으며, 그 기분을 고스란히 간직한 젊은 아내였다.

아오이에게는 오후지가 방해물이었다. 오후지에게는 아오이가 눈엣가시였다.

두 여자 사이에 어떤 다툼이 있었는지, 그것이 소에몬의 눈에 어떻게 비쳤는지 헤이시로는 알 수가 없다. 상상하기도 쉽지 않다. 그러나 아오이가 사라진 뒤 미나토 상회의 점원들 사이에서 '아오이 씨는 마님한테 들볶이다 쫓겨났다'라는 풍문이 한때 나돌았다는 점은 흥미롭다. 아오이는 적어도 남들 눈에 띄는 자리에서는 늘 수세적이었던 모양이다. 상점 사람들 면전에서 소에몬의 총애를 믿고 공공연하게 오후지에게 거스르려고 하지는 않았을 것이다. 하지만 남들 눈이 없는 자리에서는 이야기가 전혀 다르다.

안 그래도 여자라는 생물은 그런 일에 참으로 능란하다. 입 밖에 내지 않고도, 손가락 하나 까딱하지 않고도 눈짓 하나만으로 전하고 싶은 것을 다 전할 수 있다. 나는 네가 싫어, 언젠가 너를 쫓아내고 말겠어, 나리는 너보다 나를 더 어여삐 여기셔, 너도 그걸 알잖아—.

곱게만 자란 오후지는 산전수전 다 겪은 아오이에게 도저히 상대가 되지 않았던 것은 아닐까? 상점 사람들 면전에서 그녀를 타박하거나 때리거나 노골적으로 구박하다가 오히려 소에몬의 기분을 상하게 하는 실수를 거듭했던 것은 아닐까? 그녀도 그렇게 어리석은 여자가 아닐 테고 실수를 거듭하는 가운데 깨달은 바가 있어 이대로 가다가는 오히려 아오이가 유리해지겠다고 생각했으리라. 그러나 아무 부족한 거 없이 하고 싶은 거 다 하고 자란 오후지는 머리로는 이해해도 제 감정을 억제할 수 없었다. 소에몬의 기분을 상하게 할 줄 알면서도 아오이를 거칠게 대하는 걸 삼가지 못했다. 삼가지 못한 정도가 아니라, 아오이는 당신 앞에서는 저렇게 얌전을 떨지만 한 꺼풀 벗겨 보면 악독한 년이다, 교활하기가 꼭 뱀과 같다는 식으로 소에몬에게 호소했을지도 모른다.

그런 생각을 하면서 이야기를 하고 있자니 너무 슬퍼져서 그 맛좋다는 밤과자도 입안에서 퍼석거릴 뿐이었다.

"나리는 아무래도 오후지 쪽을 가엾게 여기시나 봅니다."

차를 다시 타 주면서 마사고로가 차분한 어조로 말했다.

헤이시로는 고개를 저었다. 그로서는 어느 쪽이 더 딱한지 통 알 수가 없었다. 물론 목숨을 빼앗긴 아오이는 불쌍하다. 홀로 남은 사키치도 딱하다. 그러나 오후지도…….

"십칠 년 전에 오후지가 아오이를 죽였다."

마사고로는 항목별로 써나가듯 천천히 말하기 시작했다.

"그것은 오후지와 그녀에게 충실한, 아주 친밀한 자들만의 비밀이었으며 소에몬은 알지 못했다— 나리는 그렇게 생각하십니까?"

헤이시로는 마사고로의 얼굴을 보았다.

"자네는 어떻게 생각하나?"

"저도 그렇게 봅니다. 만약 십칠 년 전에 소에몬이 사실을 알고 있었다면 더 교묘하게 시체를 감췄을 겁니다."

마사고로는 단호하게 말했다.

헤이시로는 이번에는 유미노스케를 쳐다보았다. 소년은 처절하다고 표현해야 할 법한 표정을 하고 있었다. 효수한 머리처럼 창백한 낯에 입술만 빨갛다.

"말씀드려도 될까요?"

유미노스케가 헤이시로를 올려다보며 물었다.

"그래, 말해 봐라."

"저는…… 그, 싸움이…… 있었던 곳은 그 등롱집이었을 거라고 봐요."

뎃핀 나가야 이전에 그 터에 있던 등롱집 말이다.

"등롱집 주인 도타로는 오후지의 사촌이며 둘은 가까운 사이였습니다. 말하자면 오후지의 우군이죠. 더 이상 견딜 수 없게 되자 오후지는 마침내 아오이와 직접 담판을 짓기로 했을 거예요. 다만 미나토 상회에서 담판을 짓기는 곤란하다고 생각했겠죠. 방에서 사람들을 물리쳐도 상점 사람들이 한 지붕 아래 있으니 그야말로 벽에도 귀가 있고 장지에도 눈이 있다는 말이 생각나지 않았겠어요? 무엇보다 아오이를 자기 방으로 불러들여서 큰 소리로 타박한다면 그거야말로 아오이가 노리는 바겠지요. 아오이가 방을 뛰쳐나가 바닥에 주저앉아 흐느껴 울거나 부엌에서 눈물을 짓는다면 주변 사람들이 그녀를 동정할 테니까요."

헤이시로는 꿀꺽, 소리 나게 차를 마셨다. 마사고로는 양 무릎에 손을 얹고 조금 피곤해 보이는 얼굴로 유미노스케를 쳐다보았다. 짱구는 흰자위를 드러내고 있다.

"그래서 등롱집 주인 도타로에게 부탁해서 은밀히 방을 빌리기로 하고—."

목에 뭐가 걸린 것처럼 유미노스케가 기침을 했다.

"그곳으로 아오이를 불러내서 이야기를 했다. 그런데 뜻대로 이야기가 풀리지 않아—."

"끔찍한 일이 벌어졌다."

마사고로가 앞질러 말했다.

"그런 이야기죠."

유미노스케가 고개를 끄덕였다.

"목숨을 앗고 나서야 제정신을 차린 오후지는 도타로에게 울면서 매달렸겠지요. 어떡해, 어떡하면 좋아."

"달리 방법이 없었겠지. 시체라는 게 의외로 무겁거든. 어디로 가져다 버리려 해도 문짝 들것이나 짐차를 이용하지 않고서는 힘들겠지. 대낮에는 보는 눈이 많고 밤중에 그런 짓을 하다가는 문지기한테 의심을 살 테고. 등롱집 주인이나 오후지나 고지식한 사람들이라 그런 일을 어떻게 처리해야 하는지 몰랐을 거야. 이러지도 저러지도 못했겠지."

헤이시로가 말했다.

그러나 등롱집은 건물도 크고 대지도 넓었다.

"집 안 어디에다— 아마 평소 사람이 별로 드나들지 않는 창고나 빈방의 다다미와 바닥 판재를 뜯어내고 일단은 그 밑에 숨겼다. 하지만 시체가 금세 부패해서 악취를 풍기기 시작한다. 한시라도 빨리 바닥 밑 땅을 파내고 묻어야 했겠지."

아무리 사이좋은 미녀 사촌을 위해서라고 해도 제 집 방바닥 밑에 시체를 숨기는 처지가 된 도타로는, 이거 낭패로구나, 하고 생각했을 것이다. 오후지를 지켜 주려면 아내 오렌도 설득해야 했다.

그렇지, 도타로의 아내, 즉 등롱집 안주인 오렌에게는 그런 위험천만한 다리를 남편과 함께 건너야 할 책임이 없다. 남편이 오후지를 싸고도는 것을 쌍수 들고 찬성할 리도 없다. 그녀에게도 당연히 질투라는 감정이 있기 때문이다.

"등롱집 안주인 오렌은 앞날의 이익을 생각했던 걸까요?"

마사고로는 또 앞질러 길을 다져 놓듯이 중얼거렸다.

"오후지에 대한 동정심만으로 도와주지는 않았겠지요. 손익 계산을 하지 않고서는 못할 일입니다."

혹은 오후지가 먼저, 이 일만 덮어 주면 그 신세는 잊지 않겠다고 하며 부탁했을지도 모른다.

"그렇게 해서 사태를 일단 수습한다."

헤이시로는 말을 계속했다.

"오후지는 미나토 상회로 돌아간다. 연극을 구경했다거나 절에 가서 기도하고 왔다며 적당히 둘러댄다. 그런데 역시 그날 밖에 나갔던 아오이가 밤이 이슥하도록 돌아오지 않는다. 상점 사람들의 걱정이 점점 커지는 가운데 오후지도 함께 걱정하는 척하기도 하고, 그 여자가 또 제멋대로 돌아다녀서 사람들을 걱정하게 한다고 투덜대기도 한다."

 소에몬은— 미나토야 소에몬은 어땠을까?

 만약— 또 '만약'이란 말을 꺼내지만, 그 시점에 소에몬이 사태를 눈치 채고 오후지를 추궁했다면 이후의 양상은 역시 완전히 달라졌을 것이다. 한 박자 늦기는 해도 더 교묘하게 사건을 감출 수 있었을 것이다.

 안 그래도 살인은 중범죄인데다, 설상가상으로 소에몬을 집요하게 노리는 니헤이라는 골치 아픈 자가 있다. 니헤이가 사건을 냄새 맡는다면 대책 없이 악용당해서 오후지뿐만 아니라 소에몬까지 감옥에 갇히고 미나토 상회도 몰수되어 그가 자수성가로 쌓은 지위를 고스란히 빼앗길 판이다. 이는 몸서리가 쳐질 만큼 명명백백하게 예상되는 결과였다.

 만약 소에몬이 알았다면 신중에 또 신중을 기해서 등롱집을 다독이는 데 공을 들였으리라. 아오이가 묻혀 있는 등롱집 터와 등롱집 내외는 오후지만이 아니라 소에몬의 숨통을 끊을 수 있는 급소가 되었으니까 말이다.

 하지만 그 후 실제로 어떻게 되었는고 하니, 칠 년 뒤 등롱집 주인은 눈병을 앓아 장사를 접고 소에몬은 오후지의 애원에 못 이겨 그 터를 사들였다— 여기까지는 좋았다. 여기까지는 괜찮았지만, 그다음이 문제였다. 소에몬은 그 터에 뎃펀 나가야를 치었다. 등롱집을 허물고 뎃펀 나가야를 지은 것이다. 소에몬이 그 터에 아오이가 묻혀 있다는 사실을 알았다면 결코 시도하지 않았을 일이다.

 그러므로 소에몬은 내내 아무것도 모르고 있었다고 봐야 한다. 오후지의 처신이 그만큼 교묘했는지도 모른다. 소에몬은—조금은 의아하게 여겼을지는 몰라도—아오이가 자취를 감췄을 때 그대로 납득하고 말았다. 젊은 점원이 때를 같이 하여 미나토 상회를 나가 버렸으며 아오이가 그자와 함께 돈을 훔쳐서 달아났다는 말을 들었다고 사키치가 말했던 것도 어쩌면 오후지의 수작이었는지 모른다. 아마 이런 정황이 소에몬을 그렇게 납득하도록 만들었으리라고 헤이시로는 생각했다.

"어떻게 생각하느냐?"

헤이시로가 물었다. 마사고로나 유미노스케한테가 아니라 그 두 사람의 중간쯤을 향해서.

유미노스케가 막 입을 열려고 하는데 마사고로가 후우, 하고 숨을 토해 내며 말했다.

"어느 시점이든 소에몬이 뭔가 알아냈다면 그 터를 사들일지언정 나가야를 지으려고 하지는 않았을 겁니다. 다른 건물을 짓거나 관에 요청해서 방화 구역_{화재가 옮겨가는 것을 차단하기 위해 마련한 공터}으로 헌상하는 등 다양한 방법이 있었겠지요. 이럴 경우 등롱집 터 전체를 헌상하지 않아도 아오이가 묻혀 있는 곳만 손대지 않을 수 있으면 되니까요."

헤이시로는 잠자코 고개를 끄덕였다. 유미노스케는 내내 무릎 꿇은 자세로 굳어 버린 듯이 앉아 있었다.

"땅을 사고팔려면 거래 전에 먼저 관에 신고해야 합니다. 지주들과 사전 협의도 해야 합니다. 따라서 공공연한 일일 수밖에 없습니다. 관리도 지주들도 미나토 상회가 시절이 좋다는 것은 알고 있었으므로 땅을 산다고 해도 아무런 의심도 하지 않았겠지요. 그래도 용도는 물었을 겁니다. 무엇에 쓸 거냐고. 나가야를 지어서 세입자를 들인다는 것은 어쩌면 소에몬만의 생각은 아니었을지도 모릅니다. 그렇게 해 주면 지역에 득이 된다고 관리나 지주들이 제안했을 수도 있고요."

"소에몬으로서도 이의는 없었다. 아오이 건을 몰랐다면."

헤이시로는 말했다.

"그렇습니다, 몰랐다면. 실제로 그는 그때까지도 전혀 모르고 있었을 겁니다."

그리하여 마침내 소에몬이 나가야를 지을 때 오후지는 그에게 아오이 시체가 그 터에 묻혀 있다고 고백했을까, 계속 입을 다물고 있었을까? 이것은 짐작하기가 어렵다. 고백했다 하더라도 다 취소하기에는 너무 늦어 버린 시점이다. 소에몬은 모르는 척하며 공사를 계속하는 수밖에 없었을 것이다. 본래 나가야를 짓는 일은 쉬운 공사라 기초를 깊게 하지 않는다. 오후지가 고백하지 않더라도 공사중에 뼈가 나올 염려는 거의 없다. 즉 오후지가 말하지 않으면 소에몬은 아무것도 모를 테고, 뒤늦게 알게 되었더라도 마찬가지 대처밖에 할 수 없었을 테니, 이 부분만은 당사자들에게 캐묻지 않고서는 알 수 없는 일이다.

어쨌거나 비밀은 들통 나지 않고 내내 묻혀 있었다. 아오이의 증발에 의심의 눈초리를 던지는 자는 없었다. 다행히 뎃핀 나가야는 화재나 물난리도 겪지 않고 평온하게 세월을 보냈다.

그러나 화근은 뜻밖의 자리에서 자라났다. 미스즈가 아오이를 빼다 박은 미녀로 성장했던 것이다.

미스즈와 아오이는 종자매지간이므로 핏줄은 그리 가깝지 않다. 하지만 아버지나 어머니는 닮지 않고 타계한 삼촌을 닮았다든지 할아버지를 쏙 뺐다든지 하는 식으로 핏줄이란 때때로 흥미로운 장난을 치는 법이다. 냉정하게 생각하면 미스즈가 아오이를 닮았다고 해서 이상할 것은 전혀 없다.

그러나 아오이의 피를 손에 묻힌 오후지의 눈에는 그것이 재앙처럼 비쳤다. 무녀나 점쟁이를 자꾸 불러들여 아무리 액막이를 해도 아오이가 오후지를 용서할 리가 없는 이상 미스즈를 통해서 오후지한테 내린 재앙도 사라질 리가 없다. 아름답게 커 가는 딸에게서 과거의 악몽을 생생하게 봐야 하는 오후지는 점차 궁지로 몰려 딸을 차갑게 대했다. 심지어 '저런 계집애는 평생 시집도 보내지 말고 집안 구석에서 썩게 만들어 버려야 해'라는 민망한 말까지 뱉는 지경이었다―.

정서가 거칠어진 아내의 모습에 소에몬이 뒤늦게 의구심을 품고 아내를 추궁해서 마침내 사실을 알게 되었는지, 아니면 이미 알고 있던 일이지만 오후지를 이대로 두면 너무 위험하므로 아오이 시체를 그 자리에 그대로 둘 수 없겠다고 작정했는지는 아직 알 수 없다. 하지만 어느 쪽이든 소에몬으로서는 취할 수 있는 방법이 별로 없었다. 오후지의 마음을 안정시키고 비밀을 지켜 나가려면 모종의 수를 쓸 수밖에 없다. 소에몬 신변에는 늘 니헤이의 집요한 눈초리가 번뜩이고 있다. 수를 쓸 때는 재빠르게 해서 아무도 눈치 채지 못하게 해야 한다. 그것이 중요하다.

"이제 와서 뎃핀 나가야의 세입자들을 내보내려는 이유는 필시 아오이 시체를 파내서 제대로 장사를 치러 주기 위해서가 아니겠나."

"혹은 미나토 상회의 별택을 짓고 그 안에 아오이의 진혼을 위한 사당을 마련할 생각인지도 모르지요. 어쨌든 제 생각도 나리와 같습니다."

마사고로는 그렇게 말하고, 도련님도 그리 생각하십니까? 하고 묻듯이 유미노스케를 쳐다보았다. 안색을 조금 되찾은 유미노스케가 고개를 끄덕였다.

"오후지를 이대로 놔두다가는 머지않아 정말로 실성해서 끔찍한 말을 떠벌이게 될지도 몰라. 무슨 일이 있어도 그런 사태만은 막아야겠지. 안 그랬다가는 소에몬의 목이 날아갈 판이야."

헤이시로는 식어 버린 차를 홀짝이며 미나토 상회의 소에몬이라는 자는 어떤 인물일까, 하고 새삼 생각해 보았다. 지난 십 년을 어떤 마음으로 살아왔을까. 십칠 년 전 아오이가 그에게 아무 말도 없이 자취를 감추었을 때 오후지를 의심하지 않았단 말인가? 아니면 아오이가 언제 집을 나가 버려도 이상하지 않을 만큼 두 사람 사이가 이미 틀어졌던 것일까?

아오이가 사라진 뒤 소에몬이 보여 준 유별난 색탐은 그녀를 그리는 또 다른 모습이었을까? 아니면 아오이를 떠나게 만든 아내에 대한 앙갚음이었을까? 아니면 원래부터 그런 남자였을까? 많은 여자를 전전하지 않고서는 살아갈 수 없는 남자였을 뿐일까?

"그렇게 살기도 참 피곤할 텐데."

속으로 중얼거린다는 것이 그만 입 밖으로 나오고 말았다. 마사고로와 유미노스케가 얼굴을 마주 보며 큭, 하고 웃음을 터뜨렸다.

헤이시로는 상투를 슬쩍 쓰다듬고는 겸연쩍은 듯 히죽 웃었다.

"여하튼 사정이 그러하니 소에몬은 이제 뎃핀 나가야에서 세입자들을 쫓아내야 할 처지에 몰렸다. 최근 일어난 이상한 일들, 즉 하치스케네의 항아리 신앙이니 곤키치의 느닷없는 노름병이니 하는 것도, 아니 그전에 채소 가게 다스케 살해 사건도 다 이를 위한 공작이었다."

"채소 가게 사건이라면—."

유미노스케의 눈이 밝아지는 것을 본 헤이시로가 소년을 재촉해서 앞서 둘이서 나눴던 이야기를 들려주게 했다. 다스케가 살해되기 일 년 반 전에 마사지로가 정말로 규베를 해치려고 쳐들어왔다가 뜻밖에 달려온 다스케한테 도리어 혼쭐이 난 사건이 있었는데, 그것도 지금 벌어지는 세입자 쫓아내기와 똑같은 의도로 꾸몄던 일이 아닐까—.

"듣고 보니 그 사건이 제일 먼저 시작된 공작이겠군요. 알 것 같습니다. 아마 나리 말씀이 맞을 겁니다."

마사고로는 고개를 크게 끄덕이고, 제대로 머릿속에 집어넣고 있는지 확인하려고 짱구 쪽을 힐끔 쳐다보았다. 짱구는 혼신을 다해 암기하는지 눈동자가 눈꺼풀 뒤로 완전히 사라지고 없었다. 잠깐 숨 돌릴 틈을 주지 않으면 거품을 물고 쓰러질지도 모른다.

"전 관리인 규베는 처음부터— 이렇게 말하기는 뭣하지만, 한패였다. 십 년 전 소에몬한테 비밀을 듣고 상황을 파악한 다음 가쓰겐을 떠나 뎃핀 나가야로 왔을 거다. 나가야에서는 관리인이 제일 높지. 규베의 허가 없이는 어떤 공사도 할 수 없고 우물도 치울 수 없어.

자칫 아오이 시체가 파헤쳐지는 일이 없도록 감시하는 역할을 맡은 거야."

규베는 반평생 일해 온 가게가 망해서 쉰 줄이 다 된 몸으로 생계를 잃었다가 미나토 상회가 받아 주어서 겨우 살 길을 찾았다. 때문에 소에몬에게 한없는 고마움을 느끼고 있었다. 그걸 아는 소에몬도 규베라면 충분히 맡길 만하다 여기고 관리인으로 앉혔다.

"일 년 반 전 소에몬은 궁리를 짜내서 규베가 마사지로에게 원한을 사서 앙갚음을 당한다는 사건을 꾸며냈다. 마사지로는 가쓰겐 주방에서 일하던 자로, 역시 소에몬의 손아귀 안에 있던 자다. 실은 규베하고도 서로 도우며 지내는 사이였을지 모르지. 즉 마사지로도 소에몬의 하수인이었다."

그런데 채소 가게의 다스케가 나서는 바람에 마사지로는 제 소임을 다하지 못했다. 소에몬도 규베도 처음부터 다시 공작을 시작해야 했다.

"다스케도 바보가 아니야. 현장에 달려갔더니 해코지하러 왔다는 마사지로의 모습도 그렇고 공격을 당했다는 규베의 모습도 아무래도 이상하다는 것을 눈치 챘는지도 몰라. 아, 이건 내 추측이니까 이야기가 너무 이상하다 싶으면 말해."

유미노스케는 이모부를 독려하듯 고개를 끄덕였다.

"예, 알겠어요. 하지만 이상하지 않아요. 계속하세요."

헤이시로는 처조카의 격려가 조금 쑥스러웠다. 헛기침을 하고 나서 계속했다.

"다스케가 의심한다는 것을 규베도 눈치 챘겠지. 그걸 소에몬에게 보고하고 두 사람은 다시 머리를 짜냈다. 그래서 아예 과감하게 채소 가게 식구들에게는 사실을 털어놓은 게 아닐까. 물론 아오이 시체가 나가야 밑 어디에 묻혀 있다는 말은 하지 않았겠지. 다만 절박한 사정이 있어서 세입자들을 다 내보내고 싶다, 이번 사건도 그래서 꾸민 일이었다는 것 정도는 털어놓지 않았을까."

"물론 이 비밀을 지켜 달라고 하며 돈도 건네주었겠지요."

마사고로가 빈틈없이 보탰다.

"다만 도미헤이가 돈을 받았을지 어땠는지는 알 수 없지만요. 아마 받지 않았을 겁니다. 다른 사람도 아니고 관리인의 부탁인데 어떻게 돈을 받겠느냐, 필요없다, 비밀은 지켜 주마, 하고 말이죠."

"하지만 다스케 씨는 받고 싶었다. 더구나 하필 그때 도미헤이 씨가 건강을 잃고 내내 자리보전중이어서 집안에서 다스케 씨 말이 힘을 얻게 되었다―."

유미노스케가 다시 창백해지기 시작한 얼굴을 들며 말했다.

마사고로가 별안간 손을 뻗어 짱구의 이마를 톡 쳤다. 질러 둔 빗장이 벗겨진 양 눈꺼풀 속에서 눈동자가 내려오면서 짱구의 시야가 스르륵 환해졌다.

"잠깐 쉬어도 돼."

마사고로가 말했다.

"나리와 도련님께 차를 다시 타 드리겠습니다."

짱구가 한숨을 내쉬고 녹초가 되었다는 듯 고개를 떨어뜨렸다. 유미노스케가 걱정스런 얼굴로 들여다보았다. 마사고로가 익숙한 손놀림으로 찻주전자에 잎차를 갈아 넣고 무쇠 주전자의 뜨거운 물을 부었다. 좋은 향이 피어오른다. 헤이시로도 한숨 돌렸다.

일동은 재를 올리는 사람들처럼 엄숙하게 차를 마시고 밤과자를 우물거렸다. 어느새 향목이 다 탔는지 마당 구석에서 풍겨 오던 연한 연기도 다 가셨다.

"올봄에 규베가 종적을 감춘 계기가 되었던 그 사건은—."

마사고로가 가만히 이야기를 꺼냈다. 잠시 쉬고 나니 이런 이야기를 다시 꺼내기가 부담스럽다. 그는 좌중의 그런 분위기를 읽고 부담스런 역할을 떠맡고 나선 것이다.

"두 가지 목적이 있었겠지요. 하나는 뎃핀 나가야에서 규베라는 중심 고리를 없애고 사키치라는 어수룩한 젊은이를 들여보내서 나가야 주민들이 하나둘 빠져나가더라도 이상하지 않도록 상황을 만드는 것. 또 하나는 소에몬의 떳떳치 못한 속사정을 냄새 맡은 탓에 장차 재앙의 씨앗이 될지도 모르는 채소 가게의 다스케를 없애 버리는 것."

유미노스케가 꿀꺽, 소리 나게 침을 삼켰다. 놀랐을까, 아니면 밤과자에 목이 멨을까.

"오쓰유는— 역시 속사정을 알고 그들을 돕고 있었을 거다."

헤이시로가 그렇게 중얼거리자 마사고로가 힘 있게 대답했다.

"오쓰유의 진술이 다 거짓은 아니었다고 봅니다. 다스케가 내내 누워만 있는 아버지 도미헤이를 귀찮게 여기고 쫓아내려고 한 것은 사실이었겠지요. 한편 다스케에게 미나토 상회의 비밀은 굴러들어 온 호박이었습니다. 자기가 미나토 상회라는 돈줄을 잡았다고 느끼기 시작한 때부터 다스케는 사람이 변해 버렸는지도 모릅니다. 게다가 찻집에서 일한다는 아가씨와 살림을 차리고 재미지게 살고 싶다는 욕망에 휘둘리고 있었겠지요. 누이동생 오쓰유로서는 아버지의 목숨을 붙들 것이냐 돈에 눈먼 오빠의 목숨을 붙들 것이냐 하는 양자택일을 강요받았는지도 모릅니다."

"더구나 규베 씨도 설득을 했을 테니까요."

유미노스케가 말을 이었다.

"도미헤이 씨는…… 뭐라고 말했는지 모르지만……. 하기야 내내 병으로 누워만 있는 노인이라……."

괴한이 왔다— 그날 밤 오쓰유는 오토쿠에게 그렇게 말했다고 한다. 괴한이 와서 오빠를 죽였어요.

다스케를 죽인 자는 역시 미나토 상회 측에서 보낸 하수인 가운데 하나일까? 아니면 오쓰유가 저지른 일일까? 혹은 규베였을까?

"어느 쪽이든 오토쿠는 속았어."

헤이시로는 무엇보다 그 점이 속상했다. 그렇다고 이제 와서 오토쿠에게 사실을 고하기도 너무 부담스럽게 느껴졌다.

"오쓰유라고 좋아서 오토쿠 씨를 속인 것은 아닙니다. 속으로는 죄스러워하고 있겠지요."

"그렇다면, 이모부. 아오이 씨가 뎃핀 나가야의 어느 지점에 묻혀 있을 거라고 생각하시나요?"

유미노스케가 이야기 방향을 바꾸려고 애써 활달한 목소리를 냈다.

"나도 모른다. 어디라고 짐작할 만한 근거가 전혀 없어."

헤이시로는 냉큼 대답했다.

"그럼 나가야 터를 전부 파 볼 생각이세요?"

"정 그래야 한다면 하는 수 없지."

"도련님은 그 자리를 짐작할 만한 무슨 근거라도 있나요?"

마사고로가 물었다.

"사사키 선생님 댁에 보관되어 있던 지역 상세도에—."

유미노스케가 불쑥 그 이야기를 꺼내자 헤이시로는 당황해서 소년의 머리를 꾹 누르고는, 유미노스케를 가르치는 사람이 사사키 선생인데 무엇을 측정하는 일을 하루 세 끼 밥보다 좋아한다는 측량 선생으로, 원칙대로 하자면 관의 허가 없이는 할 수 없는 시내 계측이나 지도 제작을 남몰래 하고 있는 사람이라고 설명했다.

"뭐, 취미로 하는 거니까 나도 관대하게 봐 주고 있는 거라네."

당황하는 헤이시로의 모습에 마사고로가 쿡쿡 웃었다.

"상관없습니다. 그런데 도련님, 측량을 하신다는 사사키 선생이 만든 지도 중에 뭔가 보탬이 될 만한 내용이 있습니까?"

지금으로부터 십오 년 전에 제작된 지역 상세도 중에 등롱집 구역이 포함된 것이 있는데, 거기에는 그 터에 있던 건물들에 대한 보조 설명이 붙어 있다고 한다.

"역시 규모가 큰 집이었을 뿐만 아니라 원래 상가를 그릴 때는 창고나 별채 위치까지 정확하게 그리거든요."

"그래? 그럼 너는 어떻게 생각하느냐?"

헤이시로가 나섰다.

"등롱집에 별채가 있었어요."

그렇게 봐서 그런지 유미노스케의 볼이 상기된 듯 보였다.

"무엇에 쓰려고 지은 건물인지는 몰라요. 그런 내용까지는 기록하지 않고 사사키 선생님 문하에는 당시를 기억하는 사람이 없으니까요. 다만 그 별채는 다다미 여섯 첩 방과 네 첩 방을 붙여 놓은 정도 되는 면적에―."

"오토쿠 씨네 가게나 채소 가게만 한 면적이군요. 안쪽의 쪽방 나가야가 아니라 노변 나가야 쪽일 겁니다."

마사고로가 말했다.

"예, 맞아요. 그 자리는 현재 뎃핀 나가야로 보자면 채소 가게가 있던 곳에 해당합니다."

유미노스케는 고개를 끄덕였다.

헤이시로는 그답지 않은 생각을 하고 있었다. 인연이라는 것. 원한이라는 것. 만약 아오이가 정말로 채소 가게 밑에 묻혀 있다면 도미헤이와 다스케와 오쓰유가 이런 사건에 말려든 것도 그래서가 아닐까? 그들은 아무것도 모르고 있었지만, 이승에 남은 아오이의 집념이 미나토 상회에 앙갚음을 하고 소에몬의 필사적인 은폐 기도를 무너뜨리기 위해 채소 가게 세 식구를 조종했던 것은 아닐까?

"도련님, 그 지도를 선생 댁에서 빌려올 수는 없나요?"

"저 혼자서는 힘들겠지만 마사고로 씨가 관에서 필요로 한다고 한 말씀 해 주시면 선생님도 이해하고 내 주실지 모릅니다."

"그럼 가 봅시다. 땅은 언제 팔지, 일손은 어떻게 조달할지는 다시 상의해 봐야겠지만, 필요한 연장은 저희가 준비하겠습니다. 맡겨 주십시오, 나리."

마사고로는 자신 있게 말했다.

헤이시로는 음, 하고 말했다. 스스로 생각해도 가라앉은 목소리구나 싶었다.

"이모부?"

유미노스케가 얼굴을 살펴본다.

"땅을 파 보는 것을 나가야에 남아 있는 사람들에게 알리고 싶지 않네. 곤키치야 건들거리며 쏘다니거나 술 마시고 자거나 할 테니까 그냥 둬도 상관없겠지만 오토쿠와 오쿠메가 문제야. 어떻게 떼어 놓을 수는 없을까?"

"이모부는 특히 오토쿠 씨를 걱정하시는 거지요."

유미노스케는 미소를 지었다.

헤이시로는 가만히 생각해 보았다— 걱정인지 뭔지는 모르겠다만, 나는 네게 발굴 현장을 보여 주어야 하는지도 고민하고 있단다. 깊디깊은 강을 건너 시커먼 물속을 들여다보는 것과 같은 짓인데, 너한테도 오토쿠한테도 보여 주고 싶지가 않구나.

하지만 그런 생각을 입 밖에 내지는 않았다. 그 대신 또 다른 문제를 꺼냈다.

"마사지로를 고문하다 죽인 자가 누구라고 보느냐?"

마사고로와 유미노스케는 얼굴을 마주 보고 나서 입을 맞춘 것처럼 눈길을 떨어뜨렸다.

"마사지로의 죽음도 이번 건과 무관하다고 생각하지는 않겠지? 마침 노름하던 패들의 싸움에 말려들었다? 그런 우연이 있을 수 있을까?"

정말 우연일 수도 있지만. 무슨 일이 일어나도 놀랄 필요가 없는

긴 그림자 • 483

곳이 인간 세상이라고 하지 않던가.

"이제부터는 한가롭게 노닥거릴 수가 없겠구나. 마사지로도 사건의 일단을 알고 있던 자다. 그밖에도 알고 있는 자가 있을 게야. 전부는 모르더라도 한 자락 정도는 파악하고 있는 자 말이다. 비슷한 처지에 있는 자들끼리 만나기라도 한다면 이쪽 자락과 저쪽 자락을 맞춰서 전체 그림을 파악하고 말겠지."

헤이시로가 말했다.

우물쭈물하다가는 그런 자가 또 어디서 산 채로 강물에 던져질지 모른다.

"서두르지요."

마사고로가 말했다. 그 말과 동시에 짱구가 에취, 하고 재채기를 했다.

그러고는 조금 맥이 풀린 얼굴로 말했다.

"말씀들은 다 끝난 건가요? 더 하시면 머리가 터져 버릴지도 모르겠어요."

12

이즈쓰 헤이시로는 잠을 잘 자는 체질이다. 필요하면 언제 어디서든 푹 잘 수 있다— 이것이 이즈쓰 집안 남자들의 공통된 '특기'인지 헤이시로의 아버지도 형들도 마찬가지였다. 잠들었는지 죽었는지 얼른 구별이 안 가는 모습으로 잔다. 마찬가지로 이즈쓰 집안 남자들의 특징인데, 다들 혈색이 좋지 않아 그 구별이 더욱 힘들다.

청년 시절, 헤이시로는 도장에 다녀오느라 조금 지친데다가 날이 너무 포근해서 그만 낮잠에 든 적이 있는데, 문득 눈을 뜨고 보니 콧구멍 밑에 손가락이 바짝 다가와 있었다. 방을 청소하던 하녀가 자못 심각한 표정으로 그가 숨을 쉬는지 어떤지 확인하고 있었던 것이다. 촐싹거리던 그 어린 하녀는 별 보탬이 되지 못한 채 반년쯤 일하다 휴가를 얻어 집에 돌아가더니 자취를 감춰 버렸지만, 얼굴은 제법 귀여웠다. 당시 헤이시로는 그 아가씨한테 조금 끌렸다. 지금은 어디서 어떻게 살고 있는지.

그런 기억을 떠올린 것도 마사고로와 이야기를 마치고 귀가한 날 저녁, 여느 때처럼 선명한 꿈을 꾸다가 한밤중에 눈을 떴기 때문이다.

그야말로 식은땀 나는 꿈이었다. 자세히는 기억나지 않지만 캄캄하고 답답한 느낌이다. 심장이 조금 바쁘게 뛰고 있다. 그는 천장을 올려다보며 숨을 크게 내쉬었다.

죽은 자는 자기가 죽은 것을 어떻게 깨달을까— 문득 그런 생각을 했다.

죽은 자가 해코지를 하거나 귀신이 되는 것은 사후에도 강한 감정이 남아 있기 때문이리라. 그러나 그 이전에 자신이 죽었음을 어떻게 아는 걸까? 누가 고해 주나? 염라대왕이? 지옥의 옥리獄吏가? 하지만 사람이 죽을 때마다 일일이 그렇게 고해 줘야 한다면, 죽는 사람이 허다한 만큼 저승 담당자들은 눈코 뜰 새도 없지 않겠는가. 역시 자기의 죽음을 슬퍼하고 한탄하는 산 자들의 얼굴을 그늘에서 쳐다보며 깨닫는 걸까?

 그렇다면 슬퍼해 주는 사람이 없는 사람은 자기가 죽었다는 사실을 좀처럼 깨닫지 못하는 건 아닐까?

 헤이시로는 잠자리에서 일어나 앉아 가만히 팔짱을 꼈다. 어느새 여름이 물러갔는지 밤기운이 서늘하다. 불을 켜지 않아 아무것도 보이지 않는다. 오늘 밤은 달이 없어 덧문 틈새로 비쳐 드는 달빛도 없다. 해질녘까지만 해도 구름이 많았으니 별이 있어도 가려져 있을 것이다. 사위는 짙은 어둠뿐이다.

 방금 꾼 꿈은 아마도 아오이에 관한 꿈이었을 거라고 헤이시로는 짐작했다. 꿈속에서 내가 아오이가 되었던 거야. 그리고 두 팔을 썩썩 문질러 살이 멀쩡히 붙어 있음을 확인하자 그는 새삼 안심하고 다시 이불 속으로 들어갔다.

 이튿날 아침 연장과 일꾼들이 준비되었다고 마사고로가 알려왔다. 수하 중에서도 입이 무거운 자를 두 명 대기시켜 두었으니 힘쓰는 일은 맡겨 주십시오, 라고 했다.

 유미노스케가 별종 사사키 선생(이라고 하자, 최소한 교양인 사사키 선생님이라고 불러 주세요, 하는 항의를 받았다)한테 약속대로 등롱집이 나오는 지역 상세도를 빌려다 주어서 헤이시로는 소년을 데리고 다시 마사고로네 집으로 향했다. 지금까지 오캇피키와 전혀 교류하지 않던 헤이시로가 마사고로를 종종 만나는 것이 의아했는지 고헤이지가 저도 따라가겠다고 고집을 부려서 그걸 떼어 놓느라 힘이 들었다.

 "순시를 소홀히 하시면 곤란합니다."

"마사고로 집에 오래 있지는 않을 거다. 먼저 가서 기다리고 있어."

"어디서 기다리라는 말씀입니까?"

"그렇구나, 뎃포슈 나루가 어떠냐?"

겨우 떼어 놓고 걷기 시작하자 유미노스케가 살짝 웃으며 말했다.

"고헤이지 씨는 저에 대해서는 좋게 생각해 주기로 마음을 고쳐먹은 모양이지만, 마사고로 씨에 대해서는 생각을 바꾸지 않았나 봐요."

"그렇구나. 하긴 마사고로는 이불에 오줌을 지리지 않거든."

그 마사고로는 어제와 마찬가지로 헤이시로와 유미노스케를 방으로 맞아들였지만, 오늘은 얼른 장지문부터 닫았다. 풍향 탓인지 한길 쪽에서 마사고로의 아내가 운영하는 메밀국숫집의 국물 냄새가 방 안까지 흘러들어 와 슬며시 아쉬운 기분이 들었다. 헤이시로는 이 사건이 마무리되면 후카가와에서 제일 맛난 국물을 제공한다는 이 가게에서 메밀국수나 실컷 먹어 봐야겠다고 생각했다.

"아침에 아우들을 보내서 뎃핀 나가야를 살펴보게 했습니다만, 결국 세입자는 곤키치 씨와 식당을 하는 오토쿠 씨와 오쿠메 씨만 남고 말았습니다. 씁쓸한 일이죠."

마사고로는 입을 열었다.

"사키치는?"

"빈집을 청소하고 있었습니다. 직접 이야기를 해 보지는 않았다고 합니다."

그런데 나리— 하고 마사고로는 무릎걸음으로 조금 나왔다.

"어제 말씀 중에 채소 가게 밑을 팔 때 사키치 씨와 오토쿠 씨, 오쿠메 씨를 뎃핀 나가야에서 멀리 떼어 놓았으면 좋겠다고 하셨는데, 그럴듯한 구실이 있습니까?"

헤이시로는 웃으며 고개를 가로저었다.

"없네. 하룻밤 새 생각해 낼 수가 없더군. 뭐 좋은 수가 없나?"

마사고로는, 옆에 앉아 미간에 희미한 주름을 모으고 헤이시로만 똑바로 쳐다보고 있는 유미노스케의 작은 얼굴에는 전혀 눈길도 주지 않고 이렇게 말했다.

"오쿠메라는 여자가 병을 앓고 있더군요."

마사고로가 똑바로 쳐다보자 헤이시로는 잠깐 흠칫했지만 언젠가 오토쿠가 걱정스레 들려준 이야기가 금세 떠올랐다.

— 그거 정말 땀띠일까요?

— 왜 있잖아요, 아랫도리 병. 화류병 말예요.

"아, 그게 그건가? 그게 맞나? 자네도 그렇게 보나?"

저도 모르게 대답하고 말았다. 마사고로는 고개를 끄덕였다.

"틀림없을 겁니다. 꽤 진행되었더군요."

유미노스케는 눈알을 이리저리 굴리고 있다. 그러나 명석한 아이라서, 이것은 어른들끼리 나눌 이야기이며 자기한테는 대놓고 들려주고 싶지 않은 종류의 이야기임을 이해했는지 얌전히 입을 다물고 있다.

"자네, 그런 병을 잘 아나?"

"저는 아는 게 없습니다. 저어, 실은 오늘 아침 뎃핀 나가야에 다녀온 사람은 여기 짱구였습니다. 이 아이를 바지락 장수로 꾸며서 보냈죠. 오토쿠 씨가 된장 국물 낸다고 한 자루를 사 주고 짱구한테 푼돈까지 줘서 보냈습니다. 그때 안쪽 방에 누가 누워 있는 듯했다고 합니다."

"그래? 오쿠메가 아예 드러눕고 말았나……."

헤이시로는 오토쿠가 오쿠메의 병에 대하여 상의했을 때 적당한 곳에 물어보마 말해 놓고 그동안 깜빡 잊고 있었던 것을 후회했다.

"짱구한테 그 말을 들으니, 오쿠메 씨 전직에 대해서는 나리한테 들어서 알고 있었기 때문에 걱정이 되더군요. 그래서 식당이 문을 열 때를 가늠해서 이번에는 젊은 아우를 하나 보냈습니다. 병에 대해서 제대로 아는 놈은 아니지만 저희 큰형님이 거둬 줄 때까지 요시와라에도 외곽에 있던 막부 공인 유곽에서 '소' 노릇을 했던 놈이라 그런 병이라면 보는 눈이 확실합니다."

'소'란 요시와라에서 일하는 건달을 이르는 속칭이다. 유녀를 사러 오는 손님과 유녀를 두루 감시한다. 당연히 거친 사내가 아니면 감당할 수 없는 일이다.

유미노스케는 그 대목까지 듣자 이 자리에서 오가는 '병'이 무엇을 뜻하는지 짐작하겠다는 표정을 지었다. 그것은 또 그것대로 문제라고 헤이시로는 걱정했다. 아직은 어리지 않은가.

"그래, 그 젊은 놈은 뭐라고 하던가?"

"상당히 안 좋답니다."

마사고로는 짧게 대답하고 고개를 저었다.

"얼른 제대로 치료하지 않으면 큰일 나겠답니다."

오토쿠의 불안이 적중한 셈이다.

"그래서 말인데요, 나리. 센다가야 앞에 별난 의원이 산다고 하는데—."

"그런 벽촌에 산다면 필시 늙은 의원이겠군."

"예, 늙고 꽤나 별난 의원이라고 합니다. 주위에 집 한 채 없는 곳에서— 본시 커다란 농가였던 집을 빌려 환자를 머무르게 하며 치료한다고 합니다. 이것도 그 젊은 놈한테 들은 이야기입니다."

"양생소 같은 덴가?"

"아닙니다. 양생소는 요긴한 시설이긴 하지만, 저어…… 오쿠메 씨 같은 환자는 받아 주지 않을 겁니다."

당연하다. 헤이시로는 고개를 끄덕였다. 유미노스케는 빌려온 고양이처럼 주눅이 들어 앉아 있다.

"오쿠메 씨를 그곳에 데려가 치료받게 하면 어떨까요? 오토쿠 씨에게 사정을 이야기해서 데려가 보라고 하는 겁니다."

헤이시로는 마사고로의 얼굴을 쳐다보았다.

"그건 좋은데, 그런 의원이라면 치료비가 비싸지 않을까?"

오토쿠에게 그런 돈이 있을 리 없다.

"그 병은 사람에서 사람으로 감염되는 거 아닙니까."

마사고로는 말했다. 인간이 대범한 마사고로는 여전히 헤이시로만 똑바로 쳐다보고 있다. 하지만 대범하지 못한 헤이시로는 저도 모르게 유미노스케 쪽을 곁눈질하고 만다. 감염되는 건 감염되는 건데, 어떻게 감염되는지는 아느냐? 모르느냐? 혹시 놀기 좋아하는 아버지한테 배웠냐?

유미노스케는 빌려온 지도 한쪽 모서리를 만지작거리며 고개를 숙이고 있다.

"나가야를 맡은 관리인으로서 감염되는 병에 걸린 세입자를 그냥 놔둘 수는 없겠지요. 그렇지 않습니까? 마땅히 사키치 씨가 나서야 할 일이지요. 따라서 치료비는 관리인한테 부담하라 하고 오토쿠 씨와 오쿠메 씨를 도와서 같이 센다가야에 다녀오게 하면 어떻겠습니까. 안 그래도 오토쿠 씨 혼자 오쿠메 씨를 데려가는 것이 걱정스럽기도 하고요."

그거 명안일세― 헤이시로가 손뼉을 짝, 치려고 하는데 유미노스케가 밑으로 들이밀듯이 한마디 했다.

"하지만 사키치 씨 집에는 조스케가 있잖아요."

"그 꼬마 말이군요?"

마사고로는 그제야 오늘 처음으로 유미노스케에게 말을 건넸다.

"그렇군요, 그 꼬마는 저희 집에서 맡으면 어떨까요? 여기에는 짱구도 있으니까 심심하지는 않을 겁니다."

유미노스케의 얼굴이 환해졌다.

"그것도 명안 같네요. 그렇죠, 이모부?"

헤이시로는 짝짝, 하고 손뼉을 두 번 쳤다.

헤이시로와 마사고로는 유미노스케가 빌려온 지도를 펴놓고 약 반 시간 정도 이것저것 검토했다. 놀랍게도 유미노스케는 사사키 선생 집에서 예전 상세도를 빌려왔을 뿐만 아니라 현재의 뎃핀 나가야 지도도 제 손으로 만들어 놓은 상태였다.

"오래전부터 만들고 있던 지도냐?"

"조만간 필요할 일이 있을지도 모르겠다 싶어서요."

유미노스케는 대상이 뭐든 측량의 명수고 눈으로 재든 발걸음으로 재든 아주 정확하다고 헤이시로가 설명하자 마사고로가 반가워한다.

"어쩐지 짱구랑 이야기가 잘 통한다 했더니. 특기라면 저 아이도 예사롭지 않으니까요."

신구 지도를 견주어 보니 역시 등롱집의 별채— 현 뎃핀 나가야의 채소 가게가 있던 자리가 수상하다는 결론을 내릴 수 있었다. 지도를 펴 놓고 보측 설명으로 들어가자, 알고 보면 끔찍한 사안임에도 불구하고 유미노스케의 얼굴이 생기 있게 빛났다. 헤이시로는 소년의 얼굴을 보며 내심 감탄했다.

"좋아, 그럼 사키치가 여자들을 데리고 출발하면 바로 그날로 시작하기로 하지. 그네들이 센다가야에 며칠만 머물러 준다면 만약 채소 가게 터에서 아무것도 나오지 않더라도 다른 데를 파 볼 수도 있겠구나."

헤이시로가 말했다.

"그럴 리는 없어요, 이모부. 채소 가게 터가 맞아요."

유미노스케는 그때까지 활기찬 표정을 금세 지우고 작은 목소리로 말했다.

"턱없이 자신만만하구나."

"도미헤이 씨 가족이 그런 일에 말려든 것은…… 우연이 아니라 아오이 씨의 혼령이 그리 만들었다는 생각이 자꾸 들어요. 이런 생각…… 이상한가요?"

이상하지 않다. 헤이시로도 그렇게 생각했던 것이다. 하지만 그런 생각을 입 밖에 내기 전에 마사고로가 말했다.

"이것으로 준비는 다 되었습니다만, 나리, 오토쿠 씨에게 사정을 설명하기가 편치 않으실 겁니다. 누구든— 아까 말씀드린 저희 쪽 젊은 놈이라도 데려가시겠습니까?"

물론 그러는 편이 오토쿠에게 이야기하기가 수월할지 모른다. 헤이시로는 잠시 생각했지만 결국은 고개를 저었다.

"아니, 내가 알아서 얘기하지. 그게 더 나을 것 같네."

다음 날도, 그리고 또 다음 날도 차가운 가을비가 내렸다. 헤이시로는 휑한 뎃핀 나가야를 딱 한 번 찾아가 사키치 집을 들여다보았지만 흡사 무덤처럼 조용했다. 오토쿠네 식당의 조림 솥에서 피어오르는 하얀 김만이 따뜻하다. 그것이 오히려 더 쓸쓸한 느낌을 자아냈다.

헤이시로는 어울리지도 않게 마음고생을 하다가, 이런 우울한 날씨에는 오쿠메의 병 이야기는 하지 않는 게 낫겠다고 생각했다. 마사지로가 그렇게 죽은 터라 얼른 아오이의 시체를 파내지 않으면 또 누군가가 끔찍한 일을 당하지 않는다는 보장이 없다. 서둘러야 한다는 것은 잘 알지만 역시 말을 꺼낼 수가 없었다. 오토쿠네 식당에 얼굴을 내미는 일조차 내키지 않았다.

솔직히 말하면 그런 핑계를 내세워서라도 진도를 늦추고 싶었던 것이다. 이대로 모르는 척 소에몬의 꾀에 넘어가 줘도 좋지 않을까. 그렇다고 누가 힘들어지는 것도 아니다. 이미 벌어진 일이라 되돌릴 수도 없지 않은가. 번거로운 일은 딱 질색이다.

이래서 나란 놈은 안 된다니까, 하고 헤이시로는 생각했다. 훌륭한 관리가 될 그릇이 아니야.

사흘째 되는 날 아침에야 비가 그쳤다. 그래도 하늘은 진회색으로 흐리고 날도 쌀쌀해서 금세 겨울로 건너뛸 것 같았다. 땀 흘리며 우무를 먹네 금붕어를 기르네 등목을 하네 하던 것이 바로 얼마 전인데 벌써 꿈만 같았다.

헤이시로는 고헤이지를 데리고 뎃핀 나가야로 향했다. 사키치는 집에 없었다. 출입구를 지나 쪽방 나가야의 하수구 덮개 널판을 밟으며 들어가 보니 사키치가 안쪽 뒷간 주변을 비로 쓸며 젖은 낙엽을 그러모으고 있다.

결국 세입자가 오토쿠네밖에 남지 않았다는 말을 듣고 걱정이 돼서 와 봤다— 하고 말을 꺼냈다. 사키치는 도리어 개운한 표정을 짓더니, 역시 저는 관리인 감이 아니었던 겁니다, 하고 말했다.

"이번에 이사 나간 사람은 왜 나간다고 하던가?"

"이런 무덤 같은 나가야에서는 못 살겠다고 하더군요. 당연하지만요."

사키치와 함께 그의 집으로 돌아오니 조스케가 손놀림은 조금 위태해도 제 판엔 열심히 차를 타서 내주었다. 잠깐 안 본 사이에 제법 의젓해졌구나 싶어 헤이시로는 놀랐다. 그 모습을 지켜보는 사키치는 기분이 아주 좋은 듯했다. 조스케는 사키치의 보호를 받는 행운을 누렸지만 이렇게 되고 보니 사키치도 조스케가 곁에 있어서 다행이었다. 적어도 한 사람에게, 그것도 의지할 곳 없는 어린아이에게 도움을 줄 수 있었다는 것이 위안이 될 터였다.

"미나토 상회에서는 나가야에 대해서 무슨 말이 없었나?"

중대한 질문임을 알기에 더욱 헤이시로는 짐짓 찻잔을 후후 불며 가볍게 물었다. 마침내 더는 피할 수 없는 시간이 올 때까지 사키치에게는 그에게 맡겨진 역할에 대하여 말해 주고 싶지 않다. 눈치 채게 해서도 안 된다.

"미나토 상회 주인 나리는 오토쿠 씨네도 내보낸 다음 나가야를 철거할 생각이신 듯합니다."

마침내 나왔다.

"미나토 상회 주인한테 직접 그 이야기를 들었느냐?"

소에몬, 무슨 염치로 사키치에게 그런 소리를 하는가.

"아뇨, 지배인한테 들었습니다."

"혹시 체격이 건장하고 매섭게 생긴 지배인이냐?"

사키치가 눈을 휘둥그레 떴다.

"예? 아뇨, 미나토 상회에는 지배인이 세 사람 있는데, 두 사람은 이미 나이가 많이 들었고 한 사람도— 물론 젊기로는 세 분 가운데 제일 젊지만,"

"건장하게 생기지는 않았다?"

사키치는 웃었다.

"뭐, 그렇다고 할 수 있죠."

헤이시로는 생각했다. 그렇다면 미나토야 소에몬의 하수인이 되어 여기저기 뛰어다니고 있는 '미나토 상회의 건장하고 매섭게 생긴 지배인'은 진짜 지배인이 아니다. '비밀 지배인'인가?

"그래, 너는 어떻게 할 거냐?"

"어떻게라뇨……. 다시 정원사 일로 돌아가야지요. 그전에 먼저 오토쿠 씨네가 이사할 데를 찾아보고 나서요. 저야 어떻게든 될 테니까요."

아무렇지도 않은 양 말하지만 실은 깊이 낙담하고 있다. 당연하다. 뎃핀 나가야는 텅 비었다. 소에몬의 속셈을 모르는 사키치에게 나가야의 현실은 자신이 관리인으로서 실격임을 말해 주고 있다. 소에몬의 기대에 부응하지 못한 것이다.

"주인 나리께서는 규베가 그렇게 사라졌으니 누구라도 잘하기 힘들었을 거다, 자책할 것 없다, 하고 위로해 주셨지만……."

"음, 나도 그렇게 생각한다. 너는 일을 정말 잘했어."

헤이시로는 힘주어 동의했다. 그런데 소에몬이 용케 그런 위로도 할 줄 아는군.

사키치는 가만히 미소를 지었다.

"아뇨, 제가 뭘 몰랐어요. 세상을 좀 더 알았다면 애초에 맡지도 않았을 겁니다."

"뭐랄까, 네가 사람이 좋아서 그래."

"그래도 나리, 여기서 많은 걸 배웠습니다. 오길 잘했다고 생각합니다."

"이봐, 사키치."

헤이시로는 찻잔을 옆에 내려놓았다. 내 정신 좀 보게. 여기 와서 얼굴을 볼 때까지도 조스케 건을 까맣게 잊고 있었다.

"정원사로 돌아가면 조스케는 어떻게 할 테냐? 네가 혼자 키울 수 있겠느냐?"

"예, 안 될까요?"

사키치는 너무나도 순박하게 되물었다.

"안 되긴. 하지만 너도 결혼을 할 텐데 그때는 어떻게 하려고? 네 처가 될 여자가 너처럼 조스케를 기꺼이 키워 줄 거라는 보장도 없잖느냐."

"아, 그거라면 벌써 얘기가 되었습니다. 괜찮습니―."

거기까지 말하고 나서야 사키치는 숨을 삼켰다. 입이 한일자가 되었다.

헤이시로는 쿡쿡, 웃었다.

"오케이라고 했던가."

사키치는 입을 한일자로 다문 채 점점 낯을 붉혔다.

"오지에 사는 오미쓰의 사촌이지? 오미쓰를 거두어 키워 준 외삼촌 내외의 외동딸. 상급 무사의 저택 하녀살이는 벌써 기한이 됐나?"

사키치는 여전히 아무 말도 못한다. 이제는 머리칼이 난 자리까지 새빨갛다.

"간쿠로를 이용해서 오미쓰와 편지를 주고받았지? 애초에 오케이하고는 어떻게 알게 되었느냐? 휴가차 집에 와 있을 때 만났느냐? 오케이와 편지를―."

"나리."

사키치가 갈라진 목소리로 말을 끊었다. 곁에서 무심코 놀고 있던 조스케가 흠칫하며 얼굴을 들고 사키치를 쳐다보았다.

"나리, 어떻게 그런 것까지 아십니까?"

"많은 걸 알고 있지. 이래 봬도 닳고 닳은 관리 아니냐."

헤이시로는 히죽히죽 웃었다. 문가에 쪼그리고 앉아 담배를 피우던 고헤이지가 나 여기 있소 하듯이 에헴, 하고 헛기침을 해 댄다.

"다 고헤이지가 조사해 주었지. 명탐정 고헤이지 말이다. 그쪽 방면에서는 귀신 고헤이지란 별명으로 통하지."

헤이시로가 말해 주자 아니나 다를까 "우헤" 한다.

"무섭네요."

사키치는 이마에 난 땀을 훔쳤다. 쌀쌀한 날인데 이마와 콧잔등이 땀으로 번들거린다.

"오미쓰도 미나토야 소에몬이 바깥에 낳아 둔 자식들 가운데 하나지?"

"예, 그렇습니다. 저한테는 누이동생뻘이죠. 주인 나리한테도 그렇게 들었습니다."

사키치가 정원사로서 제 몫을 해낼 수 있게 되었을 즈음이었다고 한다. 오지에 내 딸이 살고 있다. 외삼촌 집에서 사는데 혼자라 외로울 거다. 너하고도 피가 닿는 사이니까 가끔 아이가 좋아할 만한 떡이라도 사 들고 들여다봐 주지 않겠느냐―.

"바깥에 낳아 둔 자식이 오미쓰 말고 또 있느냐?"

"소문으로는 그렇습니다만 저는 오미쓰 말고는 모릅니다."

사키치는 조스케 쪽으로 고개를 돌리고, 오토쿠 아줌마네로 가서 오늘은 뭐 도와드릴 일이 없습니까, 하고 물어보고 오렴, 하고 일렀다. 아이는 순순히 일어나 쿵쿵 발소리를 내며 밖으로 뛰어나갔다.

"오쿠메 씨가 자리에 누워 있어서요."

사키치는 차를 다시 타 주며 말했다.

"심부름이나 해 드리라고 가끔 조스케를 보내고 있습니다. 저 아이가 심부름을 제대로 할까 걱정했는데 오토쿠 씨가 워낙 사람 부리는 데 능숙해서요. 조스케가 잘 자란 것도 실은 다 오토쿠 씨 덕분입니다."

헤이시로는 음, 음, 하며 고개를 끄덕였다. 앞으로 사키치나 조스케를 걱정할 필요는 없겠군. 때가 됐다. 가장 중요한 이야기를 꺼내자.

"사키치. 실은 오늘 이렇게 온 것은 다름이 아니라 그 오토쿠와 오쿠메 때문이다."

사키치의 안색은 헤이시로가 이야기를 시작하자 이내 평소처럼 돌아왔다. 그게 지나쳐서 조금 창백해 보일 정도다. 무릎 위에 얹은 손이 주먹을 꼭 쥐고 있다.

"그랬군요……. 오토쿠 씨가 걱정하던 게 사실이 되었군요."

고개를 숙이고 제 주먹을 향해 말한다.

"오토쿠가 너한테도 벌써 다 말한 거냐?"

"예, 최근에요. 오쿠메 씨가 자리에 드러눕기 바로 전에."

헤이시로는 뿌리 깊은 응어리 같은 무언가가 마음에서 빠져나가는 것을 느꼈다. 네가 오토쿠한테 깊은 신임을 얻었구나. 훌륭한 관리인이야. 그렇게 말해 주고 싶었다. 세입자들이 떠난 것은 네 탓이 아니야, 라는 말이 자칫 입 밖으로 튀어나올 뻔했다.

"알겠습니다. 저 같은 게 도움이 된다면 함께 센다가야의 그 의원 댁에 가야죠. 가서 어떻게든 진료를 받게 하겠습니다."

"어쩌면 치료비가 많이 들지도 모르겠다."

"괜찮습니다. 저는 가진 게 없지만 나가야에는 돈이 있으니까요."

헤이시로가 짐작한 대로였다. 지난 반년 동안 들어온 분뇨 값을 다 모아 두었다고 한다. 땡전 한 푼 쓰지 않았다.

"에도 성벽에 박힌 바위보다 반듯한 놈이네. 긴자에서 저울로 써도 되겠다. 허어이, 인간 저울 듭시오!"

사키치가 웃음을 터뜨렸다.

"나리, 오늘은 꽤 유쾌하시네요. 무슨 일이십니까?"

그렇다, 왜 이리 들뜰까. 아오이라 불리는 사키치의 어머니를 이제 곧 만날 수 있기 때문이다. 그리고 이번 건을 어떻게 마무리할지를 놓고 미나토야 소에몬과 담판을 지어야 하기 때문이다. 당연히 들뜨지. 들뜨지 않으면 못할 짓이다.

"미나토 상회의 소에몬은 어떤 사람이냐?"

자기 생각에만 골똘해 있던 헤이시로가 앞뒤 맥락도 없이 불쑥 물었다. 사키치는 의아한 표정으로 헤이시로의 얼굴을 쳐다보았다.

"어떤 사람이냐고 물으시면…… 그야 훌륭한 상인이죠."

"여색을 밝히지, 그렇지? 이제 곧 오케이를 보살피며 알뜰하게 살림을 꾸려야 할 남자로서 그런 모습이 어떻게 보이냐? 화나지 않느냐?"

사키치는 눈길을 피하며 입을 다물었다.

"나야 화는 나지 않지만, 좀 이상하구나."

거기까지 해 두고 그만두면 좋았을 것을, 헤이시로는 저도 모르게 내처 나갔다.

"소에몬이란 자가 이제 와서 누구를 찾고 있는 거지?"
"예?"
헤이시로는 자리에서 일어났다.
"어디, 오토쿠네로 가 보자. 가서 알려 줘야지."

오쿠메는 정신을 놓은 상태라고 한다. 종종 헛소리를 하는 모양이다.
사키치와 조스케에게 식당을 봐 달라고 해 놓고 헤이시로는 오토쿠를 데리고 다시 사키치네 집으로 돌아갔다. 차분하게 앉아서 이야기하기 위해서다. 오토쿠는 오쿠메의 병에 대해서 말하는 것이 아무래도 거북한지 내내 손을 가만히 두지 않고 화로 속의 재를 다독이거나 다다미 거스러미를 뜯고 있다. 그러면서도 이쪽에서 끼어들 새가 없을 정도로 바쁘게 말을 쏟아낸다.
"저도 곰곰이 생각해 보았고 그 사람한테도 물어보았어요. 그랬더니요, 나리. 어제오늘 시작된 게 아니래요, 그 병 말이에요. 그렇게 땀띠처럼 생겨서 남들 눈에 띄는 자리에까지 돋기 시작한 것은 올여름부터였지만, 실은 그전부터 있었다고 하네요. 겨드랑이 밑이나 허벅지 안쪽이나 샅 같은 자리에 부스럼이 돋았다가 없어지고 또 돋았다가 없어지고— 아이고, 이 집은 화로를 참 빨리도 내놨네. 호사스럽게."
"조스케가 지금도 가끔 똥을 지려서 우물물로 볼기를 닦아 준다는데, 그럴 때마다 화롯불을 쬐게 해 준다더군."
"너무 화가 나요, 그 여자 때문에."

오토쿠는 화로 이야길랑 들은 척도 않고 입술을 삐죽거렸다.

"왜 좀 더 일찍 털어놓지 않았느냔 말예요. 제 가게는 음식을 파는 곳이잖아요. 그런 병을 앓는 줄 알았으면 얼씬도 못하게 했죠. 제가 그랬더니 그 여자, 자기도 몰랐다, 상상도 못했다며 미안해하더라고요. 조신한 척, 죄송해요, 이러면서요."

어떻게 그럴 수가 있어요! 하고 내뱉고 오토쿠는 다시 한바탕 허공에다 대고 험담을 쏟아 냈다. 몸 파는 계집이니 칠칠치 못한 년이니 자업자득이니 천벌을 받았다느니 하며 자기야말로 벌 받아 마땅한 말들을 침을 튀기며 늘어놓는다.

그러더니, 갑자기 울음을 터뜨렸다.

"이봐요, 나리. 제가 뭔 죄가 그리 많았나요?"

눈물을 흘리며 오토쿠는 헤이시로에게 물었다.

"죄라니…… 무슨 소리야?"

"저랑 같이 있으면 다들 병으로 고생하다 죽잖아요. 제가 뭔 죄가 그리 많은가요? 그래서 벌을 받는 건가요? 그럼 저한테 벌을 내리면 될 거 아녜요? 근데 이놈의 몸뚱이는 만날 이렇게 멀쩡해요. 남편 때도 그랬어요. 그이는 꼼짝도 못하고 누워 있는데 저는 배가 고프더라고요. 그래서 밥을 먹었죠. 심지어는 감기 한 번 걸린 적도 없어요. 이번에도 그래요. 오쿠메 씨는 뭐라고 알아들을 수도 없는 헛소리를 하는데 저는 감자 껍질이나 벗기고 있어요. 독충에 물려도 소금만 발라 두면 그다음 날로 싹 나아요. 이상하지 않아요? 네? 이상한 년이죠?"

양손으로 얼굴을 가리고 우는 오토쿠를 헤이시로는 잠자코 바라보았다. 듬직하고 둥그런 어깨는 그녀가 흐느낄 때마다 들썩거렸다. 눈물과 콧물로 턱 언저리까지 번들거린다.

이윽고 오토쿠가 울음을 그쳤다. 오토쿠 같은 사람은 금방 울음을 그친다. 그 정도는 여자를 위로하는 데 서툰 헤이시로도 알고 있었다. 이녁은 오래 울지 못하는 여자지, 라는 말이 격려가 되지 못한다는 것도 알고 있다.

"오쿠메를 데리고 센다가야의 의원한테 다녀와."

헤이시로가 말했다.

"사키치가 같이 가 줄 거다. 나아질 기미가 보일 때까지 며칠간 묵어도 돼. 비용이라면 걱정 말고. 사키치가 다 부담할 테니까. 자네들이 가 있는 동안 나가야는 내가 살펴보도록 하지."

오토쿠는 손등으로 얼굴을 문지르며 짐짓 콧방귀를 뀌었다.

"뭐예요, 나리가 관리인 노릇을 하시겠다는 거예요? 아서요, 사키치 씨 절반만큼도 못하실 테니까."

헤이시로가 웃었다.

"그야 그렇겠지. 하지만 마침 지금은 뎃핀 나가야가 텅 비지 않았느냐. 파리 날리는 나가야니 나도 충분히 관리할 수 있지."

후카가와의 대행수 모시치의 최측근인 마사고로에게 부탁할 거다, 하고 헤이시로는 설명했다. 마사고로에게 수하를 보내서 빈 나가야를 봐 달라고 하는 거다.

오토쿠는 볼에 눈물을 남긴 채 숫처녀 같은 눈초리로 헤이시로를 쳐다보았다.

"나리도 오캇피키랑 어울릴 때가 다 있네요."

"이녁도 칠칠치 못한 여자랑 어울리고 있잖나."

이튿날 중으로 준비를 마치고 마사고로에게 조스케를 맡겼다. 눈치 빠른 마사고로가 짱구를 데리고 몸소 뎃핀 나가야까지 조스케를 데리러 왔다. 조스케는 불안한 눈치였지만 사키치가 돌아올 때까지만이라면서 까마귀 간쿠로도 마사고로 집에 데려가도 좋다고 하자 그제야 고개를 끄덕이더니 사키치의 손을 놓아 주었다.

간쿠로는 가는 대오리로 엮은 새장에 얌전히 들어가 있었다. 그러자 아무 데서나 볼 수 있는 새가 아니라 남만에서 들여온 귀한 새처럼 보여서 재미있었다. 주인공도 그걸 아는지 유난히 새침하게 앉아 있다.

"나리, 나리."

간쿠로 새장에 바짝 붙어 있던 짱구가 드물게 헤이시로를 불렀다.

"뭐냐?"

"이 새를 만져도 조스케가 화내지 않을까요?"

"글쎄다. 조스케는 화내지 않겠지만 간쿠로가 화를 낼지도 모르지. 그게 이 새 이름이다. 제대로 불러 줘라. 똑똑한 녀석이니까 함부로 대하다가는 골탕 먹는다."

예, 하고 짱구가 고개를 숙였다.

사키치는 잠시 나가야를 비우는 일을 미나토 상회에 보고해야겠다고 말했다. 물론 헤이시로는 말렸다.

"네 마음은 알지만 만약 보고했다가 너는 가지 마라, 하고 핀잔이나 주면 곤란하지 않느냐? 네가 없는 동안 잘 지켜줄 테니까 잠자코 다녀와라. 뭐, 에도를 벗어나는 것도 아니고 겨우 센다가야 아니냐.

필요하다면 너 혼자 걸음으로 반나절이면 왕복할 수 있는 곳이야. 괜찮다."

그러자 사키치도 마지못해 받아들였다.

이튿날 아침 여섯시를 알리는 종소리를 들으며 사키치와 오토쿠와 오쿠메는 센다가야를 향해 출발했다. 오래간만에 오쿠메의 모습을 본 헤이시로는 놀라는 표정을 짓지 않으려 꽤 용을 써야 했다. 오쿠메의 덩치는 건강할 때의 절반 정도밖에 안 되는 듯 보였다. 그래도 헤이시로를 보자 애써 웃음을 지으려고 했지만 눈동자가 흔들리는 듯했다.

오쿠메는 간신히 걷는 정도여서 가는 동안은 내내 사키치가 업고 가야 한다. 그래도 괜찮다고 그는 흔쾌히 말했다.

"그럼 다녀오겠습니다."

"그동안 나가야를 잘 부탁드립니다."

세 사람을 보낸 헤이시로는 잠시 바람을 쐬며 우두커니 서 있었다. 자신이 꼭두각시 인형 같다는 기분이 들었다. 가을 하늘은 부아가 치밀 만큼 맑았다.

사키치를 대신해서 나가야를 봐 준다는 명분이 생겼으므로 마사고로와 그 수하들은 이목에 주눅 들지 않고 뎃핀 나가야에 드나들 수 있었다.

마사고로가 젊은 수하 네다섯 명을 데리고 와서 제일 먼저 시작한 일은 나가야 대청소였다. 수하들에게 청소를 시키고, 그동안 그는 근처 나가야의 관리인들이나 문지기, 지신반, 상점 주인 들에게 수건을 돌리며 빠짐없이 인사를 하고 돌아다녔다. 평소 친하게 지내던 사키치 씨한테 부탁을 받고 젊은 아우들을 데려다가 대청소를 시키고 있습니다. 뎃핀 나가야 세입자들이 잇달아 이사를 나가는 바람에 아무래도 사키치 씨 혼자서는 일이 많습니다. 이대로 가다가는 이웃 여러분께도 폐가 갈까 봐 저희가 열심히 돕고 있습니다. 모쪼록 앞으로 잘 부탁드립니다―.

헤이시로는 감탄했다. 그의 말만 들으면 누구라도 사키치가 자리를 비웠다고 생각하지 않을 법했다. 달변이란 바로 이런 걸 두고 하는 말이다.

"너, 정말 오캇피키 맞느냐?"

헤이시로가 농을 던지자 마사고로는 아하하, 하고 웃었다.

젊은 수하들이 소매를 걷어붙이고 열심히 한 덕에 해가 중천을 지나 서쪽으로 절반쯤 기울었을 무렵에는 청소도 거의 다 끝났다. 나가야 빈방의 다다미들을 다 걷어 냈다. 벽장문은 활짝 열어 놓고 창호지나 장지를 갈아 붙이거나 덧대는 작업도 마쳤다. 물동이들도 깨끗이 비워 봉당 구석에 뒤집어 놓고 쓰레기는 다 끄집어내고 쥐가 찍찍대며 출몰하는 곳에서는 내친김에 퇴치 작업까지 해 버렸다.

작업이 끝나자 마사고로는 수하 가운데 두 명만 남기고 나머지는 돌려보냈다. 이 두 사람이 입이 무거워 믿을 만하다는 수하들인 모양이다. 마사고로는 그들에게 단단히 지시를 내렸고 그들도 명을 깍듯이 따르는 모습이다. 두 사람 모두 아직 이십 대로 보이는데, 머리만 박박 밀면 그대로 스님 노릇이라도 할 수 있을 만큼 얼굴이 말끔했다.

"그럼 가 볼까요? 연장은 벌써 채소 가게 안에 가져다 놓았습니다. 뒷문으로 들어가시지요."

마사고로는 그렇게 말하고 도미헤이가 살던 집으로 앞장섰다. 헤이시로가 그들을 따라 잠자코 걸음을 옮기기 시작하는데 수로에 걸린 다리 쪽에서 후다다닥 요란한 발소리를 내며 누가 달려오는 모습이 시야 한 구석에 비쳤다.

유미노스케다. 짧은 다리로 급하게 달려오고 있다. 인형처럼 생긴 소년이 심각한 표정으로 달려오는 것을 보니 조금 두렵기까지 했다.

유미노스케는 혼자가 아니었다. 누군가 같이 달려오고 있다. 훤칠한 키가 젊은이처럼 보이는데, 폭넓은 통소매 옷에 긴 머리를 뒤에서 하나로 묶고 하카마 자락을 손으로 쳐들고 달려온다. 의원의 차림새다.

"이모부—!"

유미노스케가 헤이시로를 알아보고 소리쳐 불렀다. 마사고로가 곁으로 돌아와 헤이시로의 얼굴을 쳐다보았다.

"아니야, 저 아이한테는 오늘 땅을 파 볼 거라는 말은 하지 않았다. 보여 주고 싶지 않으니까."

마사고로는 고개를 살짝 끄덕이고, 달려오는 두 사람을 쳐다보았다.

"저 사람은— 의원 같은데요?"

"내 눈에도 그렇게 보이는구나."

왜 유미노스케가 의원과 나란히 뛰어오고 있을까?

"이모부, 다행이네요, 길이 어긋나지 않아서."

숨을 헐떡이며 유미노스케가 멈춰 섰다. 그러고는 같이 달려온 젊은 의원을 올려다본다.

"이분은 소마 노보루 선생님입니다. 구치소 의원 선생님 말예요."

그제야 헤이시로도 눈을 크게 떴다.

"아, 그 젊은 선생이신가!"

"처음 뵙습니다. 핫초보리 댁으로 찾아갔더니 나리께서 이쪽으로 가셨다고 해서 결례를 무릅쓰고 달려왔습니다."

얼굴이 단정한 젊은 의원은 예의 바르게 고개를 숙였다.

"마침 제가 이모부 댁에 있었어요. 안내해 드릴 수 있어서 다행이에요."

유미노스케의 얼굴이 잔뜩 긴장해 있다.

"이모부, 큰일 났어요."

소마 의원은 유미노스케를 향해 고개를 끄덕여 보이고 그 뒤를 이었다.

"어제 일어난 일인데, 무녀 후부키가 몰매를 맞아 심하게 다쳤습니다."

헤이시로는 심장이 허리께까지 덜컥 떨어지는 기분이 들었다.

"어젯밤 근무를 하는 날이라 구치소에 들어갔다가 상황을 전해 들었습니다. 아무래도 구치소 안에서 싸움이 있었던 모양인데, 그건 필시 서로 입을 맞춘 얘기겠지요. 후부키 말고도 다친 여수들이 많으니 실제로 드잡이가 있었던 것은 틀림없어 보입니다만―."

"우리가 후부키와 연락한 것을 누가 눈치 챈 건가?"

헤이시로가 얼른 끼어들었다.

"아마 그런가 봅니다. 조심한다고 했는데, 다 제 잘못입니다."

의사의 눈에 핏발이 서 있다. 밤새 일한 모양이다.

"얼른 알려 드리고 싶었지만 당장 후부키의 소재도 알 수 없었기 때문에―."

"소재를 알 수 없었다니!"

"구치소 내 뒷간의 큰 똥항아리에 빠져 있더군요. 완전히 인사불성이라 소리를 지를 수도 없는 상태였고, 그 때문에 아침까지 소재를 파악할 수 없었습니다. 조금만 늦게 발견했으면 그대로 분뇨에 빠져 죽었을 겁니다."

그녀를 똥항아리에 밀어넣은 자는 당연히 그걸 노렸을 것이다. 구치소 안에서는 가혹한 일들이 흔하게 벌어지는데, 뒷간이 무대로 이용되는 경우도 많다. 인간이 여차하면 얼마나 잔혹해질 수 있는지를 보여 주는 본보기였다.

"인정사정없이 당했군. 그래, 후부키는 살 수 있겠나?"

젊은 의원은 이마의 땀을 훔쳤다. 쉬지 않고 내리 달려온 듯하다.

"예, 지금은 대기실에서 잠들어 있습니다. 목숨은 건진 것 같은데 아직은 방심할 수 없습니다. 사쿠지에게 잘 지키라고 일러두었고 이렇게 공공연한 사태라면 구치소 관리들도 경계하지 않을 수 없을 테니 당장은 위험하지 않을 겁니다. 다만―."

소마 의원의 씁쓸한 표정이 문득 어두워진다.

"제가 오늘 아침 근무를 마치고 나왔으니 내일 아침에 다시 교대하러 들어갈 때까지는 다른 구치소 의원에게 후부키를 맡겨야 합니다. 이즈쓰 나리도 잘 아시겠지만 지금 구치소 상황이 복마전伏魔殿인데, 제 동료 의원도 그 속에 완전히 빠져 있습니다."

"음, 잘 알고 있소."

"마음을 놓을 수 없는 상황인지라 오늘은 제가 계속 근무하겠다고 고집을 부려 보았지만 구치소 관리들이 허락해 주지 않습니다. 그렇다고 발만 동동 구르고 있을 수도 없어서 나리를 찾아뵈러 왔습니다."

헤이시로는 어금니를 꽉 물었다. 마사지로 한 명이면 족하다. 또 누가 죽는 사태는 받아들일 수 없다.

"그런 얼굴 하지 마시오, 젊은 선생. 선생 탓이 아니오. 우물쭈물거리던 내가 잘못이지—."

헤이시로의 말을 막으며 유미노스케가 헤이시로의 소매를 잡아당겼다.

"이모부, 당장 서둘러야 해요. 후부키 씨를 해친 자들이 무엇을 어디까지 알아냈는지 모르잖아요. 아무튼 니헤이가 냄새를 맡을 가능성이 커진 것은 사실이에요. 빨리 시작해야 해요."

"도련님 말씀이 맞습니다. 자, 어서요, 나리."

불상처럼 듬직하게 자리 잡고서 대화를 듣고 있던 마사고로가 단호한 목소리로 말했다.

헤이시로가 움직이기 시작했다. 짧은 다리로 부리나케 달려온 유미노스케가 작은 손으로 다시 한번 헤이시로의 소매를 잡아당겼다.

"이모부. 제가 이 현장을 구경하기를 원치 않으신다는 건 잘 알아요."

헤이시로는 걸음을 멈추고 유미노스케를 똑바로 내려다보았다.

아이는 처연하리만치 고운 얼굴을 하고 있다. 순간 아내가, 저 아이를 상인으로 만들어 저잣거리에 놔두면 안 된다고 귀에 못이 배기도록 말했던 이유를 똑똑히 이해할 수 있었다.

"저도 이모부 말씀이 옳다고 생각해요."

유미노스케가 계속 말했다.

"하지만 저는 이미 본 거나 마찬가지예요. 요즘 매일 꿈을 꿔요. 이모부, 저도 도울 수 있게 해 주세요. 그래서 이 일을 조금이라도 빨리 끝장내게 해 주세요."

헤이시로가 소년의 뒷덜미를 덥석 움켜쥐었다.

"좋아. 가자."

땅을 팠다. 파고 또 팠다. 처음에는 수하 두 사람이 젊은 힘을 아끼지 않고 맹렬하게 팠다. 그들은 지칠 줄도 모르는 것처럼 보였다. 소매를 걷어 올려 맨살을 드러낸 어깨가 금세 땀으로 번들거리기 시작했다. 그래도 파고 또 팠다.

도미헤이네가 살던 집의 봉당을 시작으로 다다미를 걷어 낸 마루 밑을 한 치 한 치 넓혀가며 팠다. 곁에서 지켜보다 감질이 난 헤이시로는 마사고로가 가져온 가래를 잡았다. 거기에 마사고로가 가세하고 젊은 의원까지 거들고 나섰다. 유미노스케도 돕고 싶어 했지만 연장이 부족했다. 헤이시로는 소년에게 파 올린 흙을 살펴보는 일을 맡겼다.

일동은 묵묵히 땅을 팠다. 시간 가는 줄 모르고 팠다. 어느새 해가 기울어 붉은 석양이 출입구 장지로 비껴들었다. 모두들 한쪽 어깨가 드러나도록 옷을 반쯤 벗은 상태로 일했다.

그런데도 아무것도 나오지 않았다.

"어떻게 된 거지?"

헤이시로가 쪼그리고 앉았다. 기하치조_{초목을 이용해서 천연 염색을 해 누런 바탕에 검정 줄무늬 혹은 격자 무늬가 있는 견직물} 소매로 얼굴을 훔치자 땀과 먼지로 갈색 얼룩이 묻어난다.

"여기는— 아니라는 얘기인가요."

마사고로도 땅에 박아 세운 곡괭이 자루에 기대 숨을 고르고 있다.

"그럴 리가 없어요. 지도를 봐도 여기밖에 없어요."

유미노스케의 콧잔등에 흙이 묻어 있다. 볼도 이마도 흙을 파헤친 양손도 새카맣다.

"하지만 이렇게 파도 아무것도 나오지 않으니……."

"등롱집 주인이 더 깊이 묻었을지도 몰라요. 혹은 뎃핀 나가야를 지을 때 미나토 상회에서 더 깊이 묻었을지도 모르죠."

유미노스케는 필사적이다.

"혹은 뎃핀 나가야를 지을 때 뼈를 파내서—."

그렇게 말하기 시작한 헤이시로를 유미노스케가 울어 버릴 듯한 기세로 가로막았다.

"아니에요, 이모부. 그렇다면 왜 이제 와서 세입자들을 쫓아내겠어요. 앞뒤가 맞질 않아요. 아오이 씨는 여기 있어요! 절대로 여기 있다니까요!"

"허지만……."

헤이시로는 가래로 묵묵히 흙을 파내고 있는 소마 의원 쪽을 돌아보았다.

"젊은 선생, 사실 뼈도 무른 것이라 십칠 년쯤 지나면 흙이 되어 버리지는 않소?"

의원은 일손을 멈추고 팔로 턱을 훔쳤다.

"그렇지는 않을 겁니다. 땅속에서는 삼십 년 사십 년이 지나도 뼈는 고스란히 남습니다."

"파내서 거두어야 해요."

유미노스케는 울상을 짓고 있다. 지금 여기서 이 녀석이 울면 다시 아까처럼 처절한 얼굴이 될지도 모르겠군. 그것만은 보고 싶지 않은 헤이시로가 얼른 다가가 소년의 머리를 쓱쓱 쓰다듬었다.

"알았다, 알았어. 알았으니까 그렇게 열 올리지 마라."

그때 소마 의원이 소리를 질렀다.

"어, 이건?"

일동은 굶주린 승냥이가 토끼 발소리라도 들은 양 일제히 고개를 돌렸다.

젊은 의원은 땅바닥에 무릎을 꿇은 채 왼손으로 가래 자루를 잡고 오른손으로 뭔가를 집어 들었다. 가래 자루를 놓아 버리자 가래가 탁 소리를 내며 자빠졌다. 젊은 의원 귀에는 그 소리도 안 들리는 모양이다. 그는 양손으로 그 물건을 잡은 채 흙을 털어 냈다.

"이건―."

말이 이어지기 전에 헤이시로가 그것을 알아보았다. 유미노스케도 보았다. 마사고로와 수하들도 보았다.

턱— 아래턱이다. 일그러진 반원형에 이빨이 나란히 박혀 있다. 아주 작지만, 그래도—.

"턱뼈다."

유미노스케가 떨리는 목소리로 말했다.

갑자기 뒷문이 드르륵 소리를 내며 열렸다.

"허어, 수고가 많으십니다."

야비한 목소리였다. 잘못 들을 리가 없는 그 목소리. 헤이시로는 얼굴을 들고 눈부신 석양에 눈을 가늘게 뜨고서 목소리의 주인공을 확인했다.

니헤이였다. 고양이처럼 굽은 등으로 문가에 서 있다. 가만히 있으면 그래도 남자다운 축에 드는 얼굴에 뒤틀린 듯한 웃음이 가득 번져 나간다.

"안 나오면 어쩌나 하고 애를 태웠지 뭡니까. 이야, 다행입니다, 다행이에요."

니헤이가 성큼성큼 걸어 들어왔다. 씨름꾼으로 보일 만큼 우람한 사내 하나가 그의 팔꿈치에 바짝 붙듯이 해서 집 안으로 나란히 들어왔다. 수하는 우두머리의 됨됨이를 비추는 거울이라는 말도 있지만 과연 그렇군, 하며 헤이시로는 이 판국에 아무럼 상관없는 생각을 했다. 마사고로의 수하는 마사고로를 비춘다. 니헤이의 수하는 니헤이를 비춘다. 당사자를 직접 보는 것보다 더 잘 알 수 있다.

"그건 뭡니까? 오? 뼈네요, 뼈."

니헤이가 기쁜 듯이 쿡쿡 웃느라 몸을 흔들면서 젊은 의원에게 가까이 간다. 그러고는 이제야 알아보았다는 듯이 그의 얼굴을 들여다보고는 요란하게 놀라는 시늉을 했다.

"오, 이건 또 누구십니까, 소마 선생이시네. 놀랍군요. 이즈쓰 나리와 아는 사이셨나요? 바쁘실 텐데 여기 조사 작업에 참여하셨네요. 훌륭하십니다."

유미노스케는 흙 위에 털퍼덕 주저앉아 세상에 둘도 없는 구경거리를 보는 양 니헤이를 쳐다보고 있다. 그의 빛바랜 줄무늬 기모노는 아마 연노랑이나 풀빛이겠지만 석양에 물들어 묘한 붉은색으로 보인다.

"이 뼈는 미나토야 소에몬의 조카― 십칠 년 전 행방을 감춘 뒤 소식이 없는 아오이라는 여자의 뼈로군요, 선생. 아니, 이즈쓰 나리. 어느 분께 말씀을 들어야 좋을까요?"

"나야 자세한 사정을 모르지만―."

소마 의원이 조용히 말했다.

의원의 말을 가로막으며 니헤이는 또 요란하게 팔을 벌리고 놀라는 시늉을 했다.

"호오, 모르신다? 그럼 선생, 앞으로가 아주 기대됩니다그려. 미나토야 소에몬과 안주인 오후지의 죄가 드러날 테니까요. 깡그리 드러날 겁니다. 명명백백하게. 백일하에 드러날 겁니다."

소마 의원은 아래턱뼈를 왼손 손바닥에 가만히 올려놓은 채 고개를 저었다.

"하지만―."

"젊은 선생은 가만히 계쇼. 이즈쓰 나리는 이미 아시죠. 그렇죠, 나리?"

긴 그림자 • 515

니헤이는 오만하게 콧방귀 뀌는 얼굴로 말했다.

"너는 어디까지 알고 있느냐?"

헤이시로는 물었다.

니헤이는 거침없이 얼굴을 일그러뜨리며 웃었다. 거짓말쟁이는 입이 비뚤어진다는 속설이 있던데, 아무래도 사실인 모양이다.

"나리와 비슷한 정도로, 잘 알고 있습죠."

"하지만 이건—."

소마 의원이 다시 끼어들려고 하자 니헤이가 앞으로 쓱 나섰다.

"젊은 선생은 잠자코 계시라고 했잖소!"

소마 의원은 마치 이자가 제정신인가 하고 의심하는 듯 뜨악한 얼굴로 니헤이의 눈을 빤히 들여다보았다.

"물론 나야 사정을 잘 모르지만 당신도 성급하게 판단하는 듯하군."

그러자 과연 니헤이도 흠칫했다.

"뭐, 뭐라고 하는 거요, 지금?"

"당신은 이게— 그 아오인지 뭔지 하는 여자의 뼈라고 말하는 모양인데,"

"아무렴, 그게 아니면 뭐겠소."

니헤이가 양손을 휘둘러 헤이시로 일행을 가리켰다.

"이즈쓰 나리가 이렇게 요란하게 일을 벌여서 여기 손바닥만 한 땅을 파헤치고 있는 것도 다 그 여자의 뼈를 찾기 위해서지!"

분하지만 사실이다. 참으로 집요한 놈이다. 뒤통수에도 눈깔을 달고 사는 놈이 아닐까? 헤이시로는 그렇게 생각했다. 미나토 상회도 이것으로 끝장인가—.

"하지만—."

소마 의원은 여전히 진지하기 짝이 없는 얼굴이다. 다만 입가가 조금 느슨해진 모습이 아무래도 뭔가 재미있어하는 듯 보이기도 한다.

"이건 사람 뼈가 아니오."

그 말이 니헤이 귀에 닿는 데는 심장 박동이 두 번 뛸 만한 시간이 걸렸다.

"뭐, 뭐라고?"

니헤이는 방금 전 빙글빙글 웃을 때하고는 정반대로 얼굴이 일그러졌다.

"무슨 잠꼬대 같은 소리요, 선생."

"잠꼬대는 내가 아니라 그쪽이 하고 있지."

소마 의원은 손 위에 올린 턱뼈를 니헤이 코앞으로 들이밀었다.

"잘 보시오. 물론 이건 아래턱뼈요. 하지만 여기 송곳니가 있잖소."

헤이시로와 마사고로도 일어나 일제히 소마 의원에게 다가섰다. 유미노스케만 아직 얼이 나간 듯 주저앉아 있다.

소마 의원은 손가락 끝으로 턱뼈 한쪽을 건드렸다.

"보시오, 이거. 끝이 부러져서 알아보기 힘들지 모르지만 이건 송곳니요. 틀림없소. 게다가 이빨들이 나란히 자리 잡은 모양이나 이빨 생김새만 봐도 금방 알 수 있소. 이건 사람 아래턱뼈가 아니란 말이오."

사람 뼈가 아니다.

"개 뼈군. 개 뼈가 맞소."

소마 의원은 말했다.

"잠깐 보았을 뿐이라 확실하게 말할 수는 없지만 얼추 이십 년 이상 묵은 뼈가 아닌가 싶소. 죽은 개의 뼈가 여기 묻혀 있던 거요."

쥐죽은 듯 조용한 침묵이 흘렀다.

잠시 후 어험, 하고 마사고로가 기침을 했다. 그러고는 툭 내뱉듯 말했다.

"참 어처구니가 없네."

그것으로 속박이 풀렸다. 헤이시로가 웃기 시작했다. 마사고로의 두 수하도 웃기 시작했다. 니헤이는 입을 멍하니 벌린 채 뻐끔거릴 뿐이다. 그의 수하는 조그만 눈을 깜박거리고 있다.

"이봐, 선생. 내가 예예 하니까 지금 기고만장해서 장난치는 거요?"

니헤이가 당황해서 사납게 노려보았다. 젊은 의원은 변함없이 진지했다.

"나는 장난칠 생각 없소. 그저 개 뼈를 두고 개 뼈라고 말하고 있을 뿐이지."

"누굴 속이려고!"

니헤이가 오른쪽 소매를 확 걷어붙이며 젊은 의원에게 바짝 다가섰다.

"속이다니. 나는 의원이오. 사람 뼈와 개 뼈도 분간하지 못하겠소? 정 의심스러우면 다른 의원한테 물어보면 될 거 아니오."

"그런데 댁은—."

침을 튀기며 악을 쓰는 니헤이 곁에, 어느새 일어섰는지 유미노스케가 다가와 있었다. 두 눈을 휘둥그레 뜨고 볼에서는 핏기가 가셨다. 그야말로 살아 있는 인형 같은 모습이다.

"뭐, 뭐, 뭐 하는 거야!"

니헤이가 뒷걸음질 쳤다. 유미노스케는 니헤이의 얼굴을 보는 게 아니다. 소매를 걷어붙인 오른쪽 팔뚝만 쳐다보고 있다.

"이건 뭐죠? 이 상처는 뭐예요?"

노래라도 하듯이 그에게 물었다.

헤이시로가 니헤이에게 저벅저벅 다가갔다. 유미노스케가 하고 싶어 하는 말이 등롱을 비춘 마냥 똑똑히 보였던 것이다.

니헤이의 오른팔 안쪽 매끄러운 부위에 이빨 자국 한 쌍이 찍혀 있었다. 아물고 있는 중이지만 얼마나 세게 물렸는지 이빨 수를 셀 수 있을 만큼 선명하게 찍혀 있다.

"그거 꽤 아팠겠구나, 니헤이."

헤이시로는 그렇게 말하며 그의 손목을 콱 움켜쥐었다.

"누구한테 물렸지? 개는 아닌 것 같은데."

니헤이의 얼굴에서 순식간에 핏기가 가셨다. 입가가 왼쪽 오른쪽으로 어지럽게 씰룩거린다.

"아, 아니, 아니요."

"아니면 고양이한테 물렸나?"

"이건— 나리, 왜 남의 상처를 가지고."

"얼마 전 히토쓰메 다리 근처로 떠오른 시체 말인데."

헤이시로는 어금니를 꽉 문 듯한 목소리로 말했다.

"혹독한 고문을 당하고 살해된 듯했는데 이가 더럽더군. 아주 심하게 더러웠어. 그래서 우리는 생각했지. 이거 혹시 고문당하다가 상대방을 물었던 것은 아닐까 하고 말이야."

"허, 그랬나요? 그거 예삿일이 아니군요. 저도 도와드릴까요?"

니헤이가 눈빛을 이글거리며 웃었다.

"그래, 도와주게."

헤이시로는 뼈라도 부술 듯 억센 힘으로 니헤이의 팔을 꽉 쥐었다.

"다행히 그 익사체의 치형을 떠 놓았거든. 잠깐 가서 팔뚝에 찍힌 자국과 비교해 보자고. 그럼 간단히 끝날 테니까."

헤이시로는 니헤이를 노려보며 입술만 씽긋 움직여 웃었다. 어느새 마사고로와 두 수하가 니헤이를 에워쌌다.

"그렇군. 마사지로를 고문해서 알아냈나? 너는 과연 머리가 좋구나. 예전에 가쓰겐에서 일하고 뎃핀 나가야에서 소동을 피웠던 자를 주목하다니 말이야."

니헤이가 도망치려고 했다. 마사고로와 수하들이 와락 덤벼들었다. 그때 유미노스케가 꺄악, 하고 계집애 같은 비명을 질렀다. 헤이시로가 돌아보니 씨름꾼처럼 우람하게 생긴 니헤이의 수하가 유미노스케의 목에 팔뚝을 감고 코끝에 단도를 들이대고 있었다.

"우, 우리, 형님을, 놔 줘!"

덩치 커다란 수하는 말을 제대로 못하는지 흉포한 얼굴치고는 어눌한 말투로 그렇게 위협했다.

"어서, 놔 주라니까."

유미노스케는 목을 졸려 당장이라도 숨이 막혀 죽을 듯했다. 이 수하란 자는 덩치가 너무 커서 머리까지는 피가 돌지 않는지, 아니면 힘을 적절하게 조절할 줄 모르는지, 소중한 인질 유미노스케를 당장이라도 목을 졸라 죽일 기세였다.

모두 꼼짝도 할 수 없었다. 마사고로가 그러다 아이 죽겠다! 하고 소리쳤다. 덩치 커다란 그 수하가 확실히 아둔하다는 사실을 알 수 있는 것이, 그 소리를 듣자 유미노스케의 목을 더 옥죄고는 주춤주춤 뒷걸음질 친다.

"잘했다! 안됐습니다요, 나리."

니헤이가 그렇게 소리치며 출입구 쪽으로 뛰기 시작했다.

이것으로 소에몬도 끝났구나— 천장을 뚫어 버릴 듯한 커다란 웃음소리가 니헤이의 목에서 터져 나왔다. 아둔한 수하가 그 웃음소리에 잠깐 정신이 팔려 팔을 늦췄다.

"꺄악!" 하고 유미노스케는 다시 비명을 질렀다. 그와 동시에 수하의 팔뚝을 깨물었다. 이번에는 수하가 어이쿠, 하고 비명을 지르며 소년을 밀어냈다. 유미노스케는 앞으로 도망쳤다. 그러나 수하도 만만치 않아서 냉큼 팔을 뻗으며 유미노스케에게 몸을 날려 덮치려고 했다.

유미노스케는 피하기는커녕 통나무 같은 수하의 팔뚝을 두 손으로 붙들었다. 그러고는 합! 하고 기합을 지르며 잽싸게 쪼그리고 앉았다. 눈앞에 있던 유미노스케가 쪼그리고 앉자 커다란 수하는 제풀에 허공을 날았다. 유미노스케는 그자의 기세에 길만 만들어 주면

긴 그림자 • 521

되었다.

　우람한 수하가 헤이시로 일행의 눈앞에서 땅바닥에 등부터 떨어졌다. 흰자위를 희뜩거리고 있다.

　마사고로와 수하들이 잽싸게 움직였다. 니헤이는 결국 채소 가게에서 한 발도 나가지 못했다.

　"너, 제법이구나. 이런 덩치를 메다꽂다니."

　헤이시로는 유미노스케에게 달려가 머리 위에 손을 얹었다. 발치에 덩치 커다란 수하가 떨어뜨린 단도가 구르는 것을 보고 그것을 주웠다.

　유미노스케는 숨을 헐떡이면서도 눈을 반짝이며, 널브러진 니헤이의 수하를 노려보고 있다.

　그러고는 조금 꺽꺽거리는 목소리로 말했다.

　"제 검술 선생님이— 무사 가문의 자손이라면 몰라도 평민 아이들한테는 정통 검법을 가르칠 수 없다고 하셨어요. 호신술은 가르칠 수 있다고 하셨는데, 너무 엄하신 선생님이라 제가 늘 멍투성이였잖아요."

　그러고 보니 그랬다. 공연한 고생은 아니었던 셈이다.

　"……근데 이모부."

　제압당해 무릎을 꿇은 니헤이가 시끄럽게 소란을 피우고 있어 유미노스케의 목소리가 잘 들리지 않는다. 헤이시로가 쪼그리고 앉았다.

　"뭐?"

　"저— 너무, 너무 무서웠어요."

헤이시로는 유미노스케의 발치를 내려다보았다. 무슨 까닭인지 그 자리에만 비가 내리고 있다.

이번에는 유미노스케의 얼굴을 보았다. 눈에 눈물이 고였다. 위도 비, 아래도 비다.

헤이시로는 유미노스케의 어깨를 툭 쳤다.

"뭐, 하는 수 없지. 대낮에 꿈꾸다가 지렸다고 생각해 버려."

"예, 죄송해요."

유미노스케는 엥엥 울었다. 니헤이는 아우성치고 있다. 마사고로는 웃고 있다. 젊은 의원은 개 턱뼈를 살펴보고 있다.

13

감 먹고 어디서 굴러온 개뼈다귀던가

― 글자 수가 안 맞네.

이즈쓰 헤이시로는 툇마루에 엎드려 있다. 오늘은 아침부터 구름이 많고 기분 탓인지 새 소리도 탁하게 들리는 듯하다.

머리 옆에는 감 씨만 남은 접시가 하나 있다. 가와이 상회가 첫물이라고 하녀를 시켜 보내 준 감이다. 아직 단맛은 덜하지만 아삭아삭 씹히는 붉은 열매에는 분명 가을 맛이 있다.

심부름 온 가와이 상회의 하녀에 따르면 유미노스케가 지난밤부터 열이 나서 누워 있다고 한다. 고열은 아니지만 마음이 우울한지 맥이 없단다. 최근의 일들로 역시 지친 모양이다. 옷에 오줌을 지린 것이 가와이 상회 부모에게 알려지면 곤란하므로 이 집에서 옷을 갈아입혀 돌려보냈지만, 그 사이 냉기가 들었는지도 모른다.

헤이시로는 방바닥을 뒹굴고 있다. 담당 지역을 순시해야 하고 관아에 들어가 동료들과 상의할 일도 있고 밀린 서류도 있지만 영 기운이 나지 않는다. 어제 몸에 익지 않은 막노동으로 무리했더니 허리가 다시 시큰거린다.

막부에서 짓테상대를 제압할 때 쓰는 무기로, 대체로 품에 감출 수 있을 만큼 짧막하다를 하사받았다고 위세를 떨며 왈왈 짖어 대는 자들이 다들 비슷하지만, 피의자 처지로 떨어진 니헤이는 참으로 나약했다. 지신반으로 끌고 가서 유미노스케가 우동 반죽으로 떠 놓은 치형과 니헤이 팔에 남은 치형을 견주어 보고, 봐라, 이렇게 정확히 일치하지 않느냐, 하고 추궁하자 마사지로를 죽였다고 깨끗하게 자백했다. 그는 헤이시로의 소매에 매달려, 물론 마사지로를 죽이기는 했지만 그건 고문을 하다 재수가 없어서 그렇게 되었을 뿐 처음부터 죽일 생각은 없었습니다요, 애초에 고문을 하게 된 것도 미나토 상회 주인의 범죄를 캐기 위해서였단 말입니다, 나리도 잘 아시지 않습니까, 하고 갈라진 목소리로 호소했다.

헤이시로는 시치미를 뗐다. 미나토 상회 주인의 범죄라니, 그게 뭐냐? 나는 모르는 일이다. 소에몬의 조카 아오이? 그게 누구냐? 흠, 십칠 년 전에 미나토 상회에서 사라졌다고? 아마 정이 헤픈 여자인 게지. 그런 여자 중에 남자를 밝히는 중년 여성이 많지 않으냐. 뭐? 그럼 왜 채소 가게 밑을 파헤쳤느냐고? 마사고로한테 듣지 못했느냐? 그곳 관리인 사키치가 부탁해서 마사고로네가 잠시 봐 주고 있었는데, 어제는 아우들을 불러서 대청소를 했다. 그랬더니 흰 개미가 여기저기 우글거려서 이대로 두었다가는 집이 다 망가질 판이라고 하더라. 아마 땅속에 커다란 흰개미집이 있는 모양이라고 해서 파헤쳤던 거다. 나도 평소 사키치한테 이런저런 부탁을 받은 처지였고, 뭐, 별로 할 일도 없는 몸이라 소일삼아 거들고 있었다. 뭐? 거짓말이라고? 이봐, 내가 왜 이런 시시한 일을 두고 거짓말을 하겠냐. 너, 머리가 어떻게 된 거 아니냐? 당장 소마 의원한테 진맥을 받아 보는 게 어떠냐.

니헤이가 헤이시로와 거래를 하고 싶어 하는 것은 분명했다. 최악의 경우 자기가 살인 혐의로 재판을 받게 되더라도 소에몬만은 끝까지 물고 늘어지겠다는 속셈이 들여다뵌다. 정말이지 집요하기 짝이 없는 자다.

지난밤은 그 집념을 들들 끓이며 히토쓰메 다리 근처 지신반에서 기둥에 묶인 채 밤을 샜을 것이다. 마사고로에게 감시를 맡겨 놓았으므로 걱정할 필요는 없다. 니헤이 덕분에 공을 세운 관리도 적지 않을 터이니 그자가 헤이시로한테 체포되었다는 말이 퍼지면 전말을 알고 싶어 하거나 잘 봐 달라고 청탁하거나 쓸모가 많은 자이니 못 본 척해 달라고 압력을 행사하는 등 다양한 반응이 나타나리라 짐작된다. 누가 찾아와 뭐라고 하면 즉시 자기한테 알리라고 마사고로에게 부탁해 두었다.

그러나 현재까지는 아무런 움직임도 없다.

오캇피키나 그 수하가 구치소에 갇히면 대개는 수인들이 우 달려들어 몰매를 주므로, 차라리 죽여 달라고 소리치고 싶은 처지에 몰리게 되는 것이 관례라고 한다. 하지만 니헤이의 경우는 조금 사정이 다르다. 그는 구치소에서 힘깨나 쓰던 자다. 그냥 집어넣어 두었다가는 오히려 좋은 일만 시켜 주게 될지도 모른다. 그게 아니라도 구치소 안에서 잔꾀를 쓰게 되면 골치 아프다. 지신반에 묶어 두는 것이 상책이다.

그나저나 그가 목소리 높여 말하는 '미나토야 소에몬의 과거 범죄'에 대하여 진상을 밝혀 놓지 않는다면 다른 관리들에게 사건을 넘기는 것이 자칫 위험할 수 있다. 그러므로 아오이 건을 해결하는 일은 이제 헤이시로에게 더욱 절실한 과제가 되었다.

하지만 뼈가 나오지 않았다. 적어도 도미헤이네가 살던 집 밑에서는. 어딘가 다른 자리에 묻혀 있는 모양이다.

— 결국 전부 파헤쳐 보는 수밖에 없단 말인가.

그렇게 되면 보통 일이 아니다. 이목을 끌 수밖에 없다. 오쿠메가 쾌차할 전망이 보이면 사키치도 돌아올 것이다. 그의 귀에 이야기가 들어가면 미나토 상회 측도 당연히 알게 된다.

모든 것을 공개하지 않으면 그렇게 대대적인 조사 작업은 불가능하다.

헤이시로는 자문했다. 내가 무슨 상관이지? 소에몬이 어찌 되고 오후지가 어떻게 되든 그것은 자신이 저지른 짓을 스스로 책임지는 것일 뿐인데.

물론 니헤이는 마음에 안 든다. 그자는 자기 업적을 위해서 많은 사람을, 아픈 약점을 갖고 있는 많은 사람들을 짓밟아 왔다. 마사고로가 '더러운 오캇피키'라고 분개한 것도 심정적으로는 충분히 이해

된다.

하지만 그렇다고 미나토 상회 주인을 놔두고 니헤이만 처벌하는 것도 공평치 못한 일 아닌가.

그래도 헤이시로는 새삼스럽게 생각했다. 내가 미나토 상회의 아오이 건을 공개적으로 조사하고 싶어 하지 않는 까닭은 특별히 소에몬과 오후지를 보호하고자 함이 아니라 관련된 사람이 많기 때문이다. 사키치는 물론이고 딸 미스즈, 뎃핀 나가야의 예전 세입자들, 특히 오쓰유와 도미헤이, 오리쓰, 그리고 전 관리인 규베. 오토쿠와 오쿠메, 등롱집 부부, 미나토 상회와 가쓰겐의 점원들.

사태가 공개되어서 득을 보는 자는 한 명도 없다. 놀라거나 상처를 입거나 생업을 잃거나 모종의 벌을 받게 되는 사람들뿐이다.

그런 점이 니헤이하고는 전혀 다르다. 역시 인간은 혼자 고립되어서 좋을 일이 없다.

역시 모른 척 내버려둘걸 그랬어. 어울리지도 않는 일에 손을 댔어. 이렇게 되면 이제는 나 같은 사람이 감당하기 힘들겠어. 그렇게 중얼거리며 다시 이리 뒹굴 저리 뒹굴 하는데 장지가 벌컥 열리고 아내가 얼굴을 들이밀었다.

"손님 오셨어요."

"누구?"

"뎃핀 나가야의 관리인 규베 씨예요."

헤이시로는 벌떡 일어나 앉았다.

아내는 반가워하는 기색이다.

"그동안 너무 소식이 없었다면서요? 아주 물 좋은 꽁치를 가지고 왔어요. 당신도 꽁치 좋아하죠?"

규베는 몸집이 한결 작아진 듯 보였다. 그러나 얼굴은 나쁘지 않다. 기모노와 하오리는 지은 지 얼마 안 돼 보였다.
"좋은 하오리로군. 누가 골라 준 건가?"
헤이시로는 첫 마디로 그렇게 물었다. 규베는 엎드린 채 얼굴을 들려고 하지 않는다.
"뎃핀 나가야 근처에서 자네를 보았다는 소문은 듣고 있었다. 비 오는 날 작은 배 고물에 앉아 있었다고 하더군."
규베는 여전히 머리를 조아리고 있다.
"오쓰유와 도미헤이를 계속 만나 왔지? 나야 그 두 식구가 사루에 초로 이사한 뒤로는 얼굴도 본 적이 없지만, 도미헤이는 한때 상태가 많이 호전되었다고 하던데, 지금은 어떤가?"
아내가 다과를 내왔다. 규베는 잠깐 고개를 들었다가 이내 다시 엎드렸다. 아내는, 아이, 뭘 그렇게 어려워해요, 그나저나 참 오래간만이네, 별고 없었죠? 하며 다과와 함께 한바탕 인사말을 늘어놓은 뒤에야 방을 나갔다.
"세상이 어떻게 굴러가는지 아무것도 모르는 여자라서. 하지만 자네가 오래전 뎃핀 나가야 관리인을 그만두었다는 것까지 모르고 있을 줄이야. 하긴 내가 집 안에서는 그런 얘기를 통 꺼내지 않으니."
헤이시로는 찻잔을 들어 올리며 말했다.
"이즈쓰 나리."
규베는 작정한 듯한 표정을 짓고서 마침내 얼굴을 들었다.

"나리는 이놈이 무슨 말씀을 올려도 이미 모든 걸 다 아시는 줄 압니다. 이놈이 저지른 못난 짓에 대해서는 참으로 죄송하다는 말씀을 드리지 않을 수 없다고 벌써부터 죄스럽게 생각하고 있었습니다. 다만 오늘은 제 주인 미나토야 소에몬 나리의 명을 받고 찾아뵈었습니다. 그러므로 먼저 주인님이 명하신 것부터 말씀을 올렸으면 하오니 부디 널리 양해해 주시면 감사하겠습니다."

평민 신분이라도 업무상 하오리를 입는 자에게는 그만한 위엄이 있다. 그것을 헤이시로는 생전 처음으로 눈앞에서 확인했다. 솔직하게 말하면 움찔했다. 이것이 규베의 본모습이구나 싶었다. 이건 역시 사키치에게서는 볼 수 없는 관록이구나.

흐응, 하고 짐짓 심드렁하게 대답하려 했지만 결국 아무 소리도 내지 못하고 가만히 있었다. 그러자 규베도 입을 다물고는 다시 잠자코 엎디고 만다.

"뭐, 그럼, 어서 보따리를 풀어 보게."

헤이시로는 딱히 할 일이 없는 손으로 턱을 쓰다듬었다.

규베는 전혀 웃지 않았다. 헤이시로가 알고 있는 뎃핀 나가야의 관리인 규베는 이 자리에 없다. 두부 장수네 콩 부부를 야단치고 간이식당에서 오토쿠에게 고민을 털어놓고 지붕에 올라가 수리를 하는 세입자들을 밑에서 막대를 휘두르며 지휘하고 강아지를 괴롭히는 꼬마들에게 꿀밤을 먹이던 규베는 작디작게 접혀져서 눈앞의 규베가 입고 있는 기모노 소맷자락 속에라도 들어가 있는 듯했다.

"미나토 상회 주인이 뭐라고 하던가?"

헤이시로가 묻자 규베가 말했다.

"주인 나리는 이즈쓰 나리를 꼭 만나 뵈었으면 하십니다."

헤이시로는 손가락으로 제 코를 가리켰다.

"나를?"

"예."

규베는 그제야 헤이시로를 똑바로 쳐다보았다.

"역시 뎃핀 나가야 일― 때문이겠지?"

"예, 그렇습니다."

규베는 분명하게 대답했다.

헤이시로는 방금 전 입 밖에 내지 못한 것까지 한데 모아서 "흐음" 하고 말했다.

듣고 보니 그게 가장 시원한 방법이다. 왜 나는 그 생각을 못했을까. 미나토야 소에몬에게 직접 부딪혀 본다. 좋은 방법 아닌가.

"내가 찾아가서 만나 봐도 좋았을 텐데. 설마 만나 줄 거라고 생각하지 않았던 거야."

헤이시로가 히죽히죽 웃어도 규베는 따라 웃지 않았다. 그래도 그렇게 봐서 그런지 미간 근처가 풀어진 듯 보이기도 한다.

"오늘 저녁에라도…… 괜찮으신지요?"

"괜찮고말고."

"그럼 사람을 보내서 모셔 가도록 하겠습니다. 모쪼록 잘 부탁드립니다."

규베는 머리를 한 번 깊이 조아리고는 다시 말했다.

"이번에 저희가 벌인 불미스러운 일은 차마 변명할 길이 없습니다. 이즈쓰 나리께 공연히 수고만 끼쳐 드렸습니다."

단숨에 그렇게 말하고는, 그럼 저는 이만 물러가겠습니다— 하고 규베가 다시 절을 했다. 그가 돌아가 버릴 때까지 헤이시로는 결국 '그래, 자네는 잘 지내고 있는 건가?'라는 간단한 질문도 던지지 못하고 말았다.

해가 기울 즈음 약속대로 그를 데리러 미나토 상회에서 사람이 찾아왔다.

그의 얼굴을 보고 헤이시로는 또 놀랐다. 미나토 상회 이름이 찍힌 한텐을 걸친 마흔쯤으로 보이는 매섭게 생긴 남자.

저 '그림자 지배인'이다.

"야나기 다리 옆 나루에 배를 대 놓았습니다. 가마를 준비해 왔으니 어서 오르십시오."

헤이시로는 이리저리 생각한 끝에 결국 관리가 입는 하오리를 벗었다. 약식 기모노로는 그림자 지배인의 한텐 차림에 대적할 수 없을 듯해 기분이 묘했다.

길을 가는 내내 그림자 지배인은 헤이시로가 탄 가마에 바짝 붙어서 걸었다. 헤이시로는 그에게 말을 걸어 볼까 몇 번을 망설였지만 가마 가리개 너머로 말을 건네려면 목청을 잔뜩 키워야 할 터였다. 결국 잠자코 가마에 실려 갔다.

야나기 다리에 도착할 즈음에는 석양이 짙어져 서녘에 개밥바라기 별이 반짝였다. 그림자 지배인이 등롱에 불을 그어 헤이시로의 발치를 비춰 주면서 안내했다. 상점 이름도 적히지 않은 종이로 마감한 등롱이다.

짧은 잔교 끝에 지붕을 올린 커다란 배가 희미하게 보인다. 선장은 머리에 수건을 두르고, 누군지 알아보기 힘든 시간대인데도 눈에 확 띄는 우람한 팔뚝을 드러낸 채 고물에서 상앗대에 기대어 서 있다. 그 옆에 쪼그리고 앉아 있던 사람이 헤이시로를 보고 일어나 허리를 깊이 꺾어 인사했다. 규베였다.

헤이시로는 잔교로 들어서기 전에 걸음을 멈추고 그림자 지배인을 돌아다보았다. 그러고는 물었다.

"오리쓰는 잘 지내나?"

등롱은 흔들리지 않고 그림자 지배인의 표정도 전혀 변하지 않았다. 헤이시로는 내처 물었다.

"너는 정말 지배인이냐?"

이번에는 그림자 지배인이 살짝 웃었다. 그러나 그는 아무 대답도 없이 등롱 든 팔을 쑥 내밀어 헤이시로 주변을 비춰 주었다.

"바닥 조심하시고 어서 오르십시오."

야나기 다리 옆 나루를 출발할 때 배 안에는 헤이시로와 규베 단 둘뿐이었다.

술상이 차려져 있고 하오리가 아니라 미나토 상회 한텐을 입은 규베가 이것저것 권하며 말상대를 해 주었지만 천하의 헤이시로도 먹고 마실 기분은 아니었다.

번번이 입을 다물고 침묵을 지키는 규베와 같이 앉아 있자니 시간이 더디 간다. 헤이시로는 오늘 밤 이렇게 미나토야 소에몬과 만난 일을 오캇피키 마사고로에게는 알려 주겠다는 것, 소에몬의 이야기가 어떤 내용이든지 헤이시로로서는 의리상 그들에게도 전해 주지 않을 수 없다는 것, 마사고로가 니헤이를 추궁하고 있지만 니헤이는 여전히 아오이가 살해되었다고 자신 있게 주장하고 있으며 그 사실만 밝혀 내면 마사지로 살해 혐의는 면책받을 수 있다고 말한다는 것들을 띄엄띄엄 들려주었다. 무슨 이야기를 해도 규베는 말없이 송구스러워할 뿐이다. 전에 만났을 때 보여 준 위엄은 이 배에 탈 때 벗어 버린 듯하다. 아니면 미나토 상회 한텐 탓일까? 같은 한텐이라도 그림자 지배인에게는 헤이시로를 주눅 들게 하는 힘을 주고 규베에게서는 위엄을 앗아갔다.

술 주전자가 적당히 따끈해졌을 무렵 배는 삐걱거리는 소리를 내며 어느 기슭에 닿았다. 규베가 헤이시로에게 양해를 구한 후 장지를 열고 고물로 나갔다.

배가 다시 움직이기 시작했다. 앉아 있어도 물 흐름과 거기에 거슬러 가는 선장의 완력이 느껴지는 듯했다.

장지가 열렸다. 규베보다 키가 훨씬 큰 사내가 비좁다는 듯 몸을 구부리고 안으로 들어왔다.

미나토야 소에몬이다.

마주 앉고 보니 생각보다 젊은 얼굴이다. 오십 대 중반일 터인데 입가 같은 곳을 보면 묘하게 감미롭다고 할까 부드럽다고 할까, 과연 여색을 밝힐 만한 얼굴이군, 하며 헤이시로는 감탄했다. 꼼꼼히 뜯어보느라 소에몬이 건네는 인사말도 귓전으로 흘려듣고 있었다.

헤이시로가 하오리를 입을지 약식 기모노를 입을지 망설인 것처럼 소에몬도 옷차림을 궁리했을까? 남자들은 원래 옷차림에 무관심한 걸까? 하지만 상인은 또 다를지도 모르지. 어쨌거나 참 고급 기모노구나. 치리멘_{잔주름이 진 비단}이겠지. 홑겹인지 겹겹인지를 선택하기가 애매한 철인데, 저 옷감은 어느 쪽일까? 저 옷감을 선물로 받아서 돌아가면 아내는 기꺼워하며 고급 비단보를 짓겠지. 헌데 저 상투는 너무 뒤로 물린 거 아닌가? 소에몬은 얼굴이 길쭉한 상인데 본인도 그걸 의식하고 있을까?

"이즈쓰 나리."

자신을 부르는 소리에 헤이시로는 그제야 잡념에서 헤어났다. 그를 부른 사람은 규베였다.

"어."

대답을 하고 보니 묘하게 당당한 대답이 되고 말았다.

"오, 미안하네. 조금 취한 모양이다."

"아직 술을 드시지 않았는데요……."

"아니, 배 멀미 말이다."

헤이시로는 그렇게 말하고 고쳐 앉았다. 소에몬은 애써 그러는지 몰라도 표정다운 표정을 전혀 드러내지 않는다.

"그래, 바쁘신 미나토 상회 주인장이 나한테 할 이야기가 있다고 하던데, 대체 무슨 이야기인가?"

소에몬은 눈꺼풀을 살짝 내려 눈을 반쯤 감고는 눈꺼풀 밑에서 눈동자를 움직였다.

"나도 자네한테 전말을 들었으면 좋겠다고 생각하던 참이라 듣던 중 반가운 제안이었네. 하지만 이렇게까지 신경 쓸 필요는 없는데."

헤이시로는 술상을 가리켰다.

"나야 되다 만 말단 관리라서 받아 챙길 것은 잘 챙기지만, 너무 과한 대접은 신세를 망치는 씨앗이니까."

아하하, 하고 웃으며 헤이시로는 아무래도 자기가 들뜬 모양이라고 생각했다. 역시 나는 그릇이 작아. 유미노스케를 데려왔으면 나았을까?

미나토야 소에몬은 가볍게 헛기침을 하고 입을 열었다.

"이즈쓰 나리는 번거로운 것을 싫어하시는 분이라고 전에 규베한테 들었습니다만, 결례를 무릅쓰고 오늘 밤 이렇게 무례한 자리를 마련했습니다. 언짢으셨다면 이놈 소에몬, 머리 숙여 사죄드립니다. 부디 너그럽게 용서해 주십시오."

말은 정중하지만 그렇게 미안해하는 것처럼 들리지 않는다. 뭐, 이만한 상인이라면 누구한테 사죄하는 일하고는 인연을 끊은 지 오래일 테니 하는 수 없지. 다만 목소리는 느낌이 좋다. 스님이 되어도 좋았겠다.

헤이시로는 목덜미를 긁었다.

"방금 말했지만 나는 빙빙 돌려서 말하는 걸 싫어하네."

소에몬은 잠자코 헤이시로를 쳐다보고 있다. 규베는 몸을 조아리고 있다.

"그러니 얘기를 얼른 끝내자고. 미나토 상회 주인장, 자네는 왜 일부러 규베와 사키치를 움직이고 시간과 수고를 들이고 많은 돈까지 써 가며 뎃핀 나가야의 세입자들을 내보내려고 하나? 솔직히 나로서는 그것만 알면 그만이고, 나머지는 알아서들 하라고 하고 싶은 마음이야."

소에몬은 비로소 미소를 지었다. 이 사내는 호탕하게 웃는 일이 없을 거라고 헤이시로는 생각했다. 미소 하나로 볼일을 다 끝낼 위인이다.

"이즈쓰 나리는 어떻게 생각하셨는지요?"

차분한 물음이다. 헤이시로는 흠, 하고 말했다. 배가 천천히 오른쪽으로 기운다. 몸도 기울었다. 물 흐름이 느껴지고 왠지 허리께가 무지근했다.

"나는 말주변이 없으니 듣다가 이해가 안 되면 그때그때 물어보게."

그렇게 말머리를 놓고 나서 이야기를 시작했다.

유미노스케라면 더 조리 있게 이야기할 텐데. 마사고로도 언변이 좋은 듯하고. 그러나 이렇게 자기 생각이나 행적을 남에게 조리 있게 설명할 기회는 그리 자주 있는 게 아니다. 말주변이 없는 것도 어쩔 수 없는 일이지만, 여하간 난처한 일이다.

소에몬은 헤이시로의 이야기가 엉키면 참으로 능숙하게 질문을 던져서 이야기를 이끌었다. 헤이시로는 그럴 때마다 감탄했다. 말을 많이 하니 역시 목이 말라서 찬 술로 목을 축인다. 다만 취기가 오르지 않도록 조심했다.

헤이시로가 할 수 있는 이야기를 다 꺼냈을 때 규베는 몸을 더 조그맣게 조아리고 있었다. 특히 그가 바짝 조아린 것은 채소 가게의 다스케 살해와 그전에 마사지로가 규베를 공격한 사건을 말할 때였다. 규베는 두세 번 정도 눈을 한참 감았다가 뜨곤 했다. 헤이시로가 나는 다스케를 누가 죽였는지는 모르겠다. 다만 뎃핀 나가야의 터줏대감이자 맏언니인 오토쿠에게 오쓰유는 자신이 오빠를 죽였다고 거짓말을 했을 것이다, 즉 그녀는 규베와 미나토 상회의 계획을 도운 공모자라고 생각한다고 설명하자, 규베는 얼굴을 번쩍 처들고 뭐라고 말하려고 하다가 이내 그만두는 눈치였다.

"훌륭한 관리인이었던 규베 자네가 뎃핀 나가야를 떠나려면 의심의 여지가 없는 각본이 필요했지. 뒤에 올 사키치가 아무리 애써도 오토쿠를 필두로 하는 나가야 여자들이 사키치에게 쉬 마음을 열지 않도록 하는 조치도 필요했을 거다. 재작년 마사지로가 자네를 공격한다는 연극이 잘되었다면 두 번째 시도는 필요 없었을 테지만 한 번 실패한 만큼 더 꼼꼼한 각본을 짜야 했겠지. 사람들을 속인다는 게 여간 어려운 일이 아니거든."

헤이시로는 많이 지쳤다. 이야기를 하는 중간부터 배가 묘하게 흔들렸다. 허리께가 무지근하다.

"미나토 상회 주인장. 아오이는 어디다 묻었지? 그걸 모르면 우리도—자네들도—더는 어찌해 볼 도리가 없어."

헤이시로가 물었다.

배는 아무래도 선회하는 듯하다. 고물을 돌려 잔교로 돌아가는 것이다.

미나토야 소에몬이 조용히 말했다.

"아오이는 죽지 않았습니다. 살아 있습니다. 따라서 뎃핀 나가야 밑에는 아무것도 묻혀 있지 않습니다."

철썩, 하고 장지 바깥에서 물소리가 났다.

그 한 가지를 제외하면 헤이시로의 추리는 전부 맞다고 한다.

죄송합니다, 하고 소에몬이 고개를 숙였다. 특히 유미노스케의 추리, 즉 아오이와 오후지가 담판을 짓기 위해 만난 곳은 등롱집 별채다, 거기에서 싸움이 벌어졌고 아오이 시체도 그곳에 묻었을 것이다, 라는 대목을 말할 때는 참으로 훌륭했다고, 마치 곡예라도 구경하는 듯한 말투로 칭송했다.

헤이시로는 잠깐 동안 어안이 벙벙했다. 지금까지 살아오면서 아마 제일 어안이 벙벙했을 거라고 생각했다.

"그래? 죽지 않았다고? 그거 다행이군— 다행인데— 다행일까?"

그는 앵무새처럼 반복하며 중얼거렸다.

다행일 리가 없다. 아오이가 살아 있다면 헤이시로의 추리가 적중할 리가 없기 때문이다.

"사실입니다, 이즈쓰 나리."

소에몬은 전혀 자세를 늦추는 기미도 없이 얼굴 거죽으로만 웃음을 지어 보였다.

"아오이는 죽지 않았습니다. 싸움이 벌어져 오후지가 아오이의 얼굴을 때렸고 쓰러진 아오이의 목을 졸랐습니다. 하지만 여자— 그것도 젓가락보다 무거운 것을 들어본 적이 없을 만큼 곱게 자란 오후지입니다. 단단히 조를 수 없었겠지요. 오후지는 등롱집 도타로와 오렌에게 뒤를 맡기고 쓰키지의 집까지 도망쳐 돌아갔고, 이게 무슨 일인가, 하며 넋을 놓고 있던 도타로 부부의 눈앞에서 아오이가 숨을 되찾았습니다."

헤이시로는 입을 멍하니 벌렸다. 멍하니 벌린 채 뭔가 말하려고 뻐끔거리다가 결국 입을 다물고 말았다.

"아오이는— 짐작하신 대로 저와 깊은 사이였습니다. 아오이는 즉시 저에게 등롱집 점원을 보내서 소식을 알렸습니다."

"자네는—."

헤이시로는 겨우 입을 뗐다.

"그날 아오이가 등롱집에서 오후지를 만난다는 사실을 미리 알고 있었나?"

"아뇨, 몰랐습니다. 아오이도 오후지한테 그날 아침에야 통고를 받았다고 합니다."

소에몬은 그때가 생각난다는 듯이 씁쓸한 표정을 지었다.

"아오이도 처음에는 저에게 이야기하려고 했습니다. 하지만 한 번쯤 오후지와 마주 앉아 이야기해 보는 일도 재미있겠다 싶어서 잠자코 있었다고 합니다."

이야기가 어떻게 풀리든 소에몬의 마음을 사로잡고 있는 한 자기가 불리해지는 일은 없으리라는 자신감이 있었을 것이다.

"그 소식을 듣고 저는 크게 놀랐습니다만 공교롭게도 중요한 모임이 있어서 즉시 달려갈 수는 없었습니다. 그래서 먼저 점원을 보내서 아오이를 숨기기로 했습니다."

"잠깐."

헤이시로가 손을 쳐들었다.

"그때 자네가 보낸 점원이 오늘 나를 데리러 온 매섭게 생긴 지배인인가?"

감으로 말해 보았는데 사실인 모양이다. 소에몬이 조용히 고개를 끄덕였다.

"사키치는 그런 지배인을 모른다고 했다. 그렇다면 진짜 지배인은 아닌 게로군?"

"짐작하신 대로입니다. 제 뜻대로 쓸 수 있는 저만의 단도가 필요할 때가 있으니까요. 지배인 행세가 편리하다면 그렇게 하라고 해 두었습니다."

당시는 그 그림자 지배인도 새파란 젊은이였겠지. 소에몬을 위해서 그늘에서 움직이며 단련해 오기를 십칠 년, 하고 헤이시로는 생각했다. 흡사 오니와반^{에도 시대 쇼군 직속 스파이} 같지 않은가.

"그렇다면 말해 보게. 채소 가게 다스케를 죽인 자도 자네의 그 단도인가?"

소에몬은 말이 없다. 표정도 변하지 않는다. 규베가 고개를 숙였다.

"죽였다고 하면 너무 험악하게 들리나? 입을 막았다, 입을 다물게 만들었다고 하면 되겠나?"

소에몬이 숨을 토해 냈다. 한숨이 아니라 그냥 숨을 토해 낸 것이다.

"당시…… 오토쿠를 비롯해 나가야 사람들이 믿고 있는 그런 일은 없었습니다."

떨리는 목소리로 규베가 고개를 숙인 채 말했다.

"음, 그럴 거라 짐작했다."

"오쓰유가 죽이지도 않았고 물론 도미헤이가 한 짓도 아닙니다."

규베는 아주 무거운 물건을 들어 올리듯 힘겹게 고개를 들었다.

그래도 헤이시로와 눈이 마주치는 선까지 들어 올리지는 못했다.

"제가 죽지도 않았다고 하면 믿어 주시겠습니까?"

좋네, 하고 헤이시로가 말했다. 유미노스케의 말대로 발소리를 근거로 계측하지 않기를 잘했군, 하고 생각했다.

이 대목에서 헤이시로가 눈꼬리를 치켜 올리며 당장 살인범을 고하라고 몰아붙인다면 규베는 필시 소에몬의 마음을 염려해서 말을 번복하며, 죄송합니다, 다스케를 죽인 것은 이놈입니다, 하고 말할 것이다. 그럼 이번에는 규베를 감싸려고 오쓰유가 헤이시로에게 직소하며, 아닙니다, 제가 오빠를 죽였습니다, 하고 주장할 테고. 그다음은 도미헤이가 딸을 구하려고, 나리, 저에게 오라를 내리십시오, 하고 나서겠지.

결국 안쓰럽기만 할 뿐 끝이 없다. 이쯤에서 일단 소에몬과 '그림자 지배인'을 눈감아 주고 은혜를 베풀기로 하자.

세 사람은 잠시 입을 다물고 있었다. 노가 물을 가르는 소리만 들려온다.

"급하게 결단을 내려야 했는데, 지금 생각하면 그릇된 결정이었는지도 모릅니다."

소에몬은 전혀 달라지지 않은 표정으로 담담하게 말을 이었다.

"여하튼 아오이는 살아났습니다. 정말 다행스런 일이었죠. 그러나 오후지에게 사실대로 전해도 좋을지…… 저는 망설였습니다. 오후지는 아오이에 대한 증오로 똘똘 뭉쳐 있어서, 아오이가 살아 있다고 하면 자기가 살인을 면해서 다행이라고 기뻐하기보다는 오히려 죽이지 못했다고 분통을 터뜨리지나 않을까— 저는 그렇게밖에 생각할 수 없었습니다."

"그것은 애초에 자네 부덕 탓이지."

헤이시로가 저도 모르게 입을 열었다.

소에몬을 대신해서 규베가 목을 움츠렸다. 너무 솔직한 몸짓이라 헤이시로는 하마터면 웃음을 터뜨릴 뻔했다.

"하지만 뭐, 그거야 내가 역정 낼 일이 아니지. 괜한 참견이었다."

헤이시로는 그렇게 말하고 뒷덜미를 쓰다듬었다.

소에몬은 다시 미소를 지었다. 당연하지, 당신 같은 봉록 서른 섬에 이 인 후치짜리 말단 관리가 자기 잣대로 판단할 일이 아니지, 라는 의미의 웃음인지, 예, 말씀대로 제 부덕의 소치입니다만 그걸 대놓고 말씀하시니 좀 쑥스럽군요, 라는 의미의 웃음인지는 알 수 없었다.

"결국 저는 아오이가 죽었다고 해 두기로 했습니다."

변함없는 말투로 말을 계속한다.

"그리고 도망치게 했습니다. 일단은 그렇게 해 두고 오후지의 태도를 봐서 혹시 자신이 저지른 짓을 깊이 뉘우친다 싶으면 사실은─ 하며 진상을 털어놓기로 생각했습니다."

그러나 오후지는 전혀 후회하는 기미가 없었다. 아오이가 집을 나가서 돌아오지를 않네, 대체 어떻게 된 거야, 하며 가게 사람들이 수런거리기 시작하자 그들과 함께 걱정하는 척하고, 제멋대로 구는 여자라고 비난하기도 했다. 사정을 알고 있는 소에몬의 눈에 아내의 행동은 가증스러움을 넘어서 무서운 모습으로 비쳤다.

"악귀 같은 여자라고 생각했습니다."

헤이시로는 또 한마디 끼어들려다 꿀꺽 삼켜 버렸다. 글쎄, 그러니까 그것도 다 네 부덕 탓이라니까.

"등롱집에는 혹시 오후지가 물어보면 아오이 시체는 별채 마룻바닥 밑에 파묻었고 앞으로도 계속 비밀을 지켜서 오후지를 감싸 줄 테니 걱정하지 말라고 대답하도록 일러 놓았습니다. 물론 그에 걸맞은 보답을 해 주마 하고 약속을 했습니다. 오렌은 두말없이 받아들였지만 도타로가 고집을 피웠습니다……. 그는 오후지의 먼 친척뻘이었거든요. 오후지에게 사실대로 알리고 다시는 그런 짓을 말라고 설득해야 한다고 고집했습니다. 저는 오후지는 타이른다고 말을 들을 사람이 아니라며 물리쳤습니다."

도타로를 설득한 사람은 아내 오렌이었다. 이번 일은 미나토 상회 주인이 원하는 대로 묻어 두는 편이 이득이라고 설득한 모양이다.

"저는 도타로와 오렌을 그 별채에서 두세 번 은밀히 만나서 이야기했습니다. 오후지는 상황이 상황인지라 등롱집을 직접 찾아오지는 않았습니다. 하인 편에 편지를 보내서 상황을 묻곤 했는데, 아오이를 별채 밑에 묻었다는 답을 듣고 안심했겠지요."

소에몬이 그 부부를 만나 이야기를 할 때 오렌이 도타로에게 이런 말을 했다.

— 아오이 씨가 살아 있다는 사실을 오후지 씨에게 알려 주면 이번에는 실수 없이 죽이겠다고 쫓아올지도 몰라요.

"그 이야기는 제가 내비친 보답에 욕심이 난 오렌이 남편을 설득하려고 내놓은 구실 가운데 하나일 뿐이겠죠. 그러나 저는 그 말에 가슴이 철렁했습니다. 그래, 그럴 거다, 틀림없다. 아오이가 살아 있다는 사실을 오후지가 알면 안 된다."

그 사실을 알면 이번에는 정말로 아오이를 살해할 것이다―.

아오이가 제 발로 집을 나간 것처럼 해 두었기 때문에 미나토 상회 안에서는 온갖 소문이 나돌았다. 소에몬은 오후지가 보는 앞에서는 그런 소문에 일일이 화를 내며 아오이가 왜 갑자기 집을 나갔는지 전혀 모르는 양 연기해야 했다. 오후지는 아오이가 음탕하고 배은망덕하고 남자를 밝힌다는 이야기가 퍼지는 것을 반겼다고 한다. 아오이가 자기한테 들볶이다 쫓겨났다는 소문도 귀에 들어갔겠지만, 얄미운 원수는 제 손으로 해치워서 이제 이승에는 없다는 자신감이 뒷받침해서인지 그런 남편의 모습에 일일이 눈에 쌍심지를 켜지는 않았다고 한다.

"사키치한테 들으니, 어머니 아오이가 가출할 때 미나토 상회에서 돈을 훔쳤다고 하더군. 또 사키치는 어머니와 함께 가출한 짝이 당시 주인장이 점찍어서 키우던 마쓰타로라는 젊은 점원이었다고 믿고 있었네. 그것도 근거 없는 소문인가?"

헤이시로의 물음에 소에몬은 천천히 고개를 저었다.

"물론 전부 사실이 아닙니다."

"하지만 사키치는 그렇게 굳게 믿고 있네."

소에몬은 얼굴을 희미하게 찡그렸다.

"오후지에게 들었겠지요. 다만― 당시 마쓰타로라는 점원이 있었고 아주 똑똑해서 제가 기대를 걸고 주목했던 것은 사실입니다. 아오이가 사라졌다고 한바탕 소동이 벌어져서 집 안에서나 가게에서나 다들 경황없이 웅성거리는 틈에 마쓰타로란 자가 손궤에서 돈을 훔쳐서 달아난 불상사도 있었습니다. 그 일이 하필 아오이가 사라지고 이틀 뒤에 일어났지요."

소에몬은 미소를 지었다.

"저도 미처 짐작하지 못한 일이었으니 제가 사람 보는 눈이 그만큼 없었던 것이지요. 마쓰타로는 똑똑한 것이 아니라 그저 교활했을 뿐입니다."

그랬군— 하고 헤이시로는 납득했다. 까만콩이 그렇게 추적했음에도 그의 편지에 도망친 점원 마쓰타로에 대한 이야기가 나오지 않은 이유를 이제야 알겠다. 점원들이란 천진한 소문을 놓고 수군거리기는 해도, 자기들 중에 주인을 배반한 자가 있었다는 사실에 대해서는 입을 꾹 다물게 마련이다.

"그렇다면 오후지는 마쓰타로 사건과 아오이 증발이 전혀 무관하다는 것을 알면서도 애써 연결시키고 아직 철없는 아이였던 사키치에게 그 거짓말을 주입한 게로군."

"그렇습니다. 그 사람이라면 충분히 그럴 만합니다."

"주인장은 그걸 잠자코 보고만 있었나?"

헤이시로는 물었다. 규베가 고개를 떨어뜨린다.

"사키치는 걱정이 되더군요."

소에몬이 말했다. 말투만으로는 심정을 전혀 짐작할 수 없었다. 상거래를 할 때도 필시 이런 얼굴이겠지.

"오후지는 아오이라는 뒷배를 잃은 사키치를 거리낌 없이 매섭게 대했습니다. 더 딱했던 것은 아오이가 가출했다는 소문을 믿는 자들은 사키치를 불쌍하게 보면서도 오후지가 아오이한테 당한 만큼 사키치에게 앙갚음하는 것을 어쩔 수 없다고 생각했다는 겁니다. 오후지는 사키치를 점점 더 가혹하게 대하게 되었습니다."

그래서 사키치를 정원사 집안에 맡겼다고 한다.

"아오이는— 아들을 만나고 싶어 하지 않았나?"

헤이시로의 물음에 소에몬은 입술을 조금 일그러뜨렸다. 무의식적인 표정 변화였다.

"물론 만나고 싶어 했습니다. 하지만 제가 말렸습니다. 사키치는 철없는 아이였습니다. 언제 어디서 '실은 우리 엄마는 살아 있어' 하고 발설할지 알 수 없어서, 가혹하다고 생각하기는 했지만 아오이에게 말했습니다. 사키치에게도 너는 이미 죽은 엄마라고."

헤이시로는 그때 냉정한 추측이 아닌 언뜻 스친 직감으로 '사실일까?' 하고 의심했다. 아오이는 차라리 후련해하지 않았을까 하는 생각을 금할 수 없었다. 마땅한 근거는 없지만 왠지 그런 생각이 들었다.

"이즈쓰 나리도 아시는 대로 그 뒤에도 오후지에게 사실을 밝힐 기회가 몇 번 있었습니다."

그중에서도 가장 좋았던 기회는 말할 나위도 없이 등롱집 도타로가 눈병을 앓아 미나토 상회에서 그 땅을 매입할 때였다.

"저는 그 터에 아오이 시체가 묻혀 있다는 사실을 모르는 것으로 되어 있었습니다. 그래서 모르는 척 땅 매입을 추진했습니다. 어느 시점에서든 오후지가 사실을 털어놓겠지, 틀림없이 고백하리라, 그 땅을 구입하는 것은 좋지만 파헤치지는 말아 달라고. 오후지가 그렇게 나오기만 하면 그다음은 어떻게든 잘 수습할 수 있을 것 같았습니다."

소에몬이 아내의 속을 떠본 것이다.

그러나 오후지는 계속 입을 다물고 있었다. 사 들인 땅에 나가야 건축 허가가 나왔다는 사실을 알릴 때까지는.

"그 사람은……."

소에몬은 그 대목에서 잠깐 말을 끊었다. 말하기 힘들어서가 아니라 무슨 말로도 부족하다고 느꼈기 때문이리라. 그의 입에서 곧바로 따라 나온 말을 듣고 헤이시로는 그렇게 생각했다.

"정말 무서운 여자입니다."

그 땅에는 아오이 시체가 묻혀 있어요. 그래요, 내가 그 여자를 죽였어요. 십 년 전 일이에요. 오후지는 주눅 든 기색도 없이 소에몬에게 말했다고 한다.

그 사실을 당신한테 말하고 싶어서 미칠 지경이었어요. 당신이 그렇게 아끼던 아오이는 이미 이승에 없어요, 내 손에 죽어서 이미 당신 손이 닿지 않는 곳에 있죠, 하고 말하면 당신이 어떤 얼굴을 할지 내 눈으로 똑똑히 보고 싶어서 미칠 지경이었다고요.

"거봐라, 괴로워 미치겠지, 고소하다, 하는 얼굴이었습니다. 무슨 공이라도 세운 얼굴이었습니다. 이즈쓰 나리, 그 사람은 아오이를 죽이고도 성에 차지 않아서 저를 증오하고 있었습니다."

그것도 결국 칠 년 동안 너희 부부 사이가 전혀, 무엇 하나 변하지 않았기 때문이야. 헤이시로는 속으로 그렇게 말했다. 이번에는 입 밖에 내지 않도록 조심하기가 그리 어렵지 않았다. 말해야 소용없다, 이자한테는 통하지 않는다는 사실을 알았기 때문이다.

"한편 니헤이라는 골치 아픈 자가 제 뒤를 따라다닌다는 것도 문제였습니다."

소에몬은 말을 이었다. 말투가 점점 매끄러워진다.

"니헤이라는 자를 생각하면 그 기회에 오후지에게 사실대로 말해 주는 편이 나았을 테지요. 아오이는 죽지 않았다고 말입니다. 하지만 막상 오후지 얼굴을 보자 역시 위험하다는 확신이 서더군요. 사실을 고하면 오후지는 팔을 걷어붙이고 아오이를 찾아 나설 겁니다. 이번에는 정말로 죽이고 말겠죠. 저는 그것이 니헤이보다 더 두려웠습니다."

소에몬에게 니헤이는 헤이시로가 생각했던 만큼 심각한 존재가 아니었다는 말인가? 아니, 니헤이가 자부한 만큼 심각한 존재는 아니었다고 해야 정확하리라. 뭐야, 그놈도 허풍쟁이였군.

오후지가 마침내 고백하자 소에몬은 이미 오래전에 뼈가 되었을 아오이의 시체가 드러나지 않도록 철저히 조심해서 나가야 할 짓겠다고 그녀에게 다짐했다. 그러니 당신도 신세 망칠 말은 입도 뻥긋하지 마라, 라고 덧붙였다.

그리고 뎃핀 나가야가 지어졌다.

"그 후의 일들은 이즈쓰 나리가 짐작하신 대로입니다."

소에몬은 그렇게 말하고 규베 쪽을 보았다.

"오후지는 살인을 하지 않았고 아오이는 살아 있습니다. 하지만 저는 아오이가 죽은 것으로 해 둬야 했습니다. 오후지로 하여금 아오이를 죽였다고 믿고 있게끔 해야 했습니다. 제게는 아오이의 목숨이 무엇보다 중요합니다. 그래서 그런 거짓말을 해 왔습니다."

목소리가 아주 조금 높아졌다. 본인도 그걸 의식했는지 소에몬은 말을 끊고 입을 다물었다.

그러고는 이내 다시 조용한 말투로 돌아갔다.

"그래서 모든 일이 매끄럽게 진행되어 왔습니다."

아름답게 성장한 미스즈의 얼굴이 점점 아오이를 닮아가서 오후지의 마음을 위협하게 되기 전까지는—.

"세입자들을 내보낸 뒤 그 터에 살림집을 짓고 오후지를 살게 할 생각이었습니다. 그렇게 하면 그 사람도 마음을 놓을 테니 아오이를 위해 공양할 수도 있고 마음도 차분해지리라 여겼습니다."

"처를 아오이의 무덤지기로 삼을 셈이었나?"

"본인이 그걸 바랐으니까요."

"딸 미스즈는 멀리 시집보내고?"

"떨어져 사는 편이 딸에게도 좋습니다."

헤이시로는 소에몬의 얼굴을 지긋이 쳐다보았다.

"이번에야말로 처에게 사실을 털어놓는 게 좋지 않겠나?"

소에몬은 깜빡이지도 않고 망설임도 없는 눈길로 헤이시로를 마주 쳐다보았다.

"전혀요."

규베가 천천히 고개를 젓고 있다.

"이즈쓰 나리도 오후지를 만나 보시면 제 심정을 아실 겁니다. 그 사람은 지금도 아오이를 증오합니다. 살아 있다는 걸 알면— 자기가 끊은 줄 알았던 목숨이 여전히 붙어 있고, 자기가 거둬들인 줄 알았던 세월을 아오이가 내내 제 것으로 누려 왔음을 알면, 이번에야말로 수단 방법을 가리지 않고, 설사 자기가 다치는 한이 있더라도 아오이를 죽이고 말 겁니다."

지금도 증오하고 있다― 그건 아니지, 하고 헤이시로는 생각했다. 지금이니까, 십칠 년이나 지났으니까, 미워하는 것이다.

"아오이는 살아 있다."

헤이시로는 그렇게 중얼거리며 규베를 쳐다보았다.

"그게 사실이라는 증거가 어디 있나?"

규베는 소에몬을 쳐다보았다. 소에몬이 대답했다.

"이즈쓰 나리가 꼭 확인해야겠다고 하시면 아오이를 만나게 해 드리는 것은 그리 어려운 일이 아닙니다."

"눈매가 사키치와 많이 닮았으니까 만나 보시면 금방 알아보실 수 있을 겁니다."

규베가 마침내 입을 열고 아주 작은 목소리로 말했다.

"그렇다면 자네는 지난 십칠 년 동안 아오이를 보살펴 왔단 말이지? 계집질을 좋아한다고 소문이 났던데, 그것도 오후지의 눈에서 아오이를 감추기 위한 연막이었나?"

헤이시로가 소에몬에게 물었다. 소에몬은 다시 희미하게 웃었다.

"좋으실 대로 생각해 주십시오. 저는 한 여자도 불행하게 만들지 않았습니다."

"아니, 불행하게 만들었네. 오후지가 행복할까?"

헤이시로가 말했다.

그 말을 듣고 보니 생각난다는 듯 소에몬은 웃음을 거두지 않고 말했다.

"하지만 저 하나 때문에 불행해진 것은 아닙니다. 스스로 불행에 빠졌지요. 그렇지 않습니까, 이즈쓰 나리?"

계집은 천박한 겁니다, 하고 묘하게 차분한 말투로 말한다.

"사키치는 자네가 한 거짓말 때문에 제 어미를 남자에 미친 배은 망덕하고 형편없는 여자라고 믿으며 자랐네. 이건 어떤가? 불쌍하지 않은가?"

"사키치가 여자아이였다면 저도 달리 생각했을지도 모릅니다. 어미의 모습은— 좋은 모습이든 흉한 모습이든 거울이 되니까요."

"남자는 다른가?"

"다르고말고요."

그렇게 보아서 그런지 소에몬은 거드름을 피우는 듯 보였다.

"이즈쓰 나리, 저도 어디서 굴러먹다 온 말 뼈다귀라는 소리를 듣던 자올시다. 아비도 어미도 쓰레기처럼 하찮은 사람이었습니다. 그러나 저는 제 힘으로 뛰어넘었습니다. 남자는 그래야 합니다."

"하지만 사키치도 진실을 알고 싶을 거야. 어미를 경멸하지만 마음 한구석에서는 어쩌면 그게 아닐지도 모른다고 생각하겠지. 그게 인지상정이다."

헤이시로는 오늘 대화에서 처음으로 목소리에 힘을 주었다. 그러나 그 말들도 미나토야 소에몬 앞에서는 마치 그물에 걸린 새처럼 마음에 닿기도 전에 모두 칭칭 얽매여 사라져 버렸다. 헤이시로는 그 장면을 눈앞에서 똑똑히 목도하는 기분이 들었다.

"이즈쓰 나리는 진실이라고 하시지만, 이 세상에 어떤 진실이 있습니까?"

소에몬이 말했다. 헤이시로는 대답할 수 없었다.

"이즈쓰 나리께서 도저히 납득할 수 없다고 하신다면 사키치에게 다 밝히셔도 상관없습니다. 아마 그렇더라도 사키치는 어미 목숨을 오랜 세월 지켜 준 저에게 감사할지언정 원망하지는 않을 거라고 믿습니다."

하기야 소에몬부터가 사키치를 그렇게 키웠으니까.

헤이시로는 이런저런 말들을 해 보려고 했다. 하지만 거대한 우무 속을 허우적거리는 느낌만 들었다. 차갑고 미끄덩거릴 뿐 무엇 하나 손에 잡히질 않는다. 손가락 사이로 다 빠져나가 버린다.

"나는 아무 할 말이 없네."

그렇게 말하고 자리를 고쳐 앉았다.

"아오이는 죽지 않았다. 살인이 없었으니 관리가 나설 일도 없지. 너희가 장기판 말처럼 부린 마사지로는 처참하게 죽었지만, 너희가 죽인 게 아니니 내가 추궁할 일도 없겠지."

헤이시로는 스스로 생각해도 맥 빠진 목소리라고 생각했다.

"니헤이를 조사하는 요리키에게는 내가 전말을 전하마. 그것까지는 어쩔 수 없다. 제대로 된 관리니까 눈치껏 비밀을 지켜 줄 거다. 그러면 니헤이가 뭐라고 떠들어도 남는 것은 마사지로 살해 사건뿐이군. 니헤이는 멋모르고 살인을 해서 망했고 마사지로는 죽어서 망했네."

헤이시로는 소에몬의 얼굴을 쳐다보았다. 규베의 얼굴도 쳐다보았다.

"아무리 생각해 봐도 마사지로가 불쌍한 역을 맡았구나. 니헤이는 살인을 했으니 당연히 처벌을 면할 수 없지만, 그것도 어떻게 보면 마사지로가 제 목숨을 던져서 복수를 한 셈이군. 아끼지 말고 공양하게."

결국 이렇게 끝내는구나, 하고 헤이시로는 중얼거렸다.

소에몬은 공손하게, 죄송합니다, 하고 대답했다.

"그럼 이즈쓰 나리를 통해 사실이 밖으로 새나갈 염려는 없을 거라고 약속해 주신 것으로 알아도 되겠습니까?"

헤이시로는 고개를 들고 소에몬을 날카롭게 쳐다보았다.

"사실?"

허허, 웃고 나서 말했다.

"사실이란 것이 어디 있는데?"

헤이시로가 일어섰다. 너무 기운차게 일어서다가 지붕 서까래에 정수리를 부딪쳤다. 경쾌한 소리가 울렸지만 화가 나 있던 탓에 아무 소리도 들리지 않았다.

장지를 열고 비좁은 고물로 나섰다.

하늘은 온통 별이다. 고물에 매단 등롱이 수면에 어른어른 흔들려 일그러진 보름달처럼 보인다.

기슭이 다가오고 있었다. 출발한 곳으로 돌아온 듯하다. 예의 그 그림자 지배인이 잔교에서 나루막 불빛을 등지고 서 있는 모습이 보인다.

그리고 그 옆에 여자가 한 명.

처음에는 오리쓰인가 생각했다. 전에 세토모노초에서 도망쳤던 일을 사죄하기 위해 미나토 상회 측이나 규베의 연락을 받고 나와 있나 보다 했다. 하지만 삐걱삐걱 소리를 내며 다가가는 배 위에서 바라보고 있자니 여자의 자태가 전혀 낯설었다.

나이도 꽤 들어 보인다— 별이 가득한 밤하늘을 고스란히 옮겨 놓은 듯 어두운 바탕에 하얀 무늬를 무수히 흩뿌려 놓은 기모노를 입고 있다.

아, 오후지로구나, 하고 그제야 알았다.

여자는 배 쪽을 쳐다보고 있지만 헤이시로를 보고 있지는 않았다. 배집 불빛을 보는 듯도 하고 수면을 바라보는 듯도 하다. 불빛이 약해서 표정을 읽기가 힘들다. 아마도 헤이시로가 바라는 무엇이 그가 원하는 형태로 잔교 위에 헛것으로 떠올랐을 뿐인지도 모른다.

헤이시로는 자기가 무엇을 보고 싶어 하는지 알 수 없었다. 무엇을 기대하는지도 알 수 없었다. 그러므로 아마도 오후지는 여전히 아름다운 여인일 텐데도 어떻게도 보이지 않았다. 물로 뛰어들면 그대로 물이 되어 버릴 것만 같았다.

소에몬을 마중 나왔을까? 오후지는 잔교 제일 끝까지 걸어 나와 배를 맞았다. 헤이시로는 기슭까지 아직 세 자 이상 남았을 때 영차, 하고 배에서 뛰어내렸다. 오후지는 헤이시로를 향해 절을 했지만 헤이시로는 인사를 받지도 않고 저벅저벅 걷기 시작했다.

그제야 깨달았다. 아, 그렇군, 미나토야 소에몬은 아내 오후지가 어떻게 생긴 여자인지 나에게 한번쯤 선뵈지 않으면 면목이 없겠다고 생각한 거다.

"여보" 하고 그녀가 소에몬을 부르는 소리가 들렸다. 그 뒤 뭐라고 짧게 말했지만 알아들을 수는 없었다.

차가운 강바람 탓일까? 오후지의 목소리가 마음속 어디를 건드린 탓일까? 헤이시로는 문득 소에몬의 견고한 표정 뒤에 아주 조금이기는 해도, 애써 찾지 않으면 보이지도 않을 만큼 작기는 해도 오후지에 대한 미안함이 숨어 있는 게 아닐까― 하는 생각을 했다. 그렇게 복잡한 일을 꾸미고, 어리석은 연극 같은 짓을 하고, 많은 사람을 번거롭게 하고, 많은 돈을 쓰고, 그러면서도 오후지가 사실을 보지 못하도록 감추면서 그녀의 잘못된 믿음에 부합해 온 것은 아오이를 보호하기 위해서만이 아니라 소에몬 나름대로는 오후지를 가련하게 여기는 마음이 있었기 때문이 아닐까, 하고 말이다.

그랬으면 좋겠다고 헤이시로 혼자서만 기대하는지도 모른다.

헤이시로가 성큼성큼 걸어가는데 뒤에서 발소리가 황급히 따라왔다. 그는 뒤를 돌아보지도 않고 "등롱은 필요 없다!" 하고 내뱉듯이 말했다.

"이즈쓰 나리!"

숨을 헐떡이며 규베가 쫓아왔다.

"이야기는 다 끝났다."

규베는 숨을 고르며 멈춰 섰다. 헤이시로는 보조를 늦췄지만 멈추지는 않았다.

"됐다."

두 사람의 거리가 다시 멀어지기 시작한다.

"용서해 주십시오."

규베가 말했다.

"용서할 일 없다."

헤이시로는 돌아보지 않았다.

"자네에게는 소중한 주인 아니냐. 충성을 바치는 게 당연하지. 나한테 사죄할 일은 전혀 없다."

사실이 그러니까— 하고 속으로 말했다.

허리가 지끈거렸다.

그로부터 이틀 뒤 센다가야 싸구려 여인숙에 있는 사키치한테 편지를 부탁받았다면서 한 노인이 헤이시로를 찾아왔다. 노인은 가족을 의원에게 맡겨 치료하는 중이며 아사쿠사에 산다고 했다. 헤이시로는 노인에게 수고했다 말해 주고 아내에게 일러 밥상을 차려 주게 했다. 그동안 사키치의 편지를 읽었다. 글은 짧았다.

오쿠메는 의원에게 치료를 받고 있다. 오토쿠는 곁에서 밤낮 없이 간병하는 한편 다른 여자 환자들까지 보살피며 죽을 쑤어 주고 있다. 환자는 많은데 일손이 부족해서 사키치도 장작 패기처럼 힘쓰는 일을 거들고 있다고 한다. 그래서 아직 돌아오지 못하는 듯하다.

의원의 진단에 따르면 오쿠메는 가망이 없어 그리 오래 버티지 못할 거라고 한다. 오토쿠는 마지막 순간까지 보살피겠다고 했다. 사키치는 며칠 뒤 일단 후카가와로 돌아올 거라고 한다. 오토쿠가 이사할 집도 알아봐야 하므로 미나토 상회에 상의하러 갈 예정이다.

틀림없는 일처리와 단정한 글씨를 보면서 헤이시로는 서서히 마음을 굳혔다.

사키치는 사키치대로 살아가면 된다. 그렇다면 케케묵은 일은 뒤늦게 파헤치지 않는 편이 낫다. 그도 곧 살림을 차리고 자식을 낳을 것이며, 갈수록 어엿한 가장이 될 터이다. 그리하여 마침내 그의 인생은 온전히 그의 것이 되리라. 이제 와서 새삼 무엇을 파헤칠 필요는 전혀 없다. 바라건대 오케이라는 아가씨가 하늘에서 점지한, 정말로 좋은 여자였으면 좋겠다.

노인이 내일 다시 센다가야에 간다고 하므로 헤이시로는, 편지 잘 읽었다, 이쪽에는 별고 없다는 내용만 간단히 써서 노인에게 맡겼다. 그러고는 고헤이지를 데리고 거리로 나섰다.

부교쇼에 들렀다가 집으로 돌아오던 저녁때 헤이시로는 살짝 넘어졌다. 셋타 끝에 뭐가 걸린 모양이다. 아무튼 대수롭지 않은 실수였다.

그런데 그때 허리가 삐끗하고 말았다.

"고헤이지" 하고 식은땀을 흘리며 불렀다. "삐끗했다."

"우헤!" 하고 고헤이가 어쩔 줄 몰라 했다. "들것으로 쓸 문짝을 구해 올까요?"

"그보다 수레가 낫겠다."

수레에 실려 끙끙대며 귀가하자 아내가 어머, 세상에, 어머, 세상에, 하며 작은 새처럼 야단을 떨며 고헤이지에게 어서 고안 의원 댁으로 데려가라고 일렀다.

"어머, 세상에. 이번에는 대체 누굴 부축해 주려던 거예요?"

아내는 지저귀는 새처럼 맑은 목소리로 말했다.

밤새 끙끙대느라 잠을 못 이루다 아침을 맞으니 기다렸다는 듯이 유미노스케가 찾아왔다. 감기는 다 나은 듯했다.

"뭐 도울 일 없나요?"

예의 매끈하고 단정한 얼굴로 말했다.

"없다. 근데 유미노스케, 너도 혹시 툭하면 허리가 삐끗하는 체질일지도 모르겠구나. 어른이 되더라도 혹여 배는 타지 마라. 삐끗하는 허리에 흔들리는 배처럼 나쁜 게 없더라."

헤이시로는 아내와 고헤이지가 정신없이 드나드는 것이 잦아들기를 기다렸다가, 뭔가 묻고 싶은 눈초리를 보내고 있는 유미노스케를 베갯맡으로 불렀다.

"유언이라도 남기실 분위기인걸요."

"재수에 옴 붙을 소리. 마사고로한테 얘기 들었니?"

배에서 소에몬을 만나고 그 이튿날 헤이시로는 일찌감치 부교쇼에 들어가 상사에게 청원을 했다. 니헤이처럼 닳고 닳은 자는 저한테 힘에 부칩니다, 그러니 다른 사람에게 맡겨 주십시오. 상사는 흔쾌히 승낙했다.

그런 후 마사고로의 집에 들러 미나토야 소에몬한테 들은 이야기를 전부 들려주었다.

"이 몸은 관청에서도 내놓은 사람인데, 그런 내가 참견해 봐야 니헤이를 다잡기는 틀렸네. 그자를 꼼짝 못하게 하려면 자네들 오캇피키와 자네들을 신뢰하는 관리에게 부탁하는 수밖에 없어."

마사고로는 그의 말을 새겨들었다. 니헤이가 원하는 쪽으로 굴러가게 내버려두지는 않겠습니다, 하고 가슴을 치며 장담하므로 헤이시로도 마음을 놓았다.

"그런데 나리, 그리 말씀하시니 아오이가 살아 있다는 사실을 드러내지 않기로 작정하신 겁니까?"

"음. 이제 와서 아오이를 살려 낼 필요는 없지. 죽은 자는 죽은 거야."

헤이시로는 주저 없이 고개를 끄덕였다.

"그래도 되겠습니까?"

"음. 괜찮다. 나는 그리 해도 된다고 본다. 사키치가 무엇을 원할지는 알 수 없지. 물어볼 수도 없는 노릇이고. 여하튼 그 일은 이제 끝난 셈 치자."

헤이시로는 다시 고개를 끄덕였다.

마사고로는 씽긋 웃었다.

"알겠습니다."

"그런데 미나토 상회에서 자네에게 얼마를 내주던가?"

헤이시로가 물었다.

마사고로는 살짝 손가락을 세워서 표시했다. 헤이시로는 그것을 보고 자기도 손가락을 세워 보였다.

그러고는 서로 웃었다.

"부자는 다르구먼. 실컷 써, 실컷 쓰라고. 나도 원 없이 써 볼 테니까."

두 사람은 후부키를 구치소에서 꺼내고 처벌도 에도 추방 정도로 끝내게 하려면 누구한테 얼마를 상납해야 하는지를 상의했다. 이야기는 오래 걸리지 않았다. 어차피 제 주머니에서 나온 돈도 아니다. 실컷 써, 실컷 쓰라고.

"뭐, 그 정도가 시세일 겁니다."

마사고로가 말했다.

"그런데 나리, 끼니때가 되었는데 메밀국수라도 괜찮으십니까?"

헤이시로는 마사고로의 아내가 꾸리는 가게에서 메밀국수를 배불리 먹었다. 가게에서 최고 기록을 보유한 손님보다 한 타래 모자라게 먹었으니 대단한 활약이었다―.

"이모부가 대식가라는 것은 들어서 알고 있었어요. 마사고로 씨네 아주머니가 얼마나 칭찬을 했다고요."

유미노스케가 짐짓 농담을 했다.

"많이 먹는 거라면 누구한테도 안 지지. 그런데 너, 아직도 내 뒤를 이을 마음이 있니?"

유미노스케는 생긋 웃었다.

"제가 정할 일이 아닙니다, 이모부."

"너는 머리가 좋지 않으냐. 아오이가 거기 묻혀 있다는 것도 일찌감치 간파했지. 나 같은 말단 관리의 대를 잇지 않아도 할 일은 얼마든지 있을 게다."

유미노스케가 미간을 찡그렸다.

"이모부, 아오이 씨는 거기 묻혀 있지 않잖아요."

"묻혀 있는 거다. 알겠니. 우리가 모두 그렇다고 믿으면 그렇게 되는 거야."

헤이시로가 말했다.

내가 아오이 시체가 되어 땅속에 묻혀 있는 꿈까지 꾸었지 뭐냐. 끔찍하게 선명한 악몽이었어. 그러니까 그건 틀림없는 사실이다.

유미노스케는 한동안 미간을 모으고 있다가 마침내 양달의 눈이 녹듯이 이마를 폈다. 그러고는 웃었다.

"알겠습니다. 대를 이을지 말지는 좀 더 생각해 볼게요."

"그래, 그게 좋을 거다."

"저는, 하지만…… 사사키 선생님처럼 계측만 하면서 사는 것도 좋지 않을까 싶어요."

그러게 말이다, 하며 헤이시로도 생각에 잠겼다. 계측할 수 있는 것들을 계측하면서 산다는 것. 계측만 하면 정확하게 읽어낼 수 있다는 것. 참 괜찮은 일이네.

"지금부터 시작해도 늦지 않았다면 나도 그렇게 살고 싶구나."

"안 될걸요. 계측기가 무거워서 이모부 허리에는 무리예요."

유미노스케는 헤이시로의 허리를 툭 쳤다. 헤이시로는 아이쿠, 하고 소리쳤다. 그 소리에 아내가 방으로 얼굴을 들이밀었다. 두 사람은 손뼉을 치며 웃었다. 화를 내면 몸에 힘이 들어가 더 아프므로 헤이시로는 얼굴을 모로 돌린 채 잠자코 있었다.

그런데 누가 아내에게 그때 허리를 삐끗하게 된 전말을 귀띔했을까? 알아내기만 하면 가만두지 않겠다.

· 유령 ·

"배꼽 빠지게 우스운 얘기 하나 해 줄까."

오토쿠가 느슨해진 다스키를 고쳐 매면서 고개를 틀어 어깨 너머로 말했다. 묵은 이야기가 떠올라서다.

꼭 쥐어짠 걸레로 안쪽 네 첩짜리 방을 부지런히 훔치던 아가씨가 그 말에 손길을 멈추고 얼굴을 쳐들었다.

"우리 같은 간이식당은 양념 국물이 목숨이나 마찬가지거든. 함부로 버리는 일이 절대로 없지. 매일 불을 때서 끓이고 위에 뜨는 거품을 걷어내고 가끔 체로 걸러내면서 십 년이고 이십 년이고 같은 국물을 쓰는 거야. 장어집 양념장이랑 비슷해."

아가씨는 무릎으로 선 채 방긋 웃으며 고개를 끄덕였다. 얼마 전에 비하면 표정도 한층 밝아지고 볼도 도톰해졌지만 눈빛에는 변함없이 쓸쓸한 기운이 감돈다.

오쓰유다. 오토쿠가 마침내 뎃핀 나가야를 떠난다는 소식을 듣고 사루에초 나가야에서 도와주러 달려왔다.

"그런 장사라서 개중에는 열흘이고 보름이고 솥바닥 한번 닦지 않고 계속 끓여 대기만 하면서 시치미 떼는 주인도 있지. 그래도 손님들은 아무것도 모르니까. 해도 너무한 거지."

이야기를 하면서 오토쿠는 깨끗하게 닦은 빈 솥을 마른 행주로 닦았다. 국물은 커다란 주전자에 옮기고 뚜껑을 해서 한발 먼저 새 집으로 옮겨 놓은 참이다.

"그런데, 이건 아주 오래전 일인데 말야. 사루코 다리 쪽에 간이식당이 하나 있었어. 나보다 주름이 훨씬 자글자글한 할머니가 혼자 꾸리는 식당이었지."

오쓰유가 미소를 지었다.

"오토쿠 아줌마가 주름살이 어디 있다고 그러세요."

"괜히 듣기 좋으라고 하는 소리라는 거 알아."

오토쿠는 웃었다.

"그러다 결국 할머니가 건강이 나빠져서 장사를 그만두게 되었는데, 양념 국물이 아깝다면서 근처에 사는 사람들에게 나눠 주기로 했대. 그래서 모두들 국물을 나누고 나서 솥바닥을 닦게 되었는데, 아 글쎄, 예전에 할머니가 잃어버렸다면서 그렇게 찾다 찾다 못 찾은 회양나무 머리빗이 솥바닥에서 나온 거야."

"어머나, 세상에."

오쓰유가 눈을 동그랗게 떴다.

"회양나무 머리빗으로 양념 국물을 우려내는 간이식당은 온 에도를 다 뒤져 봐도 그 할머니 식당밖에 없을 거라고 다들 야단이었대.

나 참, 세상에."

"그래도 음식은 맛있었나 보죠?"

"뭐, 맛이야 좋았겠지. 모르니까 먹은 거지. 안 보이면 모르는 거야."

오토쿠는 그렇게 말하고 아하하, 웃었지만 오쓰유는 같이 웃으면서도 눈빛은 조금 어두워졌다. 그걸 오토쿠에게 감추려고 얼른 걸레질로 돌아갔다.

"자, 이것으로 짐 정리도 다 끝났네."

오토쿠는 닦아 낸 커다란 솥을 문밖에 세워 둔 커다란 수레로 옮겼다. 수레에는 벌써 고리짝이며 나무 상자들이 많이 실려 있었다. 오토쿠는 지금이야 과부 살림이지만 예전에는 남편 가키치가, 그리고 바로 얼마 전까지는 오쿠메가 같이 살았으므로 가재도구는 삼 인분쯤 된다.

오토쿠는 새끼줄로 솥을 단단히 묶고 나서 후우 숨을 토해 내며 하늘을 올려다보았다. 상쾌하게 갠 날이다. 해님이 고마웠다.

그래도 오늘 아침은 꽤 쌀쌀했다. 가을도 깊을 대로 깊어서 아침에 일어날 때는 재채기가 연달아 터져서 당황했다. 바로 얼마 전까지만 해도 조석으로 쌀쌀한 날씨쯤은 아무것도 아니었는데, 나도 이젠 늙었구나, 몸도 마음도 약해졌어, 하고 오토쿠는 생각했다.

오토쿠는 뎃핀 나가야의 마지막 세입자다. 노변 나가야나 쪽방 나가야나 이제 아무도 살지 않는다. 그래도 여기저기 깨끗하게 비질을 한 자국이 있고 낙엽 한 닢 보이지 않는 것은 마사고로인지 뭔지 하는 오캇피키의 부하가 와서 매일처럼 청소를 하기 때문이다.

빈집의 장지문은 반듯하게 닫혀 있다. 슬쩍 보기만 해서는 모든 집이 텅 비었다는 것을 알 수 없을지도 모른다. 하지만 부인네들의 악쓰는 소리며 수다 떠는 소리, 아이들 노는 소리나 우는 소리가 들리지 않는 나가야는 역시 시체나 다름없다. 밤에는 수상쩍은 자가 숨어들지 않도록 빈번하게 순찰을 돈다. 기도반 문지기 도모베만으로는 부족하다고 해서 마사고로의 수하가 그쪽에도 도와주러 온다고 한다. 오캇피키는 도통 믿을 수 없는 자들이라고 생각하던 오토쿠지만 이번에는 조금 놀라고 감탄해서 그들을 다시 보게 되었다.

 그러고 보니 어제 오후 화구에 아직 불이 타고 있을 때 이즈쓰 나리가 들러서, 여기서 먹는 마지막 곤약이로군, 하며 한동안 노닥거리다 갔다. 나리는 사가초 쪽에서 일하는 니헤이라는 오캇피키가 살인 혐의로 고덴마초 구치소에 갇혀서 혼쭐이 나고 있다는 이야기를 들려주었다. 니헤이라는 자는 교활하고 비열한 자여서, 막부에서 짓테를 하사받았다는 것을 내세워 약자를 가혹하게 괴롭혀 왔다고 한다. 그래도 혹독한 곤욕을 치른다고 하니까 역시 불쌍한 생각도 드는군. 나리는 곤약을 우물거리며 그렇게 말했다.

 ─ 밖에서 뛰어다닐 때는 구치소에도 연줄이 있고 힘깨나 쓰던 오캇피키여서 설마 그자가 구치소에서 그렇게 곤욕을 치를 줄은 상상도 못했지. 오히려 구치소에 들어가면 즉시 방장 노릇을 하지 않을까 하고 괜한 걱정을 했으니까.

 오토쿠는 웃으며, 나리는 여전히 사람이 무르다니까, 하고 생각했다. 세상은 그렇게 호락호락하지 않다. 약삭빠르게 처신하며 단물만 빨고 다니거나 약한 자를 괴롭히는 자들은 인망이 없으므로 달랑 몸뚱이 하나만 남은 신세로 추락하면 그것으로 끝장이 나고 만다.

— 그 니헤이란 자가 누굴 죽였는데요?

오토쿠가 묻자 이즈쓰 나리는 차분한 얼굴로, 가게 주인을 위해 궂은일을 스스로 떠맡고 나서서 열심히 일하던 젊은이가 있었는데 그 젊은이를 죽였어, 하고 말했다. 흠, 그렇다면 구치소에서 몰매 맞는 것이 딱 어울리는 처벌 아녜요? 하고 오토쿠가 말하자 나리는 잠깐 생각하고 나서, 그래? 이녁이 그렇게 생각한다면 그런 것으로 해두지, 뭐, 하고 평소처럼 모호하게 말하고 웃었다.

"오토쿠 아줌마, 여기는 이제 됐어요."

오쓰유는 방 청소를 끝내고 걸레를 빨았다. 수고했어, 괜히 고생만 시켰네, 하고 오토쿠가 인사를 했다.

"천만에요, 오토쿠 아줌마한테 인사를 받으면 제가 벌을 받게요."

오쓰유는 당황하며 그렇게 말하고 방구석에 있던 가키치의 낡은 위패와 그보다 작고 새것처럼 보이는 나무 위패를 쳐다보았다.

"쌀까요? 아니면 아줌마가 안고 가실래요?"

"글쎄, 목에 걸고 갈까?"

오토쿠는 두 개의 위패로 다가서면서 말을 건넸다.

"여보, 이제 이사 가요. 이번에 가는 집은 여기보다 조금 좁은데, 그래도 괜찮죠?"

오쓰유가 오토쿠 얼굴을 보고 있다. 오토쿠는 새 나무 위패에도 말을 건넸다.

"오쿠메 씨, 기분 좋지? 이번에 이사하는 곳이 고베 나가야거든. 당신은 고베 씨가 관리하는 나가야에서 다시 살게 된 거야. 하지만

유령 • 569

나는 월세를 꼬박꼬박 낼 거야. 당신이랑 똑같이 생각하면 곤란해."

"오쿠메 씨라는 분이 고베 나가야에 사셨나요?"

오쓰유가 물었다.

"응, 맞아. 한심하게도 몸을 파는 여자였어. 결국 그것 때문에 죽고 말았지."

오토쿠는 오쿠메에게 멋진 계명을 받아 주고 싶었지만, 이즈쓰 나리나 고안 선생도 사키치까지도 다들 오쿠메 씨는 글을 모르니까 어려운 계명을 받아 줘도 모를 테니 그냥 그 이름 그대로 하는 게 좋을 거라고 해서 그렇게 하기로 했다. 나무 위패 뒤에는 히라가나로 달랑 '구메'라고만 적어 놓았다. 지금은 오토쿠도 그러길 잘했다고 생각한다. 내달 기일에는 고급스런 향이라도 피워 주자.

"저희 집이 사루에초로 옮긴 뒤에 이사 오신 분이군요."

"그 뒤로 많은 일들이 있었지. 너뿐만이 아니야."

오토쿠는 오쓰유를 격려하듯이 어깨를 가볍게 토닥였다.

"오토쿠 아줌마, 많이 여위셨네요."

오쓰유는 잠자코 고개를 숙이고 작은 소리로 말했다.

"그래? 난 모르겠는데."

"보세요, 다스키가— 예전처럼 묶으니까 헐렁하잖아요."

오쓰유는 손을 뻗어 오토쿠의 다스키를 고쳐 주었다. 아닌 게 아니라 어느새 느슨해져 있다.

"에이구. 예전에는 다스키 묶기도 힘들 정도로 팔뚝이 튼실했는데. 이게 다 나이를 먹은 탓이겠지."

오토쿠가 웃었다.

"오토쿠 아줌마는 참, 무슨 나이를 드셨다고 그래요."

오토쿠는 밝은 눈으로 오쓰유를 쳐다보았다. 입술이 어느새 풀어진다.

"역시 젊구나. 부러워."

오쓰유는 눈길을 내렸다.

"도미헤이 씨도 마지막까지 너한테 시중을 받았으니 행복하게 가셨을 거다. 너는 딸 된 도리를 다한 거야. 그러니 이제는 네 행복을 찾아야지. 이제 누구 눈치 볼 것도 없잖니."

오토쿠는 오쓰유가 네, 하고 고개를 끄덕일 줄 알았는데 그녀는 고개를 숙인 채 가만히 있다. 아버지 도미헤이가 세상을 떠난 지 이제 열흘쯤 되었다. 외로움을 잊기에는 시간이 더 필요한 걸까.

— 역시 오빠 일을 잊지 못하는 거겠지.

네 잘못이 아니야. 내가 네 처지였다고 해도 똑같이 했을 거야. 오토쿠는 그 추운 밤에 생각했던 것을 마음속에서 똑같이 반복해 보았지만, 이제 와서 다시 그 이야기를 끄집어내도 오쓰유를 위로하는 데는 보탬이 되지 않는다. 그뿐인가, 오쓰유가 잊지 못해 괴로워하는 기억을 언어라는 꼴로 다시 햇빛 아래 끌어내는 짓일 뿐이다. 오토쿠는 아무 말도 하지 않았다.

생각해 보면 그 사건이 모든 일의 시작이었다. 규베 어르신은 지금 어디서 어떻게 지내고 계실까. 성실한 분이니까 필시 처신을 잘해서 어느 다른 나가야에서 관리인으로 일하고 계시겠지만, 다시는 만날 수 없겠지 생각하니 역시 슬프다.

"규베 어르신은 참 훌륭한 관리인이셨어."

저도 모르게 오토쿠가 중얼거렸다. 오쓰유는 고개를 끄덕거렸다. 그러고는 아래를 내려다보며 속삭이는 듯한 목소리로 말했다.

"오토쿠 아줌마─."

"응?"

"죄송해요."

오토쿠는 웃으며 오쓰유 등을 탁 쳤다.

"왜 이래, 이 아가씨가. 이제 와서 사과할 게 뭐 있다고."

오토쿠와 이사를 도운 사람들을 위해 기도반 문지기 도모베 집에서 주먹밥을 만들고 있다면서 부르러 왔다. 오토쿠는 고맙다는 인사를 하고 오쓰유를 먼저 보냈다. 이사 들어갈 집을 청소해 놓고 주전자에 담은 양념 국물을 먼저 옮겨 놓은 사키치가 곧 돌아올 시간이기 때문이다.

오토쿠가 귀틀에 앉아 십 년을 산 집 안을 멍하니 바라보고 있는데 사키치가 바쁜 걸음으로 돌아왔다. 손에 커다란 오지 주전자를 들고 있다.

"아, 오토쿠 씨. 고베 씨가 주셨습니다. 엿탕이라고 하네요."

사키치가 웃음을 지었다.

"그 관리인이 우리를 애들로 착각한 거 아니우?"

"그래도 마음이 고맙잖아요."

사키치는 오토쿠에게 주전자를 건네고 수레 쪽으로 다가갔다.

"이제 끌고 가도 되죠?"

"놔둬요. 내가 직접 끌고 가게."

"무슨 말씀이세요, 제가 잠깐 갔다 오면 될걸."

"하지만 도모베 씨 집에서 주먹밥을 준비해 놓고 기다린다고 하던데."

"이것만 옮겨 놓고 금방 돌아오면 됩니다."

오토쿠가 부리나케 나가서 수레를 잡았다.

"사키치 씨만 부려먹는 것 같아서 내가 미안하잖수. 자기 집 이사도 방금 끝냈으면서."

"저야 짐이 적으니까 이사라고 할 수도 없죠."

사키치는 정원사로 돌아간다고 한다. 새로 얻은 집은 오시마 쪽이라고 한다. 정원사에게 어울리는 지역이지만, 여기보다는 한참 외진 곳이다.

"근데 사키치 씨도 장가를 간다면서요?"

사키치가 혼자서 수레를 끌겠다고 고집을 부리자 오토쿠가 전가의 보도를 뽑아 들었다.

"어제 이즈쓰 나리가 살짝 가르쳐 주십디다. 잘됐수, 축하해요."

사키치는 얼굴이 새빨개졌다. 얼레, 역시 순진한 총각이라니까, 하고 오토쿠는 생각했다. 정말이지 바보처럼 올곧은 사람이다.

"그러고 보니 거리마다 소문이 자자하데요, 미나토 상회의 눈 나쁜 아씨 말이우. 혼담이 정해졌다면서요? 영주 가문이라고 하던데. 측실이라고 해도 대단한 거 아니우."

"아, 예……."

"미나토 상회 주인도 자랑이 대단하겠어. 뭐, 나야 집주인한테는 할 말이 많은 사람이지만, 아가씨가 어여쁘니까 축하해 주고 싶은 마음도 없진 않네요."

오토쿠는 사키치가 얼굴을 붉힐 만한 이야기를 계속했다.

"그 아가씨, 여기에 여러 번 다녀가지 않았수? 그쪽을 꽤 좋아하는 것 같던데. 하지만 공주처럼 귀하게 자란 아가씨랑 우리네랑은 아무래도 같이 살기가 힘들지. 그쪽도 조금은 아깝단 생각이 있을지는 모르겠지만 아가씨한테야 그보다 더 좋은 혼담도 없다우."

사키치는 얼굴이 빨개진 채 예, 예, 하고 고개를 끄덕이며 들었다.

"저도 그렇게 생각합니다. 하지만 오토쿠 씨, 누가 들을까 겁나네요. 제가 미스즈 아씨를 놓치고 아까워하다니, 당치도 않아요."

"정말이우? 그 아가씨한테 조금은 마음이 있었던 거 아니우?"

오토쿠는 웃었지만 사키치가 너무 당황하자 이쯤에서 창끝을 거두기로 했다.

"새살림을 차린다니 좋겠수. 물론 고생도 하겠지만. 나도— 남편 만나서 많이 행복했다우."

그렇게 말하고 가키치의 위패 쪽으로 손짓을 해 보였다. 사키치는 수레 손잡이에 손을 걸친 채 오토쿠와 위패를 번갈아 보며 가만히 웃었다.

"저 같은 게 오토쿠 씨 내외처럼 잘 살 수 있을지 어떨지……."

"무슨 소리, 잘 살 수 있고말고. 색시 될 아가씨를 좋아하는 거 맞수? 그럼 됐네. 그쪽은 워낙 성실한 사람이니까. 게으른 사내가 아가씨한테 반했네 장가를 가네 했다면 궁둥이를 걷어차 줬겠지."

"역시 오토쿠 씨답군요. 그래도 오토쿠 씨한테 처음 듣는 칭찬이라 기분은 좋네요."

사키치가 웃었다.

듣고 보니 그랬다. 오토쿠는 쑥스러워졌다.

"그쪽한테는 미안한 일 많이 했수."

"아뇨, 무슨 말씀을요. 오토쿠 씨한테 제가 많이 배웠는걸요."

사키치는 눈을 휘둥그레 떴다.

"심통 부리는 것도 배울 거유?"

"그건 아니죠."

사키치가 웃음을 터뜨렸다.

"저 같은 애송이한테 관리인 자리는 역시 무리였어요. 그걸 똑똑히 깨달았어요."

"역시 연륜이 필요한 자리지."

오토쿠는 빙긋이 웃었다.

"하지만 그쪽도 미나토 상회 주인이 시키니까 어쩔 수 없이 따랐던 거잖수."

"그럼 앞으로 그 얘기는 하지 않기로 하죠."

"그럽시다."

오토쿠는 고개를 끄덕였다.

"근데 오리쓰가 말이우."

"통장이 곤키치 씨 따님 말입니까?"

"그래요."

오리쓰는 노름빚 때문에 팔려갈 뻔하다 집을 뛰쳐나갔지만, 보름쯤 전에 아버지 곤키치를 데리러 돌아왔다. 지금은 니혼바시 도오리초에 있는 떡집에서 일하고 있다고 한다.

"가게에 한번 들르라고 합디다. 긴쓰바 과자$_{팥소를 모양내어 빚은 후 밀가루 물을 입혀서 구운 과자}$가 맛있다면서. 싸게 주겠대요. 요전번에 고베 씨 댁에 인사하러 갈 때 사 들고 가 봤는데, 정말 맛있더구먼."

"그거 잘됐네요."

"오리쓰는, 까놓고 말하면 사키치 씨가 너무 숫기 없는 남자라 차마 말은 못했지만, 그때 사키치 씨가 하는 말을 듣고 소경이 눈을 뜬 것처럼 정신을 차렸다고 합디다."

사키치는 곤혹스러운 듯 머리를 긁적였다.

"그것참."

"그쪽이 사람 하나 살린 거유. 대단한 일이지."

사키치는 목을 움츠리고 수레 손잡이를 들어 올렸다.

"자, 그럼 금방 다녀올게요."

"어머, 그럼 내가 같이―."

"괜찮아요, 괜찮다니까요. 도모베 씨 댁에서 기다리고 계세요!"

사키치는 달캉달캉 소리를 내며 가 버렸다. 오토쿠도 쫓아가지 못하고 웃으며 보냈다. 사키치와 수레가 시야에서 사라지자 두 손을 맞잡고 가만히 절을 했다.

더 할 일은 없는지 확인하고 위패 두 개를 보자기 두 개에 따로 싸서 목에 조심스레 걸었다. 선물로 받은 엿탕 주전자를 들고 오토쿠는 천천히 나가야 출입구로 걸어갔다.

걸음을 옮길 때마다 숱한 기억이 떠오른다. 두부 장수네 꼬마들이 소리를 지르며 뛰어다니는 소리. 생선 장수 미노키치 부부가 툴툴거리며 물건 파는 소리. 떡집에서 팔던 따끈따끈한 팥고물찰떡. 무섭게 부부 싸움을 하던 가마꾼 집. 지붕을 수리할 때 규베가 막대기를 휘두르며 너무 열심히 지휘한 탓에 나흘인가 닷새 동안 팔을 쳐들지도 못했던 일. 마마가 여느 해보다 유독 심하게 돌자 모두들 관리인 집에 모여 마마 신에게 공양을 드리던 일.

문득 앞을 보니 기도 밑에 누가 서 있었다. 호랑이도 제 말하면 온다더니 오리쓰가 이사를 도우러 와 주었나 싶어 달려가 보니 웬걸, 전혀 모르는 여자였다. 진보랏빛 오고소 두건_{통 넓은 소매처럼 생긴 두건으로, 방한용 혹은 얼굴을 감추는 데 쓴다}을 단단히 쓰고 진노랑 바탕에 하얀 국화 무늬를 잘게 수놓은 기모노를 입고 새것처럼 보이는 흰 버선을 신었다. 나이는 얼추 마흔이 넘었을까. 눈길을 끌 만큼 아름다운 얼굴이지만 백분도 연지도 다 진하게 발랐다. 가까이 가 보니 백단향 같은 향기가 물씬 풍긴다.

"저어, 누구세요?"

오토쿠가 여자에게 말을 걸었다. 여자는 마치 누구를 찾는 양 골목 안쪽을 들여다보느라 오토쿠를 금방 알아채지 못했다. 그녀의 눈에는 보는 이를 움찔하게 할 만큼 강렬한 빛이 있었다.

"저기요, 아주머니."

오토쿠가 반 발자국 다가서서 다시 한번 말을 걸자 여자는 얼굴에 냉수를 뒤집어쓴 것처럼 흠칫했다. 그녀는 눈을 깜빡거리며 오토쿠 얼굴을 쳐다보았다.

"어머, 실례합니다."

"이 나가야의 누구를 찾아오셨나요?"

오토쿠의 물음에 여자는 무슨 일인지 웃는 얼굴로 다시 골목 안으로 시선을 던졌다.

"아뇨, 그런 거 아니에요. 누굴 찾아온 건 아닙니다."

"그럼 뭐 하세요?"

오토쿠는 여자가 하는 양이 못마땅했다. 왜 이렇게 안절부절못하고 기웃거릴까.

"저어, 여기가 뎃핀 나가야라는 곳 맞죠?"

그 물음에 오토쿠는 쌀쌀맞게 대답했다.

"사람들은 다들 그렇게 부릅디다."

"듣자니 우물 속에서 무쇠 주전자가 나왔다면서요? 그래서 그런 이름이 생겼다면서요?"

잘 아네. 뭐 하는 여자야? 언제부터 여기 있었을까.

"우물은 저승으로 통하는 문이고 망자는 쇠붙이를 싫어하지요."

여자는 붉은 입술을 말랑말랑 움직이며 묻지도 않은 말을 했다.

"규베 씨한테 시켰나? 누가 저승에서 다시 살아 돌아올까 봐 어지간히 무서웠나 봐요. 그렇다면 차라리 칼을 던져 넣어 두는 게 나았을 텐데. 재밌네."

오토쿠가 발끈했다. 이것저것 생각해 보기도 전에 타고난 우렁찬 목소리부터 토해 냈다.

"대체 뉘쇼?"

여자는 세련된 몸짓으로 고개를 갸웃하고 새침한 눈길로 오토쿠를 보았다.

"내가 누구든 무슨 상관이에요."

또 백단향이 풍겨온다. 기모노도 그렇고 향낭이며 화장도 다 값나가는 것처럼 보인다. 어디서 왔는지 몰라도 하얀 버선에 흙먼지 하나 묻지 않은 것은 가마를 타고 왔기 때문이리라.

가까이서 보니 볼수록 미인이다. 한순간 이 얼굴, 누구를 닮았는데? 하는 생각이 스쳤지만, 아니, 착각이겠지, 했다. 오토쿠의 일상은 이런 여자와 거리가 멀다.

처음 얼핏 보았을 때 짐작한 것보다는 나이가 더 들었을지도 모른다. 하지만 그래도 역시 아름답다. 살갗 한꺼풀 밑으로 싱싱하고 여성스러운 기운 같은 것이 흐르고 있어서 그것이 겉으로 비쳐 나오는 듯하다. 어떻게 세월을 보내면 이렇게 곱게 나이가 들 수 있을까. 오토쿠 같은 여자는 바랄 수도 없는 호사스러운 아름다움이다.

하지만, 못마땅하다.

"대체 뭐하는 사람이우?"

다시 한번 물었다. 여자는 오토쿠의 까칠한 말투에 조금 겁을 먹었는지 살짝 뒤로 물러났다.

"나, 아무도 아녜요."

"이 나가야하고 무슨 관계유?"

"아뇨, 전혀."

여자는 뱅어처럼 하얀 손가락을 살랑살랑 저었다.

"여기 오면 안 되는 사람이에요. 하지만 한번 와 보고 싶어서. 여기가 헐린다는 말을 듣고 그냥 구경하러 온 거예요."

여자는 또다시 골목 안쪽으로 눈길을 던지고 마치 눈부신 빛이라도 보는 양 눈을 가늘게 떴다.

"결국 없어지는군요, 여기가. 이제야 겨우."

아쉬워하는 듯한 말투이기는 해도 눈동자에는 오토쿠 같은 나가야 사람들이 느끼는 그런 심정은 눈곱만큼도 비치지 않았다. 이제야 겨우 없어진다고? 그냥 흘려버릴 수 없는 말이었다.

게다가 마치 재미있어하는 양 들리지 않는가.

오토쿠가 다시 비수라도 들이밀듯이 날카롭게 물었다.

"당신 도대체 누구야?"

여자는 오토쿠 얼굴을 보지도 않은 채 예쁜 입술로 살짝 웃음을 짓고 나서 말했다.

"나는, 그래요— 유령이에요."

오토쿠는 섬뜩함과 분노에 울컥해서 저도 모르게 팔을 휘둘러 여자를 쫓아내려고 했다. 그런데 공교롭게 손에는 엿탕 주전자가 들려 있었다. 어, 하는 사이에 오토쿠는 여자의 호사스러운 국화 무늬 기모노에 엿탕을 듬뿍 끼얹고 말았다.

"어머, 뭐 하는 짓이야!"

여자가 질척질척한 기모노와 소매를 내려다보며 얼굴을 일그러뜨렸다.

"무슨 행패야! 이거 어떻게 할 거야!"

"그래, 어떻게 해 줄까!"

오토쿠는 잔뜩 흥분해서 한바탕 사나운 말을 쏟아냈다. 안 그래도 호사스런 년인데 내가 왜 엿탕까지 끼얹어 주었을까.

"냉큼 없어져, 이 여편네야! 뎃핀 나가야가 무슨 눈요깃거리인 줄 알아!"

"어딜 함부로 입을 놀려! 나는―."

여자는 아름다운 눈을 치뜨고 오토쿠에게 달려들었지만 오토쿠는 오지 주전자를 방패 삼아 몸을 도사렸다.

"엿탕으로 부족하면 이 오지 주전자로 때려 주랴. 너처럼 여우 같은 년은 이렇게 해 줘야 해! 이렇게! 이렇게! 옛다, 이거나 먹어라!"

오토쿠가 붕붕 소리 나게 오지 주전자를 휘두르자 여자는 어머머, 하고 소리치며 내빼기 시작했다. 도망치다가 앞으로 넘어져 땅바닥에 무릎을 꿇고 말았다. 엿탕에 젖은 기모노에 흙먼지가 새카맣게 붙었지만 지금 그것을 걱정할 계제가 아니었다. 그녀는 정신없이 도망쳐 사라졌다.

"꼴좋다!"

여자가 도망친 쪽을 향해 오토쿠가 요란하게 눈메롱을 했다. 그제야 기분이 개운해졌다. 마치 오늘 날씨처럼.

"자, 갑시다, 오쿠메 씨."

오토쿠는 다시 걷기 시작했다. 이런, 내 옷에도 엿탕이 조금 튄 모양이네, 달콤한 냄새가 나는걸. 벌레들이 꼬이지나 않을까.

이 나이에도 뭔가가 꼬여들다니, 그것도 괜찮네. 오토쿠는 그런 생각에 아하하하, 하고 혼자 웃었다. 기도반 문지기 집 앞에서는 이즈쓰 나리가 변함없이 양손을 겨드랑이에 찌른 채 한가롭게 기다리고 있었다. 주겐 고헤이지도 평소처럼 얌전한 모습으로 곁을 지키고 있다.

"오, 늦었구먼. 음식을 해서 모인다는 소리를 듣고 그냥 지나칠 수가 있어야지. 그런데 이녁이 없으니 시작도 못하고 있잖나. 다들 기다리고 있다."

나리는 그렇게 말하고 오토쿠의 차림새를 살펴보았다.

"오토쿠, 물이라도 뒤집어썼나? 아니, 그게 아닌데, 이게 무슨 냄새지?"

"엿탕이에요. 고베 씨가 주었어요."

오토쿠는 득의양양하게 가슴을 펴고 말했다.

"엿탕이라면 나리께서 아주 좋아하시는 건데."

고헤이지가 한마디 거들었다.

"그렇죠, 애들처럼 단걸 밝히시니까. 하지만 모처럼 얻은 엿탕을 공교롭게도 다 뿌려 버리고 말았지 뭐예요."

이즈쓰 헤이시로가 눈을 휘둥그레 떴다.

"아깝네. 왜 그런 짓을?"

오토쿠는 다시 가슴을 활짝 폈다.

"요사스런 유령을 쫓아내느라 그랬죠. 나리도 그 유령이 도망치는 걸 보셨어야 하는데."

"흐음."

나리는 신음 소리를 냈다.

"암튼 자네가 완전히 기운을 차린 모양이군."

"나리도 좋아 보이시네요. 자, 어서 드시죠. 곧 사키치 씨도 돌아올 테니까."

기도반 문지기 집에 들어가기 전에 오토쿠는 "여기요" 하고 오지 주전자를 고헤이지에게 내밀었다. 흘러나온 엿탕에 주전자가 끈적끈적해서 고헤이지가 "우헤!" 하는 소리를 냈다.

"그래도 바닥에 조금 남아 있네요, 나리."

이즈쓰 헤이시로는 고헤이지의 말을 듣고 있지 않았다. 오토쿠가 걸어온 쪽을 쳐다보고 있었다.

"유령이라……."

긴 턱을 긁적이면서 중얼거렸다. 그러고는 히죽 웃었다.

"그런가 보지, 뭐. 어이! 잘들 있었나? 수고가 많군."

장지문을 드르륵 열었다. 맛있는 음식 냄새와 더운 김이 후끈 풍겨 나왔다.

【역자 후기】

 어느 나라의 작품이든 외국 시대 소설은 다른 장르보다 읽는 속도가 조금 더딥니다. 얼른 이미지가 떠오르지 않는 고유명사가 많은데다 관직명과 낯선 풍속까지 가세하면 눈앞에 날벌레가 앵앵거리는 것 같죠. 독자들은 한자 문화권에서 영어 교육을 받아온 덕에 중국이나 영미권 작품이라면 어휘에서 이미지를 그리기가 그나마 수월하지만, 일본 작품은 의외로 그렇지 못합니다. 가까운 거리에 비해 그 역사와 전통 문화가 잘 알려지지 않은 탓이죠.
 해서 주석 많은 소설은 그다지 환영받지 못함을 알면서도(굳이 피하려고 하지는 않았지만), 이 역자 후기도 '옮긴이 주'의 연장으로 알고 몇 가지 내용을 더 보태겠습니다.

 요즘 일본 매체에서는 '에도 붐'이란 말이 자주 등장합니다. 매스미디어에서는 에도 관련 프로그램을 자주 다루고 에도 관련 박물관에 관람객이 늘고 에도 문화를 소개하는 대중서와 소설이 많이 출간되고 서점은 '에도물' 코너를 특설하는 등, '붐'이란 말이 실감납니다. '에도 붐'이란 에도 문화, 특히 그 서민 문화를 밝고 활기찬 것으로 재평가하는 움직임이기도 합니다. 사실 그전에는 에도 시대를 다분히 어둡고 정체된 사회로 보는 것이 일반적이었습니다.

  혹자는 '에도 붐'을 현대 일본 사회가 안고 있는 문제점들의 반작용이라고 합니다. 급속한 세계화와 장기 불황, 배려와 예의가 희박해진 사회, 장래에 대한 불안감 속에서 살아가는 현대인들이, 아등바등 안 해도 먹고살 수 있고 가족과 공동체 윤리가 살아 있던 그 시대에서 일본인의 정체성을 찾고자 한다는 이야기입니다.

  『얼간이』를 비롯하여 북스피어에서 출간되고 있는 미야베 미유키의 시대 소설도 그런 '에도 붐' 속에서 출간되었지만, 사실 작가는 이미 데뷔 시기인 88년도부터 꾸준히 시대 소설을 써 왔으니 그 붐의 수혜자라기보다는 이끈 사람 가운데 하나로 봐야겠지요.

  참고로 '에도 붐'을 일으킨 일등 공신이라면 만화가이자 에도 풍속 연구가인 스기우라 히나코입니다. 그녀의 만화는 에도의 풍경을 사실적으로 묘사하며 에세이는 에도의 풍습을 재미있게 해설하는 것으로 유명합니다. 관심 있는 분들에게는 매우 유용한 자료가 될 터이니 일본어 해독이 가능하다면 구해 보시길 권합니다.

각설하고, 이 작품의 시대 배경은 에도 시대, 장소는 에도 후카가와입니다.

 얼른 감이 오지 않는 독자를 위해 잠깐 설명하자면, 에도 시대란 1603년 도쿠가와 이에야스가 에도 성에 막부 정권을 세운 뒤 1867년 통치권을 천황에게 반납하면서 막부가 사라질 때까지의 약 이백육십사 년간을 이릅니다. 전국 시대와 메이지 유신 전야라는 양대 전란의 시대 사이에 있던 평화로운 쇄국의 시대입니다. 그 당시 일본 열도에는 약 삼백 개의 소국이 있었고 그 소국들 위에 막부가 군림하는, 이를테면 '에도 합중국' 같은 상태였습니다.

 막부는 소국들을 통제하기 위해 영주와 그 가족·가신들을 에도에 인질로 잡아 두는 제도를 실시해서, 에도는 에도 성 해자 밖에 각 지방 영주들의 크고 작은 저택들이 모여 있는 무사의 도시가 되었습니다. 이렇게 무사들만 우글대서는 도시가 굴러가기 힘들겠지요. 그래서 각종 상공업에 종사하는 평민들이 따로 구역을 정해서 모여 살았는데, 그곳을 '마치'라고 했습니다.

 권부가 있는 도시이니만큼 금세 농촌 인구가 모여들고 상공업이 발달합니다. 에도 막부가 들어서고 백 년쯤 지난 18세기 초에는 인구가 백만에 달했다고 하니 당시 세계에서도 제일 큰 도시였답니다. 그 인구의 절반은 무사이고 절반이 평민이며, 도시의 성격상 남성이 압도적으로 많은 남초 도시이자 소비 도시였지요. 화려하기로 따지면 천황이 있는 교토가 으뜸이고 오사카가 버금이며, 에도는 다분히 질박하고 소탈한 평민 문화가 발달하게 됩니다.

 본래 에도는 지름이 얼추 십 킬로미터쯤 되는 지역이었는데, 인구가 급격하게 불어나자, 지금은 도쿄 한복판을 흐르는 강이지만 당시는 에도의 동쪽 경계였던 스미다 강 건너로 영역을 확장하기에 이릅니다. 스미다 강 건너 바닷가 저지대를 매립하고 주로 평민들이 정착해서 살게 된 것이죠. 이렇게 동쪽 강 건너 새로 개발된 지역을 '혼조 후카가와'라고 했는데 북부를 '혼조', 남부를 '후카가와'라고 했습니다.

 그래서 혼조 후카가와는 영주들의 거대 저택들이 모여 있는 에도 성 주변과는 달리 서민적 기풍이 넘치는 곳이었습니다. 작가 미야베 미유키가 태어난 곳이 바로 후카가와입니다. 작가는 자기 고향의 이

백 년 전쯤을 무대로 해서 이야기를 펼친 셈이죠.

작품에 나오는 지명들은 모두 실재합니다. 다만 뎃핀 나가야가 있다는 '후카가와 기타마치'는 가공의 동네 이름인데, 흥미롭게도 고지도를 찾아보면 작가가 '후카가와 니시마치'를 염두에 두었다는 것을 확인할 수 있더군요.

사회파 추리 소설로 이름을 떨친 작가가 '에도물'을 쓰는 것이 얼핏 특이하게 비칠 수도 있겠지만 『화차』, 『이유』, 『모방범』 같은 현대물에는 해체되는 가족, 연대감을 잃은 익명성 사회, 소비 문화 등에 휘둘려 정체성을 잃어버리고 고립된 현대인의 모습이 잘 드러나 있지요. 작가가 에도물을 쓰는 이유는 바로 그 점과 관련됩니다. 현대 사회가 잃어버린 긴밀한 인간관계가 오롯이 살아 있는 에도 시대를 그림으로써 요즘 사회와 인간을 반추하는 것이지요.

그런데 시대물을 쓰는 것은 쉽지 않습니다. 디테일한 부분까지 묘사하려면 에도 시대의 풍속, 제도, 지역사, 의복과 음식 등 각종 미시사를 두루 섭렵해야 하니 만만한 일이 아닐 겁니다.

그뿐만이 아닙니다. 휴대폰도 인터넷도 없지, DNA나 지문 판정도 없으니 조사를 하더라도 아날로그 방식으로만 해결해야 하고, 인권이니 공권력이니 하는 관념이 없으니 주인공의 행동 양식부터 달라져야 합니다. 얼른 봐도 지엽적인 문제라고는 할 수 없는 점들입니다. 천재적인 암기력으로 '정보 검색'을 도와주는 꼬마, '통신'을 도와주는 까마귀는 그런 고충의 산물이겠지요.

작가는 이런 문제들을 해결하기 위해 도쿄 시내를 직접 걸어 보기도 하고 전문가를 만나고 자료를 찾아 공부도 했다고 합니다.

아무튼 작가의 고투 덕분에 『얼간이』는 이백 년 전 에도의 풍경과 인정이 영상처럼 살아 있는 작품이 되었습니다. 일본에서는 시대 소설이 20세기 초반부터 많이 씌어져 왔고 지금까지도 중쇄를 거듭하는 작품이 많지만, 등장인물들의 캐릭터가 현대물 못지않게 생생하다는 점에서 이 작품은 각별합니다.

작가의 작품이 늘 그렇듯이 주인공은 천재 혹은 영웅하고는 거리가 멉니다. 게으르고 복잡한 것 싫어하는 말단 무사. 이런 인물을 내세워서는 아무것도 해결이 안 될 것 같지만, 알고 보면 이렇게 허점

많은 주인공이기에 주변 인물들에게 활동 공간을 내 주고 이야기가 풍성해질 수 있었습니다.

  이 작품에서 캐릭터를 확실하게 드러낸 헤이시로, 유미노스케, 마사고로, 짱구, 오토쿠, 사키치 같은 인물들과 미야베 풍 후카가와라는 무대는 역시 일회용으로 버리기에는 아깝습니다. 후속작에서 다시 만날 수 있으니 기대해 주시길 바랍니다.

이규원

초판 1쇄 발행 2010년 5월 14일
초판 4쇄 발행 2022년 10월 14일

지은이 미야베 미유키
옮긴이 이규원

발행편집인 김홍민 · 최내현
책임편집 조미희
마케팅 마리
표지디자인 이혜경디자인
용지 한승
출력 블루엔
인쇄 제본 대원
독자교정 강정은, 고정현, 김은희, 유희경, 이인경, 이인선

펴낸곳 도서출판 북스피어
출판등록 2005년 6월 18일 제105—90—91700호
주소 (10595) 경기도 고양시 덕양구 동송로 23-28 305동 2201호
전화 02) 518—0427
팩스 02) 701—0428
홈페이지 https://blog.naver.com/hongminkkk
전자우편 editor@booksfear.com

ISBN 978—89—91931—66—4 (04830)
　　　978—89—91931—29—9 (세트)

책값은 뒤표지에 있습니다.
파본은 구입하신 곳에서 교환해 드립니다